文心雕龍

五十篇细读

游志诚◎著

長江出版傳媒 | 崇文書局

图书在版编目（CIP）数据

文心雕龙五十篇细读 / 游志诚著. -- 武汉 : 崇文书局，2022.11（2025.3 重印）
ISBN 978-7-5403-6933-0

Ⅰ. ①文… Ⅱ. ①游… Ⅲ. ①文学理论一中国一南朝时代②《文心雕龙》一研究 Ⅳ. ① I206.391

中国版本图书馆 CIP 数据核字（2022）第 162669 号

著作权合同登记图字：17 — 2020 — 072

策　　划：陶永跃
责任编辑：李艳丽
封面设计：杨　艳
责任校对：王亚欧
责任印制：李佳超

文心雕龙五十篇细读

WENXINDIAOLONG WUSHIPIAN XIDU

出版发行：长江出版传媒 | 崇文书局
地　　址：武汉市雄楚大街 268 号 C 座 11 层
电　　话：(027)87677133　　邮政编码：430070
印　　刷：武汉中科兴业印务有限公司
开　　本：710mm × 1000mm　1/16
印　　张：37.5
字　　数：554 千字
版　　次：2022 年 11 月第 1 版
印　　次：2025 年 3 月第 3 次印刷
定　　价：138.00 元

侍坐业师潘重规先生

2001年访问美国田纳西大学时在国际中心挥毫

侍坐业师潘重规先生

2001年访问美国田纳西大学时在国际中心挥毫

2008 年“《文心雕龙》与 21 世纪文论研究”国际学术研讨会（第一排从左到右依次为中国《文心雕龙》学会会长左东岭、北美作家林中明、游志诚教授、复旦大学蒋凡教授）

2011年东京史博馆汉籍会议时与中国《文选》学会会长傅刚、
日本东北大学教授佐竹保子两位学者合影

两岸“龙学”之交汇

——序游志诚教授《文心雕龙五十篇细读》

戚良德

笔者曾把近百年大陆“龙学”的发展历程分为六个阶段：一是从二十世纪初至1949年，这是“龙学”的初创和奠基时期；二是“文化大革命”前的十七年，乃是“龙学”的重要发展时期；三是“文革”十年，是“龙学”的停滞和倒退时期；四是从1976年至1989年，为“龙学”的兴盛与繁荣时期；五是从1989年至二十世纪末的十余年时间，为“龙学”的徘徊和反思时期；六是二十一世纪以降，“龙学”步入新的开拓发展时期。

值得注意的是，当中国大陆的《文心雕龙》研究处于上述停滞状态的时候，台湾地区的“龙学”却正处于滋长繁荣的重要历史时期。因此，海峡两岸的“龙学”史的轨迹颇有不同。据不完全统计，二十世纪下半叶，即从1950年至1999年五十年间，台湾地区出版“龙学”专著、专书百余种（其中有些为翻印大陆著作），发表各类“龙学”论文六百余篇，堪称学术奇迹。

然而，不可忽略的是，台湾“龙学”实际是以现代“龙学”奠基时期乃至大陆“龙学”发展初期的一些著作为基础起步的。1954年，从大陆迁至台湾的正中书局重新出版了刘永济的《文心雕龙校释》（该书曾由正中书局于1948年在上海出版）；1958年，台湾开明书店又出版了范文澜的《文心雕龙注》（该书曾由开明书店于1936年在上海出版）；至二十世纪六十年代，杨明照的《文心雕龙校注》、黄侃的《文心雕龙札记》、王利器的《文心雕龙新书》以及黄叔琳注的《文心雕龙辑注》等陆续在台湾印出，从此中华“龙学”之一脉开始在台湾岛上发芽滋长，并最终开出了绚烂的花朵。因此，台湾“龙学”与大陆“龙学”乃是一棵树上结出的两颗果实，这是毋庸置疑的。

在二十世纪的最后十年里，“龙学”发展的一个突出表现是开启了较大规模的两岸“龙学”交流。如上所述，台湾“龙学”之根本在大陆，由于特殊的历史原因和人文环境，在二十世纪六七十年代，台湾地区的“龙学”可以说极好地延续了大陆之“龙脉”，因而是值得我们格外珍惜的；而大陆“龙学”在二十世纪八十年代有了突飞猛进的蓬勃发展，大有迎头赶上之势。于是，历史开启了颇富戏剧性的一幕：我们看到海峡两岸的“龙学”终于在二十世纪末加快了相互融合的步伐。

台湾“龙学”的一大特点是重视专著的撰写和出版。应该说，这是适应“龙学”及传统文化研究方式的必由之路。正因如此，台湾出版界不仅重视台湾学者“龙学”成果的出版，而且随着两岸文化交流日渐深入，大陆学者的“龙学”著述也开始得以在台湾出版。如刘纲纪的《刘勰》（“世界哲学家丛书”之一，东大图书公司，1989 年）、张少康的《文心雕龙新探》（文史哲出版社，1991 年）、吴圣昔的《刘勰文学原理的建构与精髓》（贯雅文化事业有限公司，1992 年）、陈咏明的《刘勰的审美理想》（文津出版社，1992 年）、李建中的《心哉美矣——汉魏六朝文心流变史》（文史哲出版社，1993 年）、王元化的《文心雕龙讲疏》（书林出版有限公司，1993 年）、詹锳的《文心雕龙的风格学》（正中书局，1994 年）、罗立乾注译的《新译文心雕龙》（三民书局股份有限公司，1994 年）、张文勋的《文心雕龙探秘》（业强出版社，1994 年，后数次重印）、龙必锟译注的《文心雕龙》（台湾古籍出版社，1996 年）、张勉之和张晓丹的《雕心成文——文心雕龙浅说》（万卷楼图书有限公司，2000 年）、林其锬和陈凤金的《文心雕龙集校合编》（台湾暨南出版社，2002 年）等，这些著作在台湾的出版，可以说极大地促进了两岸“龙学”之交流。

当然，面对面的学术会议则是更直接的交流。1995 年 7 月 28 日至 31 日，《文心雕龙》国际学术讨论会在北京举行。会议是由中国《文心雕龙》学会和北京大学、韩国岭南中国语文学会、中国山东日照市（刘勰祖籍莒县所在地）联合召开的。值得注意的是，香港、台湾以及国外的“龙学”精英大多到会，如台湾的黄锦鋐、王更生、张敬、李景溁、蔡宗阳、黄景进，香港的黄维樑、陈志诚、罗思美，日本的冈村繁、兴膳宏，俄罗斯的李谢维奇，加拿大的梁燕城，韩国的李鸿镇，美国的罗锦堂，马来西亚的杨清龙等，均出席此次会议，说明这是一次规模空前的国际“龙学”盛会。会议期间，学会常务理事会还专门召开了会议，决定聘请日本的冈村繁、兴膳宏教授，台湾的黄锦鋐、王更生、李景溁、蔡宗阳、黄景进教授和宋春青先生，香港的黄维樑、陈志诚、罗思美教授，作为学会顾问。① 从此，中国《文心雕龙》学会开始成为一个具有重要国际影响的学会。

四年之后的1999年5月，大陆学者十六人应台湾师范大学国文学系和语文学会之邀，参加了刘勰《文心雕龙》学术研讨会和会后的参观、访问活动。本次会议与会人员除中国台湾、香港各大学的有关专家学者，还有新加坡的同行。参加这次研讨的大陆学者有徐中玉（华东师范大学）、张少康（北京大学）、蔡钟翔（中国人民大学）、邱世友（中山大学）、穆克宏（福建师范大学）、蒋凡（复旦大学）、石家宜（南京师范大学）、郁源（湖北大学）、张文勋（云南大学）、詹福瑞（河北大学）、林其锬（上海社会科学院）、韩泉欣（浙江大学）、孙蓉蓉（南京大学）、韩湖初（华南师范大学）、罗立乾（武汉大学）、赵福海（长春师范学院）等。② 显然，这是一个颇具代表性的团队，可以说基本汇集了当时大陆“龙学”之精英，其赴台参与“龙学”盛会的意义是重大的。可以预期，随着上述两岸及国际交流的推进，“龙学”的研究视野亦将随之扩大，思维方式和方法自然受益良多，“龙学”必将迎来又一个新的历史发展时期。

事实也正是如此，进入二十一世纪之后，两岸“龙学”之融合可谓日新月异。一个看似并不起眼而可能具有重要意义的现象是，我们已然可以见到大陆出版社出版的台港澳学者的“龙学”著作：既有台湾老一辈学者的著述，如王叔岷的《慕庐论学集·文心雕龙缀补》（中华书局，2007年）、张立斋的《文心雕龙注订》《文心雕龙考异》（国家图书馆出版社，2010年）、王梦鸥的《古典文华的奥秘——文心雕龙》（“中国历代经典宝库”之一，中国友谊出版公司，2013年）等，也有台湾新一辈学人的著述，如简良如的《〈文心雕龙〉之作为思想体系》（中国社会科学出版社，2011年）；既有港澳地区著名学者的论著，如香港黄维樑的《从〈文心雕龙〉到〈人间词话〉——中国古典文论新探》（第二版，北京大学出版社，2013年）、澳门邓

① 参见《北京〈文心雕龙〉国际学术讨论会》，《文心雕龙研究》第二辑，北京：北京大学出版社，1996年，第393—394页。

② 参见《大陆学者参加台湾〈文心雕龙〉学术研讨会》，《文艺理论研究》1999年第4期。

国光的《〈文心雕龙〉文理研究：以孔子、屈原为枢纽轴心的要义》（上海古籍出版社，2012 年），也有澳门年轻学人的撰述，如欧阳艳华的《征圣立言——〈文心雕龙〉体道思想研究》（上海古籍出版社，2015 年）等；尤为可喜的是，还出现了香港和内地学者合作的著述，如黄维樑和万奇编撰的《文心雕龙精选读本》（北京师范大学出版社，2017 年）。总体来看，虽然数量还不算多，但已经足以令人鼓舞了，相信这样的著作一定会越来越多。

据笔者所知，崇文书局的出版人陶永跃先生便有着此类出版规划。他首先看中的是台湾彰化师范大学游志诚教授所著《文心雕龙五十篇细读》（台北文津出版社，2017 年），这显然是一部颇有分量的台湾“龙学”专著。游先生不仅学问淹通，而且士风潇洒，文笔旷达，格古调高。其于《文心雕龙》，不唯沉潜细读，更兼宏观体察，如其论曰：“一言以蔽之，《文心雕龙》是一部子书，而刘勰的身份根本就是一位彻头彻尾皆未变本质的‘子学家’，《文心》所以曾经一度而降为‘论文’之专书，弊端全出在后人之不详查，尤不能详读《文心》文本早已内涵子学之故也。因此，《文心》学界若要认真反省当前研究新一步进展，首先要辨明《文心》此书的子学内涵，重探刘勰一生学术思想的真实‘本色’。”[①] 如此高屋建瓴之说，何啻彦和“知音”乎！

两岸“龙学”之交汇，已成势不可当之潮流。近年来，由中国《文心雕龙》学会举办的数次年会，每一次均有相当规模的台湾“龙学”代表队参加；游志诚和徐华中教授夫妇的翩翩身影尤为令人瞩目，成为每次“龙学”会一道不可或缺的靓丽风景，其伉俪深情，谦谦儒风，令人向往。可以说，大陆和台湾学者欢聚一堂，对我们共同的文论宝典进行研讨，显示出两岸的“龙学”已然初步融为一体。而今，尽管海峡两岸在其他方面还有种种的困难和阻隔，但对“龙学”大家庭的兄弟姐妹而言，可以毫不夸张地说，我们早已是两岸一家亲了。

是所望焉，谨以为序。

戚良德

庚子年初夏于鸢都白浪河畔

① 游志诚：《政事乎？文学乎？——〈文心雕龙·议对篇〉细读》，《中国文论》第一辑，上海：上海古籍出版社，2014 年，第 130 页。

细说《文心雕龙》的三大义理

——游志诚《文心雕龙五十篇细读》序

黄维樑

时近己亥年冬至，游志诚教授从台湾传来电邮，谓其《文心雕龙五十篇细读》（以下简称《细读》）一书将在内地出版，嘱我写一序言。和志诚兄“失联”有年，这次来鸿，是“惊”鸿，真受宠了。志诚教授依仁游艺，贯通古今，对传统典籍如《文心雕龙》的探研深刻独到，迭有佳构鸿篇出版。相识三十多年来，我们多在两岸的学术活动（与《文心雕龙》相关的为主）中相见。《文心雕龙》体大虑周，研究此书谓之“龙学”。我们都说中国文化博大精深，龙学可说是小型的博大精深。神龙四面八方飞舞，虽然同为“龙友”，我们研究和著述的道路却有所不同。我侧重此书理论和西方古今理论的比较研究，以及把此书理论用来从事古今中外作品的实际批评；志诚兄则主要专注于此书本身义理的阐释。“道”不同，却可相为谋，只是志诚兄这位博士通的不只是一“经”，《文心雕龙》之外，还有《易经》《文选》《刘子》等，而且论述时，常常把几种经典“打通”，求其互相发明；和他相谋，得有相当的功力。翻开《细读》，就发现“易学”是此书不可分割的论述内容。我对《易经》之学，认识颇为肤浅；然则我如何有资格为《细读》写序？

受惊之后，我转而窃窃自喜：这让我有个学习的良机，继续进修《文心雕龙》，同时临急抱《易经》，自修一番，自强不息。《易经》为古代最重要的经典之一，二千多年来的研究论著不易计算其数。“冠疫”（Covid-19）期间“深居简出”，我从家里书架取下志诚兄《易经原本原解》和黄庆萱教授的《新译乾坤经传通释》，“终日乾乾夕惕”而学习之；虽然目标一定“未济”，毕竟有求通的良好意愿。日夕展卷，游教授五六百页的《细读》，我细读起来。

《文心雕龙·论说》指出“论”这种文体（相当于今天说的“论文”或“论著”）的特色是“弥纶群言，而研精一理”；意思是立下课题，组织综合各种各样的意见和资料，经过仔细研究，得到一个结论、一个道理。纵览《细读》，它要表述的道理是，每一篇的《文心雕龙》都具有“实际批评”的成分，都受过“易学影响”，都具有“子学内涵”。稍为细说则是，一般论者把《文心雕龙》“定性”为文学理论之书，游志诚认为它有重要的“实际批评”成分；一般论者同意《文心雕龙》此书受《易经》的影响，游志诚对此大书特书加以证明；有论者认为《文心雕龙》是“经史子集”中的“子”书，游志诚浓墨重彩说明它的“子学内涵”。

《细读》表述三大义理

先说《文心雕龙》具有“实际批评”的成分。对此我完全同意。论据，是论点的根据；一个论点的建立，必须有证据来支持，证据就是实例。一项文学理论的建立，必须有若干作家作品作为实例来支持、来说明。反过来说，评论作家作品的特色和优劣，必须运用若干理论作为批评的准则（二十世纪以来，理论挂帅的中外“批评家”并不少见）。所以，理论和实际批评必然并肩而行、相辅相成。《细读》中，游教授即如此认为，并特别指出：刘勰从事实际批评时，总是把他自己的若干理论施诸特定的作家作品，从而作实际的评论。他举出《才略篇》和《时序篇》，认为两者“可直接视作《文心》此书的实际批评”；《才略篇》更是“刘勰文论应用在作品的实际分析，即所谓‘实际批评’最完整而周备的一篇”。游教授遍读且细读《文心雕龙》全书，指出其每一篇都有实际批评。以首篇《原道》为例。他引述此篇“繇辞炳曜，符采复隐，精义坚深”语句，说明这是刘勰对周文王关于《周易》卦爻辞的评赏：

> 此语乃从《体性篇》理论定位《周易》卦爻辞有“精深”之风，藉由文采“隐秀”技巧，表现“文外之重旨”，说出易理“得意忘象”之

奥妙，一语道出《周易》卦爻辞“一象多义”之特色，是化用《隐秀篇》理论进行《周易》文学实际批评。

至于《文心雕龙》末篇《序志》曰：

> 详观近代之论文者多矣：至如魏文述《典》，陈思序《书》，应玚《文论》，陆机《文赋》，仲洽《流别》，弘范《翰林》，各照隅隙，鲜观衢路，或臧否当时之才，或铨品前修之文，或泛举雅俗之旨，或撮题篇章之意。魏《典》密而不周，陈《书》辩而无当，应《论》华而疏略，陆《赋》巧而碎乱，《流别》精而少功，《翰林》浅而寡要。又君山、公幹之徒，吉甫、士龙之辈，泛议文意，往往间出，并未能振叶以寻根，观澜而索源。

志诚教授对上述加以分析后写道：“简言之，刘勰已根据《宗经篇》《通变篇》《征圣篇》之理论进行魏晋各家文论的‘实际批评’。”洵为知言。《细读》告诉我们：《文心雕龙》从首篇的《原道》到末篇的《序志》，每篇都有“实际批评”。

接着说“易学影响”。《易经》是经书，根据一种排序，它是六经之首。易学专家黄庆萱教授认为，在经学中，“《易经》是经典中的经典，根源里的根源”。我读现代大儒钱锺书的四大册《管锥编》，其开卷所论就是《周易正义》，可见对此书的推重。最近重读《管锥编》这部分，觉得钱先生把此书如此“置顶”，或非无故。我一向认为钱锺书一切论著的旨趣，是申明其“东海西海，心理攸同”的学说。如今重读，发现《管锥编》第一册的第二二则“系辞（六）”，所引《易经》的观点，正为钱锺书思想的核心。《系辞下》引“子曰”：“天下同归而殊途，一致而百虑。”这岂不就是钱氏学说的渊源？或者可以说，钱氏学说和“子曰”的观点恰好不谋而合。

《细读》讲“易学影响”，多次强调《易经》是“群经之首，百学之源”。这语句好比一首乐曲中的“主题乐句”（motif），好比一篇诗或小说中“多次重现的意象”（recurring image）。《细读》解说《原道》篇的“易学影响”，指出此篇“所谓的道，实自《周易》乾坤之道而衍生，《原道》篇所谓的文，专讲《周易》天文地文人文的三才之‘文’”。龙学学者对《原道》篇的“道”究竟是儒是释是道是哪一家的道，向来聚讼。游志诚宏微并观，认为此“道”“绝然不能限定在某一家之道”，而“必专指易道”，正因为《易经》

为“群经之首，百学之源”。我们细读《原道篇》，应该会和游教授一样，发现处处都有《易经》的思想和义理；他写道：“诸如天地之心、河图、洛书、乾坤、文言、易辞等等语词，皆直引或转化自《周易》之学。”

让我再一次“从首的阿尔法到尾的欧米茄”（from Alpha to Omega），看看最后的《序志篇》的“易学影响”。概括《细读》对此论题的细析，我们得知下面几点：一、此篇“夜梦执丹漆之礼器，随仲尼而南行”语句，乃“象征‘向明而治’，即本《离卦》易理”。二、刘勰谓《文心雕龙》的结构分为上、下二篇，“其体例暗袭《周易》全经分上下经之意”。三、刘勰述《文心雕龙》体例，谓“位理定名，彰乎大衍之数，其为文用，四十九篇而已”；这里“刘勰直引《易》辞《易》语”，并“比喻文章之道犹如《易》道之神理妙不可测”。《细读》还有其他论据，不及一一引述。总之，阅读《细读》，我们可见《易经》宛如大鸿，留在《文心雕龙》的雪泥指爪，篇篇可见。忍不住多举一例。《细读》指出：《隐秀篇》的“隐意”与“秀句”两项主要写作手法，“乃二元对比，也即是《周易》太极生两仪之论述思考”；《隐秀篇》所言“隐也者，文外之重旨者也”，乃“化用《易》理《易》道之证据”，因为《周易》“每一卦有多解多意”，正与“重旨”同理。

最后说“子学内涵”。《新唐书》对典籍的分类，有甲部经录、乙部史录、丙部子录、丁部集录四类；到了清朝，乾隆皇帝更敕令编修了有名的大型丛书《四库全书》。四库里的“子”，原指先秦诸子，或谓诸子百家；与诸子相关的书，谓之“子书”，其典籍入“子部”，其学术称为“子学”。孔子、老子、庄子、列子、荀子等等，本来都是“子”；孔子是儒家代表，与儒家相关的书，由于孔子地位崇高，如《易经》《诗经》等等，都称为“经”。“经”与“子”，其界线是难以划清的。（《诗经》如非“升级”成为“经”，则应入“集”部。分部、分类的问题异常复杂，这里不能细说。）

要理解《文心雕龙》的“子学内涵”，先要对“子”有一定认识。游志诚教授对“子学”的解释，主要来自《文心雕龙》的《诸子篇》。此篇开宗明义说：“诸子者，入道见志之书。”《细读》书首的《叙论》解释：“子家因为平生所遇不合，退而述道见志，胸怀寄托远大理想，因而写出子书。”他参阅《序志篇》的刘勰自述，称刘勰“志在‘立家’，思考文章经国之用，乃始论文，撰作《文心》”。请注意这里的“远大理想”和“经国之用”，其意与《诸子篇》后面说的“述道言治”“明政术”互相发明。讨论到这里，我可引申解说：子家“见道”的“道”，除了某种特定道理之外，应包含《礼记·大学》所说的“治国平天下”的抱负和学说。

先讲《细读》对《原道篇》的析论。游教授认为此篇的“子学内涵”包括：刘勰建构了一套“自然之道”的文道理论；“孔子述作六经”，旨在“教化百姓”“发挥事业”；此篇观点和《程器篇》“安有丈夫学文，而不达于政事”说法前呼后应；此篇谓文章需“炳耀仁孝”，刘勰标举仁、孝这两种德行，“由此建立道器为本体之文章学”。

关于末篇《序志》的“子学内涵”，志诚教授这样认为：此篇解释《文心雕龙》的“龙”字，它与《周易》“飞龙在天”的“龙”字意义有关，刘勰“有立志名山之业，思不朽之盛事”，藉文章“制作”显名于世；刘勰提倡“征圣”“宗经”，他有《诸子篇》所说“述道言政，枝条五经”的“子家总纲之意”；刘勰有“子家之志”，在此篇定下“以子领文”之体系；刘勰以子家自居，肩负“述道言治”之子学思想，其意“尽现于”此篇篇末的赞词。

龙学拾遗

以上是我阅读后对《细读》内容的概括。书是大龙、长龙，要把它缩小成寸，谈何容易。《易经》的“易”有简易、变易、不变易三个意义。我尝试把《细读》讲得“简易”，希望书的内容义理在概述时“变易”者少，希望其中心思想“不变易”。游志诚教授凭其硬功夫也是真功夫，真积力久，以其近乎大力神赫拉克勒斯（Heracules）之力，近乎洪荒之力，狮子搏兔——应说狮子搏“龙”——之力，择善固执，完成这大部头著述，他要传递的明确讯息是——让我重复前文一次——《文心雕龙》的每一篇都具有“实际批评”的成分，都受过“易学影响”，都具有“子学内涵”。

前两个论断由于论据充分，不会引起什么争议。后者（即具有“子学内涵”）也论据充分，但其论断可能会引起后续讨论：究竟《文心雕龙》是否应该定性为“子书”？我略述已见。

一个传统的分类，是《文心雕龙》属于四部中集部的诗文评；有论者则认为它应该属于子部。四部的序列是经、史、子、集，似乎“子”比“集”

要高级一些。姑不论这样的思维是对是错，在《文心雕龙》的属性上，为什么我们一定要在子书和文学理论之书（“诗文评”）之间选择其一呢？称得上子书的“子”，上面引述过的原则是，此子必须得“道”立“家”；准此而论，刘勰“究天人之际，观古今之变，而成一家之言”（这里我借用司马迁的话），岂非已得“道”立“家”？《原道篇》对文学的天人关系，论之详审；刘勰探讨的“古今之变”，乃文学的古今之变；他所立的“家”，乃文学理论家（或谓文学批评家）。《原道篇》开宗明义第一句是“文之为德也大矣”，文学理论家的人文地位，自然不低于——至少不应该低于——议论“治国平天下”之道的诸子、诸家。

换言之，刘勰可凭其《文心雕龙》而名为诸子之一子、百家之一家。所以，我们大可不必争论：称此书为子书也好，称它是文学理论的书也好，并没有减损它丝毫的价值。有研究中国和印度文化的学者，指出两国之间的紧密关系，乃根据象征中国的龙和象征印度的象，把龙和象两个汉字结合起来，成为一个“象龙”字。开个玩笑，我们何不把“子”和“集”两个字结合起来，成为一个“子集”字，以说明《文心雕龙》的属性？

顺便再陈一说。有龙友辩论《文心雕龙》的另一种属性，即它究竟是文学理论的书呢，还是文章写作学的书。对此我有简易的回应，即文章写作的种种问题，都包括在文学理论之内；如果把此书定性为文章写作学的书，这是矮化、窄化了这本伟大的经典；如果有人解释“文章”时把今天我们所说的诗歌小说戏剧都排除掉，则是另一种矮化、窄化了。

《细读》对《文心雕龙》所含三大义理的论述既专深又透辟；关于“实际批评”一项，我倒认为有两点可以补充阐明。一是“实际批评”一词乃翻译自英语的 practical criticism，有其具体含义。在西方后来也在东方的文学学术界，批评家在讲课或文章里，其实际批评一般都是通过相当篇幅（有时简直是长篇大论）的分析解说表现出来的。《文心雕龙》全书只得三万七千多字，却评论了两百多个作家，其对作家作品评论的简要，可想而知；所以此书的实际批评方式与现代的实际批评方式，极为不同。如《才略篇》评论作品，“《王命》清辩，《新序》该练”，一篇作品只用两个字，简练之至；论及作家，如“徐幹以赋论标美，刘桢情高以会采”，一人一句，言简而力求意赅；论及“三曹”：

> 魏文之才，洋洋清绮。旧谈抑之，谓去植千里，然子建思捷而才俊，诗丽而表逸；子桓虑详而力缓，故不竞于先鸣。而乐府清越，《典论》辩要，迭用短长，亦无懵焉。但俗情抑扬，雷同一响，遂令文帝以位尊减才，思王以势窘益价，未为笃论也。

则可算“详细”了。游教授论《才略篇》的实际批评时，用过“点评”一词，也就是点到即止的评论；如此形容，可谓贴切。我国古代的文学批评，大多用语简要，或谓之为“印象式批评”。诚如游教授所言，《文心雕龙》篇篇都有实际批评；如果印象式批评可用来概括此书的实际批评特色，则此书实在是中国印象式批评的嚆矢。

我补充的第二点意见：如要进一步研究《文心雕龙》的“实际批评”，比如探究刘勰从事实际批评时，他如何操作，那么，《辨骚》篇是一个范例。刘勰评论的是以《离骚》为主的《楚辞》。他先引述历来诸家对此的评论，并略加论断，跟着征引作品内容，包括一些细节，基本上从他提倡的“六观”（即观察作品的六个方面）加以剖析，形容其风貌，作出评价。《辨骚》作为有理论、有方法、有程序的实际批评操作，在今天来说，仍具典范意义。2016 年出版的拙著《文心雕龙：体系与应用》有一章是《现代实际批评的雏型：〈辨骚〉篇今读》，对此论述颇详，此处不赘。

细水长流龙学扬波

为了写这篇阅读报告，我临急抱《易经》，怀抱有功，果能学以致用。我除了因为对易学略增认识，通过《易经》和《文心雕龙》比照可畅读《细读》之外，还可引用《易经》和《文心雕龙》的语句，进一步形容我细读《细读》的感受，以及我所认识的游教授。

志诚兄祖籍福建，1956 年在台湾出生。童蒙时代开始读《易经》，大学时期对《文心雕龙》和《文选》产生兴趣。后来读研究院，硕士论文题为《〈周易〉之文学观》；继续深造，博士论文题为《文选学新探索》。他先后在成功大学、彰化师范大学等校任教，其研究和撰述，主要对象是上述三部经典，还有就是因《文心雕龙》而来的《刘子》一书（他认为此书作者也是刘勰，对此有专著论述)。志诚兄治一“易”双“文”之学，其治学也，“飞龙在天”而宏观之，“或跃在渊”而深究之。(或谓谈文论艺有执望远镜者，有执显微镜者；有乘飞机下眺者，有踏实逼视者。参见蔡田明《〈管锥编〉述说》页363。)游教授“有孚”心诚，既“吉”且“贞”，其所著述包括这本《细读》的内容，乃能“括囊”而“含章”，成其“大壮”之美。

和志诚兄的“有孚”君子之交，始于神交。1980年代初我有《怎样读新诗》一书在港、台出版，一位我不认识的“游唤”先生发表长文评介此书，结论是“应该这样读新诗”。后来我到台北参加学术会议，认识了，原来游唤就是游志诚。2002年游教授主编《大专院校文学批评精读》，把我一篇文章选入了。近日整理书刊文稿等等，我还发现关于选文的“授权同意书”。我荣获精选的文章题为《重新发现中国古代文化的作用——运用〈文心雕龙〉六观法评析白先勇的〈骨灰〉》。这里我不厌其“长”悉录篇名，是因其有关《文心雕龙》。虽然一直交情如水，却也淡中有浓，而浓乃因《文心雕龙》而起。

台湾是研究和发扬中华文化的宝岛。只就龙学而言，且只说已故的沈谦和王更生教授，其龙学著述，其尊龙情怀，都值得大大称许。沈教授赐给儿女的嘉名是“沈雕龙”“沈文心”。王教授冬雪中山东寻访“龙伯”牟世金先生，又曾筹募经费举办龙学会议；当年他激动讲述，听者无不动容。前属“龙兄”现在升级为“龙叔”的游教授，和我互为研究生博硕学位论文的校外考试委员，论文写的都是《文心雕龙》。2007年他邀请我到彰师大演讲，题目是《从〈文心雕龙〉看韩剧〈大长今〉》。

我们在台北，在北京，在镇江，在呼和浩特，参加学术的盛会尤其是关于龙学的盛会，志诚兄往往与妻子同行，他双重享受红袖添香之福。游太太徐华中教授是伴读的贤妻，也是伴学的良友：她也喜爱、也研究《文心雕龙》和《易经》。学术会议中，我们细细论文；论文后的宴会则有一樽一樽的酒。印象最为深刻美好的是2017年8月我们飞赴内蒙古呼城参加的龙学大会。大会圆满举行既毕，主人万奇教授及其夫人和志诚兄伉俪，加上我五人共进晚餐。把装有八百页《论文集》的大书袋放下，轻轻松松地，我们把酒谈古论今，一室尽是酒之香、菜肴之香、诗话文话之书香。大家口占、即兴，韵语歌曲竞出，神思远扬，思接千载，恨不得让雕龙变成飞龙，超现实地把刘彦和先生从天上的白玉楼接来凡间，和我们共话：说说当年“予生七龄，乃梦彩云若锦，则攀而采之；齿在逾立，则尝夜梦执丹漆之礼器，随仲尼而南行”的“立道”缘起，叙述在易道上“弥纶群言……深极骨髓”的艰苦写作终于“成家”的经过；并贯通古今，展望目前龙学的远景，以及在全世界弘扬中国文化包括文学理论的愿景。

与志诚兄如水如河之交，细水长流；这条河时而扬起波涛，是龙学扬起的波涛。静静长流的时候，也正是大家“终日乾乾夕惕”“天行健，君子以自强不息”的“研阅穷照”“酌理富才”的时候。《文心雕龙》的伟杰，在于它的丰富宏大，让学者可从不同角度不断研探，可在不同时代不断诠释。《细读》就这文论经典所蕴含的三大义理，举出海量的例证，用刺绣一样的工笔撰成论著，向龙学界确切发表他的观点，是龙学书库新添的厚重大卷。我阅读《细读》，同时补习《易经》，大大受教受益；希望这篇报告果能负载我心，向志诚兄致敬意，向龙学界作推荐。

——写于庚子年二月上旬

自 序

继百万字的《文心雕龙与刘子跨界论述》刊行之后，我心愿中的这本《文心雕龙五十篇细读》乃顺理成章地成为不得不写的一部书。

《文心雕龙·序志》篇是序与志合言，不单单只是叙录《文心》结构而已。刘勰仿照圣人“吾十有五而志于学”“士尚志”以及“士志于道，据于德，依于仁，游于艺”等等，化用这些“志”字的引伸含义，一直以来，少有人细读，更别说领悟了。

一开始其实自己也不相信，于是翻遍今存传世古籍。凡古书例皆有序，《二十二子》《汉魏丛书》《子藏》所收子书，有叙录、后序、序意、要略、自序等等名称，就是没有序志这种叫法。如果说刘勰不是随意的，就像《文心》全书五十篇体例摹拟《周易》大衍之数，乃有意为之，那么“序志”到底要说什么“志”？龙学界似少有人说。

然而，谁不知道关于《文心雕龙》出版的书够多了，何必再写一本？所以，一定要写，当然就要写不一样的内容。结果发现，《文心》此书以《周易》思想为文论大体，书中实体、体统、文统等说法的历史文化根源也少有人写。

再说刘勰以子自居，《文心》原来就是一本自成一家言的通才之书，“文才”当然包括在内，这一点有人知道，但是具体的文本证据在哪里？一样少有人写。

最后，须知龙学成果即使汗牛充栋，试问“它”能不能用？还有，怎么用？用在哪里？龙学专家并不太理会这个最重要的龙学“实际批评”范畴，更不太去想怎样让龙学“飞”起来。

基于以上三点《文心雕龙》研究的“少有人写”，激励自己今生作为云门之徒的粉丝，反复思考刘勰平生著书一再出现的“万古”与“千载”之语，终于领会生命是时间之存在，而“心”是自己的主宰，只有细读此“心”，始得雕出“为文之龙”。遂用“细读”一词为题，补写实际批评、易学影响、子学内涵这三项“少有人写”的《文心》学，恳请海内外龙学方家不吝指正。爰序鄙意于此，终了这个长期以来悬于胸中没写出来、而一直想要写的云门之志。

丁酉上元日　序于太平猴头坡下

目　　录

叙论：细读《文心雕龙》的四种方法

《文心雕龙》是一部“体大思精”的千古杰作，但若问“体”是什么，还不是很清楚。

对《文心雕龙》的学术研究可说是汗牛充栋，但拿它来好好“用”的研究成果，也不是很多。

而最棘手的问题是，《文心雕龙》到底是一本什么性质的书？文论？子书？文论加文学思想？自成一家之书？至今仍然未有定论。

回答以上三项提问，只有“原典细读”一途。而细读首先要明白《文心》全书各篇必有的“选例”与“比喻”。选例包括“选文以定篇”，以及选人、选书，还有选评，必须从每一篇的举例细细揣摩原典上下文的意思，始克真正明白刘勰文论的内涵及其理论的效用。

其次是《文心》全书为了阐明每篇理论要义，善用“比喻”的手法，此则大大有助于理论内涵与疑义的疏解。如此选例与比喻结合，细心领会，正是《文心雕龙》细读第一门法。

例如，《才略篇》与《时序篇》都在评人与评文，但是“蔚映十代，辞采九变”是《时序篇》，而“九代之文，富矣盛矣”则是《才略篇》，如何分辨？细读此二篇的选例，始知《时序篇》评通才，及通才与时运的交互影响；而《才略篇》专评文才，略去文运时运，除非通才之“文”与时运有可述可观者，再附笔品评，否则《才略篇》基本亦略去。以董仲舒为例，《时序篇》不个别谈他，《才略篇》却注意到“儒家”出身的学者，“仲舒专儒，丽缛成文”，也有“文章”之美。《才略篇》突出对董仲舒“文章”进行价值品评，此例已暗藏玄机，表明《时序篇》与《才略篇》所重不同。所以，《时序篇》可以理解为历代“文学史”，兼谈政治、社会以及思想潮流的演变；而《才略篇》就只能当作“文评论”看待，刘勰真正的文论与“实际批评”乃集中在《才略篇》。如此解释，皆自此二篇“选例”之不同加以细读而得辨正。

若再从“丽缛”一词说起，其与风骨、体性、情采等是“文术论”术语，也就是今人所谓的“理论”（theory）层次。相对于理论，可以根据它来从事实例作品分析，即今人讲的“实际批评”（practical criticism）概念。易言之，此处《才略篇》就是用《体性篇》文章有八体这种理论，进行董仲舒文章的品评，给予“丽缛”之评价，此即“理论”与“批评”这一最基本的区别。

但是什么是体性？其与“风骨”都是文术论概念，要深入理解其内涵，就必须在“选例”之外，再细读“比喻”一法。所谓文章风骨，简单讲，就是风情骨辞。《风骨篇》有“情之含风”语，用“风”比喻风情，是会动的。又说“辞之待骨”，用“骨”比喻辞采，是文章中可见而像骨骼一般固定的。如此比喻，已清楚表明风情骨辞之解。但这还不够，《风骨篇》又有“风骨乏采”与“采乏风骨”之说，这表示只有风情、辞采仍然不足，尚须要求“采动而飞”，“飞”字强调文章辞采要有风情之力，要能飞动起来。所以《风骨篇》有“唯藻耀而高翔，固文笔之鸣凤”语，“高翔”与“鸣凤”之喻生动形象，很好地说明了风骨的概念。以今语言之，风骨就是指美丽的文章要能飞动起来，要有高高翱翔之逸气。①

与此同理，《体性篇》讲文章有八体，但是八体要交互融合，灵活运用，并非孤立单一的个体。这个意思刘勰用“得其环中，辐辏相成”一语来说明，“辐辏”谓辐条环绕车轴中心不断转动，比喻文章体性交互影响，既形象生动，也立刻表明体性八体不分之要义。这些都是《文心》所见比喻写作的技巧特点，必须一一细读领悟，并配合《文心》此书每一篇的选例参读，如此从选例、比喻两方面加深理解，即是《文心雕龙》细读的首要门法。

顺此而推，还有旁通互见、暗藏玄机、移花接木三项，为细读《文心雕龙》的四项基本方法。

当前龙学界文学理论观念不清晰，最典型的在于文学“理论”与“批

① 明清评点家早已注意到《风骨篇》这个鸣凤高翔的比喻是精彩之笔。例如杨慎云：“此论发自刘子，前无古人。徐季海移以评书，张彦远移以评画，同此理也。”李安民云：“比喻入神。”以上两家之说，均转引自黄霖编：《文心雕龙汇评》，页一〇一（上海：上海古籍出版社，二〇〇五年六月）。本书引《文心雕龙汇评》皆据此版本。

评”没有分清楚，混同为一。如此一误，遂不能看清《文心雕龙》此书包含这两部分。凡《文心》文体论二十篇“选文以定篇”部分，就已经包涵有理论与批评，而《才略篇》甚至整篇都在做“实际批评”，却被误读很深，有人说它是《文心》的余论；且因与《时序篇》有太多重复，更有的人说是与《文心》前半部文体论的部分重叠——完全不清楚《才略篇》就是将《文心》文术论的“理论”加以应用，落实在“文章”名篇名作的批评，当然并非“理论”的重复叙述，而是根据这些理论进行的作品评价。它与《时序篇》通论各时代的“才士”与“文才”完全不一样之处，即论述的范畴有广狭之分，讨论的重点有“通才”与“专才”之别。所以，《才略篇》既不与《时序篇》相重复，也绝不可归为《文心》的“余论”。

反而更要重新理解《才略篇》，因为它代表了《文心》最具体的“实际批评”示范，是《文心》“压轴”之作。因为对于《文心雕龙》的批评论，过去研究重点总是集中在从理论到理论的互证、旁通与比较等范畴的研究，较少将理论与作品对观，印证如何根据理论分析作品，进行“作品实例”操作，此弊病与《文心雕龙》到公元二〇〇〇年累积的“范畴”研究，不注重与作品印证很类似。然而《文心雕龙》研究注重范畴研究，缺少与《文心》创作论结合、用大量作品实例做说明，这种自觉的“理论空泛”反省，恰恰也提醒我们《文心雕龙》批评论必须挣脱“纯理论”的旧框架，将批评论与作品分析相结合。

这项龙学范畴研究法的省悟，大约在公元二〇〇〇年前后正式被提出来讨论，可举张少康编《文心雕龙研究》（二十世纪中国学术文存）与张少康、汪春泓、陈允锋、陶礼天等四人合著《文心雕龙研究史》这两本专书为代表。[①] 当时此二书描述对未来《文心雕龙》研究的展望，都重视将《文心》范畴论联系“大量实例作品”的印证，认为不能只是作从理论到理论的研究，例如研究道、气、神、心这些范畴在思想史、宗教史、艺术史的内涵，

① 此二书大约同时间成书，只是正式刊印时间不同而已，因此，可视作姊妹之作，有一致性的“实例”反省自觉。《文心雕龙研究》据陈平原总序署期在二〇〇一年十一月，刊行于二〇〇二年八月。《文心雕龙研究史》张少康序署期二〇〇〇年七月，早于陈氏书，刊行于二〇〇一年九月。此书结语，《文心雕龙研究未来展望》提出“从理论联系实际的角度”云云，“导言”也有“新世纪《文心雕龙》研究的展望”一节，同样强调“用大量作品实例说明范畴”之做法，所以说，二书有一致性的“实例”研究自觉。案：本书细读讲的实际批评“术语”不完全是“范畴”的概念。

与《文心雕龙》化用、借用、引述、比较这一类范畴等等的研究，不能只停留在“理论”的对照，更必须以大量文学作品做实例印证，可惜到目前为止还是很少见到这种研究成果。①

这是对《文心雕龙》范畴论缺少“实例”的批判；对于《文心雕龙》本身的批评论的研究，也有同样的隐忧。其实，有关《文心雕龙》批评论研究，一九七七年沈谦《文心雕龙批评论发微》一书刊行，已明白使用“批评论”一词，但是当时只见“批评法”或“批评实例”二语，尚未自觉突出“实际批评”概念，即没有注重对《文心》各篇针对作家其人及其作品的品评进行研究解读，缺少“大量实例”的印证。②

其实《文心》几乎每一篇都早已有了“实际批评”，遍见于各篇的“选文”“选例”与“选评”。可惜，囿于模糊不清的理论认知，很多读者不能清楚看到文论“理论”层次与“实际批评”层次的区分，以及不明“批评术语”之分析，遂导致《文心雕龙》的“实际批评”效用湮没不彰。今试举《文心》专门从事“实际批评”的《才略篇》为例予以说明。此篇分析“战代”文士云：

> 战代任武，而文士不绝。诸子以道术取资，屈、宋以《楚辞》发采。乐毅报书辨以义，范雎上书密而至，苏秦历说壮而中，李斯自奏丽而动：若在文世，则扬、班俦矣。荀况学宗，而象物名赋，文质相称，固巨儒之情也。（页三八九至三九〇）

---

① 根据《文心雕龙研究史》结语有一节反省范畴论缺失云：“所以如果我们不能紧密联系创作实践来分析，只是从理论到理论的抽象论证，也是不能真正把握它的确切内涵，更无法用它来指导创作实践。从目前已有的理论范畴研究来说，很少见到有人能用大量作品的实例来说明这些范畴在创作中的具体体现，这其实是一种很不正常的现象，它也是现在的理论范畴研究不能令人满意的重要原因之一。所以，对我们‘龙学’研究者来说，范畴研究如何深入还是一个很大的问题，需要我们花大力气来加以解决。”（页五九四）案：此处谓大量作品实例，是就作品而言；若对作品直接进行赏鉴分析，即谓实际批评，是就作品批评而言。参见张少康等编著：《文心雕龙研究史》（北京：北京大学出版社，二〇〇二年八月），页五八七至五九四。

② 参见沈谦：《文心雕龙批评论发微》（台北：联经出版事业公司，一九八四年五月），页九一批评方法，页一〇三批评实例。案：此书所谓的批评实例，只据《程器篇》与《才略篇》两篇而已。其实，在《文心雕龙》其他文体论与文术论各篇“选文以定篇”的原文节段，都有“实例作品”之批评，此谓之“实际批评”，其与“批评实例”性质悉同，所以，沈谦“实例批评”已经有了“实际批评”之内涵。案：本书凡引述《文心》各篇原文悉据此书为底本，凡引文节段皆直接标示页码于引文下，不另出注。另外，黄霖此书收录明清评点批语，凡本书有转引，亦直接标示该书页码于引文下。参见《文心雕龙汇评》。

表面看此节似无深意，由“战代任武，而文士不绝”可知主题乃战国文学。可是再仔细阅读，待质待解者甚多。

首先当明辨此节述战代“时序”，点明是“文武”并出之时运。但因《才略篇》专讲“文才”之品第概略，只好略去“武”不谈。然而什么是武、什么是文？必须依据《文心》原典去索解，结合刘勰其人及其一生学术思想，将“人”与“学”系统而观，始得以知其所谓的“文”为何物，及其主张的“文论”是什么。

今藉由“旁通互见”细读法，据《情采篇》“圣贤书辞，总称文章，非采而何”一句，可知刘勰的“文章”之定义作此，再参考《书记篇》“圣贤言辞，总为之书，书之为体，主言者也”，此“主言”经书论充分表明刘勰的“文章”是大范畴杂文学主张，与今人所谓“文学”一词绝不同义。如果再参照《附会篇》刘勰攻驳历代“文笔说”之非，力思用“发口为言，属翰曰笔”这种“言笔论”取代文笔说，则更清楚刘勰的“言”泛称自然之道的言。而这一“主言”之文章定义，包含单言“文”之义，也兼摄“人文”一词内涵。所以，《原道篇》结论“人文之元，肇自太极”此语的“人文”也可简述为一个“文”字。①

总之，《文心雕龙》书中之“文”字都不能片面而狭隘地只解作“文学”。否则，上引原文节段明明是在谈战国文学，却首举“诸子以道术取资”，先述“诸子”之文，不免使人怀疑：“子家”是文学吗？诸子有什么“文”？如果战国是“任武”，而且又是“文士不绝”，则诸子是文还是武？这一提问，皆须细读《文心》原典原义，再经由“旁通互见”与“暗藏玄机”

① 这个“文”字，当源自《周易》，但是讨论《周易》对《文心雕龙》的影响，以及《文心》化用衍义易学易理之说法，上世纪少见。本人早于一九九八年（台北）文化大学主办的“魏晋南北朝文学与思想”国际会议上发表《运用〈文心雕龙〉理论分析卜辞文学》，论述《周易》与《文心雕龙》相关课题。一九九九年又于（台北）台湾师范大学国文系主办的“《文心雕龙》国际学术研讨会”再度上发表《运用〈文心雕龙〉理论分析〈易经〉文学》，此后又作《刘勰与〈易经〉再论》（刊于二〇〇四年深圳大学：《〈文心雕龙〉国际学术研讨会论文集》），以及二〇〇八年作《〈文心雕龙〉与〈易经〉三论》（刊于中国《文心雕龙》学会编：《〈文心雕龙〉与二十一世纪文论研究》，页三三六至三五七）。想起二〇〇〇年四月三日于镇江召开《文心雕龙》国际学术研讨会，本人发表《运用〈文心雕龙〉理论分析〈周易〉文学》，会议当场主席公开宣称《周易》与《文心雕龙》二书毫无关系，没想到后来龙学界论述两书有密切关系之课题竟然不减反增。特别是二〇〇七年第九届《文心雕龙》学会学术研讨，已看到大陆学者李逸津《〈周易〉哲学与〈文心雕龙〉理论体系的建构》一文，自此以后这类课题探讨就更多了。

“移花接木”三项细读法，始克得解。

以上先从《情采篇》《书记篇》与《才略篇》旁通互见的“文”之原义，得知刘勰的文有人文、文章、言笔等含义，而圣贤经书即包含其内。接下来须解释诸子与诸子文章是不同的概念。“诸子以道术取资”，何解？已有误解谓“诸子百家以其思想学说取信于世”，更有人解释为“诸子百家以思想学说获取声望”，以上二解，直说成是诸子道术学说，但均遗漏了“取资”一词。资，用也，谓取学说思想供作文章“义理”阐发之用。当知《才略篇》只谈“文才”，今举诸子为例，其重点必不在诸子之“道术”，因为这个“道术”已在《诸子篇》谈过。《诸子篇》先谈诸子“道术”，次再述诸子“子书”文章，已明显区分诸子之“学”与诸子之“文”。今用“旁通互见”法，知《诸子篇》所述“逮及七国力政，俊乂蜂起……餍禄而余荣矣”这句话即述子学，但未及子书“文章”；而在“研夫孟、荀所述……斯得百氏之华采，而辞气之大略也”这一节始大谈诸子之“文”。明白《诸子篇》诸子学与诸子文之论述不同，即可理解《才略篇》一旦畅述战代文才，必首言“诸子以道术取资”，刘勰此句本意是说诸子的“文章”是擅长“道术”的论述，换言之，诸子作为战代“文士不绝”的一部分，其文章特点乃在择取道术精义以为文章之用。资，用也，谓诸子将道术化入文章内容，其与同在战代的文士，譬如“屈宋以《楚辞》发采”所作有着截然不同的文章风格。而这里就暗藏一个意思，即类似《诸子篇》说的“圣贤并世，而经子异流”这种“学术分科源流”的概念，谓圣人与“子家”本是同时代的人，可到后来，“圣人”分出来，而“子家”也另成一系统了。言下之意，魏晋开始流行的“四部”或“七略”这种学术分科，乃“晚出”之见，在原始之世根本不分，孔子与老子后代分别在经子，二人却又是并世共存的。

由此引伸，战代任武与文士不绝也是同时代的产物，分出何家是文、何家是武都是后出的学术观念分法。而此节将“诸子”与“屈宋”并举在“战代”，其下更将战国纵横家辨士乐毅、范雎、苏秦、李斯、荀况等一并列入，身份复杂，家数甚多，这些人都可统归之“诸子”吗？若可以，屈原、宋玉又如何归类？说他们不是文士，是“武”，可以吗？

由以上分析，乃知此节暗藏之“玄机”，表明刘勰的“文武”之分别，“文”的范畴大，子书文章也是文，屈宋《楚辞》当然也是文，而“武”《才略篇》并不涉及，须参看《时序篇》与《程器篇》始可知刘勰所谓的“武”

也还是从“文章”角度品评之，否则《程器篇》就不需要举“孙武《兵经》，辞如珠玉”为例，赞美“武将”孙武撰写的《兵经》文辞美如珍玉。

总之，经细读《才略篇》后，始知刘勰《文心》真乃“论为文之用心”之书，而刘勰的“文章”乃采用“发口为言，属翰曰笔”这种定义。简言之，子书是文，经书是文，史书也是文，凡是“发口”为言而写下来的都是文章，刘勰《文心雕龙》悉包揽而总述之，此即“暗藏玄机”之细读法也。

以上由对《才略篇》叙述“战代”之文才部分加以分析，示范《文心雕龙》四项细读法，即移花接木、旁通互见、暗藏玄机、选例比喻。

此四法灵活运用，须扩大到《文心》全书篇与篇之间的联系，如此方可重建《文心》文论的组成结构。例如由《才略篇》细读，知此篇战代专述文才，而“文”的定义为“言笔”之书，凡经、史、子、集之文皆属之，而《才略篇》专述集部之文。

今聚焦于“战代”此一时期，则又必须旁参《论说篇》论述文章之有“论体”一类，凡篇名曰论，悉归此篇。为此，战代论家《论说篇》只举庄周《齐物论》与吕不韦《吕览》的六论；至于经书，则唯《论语》一书用“论”字作书名，故亦举之。《论说篇》述战代不论是“学”或“文”已不再举他例，可见单就战代而言，《论说篇》的“选文以定篇”与《才略篇》完全不一样。推敲两篇选例如此不同之“玄机”，刘勰早已用《汉书·艺文志》文集与诸子分类之概念，谓文集“论体”与诸子书专论思想义理还是有差别的，二者所同者，只有“述圣通经，论家正体”这项原则；再旁通《诸子篇》谓“述道言治，枝条五经”之定义，凡文章以“道术”为本，以“述圣通经”为论，皆属子书文章。由此亦可知《诸子篇》与《论说篇》先后排列，乃因此二类文体都是以“义理”为主轴，议论述道性质相同。

由以上《才略篇》与《论说篇》“互见”的战代叙述的比较，明显可见刘勰文论之精细缜密。但这不够，须再比照《时序篇》如何叙述“战代”。仍然由“选例”可见它与《才略篇》有严格的限隔，由此可再次揣摩刘勰文论的“玄机”。

结果就看到《时序篇》所见战代叙述，凡六经、百家、《楚辞》皆包括在内，真可谓“通才”之历史。总的来看，《时序篇》述一时代之人才，“学”与“文”并见，正是《风骨篇》“熔铸经典，翔集子史”这种经子兼包之才，而这样的“才”，亦正如《杂文篇》所界定的“智术之子，博雅之人”之才，有智也要有术，与有道为体即有器为用之易理相通，皆出“二元”思考路数，凡自此而出之“子”与“人”，于学皆须博通，于文则求雅正。因而又可联想到《文心雕龙》暗藏一种“尚正”思想，本之以求诸子的大致分类则有“纯粹”与“舛驳”之分，而《诸子篇》评判子家之品类，即据“去圣”之远近分其高下，谓六国以前去圣未远，近似“正”体，而两汉以下子家大多依采，已非纯粹之“正”；至于魏晋子家，全然是“间出”，谰言琐语，距离“正”又更远矣！

以上种种自《时序篇》战代通才引伸衍义，经细读方法，即可一再联系《文心》其他各篇（这又是旁通互见与暗藏玄机与“选例”三种细读方法并用的理解），从而可以得出结论：《时序篇》述战代通才，而《才略篇》专述战代文才，《时序篇》不是“文术论”范畴，《时序篇》与《物色篇》合为一组，介于《总术篇》与文评论之间，《文心》真正专评“文才”之篇目当属《才略篇》。狭义地讲，《才略篇》才是《文心雕龙》地地道道的专篇“实际批评”。由此篇的“选例”，皆品评文章，不述通才之“学”，更可证此说。①

本乎此，对《文心雕龙》进行细读不可忽略五十篇的“选例”与“选文”，甚至某些个别篇章只“选人”，或者“选学”而已，皆不可略过，必须细味这些“例证”在每篇暗藏的“玄机”，始可依稀拼凑，重新组建刘勰文论体系的主轴大纲。

然而关于《文心》的“选文”，一般读者都只是知道上篇二十篇文体论依四例之一“选文以定篇”，那么试问其他各篇岂无“选”乎？是又不然。盖《文心》文体论每篇例有“选文”，藉以品评该文体名篇名作。然须知刘勰针对选文的评语，背后必根据《文心》文术论的“文理”与“术语”，凡批评所用文论术语，亦须经由旁通互见文术论各篇之论，探索选文品评深意，分析选文写作技巧。换言之，《文心》文体论可视作应用文术论之“实际批评”。但文术论也必须有“选文”做印证，以深入分析。所以选名篇名

---

① 《才略篇》与《时序篇》之不同，既如以上分析，今见陈拱《文心雕龙本义》谓才即才性、情性，但专主于“文之评论”，甚是（页一一六二）。又周兴陆《〈文心雕龙〉精读》则将《时序篇》与《才略篇》同视为“文学史论”，谓《才略篇》重点在作家的才略与文风的关系（页二〇一）。案：文风即文运风尚之变化，当指《时序篇》，至于《才略篇》宜视作文评论为佳，或者谓如今人所言文学批评，又兼有“史”之叙述。

作在《文心》文术论各篇仍然有大量的例子，而其所选之文章，亦大率不出文体论已说之文。吾人不妨将文术论为了印证举例而谈论的名篇名家，暂名之曰“选例”，其与文体论的“选文”宜同等看待，此即“选例”细读法之意。

文术论同文体论皆有“选文”或“选例”，即使文评论也照样必举实例作品进行品评，文评论所举之人、文，亦皆“互见”于文体论各篇，尤须藉由旁通互见、暗藏玄机之细读法，始得理解刘勰文评论方法与涵义。今再以《才略篇》述战代文士已说批评之语为例，凡所评述战代文体，例如“诸子以道术取资”是《诸子篇》文体，“屈宋以《楚辞》发采”是文术论《情采篇》与文体论《诠赋篇》之说，“乐毅报书辨而义，范雎上书密而至”涉及文体论《书记篇》所述“上书”与“书札”两种体类，其中“上书”这一体又互见于《奏启篇》。而文术论的《定势篇》与《体性篇》讲体势六势与体性八体，与《才略篇》“精辨”与“精约”“精密”是同一类的术语概念。

另外，“苏秦历说壮而中”是评文体论《论说篇》的说体文，评语“壮而中”也与文术论《体性篇》八体之一“壮丽”有关。而“李斯自奏丽而动”刚好用文术论《体性篇》八体“壮丽”的“丽”字品评，只是文体论改用到了《奏启篇》之奏体文。

最后，“荀况学宗，而象物名赋，文质相称，固巨儒之情也”，此评语从“学”之角度品评荀子之“文”，特别突出其咏物赋之“位体”，分析其做法是“体物写志”，由荀子之学到荀子之文，子书与子学兼谈，正是《诸子篇》这一篇“文体论”的要义。而总体评价荀子说他是“文质”相称，暗藏“情理”一致，故有“巨儒之情”一语，则又是《情采篇》讲过的情理、华实、文质并备之文章情采理论。给予荀子这种子家文学、子书文章如此高的评价，又隐隐表明刘勰心目中确实有“子集合一”之文学观。

以上再次细读《才略篇》所得出的结论，即知《文心》文评论这些“选例”，与文体论一样，都是针对“选文”或“选例”进行品评或赏鉴；亦皆须藉由旁通互见与暗藏玄机之细读方法，始能真正诠解文评论“选例”的内涵，并确知《文心》此书凡文体论、文术论、文评论等各篇都有互见的“选文”与“选例”，而文评论又可别称之曰“选评”。

这种细读法，可再举冠文术论之首篇的《神思篇》加以探索，此篇述文士才思如神皋之论，举十二家文人为例，分迟速两类，表面看似乎没有“批评”，没有“理论”。今则藉由“旁通互见”细读法，自《养气篇》“思有利钝，时有通塞”之语，知神思有利钝，即有迟速之意。又《附会篇》有“且才分不同，思绪各异”，知才分即文思之所本，则神思谓才思如神，拈出一“神”字，不过要用来强调“才思”如神之意，突出作家才思于“为文之用心”为最重要因素。

以上《养气篇》《附会篇》所述才思、思绪，皆可互通《神思篇》述文思如神之理论，经由篇与篇互通之细读，构成《文心》理论系统，乃知《文心》文术论各篇都不是各自独立、不相连属，反而是呼此应彼、篇篇相通。再者，《神思篇》论“人之禀才，迟速异分”而举例十二家文思，判其优劣，分出迟速两类，有“亦思之速”“亦思之缓也”之语，此“思”字即谓才思、思绪、文思，则皆本《养气篇》《附会篇》前揭之论。乃知文术论各篇凡是“选例”，亦必有评，凡有评，亦皆有“理论”可参据。文术论各篇其实处处可见“实际批评”方法，有理论与作品实例之应用对照。

细读《文心雕龙》还有一法曰“移花接木”，是将《文心》原文骈文句式分属于上下两句不同的字或词，重新加以组合，移动上下字词的位置，接合起来，使成为一完整而通顺的词组，构成上下文意连贯一致的语句，此谓之移花接木法。试读《指瑕篇》这一段述文章用字要正、字义要符合情理云：

> 若夫立文之道，唯字与义。字以训正，义以理宣。而晋末篇章，依稀其旨，始有“赏际奇至”之言，终有“抚叩酬酢”之语，每单举一字，指以为情。夫“赏”训锡赉，岂关心解；“抚”训执握，何预情理？《雅》《颂》未闻，汉魏莫用，悬领似如可辩，课文了不成义。斯实情讹之所变，文浇之致弊。而宋来才英，未之或改，旧染成俗，非一朝也。（页一三六）

此节论及文章写作用字要正确，否则一字之误，就有可能违背实情，不但字词易生误解，字义也将不合“情理”，此刘勰《文心》此书特重文章讲究“情理”之又一见证。而此节“字以训正，义以理宣”两句，即是全段最关键的两句，然此二句用“骈文”句式，须要透过“移花接木”读法，重新组合，始得正解，否则易误解此二句，偏离《指瑕篇》要指正字义的理论本义。①

今将“字以训正，义以理宣”两句移动字词如下：字义宣训以正理。如此则字义为一词组，训、正与理宣又一词组，训宣同义，谓训解与宣扬，而字句讲训解，字句涵义要宣扬，然不论字句或字句涵意，皆要符合“正道”“正理”，表明先要用字正确，始能用它表示正当的道理，此理谓符合事物“情理”。所以，《指瑕篇》本节有“何预情理”之语，并且举出“赏际奇至”与“抚叩酬酢”此二例做说明，谓“赏”字涵义是赏赐，与“心领神会”没有关联；而“抚”字训为持握，又与拿酒杯、交际应酬的状况不相合，此二句都是病在“字不训正”，当然就得到“义不理宣”的结果，谓文章字词不对，则内涵的文章情理也得不到畅达宣扬。由此可知，“正”字是《指瑕篇》此二句的要义，指瑕就是指出文章字词与情理之瑕，导归于正。这也表明刘勰文论系统中的“尚正”思想，而这正是《指瑕篇》“字以训正，义以理宣”此二句的精义所在。而这样的理解不经由“移花接木”的细读法就难读出来。

案：《文心雕龙》全书五十篇每篇构句形式，前句与后句，二句呼应，个别单词前后的对应，造成“对偶”句式，殆为每篇标准句型。今若将上下二句产生“对偶”关系的个别字加以组织合并，使之成为一项双字词汇，此即“移花接木”法。

藉由此法，即可以大大助解《文心雕龙》艰涩难懂文句，甚至理清原文的歧义，据上下文义联系的关键，纠正文义的误解。反之，若不明《文心雕龙》这种移花接木的细读法（通称骈文句式），胶着于上下两句之间个别字义的训诂解释，则极易错读原文，甚至因此而萌生更改原文之做法。如张灯《文心雕龙辨疑》辨正《文心》原文句义的正误，凡是有歧义或误解的文句，经查证大抵都是可由“移花接木”法解决的问题。例如《文心雕龙辨疑》释

---

① 此二句“字以训正，义以理宣”之解，首见李曰刚《文心雕龙斠诠》云：“论及创作文章之要道，唯用字与命义二者而已。”（页一九六〇）此解将“字”与“义”分开为二事，须知必先有字词，而义理即在其中。詹锳《文心雕龙义证》引李曰刚说而从之（页一五三九），袁济喜、陈建农编《〈文心雕龙〉解读》缺解此篇，戚良德《文心雕龙校注通译》云：“文章写作的基本途径，无非用字和立义两个方面：用字要通过训释来选定，立义则根据事理来表明。”（页四六三）此解突出“事理”一义，甚是。戚说参见戚良德：《文心雕龙校注通译》（上海：上海古籍出版社，二〇〇八年）。

《神思篇》“枢机方通，则物无隐貌。关键将塞，则神有遁心”此句之疑义云：

> 句中的“遁心”，本指逃遁之心，但此处不宜如赵译那样解作“精神便会有逃散的念头”，也不能如郭译视为“精神跑野马开小差了”，精神本身是观念的东西，怎么还有“念头”？作者所以用“遁心”二字，为与前文的“隐貌”构成互文。前文说“貌”无所“隐”，这句说“心”有所“遁”。这个“心”是内在、内里的意思，即前面所说的神思现象：“遁”即“逃遁”，并含“悄悄”意味，与上文“隐”字义近，郭译比作“野马”，显然不确，这里应引申指“消失”，“神有遁心”即言创作那种格外活跃的精神活动也就消失了。（页一三六）

此处驳正郭晋稀译此句之误，指出“隐貌”与“遁心”二词构成“互文”句式，甚是。张灯之解即得力于懂得《文心》句法有上下两句成对、上下单字成词的句式结构，用“移花接木”方法，重新组合，得出正解，其实，此二句再作另外的单字词汇组合，必可使人更加清楚明了原文意思。例如隐遁物貌，即与“隐遁心神”相对成文。“则神有遁心”此句也可再作“心神隐道”之组合，将心、神单字组合成“心神”一词，遂更能理解刘勰凡言“神”字，率与“心”字有关，言心即言神。与此同理，“是以秉心养术，无务苦虑，含章司契，不必劳情”此句，“秉心养术”用移花接木法即可作“秉养心术”解，谓秉持心术培养的妥善方法。如此易解明白，绝不致于硬要改作“养心秉术”，然后加以曲解说成心是养心，术是“驭文之首术”的文术，将复义词“心术”分作“心神”与“文术”两意，其实原文只有一个“心术”的构句法，秉心养术这一句，就只有“秉养”这个动作，专门用在“心（神）之术”的培养。为此，张灯对郭晋稀误解“秉心养术”句义加以驳正：

> “秉心养术”句，各本中唯郭注译本校改作“养心秉术”，理由是：“上文云：‘陶钧文思，贵在虚静，疏瀹五藏，澡雪精神’所谓养心也。又云：‘此盖驭文之首术，谋篇之大端。’所谓秉术也。盖后人传钞时以养秉二字误易也。”臆测不是断定版本歧误的依据，更何况郭本理解该句实还有误，本条四句，实为第一大段结语，“秉心”应为操持其心的意思，类乎如今所说锤炼思想。它不仅上应“贵在虚静”等句，也与“意授于思”诸语密切相关，即不光是有关心境的要求，而且包含了

“心”、“思”重要性等内容的强调。如果依郭本改作“养心”，即单指“养得心地空灵”，意旨缩小了，反取消了本条对全段的概括意义，因知为误。（页一四八）

此节细辨秉心养术，谓即操持其心，又说这个心就是今人所说的“锤炼思想”。这一解法正确，关键就在懂得将“心术”当作一个复词，说心术、心神同义，不该强行拆解成“心（神）”与“（文）术”两义。再次印证用“移花接木”法细读《文心》全书各篇上下原文，组合上下单字而成词，确然可以大大有助于原文真义的理解，从而可知，移花接木法，是细读《文心》的又一门法。

有关《文心》一书性质，认为其为“子书”者，历代多有，历代目录学著录往往归此书于子类，而明清评点此书，大都以《刘子》称之，这些都是“现代”以前即有的《文心雕龙》是子书的见解，学者已有多方面考证论述，兹不赘述。

若直接审视现代学者，说《文心雕龙》是子书的，也大有人在。早在二十世纪三十年代，已有刘永济《文心雕龙校释》提示刘勰思想“近乎子学”。其后在八十年代大陆龙学复兴时期，又有蒋祖怡在一九八六年在北戴河召开的第二届《文心雕龙》学会发表《〈文心雕龙·诸子〉篇疏证》一文，论文末尾也得出“后世目《文心》为子类，盖有由矣”这一结论。另外尚有杜黎均《〈文心雕龙〉与〈刘子〉比较论》一文，认为刘勰是子家，《文心雕龙》与《刘子》都是刘勰的著作，这就表明《文心雕龙》当然必内涵子学思想，具有子书性质。①

而想理解《文心》这部子书的内在性质，还是要用旁通互见法细读《杂文篇》《诸子篇》与《序志篇》三篇文意有关联的节段。《杂文篇》结论“对问”这种文体用“身挫凭乎道胜”此语说明作家平生身世挫折，乃凭借“道”寄托情感；而《诸子篇》定义诸子也有“入道见志”之语，意思是说子家因为平生所遇不合，退而述道见志，胸怀寄托远大理想，因而写出子书。再参《序志篇》刘勰自白不做经师，不著史籍，而志在“立家”，思考文章经国之用，乃始论文，撰作《文心》。将此三篇旁通互见的“道”字，

---

① 以上引述蒋祖怡、杜黎均两家论文，均见中国《文心雕龙》学会编：《文心雕龙学刊》第五辑（济南：齐鲁书社，一九八八年六月），页二三〇至二四五，页三四六至三六〇。

以及暗藏“子志”的玄机，合起来一看，刘勰的子家之志已不言而喻，此皆要用“旁通互见”细读方法始能解得真相。

总之，《文心》文论四十九篇每篇之论述主题及其支论，都要从“总体综合”之角度，做一紧密联系之研究理解。即不是每篇各自孤立论述，而是“篇与篇”之间互相参照，注意互为印证之结构关系，正所谓“分立之中仍相连属”，类如此种“规略文统，宜宏大体”（《通变篇》语）的体统研究概念，始谓之《文心》细读法。

其实，互见思考，上世纪八十年代也有石家宜《文心雕龙整体研究》这类著作，标举“系统研究”，已注意《文心雕龙》篇与篇之间理论说法的互相参读，避免将每一篇个别孤立地做诠释，力图从《文心》“系统”概念，完整统合，近似“折中”之说，进行深刻理解，① 这种进一步的龙学研究思考理路，宜属可圈可点之作。可惜，那时候所谓的《文心雕龙》理论之系统研究，还没有明晰地界定“理论”与“实际批评”之分野，也尚未注意到《文心》系统研究最细致的篇目交叉细读，即是要读出《文心》各篇针对实例作品进行分析赏鉴时，那分析之背后其实是有《文心》文术论各篇作为“理论”凭据，才能有效地进行文体论各篇如何“选文”、又如何加以“定篇”的论述。详味这一“定”字，大有评定判定作品优劣高下之处的意思。因而，文体论各篇的“选”与“定”都必然要旁通到文术论各篇的“理论”要义，始能找出刘勰赏鉴评定所依据的“文术”理论是在哪一篇。如此说来，文体论各篇与文术论各篇存在的篇与篇之系统结构因素，即属于一种“理论”与“作品”的对应关系，而文体论各篇也正是《文心》文术论在“实际批评”的驰骋场域，这样的《文心》系统研究才叫作“规略体统”的研究。

后来，到了二十一世纪，幸好有明智之士，继续延伸这种《文心》五十篇“系统”互参的视野，给予“精读”一词的描述，谓之“文心雕龙精读”，② 知道要善用篇与篇之间的说法有互通或一致的意见，只是还是没有分

① 参见石家宜：《文心雕龙整体研究》（南京：南京出版社，一九九三年八月）。石氏此书力倡将《文心》当作“整体”看待，提出“情”与“体”是《文心雕龙》最核心的两大范畴（页六一）即是一例。但此书仍未细分“理论”当有“实际批评”之要目。

② 参见周兴陆：《〈文心雕龙〉精读》（北京：北京大学出版社，二〇一五年九月）。案：此书选录《文心雕龙》三十篇加以论述，不齐全，未必适合“全书系统”之研究概念。

出“理论”与“实际批评”的实质对应关系。

平情而论，龙学界“前修不密，后出转精”、有研究反省意识的著作，不是没有。早在一九七九年九月杜黎均在大学讲授“文心雕龙”这门课，即已注意到《文心雕龙》当分出“理论体系”与“文学批评”两项研究范畴，提倡先弄明白《文心雕龙》的“理论体系”大方向，才能清楚理解它作为“文学批评”专书的根源是什么。为此，杜氏在一九九二年刊行《文心雕龙文学理论研究和译释》一书①，将这样的“理论自觉”意识充分广泛论述，企图厘清《文心雕龙》的“理论”与“批评”分际。杜黎均云：

> 应该重视《文心雕龙》的文学理论体系。如果像有些学者那样，把《文心雕龙》仅仅当作“文学批评著作”，而且笼统地认定它上篇主要是文体论，下篇主要是创作方法论，而不去评介它的文学理论体系，那就难以全面看到《文心雕龙》的真实面貌。这对研究《文心雕龙》这份珍贵的文学遗产，对继承和发展优秀的古典文学理论传统，是不利的。②

这一节反省之语，已很能自觉到《文心雕龙》不能只当作文学批评专书，指出在理解此书的批评之前，当先明白此书的“文学理论体系”，从而清晰分辨《文心雕龙》当有“理论”与“批评”两个层次。相较于不论是单言此书“文学理论”而不知另有“批评”，或者一味只说此书是“文学批评”而不理解批评之前当先有“理论”源根的这两种错误提法，杜黎均力倡《文心雕龙》“理论体系”之重要性，已显示出其特有的龙学远见视点。后来的龙学界更精细地再从《文心》“批评论”之内分出“实际批评”，即以杜黎均为先导。

例如自此之后龙学界又看到将《文心》此书的“理论”当作“批评”加以论述，且自觉地指出刘勰此书特别注重“文体”的约制，经常从事“辨体”的分析，遂视之为“作品批评”，此可举胡大雷《文心雕龙的批评学》

---

① 杜黎均若从一九七九年授课时已有此自觉见解，再到一九九二年刊行此书，已经酝酿有十年之久。若再比较沈谦《文心雕龙批评论发微》（首刊于一九七七年五月），沈氏此书已明确“批评”与“理论”之不同层次，则杜、沈二家大致是不约而同在海峡两岸龙学界探触《文心》此书“理论”与“批评”是不同层次的课题。参见杜黎均：《文心雕龙文学理论研究和译释》（台北：晓园出版社，一九九二年七月）。复次，沈、杜二家有时候用理论有时候用批评，但其实质内涵则二者互有交集。

② 参见同前注引书，页四六。杜黎均即根据如此概念，在范文澜《文心雕龙注》所附《文心雕龙》体系表的蓝图基础上，增饰扩充，已分出“文学理论体系”此项目。

为代表。

此书专述《文心雕龙》的“批评”，有“作家的批评”与“作品的批评”之不同类别，皆用“批评”一词，刻意扭转了“理论”之层次，聚焦在《文心雕龙》的批评学，而不是理论学。兹引此书第三章“刘勰的作品批评”为例，在分析《宗经篇》比较《尚书》与《春秋》二书异同时胡大雷说到：

> 此后刘勰又对《尚书》与《春秋》的异同做了比较，着重从其表达的特点来探讨如何理解与接受《尚书》与《春秋》。其实，这也就是在强调其批评五经的重点在于如何理解与接受它们，《尚书》与《春秋》可以说是理解与接受上的两个极端，一个是由“诡”到“畅”，一个是可能会由“晓”到“隐”。而之所以如此，是由于其表达的特点不同。①

今观此节的分析比较之语，重点强调《春秋》《尚书》二书的“接受”与“理解”，提出《尚书》“诡”而《春秋》“晓”之区别，点出此二书“表达特点不同”。细想一下，这里所谓的接受与理解，不正是刘勰在《知音篇》提出的“缀文者”情动而辞发，与“观文者”披文以入情这两个概念之不同乎？缀文者是指《尚书》《春秋》作者，而观文者恰恰正是作为“读者”身份的刘勰，这不正是刘勰力思如何针对《尚书》与《春秋》这样的作品进行“批评”吗？

因此，用“接受”与“理解”二词，不如就改称“批评”，更确切一点说，此一节正是刘勰对《尚书》与《春秋》此二部经典从“文章”角度、应用《文心雕龙·知音》理论所进行的一段“实际批评”。

明白这一点，那么龙学研究就要有“理论”与“批评”两种层次之分辨，《文心雕龙》文体论每一篇的“选文以定篇”原典节段，皆当以“实际批评”角度重新理解，刘勰对每一篇的“选文”如何评定，应当就是《文心雕龙》文术论各篇实际批评的主要内容。

可是不要忘了《文心》文体论各篇如此，其实《文心》文术论各篇也屡屡举出例证、例文、名篇名作，并加以评述，仍然可视作每一篇文术论的实际批评。所以说像《时序篇》述九代之文运，《才略篇》评九代之文章，而

---

① 引自胡大雷：《文心雕龙的批评学》（桂林：广西师范大学出版社，二〇〇四年八月），页三九。案：此书用“批评学”一词，与沈谦《文心雕龙批评论发微》用“批评论”一词，虽小有异，然此二书所谓批评，均混合“理论”与“实际批评”为一，未再细加辨正。

《程器篇》辨正文武之术，认为文武之下，名家名将照样都会有名篇名作，该篇谈论这些作品，也就等于“实际批评”的操作。今即据上引胡大雷诠释刘勰对《尚书》与《春秋》的评述，改从“理论”与“实际批评”双方面角度，重新解释如下：

首先，《文心雕龙·情采篇》有“圣贤书辞，总称文章”这种文章定义，界定圣人经典《尚书》与《春秋》二书为文章典范，视“经学”内涵文学，树立“经学文学”之大纲，作为评述此二部经典的“理论”根源。这一点，也必须再参看《宗经篇》已揭“文能宗经，体有六义”之主张，即认为五经文章具备六项文章特点，意谓不唯文要宗经，五经文章本身即为最高妙之文学作品，故而此处即自“文章”“文学”角度切入。

既切入五经文章之后，又首先根据《知音篇》六观之说的“位体”分析，定位《尚书》与《春秋》为“文”之文体，与“辞人”之体、“诗人”之体不同。如此辨正圣文之“体”，因圣人之“性情”已年代湮远莫见其面，只能“披文入情”，纯自“觇文”之途径，玩赏圣文之佳妙。如此说来，此处所论之“位体”，但有文章体貌之“体”意，当无圣人“性情”之体性意思。

果不其然，全段评述谓“览文如诡”是说文章体貌奇诡，又说“观辞立晓”是说文章“置辞”表现畅达，一读就懂。此二者直接评述《尚书》与《春秋》的“文”，而不是“作者”之性情。因此，《体性篇》已揭文章之“远奥”即与“诡诞”之风相近。而“显附”与此处说的《春秋》文辞鲜明易晓相通，谓《春秋》语辞有叙事明晰的特点，即有文意“明显”之意。

凡以上之分析用语，均不涉作者之“性情”，而直接批评圣人文章在“文术”的文辞技巧之表现，遂作出《尚书》“如诡”与《春秋》“立晓”的批评。

若再就“内容”的品评即此二部经典的“事义”而言，则刘勰又有如下的评定：《尚书》内涵的事理“明畅”，而《春秋》内涵的事理“隐晦（隐秀）”，此一项批评乃就圣文的“内在义理”而言，故曰“里”。即与本节“表里之异体者也”此句之“表里”前后呼应，从而更可确信刘勰此处批评直指《尚书》与《春秋》之文章作品本身，而不是“圣文”作者其人。若据《体性篇》分析，则此处仅仅应用了一半理论，因为只评文而阙评“人”。而纪昀评点《宗经篇》已说过：“百世以下，何由得其性情。”（页九八）一语道破体性理论实际操作必有其局限与困难之处，对作家个性后世读者很难有正确认识与评价，尤其是对于年代相隔久远的作品，故而刘勰此处但评其文忽略其人性情，乃亦不为例外。

总上而言，《宗经篇》此节“批评”，所据“理论”分别来自《体性篇》《知音篇》《宗经篇》《情采篇》等各篇之要义，或单用、或化用、或合用，皆非空泛之评论，如此之批评法，既有“理论”，亦见“实际批评”。若问刘勰如何“接受”或“理解”《春秋》与《尚书》？简言之，即根据《文心雕龙》各篇理论进行圣贤文章作品之解读品评，此即所谓《文心雕龙》实际批评。

谈到“批评论”一词，早在一九九五年出版的《文心雕龙学综览》已经将其列为龙学研究“范畴”的主要项目之一，[①] 表明《文心雕龙》的“批评”方法，早已受到学界关注，且已累积相当的研究成果。

即便如此，对所谓《文心》“批评论”的理解仍然常与“理论”之层次讨论中混淆，而在实际讨论中也极难看到类似“实际批评”的概念。兹举二〇〇二年出版的林彬《文心雕龙批评论新诠》为例，书名已标明为“批评论”，但是实际的研究诠解，重点并不在“实际批评”的分析，而只是《文心》每篇原文文意的疏解再疏解。例如《诠赋篇》在“选文以定篇”的节段，历述两汉十家“辞赋英杰”、魏晋八家短篇辞赋之代表，这是《诠赋篇》最具体有效的实际批评之例，此书对此十八家“选例”的新诠以及“疑点辨析”则皆阙述，只字未提。[②] 如此一来，《诠赋篇》建立的赋学理论如何应用在此十八家代表作家的分析与评赏皆不得而知，导致《诠赋篇》的“理论”与“批评”混为一物，统统被归为“批评论”矣！其实，《诠赋篇》“释名以章义”“原始以表末”以及“敷理以举统”原文各节段，如果视作赋学“理论”，则本篇“选文以定篇”即完全属于“实际批评”的范畴。《诠赋篇》结构如此，《文心》文体论其他各篇的“选文以定篇”亦皆如此，同属于“实际批评”的评赏，皆是根据每一篇文术论的“理论”进行名家名作“实例作

---

① 《文心雕龙学综览》列目的龙学研究范畴有性质结构、理论体系、文体论、创作论、批评论、鉴赏论、风格论等，未见“实际批评”立项。参见杨明照主编：《文心雕龙学综览》（上海：上海书店出版社，一九九五年六月）。

② 参见林彬：《文心雕龙批评论新诠》（呼和浩特：内蒙古教育出版社，二〇〇二年一月），页二二九。

品”的分析品评，此谓之“实际批评”。

案《文心雕龙》“实际批评”课题，历代《文心》学者多所忽略，然其中亦得见先识明鉴者，注意及此，且又肯金针示意，启人以法，刘永济《文心雕龙校释》最为典范。只差别在彼时刘永济不用“实际批评”乙词，今探其法，盖雅有“实际批评”实质涵义，亟待《文心》学界关注。如《文心雕龙校释》释《熔裁篇》，用“三准”理论“实际批评”宋玉《风赋》，又用“熔裁”之说实际批评《史记·屈贾列传》，凡此二例，刘永济虽没有明讲“实际批评”一词，然其论述层次，先理论，后作品分析，分析之时，又多方参证，间作评价之语，首尾一贯，内外统一，已将理论与作品紧密配合，恰恰符合今人所谓“实际批评”。对于《熔裁篇》的分析，刘永济援三准理论评宋玉《风赋》，又兼用熔与裁的思想，综合评述《史记·屈贾列传》这两篇，大多已经符合今人所谓的“实际批评”。①

考最早用文学理论的“实际批评”一词并与文学“理论”加以区别之学者，当推上世纪英国出生的批评家瑞恰慈（I. A. Richards）教授。他在一九二七年出版的《实际批评》一书中，正式使用此批评术语，分析了十一首诗歌，采用“精密细读”方法，使用专门的文学批评术语，如隐喻（metaphor）、歧义（ambiguity）、意图（intention）、语气（tone）、意义（meaning）、感伤（sentimental）以及反讽（irony）等，直到今天，这些术语仍在流行。新批评（new criticism）流派最常用此类批评术语，应用这些术语从事作品的分析，此即实际批评（practical criticism）一词之主要内涵。其最大特色，即在进行作品的“细读”与分析，并且背后有一套“理论”做依据，在实际分析时，必定使用文学批评专业术语（term），描述作品中的技巧手法以及阅读后的总体感受，绝非只做理论内容阐述，或者理论体系说明而已，此谓之“实际批评”。②

故而可以总结：《文心雕龙》同有“实际批评”之概念与实例，分见于

---

① 参见刘永济：《文心雕龙校释》，（北京：中华书局，二〇〇七年十月），页一〇九至页一一一。

② 有关瑞恰慈“实际批评”说法的论述，此处参考了〔美〕约翰·克罗·兰色姆著，王腊宝、张哲译：《新批评》（南京：江苏教育出版社，二〇〇六年十二月），页二九至八六。另外，关于实际批评操作的方式范例，可参考 John Peck and Martin Coyle，*Practical Criticism*：*How to Write a Critical Appreciation*（New York：Palgrave Macmillan Press，2007）。

文术论与文体论各篇，而《时序篇》与《才略篇》这两篇通论九代之文，则更可直接视作《文心雕龙》的实际批评。

特别是《才略篇》品评九十余位作家作品，最常用的《文心雕龙》批评理论就是文质、情理、华实三项，须注意此三项遍见于全书各篇。尤其是“情理”“华实”为《文心》文论大纲两大枢纽，皆并见于《才略篇》，益加印证《才略篇》当视作《文心》文论系统的总结，更是刘勰文论应用在作品的实际分析，即所谓“实际批评”最完整而周备的一篇。

一　《原道篇》细读

一、《原道篇》文论与实际批评

《原道篇》首揭刘勰文论大纲，以“易道”为文论思想主导。因而《原道篇》之“道”，非儒家、道家之道，尤非佛教教义之道。盖《易》为群经之首、百学之源，诸子之学当然亦必源出于《易》。今定论《周易》为《文心》全书文论思想之大纲，则前贤旧解《原道》之归类，皆可重新理解矣！知《原道篇》主旨即推源溯本，提出文论起源于《周易》。

然而《文心》终究旨在“论为文之用心”，故而其“道”必由《周易》之道转义为文章之道，于是《原道篇》所述文章之道，当即“文道”“明道”与“自然之道”三说。文道、明道乃就文章之“用”而言，故有“道沿圣以垂文，圣因文以明道，旁通而无滞，日用而不匮”语，即谓文章之功用乃在明道；又有“为五行之秀，实天地之心，心生而言立，言立而文明，自然之道也”语，乃谓言语文辞之出，由于“心”，谓之“文心”，此心乃文章不得不随情而发之自然而然，故谓之文章自然之道。前者明道归为“用”，后者自然属于“体”，体用并建，皆本于道，此《原道篇》落实文章之道，已兼明体用，方法周备，思考圆密，结构严谨。

若更具体分析《原道篇》内涵的“文论”内容，则凡《文心雕龙》重要而基本之文论概念，皆已先备于此篇。如文章写作起源于“心物”论，此与《神思篇》讲的“心统志气”之说互通，突出以“心”为本之文论。文章写作目的以“情志”为主，然亦兼备“声采”，合而言之，即《情采篇》之所述，谓形文、声文、情文三理皆备。又由此引伸，《原道篇》首揭文章华实、文质、言笔之说，《总术篇》《情采篇》《辨骚篇》等各篇亦有类似之论。《原道篇》云：

> 唐虞文章，则焕乎始盛。元首载歌，既发吟咏之志；益稷陈谟，亦垂敷奏之风。夏后氏兴，业峻鸿绩，九序唯歌，勋德弥缛。逮及商周，文胜其质，《雅》、《颂》所被，英华日新。文王患忧，繇辞炳曜，符采复隐，精义坚深。重以公旦多材，振其徽烈，剬诗缉颂，斧藻群言。（页十四至十五）

此节历述唐虞以下迄至周公之文章，观其评述之语，谓“群言浮藻，加以斧正”这句话暗指文章乃“言笔”之作，即《总术篇》辨正今之常言“文笔说”之非，申明“言笔”之分始为确论。又谓商周文章“文胜其质”，已用“文质论”品评。又有“英华日新”之语，华即华实之华，而“精义坚深”之语，义即义理，指文章的华实之实。

由以上分析，定知《原道篇》篇名述文道，其实质内涵已揭示《文心》文论最主要的基本术语概念，凡情理、华实、文质、言笔等等皆是。《原道篇》冠《文心》全书之首，见证刘勰文论精心巧构，《文心》乃体大思精之作。同时，也可以辅证“《易》为群经之首、百学之源”之说法，更适用于理解文论之道，并下易道是文道的大体纲领之结论。①

《原道篇》又可互通《神思篇》“神有遁心”之心神说，参旁《体性篇》才性文体说，以及《物色篇》“物色相召，人谁获安”之“心物”论。从而可知，《原道篇》主旨在追本溯源文章之道，但也已经暗藏了刘勰《文心》文术论神思、体性、物色这三项基本的文论说法。

例如《原道篇》先说“动植皆文”，次说“林籁结响”，得出结论：凡天地万物莫不有“形”有“声”。于是就有“形立则章成矣，声发则文生矣”之说，谓没有“心”的万品万物形器都有形声文采了，那么，有“心”而为

---

① 《易》为群经之首、百学之源，首见于《汉书·艺文志》，此古人学问寻常之识，无须待辨。惜乎近代以来西学主导中土学术，《易》为古学大体主干之说，已渐不为人知，《原道篇》所述“道”为易之道，《文心》学界乃大有人疑之者。其实，《易》既为百学之源，刘勰论文追本溯源至易道，在彼时悉属通识，《原道篇》自首至尾，皆引《易》为收结，已可证明。故而《原道篇》之道仍作“易道”解为确，此乃据“《易》为百学之源”之思考推论而得。有关《易》为百学引导之说，可参孙德谦《诸子通考》（上海：华东师范大学出版社，二〇一三年五月），页八四；赵玲玲《周易与先秦诸子学》（北京：中国大百科全书出版社，二〇一五年八月），页七二。

五行之秀的“人文”之器，怎能没有文采呢？此说法用到“心物”相感，即《物色篇》“物色之动，心亦摇焉”，或者《物色篇》“随物宛转，属采附声，亦与心而徘徊”这种心物感通理论。所以说，《物色篇》理论已印证于《原道篇》追溯文心起源的论述之中。

接着，《原道篇》讲心与物的内外相召之后，再谈“心”为何物。《原道篇》“言之文也，天地之心哉”，意指文章表现出天地间万物的极致，就是到达“神”的境地。此处心神为复词，言心即言神，又与《神思篇》讲述“思理为妙，神与物游”完全相通，意指文章要先有文思，而文思奥妙就是要与天地万物万品交应感通，表现神妙的文理。在此说法中，心之极致为神，心、神紧密相关，《神思篇》“关键将塞，神有遁心”这句心神合言即指此意。一旦心神涣散，则必然不会有什么好文思。由此可见《神思篇》心神的理论，也已经预先阐述于《原道篇》。所以，《原道篇》才会有“天地之心”一语，即天地之神，而天地之神自有其自然之理，于是《原道篇》归结为“神理”一词，暗示文理即自“神理”而来。清代曹学佺评点此篇云：“其原道以心，即运思于神也。”① 此解甚是，易言之，道心出于神思，乃文思如神之下的产物，所谓“道”，所谓“神”，皆本于“心”。《文心雕龙》必用“文心”一词，其故在此。

既然已知文道本于心神，则“人”为文章主体，《原道篇》提出“雕琢性情，组织辞令”之说，写作要写出“天地之辉光”，“晓生民之耳目”，恰恰就是天、地、人三才的系统，而以“人”为本，故曰“人文”。谓凡文章必归本于人之性情，所以要雕琢性情，才能组织辞令。这完全是《体性篇》讲述的“吐纳英华，莫非情性”的理论，也是“才由天资，学慎始习”这种“天资论”的补述，将天地之本质才性，与人文的文章才情联系起来，犹如说是怎样的性情就会写出怎样的文章。所以《体性篇》赞：“才性异区，文体繁诡。”这种文章才性理论与《原道篇》所讲“雕琢性情，组织辞令”完全相通，才性即才情本性，即性情。而文体形貌，主要表现在文句修辞，辞令必是文体最重要的组成要素。

以上分析《原道篇》居《文心》全书之首篇，藉由“旁通互见”这种细读法，看出此篇心物、心神、文章性情这些讲法即《神思篇》《体性篇》《物

---

① 转引自《文心雕龙汇评》，页十五。

色篇》三篇理论的印证，从而可知，《文心雕龙》理论是相互贯通而有结构的系统。

总之，《原道篇》的“文”，不能只当“文章”解，文须自“人文”而起，探本溯源于易道易理之文，继之而始有“文章”，文章再集中于“文辞”。而《文心雕龙》真正直接谈文章则自《征圣篇》始有“圣文”之文章概念，此即“圣贤书辞，总称文章”之文，再由《离骚》之变通，开启了“辞人”之文，而有了各类“文体”论之剖析。凡此，皆推本于《周易》“人文”。

今若据《原道篇》以上所述之“文”，检视本篇“选文以定篇”之作品实例，则依次是唐虞文章，谓《尚书》；其次是《雅》《颂》，谓《诗经》；再次是《周易》，包含河图、洛书，特别摘取《乾·文言传》与《坤·文言传》；中间虽然略去《礼经》《乐经》，大体仍本于五经。可知《原道篇》所举之例皆属经典，而刘勰进行此类经典“文章”之实际批评皆不出《文心》文术论之各说。例如“元首载歌，既发吟咏之志。益稷陈谟，亦垂敷奏之风”品评虞舜君臣文章，从《知音》六观“位体”而言，盛行“歌”与“奏”二体；若论文章内容思想，则突出“言志”之要目，乃据诸子之学“入道见志”审视。与评赏夏禹“九序唯歌”之文章“勋德弥缛”参照，前者标举言志，此处注重文章歌颂“美德”之精密，近乎《程器篇》“瞻彼前修，有懿文德”之文德论。

至于评赏周文王《周易》卦爻辞“繇辞炳曜，符采复隐，精义坚深”，乃从《体性篇》理论指出《周易》卦爻辞有“精深”之风，藉由文采“隐秀”技巧，表现“文外之重旨”，说出易理“得意忘象”之奥妙，一语道出《周易》卦爻辞“一象多义”之特色，是化用《隐秀篇》理论进行《周易》文学实际批评。

及至总评“夫子”即孔子赞述五经而有述经之“传”，视“传文”同为文章之属，谓孔子“熔铸六经”即《熔裁篇》熔意裁词之论，与《风骨篇》讲究文章风骨要从“熔铸经典，翔集子史”的说法一致。又谓孔子“雕琢性情，组织辞令”，即“性情文章”之意，表明《体性篇》因情立体、即体成性这种体性说，亦悉符合孔子所述“传文”这种文章之大体。如此说来，《原道篇》凡所举例之“作品”与“作家”，皆视作文章加以品评，当然就是今人所谓的“实际批评”。①

二、《原道篇》易学影响

《原道篇》冠《文心》全书之首，谓推原研考“道”为文章之本，始曰“此盖道之文也”，终则又曰“乃道之文”，全篇自首至终皆用“道之文”作总结，从而可知，必先明刘勰文论系统所论“道”为何物，乃可知“文”为何义。因为，道与文是一体之两面，如果道为本体，则文是道的显现作用，道必有文，而文乃在鼓道，此之谓文以鼓道。

《原道篇》揭“文以鼓道”作为刘勰文论体系的总纲，影响后世深远，后人凡文以明道、文以载道、文以贯道等诸种文论说法，大抵皆受《原道篇》之说启发。

然而须知《原道篇》所谓的道，实自《周易》乾坤之道而衍生，《原道篇》所谓的文，专指《周易》天文地文人文的三才之“文”。《原道篇》揭示“人文”引领后世一切文章之本源，主张人文化成孕育而后始有文章，故而人文范畴最广最大，文章是在“人文”之后而有的形式体现。

但是要先明白《原道篇》尚未直接述及文章本身，而是主张在讨论文章之前必须率先阐明“人文”才是文章的根源。明乎此，凡《原道篇》所见之“文”皆当作“人文”而解，不宜硬译作“文章”。②

既知《原道篇》的“文”盖指人文，则《原道篇》的“道”就绝然不能

---

① 案《文心雕龙汇评》转录李安民批点此篇云：“书只论文，故专就文上说，然终肤浅。”（页十五）此语用“经义”标准贬低《原道篇》对经书“文章”之评，说刘勰的品评浮浅，盖不明刘勰二者并述之本意。

② 李曰刚《文心雕龙斠诠》谓“文章之德业至为盛大矣”（页十六），戚良德《文心雕龙校注通译》谓“文章是何等重要啊”（页八），陈拱《文心雕龙本义》谓“文之所以为文之德”（页四），诸家解未明言此文即“人文”，至少没有讲是“文章”。刘永济《文心雕龙校释》谓“文德侔天地之义，是文之原夫道也”（页三），此解文为“文德”但又没有讲明“德”是何义，遂导致“文德”与“文章”成为今见解此句“文之为德大矣哉”与“文”字最常见的两种谬解。詹锳《文心雕龙义证》谓“文之为德，用今日的话说，就是文之功能、意义”（页二），龙必锟《文心雕龙译注》谓“文的存在和功用是多么广泛普遍啊”（页四）。以上詹、龙二家解文作“文”，没有明讲是天文地文之后的“人文”，但也没有说“文”就是文章、文德，更没有说“文”是《周易》的三才之文。杨明照《文心雕龙校注拾遗补正》谓“犹言文之功用或功效也”（页一），杨、詹、龙三家都用一个“文”字带过，没有强调与《周易》天文、地文、人文的关系，特辨正如上。

限定在某一家之道，例如儒家之道、道家之道、佛家之道，乃至于杂家之道。因为，《易》为群经之首、百学之源，《易》是诸子学术的本源。所以《原道篇》的道必专指易道。《原道篇》的人文必自《周易》天文地文而衍义，《原道篇》所谓的“文以鼓道”，一言以蔽之，就是应用易道鼓动天下之人学习人文，应用易道阐明人文。

《原道篇》全篇明引、化用、暗用、衍义《周易》思想与义理，几乎遍见于字里行间。诸如天地之心、河图、洛书、乾坤、文言、《易》辞等等语词，皆直引或转化自《周易》之学。

《原道篇》之“道”字必属《周易》之道，此最为确解。可惜近代龙学诸家凡解《文心》之道者不敢言此，其理由大抵有二端：

其一、不明《周易》之道是古书唯一建立古代思想体系，自天地而出，代表古代思想文化系统有“中式”内涵的道，它等同于西方哲学讲究的本体论、认识论、形而上学乃至于宇宙论。《乾》卦资始，意指创生万物之本体。而《坤》卦资生，是“道”的实际作用与显现，乾道坤德内含于“天地”概念，因而“天地”创生长养万物，就犹如西方“上帝”创生宇宙万物人类。刘勰文论之作，首篇要推原文章的本源，即仿《乾》《坤》天地的创生，先从《周易》之道说起，由道再到文，即道文，乃自天文地文人文而来，而人文世界中的“文章”至此遂找到了“源头”，故谓之“原道”。《原道篇》的“道”必须从《周易》思想体系去追溯，始能还原刘勰原道的本义。因此，理解《原道篇》的首要预备认识，就是先清楚《周易》不只是占卜之书，而是古代建构“天地之道”的经典之书。

其二、不解《周易》是“群经之首”与“百学之源”，而且“易冒天下之道”。简言之，作为诸子百家学术本源的《周易》之道，六十四卦内容已包含“天道”与“人事”之理。而文章之道，当然不能超出《周易》的牢笼，所以，刘勰文论首先要阐明“道”，作为文章的本源。既然这个道明指易道，则举凡儒家之道、道家之道，乃至玄学自然之道，就没有不是涵摄于其中的，故曰“易冒天下之道”。

对《原道篇》“道”的理解，大抵不出五说，一说儒家之道，二说道家之道，三说儒道合一，四说自然之道（即玄学之道），五说杂家之道。以上五说皆可以《周易》之道涵盖之，用《周易》之道诠解《原道篇》之道，范围最广，意涵最宽，思考路向也最周全。

另外，有论者谓《原道篇》之道已参佛道，① 近人陈拱《文心雕龙本义》力攻此说之谬，为此而另提出《原道篇》之道为“孔子之道”，认为刘勰《文心雕龙》即据孔子之道论文评文，并实指孔子所畅述之道即所谓仁道。陈拱《文心雕龙本义》云：

> 所以为道，则与淮南无涉，亦与玄学、佛理无涉。彦和所谓道者，本为天、地、万物之道，简之则为天道，再简之则止是一个道而已。而此道实即宇宙之本体，宇宙间一切事物，如天、地、人、物，莫不为此道所创生。此可谓道之客观义。客观义者，直就宇宙本体而言也。此义本篇固无明文言及，然稍具哲学（义理）基础者，不难自彦和原文以明之也。（页三八）

循此节之分析，“道”含有天、地、万物之道，简言之即天道，并且这种天道是一切万物的“创生”之源，即宇宙本体。今案陈拱这种意义的天道，恰恰正是《乾》卦彖曰“大哉乾元，万物资始，乃统天”此句的“资始”之含义，谓万物以乾道为始源。朱熹《本义》云：“元，大也，始也。天德之大始，故万物之生，皆资之以为始也。”正符合此解。只不过西方哲学用“宇宙本体”述之，“中式”义理用“资始”表明，词汇虽异，实质内涵则如一。所以说，《原道篇》之道当作《周易》之道，其内涵及起源远远大过孔子之道。

再者，陈拱进而解释道与文的先后承继，谓文自道来，但此文盖指天

---

① 近人一提到《文心》佛教之论，无不首举饶宗颐早年之作，而尽攻驳其说之非。案饶宗颐主张《文心》参用佛教之论，始于上世纪五十年代，当饶氏早年论学之时，其实，后来饶氏另作《中国古代文学之比较研究》一文，已自悔早岁此说之误，改谓《文心雕龙·神思篇》之神为中土固有，与佛教无涉。此文收入饶宗颐：《文辙》（台北：台湾学生书局，一九九一年十一月），页四〇。关于饶宗颐《文心雕龙》前后期研究，另参游志诚《饶宗颐〈文心雕龙〉研究述评》，收入香港浸会大学饶宗颐国学院编：《饶宗颐学术研究论文集》（香港：中华书局有限公司，二〇一五年十二月），页二四三至二六七。近又阅欧阳艳华《征圣立言：〈文心雕龙〉体道思想研究》剖析刘勰《文心雕龙》所述“道”之涵义，仍参取佛教教义云：“刘勰作为僧团中的人物，要提出原道与征圣的论题，则不能无视释老所展开之复杂辩论，并须对于道与圣，作一合理之定位。此即明晰三大问题：一、所言之原道，是玄远还是有名；二、所言之圣，是体无至虚还是有迹可寻；三、所言之学圣，是登峰造极还是雕琢情性。在《征圣》中提出‘天道难闻，犹或钻仰，文章可见，胡宁勿思’，便是回应性与天道是否可得而闻的时代主流论题。”（页一〇六）此解“道”只字未提及《周易》之道，乃刻意从“旁参”跨界佛教与玄学，引入刘勰所谓之“道”，此说有待商榷，须再细读《原道篇》自首至尾皆直引或化用《周易》之论述内容，并无如此解之意。参见欧阳艳华：《征圣立言：〈文心雕龙〉体道思想研究》（上海：上海古籍出版社，二〇一五年二月）。

文、地文、人文、万物之文。陈拱《文心雕龙本义》云：

> 谓文本于道者，即示文必由道出，亦即为道所创生之意也。唯其所谓文者，则有四焉：一曰天之文，二曰地之文，三曰人之文，四曰万物之文。天地之文本于道，彦和本有明文。故其于“日月叠璧”，“山川焕绮”二句以后，即有“此盖道之文也”之言。万物之文本于道，则未说及。然由天地之文本于道推之，万物之文亦必本于道矣。因万物必为道所创生，万物之文亦不能不为道所创生也。至于人之文本于道，则彦和所言甚多，如“人文之元，肇自太极”“道沿圣以垂文”“辞之所以能鼓天下者，乃道之文也”等等，无不表示人之文之本于道者。诚然，天、地、万物之文本于道，人之文亦本于道，其所以为本虽或不同，然必本于道则无以异也。是故原道者，谓天、地、人、物及文皆本于道也。（页三九）

细味此节所述，陈氏已知“文”当非仅指文章，而是天文、地文、人文，甚为得解。然而须知这种天地人三才之文的概念悉自《周易》而来。难怪，《原道篇》全篇首句“文之为德也大矣，与天地并生者何哉”化用《易》之文的概念，结尾则引《系辞传下》“鼓天下之动者存乎辞”作为全篇结束，以《易》起亦以《易》结，刘勰《原道篇》追本于《周易》学说思想已至为明显，无须再辨。

经由以上分析，《原道篇》所原者即“文道”，而此文道当本于《周易》之道。刘勰论文推原于《周易》之道，莫不暗合古代学术“《易》为群经之首”“百学之源”之系统思想，《原道篇》自首至尾，莫不明用、暗用、引用乃至转化《周易》之学，藉此建构《文心》全书的理论大纲。

《原道篇》直引《周易·系辞上》“鼓天下之动者存乎辞”，又转化为“辞之所以能鼓天下者，乃道之文也”，用“顶真”句法承接《周易》“鼓辞而动”这种语辞有感动教化作用之观点，是刘勰《文心雕龙》全书化用与引用《周易》的两项主要做法。

《原道篇》说明文辞内含“道”的文采，用华藻情采表现“道”，即文章写作的目的，即文章感动读者的作用。将《周易》的鼓辞作用变成文学的“文道”理论，这是《原道篇》化用易学易理应用在文章理论的例子。

再看《原道篇》直接涉及易学的内容，则有两点说法，在易学领域颇具创造性：

其一、用“心”字突出乾天坤地的内涵，谓人文就是天地之心，等于表明人文是天地之间最有价值之物。此与易学讲天文、地文、人文三才之易理可互通，并衍生出天心、地心、文心三位一体的文章之道。三才通三心，文道参易学。《原道篇》建构文章易道、文章之心的理论，赋予易学《乾》《坤》两卦新义，拓展出易学研究新领域：《周易》文学课题。①

其二、解释《河图》《洛书》早期定义，完全采用“象”的观点。《原道篇》谓：“取象乎河洛。”此语即指河图、洛书都是指图象，而不是宋儒陈抟传授的五十五黑白点图。证明了易学所讲的《河图》《洛书》在刘勰之前所见皆指“图象”，与相传宋儒陈抟传下的黑白点《河图》大为不同。藉由《原道篇》“河图孕乎八卦”知刘勰所见《河图》为图象，非黑白点，正可使易学界对河图的讨论，多一项参证，可视作《文心雕龙》直引《周易》之学而又能反馈《周易》千古以来争议论题，提供《周易》学术的研究参考之价值。②

以上《原道篇》视《河图》为“取象”，非五十五黑白点图，表明刘勰是古代经学派的易学家，尚可自《正纬篇》旁通类似的说法。《正纬篇》叙述图箓、河图，均视为“图画”或图象，且作者无定名，刘勰认为或属商周以前已有，或属“前代配经”，都是“历代宝传”之物，孔子只是加以叙录而已。例如《正纬篇》以下诸语：

1. “马龙出而大《易》兴，神龟见而《洪范》耀。”（页二一）

案：马、龙负图献瑞，皆是“取象”，非指黑白点。

2. “商周以前，图箓频见。”（页二二）

3. “昔康王《河图》，陈于东序。故知前世符命，历代宝传，仲尼所撰，序录而已。”（页二二）

---

① 纪昀评点《原道篇》此节云：“此解《文言》不免附会。”转引自《文心雕龙汇评》，页十四。纪氏此评将《周易》与文学二分，不可跨界旁通，故作此语。其实，这是刘勰“化用”易学在《原道篇》很具体的说法。

② 纪昀云：“何晏《论语注》引孔安国之说，谓河图即八卦，与此‘孕乎八卦’语相合，知五十五点之伪图，彦和未见也；‘洛书配九宫’，北齐卢辨注《大戴礼》已有是语，则其说起于南北朝，故彦和亦云然。”转引自《文心雕龙汇评》，页十四。纪氏此评纯就易学发展史而言，认同刘勰的河图即“取象”说，等于反对宋儒借用道教画出来的五十五黑白点河图，则河图至少有二种解释，《原道篇》河图取象说当更早于宋儒，直接承袭汉儒说法。

案：以上引文明白申言《河图》早在西周康王时即有，且为历代宝传。

4.“若乃羲农轩皞之源，山渎锺律之要，白鱼赤乌之符，黄金紫玉之瑞。”（页二三）

案：此则所举例皆用“取象”之法，诸如白鱼、赤乌、黄金、紫玉等皆是图象，《河图》亦近似之，都与宋人所传黑白点无关。

以上四则皆出自《正纬篇》，则刘勰所知圣人仰观俯察之物，均属“图象”性质，《河图》的出现，也类似。这些皆用来显示圣人出现，是一种吉兆，故用神物搭配之，即《正纬篇》所谓的“事以瑞圣，义非配经”说法之要义，视河图为“瑞圣”之物。然则，刘勰所知之《河图》必非黑白点图由《正纬篇》可得辅证。

三、《原道篇》子学内涵

《文心雕龙·原道篇》先自“易学”乾坤天地之道说起，再由天地之道带出人文之“文道”，中间又引伸至文心、道心与天地之心，至终则又归本《周易》文辞文道之道。全篇引《易》始亦引《易》终，屡用《周易》之文辞，并化用《周易》之义理，藉此建构刘勰自家一套“文道”理论系统。可以说，《周易》是刘勰学术之重心，而《原道篇》恰恰代表刘勰深厚易学涵养应用在文论建构的最典型论述。故而《原道篇》奉易学易理为论述主体，如此则此道必属子家学术渊源之体系，同出五经之枝条，而《原道篇》之实质内涵也必然归属子学。试归纳此篇以易学易理统领子家之要义如下：

（一）首用乾天坤地、乾圆坤方以及天玄地黄等诸项易学易理，领起文章与“道”之关系，而定谓“道之文”在前，文之道在后作为文章本体论。此据乾坤天地论文章之说，即子家取资于《周易》之思想源泉。《原道篇》云：

> 文之为德也大矣，与天地并生者何哉？夫玄黄色杂，方圆体分，日月叠壁，以垂丽天之象；山川焕绮，以铺理地之形：此盖道之文也。仰观吐曜，俯察含章，高卑定位，故两仪既生矣。唯人参之，性灵所钟，是谓三才。（页十三）

（二）继易学天地之道后，刘勰又据易学天文、地文、人文三才之说，参取《周易》阴阳两仪、天地之心以及易学数术五行之说，建构一套“自然之道”的文道理论。而此自然之所谓“道”，悉本之《周易》之道。《原道篇》云：

> 仰观吐曜，俯察含章，高卑定位，故两仪既生矣。唯人参之，性灵所钟，是谓三才。为五行之秀，实天地之心，心生而言立，言立而文明，自然之道也。傍及万品，动植皆文，龙凤以藻绘呈瑞，虎豹以炳蔚凝姿；云霞雕色，有逾画工之妙；草木贲华，无待锦匠之奇。夫岂外饰，盖自然耳。（页十三至十四）

（三）及至阐述人文之源头，亦宗奉《周易》之“太极”。太极之下，又有乾坤道德，乾、坤又独有《文言》之传，刘勰乃用“天地之心”解释乾、坤《文言》传之精义，用“天地之心”作为《文心》之本源，为《文心雕龙》找到文章理论最精要细密之境界。《原道篇》云：

> 人文之元，肇自太极，幽赞神明，《易》象唯先。庖牺画其始，仲尼翼其终。而《乾》、《坤》两位，独制《文言》。言之文也，天地之心哉！若乃《河图》孕乎八卦，《洛书》韫乎九畴，玉版金镂之实，丹文绿牒之华，谁其尸之？亦神理而已。（页十四）

（四）又旁参三代以来之诗歌，说它文质兼备，精义符采，如此文章风格与“文王繇辞”之《周易》正相符合。刘勰在此首揭《周易》与《诗经》互通贯道之易诗论。既是五经互通之经学方法，也是易贯五经之论题发挥。《原道篇》云：

> 自鸟迹代绳，文字始炳，炎皞遗事，纪在《三坟》，而年世渺邈，声采靡追。唐虞文章，则焕乎始盛。元首载歌，既发吟咏之志；益稷陈谟，亦垂敷奏之风。夏后氏兴，业峻鸿绩，九序唯歌，勋德弥缛。逮及商周，文胜其质，《雅》《颂》所被，英华日新。文王患忧，繇辞炳曜，符采复隐，精义坚深。重以公旦多材，振其徽烈，剬诗缉颂，斧藻群言。至若夫子继圣，独秀前哲，熔钧六经，必金声而玉振；雕琢性情，组织辞令，木铎起而千里应，席珍流而万世响，写天地之辉光，晓生民之耳目矣。（页十四至十五）

（五）以上本源《周易》之一套文道理论，具体之做法及实践者，刘勰首举出孔子述作六经，尊六经为一切文章典范。而经典文章功用，莫不主于教化百姓，以及“发挥事业”。简言之，圣贤文章不离“政事”，不离“功业”，这与刘勰《文心雕龙·程器篇》“安有丈夫学文，而不达于政事”之观点前后相呼应。《原道篇》云：

爰自风姓，暨于孔氏，玄圣创典，素王述训，莫不原道心以敷章，研神理而设教，取象乎《河》《洛》，问数乎蓍龟，观天文以极变，察人文以成化；然后能经纬区宇，弥纶彝宪，发挥事业，彪炳辞义。（页十五）

（六）总结刘勰由天地之道通过圣人文章得以表现之“文道”论，刘勰最终仍引用《周易》系辞原句作为《原道篇》全文结论：

故知道沿圣以垂文，圣因文以明道，旁通而无滞，日用而不匮。《易》曰：“鼓天下之动者存乎辞。”辞之所以能鼓天下者，乃道之文也。（页十五）

（七）最后刘勰又在《原道篇》赞标举“仁孝”之德，作为道心之本，同时也是神理教化之内容，乃回归至孔子尚仁重孝之儒家思想。然则《原道篇》之所谓道，其形上本体来自《周易》之易道，至于具体作为即形下之器，由此建立道器为本体之文章学。《原道篇》赞云：

道心唯微，神理设教。光采元圣，炳耀仁孝。
龙图献体，龟书呈貌。天文斯观，民胥以效。（页十五）

四、《原道篇》总案

《原道篇》作为《文心雕龙》首篇，用一“道”字名篇，可见刘勰思想系统必树立“道”为根本大纲。但是此一“道”字，不能单独解释，乃必与“德”字合言，故而《原道篇》第一句即说：“文之为德也大矣！”用一“德”字与篇名“道”字呼应。这是理解《文心雕龙》的最大关键，也是诠释刘勰其人及其思想的根本源头。说穿了，这个源头就是《周易》立“乾坤”为易之门，一切易理皆自此始，而乾坤用天地之象表之，乾坤也用“乾道坤德”之卦德分之。因而，要理解《原道篇》的“道”字与第一句“文之为德也大矣”的“德”字，皆要以《周易》载明的乾道坤德之易理概念作为初义，然后再应用到“人文”的思考，最后再到《文心雕龙》的“文”的衍义，而后落实为此书“文章”这个词语，呼应《情采篇》“圣贤书辞，总称文章”以及《书记篇》“圣贤为辞，总为之书”这两篇所定义的“文章”，才能建立刘勰《文心》开展的“文道”体系。刻意、片面地抽离《周易》这本书的影响，随意曲解《文心雕龙》的“道”字、“德”字，皆有可能产生“见树不见林”之盲点。

简言之，《原道篇》是衍义、化用《周易》乾道坤德的二元对应、错综复杂变化，以及“乾坤并建”与“道德中和”这种易理思想，作为《文心》全书“文论”的本体论、形而上学乃至认识论的源头，① 这个《周易》思想，也就是《文心雕龙》论述的最终“根据”。

可惜，近现代思想界大多视《周易》为占卜之书，较少认真思考《周易》的义理真相，其实《周易》只是借占卜做外衣而已。《周易》传文“十翼”已大谈“道”与“德”，在早于传文五百年的经文中，也早已出现有义理内涵的“道”“德”二字。例如《小畜》上九：“既雨既处，尚德载。”《恒》六五：“恒其德。”《益》九五：“有孚惠我德。”《履》：“履道坦坦。”《小畜》初九：“复自道。”以上乾卦象天，都用“道”字；坤卦象地，所以就用“德”字。《原道篇》列为《文心》首篇，亦即暗示《文心》文论师法易道易德，则天文地文在前，始再开展“人文”的世界。但就“全体”而言，“人文”其实与天文、地文并无分别，盖天文、地文是由“人文”显现、完成的。

于是，“文之为德”的德字，必与天德、地德联系，谓之文德；但绝不

① 《原道篇》这句“文之为德也大矣”最新的讨论，见于张灯《文心雕龙译注疏辨》，张氏云：“文章作为一项德业，实在是够盛大的了。”（下册，页一），此释“德”字为德业，近于功业，与《坤》象地德不同。又罗宗强《读文心雕龙手记》没有直接译解，但引述王元化的解释说：“文作为道的表现是很普遍的，有天地就有文，为什么这么说呢？”（页九）但又不同意张光年的译解“文的来头大得很啊，何以说它与天地同时诞生呢”。（同前）。案：用“来头”一词，虽然没有指明是《周易》源头，但已暗含此意，这种理解，紧紧扣住《周易》的本源，亦较近于确解。参见张灯：《文心雕龙译注疏辨》（上海：复旦大学出版社，二〇一五年四月）；罗宗强：《读文心雕龙手记》（北京：三联书店，二〇〇七年十月）。

能做“道德”解，也不能做“德业”解，而是与天德、地德涵义类似的人文之“德”。准此，《原道篇》首句“文之为德也大矣，与天地并生者何哉”可如此译解：“人文之德是多么伟大啊，因为它本来即与天文之德地文之德是并建而生的。”

继“人文”之后，《原道篇》最末用“易辞”比拟“文辞”作结束，如此全篇由《易》始、至《易》终的结构，又正与全书由《原道篇》为首、《程器篇》为四十九篇之终的大结构一致，产生“原始反终”这种“往来”易理之双重结构，莫不可证《文心》受到《周易》的深层影响。

所以，《原道篇》有多元的易学渊源，而《原道篇》的“子学内涵”其实大多是重复易学的影响。因为，诸子百家之学莫不源出易学，子家学说也无不受到易理启示。至于《原道篇》的文论，开启全书文论的“释名”与“原始”，定位在“人文”与“文辞”之层次，尚未直接谈论“文论”本身。又因为《原道篇》推本于“易道”，所以，在“选文以定篇”则举《河图》与《洛书》为例，亦举《乾·文言》与《坤·文言》为例，皆出自《周易》之学。若论本篇的“实际批评”，也即是针对此四例进行品评，例如用“天地之心”说明乾、坤《文言》，用“神理”一词解释《河图》《洛书》，表明《原道篇》的实际批评首先从《周易》作品开始。始信《文心》的首篇是《周易》文论，实际批评也是针对《周易》经传文章的文学批评。

二　《征圣篇》细读

一、《征圣篇》文论与实际批评

《征圣篇》继《原道篇》而设论，乃承“道沿圣以垂文，圣因文以明道”此句先道后圣之理，并且据此理本篇首先定义“夫子文章”即“圣人文章”。

次标举五经之文，首揭“经学文学”之课题，与纯粹“经义”之学不同。

三则树立五经论文，首立“经学文论”，举“体要”与“正言”作为文论品评两大准则；再标示“雅丽”与“华实”作为圣人文章最高境界。①

如此理解，本篇凡《文心雕龙》有关文章定义、经学文学、经学文论、经学文章风格等，莫不有述，皆备于《征圣篇》一篇之中。

若更细论本篇所述“经书文章”之特色，约有博简、隐显二项，乃就经书写作而言。又述及经书之情理、体用，谓文章情辞为体，而作用则在义理，故而《文心》全书论文首重“情理”；与前揭“华实”并配，《文心》文论两大关键“情理”与“华实”亦皆备于此篇。

至于圣人文章三贵，有政化贵文，谓政事教化，必用文章；事迹贵文，谓史事载记，必藉文章；修身贵文，谓君子德行与文章并修。“三贵”虽推尊圣人方册，然后世辞赋诗文皆准于此，故有“政事”与“艺文”之辨正。

---

① 《征圣篇》树立“正言”与“体要”二义，不只是用来描述圣人文章两大风范，王梦鸥《文心雕龙：古典文学的奥秘》认为这两项也是刘勰以后各篇批评文章的标准（页三三）。此说甚是，案《文心》文论“尚正”与“尚要”之语遍见于其他各篇。可再参看王梦鸥《文心雕龙：古典文学的奥秘》（台北：时报文化出版企业有限公司，一九八一年），页三三。

而刘勰力主“安有丈夫学文，而不达于政事哉”（《程器篇》），谓政事与文章不可偏废。亦可互通《书记篇》“虽艺文之末品，而政事之先务也”（谓艺文与政事并言其要，无分先后，始能做到“政化贵文”）。然则本篇又首揭“政治文学”论，与“经学文学”论共相发明，二项创意并出。

最后，本篇赞：“妙极生知，睿哲唯宰。精理为文，秀气成采。鉴悬日月，辞富山海，百龄影徂，千载心在。”括举《征圣篇》全篇要义，可检出重要文论术语，诸如妙极、理气、精气、文采、鉴赏、心影等诸项。其中“心影”乙词，略参佛教影境、性境、带质境此“境论”教义，与《物色篇》之“心物论”相比又稍有不同。然而心影与心性皆本于“心”，刘勰文论必主心，且必论为文之用心，如此理论本体结构，与佛教“心外无法，万法唯识”之唯识法相教义根本有别。知《文心》虽参取佛教，推究本意，仍不能归属佛学空义。否则，《文心》此书自此篇以后即没有缘由再论文术、文评矣！

《征圣篇》考述“圣人”与“圣人文章”，乃《文心》全书首次论文，即分从“人”与“文”结合之角度谈论，树立了《文心雕龙》人文合一之文章学，同时也预设了《文心》全书理论架构必然是有“人”也有“文”的交融组合，而不是只在“文”及其“文术”下功夫，必须将“人”及其内含的性情，还有关于“人”最重要的概念，诸如心、神、志、气等等，综合考虑，再加入“文章”的领域，将“人”与“文”一齐探究，这才是刘勰要建立的最周备而有全方位系统架构的《文心》理论体系。

简言之，这种体系开宗明义就首先表现在《征圣篇》，所谓征圣，就是征孔，而征孔就是尊奉孔子及其传授的五经文章。征孔，要看圣人“性情”。征圣人之文，要观五经文章的辞令华采。合而言之，《征圣篇》用“性情文章”概括之，完全与《原道篇》在谈论个别圣人之前已揭示的“雕琢性情，组织辞令”之说法密切配合呼应。

所以说，《征圣篇》次于《原道篇》之后，必是刘勰刻意安排的《文心》结构，要顺着《文心》理论“承前后续”的推演，将文论一层一层剖析。乃先在《原道篇》泛述道之文，或文之道，但尚未实指何人、何道。及至《征圣篇》始明指征圣即征孔，征孔即征五经文章，从而直接进入“文章性情”

的论述，开始进行“实际批评”。①

根据以上的理解，《征圣篇》最重要的论述就是对“人”即孔子的称颂，这是评人。其次，则是对“五经文章”的点评，这是“品文”，《征圣篇》展示的“实际批评”即兼含“评文”与“品人”两项内涵，不可不特加注意。先看《征圣篇》评圣人与圣文云：

> 体要与微辞偕通，正言共精义并用；圣人之文章，亦可见也。颜阖以为：“仲尼饰羽而画，徒事华辞。”虽欲訾圣，弗可得已。然则圣文之雅丽，固衔华而佩实者也。天道难闻，犹或钻仰；文章可见，胡宁勿思？若征圣立言，则文其庶矣。（页十七）

此节称颂圣人“雅丽”与“华实”并重，由人而文，再褒赞圣人的文章也具有体要、微辞、正言、精义四项特点。举凡《文心》所标榜的文章之美、文论要素，莫不齐备于圣人一身。由此而定论圣人文章一定要加以征考探究，始克完成文章之业。

这里，还附带反驳了《庄子·天道篇》引述的一段寓言，记载颜阖批评孔子的文学就像在已有文采的羽毛上再添加颜色，说这种做法犹如画蛇添足，取笑孔子偏好浮夸不实的浮辞。刘勰指出这种批评夫子的说法是不对的，乃一种误解。

因为，孔子作为圣人，其“性情文章”的总体表现其实是“华实”兼备，并非只是“徒事华辞”而已。此节一方面赞颂夫子其人，又一方面纠正颜阖误评夫子，不论何者，实际批评均以评“人”为重心。再看《征圣篇》品评五经“文章”之语云：

> 《春秋》一字以褒贬，《丧服》举轻以包重，此简言以达旨也。《邠诗》联章以积句，《儒行》缛说以繁辞，此博文以该情也。书契决断以象《夬》，文章昭晰以象《离》，此明理以立体也。四象精义以曲隐，五例微辞以婉晦，此隐义以藏用也。故知繁略殊形，隐显异术，抑引随时，变通适会，征之周孔，则文有师矣。（页十七）

---

① 纪昀评点《征圣篇》未能细味刘勰安排《文心》篇目次第带有“理论结构”推演之用心，竟然说《征圣篇》是“装点门面”，而且已经与《宗经篇》重复。纪评转引自《文心雕龙汇评》，页十六。案：这是混同“评文”与“品人”为一物之误解。须知《征圣篇》大抵评“人”，而《宗经篇》较偏重“评文”。

此节用极为精简的评语，实际品评了《春秋》《礼记》《诗经》《易经》等四部经典，用“简言”“达旨”之词，意指简要畅达的文字风格，乃援用《体性篇》八体理论这种说法，尤其是八体中的精约与此节的简要极为类似。至于“缛说繁辞”一语可化约为繁缛，即与《体性篇》八体之“繁缛”完全一样。再看昭晰明理之用语，谓文义清晰明白，也与《体性篇》八体之一“显附”互相旁通，品评方法如出一辙。

如此看来，此节“评文”背后的理论根据是《体性篇》的八体之说，乃将《文心》文论的体性理论，应用在圣人四部经典的“实际批评”，由此得知，《征圣篇》不但是征考圣人，此篇甚至也已对圣人经典进行“实际品评”，虽然对象是经典，与对象是“文章”的实际批评却是用一样的方法，其背后根据的体性理论也是一样的。

二、《征圣篇》易学影响

《征圣篇》述先哲圣化必有赖于文辞，此篇“征”字谓稽征推考，主旨在阐述圣哲才是“道”的传人。继《原道篇》首揭文论以“道”为大纲之后，《征圣篇》赋予传道之人先哲圣王之名，遂将《文心》“道”与“人”紧密联系起来。此与《易·系辞传下》“苟非其人，道不虚传”之论几乎完全相同，只差别在《周易》之人所传者为易道，而《文心雕龙》盖述“文论”，故知其所传为文论之道。

然而须知，圣人凭恃何种媒介以传道？一言以蔽之曰“文”。《原道篇》篇末“故知道沿圣以垂文，圣因文以明道”此语已预示道必有“人”，而人因“文”以明道。唯《原道篇》此句之文，意指“人文”；及至《征圣篇》则已更具体化为文辞文章。《文心》由人文再到文辞与文章之进路，悉见于《原道篇》《征圣篇》二文之前后联系相承。而其基本思想皆不离《易·系辞传下》所谓“苟非其人，道不虚传”。《征圣篇》已将人文、文辞、文章、文言诸文论要义推本于一，而皆出自《周易》之本源。兹括举全篇涉《易》之节段如下：

（一）夫作者曰圣，述者曰明。陶铸性情，功在上哲。夫子文章，

可得而闻，则圣人之情，见乎文辞矣。先王圣化，布在方册，夫子风采，溢于格言。（页十六）

案：此节定义作者与述者之分别，称作者为圣人为上哲，而以孔子为尊，而述者即后世传记注疏之作，皆在阐明圣人教化之道。次将“文”限定在文章、文辞，即历代经典方册，谓文章风采皆显现于此。此《征圣篇》率先界定圣人文章，功在性情陶冶，而文辞风采唯有圣人能传，故谓之征圣。如此将圣人、性情、文采三项结合相因相连之论述，即仿《易·系辞传下》谓道由圣人而传之旨：“《易》之为书也不可远，为道也屡迁，变动不居，周流六虚，上下无常，刚柔相易，不可为典要，唯变所适。其出入以度，外内使知惧。又明于忧患与故，无有师保，如临父母。初率其辞，而揆其方，既有典常，苟非其人，道不虚行。”（页一五二）此节谓《周易》为书，其中蕴含易道，准乎法度，然必得圣人而复可传，简言之，即谓圣人之道藉由《周易》而传布。今《征圣篇》推考圣人性情，唯见乎文辞，先王教化，皆广存于古经典册，言下之意，亦即“苟非其人，道不虚传”之意，乃知此节文句思考方式仿自《周易》，有如此之类似。

再者，此节用“辞”字，皆出自《周易》，直引《系辞传下》“圣人之情见乎辞”，属于直引易辞。

（二）褒美子产，则云“言以足志，文以足言”；泛论君子，则云“情欲信，辞欲巧”：此修身贵文之征也。然则志足而言文，情信而辞巧，乃含章之玉牒，秉文之金科矣。（页十六）

案：此节用实例说明“文辞”对于君子修身之功用，而君子必以“诚信”作为一切文辞写作之准则。虽然文章修辞不得不有奇巧之技，然终不离“诚信”之规。此处对举性情、文辞之概念，亦源自《周易》所述诸“辞”字要义。例如《乾·文言传》云：“修辞立其诚。”《系辞传下》云：“理财正辞。”又云：“其辞文。”上列文辞之义，要求要有修饰文采，即“秉文含章”之文。尤其不能没有“正直”与“立诚”之要素，与“情欲信”完全同义。由此可知，此节大都袭自《周易》的情辞并重之论。

尤其更重要之“含章”一词，乃直引《坤》卦六三爻辞：“含章可贞，或从王事，无成有终。”此句的“含章”概念，已将易学的“章”字（“刚柔杂而成文曰章”本义，谓大地文采之美），转化至文论谈述的“文章”，谓文情辞章。① 对照《原道篇》"道沿圣以垂文，圣因文以明道"之"文"字，至《征圣篇》已正式确定为"文章""文辞"之义，乃揭明《文心》之作是以"论为文之用心"作为全书文章之学的根本大纲。

（三）夫鉴周日月，妙极机神；文成规矩，思合符契。或简言以达旨，或博文以该情，或明理以立体，或隐义以藏用。（页十六）

案：一旦进入"文章"之论述，此节用"机"字与"神"字，说明文章写作之前的"文思"无比奥妙，可类比《周易》讲到的神与几之境界。案《周易》经传屡言"几"字，《屯》卦六三爻："君子几不如舍。"朱熹《本义》："几，辞也。"谓几字作语辞，无义。又几通机，弩牙也，谓射箭狩猎之器。然而《周易》传文释几大抵都作义理解，例如《系辞传下》云："知几，其神乎？"又曰："几者，动之微，吉之先见者也。"凡此几字皆作妙几、玄机解，亦即朱熹《本义》云："下学之事，尽力于精义利用，而交养互发之机，自不能已。"此解谓用事之"几"最是。文章当用神思，文思当得于心，心神运用之妙，亦犹如《周易》所说的几神之境界。据此，可知刘勰借用《周易》几神概念，描述文章文思之奥妙，即与圣人仰观日月自然运行神妙之理一般，皆同有"几神"之功。②

其次，本节再用简博、隐明二元对比，描述文章义理以及文辞情旨的变化呈现交互错综之现象，没有固定的限制。这也是转化《乾》卦潜龙、见（现）龙有"隐显"之义而来，说明文章义理也同样有显明与隐藏两种主要类别。至于文体会有简洁与繁博的形式，文辞也一样有这两种不同方式的写作，仍然衍义自《周易》"易冒天下之道"，以及简易、变易这种易理思想。

（四）书契决断以象《夬》，文章昭晰以象《离》，此明理以立体也。

---

① 含章一词另见《姤》卦九五爻："以杞包瓜，含章，有陨自天。"《象》曰："九五含章，中正也。"谓天地相遇，品物成章，犹如用杞叶包瓜之比喻。章，仍谓天文地文之美彩。又见于《丰》卦六五爻："来章，有庆誉也。"章谓显明也，即《坤》卦含章一词之义。据以上所解，《周易》含章一词率指包含天地文采，刘勰衍义此章字为"文章"，益加证明《征圣篇》首揭性情文章盖自《周易》而转化。

② 刘勰已将"几"字作"知几"解，可旁参《征圣篇》赞："妙极生知，睿哲唯宰。精理为文，秀气成采。"此谓妙极生知，与"妙极机神"同义，皆出自《系辞传下》："知几其神乎？"此句谓通晓事理奥妙几微者，可谓至神。《系辞传下》："唯几也，故能成天下之务，唯神也，故不疾而速，不行而至。"此句几神并言，恰恰正是刘勰在《征圣篇》所谈论的文章写作奥妙之境的本源。

> 四象精义以曲隐，五例微辞以婉晦，此隐义以藏用也。故知繁略殊形，隐显异术，抑引随时，变通适会，征之周孔，则文有师矣。（页十七）

案：此节继续申论文章有明快、繁简、隐显等不同的表现，而直引《夬》卦与《离》卦做例子，谓《夬》卦有决断、果决之义。案《序卦传》：“夬者，决也。”《杂卦传》：“刚决柔也。”《系辞传上》：“上古结绳而治，后世圣人易之以书契，百官以治，万民以察，盖取诸夬。”以上《易》传之“夬”字即刘勰所本，而引伸出文章写作要有明快果决的风格之说法。

其次，论到文章义理则主张说理要“明白清晰”，又直引《离》卦易义说明这项文体要旨。《说卦传》：“离也者，明也。”彖曰：“离，丽也，日月丽乎天，重明丽乎正，乃化成天下，柔丽乎正，乃化成天下。”此解丽字为光明鲜丽如日月义，即刘勰所本，用来说明文章义理的阐述，同样要光明正大，始能教化天下百姓。刘勰此节述文章除了要明断果决之外，更要有“显明正大”这种文体表现，悉自《离》卦易理领悟启示而来。

此节最后述文章的第三种写作有“隐微”精义的风格，乃用《周易》的“四象”说法，以及《春秋》五种条例做例证，说明这就是表现文章曲折委婉的最佳例子。其中“四象”一词即用易学知识，盖《周易》乃二二相综之卦，自二、三、四爻又取一象，三、四、五爻再取一象，谓之互爻互象即得一卦，又于综卦，再取变卦，合之即成四卦，谓之四象，此固非一卦之表面可得见者，故谓之曲隐，而精义自在其中。刘勰据此易理“四象”变化之妙，挪之以说明文章内含精义也有类似现象，即谓文章要用委婉曲隐之写法。[1] 然而，不论繁或简、委婉或明晰，文章的写作法本无一定规矩，但看

---

① 四象一词，各家曲解不一，陈拱《文心雕龙本义》摘引诸说，谓皆非是，驳之甚剧。陈拱云：“按：四象何指，《系辞》无明文，后世注释之家所说纷纭，殊难适从。似应缺疑为妥。唯彦和之意则应以‘四象’代《系辞》之文，故下文即有‘精义以曲隐’之言。此实浓缩《系辞下》所谓‘其言曲而中，其事肆而隐’等二句而成者。故可知此处之‘四象’并非指某四种形象而言，乃用以代‘精义以曲隐’之《系辞》之文也。”（页五一）此谓诸家解四象皆误，然自解四象谓即代《易·系辞》之文，亦非正解。盖刘勰精通易学，必知六十四卦二二相综，即有二象，若变之，又得一卦一象，若又取“互卦”则又得一卦，合之凡一卦可变四卦，卦中有卦，亦即象中有象，一卦可变生四卦，四卦即有四象，此谓之四象精义。唯自表面一卦不易明知，故曰“曲隐”，谓四象曲折隐藏，藉此说明圣人文章富含精妙之义。又按四象，朱熹《本义》曰：“谓阴阳老少。”即指老阳乾与老阴坤，少阳艮与少阴兑。又一行《大衍论》云：“三变皆刚，太阳之象。三变皆柔，太阴之象，一刚二柔，少阳之象，一柔二刚，少阳之象，一柔二刚，少阴之象。”皆同此解，乃知四象即乾、坤、兑、艮，再变为坎、离、震、巽，即四象生八卦之变。刘勰“四象精义”即谓乾、坤、兑、艮四卦之象。

作家的随时变化，能够加以会通融合，巧妙地把握写作技巧。此节最后又举《随》卦说明这层意思。《随》卦彖曰：“大亨贞无咎，而天下随时，随之时义大矣哉!”此即刘勰此篇“随时抑引”之句义的本源。案“随”有随时、随人、随事之义，文章要讲究随时变化之妙，不可拘泥于繁简、隐显，正是化用《随》卦易理。以上阐述文章有昭晰、婉晦、简练、繁缛几项基本写作方法之异，但看作者如何把握随时运用之妙，而周公孔子圣人创作阐述的五经文章都已经包含这些风格矣!

> （五）是以论文必征于圣，窥圣必宗于经。《易》称“辨物正言，断辞则备”，《书》云“辞尚体要，弗唯好异”。故知正言所以立辩，体要所以成辞，辞成无好异之尤，辩立有断辞之义。虽精义曲隐，无伤其正言；微辞婉晦，不害其体要。体要与微辞偕通，正言共精义并用；圣人之文章，亦可见也。（页十七）

案：此节最终做出小结论，谓文章之论必要师法圣贤传下来的五经，而圣人五经文章的两大特点就是“正言”与“体要”。其中“正言”一项再度根据《周易》之理，《系辞传下》：“理财正辞，禁民为非曰义。”又云：“夫易，彰往而察来，而微显阐幽，开而当名，辨物正言，断辞则备矣!”以上正言即正辞，谓中正不偏不倚之文辞，刘勰文论主张“正论”，崇尚“雅正”，盖皆自易学易理而悟，遂引伸衍义出文论的雅正思想，至此《征圣篇》乃确立刘勰宗圣尚正的文论大纲，标举“圣文”为文章典范，雅丽与华实则为圣文的两大主要标准。

三、《征圣篇》子学内涵

《征圣篇》以“人”为本论，而尊“圣人”为人文终极之典范。此与《原道篇》以“天”为主体，述“乾坤天地”之《周易》道理为子学义理最高准则，可谓并配连理，上下相映。建立先“天”后“人”之论述层级，刘勰乃展开“天人”并建合参之思想体系总纲。据此总纲，即可下贯刘勰思想体系中的本体、方法、认识与宇宙构成之各论，形成刘勰“究天人之际，通古今之变”的一家学术。故而《征圣篇》述三代以来玄圣哲人事业文章，即

“子家”学术心胸，又《征圣篇》述圣人之特质亦即“子家”本源，因为“圣贤并世，经子异流”此语，意谓圣人典型化以后，此下殆皆为“子家”之身份。故而《征圣篇》有两大要义，其一用子家标准诠释先圣之学，其二用子家眼光论评“古今文章”。兹据此二项要义条列《征圣篇》原文节段如下：

（一）《征圣篇》首揭“圣人文章”内涵有三类，分别是政化贵文、事迹贵文、修身贵文。凡此三文即涵盖德行、言语、政事、文学（孔门四教）四项学术范畴，而此四项与《刘子·九流章》结论子学最终欲达成四项人生指标，讲述“身名两全”与“操业俱遂”二句内涵之“身、名、操、业”四字要义相似。谓君子一生要讲究修身、声名、德操、功业四项终极目标，始臻达完美人格。《征圣篇》简直可视作《刘子·九流章》之理论先导，代表刘勰子家自居远大而又具体明晰的一生学术生命与志向。《征圣篇》云：

> 夫作者曰圣，述者曰明。陶铸性情，功在上哲。夫子文章，可得而闻，则圣人之情，见乎文辞矣。先王圣化，布在方册，夫子风采，溢于格言。是以远称唐世，则焕乎为盛；近褒周代，则郁哉可从：此政化贵文之征也。
>
> 郑伯入陈，以文辞为功；宋置折俎，以多文举礼：此事迹贵文之征也。褒美子产，则云“言以足志，文以足言”；泛论君子，则云“情欲信，辞欲巧”：此修身贵文之征也。然则志足而言文，情信而辞巧，乃含章之玉牒，秉文之金科矣。（页十六）

（二）圣人必藉由“五经”传承圣贤之道，故而经书文章之品评首见于《征圣篇》，云：

> 夫鉴周日月，妙极机神；文成规矩，思合符契。或简言以达旨，或博文以该情，或明理以立体，或隐义以藏用。故《春秋》一字以褒贬，《丧服》举轻以包重，此简言以达旨也。《邠诗》联章以积句，《儒行》缛说以繁辞，此博文以该情也。书契决断以象《夬》，文章昭晰以象《离》，此明理以立体也。四象精义以曲隐，五例微辞以婉晦，此隐义以藏用也。故知繁略殊形，隐显异术，抑引随时，变通适会，征之周孔，则文有师矣。（页十六至十七）

今细检此节刘勰评论五经文章之方法，于五经内容之解释，率用子学与

《周易》之义理，视五经之文为子学义理表现，此即“圣贤并世，经子异流”之说。又此节括举“情理”二字概述五经文章之特色，情理之理字即有子学内涵。又参取《周易》“变通”与“随时”二项易理解释五经文章表现之精妙，以及用“机神”“妙机”二词，描述五经文章神思玄奥，也是挪用《易·系辞上》“阴阳不测之谓神”“知几其神乎”以及“妙万物而为神”等易学神机妙物之精义，比拟五经文章神妙不可测，标志五经文章“文无定法”的原始创作本质。以上皆属《征圣篇》化用《周易》道论构建文章之学，具有子家“述道言治，枝条五经”之衍义本色。

（三）以“圣人”为标、以“五经”为本之《征圣篇》，由“人”与“学”综合完成“知人知书”之学。而此人与书之学，刘勰又用“正言”与“体要”二语概括之，谓文章之词汇与义理必本于此二原则。今详味《文心雕龙·征圣篇》之“正言”乃尚“正”思想之发挥，与《刘子·正赏章》力倡“论人观文”必尚“情理平正”之说完全互通。乃信《征圣篇》对五经文章用“正言”“体要”之品赏，即据“子学”观点延伸之文论。《征圣篇》云：

> 是以论文必征于圣，窥圣必宗于经。《易》称“辨物正言，断辞则备”，《书》云“辞尚体要，弗唯好异”。故知正言所以立辩，体要所以成辞，辞成无好异之尤，辩立有断辞之义。虽精义曲隐，无伤其正言；微辞婉晦，不害其体要。体要与微辞偕通，正言共精义并用；圣人之文章，亦可见也。（页十七）

（四）《征圣篇》总括“华实”二字，作为圣人五经文章综合风格。“华”谓文笔华藻，固属“文章”家之巧技，但是必须济之以“实”字，谓文章义理充实，不可徒饰华采而已，则已兼用子家“义理”引入文章之说。合以上华实二字，即表示刘勰以子家身份论述九代之文的著述企图。刘勰“子集”合一之著述形态，昭昭然可辨矣。最后刘勰又提出“天道”与“文章”两概念，前者指“天”（包含地），与后者所言人文华采之“人”构成天人合参之文论。刘勰既颇思参“天道”，亦不能忘情于古来“文章”之探求，隐隐然是一位以“子家”自居跨界领域谈论“文学”之古今道儒。《征圣篇》云：

> 然则圣文之雅丽，固衔华而佩实者也。天道难闻，犹或钻仰；文章可见，胡宁勿思？若征圣立言，则文其庶矣。（页十七）

（五）最后再看《征圣篇》赞“百龄影徂，千载心在”句，此句之“影”字，看似参取佛教影响之“影”字教义，但旋即随说随扫，接续一句“千载心在”，此句之“心”字内涵，意谓形体影像虽已消灭，然而心神光辉却永存我“心”。在对比“影”与“心”之后，突出“心”常在之价值，即与佛教用“佛”作为影灭而永在之教义，旨趣截然不同。[①] 可见刘勰思想虽然参取了不少佛教教义，但最后在“人生终极关怀”层次，却没有皈依佛教这一“宗教信仰”，而是回到孔孟之“心”。此句“千载心在”之心，乃自《周易》天地之道心下贯至人心与文心一脉相传之心学，成为刘勰精神心灵世界之归宿。而此心之内涵，唯有“圣人”可道出，圣人亦唯有“道沿圣以垂文”，藉由古书经典始能昭示后世，始能承传此道心。此赞之妙义，隐藏刘勰一生“师圣仿经”之志，故而有“论文必征于圣”之语。而刘勰“入道见志”子家胸怀，亦由此句而生焉，刘勰“枝条五经”的子家论文之“策略”亦表征于此。《征圣篇》最末赞辞昭昭然表明刘勰以儒抗佛针砭当时弥漫佛教异端思想之弊，同时也暗示刘勰奉《周易》天地道心为一生学术总纲之志向。而刘勰主“心”之思想系统即由“形、心、神”三位一体并建而成。佛教之“影”义，内含于“形”字，佛教之“佛”义，统摄于刘勰之“心”字。而刘勰子学所谓的“神”，即《刘子》首篇《清神章》所谓的“神者，心之宝也”之心神论，绝不是宗教信仰的佛教佛神或道教天帝之天神。《征圣篇》之赞实乃刘勰思想真貌之表述：

妙极生知，睿哲唯宰。精理为文，秀气成采。
鉴悬日月，辞富山海。百龄影徂，千载心在。（页十八）

四、《征圣篇》总案

《征圣篇》专述“圣贤通哲”其人，兼述圣哲所传之“文”，谓之经，但

① 佛教四部众之一即影响众，《法华经》已揭此说。又《维摩经·方便品》曰：“是身如影，从业缘生。”此佛教视肉身如影之教义。故而刘勰“百龄影徂”此句用“影”字不用“身”字，盖已参用佛教之说。《菩萨处胎经》曰：“善恶之报，如影随形。”此“影”字之别义。佛教又有影护谓附影之形，影事谓世事如幻如影，以及前尘影事等诸佛教语词，故知形影与形身用词小异。刘勰用“影”字说形，乃有意作此。但刘勰最终仍用形心神取代形影。

重点仍在“人”。此篇乃上承《原道篇》所述之“文”，谓人文，下开《宗经篇》专述“文”，而组合成“人文”。中间承前启后之转介处，即此篇由道至人再到文之连贯体系。紧扣《原道篇》末节“道沿圣以垂文”必先道而后有“圣”之篇目相次系统，《文心雕龙》上篇往往启导下一篇之论述，构建出篇目相次历历如贯珠之文论体系，此书首三篇之排列即印证此说。①

而这一排列顺序即来自《周易》“苟非其人，道不虚传”之易理启示，界定了《文心》理论即人即文，人与文相合，即其人之性情必影响其人之文章此种“人文综合”之理论体系。所以说，《文心雕龙》背后之思想指导，必有《周易》经传所述易理易义之影响。

而作为子学家，皆必习易研易，即所谓“《易》为群经之首、百学之源”此论之实践。故而《征圣篇》论圣人其人及其文，凡涉及子学之内涵，泰半亦即不背离易学之影响，因而《征圣篇》之子学与易学皆可相证相参，互相旁通。

最后，《征圣篇》首次针对圣人“五经文章”进行“实际批评”，归纳出体要、华实、繁简、隐显诸项范畴，赋予圣哲文章最高评价。此悉由对“作品”之直接品评而得知，亦可视作根据《文心》“文术论”（例如《体性篇》《情采篇》）诸理论而进行的经书文章的实际批评，建构《文心》“作品”与“理论”之对应关系。本书首先藉由《征圣篇》示例全书实际批评之做法，最需注意。

---

① 如果不参考《周易》将其“人”与“道”并存相依之说法，就很难理解刘勰何以有《宗经篇》，还要安排一篇《征圣篇》。纪昀评点此篇即云：“此篇却是装点门面，推到究极，仍是宗经。”纪氏会有此种谬解，其故在此。转引自《文心雕龙汇评》，页十六。

三　《宗经篇》细读

一、《宗经篇》文论与实际批评

《宗经篇》专述“圣文”，包举五经，用“文章”解之。与《征圣篇》专述“圣人”，将先王圣化与夫子风采兼述相比，二篇一述人一述文，由人至文，即“圣因文以明道”之思考。故而二篇必分立，不但不犯重复之嫌，且有相辅相成、互参旁通之功。①

盖《宗经篇》专述五经文章，纯以“文章作品”论经书，堪称经学文学之专篇。此篇首立“性灵文章”之说，而推源于《周易》，谓《周易》文学即性灵文章之始。此刘勰首次倡议《周易》文学课题。然则，《易》不仅为群经之首、百学之源，更是群言之祖、文体之首。《宗经篇》力倡《周易》文学之论，其见识远大，品赏博通，可谓前无古人，后有继述者。②

今观全篇涉及“经学文学”之课题有经学文学起源论、经书文章技巧论、经书文章文体论、经书文章风格论，最终再以“根柢”与“枝叶”之比

---

① 纪昀评点《征圣篇》云：“此篇却是装点门面，推到究极，仍是宗经。”转引自《文心雕龙汇评》，页十六。此语似谓《征圣篇》与《宗经篇》重复，其实未必然。刘永济《文心雕龙校释》力驳纪评非是，刘永济云：“盖《征圣》之作，以明道之人为证也，重在心。《宗经》之篇，以载道之文为主也，重在文。圣心合天地之心，故繁、简、隐、显，曲当神理之妙。经文即自然之文，故详略先后，无损体制之殊，二义有别，显然可见。”（页五）此节谓二篇有别，一在人，尤指人之“心”，一在文，谓自然之文，甚是，可尽释纪昀误评。

② 经学文学之课题，乃持“文学”观点诠解五经，此与用“经义”解五经有别。现当代学界颇流行此种经学文学之论述，参见刘再华《近代经学与文学》（北京：东方出版社，二〇〇四年十一月），页八“经学与文学的联结方式”这一节尤其可参，可惜没有追考《文心·宗经篇》之说。高明峰：《北宋经学与文学》（大连：辽宁师范大学出版社，二〇一二年七月）第一章绪论也有“经学与文学的联结”之论，对《宗经篇》与《征圣篇》的说法已有简略探讨。

喻，建立五经为“本”、楚辞汉赋为“末”的文学本末论，凡经学、文学之内涵莫不悉备于此一篇。

今当注意者，以上所述经学文学之“技巧论”，已先发于《征圣篇》，乃知《征圣篇》与《宗经篇》宜旁通互参，而“经学文学”之课题已先揭例于此篇。《征圣篇》云：

> 夫鉴周日月，妙极机神；文成规矩，思合符契。或简言以达旨，或博文以该情，或明理以立体，或隐义以藏用。故《春秋》一字以褒贬，《丧服》举轻以包重，此简言以达旨也。《邠诗》联章以积句，《儒行》缛说以繁辞，此博文以该情也。书契决断以象《夬》，文章昭晰以象《离》，此明理以立体也。四象精义以曲隐，五例微辞以婉晦，此隐义以藏用也。故知繁略殊形，隐显异术，抑引随时，变通适会，征之周孔，则文有师矣。（页十六至十七）

此节分析五经文章写作技巧之妙，有简言达旨、博文该情、明理立体、隐义藏用等四项，可精简为“隐显繁略”四字。然而并不是说此四项各自独立。刘勰进一步提出“抑引随时，变通适会”补述运用这些技巧必须视文章体势而随时变化，总以密合相配为据。今观此节文论内涵，又与《宗经篇》一节所述经书文章技巧相通，《宗经篇》云：

> 夫《易》唯谈天，入神致用。故《系》称旨远辞文，言中事隐。韦编三绝，固哲人之骊渊也。《书》实记言，而训诂茫昧，通乎《尔雅》，则文意晓然。故子夏叹《书》“昭昭若日月之明，离离如星辰之行”，言照灼也。《诗》主言志，诂训同《书》，摛风裁兴，藻辞谲喻，温柔在诵，故最附深衷矣。《礼》以立体，据事制范；章条纤曲，执而后显；采掇片言，莫非宝也。《春秋》辨理，一字见义，五石六鹢，以详备成文；雉门两观，以先后显旨，其婉章志晦，谅以邃矣。《尚书》则览文如诡，而寻理即畅；《春秋》则观辞立晓，而访义方隐。此圣文之殊致，表里之异体者也。（页十九）

此节评述五经文章之佳处，所用评语诸如言中事隐、访义方隐，皆与《宗经篇》已言“隐显繁简”四字之“隐”字同义。又文意晓然、观辞立晓，与“显”字同旨，而最附深衷，犹如“繁”笔，另外一字见义与寻理即畅，已同用“简笔”写作。以上分析，均可证明刘勰用“隐显繁简”四项技巧，同时并见于《征圣篇》与《宗经篇》例示之五经文章，前后观点一致，理论如一，最终再谓五经文章之形式与地位为“经”，而其内涵与实质则属“文学”，故而《宗经篇》有“圣文之殊致”与“表里之异体”二语，所得五经文章经义为“体”，圣文为“用”之经学文学“体用论”，可谓经学研究范畴最富创见之论。

今又须再辨正之一，即上节《征圣篇》原文乃刘勰论五经文章并有“繁简隐显”四项技巧，其与《宗经篇》别立一节专述五经文章“体性”，援引《体性篇》八体说解，乃属五经文章风格之论，自与五经文章之“技巧论”旨趣不同。①《宗经篇》述五经文章体性云：

> 若禀经以制式，酌《雅》以富言，是即山而铸铜，煮海而为盐也。故文能宗经，体有六义：一则情深而不诡，二则风清而不杂，三则事信而不诞，四则义贞而不回，五则体约而不芜，六则文丽而不淫。扬子比雕玉以作器，谓《五经》之含文也。（页二〇）

此节细述五经文章之风（骨）、情（采）、事（类）、义（理）、文（辞）、体（体貌）等六项特色，凡文章当论之范畴尽备于此。次又用信（实）、深（奥）、清（新）、贞（正）、约（简）、丽（绮）等六类风格（即体性）分别描述五经文章。持此对照《体性篇》典雅、远奥、精约、显附、繁缛、壮丽、新奇、轻靡八体又若合符节，一脉相通。

例如情深不诡互通远奥雅正，风清不杂即清新明白，近似新奇显附。又事信不诞可准典雅，与义贞不回同属“雅正”之风。至于体约不芜则一定是指“精约”之文，而文丽不淫，也有繁缛与轻靡对比之意。总上分析，《宗经篇》宗经六义一节化用《体性篇》八体作为品评五经文章之理论依据，至为明显易晓。由此可知，宗经六义一节专述五经文章“体性”即文章风格之论，乃指技巧论，甚易区别。

简言之，《宗经篇》述五经文章之技巧，已沿用《征圣篇》繁简隐显四

---

① 钱基博《文心雕龙校读记》同引《宗经篇》此节文字，但用“立言之体”说之，谓此节谈论经书文章的“体”，为此，钱氏又引“论、说、辞、序，易统其首……”此节为证，说它是“体”。案：此节谈五经文章为“文体”本源，与“文能宗经，体有六义……”此节谈五经文章“风格”（即文章体性）乃不同之节段，钱氏混同一例，非是。参见钱基博：《文心雕龙校读记》（上海：上海古籍出版社，二〇一一年十一月），页七。

项理论，但是《宗经篇》更发展出本篇新说五经文章之“体性论”，则为《宗经篇》之独创。

至于五经为文体之本源，前贤旧解多已明言之，兹不赘述。

唯须特别注意《宗经篇》全篇所用唯一一项比喻，形容经书的内涵“根柢盘深”“枝叶峻茂”，举树木为象，凡根干枝叶完整而稳固之全体，始为大树之完成。暗示经书亦如此，则根柢比喻经书是一切文体的本源，凡文章皆自此而生，这一根柢形象特指经书内涵义理，作为文章之根本，意谓凡文体写作必先具此“大体”或“体统”。这与《文心》一贯说法完全一致。例如《通变篇》云：“凡规略文统，宜宏大体。”此句之大体、体统即有“根柢”的比喻意思。又《祝盟篇》云：“盟之大体。”《檄移篇》云：“檄之大体。”《奏启篇》云：“治繁总要，此其体也。”《杂文篇》云：“此立体之大要也。”诸篇定义规范文章体式，必言“体”字之大体，盖皆与《宗经篇》的“根柢”形象比喻构成“象”与“意”的紧密关系，再次说明刘勰文论立“经书”为宗为本这一理论大纲涵义。

至于经书的“枝叶”比喻，即影射文章本末之“末”，谓文词华藻。《文心雕龙·总术篇》已批评当时文风之弊在“多欲练辞，莫肯研术”。可见文章写作，文术与文道才是根本，而文词表现，若只是徒事华藻，则犯舍本逐末之病，故而刘勰用“枝叶”比拟之，谓文采必不可无，即枝叶峻茂之意，唯其先决条件为根柢盘深，故有本末之分。由此可见《宗经篇》刘勰独出根柢盘深、枝叶峻茂之比喻，全书唯见一例，且用“峻茂”与“盘深”形容根叶，言下之意，等于是说经书既有义理思想，更有华藻文采，经书是文学之性质与价值在此比喻中透显无遗。

由以上所述可知《宗经篇》是极有价值的文论，一言以蔽之，当谓“经学文学”之正式确立。这一课题，纵使不是刘勰最早提出，但却以刘勰《宗经篇》谈论经学文学最为具体有法。

《宗经篇》首先定义经学文学就是指由经典所表现的圣人的“性情”（含性灵）及其“文章”，故有“性情文辞”“性灵文章”之语。而经学文学三要目即性情、文辞、义理。刘勰将之定名为“正学”“正理”，故而《宗经篇》云：“义既埏乎性情，辞亦匠于文理。故能开学养正，昭明有融。”此语即尊经学为正学，奉经书文理为正理，以摹习经典为正学，合而言之，凡文章性情、文辞、义理，莫不归宗经诰，始克称作宗经，即以经学文学为宗，故而

《宗经篇》有“经也者，恒久之至道”语，先谓经典为恒久正道，继之而起，再谓经书为文学，而“经学文学”得以立论，宗经不但是宗法经典义理以之为励德树声之楷模，经典文章也是文学摹习的恒久典范。故而《宗经篇》在以经为至道之余，新辟经学研究范畴，谓之经学文学，乃提出“建言修辞，鲜克宗经”之论，突出经书“修辞”与“群言之祖”的新价值，拓展“经学文学”的新课题，此则《宗经篇》最具创解之论。①

既然已确立经书为文章典范，《宗经篇》乃分从“经书文体学”与经书文章“实际批评”两项加以阐述，具体指出五经为群言之祖，凡《文心》“文体论”所述各体莫不皆源出五经，此谓“经书文体论”。

其次，又摘选五经之每一经所表现之文采，分别施以精简评语，一一加以品评，此谓之经书文章“实际批评”。

而尤其重要者，刘勰点评五经文章所用之语词，及其评论之要义，率皆依据《文心》全书文论体系作为文章“理论”之大纲，即《文心》文术论各篇展示之文理。换言之，刘勰是用《文心》文术论品评五经文章，将五经视为“文章”，然后根据自己建构的文术论，进行实际批评。所以说，《宗经篇》可以藉由本书指示的“旁通互见”细读法，与《隐秀篇》《诸子篇》《章句篇》《熔裁篇》《附会篇》《总术篇》等各篇互相参照理解。甚至，《宗经篇》用“根柢”与“枝叶”两项比喻，形容五经文章的远大高深与丰富，暗示文章有“本”“末”的分别，则完全是《文心》文术论《附会篇》《总术篇》建构的基本理论。也就是说，《宗经篇》也应用了刘勰文论的大体、体统之说法。

第四，《宗经篇》提出文能宗经、体有六义的理论，是群言之“大体”，当然也是“群言”学习摹仿的文章典范，这是恒久不变的正道、正文，不能任意改变，即可视作与《通变篇》立论一致，就是“名理相因，此有常之体”句的常体、通体之内涵。

---

① 《征圣篇》征考圣人必由性情文章之载道，即“圣因文而明道”之意。此篇由人到“文”，尚未细谈圣人“文章”为何。及至《宗经篇》始专述《征圣篇》之后圣人“性情文章”之体貌及其历史价值、经典地位。由此得知，《征圣篇》尚未谈及“征圣以情”之课题。今见曹学佺评点《征圣篇》有云：“其征圣以情，即体性于习也。可谓云霞焕绮、泉石吹籁之文。”（转引自《文心雕龙汇评》，页十八。）案：曹评提前讲到圣人文章的“性情”，旁通到《体性篇》“因性练才”之说，以及“摹体以定习”之论，尚可成论，但《征圣篇》其实未及细述圣人“性情”为何。

最后，《宗经篇》参借《论语》孔门四教“文、行、忠、信”之语，以及孔门四科“德行、言语、政事、文学”等之要义，加以综合折中，提出树德要学习五经、文章也要摹习经典的观点，恰恰呼应了《程器篇》主张文人武人皆要讲究品德，文艺与政事也要兼而能之的理论。《宗经篇》旁通《程器篇》，将文论与人论融合陶铸，又是典型的“旁通互见”细读所得出的结果。①

以上五论，大抵是《宗经篇》全篇重要理论要义，特标举于上。兹再详细分析《宗经篇》较少为学者注意者，即对经书文章的“实际批评”，及其与《文心》文术论呈现“理论”与“批评”的对应关系这两项，爬梳解释之。《宗经篇》云：

> 夫《易》唯谈天，入神致用。故《系》称旨远辞文，言中事隐。韦编三绝，固哲人之骊渊也。《书》实记言，而训诂茫昧，通乎《尔雅》，则文意晓然。故子夏叹《书》“昭昭若日月之明，离离如星辰之行”，言照灼也。《诗》主言志，诂训同《书》，摛风裁兴，藻辞谲喻，温柔在诵，故最附深衷矣。《礼》以立体，据事制范；章条纤曲，执而后显；采掇片言，莫非宝也。《春秋》辨理，一字见义，五石六鹢，以详备成文；雉门两观，以先后显旨，其婉章志晦，谅以邃矣。《尚书》则览文如诡，而寻理即畅；《春秋》则观辞立晓，而访义方隐。此圣文以殊致，表里之异体者也。（页十九）

此节实际批评《易》《书》《诗》《礼》《春秋》等五经。由五经排列先后，始《易》终《春秋》，知刘勰《宗经篇》持古文经学派之立场，则五经之本质，乃“先王圣典”，而为孔子“述圣”之作。今观刘勰的品赏，均自“文章”

---

① 《宗经篇》“文以行立，行以文传，四教所先，符采相济”，各家注皆同以《论语·学而篇》“子以四教：文、行、忠、信”为出典，然未阐明“符采相济”做何解。案：刘勰本意当指孔门四科之教，谓“德行、言语、政事、文学”，此四科首以“德行”，出自《论语·先进篇》，与“文以行立”此句的“行”，谓德行同义。但是刘勰主张君子德行之外，尚须文采，故有“符采相济”，谓符合文采之理，助成信德之双美。符，信也，谓忠信之德行。《说文解字·竹部》：“符，信也。”即释符信为德。若再参照《程器篇》有“贵器用兼文采”，以及“安有丈夫学文，而不达于政事哉”之语，则知“德行”又为其他三科所共有，唯非“首”而已。准此，这一句“四教所先”所指四教宜合参《先进篇》四科，谓四科之教。“符采”，专指“文采”，“相济”谓用文采助美德行。陈拱《文心雕龙本义》云：“相济，未悉所指，或谓以文济其他三教也。”（页八七）案：此误以三教为行、忠、信，其实，忠、信同属“德行”。

之学点评，点评内容包举经典的字句修辞、义理思想，以及文章体貌体势，侧重在五经“文章”之特色，非“经义”之训示而已。

评《易经》，指出其功用在“天神”垂象，戒人以吉凶之辞，而《周易》卦爻辞叙事多见“隐秀”之笔，因而能表现文辞的“文雅”之风，此即“旨远辞文”之意，谓卦爻辞文意远奥，即有“隐秀”写作技巧之功效，故而《周易》文学具备“远奥”与“雅正”之体貌。如此品评《易经》，采用了《体性篇》《隐秀篇》两篇理论。

次评《尚书》，谓此经乃“记言”之体，则与《总术篇》定义“言”“笔”之说法互通。盖刘勰主张“发口为言”“属翰曰笔”，然而《尚书》本属记言之体，言为笔使，可强可弱，此用“文体论”分类学品评《尚书》。

至于《诗经》，则又用《比兴篇》理论说它“摛风裁兴”，谓善于采用比兴技巧，又说《诗经》总体风格乃“温柔在诵”，有温柔之风，则互通《体性篇》八体的概念。

三评《礼》经，则不分经传，用“大体”“体统”这类文术用语描述“礼”作为治事规范的重要地位，故而“礼以立体”的“体”之字义，即互通《通变篇》“凡规略文统，宜宏大体”所云“体统”一词要义之引伸。

最后评《春秋》经，注重圣人有“微言大义”的写作技巧，因此，用“辨理”评，这就符合《诸子篇》“博明万事为子，适辨一理曰论”这种经子合论的文体特色。显然，刘勰已用“子家”之学的观点，评价《春秋》经注重事理叙事的技巧，赞美此经叙理能分出“先后”、判别“详略”，亦可借参《熔裁篇》所说文章写作要分“始”“中”“终”等先后顺序的写作方法道理相通，意指文章叙事要有清晰条理，要有先后步骤。

最后，《宗经篇》总结“圣文”的特色是“殊致”与“异体”，代表刘勰深通五经文章的奥妙深远，能看出五经文章与“群言”的不同处，及其与“辞人”写作的殊异，这是“见异”功夫的展现，乃善用《知音篇》谓：“唯见异为知音耳。”刘勰应用《知音篇》的理论，玩绎经典，品出道味，遂能看出五经文章的“圣文殊致”以及“表里异体”二者之美，堪称经典之知音。

二、《宗经篇》易学影响

《宗经篇》继《征圣篇》“征圣立言”之后，阐述经书之“言”，即指经典，首揭《易经》三极之道作为经典文章之表率，表明刘勰的文章论，乃据《易经》得出神理与圣训二元系统。《宗经篇》举例五经文章，皆以《易》为首，铺展经典文章，亦以《易》之文体为先声，至于文章品评标准，依然准乎《周易》尚正思想，突出《周易》以正为本，以正为主之贞正易理，转化为文章尚正、文章当有本之论。可以说，《宗经篇》阐述经学文学莫不依《周易》之道，今括举《宗经篇》全篇涉《易》之节段如下：

> （一）三极彝训，其书曰经。经也者，恒久之至道，不刊之鸿教也。故象天地，效鬼神，参物序，制人纪，洞性灵之奥区，极文章之骨髓者也。（页十八）

案：此节首揭三极一词，谓天、地、人三才之极道，即《周易》之三才。次谓五经文章，首推《周易》，而“周易文章”为文章之“骨髓”，谓之性灵文章。从而可知，此节堪称《周易》文学论之首倡，且暗示《周易》文学引导其他五经文学。①

> （二）《易》张十翼，《书》标七观，《诗》列四始，《礼》正五经，《春秋》五例。义既埏乎性情，辞亦匠于文理，故能开学养正，昭明有融。然而道心唯微，圣谟卓绝，墙宇重峻，而吐纳自深。（页十八至十九）

案：此节举例五经文章之体式，首揭《周易》卦爻辞经文之后，又有孔子赞《易》之说，即今传《十翼》传文，以与经文对读，经传之体不同，凡

---

① 三极谓三才之极。《系辞传上》：“六爻之动，三极之道也。”韩康伯注：“三极，三材也。”案即三才之道，而三才谓天、地、人，亦即天文、地文、人文。又《系辞传下》：“易之为书也，广大悉备，有天道焉，有人道焉，有地道焉，兼三才而两之，故六。”据此可知六谓六爻，分上中下，而以天地人实之。《宗经篇》论五经文章，完全用《周易》经典作为总纲，主张经书文章内容皆必统摄于天、地、人三极之道，再次证明，刘勰认同“《易》为群经之首”与“百学之源”的说法，文章自不例外。

释经曰传，释传必用“言”，言以成文，遂由《周易》经传而衍生论、说、辞、序等各种文体。其尤要者，刘勰括举五经文章具备性情、文理双重之美，学习五经文章功用足以“养正”，乃转用《蒙》卦彖曰“蒙以养正，圣功也”之语，谓圣人教化之功，悉在启蒙天下人民学习，导之以正，此“开学养正”用“正”字义理。又化用《蒙》卦卦辞“利贞”之义，谓教以正道，始为有利于导引学习。由此可知，《宗经篇》主张文章教化以“正道”启蒙，盖本源自《周易》之说。

（三）夫《易》唯谈天，人神致用。故《系》称旨远辞文，言中事隐。韦编三绝，固哲人之骊渊也。（页十九）

案：此节详述《周易》之学，本于天道，《周易》之用，变化广大，极至于神。用一“神”字描述易道应用不可测，易神盖“无方无体”之存在样态。故后世文论凡言精极奥妙，莫不用“神”字。刘勰《文心雕龙·神思篇》述文思之理，即有神思之词，谓文思神妙，与物神游，乃知文论神思即本源自《周易》“入神”。次则明引《易系辞下》“其旨远，其辞文，其言曲而中，其事肆而隐”描述《周易》卦爻辞经文之美，括举其意，节引《周易》之文。此引《易》辞乃用“节引”之例。今观所引节文谓《周易》经文具备旨意深远、文辞优美、说理切中时务之品格，而叙事畅达明显，却内涵隐微的义理。括而言之，凡文章当有形式与内容兼备之美，卦爻辞皆已有之。后世论文体、文章写作要求之条件，大抵皆不超出此范围。乃知《宗经篇》此节段论述《周易》卦爻辞之美，转化为论文章之美。①

（四）至根柢盘深，枝叶峻茂，辞约而旨丰，事近而喻远。是以往者虽旧，余味日新。后进追取而非晚，前修久用而未先，可谓太山遍雨，河润千里者也。（页十九）

---

① 此节描述《周易》经文有旨远、辞文、言中、事隐四项特点，孔颖达《周易正义》注此节，一一引实例以核之，颇可参。孔颖达云：“‘其旨远’者，近道此事，远明彼事，是其旨意深。若‘龙战于野’，近言龙战，乃远明阴阳斗争、圣人变革，是其旨远也。‘其辞文’者，不直言所论之事，乃以义理明之，是其辞文饰也。若‘黄裳元吉’，不直言得中居职，乃云黄裳，是其辞文也。‘其言曲而中’者，变化无恒，不可为体例，其言随物屈曲，而各中其理也。其《易》之所载之事，其辞放肆显露，而所论义理深而幽隐也。”参见孔颖达：《周易正义》（台北：艺文印书馆，一九九八年九月），页一七二。

案：此节发挥《周易》两仪之说，引伸作“二元”论述，谓经典有枝叶与根柢、文辞与意旨、近与远、往与复（即来）等二元对比，藉此谈论文章即须追摹经典，具备此种二元特色。全段分析文章乃化用《周易》之理，而不易明察。例如“辞约”化用《节》卦象曰“当位以节，中正以通”之说，要求文章写作不可以文辞太过放肆，要讲究简洁。“日新”，则明引《大畜》卦象“大畜刚健笃实，辉光日新其德”，谓君子修德，无一日之懈，无终始之间违仁，日日新立其德。此节转化“日新”修德于日新文章情味，要求文章情味要读之不厌，日新其味，正所谓“书读百遍，其义自现”之意，此谓文章余味，本源自易理。最后，此节又化用《乾》卦用九“见群龙无首吉”之易理，将经典比拟《乾》卦之德，乃转化《乾》卦用九象“天德不可为首”之意，谓经典沾溉后世文章，固普遍之影响，非仅限定于某一体类。故有太山遍雨、河润千里之普施。谓经典为文章所宗，众体皆备。此即“后进追取而非晚，前修久用而未先”句之本旨，乃化用易学易理之文论。

（五）故论说辞序，则《易》统其首；诏策章奏，则《书》发其源；赋、颂、歌、赞，则《诗》立其本；铭、诔、箴、祝，则《礼》总其端；记、传、盟、檄，则《春秋》为根；并穷高以树表，极远以启疆，所以百家腾跃，终入环内者也。（页二〇）

案：此节具体示例后世文体源出五经文章，谓论、说、辞、序四体，本之《易》学，盖指今《系辞传》上下二篇阐述《周易》经文之通论。《说卦传》说明《周易》拟议取象，《序卦传》次列《周易》上下经结构，即后世著作之前后序体文章，以上明用《周易》经传之理。其次此节用“环内”一词，谓凡文章各体皆无不源出五经，五经如圆周，故而五经之体，犹如“圜道”，谓天圆地方之圆道，乃转化自《周易》“方以智”“圆以神”此种方圆一体以成变之易学概念。而各体文章皆出自“环内”，不能出其外，此环类似圜道之环，盖本易理天圆地方之圜道而来。案《吕览·季春纪·圜道篇》云：“天道圜，地道方，圣王法之，所以立上下。何以说天道之圜也？精气一上一下，圜周复杂，无所稽留，故曰天道圜。”此“圜”通“环”，环内即谓天道以内，举环以概天圆地方之意，盖即指《周易》乾天坤地合而为圜道之意，[1] 此刘勰明用易理之显证。

（六）若禀经以制式，酌《雅》以富言，是即山而铸铜，煮海而为盐也。故文能宗经，体有六义：一则情深而不诡，二则风清而不杂，三则事信而不诞，四则义贞而不回，五则体约而不芜，六则文丽而不淫。扬子比雕玉以作器，谓《五经》之含文也。（页二〇）

案：此节括举经典文章之美，厥有六项，每项或暗用易之道，或明用易之理。试析如下：一曰情深不诡，不诡即不正，暗用《周易》贞正之义。例如《坤》卦卦辞："安贞吉。"又《坤》用六："利永贞。"皆谓贞正则安，贞正有利。故而《周易》用"利贞"之词，谓贞正为有利，凡见于《蒙》《恒》《萃》《渐》《涣》《中孚》《既济》等诸卦，其他用"贞"字连语之词甚夥，大抵皆作贞正之解。《宗经篇》此句"不诡"即暗用其义，谓文章情性不可不正。[2]

二曰事信不诞，谓文章叙事，求其真实，可为孚信，谨防夸诞不经。《中孚》卦云："豚鱼吉。"《彖》曰："豚鱼吉，信及豚鱼也。"此解孚字即诚信之"信"字，义正可通。

三曰义贞而不回，谓文章义理必须符合正道，即明用《周易》贞字，与情深不诡暗用贞字之例，皆源出易理。

（七）夫文以行立，行以文传，四教所先，符采相济。励德树声，莫不师圣，而建言修辞，鲜克宗经。是以楚艳汉侈，流弊不还，正末归本，不其懿欤！（页二〇）

案：此节"修辞"一词，明引《乾》卦《文言传》："子曰：君子进德修

---

[1] 此节用"环内"一词，一自《周易》来，一自阴阳家来。《吕览·季春纪·圜道》用"终始"一词，谓天道周而复始，事物皆自始而终，自终而始，如此形容《乾》卦天道，恰恰符合《史记·孟荀列传》记载邹衍五德终始说之道理。故而裴骃《史记集解》引刘向《别录》云："驺衍之所言，五德终始，天地广大，书言天事，故曰谈天。"此即解"谈天衍"一词，谓阴阳家本在谈天道。刘勰此篇《宗经篇》先谓"易唯谈天"知已受阴阳家之影响，次又用"环内"一词，引伸天圆地方之义，乃化用易学，合此而观，刘勰易学已兼参阴阳家与易学矣。

[2] "贞"字亦作占卜解，多位易学家均主此说，可以高亨《元亨利贞解》为代表（收入高亨《周易古经通说》，台北：华正书局，一九七七年五月，页八七）。然此解与卦爻辞多不符，"贞"字宜作正定、贞正、恒常之义，可参饶宗颐《贞的哲学》一文（收入《饶宗颐二十世纪学术文集》，台北：新文丰出版公司，二〇〇三年十月，页一三五）。

业。忠信所以进德也，修辞立其诚，所以居业也。”即刘勰本之以谓五经文章必有“立诚”之修辞，足为后世之法则。

其次用“本末”一词，与“始终”相配，谓以本为始，以末为终，终始如一，本末一体，皆衍义自《周易》始终反复之道、本末一体之学，如前揭《易》之“圜道”思想。

三、《宗经篇》子学内涵

《宗经篇》专述五经为文体之本，谓“文能宗经，体有六义”。而经典文章大多华实、性情文理兼备，故又立“经学文章”之说，此《宗经篇》与“文论”至密至深之互通理论。

然而《宗经篇》更有“子学”内涵。盖六经皆史，六经初未名经，率皆先王圣训与政典之载录，凡古之学者必读之书也。犹言孔子未删述前已读之典，皆六经原本古籍。故而“诸子”必自经书古籍而出，子学可包经学，经书皆在子家必涉古籍之列，由是可知《宗经篇》内含“子”之本论。即使到了汉代崇儒，尊孔氏之书，五经皆立博士，但说五经义理必归诸子。故而《汉书·伏无忌传》载永和元年校定中书，五经与诸子皆在其列，又《汉书·安帝本纪》载校定东观五经与“诸子传记”。① 此“诸子传记”即诸子说经释经之作。又《汉书·刘歆传》载汉孝文帝时，古籍出土颇多，皆属诸子释经解经之作，遂广立诸子书于学官而置诸子博士。然则，诸子既皆自经书之学而出，则经书必有子家义理之解，信可推考矣！② 据以上之解，得知刘勰《宗经篇》以经书为不刊之鸿教、恒久之至道，刘勰用心唯在“入道见志”之道，而宗经功用唯在“述道言治”，故而《宗经篇》内涵子学“枝条

---

① 此则文献，经王应麟采录，收入《玉海》卷五十三，艺文诸子类云：“《伏无忌传》：永和元年诏无忌与议郎黄景校定中书五经、诸子百家、艺术。注：《艺文志》曰：‘诸子凡一百八十九家，言百家，举成数也。艺谓书数射御，术谓医方卜筮。’《安帝纪》：永初四年二月乙亥，诏谒者刘珍及五经博士校定东观五经、诸子传记、百家艺术，整齐脱误，是正文字。”参见王应麟辑：《玉海》（浙江书局本）（扬州：广陵书社，二〇〇三年），页一〇〇一。

② 同前注引书，《玉海》又云：“《刘歆传》：汉至孝文，众书颇出，皆诸子传说，犹广立于学官，为置博士，在汉朝之儒唯贾生而已。孝文欲广游学之路，《论语》《孝经》《孟子》《尔雅》皆置博士，后罢传记博士，独立五经。”

五经”之经，今据此篇之“子意”述之如下：

（一）《宗经篇》开宗明义，定下“经道情理”以资文章之本，道兼摄天地、鬼神、人物，凡子家文章性情文理尽包于内。《宗经篇》云：

> 三极彝训，其书曰经。经也者，恒久之至道，不刊之鸿教也。故象天地，效鬼神，参物序，制人纪，洞性灵之奥区，极文章之骨髓者也。皇世《三坟》，帝代《五典》，重以《八索》，申以《九丘》。岁历绵暧，条流纷糅，自夫子删述，而大宝咸耀。于是《易》张十翼，《书》标七观，《诗》列四始，《礼》正五经，《春秋》五例。义既埏乎性情，辞亦匠于文理，故能开学养正，昭明有融。然而道心唯微，圣谟卓绝，墙宇重峻，而吐纳自深。譬万钧之洪钟，无铮铮之细响矣。（页十八）

（二）《宗经篇》次标“立言”“立志”二纲。立言主理事文理之言，立志主礼乐治国之志，皆合子家“言治”与“见志”之学。《宗经篇》云：

> 夫《易》唯谈天，入神致用。故《系》称旨远辞文，言中事隐，韦编三绝，固哲人之骊渊也。《书》实记言，而训诂茫昧，通乎《尔雅》，则文意晓然。故子夏叹《书》“昭昭若日月之明，离离如星辰之行”，言照灼也。《诗》主言志，诂训同《书》，摛风裁兴，藻辞谲喻，温柔在诵，故最附深衷矣。《礼》以立体，据事制范；章条纤曲，执而后显；采掇片言，莫非宝也。《春秋》辨理，一字见义，五石六鹢，以详备成文；雉门两观，以先后显旨；其婉章志晦，谅以邃矣。（页十九）

（三）《宗经篇》别标《尚书》言理、《春秋》言义之论，突出“义理文章”为本之圣文，正符合子家以立意为宗、子学尚义理之本体。《宗经篇》云：

> 《尚书》则览文如诡，而寻理即畅；《春秋》则观辞立晓，而访义方隐，此圣文之殊致，表里之异体者也。（页十九）

（四）《宗经篇》例举诸文体源出五经之体类，经书既是圣贤文章，也是子学“枝条五经”之本源。《宗经篇》云：

> 故论说辞序，则《易》统其首；诏策章奏，则《书》发其源；赋、颂、歌、赞，则《诗》立其本；铭、诔、箴、祝，则《礼》总其端；记、传、盟、檄，则《春秋》为根，并穷高以树表，极远以启疆，所以

> 百家腾跃，终入环内者也。（页二〇）

（五）《宗经篇》标体有六义曰：风、情、事、义、文、体。此六义每一义各归主于文德之一义。其中“事信而不诞”之体，互通《刘子·履信章》，“情深而不诡”之体互通《去情章》，“文丽而不淫”之体互通《辨乐章》，“风清而不杂”之体互通《从化章》《风俗章》。可知刘勰作《宗经篇》已先发萌《刘子》部分篇章子论义理，《文心》与《刘子》乃子论与文论互通之论体。

（六）《宗经篇》最末以经为“本”、以文为“末”之本末论，亦互见于《刘子》一书之论述，而本末论又构成刘勰用玄学主导文论之子家创解。《宗经篇》云：

> 扬子比雕玉以作器，谓《五经》之含文也。夫文以行立，行以文传，四教所先，符采相济。励德树声，莫不师圣，而建言修辞，鲜克宗经。是以楚艳汉侈，流弊不还，正末归本，不其懿欤！（页二〇）

此节“正末归本”之语，即“本末论”，乃刘勰思想系统极关键之创论。今研考如下：案“本末论”居刘勰思想系统重要论述之地位，惜乎研治刘勰之学者多不明察，甚至多有矛盾误解者，兹举清中叶纪昀评点《文心》所下批语之误解一例。纪昀虽然明知文章有本末之体，却不能深晓刘勰之本为何本，或知之而刻意掩弃此本，导致顾此本而失彼本。例如纪昀在《祝盟篇》批语云：“此篇独崇实而不论文，是其识高于文士处。非不论文，论文之本也。”此批语已知文士与非文士有别，而“崇实”之学与“论文”之术亦绝然有高下之分。抑有进者，纪氏已暗示崇实高于论文，实乃文章之本；复知《祝盟篇》内容不在文章本身，乃在论文之“本”。然而今据此语推求纪氏所谓刘勰论文之“本”究竟为何物，则又似语焉不详。其实，综观刘勰一生博达通儒之学，当知刘勰之本唯在经史之学，可惜纪氏明知之却又不在此处申明。再看纪昀评点《宗经篇》有“本经术以为文”之语，谓文之本在五经，而“本末”之分即谓“经典”与“文集”之别，则纪氏未必不能尽晓刘勰学术系统涉及“本末”涵义。一言以蔽之，刘勰思想以“经典”为本，而“文章”相较于宗经而言是末，此解本末甚明。然而纪氏只注重《文心雕龙》之“论文”创解，将其置于《四库全书》集部“诗文评”类之首，故而聚焦于《文心》之文论，舍本逐末，遂不得不暂弃《文心》富含的大量的经史子之学。本有子家之体，而旁摄文论，纪氏于《文心》以经史子领文章之体系真貌不顾，偏执以“文”的观点校评，以偏概全，忽略此书有不在“论文”之内、必须上推论文之“本”的学问。譬如《宗经篇》《诸子篇》《史传篇》等三篇内含子学经学，率皆密切关联《文心》全书文论，且居文论统领地位，所谓“文能宗经，体有六义”之说即是，而纪昀悉谓此类论述皆出“文论”范限之外，不是文章之本，似此不当之批语屡出，偏颇之论迭见。

试观纪昀评点《宗经篇》有云：“此自善论文耳。”又评点《诸子篇》云：“此亦泛述成篇，不见发明。盖子书之文，又各自一家。在此书原为谰入，故不能有所发挥。”详此批语，诚可谓误深曲解矣！盖《诸子篇》定子书为“入道见志”之书，已为千古定论。又释诸子之学皆有“本”，莫不本之“经典”，刘勰遂有“述道言治，枝条五经”之语，一语揭明子学源出六经，且子家通经其目的在“致用”。如此诸子经世致用之学，定义精准，已成为古今学术准则。向上既原原本本承袭儒家“达则兼善天下”所示“君子器用”之论，承传圣贤之志，宗仰儒学之圣徒，向下亦影响后世儒学致用之说，以及百家莫不出自经学之论。例如宋儒欧阳修有“扶而本之”之语谓六经为本论，即源出刘勰思想定位经典之“本末论”。今考究刘勰所指之本，即熔铸经典、翔集子史之本，而能折中博通之者，非子家莫属。可惜今见纪氏批语却恶贬《诸子篇》为“谰入”，且指摘为不能有所发挥。何故出此恶语、偏失之论？盖亦蔽于“论文”之一端，而未能上考文论之“本”究为何物。纪昀置《文心雕龙》一书为“论文”专作，固有创解。然而全盘忽略此书之有本，舍本逐末，误导后生，盖亦不无小疵。

及至再观《史传篇》之批语，真可谓已变本加厉矣！纪昀评点《史传篇》云：“彦和妙解文理，而史事非其当行。此篇文句特烦，而约略依稀，无甚高论，特敷衍以足数耳。学者欲析源流，有刘子玄之书在。”纪氏批语谓《史传篇》为敷衍之作，判定刘勰之史学非其学术专家当行，此语诚有失草率，并非客观虚心之论。然而纪氏非不知刘知幾《史通》之史学，已自白衍生自刘勰《史传篇》之史观，认同刘勰为史学启导先师。试想刘子玄以后昆之辈专攻史学，自成一家，仍不忘尊祧刘勰《史传篇》，何故纪昀出此本末颠倒之语！然则，细究纪昀批点《史传篇》之意，非不知以上所述实情，乃在关注《文心》之用心不同，纪昀解释《文心雕龙》此书只偏重“论文”的部分，尝称赞彦和“妙解文理”，此语固然不误，但是《文心》“始终一贯”之体系、博约兼善之论述、经史子集四部融汇折中之学术，实为此书本体精华，乃《文心》理论之大“本”，而文论是此书之“末品”，纪氏批语对此明显略而不谈。

根据以上分析，重新解读《宗经篇》《诸子篇》《史传篇》三篇内含的经子之学，才是《文心》的“本”，同时也是子家之“本”。由它产生的圣贤书辞，始可总称文章，因为“文章之用，实经典枝条”。至于“论文叙笔，囿别区分”之“文论”，当附于“本体”之后加以引伸，纪昀评语有“彦和妙解文理”，此语就是由“本”而得出的“末”之成果，专指文论之理。刘勰思想分别在子论与文论相通的“本末”之真义即如以上所述。①

四、《宗经篇》总案

《宗经篇》继“圣因文而明道”（《征圣篇》）的“文”化约为五经文章，全篇乃专述“经书文学”，重点在五经的“文章”特色，而不是五经的“经术”②，因为，刘勰《文心》之作乃“论为文之用心”，而这里所谓的文即“圣贤书辞，总称文章”此最大范畴之文章定义。

所以，本篇先归纳五经文章有“六义”之特点，树立为“群言”所宗最

① 本末问题，乃魏晋玄学兴起后之热门话题，探究本无有末，玄学谓以“无”为本。“本”有本体之意，而“末”谓由本而为用，即功用。如此很像《周易·系辞传》形上曰道形下曰器之辨证。《晋书·王衍传》已载“天地万物皆以无为本”之论，魏晋清谈喜说本无之论。刘勰借参玄学之本末论，引入文论以宗经为本之说，又稍与玄学清谈不同。诚案：本字见于《老子》《庄子》达二十五次，末字则十二次。老庄之道同以无为本，故本末乃道家常言。玄学宗易老庄，据之而论本末，固其必然之势。然则本末论与“道”有涉，此后几成定说。及至北宋王安石《论老子》明示道有本有末之论。王安石云：“道有本有末。本者，万物之所以生也；末者，万物之所以成也。本者，出之自然，故不假乎人之力而万物以生也；末者，涉乎形器，故待人力而后万物以成也。夫其不假人之力而万物以生，则是圣人可以无言也，无为也。至乎有待于人力而万物以成，则是圣人之所以不能无言也，无为也。”此节王氏已将本末论进一步衍义，谓以自然为本，以形器为末。王氏此解已渗入《易·系辞传》道器形上形下之本末论。要之，本末论，各家虽有增饰衍义，但据何学为本，推究何为先在先存，则各家自有辨正。刘勰以经史为本，文论为末，此解本末当无误。

② 纪昀评点此篇，竟然说此篇是“本经术以为文”，拈出“经术”一词，殊为不妥，因为《宗经篇》焦点在五经文章，不是五经经义或经术。当然，《宗经篇》也有一节段直接谈五经“经义”，但也不是“经术”。纪昀刻意用目录学四部归类视《文心》为“文论”之首作，无视《文心》“圣贤书辞，总称文章”的文章定义，必分经史子集，故致误如此。参见纪昀批语，转引自《文心雕龙汇评》，页十八。

完美的文章典范，此即本篇之经学文学“理论”层次。

其次，再对五经文章的“作品”本身进行实际批评，又分别从五经文章的“体性”“事义”等细读品赏。接着，谈论五经文章的“文体”形式，凡《文心雕龙》“文体论”各篇所类分之文章体类，皆备见于五经文体，故又有“群言之祖”之结论。须知，这些五经文体是后世文人才士“百家腾跃，终入环内”的根源，刘勰用“百家”指涉凡百作家，与“诸子百家”一语联系，盖目后世诸子文集犹如诸子百家，此“子集”之意，亦《金楼子·立言》“家家有制，人人有集”这句话所说的子家子集之涵义。

最后，更须探知本篇凡述五经文章，必先举《易》为首。前有“《易》唯谈天，入神致用”之语，后有“论说辞序，《易》统其首”之论，知刘勰文论必宗《易》。故而本篇赞悉用易义易辞易文作为五经文学之总论，用“性灵文章”与“性情文章”稍作小别。此盖缘于《易》乃“入神”之书。神，《说文解字》：“神，天神，引出万物者也。”又“灵，灵巫，以玉事神”。据此知古代神灵连言，故用“性灵文章”一语称颂《周易》经文之渊奥。从而可知，《宗经篇》不但力主“文必宗经”，更有“《易》为经首”之论，《宗经篇》内含易学影响，确然可证。

四 《正纬篇》细读

一、《正纬篇》文论与实际批评

《正纬篇》述“纬书文学”论，注重在真正的纬书富含“英华”（即华美文辞）与“事丰奇伟”之功，但不取纬书的“乖道”，只取刘勰文论“华实”的华，与《征圣篇》《宗经篇》注重文学“尚正”、反对乖诞不信之主张相呼应，落实“华实”文论之具体品评。①

简言之，《正纬篇》专取纬书文学“华实”的华，而《宗经篇》述经书文章有华有实，兼取华实并采之文论。此篇重视文章文采之说，亦可旁通《情采篇》云：“圣贤书辞，总称文章，非采而何?”此语谓圣贤文章不唯有“厚实”之义理，更有“情采”之文辞。此五经文章之双美，而刘勰也立“华实”为文章品评最高标准。持此标准以验纬书，则唯取其“华”而略其不正且乖道之义，故有《正纬篇》之作，用“辨正”方法，肯定纬书文章文采之“真”，批判纬书事理之“伪”。

本篇可谓之纬书文学论，与经学文学有表里之分，更有范围大小之分。今人有见于本篇品评纬书用“事丰奇伟”之语，谓纬书乃叙述奇怪之事，富

---

① 《正纬篇》辨正“经义”与“文章”之别，前者为儒学，后者为文学。纪昀评点此篇云：“此在后世为不足辨证之事，而在当日则为特识。康成千古通儒，尚不免以纬注经，无论文士也。”转引自《文心雕龙汇评》，页二一。纪氏此评用“通儒”与“文士”对举，与经义文章二分法类同，但是刘勰之意非必强分二类，反而更多“折中”二类之意，乃重新归结为“纬书文章”之学。

于想象，遂引“神话文学”概念比附之，亦可备一说。①

今当先究本篇所谓纬书文章“有助”之特点为何，宜先录此篇评述纬书之语，择其要义，可约举数端如下：

1. 纬候稠叠，六经彪炳。

2. 《钩》《谶》葳蕤，《孝》《论》昭晰。

3. 羲农轩皞之源，山渎锺律之要。

4. 白马赤乌之符，黄金紫玉之瑞。

5. 事丰奇伟，辞富膏腴。

6. 后来辞人，采其英华。

以上纬书之“真”。

1. 矫诞。

2. 乖道谬典。

3. 虚伪、浮假、僻谬、诡诞。

以上纬书之“伪”。

先看纬书之伪，皆集中在纬书不合正道、虚假荒诞，凡《宗经篇》宗经六义要求之不诡、不杂、不诞、不回、不淫诸说，纬书无一不犯其弊，此则刘勰力驳痛批纬书之“伪”处，一言以蔽之，纬书不符合“华实”文论之标准。《指瑕篇》云：“立文之道，唯字与义。字以训正，义以理宣。”此句所标正道义理之文，纬书悉反其道，乃知必属有“瑕”之文，此就“伪”而言。

然而实事求是，纬书非全不可取，盖唯“真”纬书可以取。纬书文章之修辞有“稠叠”（谓重叠、繁复），有“葳蕤”（谓纷杂不纯），以上二项修辞即属《宗经篇》“繁简隐显”四例之一“繁”，然而不害其与其他三项搭配写作，故而刘勰取之不弃，此真纬文章修辞手法可取处。

次论真纬文章所述历史故事，包举伏羲、神农、黄帝、少皞诸古史传

① 例如王梦鸥《文心雕龙：古典文学的奥秘》一书解“神道阐幽，天命微显……圣人则之”，说：“这是根据古神话演成的士人常识……这些神话随着世代窜易，各说各话，编成种种纬、候、钩、谶。”（页三九）此解即谓纬书有神话性质，视纬书为神话。另外，屈原作品夸饰比兴的作法，王梦鸥也用“神话”角度加以理解。王梦鸥云：“到了《楚辞》就扩张比兴的宗旨而趋向于夸饰，而且不惜采取神话以寄托其情志。”（页四二）据此而知《文心》安排《正纬篇》与《辨骚篇》先后相次，自有其内在理路，二篇皆就“华实”与“奇正”之问题辨正。

说人物，近乎“神话”典型。但是刘勰注重真纬文章描述这些古史人物采用的叙事技巧，认为它具备叙事丰美、文辞奇伟的特点。其中使用的白马、赤乌意象，为天命符号的象征。而叙述山川、沟渎、钟声、兵律的意象，也很精简扼要。采用黄金、紫玉的象征，则是表达歌颂。凡此种种真纬书之写作，皆表现“英华”之特点，故而虽然不能有助于“经义”之说解，却可以有益于文章“华藻”技巧的训练与学习，此就纬书文章之“真”的价值而言。

至于本篇所指“伪”纬书，实指“谶言”而说。自“光武之世”始，有人依傍迷信，假借“真纬”，创造符命天子之说，作为谋夺政治的宝号而已，凡曹褒、沛献王刘辅所辑录之纬书，盖属此类。

别有一种非谶非纬之作，谓之图箓，即《正纬篇》所云“康王《河图》，陈于东序”之作，此属“符命”之图，无涉文章，乃归诸“神道天命”之属，非后人所伪，亦非孔子撰作，实乃“前世符命”之流传，为“历代宝传”之珍贵图箓。

综上分析，《正纬篇》涉及文章文理之说的仅有“纬书”，不包含“图箓”与“谶言”，盖此二者宜归属符命，乃神道天命之学，非经典文章之物，此又须详为区别。

唯本篇就纬书文学而论，既已分“真纬”可取与“伪纬”不可取两项，然不论真伪，刘勰均用“莫益经典”这样的否定眼光视之，明确纬书之作，无助“经义”却有助“文章”的观点。至此，《正纬篇》再用经义与文学二元对比论说，阐明文理文论，而真正用心处当为文章之学，非为经学经义，“文心”乃“论为文之用心”，由本篇偏向“文章”之角度论述纬书，不从“经义”之真伪做标准，又得一辅证。

《正纬篇》用“正”字，即辨正之意，《辨骚篇》用“辨”字，同指“辨正”，此二篇是刘勰学术“折中”方法最成功的见证，欲将世儒俗说凡有正反同异之争者，皆平心论之，犹如“平理若衡，照辞如镜”，不偏袒一方，而悉归之以“折中”，谓折于正道。所以，刘勰《正纬篇》用意即在辨正纬书的真伪，赋予纬书价值，其最终目的仍在辨明纬书与“文章”的关系，提出纬书“莫益经典而有助文章”这项结论，故特设为一篇加以折中辨正，谓之“正纬”，“正”字本义即在此。

今观《正纬篇》全篇主要分从四项要义论述，即图箓、纬书、经义、文章等，括举此四项之结论为：

1. 图箓为历代宝传，乃东序秘物，其性质唯在天命“瑞圣”，与圣人同出，非关“经义”。

2. 今传纬书绝不等于图箓，其出现必在“经书”之后，故有“先经后纬”之定论。又区分出东汉光武帝以前为纬书，光武以后为图谶，皆为“伪造”之作。

3. 纬书、图谶皆属“经义”范畴，与“文章”之学必分二途。

4. 文章与经义为两途，若瑞圣图箓之作，乃是“事丰奇伟”与“辞富膏腴”双美并具，可资为文章之助，但对“经义”的阐发用处不大。

以上四项要义，即可再精简为“经义”与“文章”二类。又因刘勰自《征圣篇》与《宗经篇》两篇已经树立“经学文学”之论，顺此而推，纬书因为有“前代配经”之地位，经纬并论，故而先有经书文学之论，而后亦必然会有纬书文章之说。凡经书纬书之作，刘勰除了沿袭前代的观点，又将之引伸衍义成经纬文学、经纬文章之论，此即《正纬篇》最有创见之说。

基于此篇“纬书文章”的观点，本篇最当注意者，即对纬书所作的“实际批评”。《正纬篇》云：

> 1. 夫六经彪炳，而纬候稠叠；《孝》《论》昭晰，而《钩》《谶》葳蕤。（页二一）
>
> 2. 若乃羲农轩皞之源，山渎锺律之要，白鱼赤乌之符，黄金紫玉之瑞，事丰奇伟，辞富膏腴，无益经典而有助文章。是以后来辞人，采摭英华。（页二三）

上列第一例品评《论语》纬《比考谶》与《孝经》纬《钩命诀》二书，给予“昭晰”之评，类似《体性篇》八体之一“显附”谓文辞显畅这类风格。而“葳蕤”一词谓文章辞意缤纷杂披之貌，暗示丛深不易见，则与《体性篇》八体之一“远奥”颇有关联。从而可知，刘勰在用体性理论批评纬书文章。

再看第二例刘勰专评“历代宝传”的纬书之作，用“事丰奇伟”一语，意指此类纬书所记白鱼赤乌瑞圣之叙事，文笔奇特，叙事内容丰富壮伟。盖赞美纬书文章善于夸饰、用事之技巧，有情采丰美之写作功夫。尤其是“辞富膏腴”，谓纬书文章精于修辞，描写犹如膏腴一般厚实温润，修辞技巧称善。

以上评语，莫非根据《文心》文术论之说，加以品评。则纬书文章尽符《文心》文术之要求，可知之矣。

最后看《正纬篇》保留的一段对“天命图箓”所作的评述，包括历代图箓与两汉方技数术家伪造的谶言这两类，此乃《正纬篇》于正统“纬书”之余，又加一例重要的“实际批评”，可惜向来为龙学学者所忽略。《正纬篇》云：

> 原夫图箓之见，乃昊天休命，事以瑞圣，义非配经。故河不出图，夫子有叹，如或可造，无劳喟然。昔康王《河图》，陈于东序，故知前世符命，历代宝传，仲尼所撰，序录而已。于是伎数之士，附以诡术，或说阴阳，或序灾异，若鸟鸣似语，虫叶成字，篇条滋蔓，必假孔氏，通儒讨核，谓起哀平，东序秘宝，朱紫乱矣。（页二二）

细观此节批评，乃针对两类纬书，前一类评《河图》《洛书》，说它是人工“不可造”之物，完全为“天命”所赐，与圣人并出，功用在“瑞圣”。因此，评述重点在图箓神物非人间作者可造，即使孔夫子，也不过是加以“序录”而已，如此评论《河图》《洛书》，又再次见证刘勰在经学相关问题上的一贯的主张，始终如一。①

但是，此节评论第二类数术谶图，就开始采用截然不同的批判角度，对于数术家私造伪撰的谶图，用“朱紫乱矣”一语评之，谓瑞圣图箓是“朱”，为正色、为真，而哀、平间伪造的数术谶图是“紫”，为乱朱之伪色。如此真伪分明，高下必判，充分表明刘勰取正舍邪、折中于正的批评态度。

今再细看刘勰说明后来伪造的谶图内容，一语指明大多是阴阳灾异这类的迷信，例如听到鸟鸣就想成人类说话，看到昆虫噬咬叶子的纹路就解作是吉凶文字暗示，本来是天命瑞圣不可造假的历代宝传图箓，完全任凭方技术士假托乱解，此类哀、平之际大量出现的谶纬之谜语，刘勰一律给予“以假

---

① 《正纬篇》所见河图洛书，绝非宋儒所出，故而本篇“四贤博练”谓四家所攻驳之纬书，皆属“伎数之士”曲解的河图洛书，是方技数术易纬之学。明代陈仁锡评点此篇云：“便是有宋天书之渊源。”（转引自《文心雕龙汇评》，页二三）案：陈氏此评所云有宋天书即指宋儒陈抟所示黑白点河图洛书，然谓即《正纬篇》伎数之士所说之河图洛书，则非是。盖两汉方伎数术所见之河图并非宋儒之图，此又当再辨正。

乱真”之评断，展现刘勰对“谶言”所作的实际批评。此处宜与前述对天命“图箓”的实际批评互相比较参看，当可更清晰看到刘勰在《正纬篇》阐述的纬书文论之真正内涵。

二、《正纬篇》易学影响

《正纬篇》述纬书定义、源流始末，皆本《易纬》，而旁及其他经之纬书时则以《易纬》为主，他经之纬为辅，《正纬篇》必涉易学自不待言。又本篇辨正纬书真伪，以东序秘宝之图箓对比伎数诡术伪造之符谶，谓图箓为真，目的在“瑞圣”，谓祝颂圣人出现之福瑞；而符谶则出自方技之士，乃诡术伪造之物，用真伪之分，判定《易纬》虽不免有“文隐”与“矫诞”之语，但终究还是神道天命，与术士伪造的符谶不同，还原《易纬》的真相，承认《易纬》的价值，将《易纬》作为是不折不扣的《周易》数术学之本源。兹摘取《正纬篇》征引易学易理之说法如下：

> （一）夫神道阐幽，天命微显，马龙出而大《易》兴，神龟见而《洪范》耀，故《系辞》称“河出图，洛出书，圣人则之”，斯之谓也。但世夐文隐，好生矫诞，真虽存矣，伪亦凭焉。（页二一）

案：此节悉用《系辞传上》河图洛书之说，明引《周易》传文。至于所用语词神道、天命、微显等，亦明引自《周易》。例如《萃》卦彖曰：“用大牲吉，利有攸往，顺天命也。”又《无妄》卦彖曰：“大亨以正，天之命也。”又《系辞传上》曰：“是以自天佑之，吉无不利。”上引天命、天佑皆《周易·乾》卦天象，《乾》卦资始之天命，为《正纬篇》所本，谓神道自天命而来。《观》彖曰：“观天之神道，而四时不忒。圣人以神道设教，而天下服矣。”此云天之神道犹谓天命神道，乃知《周易》传文合言天命神道，即《正纬篇》“神道阐幽，天命微显”所本。

而尤其重要者，此节明用“龙马负图”谓《河图》，“神龟背书”谓《洛书》，又引述《洪范》九畴即《洛书》九宫之学，乃知刘勰亦从古文经学之易说也。今据宋儒胡方平《易学启蒙通释》所画九宫配九畴之图示如下：

大禹则洛书以作范图

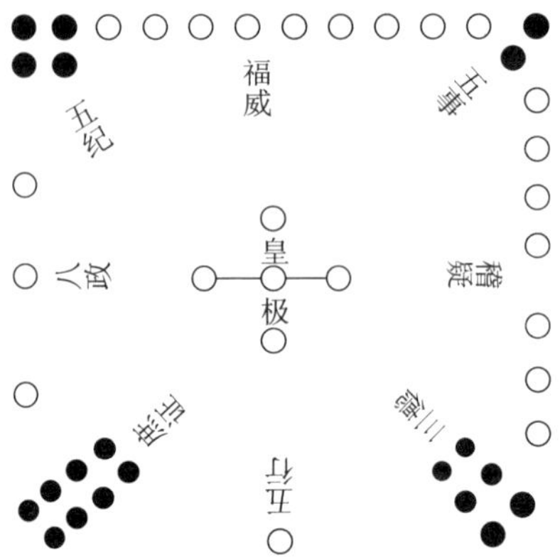

《书·洪范》：天乃锡禹洪范九畴，彝伦攸叙，初一曰五行，次二曰敬用五事，次三曰农用八政，次四曰协用五纪，次五曰建用皇极，次六曰义用三德，次七曰明用稽疑，次八曰念用庶证，次九曰向用五福威用六极。①

（二）经显，圣训也；纬隐，神教也。圣训宜广，神教宜约，而今纬多于经，神理更繁，其伪二矣。有命自天，乃称符谶，而八十一篇皆托于孔子，则是尧造绿图，昌制丹书，其伪三矣。（页二二）

案：此节再辨圣哲遗训不同于神道设教，谓圣训宜广，神教宜约，倡导崇尚“人文精神”之文论，驳正天命神教之符谶，乃知刘勰文论所涉及之“神”，实质内涵是指《周易》所界定之“神”，而非宗教天命之“神”。从而可知《正纬篇》之神理即谓神道，而《文心》凡言神理神道皆当本源自《周易》所界定之神。诸如知几之谓神、精神、入神、阴阳不测之谓神、神也者妙万物而为言也等等，凡以上所谓“神”自非指涉宗教之神，其理甚明。今见凡注《文心》因刘勰屡言神字，遂推论刘勰亦主神道，或谓刘勰亦信仰佛道神理，皆因误解《正纬篇》之神字而致误也，悉当辨之。

（三）于是伎数之士，附以诡术，或说阴阳，或序灾异，若鸟鸣似语，虫叶成字，篇条滋蔓，必假孔氏，通儒讨核，谓起哀平，东序秘

---

① 《正纬篇》河图洛书之语，罕有精注，兹引胡方平据《易学启蒙》所画图以补释，参见胡方平：《易学启蒙补释》（台北：广文书局，一九九二年八月），页二。案：河图洛书之语，已先见于《原道篇》：“若乃《河图》孕乎八卦，《洛书》韫乎九畴。”皆同此节所云之义，乃本源自《周易》。

宝，朱紫乱矣。（页二二）

案：此节所述即属《周易》数术学，凡《汉书·艺文志》本之《七略》所分之兵家、数术、方技三类并皆参用易学易理者即归之此类。

（四）赞曰：荣河温洛，是孕图纬。神宝藏用，理隐文贵。（页二三）

案：此赞再申《河图》《洛书》为《正纬篇》所本之天命神道本源，按《易纬·乾凿度》云："帝盛德之应，洛水先温。"此即"温洛"一词出典，乃直引《易纬》之文。

三、《正纬篇》子学内涵

《正纬篇》全文旨在讲述"神道天命"之起源，本来非关"文道""文心"之论，固不归"文论"之范畴，但又属必谈之学术，故而此篇结语有"莫益经典而有助文章"之语，意思是说此篇《正纬篇》所述部分内容有助"文章"之理解；表明刘勰论文不专限于文道、文心，更要追溯文道、文心之来源，探讨神道天命对文道、文心之启发及其影响。此篇可证刘勰的二元思想方法，即论人必兼及天，论文必涉及道，而论人心必上推至天命。如此始可展现刘勰内外一体、上下辨证、虚实互参之一贯思想方法。

刘勰《文心雕龙》理论总纲以《原道篇》首先揭示的天心地心与人心文心之"心"这一层次作为主体论述，及至《正纬篇》又再发展"心"与"神"之关系，盖已涉"天道"之问题。由"天"与"人"二阶层次之"文道"与"神道"，加上"人文"与"天命"此二元结构，刘勰建立起一套严整完密的二元论述系统。可以如下之图表述之：

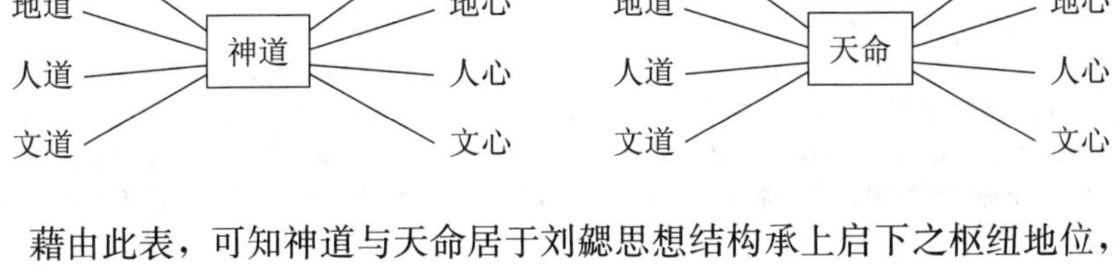

藉由此表，可知神道与天命居于刘勰思想结构承上启下之枢纽地位，凡

三才之道必归宗于神道，同理，三才之文亦必总摄于天命之文。神道天命既为三才始生之本源，经过孳乳损益、创变因革之历程，“神”受到天之昭示而发展为三才人文之道，以及三才人文之心。由此可知《正纬篇》反映了刘勰思想的本源论、宇宙认识论、人文演化之存在论、文章之起源与本体之追溯等主要内容，论述课题远大幽奥，既广且深，真可说是一篇“博明万事，适辨一理”的高明子论。《正纬篇》完全可纳入子家思想之范畴，非仅限于文章之学而已。兹条引此篇阐述经书内涵神道天命之旨、涉及子家思想之节段如下：

（一）《正纬篇》于三才之道以外再揭出“神道”，此道之内涵皆自经书的“天人”之学而来，而由子学家继承，并发展为子家必谈之“天人之学”，形成古代子学传统。《正纬篇》神道天命思想，若非子家，实不能悠然畅述。[①] 今考此篇所述神道天命之说，有《河图》《洛书》之源流，也有《洪范》九畴与《周易》九宫之学，二者皆出自“易学易理”。而《易》为群经之首，百学之源。《正纬篇》据易学易理细述神道天命来源，用易之“道”统摄《文心》之“道”，悉属子学论述方法。《正纬篇》云：

> 夫神道阐幽，天命微显，马龙出而大《易》兴，神龟见而《洪范》耀，故《系辞》称“河出图，洛出书，圣人则之”，斯之谓也。但世敻文隐，好生矫诞，真虽存矣，伪亦凭焉。（页二一）

（二）《正纬篇》用“综贯”概念，也是易学易理。譬如编织丝麻，一定要统一经纬，不可经用丝而纬改成麻，反之亦然。盖丝帛之完成，必须经纬皆用丝综之。同理，若麻为经，亦必用麻为纬，始能综成“美布”。丝麻不可混杂，亦犹布帛不可相乱，此即“综”之功夫。此综字用《易经》“错综复杂”义，即属子家之学术。《正纬篇》云：

> 夫六经彪炳，而纬候稠叠；《孝》《论》昭晰，而《钩》《谶》葳蕤。按经验纬，其伪有四：盖纬之成经，其犹织综，丝麻不杂，布帛乃成。

---

① 此篇《正纬》内容之价值，只有从“子学”内涵入手始能知其重要。可惜，纪昀评点《文心》太过局限于“文章”之论，不能看到此篇之卓见，竟有批语云：“此在后世为不足辩论之事，而在当日则为特识。康成千古通儒，尚不免以纬注经，无论文士也。”（转引自《文心雕龙汇评》，页二一。）案：《正纬篇》谈到天命、神道，与《文心》文体论《颂赞篇》《祝盟篇》《诏策篇》等内容，皆有关联。

今经正纬奇，倍摘千里，其伪一矣。商周以前，图箓频见，春秋之末，群经方备，先纬后经，体乖织综，其伪四矣。伪既倍摘，则义异自明，经足训矣，纬何豫焉？（页二二）

（三）《正纬篇》用神教神理对应圣训与圣教之区隔，即仿子学“天人分际”之说，凡此皆须本之子学始能通晓天人之奥义。据此，《正纬篇》分析“天命自作”与“圣贤述作”两种基本形态，谓前者归神道，后者即文心、文道。而神道非人力所能及，君子唯赖著述可传不朽之名声。《正纬篇》云：

经显，圣训也；纬隐，神教也。圣训宜广，神教宜约，而今纬多于经，神理更繁，其伪二矣。有命自天，乃称符谶，而八十一篇皆托于孔子，则是尧造绿图，昌制丹书，其伪三矣。

原夫图箓之见，乃昊天休命，事以瑞圣，义非配经。故河不出图，夫子有叹，如或可造，无劳喟然。昔康王《河图》，陈于东序，故知前世符命，历代宝传，仲尼所撰，序录而已。（页二二）

（四）《正纬篇》遵奉神道天命，评述为“事以瑞圣”之征。但对于东汉以后兴起的怪力乱神、迷信图谶之风，则大加批判。盖此种阴阳家滥用之诡术，已严重违背刘勰宗经征圣之本意，不合刘勰的儒家思想。刘勰批判阴阳诡术“异端”之学，精神上追慕孔子“攻乎异端”之心，以及孟子“余岂好辩”之说法，完全是“述道言志，枝条五经”之子学本色。《正纬篇》云：

于是伎数之士，附以诡术，或说阴阳，或序灾异，若鸟鸣似语，虫叶成字，篇条滋蔓，必假孔氏，通儒讨核，谓起哀平，东序秘宝，朱紫乱矣。（页二二）

四、《正纬篇》总案

《正纬篇》因前有《宗经篇》之论述，经、纬合参，即两元两仪思想，乃知《正纬篇》必受《周易》易理之启发。刘勰精通易学，宗尚易道，亦必知纬书乃《易》纬最多。今若据日人安居香山《纬书集成》所辑录，除

《易》纬诸作之外，尚见《河图》纬、《洛书》纬。[①] 此乃《正纬篇》首述《河图》《洛书》，篇末赞又再次引述有“荣河温洛”之证，始知刘勰固精于纬书并加以辨析，皆始于易学之影响。

此种注重学术之本源，亦必因缘于子家有“述道言治”与“枝条五经”之自觉，故而《正纬篇》内涵子家之学。

然而刘勰于本篇不从“经义”申说，别辟“文章”之途，品评纬书，视纬书文学内蕴“神理”，纬书文章富含“文采”，故必经由“雕蔚”，探索其中之宝藏。本篇即从“文章”角度观照纬书，各引《文心》文术论《知音篇》“事义”与“置辞”评述纬书，其次援用《体性篇》类似之语词如“昭晰”“葳蕤”等，即可视作《正纬篇》对纬书所作之实际批评，乃知《正纬篇》不但有纬书文学之“理论”，也有纬书文章“实例作品”之批评。

最后再注意《正纬篇》赞曰提出“神理”隐藏于龙龟“神物”说，将“神物”与“圣人”分别，区分“人”与“神”两元两仪关系，暗示刘勰文论系统确有“神思”内涵，刘勰思想体系当有“神教神道”此种宗教意味之“神”字意义，诸如神道、神教、神灵、神理等等语词即是。

---

① 参见安居香山、中村璋八辑：《纬书集成》（石家庄：河北人民出版社，一九九四年十二月）。根据此书所辑，《易》纬多达二十八种，《河图》纬四十三种，《洛书》纬也有十五种，数量远远超出其他四经之纬书。

五 《辨骚篇》细读

一、《辨骚篇》文论与实际批评

《辨骚篇》文论极为丰富多义，首辨屈原之“文学史”地位，认定其介乎战国诸子与汉代辞赋之间，具有“诗人之后”与“辞人之前”的枢纽价值。

由此二分法，全篇又推演屈原作品兼有“双重”之特色。诸如：

1. 作品在名儒与辞赋之间。
2. 作品兼有战国子家与汉代辞人之成分。
3. 作品内容形式兼具“经”书的典正以及“纬”书的英华。
4. 作品并有雅正与夸诞双重风格。
5. 作品与《诗经》有四异之处，也有四同之事。

以上单就屈原、宋玉之作品特色而论。至于本篇实际品评屈原作品，所用批评术语，包举情理、华实、体性、辞气、情采、言志、雅丽、奇正等，凡《文心雕龙》品评历代作品必用之术语，皆备见于此一篇。从而可知，刘勰赋予屈原作品以极高之地位与极大之价值。① 试观下引此段刘勰专文品评屈原作品云：

> 观其骨鲠所树，肌肤所附，虽取熔经旨，亦自铸伟辞。故《骚经》《九章》，朗丽以哀志；《九歌》《九辩》，绮靡以伤情；《远游》《天问》，瑰诡而慧巧；《招魂》《大招》，耀艳而深华。《卜居》标放言之致，《渔

① 《辨骚篇》直言“情理”一词，见于赞曰“山川无极，情理实劳”句。

父》寄独往之才。故能气往轹古，辞来切今，惊采绝艳，难与并能矣。（页二五）

此节凡屈原作品皆一一评述，堪称中国历史上首次对屈原作品进行全面的实际批评。今观其所用批评词汇，例如朗丽、绮靡、瑰诡、耀艳、深华、惊采绝艳等，皆本源于《体性篇》述八体之术语，与八体之中繁缛、新奇、轻靡、壮丽、远奥、显附等六项文章风格相通，只缺典雅与精约二项而已。

今参照刘勰本篇引四家说《楚辞》之语，其中班固云："然其文辞丽雅，为词赋之宗。"此句"雅丽"一词，谓雅正而不失壮丽，则《楚辞》亦备有《体性篇》所谓之"典雅"风格。然则，体性八体唯屈原一家作品兼有七项，堪称古来辞人之首位。

《辨骚篇》专述屈宋以后，汉代词人之作品风格，悉不同于屈原之作，由此立可看出高下之分。屈宋以后，汉代词人不能追及，因而各家仅能得其一偏之风格。《辨骚篇》云：

> 自《九怀》以下，遽蹑其迹，而屈宋逸步，莫之能追。故其叙情怨，则郁伊而易感；述离居，则怆快而难怀；论山水，则循声而得貌；言节候，则披文而见时。是以枚、贾追风以入丽，马、扬沿波而得奇，其衣被词人，非一代也。故才高者菀其鸿裁，中巧者猎其艳辞，吟讽者衔其山川，童蒙者拾其香草。（页二六）

此节谓自《九怀》以下，即今本《楚辞》所收屈原、宋玉以后汉代词人之作。① 今观刘勰总括汉代词人大家学习屈宋之作，只用"入丽"与"得奇"两语，谓绮丽与新奇，乃居体性八体之二，与屈宋原作兼包八体之中七项风格、丰富多元，真有千里之差别。为此，刘勰乃提出完美学习屈宋作品，必要达到的最高标准即是"酌奇而不失其贞，玩华而不坠其实"，做到"华实"与"奇正"兼备。

---

① 今本《楚辞》目录与刘勰所据本有别，盖刘勰所见"旧本"凡汉人所作皆置于屈宋以后。王逸《楚辞章句》、洪兴祖《楚辞补注》、朱熹《楚辞集注》等皆非旧本。陈拱《文心雕龙本义》于此有说，可参。陈拱云："彦和上述摄迹之说，当即据此旧本（王逸《章句》原本）篇次而言。如此，则其所谓摄迹，实指《九怀》、《七谏》（东方朔作）、《九叹》（刘向作）、《哀时命》（严忌作）、《惜誓》（贾谊作）、《九思》（王逸作）六篇，除《招隐士》（淮南小山作）一篇外，屈宋以后所作，全包括在内矣。于此而言'摄迹'，始有实义可言也。而其摄迹者，全系汉世之辞人也。此见屈宋作品影响之大。"（页一三三）据此知刘勰所见《楚辞》旧本篇目次序，即《经典释文》著录之本。

由以上分析，知刘勰于本篇直接品评屈原作品，可视为文论“实际批评”，而又阐述屈宋给予汉代词人的启示，可视作屈宋作品“影响论”。《辨骚篇》既辨正了《离骚》之文学史地位，更有文论批评方法之示范，乃知此篇具备文论总纲、文体论、文评论三种实质内涵。

最后，宜再探刘勰此篇辨正屈原作品用比较“同异”的方法，辨析有四项合于《诗经》雅正，又有四项异于《诗经》，乃屈原自铸之伟辞。如此敏锐之品评，宏观之鉴识，刘勰乃援引《知音篇》“见异唯知音”之方法进行评论，亦可视作《知音篇》“赏鉴式”品评之实作例示。见常人所未见，评庸识所未明，正所谓“书亦国华，玩绎方美”。从而可知，《辨骚篇》宜与《知音篇》参读，藉之领悟刘勰善用知音批评方法。

《辨骚篇》重点在辨正屈宋作品居文学史之首创地位，藉由与《诗经》之“诗人”对比，刘勰仍用平素一贯二元思想赋予《楚辞》“诗人”与“辞人”双重身份，作品兼有善、美之特点，故有“四同”与“四异”之辨。

今当理解刘勰辨正之真正用意，即尊骚为“文集”之经，类比“五经”之经，与《诗经》划出别途，盖《文心》之作乃论“为文用心”，故而定位《楚辞》为首出文人之集，凡“辞人”系统必自此始，今语谓文学与经学之分即始于屈原。故而用“辞人”一词，以与“诗人”相区分，乃《文心》严密之辨正。简言之，《辨骚篇》代表《文心雕龙》的“文集”理论之典范，而《文心》固然非仅述文集，盖《序志篇》已云：“《文心》之作也，本乎道，师乎圣，体乎经，酌乎纬。”凡此皆“经义”“易道”之学，《文心》文论立此为枢纽，且定义“圣贤书辞，总称文章”，又补述“圣贤言辞，总为之书”，凡此“文章”“书籍”之著作，与《楚辞》不以经义为枢纽，有所不同，翻转为以“文章书籍”为主体之著作，尊《楚辞》为文章之“经”。

然而刘勰本意，非谓辞人文章必不合圣贤经义，故特辨正之，谓《楚辞》有四项同于经义，然而虽同于经义，《楚辞》最大之价值则在“虽取熔经旨，亦自铸伟辞”。此语最为关键，“自铸”谓自出而创始，凡后世文集必求于此秘，刘勰反对只知沿袭、拟仿，不知通变也。因而《辨骚篇》欲辨之重点当谓《楚辞》之作，盖融合经义于文章，具备“子集”之双美，推尊其为“文集”与“辞人”最高之典范。①

二、《辨骚篇》易学影响

总之，《辨骚篇》辨正《离骚》之体式既合经典，又自铸伟辞，用“奇”与“正”双美品评《离骚》之文，即援用《周易》奇正二元之论，而崇尚“贞正”之道。②

其次，谓屈原《离骚》华实、情理皆备，亦属《周易》二元两仪思想，《文心》在一篇之中奇正、华实、情理三要并备，唯独见于此一篇，无怪乎刘勰《文心》之作，置此篇于《正纬篇》之后而必辨之，盖由《正纬篇》开展纬书“事丰奇伟，辞富膏腴”之特色，标榜“奇”之文、“富”之辞，作为五经“雅正”文章之辅，后世最能符合此论，以承继经典，必属屈原《离骚》之作矣！故而《辨骚篇》谓屈原之作，乃“轩翥诗人之后，奋飞辞家之前”，其意以为在《诗经》之后、辞赋未起之前，有一种“奇文”开始出现，就是《离骚》之文了。此篇一再申言“奇”与“正”二元并行相辅之论，奇正乃一体之两面，正犹如《周易》全书六十四卦二二相综之依存结构，亦近似《周易》“往上来下”皆相综自覆之卦体思想。可以说，刘勰引伸《周易》二元辩证思想，作为《辨骚篇》辨正屈原及其作品价值地位的理论根源。其他本篇涉及易学易理之涵义文本节录如下：

（一）自风雅寝声，莫或抽绪，奇文郁起，其《离骚》哉！固已

---

① 《文心》唯一在人品与文章皆具完美之评者，唯屈原一人。《程器篇》说“屈宋之忠贞”，《才略篇》说“师范屈宋，致名辞宗”“屈平联藻于日月”，而《辨骚篇》尊屈原为“雅颂博徒”与“词赋英杰”，以上诸语即为明证。今按陈拱《文心雕龙本义》谓《辨骚篇》之重点有三项云：“本篇内容之要，应有以下三项：一曰辨汉世对于屈原及其作品之误解而订正之，二曰明《楚辞》之特点——艳丽，三曰明《楚辞》对于后世文学发展之影响。凡此所论，皆信而有征者，不容私意拟议于其间也。”（页一四〇）此说第一、第三项颇是，但若谓《楚辞》之作唯艳丽而已，则又过矣！今细读赞曰“情理”，文末曰“华实”，四同四异有“奇正”双备，凡华实、情理、奇正，乃《文心》重要术语，皆备于此篇屈原一人，证明屈原不是只有艳丽一项而已。

② “酌奇而不失其贞”此句，“其贞”唐写本作“居贞”，杨明照《文心雕龙校注拾遗补正》谓非，仍作“其贞”（页四五）。案：《周易》“居贞”一词屡用，《屯》卦初九爻“利居贞”，《颐》卦六五爻“居贞吉”。又《咸》卦六二爻“居吉”同“居贞吉”，盖六二阴爻当位曰正。合此而观，“酌奇而失居贞”句实乃节取《周易》爻辞而自铸之词。

轩翥诗人之后，奋飞辞家之前，岂去圣之未远，而楚人之多才乎！（页二四）

案：此节点明《离骚》之作，在《诗经》之后、辞赋之前，说明《离骚》文学史之始源。然更重要者，在用“奇”与“正”二元对观，品评《离骚》文章价值。奇文谓《离骚》，正典指《诗经》。本节乃转化《周易》“贞正”之说，引伸为奇正之对比，较论文章有奇正之别。案《周易》屡言贞字，大抵作正字解；又有居贞、利居贞之语，皆贞定、贞正之义，拟之以形容《诗经》为正典，则《离骚》与之相对，故谓之“奇文”。然而刘勰本意非谓《离骚》只有奇没有正，实谓《离骚》奇正兼备，华实并有，故本篇末有“酌奇而不失其贞”之语，即奇正兼有之意。①

（二）《离骚》之文，依经立义。驷虬乘鹥，则时乘六龙；昆仑流沙，则《禹贡》敷土。名儒辞赋，莫不拟其仪表。所谓“金相玉质，百世无匹”者也。（页二四）

案：此节例举《离骚》之文，词汇与立意，乃转化《周易·乾》卦与《尚书·禹贡》之文。谓驷虬乘鹥之描写，仿同《乾·文言传》“时乘六龙，以御天也”此句法，拟《乾》卦六爻龙象，比之驷虬乘鹥，盖属转化《乾·文言传》之易象为文学意象。

（三）四家举以方经，而孟坚谓不合传，褒贬任声，抑扬过实，可谓鉴而弗精，玩而未核者也。（页二四至二五）

案：此节比较王逸、淮南王、宣帝、扬雄四家评价《离骚》之文。四家标准不定，有谓《离骚》合于经典，又有谓不合于传，褒贬不一，而刘勰以为皆不合实情，批评四家“鉴而弗精，玩而未核”，谓玩鉴《离骚》文章，未尽精要简核。此用“玩鉴”一词以为文章品评赏鉴之法，即类似《周易·系辞传上》云玩占玩辞之法。《系辞传上》云：“是故君子所居而玩者，易之序也，所乐而玩者，爻之辞也。是故君子居则观其象而玩其辞，动则观其变而玩其占。是以自天佑之，吉无不利。”（页一三八）此谓《周易》卦爻辞，

① 奇字，《周易》作奇数解，例如《系辞传下》：“归奇于扐以象闰。”又“阳卦奇，阴卦耦”等，皆谓奇数，不作奇正之奇意。《辨骚篇》用贞字转化为“奇贞”对比，非直接引用《周易》之例。

言中曲隐，可供玩索鉴赏，《周易》象数，神妙变化，可藉以占事知来，合之而观，《周易》象辞端赖君子之玩赏。推此品评辞象之理以玩《离骚》，即谓文章玩鉴。此节述玩鉴文章与《周易》玩占玩辞皆互相旁通之论。

> （四）将核其论，必征言焉。故其陈尧舜之耿介，称禹汤之祗敬，典诰之体也；讥桀纣之猖披，伤羿浇之颠陨，规讽之旨也；虬龙以喻君子，云蜺以譬谗邪，比兴之义也；每一顾而掩涕，叹君门之九重，忠怨之辞也。观兹四事，同于《风》《雅》者也。（页二五）

案：此节可谓善读《离骚》之法，其法曰“比兴”，盖援用《诗经》赋比兴之义。比谓比附，兴谓起也，因彼物以起情，凡文学意象之解读例用此法，《周易》卦爻辞亦不例外。故此节虽无明引、转化易辞之语，然其解读《离骚》用比兴，即可互通《周易》卦爻辞之比兴。可据章学诚《文史通义·易教篇》之语“《易》之象，《诗》之比兴”印证之。[①]

> （五）自《九怀》以下，遽蹑其迹，而屈宋逸步，莫之能追。故其叙情怨，则郁伊而易感；述离居，则怆怏而难怀；论山水，则循声而得貌；言节候，则披文而见时。（页二六）

案：此节括举《离骚》述及的丰富内容与题材，凡山水声貌、节候时令、怨情郁感等莫不有述，其中谓《离骚》之文读之可以“披文而见时”，用一“时”字，谓文辞暗含时候节令，可观天文历法，即《周易·革》象“君子以治历明时”之引伸衍义，谓屈原文章颇重“明时”之意。案《周易》每申言随时之用，如《革》彖曰：“天地革而四时成。”《恒》彖曰：“四时变化而能久成。”《艮》彖曰：“时止则止，时行则行。”《丰》彖曰：“与时消

---

① 章学诚《文史通义·易教下》申明《易》之象与《诗经》比兴互通之理，章学诚云：“《易》之象也，《诗》之兴也，变化而不可方物矣；体之宜也，《春秋》之例也，谨严而不可假借矣。夫子曰：‘天下同归而殊途，一致而百虑。’君子之于六艺，一以贯之斯可矣。”（页五）此语谓五经皆可旁通，举《易》象通《诗》之比兴为例，又云：“象之所包广矣，非徒《易》而已，六艺莫不兼之，盖道体之将形而未显者也。”此直言六艺莫不有象，《易》之象即其中一例，又云：“《易》象虽包六艺，与《诗》之比兴，尤为表里。夫《诗》之流别，盛于战国人文，所谓长于讽喻，不学《诗》则无以言也。然战国之文，深于比兴，即其深于取象者也。”此又推广《易》之象影响于战国子家文章，而屈原《离骚》善用比兴正符合章氏之说，故而章学诚总结：“《易》象通于《诗》之比兴，《易》辞通于《春秋》之例。”（页六）此真千古独发之卓见也。以上章氏引文均见于章学诚：《文史通义》（台北：华世出版社，一九八〇年九月），页五至六。

息。”《节》彖曰：“天地节而四时成。”皆有“披文见时”之时义，谓天地四时变化之理。然则，《离骚》之文同样可推知《周易》之“时”义。

三、《辨骚篇》子学内涵

《辨骚篇》有学者纳入“文体论”，与《明诗》《乐府》以下二十篇论文体者同归一类。也有学者谓此篇乃全书总纲五篇之一，即认为自《原道篇》以下至此篇共五篇，为《文心》之枢纽总论，谓《辨骚篇》乃辨正《楚辞》为南方文学之起源、汉以后辞赋之祖。此篇所谓“雅颂之博徒，词赋之英杰”即指称骚体的承传地位，谓屈原《离骚》实乃辞赋之创始，当与《宗经篇》同列文章源流而不只是文体一种而已。

以上文体论与本体论二说皆各自成理，各得其一面之事实。但若再问《辨骚篇》本篇主旨内含子学义理，屈原赋骚之心有“子家之志”，此二项要旨一并由刘勰隐含于此篇文句中。《辨骚篇》已暗示屈原之高尚心志，雅有子家“述道言治”之意，屈原怀才负俗，立志国家政事之心，远远超出开创华侈文词、瑰丽文风的价值。此一层次“以子领骚”之解，惜乎罕见发明者。兹摘述此篇刘勰用“子学”义理说解《离骚》之旨如下：

（一）用儒家“忠恕”之道分析《离骚》内容，解释比兴之义云：

> 将核其论，必征言焉。故其陈尧舜之耿介，称禹汤之祗敬，典诰之体也；讥桀纣之猖披，伤羿浇之颠陨，规讽之旨也；虬龙以喻君子，云蜺以譬谗邪，比兴之义也；每一顾而掩涕，叹君门之九重，忠怨之辞也。观兹四事，同于《风》、《雅》者也。（页二五）

（二）再用“入道见志”之“志”解释《离骚》修辞之意旨云：

> 至于托云龙，说迂怪，丰隆求宓妃，鸩鸟媒娀女，诡异之辞也；康回倾地，夷羿弹日，木夫九首，土伯三目，谲怪之谈也；依彭咸之遗则，从子胥以自适，狷狭之志也；士女杂坐，乱而不分，指以为乐；娱酒不废，沈湎日夜，举以为欢，荒淫之意也。摘此四事，异乎经典者也。（页二五）

（三）又从屈原立志报国，有怀才淑世之志气，揭示《离骚》作品内容有子家“气”。《辨骚篇》云：

> 观其骨鲠所树，肌肤所附，虽取熔《经》旨，亦自铸伟辞。故《骚经》《九章》，朗丽以哀志；《九歌》《九辩》，绮靡以伤情；《远游》《天问》，瑰诡而慧巧，《招魂》《大招》，耀艳而深华；《卜居》标放言之致，《渔父》寄独往之才。故能气往轹古，辞来切今，惊采绝艳，难与并能矣。（页二五）

（四）刘勰已从经典“华实”综合评价《离骚》，又以“奇正”兼蓄称颂《离骚》的辞令技巧云：

> 若能凭轼以倚《雅》《颂》，悬辔以驭楚篇，酌奇而不失其贞，玩华而不坠其实，则顾盼可以驱辞力，欬唾可以穷文致，亦不复乞灵于长卿，假宠于子渊矣。（页二六）

综合以上四项《离骚》有子学内涵之评述，可重新确认屈原《离骚》确实是子集合一之作，可视作先秦学术由“子”到“集”之转折枢纽。刘勰于此篇《辨骚篇》云：“固知楚辞者，体宪于三代，而风杂于战国，乃《雅》《颂》之博徒，而词赋之英杰也。”此句评价楚辞作品的历史地位，清楚表明刘勰注重由战国诸子演变到汉初辞赋之复杂过程，故用“风杂”之杂字描述之，表示至屈原作品已不全然是战国一子家，而是变创子家表现的新文体，故有“体宪”之词，谓遵法此体之意。此评完全可看出刘勰考察周秦之际从子到赋的演变，考辨屈原作品总体成就，深识鉴赏屈原其人心志及其作品之关系。①

刘勰用子集融合之观点，评述屈原《离骚》，对后世亦产生影响。兹举宋代为例，宋人好读《骚》，喜《楚辞》，攻之者勒为专书，披文见情，皆力欲爬梳屈原辞情之秘，其中以北宋末洪兴祖《补注》与南宋初朱熹《集注》为今存之最著者。自此二家外，又有晁无咎辑录《续楚辞》《变离骚》，皆辑《楚辞》以后历代各家之仿作，而终于吕大临与张载二家。今较论宋人对屈原的理解，殆分二类：其一谓《离骚》乃集部之首创，评述屈原固“文家”之流，此独得刘勰《辨骚篇》之一义；其二从“述道言志”审视屈原，视

---

① 晚明钟惺评点《辨骚篇》此节文字云：“深得屈原之心。”此语甚是，可参。转引自《文心雕龙汇评》，页二五。

《离骚》此体有“本”即圣贤之学，又有“文”即辞令华采，此别得刘勰《辨骚篇》之微言隐旨，可谓能知《离骚篇》之音者。前者以王应麟、晁无咎为代表，可称为目录学家所见之《楚辞》；后者则归朱熹之理解，可视作子集合解之《离骚》。

以上二类宋人论述，不论何类，其实刘勰在《辨骚篇》都已谈过。刘勰以子跨赋之论点如此特出，影响了朱熹，其集注《楚辞》注重体会屈原之志，深悟《离骚》寄托作者之“心”，内涵子学“入道见志”之义理。刘勰与朱熹之共识，可谓古今同知，异代并佩。

若考朱熹以“子”释骚，主要见于朱熹注晁无咎集录《楚辞》之后各家仿作之篇。今案晁氏之书首录荀子《成相辞》与《佹诗》，最末殿以宋儒张载与吕大临二家仿作《楚辞》之篇。朱熹特别嘉许晁氏选录张、吕二家之仿作，乃于《楚辞后语》序言云：

> 至于终篇特著张夫子、吕与叔之言，盖又以告夫游艺之及此者，使知学之有本，而反求之，则文章有不足为者矣，其余微文碎义，又各附见于本篇，此不暇悉著云。①

此序专举吕大临、张载二家，谓《离骚》有学之“本”也，所谓本即经典鸿教，希圣希贤之志。朱熹点明吕、张二家仿作《楚辞》不专师文辞华采之形式，而改习子家见志立功、心怀政事治务之心，判言二家非为“文章”而已。朱熹此论不从《楚辞》之形式加以评价，而以义理之“学”为本进行申说，采用子家之角度，以作吕、张二家作品前小序，藉此表彰吕、张二家有问道之心、复性之意，突出子学与《楚辞》体裁结合的新形式。②

但是，《楚辞》文章之美，《楚辞》居集部首创之文体地位，自刘向《叙

① 引自朱熹《楚辞后语》序，收入杨家骆主编：《楚辞注八种》（台北：世界书局，一九八九年十一月）。

② 可参此二篇小序如下：朱熹序张载《鞠歌》云：“《鞠歌》者，横渠张夫子之所作也。自孟子没而圣学不得其传，至是盖千有五百年矣。夫子蚤从范文正公受《中庸》之书，中岁出入于老佛诸家之说，左右采获十余年，既自以为得之矣，晚见二程夫子于京师，闻其论说而有警焉。于是尽弃异学，醇如也。尝见神宗顾问治道之要，即以渐复三代为对，退与宰相议不合，因谢病归，著《订顽》《正蒙》等书数万言，闲阅古乐府词，病其语卑，乃更作此以自见，并以寄二程云。”又朱熹序吕大临《拟招》云：“《拟招》者，京兆蓝田吕大临之所作也。大临受学程张之门，其为此词盖以寓夫求放心、复常性之微意，非特为词赋之流也。故附张子之言以为是书之卒章，使游艺者知有所归宿焉。”

录》、王逸《章句》之后，一直以来无有不承认者。宋末王应麟承袭前人目录文献之体例，仍冠《楚辞》集部之首，王氏编著《玉海》述总集文章云：

> 屈原作离骚，为百代词章之祖，众士慕向缀文，接踵于道，各名一家之言，别而聚之，命之曰集。其原起于东京而极于有唐，至七百余家。晋挚虞汇分之，曰《文章流别》，后世祖述为总集，至唐亦七十五家。①

观此序云《楚辞》乃百代文章之祖，此王氏所谓“文章”专指集部文章，这种文章大不同于刘勰“圣贤书辞，总称文章”之圣贤文章定义，盖前者单说《楚辞》之文，刘勰则合经史子皆为文章而论之，已将子学义理内摄其中，与王应麟就文论文，二家境界大小早已分出高下矣!② 然则，刘勰用子学诠释《离骚》，从思想史演变重新辨正屈原作品之解法，正是不折不扣的子家卓识，《辨骚篇》之要旨亦当在此也。

此外，《辨骚篇》云“其衣被词人，非一代也”，盖从目录文献学而解之，谓凡后世辞赋之作无不受《楚辞》沾溉，《离骚》开个人专门述作之始，而《楚辞》立集部之首。《辨骚篇》于《文心》五十篇之次第，仅在《正纬篇》之后，昭示先秦经子到“词赋英杰”集部转变之历程。而《辨骚篇》新增子学内涵之鉴赏，突出阐明屈原之“志”，不止用文献目录学解屈原，更从子学角度着眼，如此双重诠释，后世注家各得其一解，皆只各自演其一说罢了。

四、《辨骚篇》总案

《辨骚篇》正式标榜屈原为九代以来第一位才性壮逸、志向豪远的子集

---

① 引自王应麟辑：《玉海》，页一〇一四。

② 晁无咎二书之序，今存于王应麟《玉海》卷五十四。晁氏此序亦从“诗”与“赋”文体类型角度评述《离骚》。晁序云：“离骚，遭忧也。‘终窭且贫，莫知我艰’，《北门》之志也；‘何辜于天，我罪伊何’，《小弁》之情也。以附益六经之教，于《诗》最近。《怀沙》言赋，《橘颂》言颂，《九歌》言歌，《天问》言问，皆诗也，《离骚》备之矣。盖《诗》之流，至于楚而为《离骚》，至汉而为赋，其后复变而为诗，又变而为杂言、长谣、问、对、铭、赞、操、引。”转引自同前注引书，页一〇一五。

“作者”,[①] 立此为“辞人”作家之首，并与《宗经篇》所述“圣贤书辞”系统之作者分出疆界，此即本篇赞曰“不有屈原，岂见《离骚》”一句之真义。

其次，突出作者屈原的“才性”及其“壮志”。才性谓文才体性，是指文集作者之才性；而“壮志”是“入道见志”之志，即子家之志。则本篇乃根据“子集合一”之说品评屈原作为辞赋家之首的作家风格，本篇实际批评重点亦在此。[②]

最后，用“情理”一词描述屈原作品之特色，恰恰符合屈原作品“子集”合一之著作性质。如此即与《宗经篇》“圣文之雅丽，固衔华而佩实”句的“华实”形成对照，将“华实”与“情理”树立为刘勰文论之两大纲领。

① 此处用《离骚》一篇代称屈原所有作品，有统称之谓。纪昀评点此篇已揭此意：“《离骚》乃《楚辞》之一篇，统名《楚辞》为骚，相沿之误也。”转引自《文心雕龙汇评》，页二四。

② 须再说明《辨骚篇》所见实际批评当分评“人”与评“文”两项，是《文心》唯一专篇评鉴其人及其文之作。评人注重屈原之“人格”讨论，与《程器篇》述屈原是文人而兼有品德说法一致，谓屈原忠贞，与本篇肯定屈原不为“明哲保身”之隐退评价相同。从而可知有这样品格的人即有这样的文章风格，即化用《体性篇》之理论，谓“气以实志，志以定言，吐纳英华，莫非情性”，皆归之本篇评“人”之见解，须与评“文”之各论同参。

六　《明诗篇》细读

一、《明诗篇》文论与实际批评

《明诗篇》专述“五言诗”体式流变，先界定“诗”字训持，将《尚书·虞书·舜典》“诗言志”即后世所谓“言志说”，转化为“持情说”谓持人情性，并融合言志与情性为一，谓诗之内外涵义尽包于此，明清以来评点《文心》者，皆一致认同此刘勰之创解也。[1]

顺此理解，《文心》之文论既重视“言志”，亦申明“情性”，前者本于“理”，后者依于“情”，合而言之，刘勰文论特重“情理”，乃由《明诗篇》“诗”字作持人情性而衍义引伸。

然而本篇建立“情志”说以后，更继之以“感应”论诗：“人禀七情，应物斯感，感物吟志。”此感物吟志论悉本于“情”，必发乎“情”。故而刘勰论文章必主情，再辅以“入道见志”之理，即“情理”诗论文论之创解，皆由本篇诗字界定得以具体落实。

于是，情志、情理、依情感物三项构成本篇诗论主要内容。此外，本篇又备“诗史”与“诗论实际批评”两项要目。

诗史自葛天氏乐辞、黄帝《云门》述起，中经三代秦汉，以迄魏晋，而止于“宋初文咏”，南朝齐梁不述，即《才略篇》“世近易明，无劳甄序”之

---

① 黄霖《文心雕龙汇评》辑录明清评点“诗者，持也，持人情性……”此节之各家批语，各家无不称颂刘勰诗训持之创解，然而须知刘勰非创解，实为“折中”之做法。案《诗纬·含神雾》已云：“诗者，持也。”但未及持人情性，刘勰另据《汉书·翼奉传》“故诗之为学，情性而已”之情性，糅合为持人情性，再用“人禀七情，感物吟志”加以串连，即成《明诗篇》诗论折中全部内涵。凡历代诗字三训承也、志也、持也，皆包含于其中。故谓之刘勰折中诗论。

意。而本篇述及“宋初文咏”只简单说一句：“此近世之所竞也。”句意谓宋以后皆属“近世”，本篇亦略述追新写物之大略风貌，而仅限于诗，不及其他文体，亦不细品深鉴个别作家之点评，此本篇所述“诗史”之体貌。①

然而本篇最重要者，当在宋以前各代诗风及其诗人诗作之点评，可谓之《明诗篇》之“实际批评”。其中尤详者为魏代曹氏父子三人与建安七子之点评。今当聚焦于此节，并将《文心》凡述及魏代文风文论者排比并观，立可证刘勰文论多方多元、面面俱到。凡一代之文学，必兼用“人品”与“文品”并重之批评法，亦必兼从情理、华实、奇正、雅丽四个角度，作为品第高下之依据。从而可知，刘勰文论重视作品之思想内容以及形式，用古人观念，即“子集结合”之文论。兹引《明诗篇》述魏代文风体貌，与《时序篇》《才略篇》《程器篇》同述魏代之原文，对照比较，藉观刘勰诗论涉及“实际批评”之做法。

（一）《明诗篇》述魏代诗风云：

暨建安之初，五言腾踊，文帝、陈思，纵辔以骋节，王、徐、应、刘，望路而争驱；并怜风月，狎池苑，述恩荣，叙酣宴，慷慨以任气，磊落以使才；造怀指事，不求纤密之巧，驱辞逐貌，唯取昭晰之能：此其所同也。及正始明道，诗杂仙心，何晏之徒，率多浮浅。唯嵇志清峻，阮旨遥深，故能标焉。若乃应璩《百一》，独立不惧，辞谲义贞，亦魏之遗直也。（页二九）

（二）《时序篇》述魏代文风云：

自献帝播迁，文学蓬转，建安之末，区宇方辑。魏武以相王之尊，雅爱诗章；文帝以副君之重，妙善辞赋；陈思以公子之豪，下笔琳琅；并体貌英逸，故俊才云蒸。仲宣委质于汉南，孔璋归命于河北，伟长从宦于青土，公幹徇质于海隅，德琏综其斐然之思，元瑜展其翩翩之乐。文蔚、休伯之俦，于叔、德祖之侣，傲雅觞豆之前，雍容衽席之上，洒笔以成酣歌，和墨以藉谈笑。观其时文，雅好慷慨，良由世积乱离，风

① 《明诗篇》于“文学史”之论，谓五言诗起源于“两汉之作”，最为确解。然后世多有辨正谓当更早者。刘永济《文心雕龙校释》谓“未尝定以为西京之作”，故而主张“宜以昭明仲伟为准，概称古诗，不出主名”（页十七），谓古诗十九首当从昭明《文选》标无名氏作，非枚乘作，则五言古诗必不能早于西汉，即刘勰《明诗篇》之定解，今从之。

衰俗怨，并志深而笔长，故梗概而多气也。

至明帝纂戎，制诗度曲，征篇章之士，置崇文之观，何、刘群才，迭相照耀。少主相仍，唯高贵英雅，顾盼合章，动言成论。于时正始余风，篇体轻澹，而嵇、阮、应、缪，并驰文路矣。（页一四六）

（三）《才略篇》述魏代文才云：

魏文之才，洋洋清绮，旧谈抑之，谓去植千里，然子建思捷而才俊，诗丽而表逸；子桓虑详而力缓，故不竞于先鸣。而乐府清越，《典论》辩要，迭用短长，亦无懵焉。但俗情抑扬，雷同一响，遂令文帝以位尊减才，思王以势窘益价，未为笃论也。仲宣溢才，捷而能密，文多兼善，辞少瑕累，摘其诗赋，则七子之冠冕乎！琳、瑀以符檄擅声，徐幹以赋论标美；刘桢情高以会采，应玚学优以得文；路粹、杨修，颇怀笔记之工；丁仪、邯郸，亦含论述之美，有足算焉。刘劭《赵都》，能攀于前修；何晏《景福》，克光于后进；休琏风情，则《百壹》标其志；吉甫文理，则《临丹》成其采；嵇康师心以遣论，阮籍使气以命诗；殊声而合响，异翮而同飞。（页一五五）

（四）《程器篇》品评魏代文人品性云：

文举傲诞以速诛，正平狂憨以致戮，仲宣轻锐以躁竞，孔璋偬恫以粗疏，丁仪贪婪以乞货，路粹餔啜而无耻。（页一六〇）

以上四节同样批评魏代文章，特别是关于建安七子其人及作品之评赏，分见于《明诗篇》《时序篇》《才略篇》《程器篇》四处。今观其批评之语，《明诗篇》评人兼评文，用《体性篇》理论最多。《时序篇》泛述文变兴废，所重在一时代之文人风尚，评“人”为多，罕举作品实例。而《才略篇》则专评“文才”，故必举作品为证。反之，《程器篇》述文人器用与德行疵累，重在评“人”。如此四篇内容大致得以区分，而以《明诗篇》评人与评文兼有最为圆备之评。

试观此节《明诗篇》评建安诗歌，先从《通变篇》理论，追考魏之三祖以帝王之尊提倡慷慨之风，并得到建安七子王、徐、应、刘的追随，这是应用文章通变理论“文律运周，日新其义”的说法，分析建安诗风有“共相”与“殊相”这种双重并行沿袭之风貌。再分析其共相中的“事义”内容，乃大都有“怜风月，狎池苑”这类题材的描写，也有“述恩荣，叙酣宴”这类公讌主题写作，这又是据《知音篇》六观之一“事义”的分析解释。

而建安诗歌共同表现的体貌则又有“不求纤密之巧”，谓没有纤巧之弊，而是有更多的“昭晰”风格，一语点出建安诗歌体势有“昭明清晰”之风。“昭晰”之概念，即与《定势篇》所述文体六势之“清丽”与“明断”相通。乃排除文体六势“巧艳”之病，肯定清晰果断写作之风，即可视作《定势篇》理论之应用。最后强调嵇康的“清志”、阮籍的“深遥”，专指作家才情个性而言，是《体性篇》志气性情与文章英华配合之理论印证，由以上分析，可确信《明诗篇》举实例作品之批评，兼有评“人”与评“文”两类。

《明诗篇》居《文心》文体论之首篇（《辨骚篇》归于枢纽论），自此以下二十篇文体论，止于《书记篇》。其每篇写作条例，有所谓“四例”之说，即《序志篇》刘勰自述“上篇以上，纲领明矣”之四项纲领：释名以章义、原始以表末、选文以定篇以及敷理以举统。据刘勰所云，此四例皆“论文叙笔”之篇所必有，则《文心》二十篇文体论每篇皆备此四例。

今之问题在于，难道《文心》其他各篇没有此四例吗？又所谓论文叙笔，代表文学批评吗？二十篇文体论的四例之一“选文以定篇”，是否也算是文学批评？[①] 此即《明诗篇》余下之主要问题，兹特疏释之。

案《文心》文体论二十篇，注重“文”与“笔”两大类文章之讨论，征实必有所据，故而四例以“选文”为必有，既选之，则必品之评之，于是有“定篇”之言，谓评定名篇名作之优劣。如此选文定篇一例即形同今人所谓文学批评，甚可理解。

今若准此四例，衡量《文心》其他非文体论各篇，则每篇之题目即为此篇理论之主旨要义，例如《神思篇》主要论“文思如神”，属理论之阐述，非文体之溯源，故而此篇不一定“选文”，但必不可无“选例”，盖文论课虚必引据实情实例以验证。于是《神思篇》必引巨文思缓之例，例如相如、扬

---

① 陈拱《文心雕龙本义》释《明诗篇》此四例指出唯有“选文以定篇”此例为“实际说得上批评成分者”，除此之外，《文心》并无所谓批评也（页一七九）。案：陈氏此说实大误，盖《文心》不只为文学批评，乃更兼有子学、经学为骨之文学批评，非今人移自西论所知文学批评。且《文心》不但二十篇有此四例，其他各篇亦同有之，此四例当视作《文心》各篇配合题目主旨而行文之四项步骤，篇篇皆备有此四例，只有详略之别而已。另外，不在文体论的各篇，非“选文”之必要，乃改为“选例”，于是“定篇”亦改为“定论”。此《文心》各篇四例之大概也。

雄、桓谭、王充、张衡、左思等六家以证之；次引短篇思速之例，则改引淮南王、枚皋、子建、仲宣、阮瑀、祢衡等六家为证。凡此诸例，举作家之名，而作品间参之，虽非全部“选文”，然“文”亦内含其中，故用“选例”代“选文”，即符合今人“文学批评”之方法。从而得知《文心》文体论之外其他各篇，亦皆有批评，而改为“选例”以“定论”。《神思篇》如此，《时序篇》历评九代之文，《物色篇》举《诗经》《离骚》为例证，《才略篇》直接从事文学批评，《知音篇》也是，《程器篇》评文人品德，申明文武合一之论，亦必例举屈贾、邹枚、黄香、徐幹等四家文人美德为证。以上各篇皆不在“论文叙笔”之二十篇，然而莫不有“选文”与“选例”之内容，亦即皆有“文学批评”之成份，乃知《文心》各篇大抵皆备此四例之写作，并非仅限于二十篇文体论而已。此所以清儒章学诚必称颂《文心雕龙》此书为“文论”专门之作。须知，此古人所谓文论，亦非只拘限于今人所谓纯粹之“文学批评”而已，尚兼及经学、子学、易学、史学等等各部之学，而汇为“文章”之总论，始得称之为“文论”。再者，凡各篇“选文”或“选例”之论述节段，皆可视作各篇最重要且最切合实用性之“实际批评”。

二、《明诗篇》易学影响

《明诗篇》借参《周易·系辞传上》“神无方而易无体”所言之“神理”，作为诗歌“文理”之本源，是《明诗篇》全篇理论的主轴大纲，奠立诗歌的“本源”与“渊源”理论。

其次，又借用《周易·观》卦彖“圣人以神道设教”的圣道教化观点，阐明诗歌创作带给政治社会民生的“功效”，可谓之诗歌政治教化理论。

以上凡《明诗篇》阐述诗歌原理与诗歌作用的“理论”大要，莫不本于《周易》所见易学易理。《明诗篇》赞：

> 民生而志，咏歌所含。兴发皇世，风流《二南》。
> 神理共契，政序相参。英华弥缛，万代永耽。（页三〇）

此赞总结诗歌写作目的在教化，用“政序相参”一语点出教化贵诗的价值，而推其本源，即“神理”之契合，将“神理”与“政序”并列而言，皆自

《周易》易神与神道之概念转化衍义成文论之内涵，此《明诗篇》化用易理极鲜明之证。其他明引、暗用《周易》词汇之句法句式亦见多例：

1. 严马之徒，属辞无方。“无方”一词出自“神无方易无体”此句，意思亦同。

2. 独立不惧，辞谲义贞。义贞谓义理贞定，即正义、正道之意，悉与《周易》全书屡言之“贞”字义同，谓贞正也。

3. 宋初文咏，体有因革。因革损益，皆《革》卦、《损》卦、《益》卦易理之衍义。

4. 诗有恒裁，思无定位。此“位”字，与《周易》卦爻辞所言阴阳时位之“位”字，理同义同。

5. 随性适分，鲜能通圆。“随性”一词，自《周易·随》卦“随时之义”之“随时”衍生为“随性”。而圆通通圆，表示周备圆满之意，与《周易·系辞传下》“圆以智，方以神”之方圆，表示极致之神智，词义悉合。

以上诸语词，皆属《明诗篇》明引化用《周易》易辞易语之例，其旨意明白易解，无须待辨。唯《明诗篇》化用《周易》“神理”一词，实指易神，而每生后世之误解，今再分析如下：

案《明诗篇》赞曰：“神理共契。”用此语品评正始之诗云：“正始明道，诗杂仙心。”评郭璞云：“景纯仙篇，挺拔而为隽矣！”凡此三项语词“神理”“仙心”“仙篇”在《明诗》一篇之中并见，当何所指？历代解之者罕有从《周易》之“神”解之，谓此神字即易神，当与仙心有别。而道教述仙人升遐，长生永寿，则亦不同于老庄道家之本义。然则，神理，即《周易·系辞传下》云“神无方而易无体”之神字义，谓“易神”也。

刘勰思想系统奠基于《周易》之学，凡《周易》此书所见之易理，若形上形下道器之分，经刘勰转化为《原道篇》《程器篇》道器之论。而由《周易》阴阳构成二元论之思考，再衍生成刘勰论文必有正反之对比，树立文章之二元论。又如《周易》六十四卦错综反复、隐显复返之易理，则发展为《通变篇》《隐秀篇》《定势篇》之理论。因而若借参西人形上论、本体论、认识论诸概念诠解《文心雕龙》理论体系，未必合适。反之，凡推源溯本，必知皆自易理易学而来。易冒天下之道，《文心》文论自亦不例外于此。

本此理解，《明诗篇》赞所言“神理共契”此句盖转化易神所示之理，应用之于文论，则二者无不有相互契合之论。谓易神即文论、文理之所本，诗歌之道亦从此出。此解当互参《原道篇》云：

> 若乃《河图》孕乎八卦，《洛书》韫乎九畴，玉版金镂之实，丹文绿牒之华，谁其尸之？亦神理而已。（页十四）

此解《河图》《洛书》依“神理”而出现，圣人得此启示，乃孕育八卦与九畴之易理，后世所见玉版金镂、丹文绿牒之图书即神理创生之物。此节将《周易》之学讲述的河图洛书，悉用“神理”一词解之，谓神理主宰河洛八卦之作，然而神理不见，亦犹如“神无方而易无体”之易神为无体之存在面貌，此即“神理”一词之本义。①

三、《明诗篇》子学内涵

《明诗篇》专述历代诗风演变，自葛天乐词至刘宋时代文咏的历述诗作，古今名篇，靡不毕举。今观刘勰批评之语，首重“言志”之有无。既承袭《尚书·皋陶谟》“诗言志，歌永言”之言志说，谓作诗当咏诗人之志，又辅以自己新解，除了诗人之志以外，尚有“民生而志”又一志义。此解从“民生”之志论起，谓诗之大用唯在“国计民生”之赞咏。为此，刘勰在《明诗篇》明示“诗乐”教化之功，建立治国化民这种政治诗教理论。本乎此，刘勰评述魏世正始、东晋江左、宋初文咏三个时期之诗风，焦点皆放在诗与治道、诗与风俗、诗与思想潮流之间的互动。可以很明显地看到，刘勰用“述道言治”的子学义理评述诗学，以子入诗，注重诗歌义理胜于辞藻与形式。试看刘勰评述之语如下：

（一）彰显“仙道”之子学评述正始诗风云：

> 及正始明道，诗杂仙心；何晏之徒，率多浮浅。唯嵇志清峻，阮旨遥深，故能标焉。（页二九）

---

① 《文心》“神”字屡见。《明诗篇》此节所言“神理”，有解作道者，如陈拱（见《文心雕龙本义》页一七六）；有说“成神”出自佛家者，如饶宗颐（见《文心雕龙校释》，页七三）；也有观点认为“神理”即《原道篇》讲的自然之道，如袁济喜、陈建农（《文心雕龙解读》，页六八），戚良德（《文心雕龙校注通译》，页六五）。詹锳《文心雕龙义证》引《神思篇》之“神理”，谓即此处所言“神理共契”之“神理”（页二一八）。案：以上各家皆未言及神理出自“易理”之神理。

（二）从玄学角度，以及清谈议题评述东晋江左之诗云：

> 江左篇制，溺乎玄风，嗤笑徇务之志，崇盛忘机之谈，袁、孙已下，虽各有雕采，而辞趣一揆，莫与争雄，所以景纯仙篇，挺拔而为隽矣。（页二九）

（三）从老庄道家观点评述宋初山水之诗云：

> 宋初文咏，体有因革。庄老告退，而山水方滋；俪采百字之偶，争价一句之奇，情必极貌以写物，辞必穷力而追新，此近世之所竞也。（页二九）

以上三项，乃《明诗篇》直用子学评赏诗歌。至于《明诗篇》述五言诗之起源始末，犹如一部先秦至齐梁之诗史。而当论述四言诗与五言诗之风格时，刘勰没有专主一体之偏见，反而认为四言诗以“雅润”为本，五言诗则又以“清丽”居宗，各有特色。刘勰认为四言五言各自有其独特体制与风格，无须硬分高下，强行品第。据此《明诗篇》的评诗理论可知刘勰的诗学来自适才适体的观点，《明诗篇》所说的“华实异用，唯才所安”此句即内含有适才理论。《明诗篇》云：

> 故铺观列代，而情变之数可监；撮举同异，而纲领之要可明矣。若夫四言正体，则雅润为本；五言流调，则清丽居宗，华实异用，唯才所安。故平子得其雅，叔夜含其润，茂先凝其清，景阳振其丽，兼善则子建、仲宣，偏美则太冲、公干。然诗有恒裁，思无定位，随性适分，鲜能通圆。（页三〇）

此节“随性适分”与“唯才所安”两项基本认识，既肯定了四言诗与五言诗各有特点，不必偏主其一，又品评了张衡、嵇康、张华、潘岳等四家诗人之风格，认为虽各有不同，但都能自造面目，卓然成家，不必硬分出甲乙、定出高下。刘勰认为此四家才性各异，因性练才，各具风貌。此种适才适性之见解，可用来评论诗人，同样也可用来评论古今人物才能之士。刘勰《刘子》一书专设《适才章》继续阐述自己的“适才适性”理论，差别只在《明诗篇》属于文论诗学，而《适才章》必须归到子学的才性论。但无论如何，《明诗篇》已经内化了子学，巧妙应用子学从事诗人与诗作之评论，其实是“以子领文”的一部子骨集皮之著作。今试看《刘子·适才章》的两段论述，提出“适才所施”以及“才各有施，不可弃也”的观点，立可知晓这正是《明诗篇》的“随性所适”与“唯才所安”的理论背景。《适才章》云：

> 物有美德，施用有宜；美不常珍，恶不终弃。紫貂白狐，制以为裘，郁若庆云，皎如荆玉，此毳衣之美也；蘪菅苍蒯，编以蓑笠，叶微疏累，黯若朽穰，此卉服之恶也。裘蓑虽异，被服实同；美恶虽殊，适用则均。今处绣户洞房，则蓑不如裘；被雪沐雨，则裘不及蓑。以此观之，适才所施，随时成务，各有宜也。①

此节不举人物为例，改引自然动植之物，说它们也有各自用处，不可偏主其中一物，率先铺陈“物各有用”的观点，再由“物”到“人”，论证人文世界也必有“适才所施”的道理，《适才章》云：

> 水火金木土谷，六府异物而皆有施；规矩权衡准绳，六法殊形而各有任。故伊尹之兴土功也，长胫者使之蹋锸，强脊者使之负土，眇目者使之准绳，伛偻者使之涂地。因事施用，乃便效才，各尽其分而立功焉。商歌之士，鸡鸣之客，才各有施，不可弃也。②

此节与前节大不同者，即开始正式畅述人事才华各有施展的“适才”理论。举伊尹广招各类人才从事土功之史事为例，分析了长胫者、强脊者、眇目者、伛偻者等四类人才，认为不可偏废，四类人可各担负任务，始能做到“因事施用”。此种适性适才的用人哲学，重点在“人”。若改成文章诗赋，正是“唯才所安”以及“随性适分”的文笔写作才华区分。如此说来，刘勰不论文论与子论，都同时主张“适才适性”之理论，从而可知《明诗篇》显然已经参用子学理论矣！

四、《明诗篇》总案

自《明诗篇》始揭《文心》“文体论”之范畴，及至《书记篇》而止，

---

① 〔北齐〕刘昼著，傅亚庶校释：《刘子校释》（中华书局，1998 年），页二七八。后引《刘子校释》版本同。

② 《刘子校释》，页二七九。

正是《序志篇》所述《文心》全书之“上篇”。此篇首依《序志篇》已揭“四例”之结构而论述，再“释名以章义”定义“诗”字为“持”，谓“持人情性”，又引《尚书·皋陶谟》“诗言志，歌永言”之句所说言志诗学，助解“性情”一词，即指情志。将诗这种文体与诗人的情志、情性合而为一，如此“释名”，与《体性篇》“气以实志，志以定言，吐纳英华，莫非情性”所述作家情性志气与文章英华的紧密关系之说，就理论层次而言，完全一致。

根据这样的理解，作为文体论的《明诗篇》其实已经化入“文术论”。所以说，《文心雕龙》不能硬作上篇、下篇之别，而要换个角度，用“旁通互见”即篇篇互相参照对读之法，将全书分成“理论”与“实际批评”两个层次，进行辨正对话，以形成整体理解。①

其次，再看本篇在“原始表末”节段，首从葛天氏《玄鸟》与黄帝《云门》此二篇古歌谣说起，夹叙夹议，在举例中已兼评述。例如说“理不空弦”，这个“理”字即出自《文心》文术论“情理”这个重要概念；又说“辞达而已”，特别注重“文辞”要畅达，则是《知音篇》六观的“置辞”之标准。

及至“选文以定篇”之节段，洋洋洒洒，自《诗经》《楚辞》以下，畅述“九代”之诗，一一点评，选例以后，照例皆加以批评。观其评语所根据之“理论”，亦皆不出《文心》“文术论”各篇之所述。例如说汉初四言体各家诗作是“属辞无方”，即运用《知音篇》所揭示的“置辞”一项，谓有漫乱无主旨之病。说正始明道、诗杂仙心这种诗风的特色代表乃在“嵇志清峻”与“阮旨遥深”，前者注重嵇康诗人的“情志”，后者点出阮籍诗作的“事义”有“遥远深奥”之风。或评人或评文，又将人之“性情”与诗作“体势”合而为一加以对照品评，正是《体性篇》理论“才性异区，文体繁诡”之见证。其他各代之选例与选评皆类此，直至“近代以来”的刘宋时期为止，莫不是以文术论各篇说法为依据。例如说刘宋诗风“体有因革”，此句的体即《知音篇》六观“位体”的考量，而注意到各代诗体有“因革损益”之时变，仍然有着《时序篇》所谓“文变染乎世情，兴废系乎时序”之

① 关于魏代文人文章品评，于《明诗篇》之外，刘勰尚有多篇同述，或单论，或合论，列举如下：《诏策篇》《乐府篇》《诠赋篇》《隐秀篇》《书记篇》《体性篇》《风骨篇》《定势篇》等。若将以上各篇评述魏代之语汇录，并置而观，可知凡人品、文品、文术、时代背景，刘勰皆有论述。

理论背景。另外“俪采百字之偶”注重刘宋诗歌“情采”，点出刘宋诗歌修辞偏主“俪辞”之技巧。又“争价一句之奇”，讲究“新奇”之风，乃用六观“奇正”之辨正，并且提示《体性篇》八体之一“新奇”是此时的风尚。凡以上种种批语，皆出现在文体论“选文以定篇”之节段，则虽属文体论之《明诗篇》，其实亦无不有“文术论”各篇所述之理论内涵与批评手法。

由以上分析，当知《文心》上篇文体论各篇的“选文”节段，不是只有作品实例之选而已。选中有评，评中有批，下篇文术论各篇的“理论”皆可视作上篇文体论作品赏鉴的依据，即文术论的“实际批评”。本书细读根据《文心雕龙》全书重新建构五十篇“理论”与“实际批评”两大结构层次，略依《周易》形上为道、无方无体，而形下为器、情采圆备的二元思考，突出文体论各篇的“实际批评”方法示范，本篇仅举魏代诗歌批评为例，由此类推，以概其余。其下《文心》文体论各篇例皆准《明诗篇》分析作品实例之体例，注重细读《文心雕龙》“实际批评”之分析与诠释。

像《明诗篇》这种实例作品批评，必须并观其他如《时序篇》《程器篇》《才略篇》等相关的评述，即本书所谓的“旁通互见”细读法。例如本篇历评九代诗歌，每一代之选篇皆有实例批评，① 而这里的每一代之诗歌，也同样都可参读《时序篇》《才略篇》《程器篇》相对应的论述，进行分析比较，从而可知刘勰撰作《文心雕龙》，每一篇有选例、选评，而理论与实际批评也并见于各篇。

---

① 近见周兴陆《〈文心雕龙〉精读》一书分析《明诗篇》有历代诗歌批评，总计列出十一项时代节段，但是对每个时期的论述，尚未明确区分“理论”与“实际批评”，也较少用旁通互见的方法比较其他篇。参见周兴陆《〈文心雕龙〉精读》。

七　《乐府篇》细读

一、《乐府篇》文论与实际批评

《乐府篇》品评乐府诗所用文论术语，主要有雅丽、雅正。刘勰反对艳丽与哀怨，推崇“中和”之声。可知刘勰文论主要理论术语，诸如华实、情理、奇正、雅丽等，皆属通论，而普施于文体论各篇，不必强作上篇只谈文体下篇只论文术这种硬性区隔以致误解，如此才能表现刘勰《文心》文论体系首尾连贯、始终如一这种圆通博大之理论结构。①

尤其重要者，《乐府篇》将“中和雅正”作为声诗最高标准，在“艳丽”与“雅丽”二者之间取得调和平正，突出以“正”为乐府诗理论主导，实以“子家”为本，力申文学作为“政事”先务，强调丈夫学文，务为时用，文章非徒华藻艳词而已。②

---

① 艳丽与雅丽不同，刘勰主张雅正绮丽，反对淫艳而太过绮丽。《辨骚篇》谓屈原之作“耀艳而深华”，文辞华艳但有深意，故不致于过“耀”。又云：“惊采绝艳。”谓《楚辞》辞采惊艳，然又辅以“气往轹古”与“辞来切今”，谓《楚辞》虽富艳采，然文辞气力通贯古今，非仅惊艳而已。故而刘勰提醒，学习《楚辞》而得乎皮毛者，即属“中巧者猎其艳辞”，谓投机取巧者徒事学习艳词而已。可证刘勰深诋“艳丽”之辞。故而于《乐府诗》，仍认为乐府诗应勿过艳丽，当守“雅丽”，艳丽即犯乖俗淫艳之弊，故而评《桂华》有“丽而不经”之语，评《赤雁》有“靡而非典”之语，皆反对艳丽之明证。

② 民国学者刘永济颇具睿识，据刘勰“中和平正”之说，痛诋世人不解《文心》之作，刘永济《文心雕龙校释》云：“文帝篡统，复崇尚放旷，不务儒术。影响及于文学，武既悲凉，文或慆荡，皆非中和雅正之音。故虽美其‘气爽才丽’，而终斥为‘韶夏之郑声’也。观其‘乐本心术’‘务塞淫滥’‘情感七始，化动八风’之语，其持论严正，实与荀卿《乐论》同一旨归。唯其如此，故于雅郑之防，未容稍轶。世之仅以文士目舍人者，其亦可以自反矣。”（页二二）据刘氏此论分析刘勰非文士，暗示刘勰近乎“述道言治”之子家矣！案：《文心》其他篇《杂文篇》《程器篇》《诸子篇》《论说篇》，亦有透露刘勰为子家之意，宜并考论。

次论《乐府篇》用身体比喻，树立“诗”与“歌”之分界，此种注重文体首尾一贯、表里如一之理论，与《附会篇》谓文章、词意相互的关系犹如人之情志、肌肤、骨髓之关系的说法完全一致。《乐府篇》云：“诗为乐心，声为乐府。乐体在声，瞽师务调其器；乐心在诗，君子宜正其文。”此援“心体”比喻，谓内心外体，心为主导，类比乐府诗仍以“诗”为主，诗成再配以声调，即为乐府诗。《附会篇》即有肌肤情志之论云：

夫才量〔童〕学文，宜正体制：必以情志为神明，事义为骨髓，辞采为肌肤，宫商为声气；然后品藻玄黄，摛振金玉，献可替否，以裁厥中：斯缀思之恒数也。（页一四〇）

此节将文章“体制”比作“身体”，身体按虚实可分神明与肌肤，神明谓心神之灵明，即指“心”，而肌肤骨髓即为“体”。于是，文章情志、辞采、声音，以身体作比，固然必以“情志”为人生之根本，情志溃败涣散，身体必衰。推想此理，乐府写作，关键在诗，如同身体以“心”为主宰。故而乐府诗主体仍本于“诗”，声乐曲调乃外在之物。

由以上分析，可知刘勰《文心》文体论各篇皆已进行“实际批评”，而且其品评所用理论，大抵不出《文心》文术论之方法、范畴，以及重要文论术语。兹条列《乐府篇》几则评赏历代诗歌之原文，分析其实际批评及其所据文术论为何篇。

（一）自雅声浸微，溺音腾沸，秦燔《乐经》，汉初绍复，制氏纪其铿锵，叔孙定其容典，于是《武德》兴乎高祖，《四时》广于孝文，虽摹《韶》《夏》，而颇袭秦旧，中和之响，阒其不还。（页三二）

案：此节评述嬴秦诗歌，雅正之声已渐微末，汉初沿袭秦风，虽然有制氏与叔孙通努力恢复铿锵典雅之声，究竟风气未到，其时距离“中正平和”的雅乐境界，尚称遥远而不可及。如此实际批评秦与汉初乐府文体，点出“典雅”风格，乃用《体性篇》八体之一，而《宗经篇》所论宗经六义之一“风清不杂”即雅正之意，与“义贞不回”即义正之理，同为此节所本。

（二）暨武帝崇礼，始立乐府，总赵代之音，撮齐楚之气，延年以曼声协律，朱马以骚体制歌，《桂华》杂曲，丽而不经，《赤雁》群篇，靡而非典，河间荐雅而罕御，故汲黯致讥于《天马》也。（页三二）

案：此节实际批评汉武帝时期乐府诗作，在文体形式上对于“骚体”有所参取，即奉《离骚》风格为乐府诗之宗，自然就走向“命篇效骚”之途径，其结果亦必然会写出“绮丽”与“轻靡”参杂之作，于是，距离《诗经》之“典正”的风格也就更加遥远。如此摹仿定习、因性练才的理论，出自《体性篇》无疑。

（三）至宣帝雅颂，诗效《鹿鸣》，迩及元成，稍广淫乐，正音乖俗，其难也如此。暨后汉郊庙，唯杂雅章，辞虽典文，而律非夔旷。（页三二）

案：此节实际批评汉宣帝、元帝、成帝三个时代的乐府作品，仍用“雅正”与“淫俗”这种“宗经”理论，谓其已完全走向“俗乐”，不能复返正音了。虽然到了后汉光武帝极力倡导名教气节，鼓舞淳厚民风，即使在“诗”本身稍微做到参杂“雅正”的辞语，但是配上乐谱加以吟唱之后，仍然“律非夔旷”（意指没有写出像虞舜乐臣夔，以及春秋晋国乐官师旷所制定的那种“雅声”之风），诗辞与声律不能配合，淫俗之音泛滥，愈演愈烈。

（四）至于魏之三祖，气爽才丽，宰割辞调，音靡节平。观其“北上”众引，“秋风”列篇，或述酣宴，或伤羁戍，志不出于杂荡，辞不离于哀思。虽三调之正声，实《韶》《夏》之郑曲也。（页三二）

案：此节实际批评曹魏父子三人所作乐府，说曹操《苦寒行》以及曹丕《燕歌行（秋风萧瑟天气凉）》等乐府诗，文辞主要表现“哀思”主题，情志也颇见混杂，这是用《知音篇》观位体与观事义二法进行点评，批评曹氏父子两人的乐府诗即使力图表现“正声”，究竟离真正的雅正之音尚远，只能归之为“郑曲”而已，仍以“雅正”与“俗邪”为评价标准，《宗经篇》的理论再次用上。其他地方说到曹氏父子的“体性”，用“峻爽”与“清丽”二词，精准描述魏代三祖的“体性”总貌，当然又是《体性篇》理论的最佳见证。

（五）凡乐辞曰诗，诗声曰歌，声来被辞，辞繁难节。故陈思称“左延年闲于增损古辞，多者则宜减之”，明贵约也。观高祖之咏《大风》，孝武之叹《来迟》，歌童被声，莫敢不协。子建、士衡，咸有佳篇，并无诏伶人，故事谢丝管，俗称乖调，盖未思也。（页三三）

案：此节先树立诗声相协、诗歌与声律要结合为中和之音的乐府诗理论，根据如此中和之响的标准，实际批评四家作品。先评汉高祖《大风歌》与汉武帝《来迟》二篇，自然唱诵，小孩都能朗朗上口，确含中和之美。反观曹植《美女篇》与陆机《乐府诗》十七篇，则只见文辞佳美，却让伶人唱不顺口，只能称作“乖异”之音调，诗与乐不能协和，违背了“中和”之响的标准，如此批评，已参用《附会篇》作品要“表里一体”“首尾周密”这种理论。

二、《乐府篇》易学影响

《乐府篇》述乐府文体，论述出发点先建立在汉世以观察“风俗盛衰”作为编集乐府诗歌的缘由，认为乐府这种文体的本质是“风俗”之音。虽然有南音、北音、东音、西音之分别，各表现不同地区的乐府风貌，但刘勰却要求不论何地，乐府诗绝不可沦为艳歌怨诗，应提倡“正响”与“中和”之音。

正响与《周易》崇阳“尚正”、贬阴黜邪思想有一脉相通之理，此处评乐府诗的“理论”出自易学。中和更是《周易》“保合太和”，以及“辨是与非，则非其中爻不备”这种“尚中”思想的引伸化用。

为了达到乐府诗必求正响与中和之目标，刘勰《乐府篇》通篇都在贯彻“节制”的原则，要节制乐府诗落入“溺音”，变成“不经”与“非典”之乐。如果作家才气太过骏爽绮丽，刘勰就提出以这种“节平”（谓节制平和）之道，加以裁减。

再者，如果乐府诗太过浮艳哀怨，犹如郑卫之音，刘勰也力予攻驳，认为要把握乐府诗在“雅俗”与“奇正”两方面的持平，曲调适当，提示“声来被辞”与“辞繁难节”都是一种俗乐乖调，再次突出“节制”精神。《乐府篇》自首至尾，屡屡出现“节”的思想，其实皆化用《周易・节》卦的“安节”“甘节”与“不节”的爻辞涵义。《乐府篇》虽然先从“俗乐”角度定位乐府诗本质，却处处引用《周易》学说，如“尚正”“中和”“安节”之易理，作为乐府诗理论主要根源，将乐府的“俗”导向“雅”的正途，主张做到中和平正的融会贯通，基本思想也不离《周易》太极两仪这种形上架构，《乐府篇》内涵易道易理如此既深且透矣！兹再举证条引如下：

（一）匹夫庶妇，讴吟土风，诗官采言，乐胥被律，志感丝篁，气变金石：是以师旷觇风于盛衰，季札鉴微于兴废，精之至也。（页三一）

案：此节述乐府诗作为“观风俗盛衰”之途径，然而观察之道，则必先观“细微隐晦”之风，此即“至精”之神，谓之神观。引用《系辞传上》“非天下之至精，其孰能与于此”此句之至精曰神，比拟乐府诗可以观风知俗，乐府诗固自有其深然远大之功用，可以达到精妙之境，这样的说法，可谓赋予乐府诗极高价值。

（二）夫乐本心术，故响浃肌髓，先王慎焉，务塞淫滥。敷训胄子，必歌九德，故能情感七始，化动八风。（页三一）

案：此节述先王已有土风观乐之俗，例举九德、八风、七始之作为证，凡七八九之数，略仿《周易》大衍之数六七八九四营之数而少其一。此四营之数六九为变，七八不变，今《乐府篇》以七始八风为例，注重七八不变之营数，隐含土风守正、不变淫俗之意，同有“尚正”思想。①

（三）于是《武德》兴乎高祖，《四时》广于孝文，虽摹《韶》《夏》，而颇袭秦旧，中和之响，阒其不还。（页三二）

然杜夔调律，音奏舒雅，荀勖改悬，声节哀急，故阮咸讥其离声，后人验其铜尺。和乐之精妙，固表里而相资矣。（页三二）

案：此二节“中和之响”与“和乐之精”二语，皆“和”字易理之发挥。《周易》每尚中正中和之思，《同人》彖曰：“文明以健，中正而应，君子正也。”此解《同人》卦主题，君子贵在持正中和，以呼应同门同宗，始能通达天下之志，凡“正”必与“和”结而言之。《说卦传》云：“和顺于道德而理于义。”此句之和顺，即中和正顺之义，皆为《乐府篇》中和之响与土风正响二说之根源。②

---

① 《系辞传上》云“大衍之数五十，其用四十有九。分而为二以象两，挂一以象三，揲之以四以象四时，归奇于扐以象闰，五岁再闰，故再扐而后挂。《乾》之策，二百一十有六；《坤》之策，百四十有四；凡三百有六十，当期之日。二篇之策，万有一千五百二十，当万物之数也。是故四营而成易，十有八变而成卦，八卦而小成。”此言四营，谓大衍之数经四次演算必得一余数，曰六曰七曰八曰九，凡此四数，谓四营之数。《乐府篇》用七八九而略六。

② 《周易》单言中、和，“中和”一词首见于《中庸》：“致中和，天地位焉，万物育焉。”此以《乾》象天之公正与《坤》象地之直方，合而言之，谓中正平和，始能化育万物。《乐府篇》述土风俗乐即仿此易理。惠栋《易例》述有“中和”，据每卦二五爻位为中和，惠栋云：“易二五为中和，坎上离下为既济，天地位，万物育，中和之效也。”此以爻位释中和，中正得位而应，易理中和即乐府中和本源。

（四）然杜夔调律，音奏舒雅，荀勖改悬，声节哀急，故阮咸讥其离声，后人验其铜尺。和乐之精妙，固表里而相资矣。（页三二）

凡乐辞曰诗，诗声曰歌，声来被辞，辞繁难节。故陈思称“左延年闲于增损古辞，多者则宜减之”，明贵约也。（页三三）

案：此节述乐府诗“敷理以举统”之乐府文理，用“声节哀急”与“繁辞难节”二语概括之，而提出乐府诗“贵约”的思想，乃引伸自《周易·节》卦“节以制度”之说，转化为乐府诗节声与节辞，皆共通《节》卦思想。马振彪《周易学说》释《节》卦要义云：“天地以四时为节，而制万物之太过以及乎中，王者以制度为节，而裁万民之太过使得乎中，中则无所不通，是节之正所以通之也。盖节之为义在预防流弊。”[①] 据此解谓《节》卦在防邪，且以“正”为节，亦皆与刘勰思防土风俗乐太过淫滥，必导归于正响，完成中和之音理论相符。

《乐府篇》描述各地风土民谣具有纯朴自然之风，听之自有一股精气之至妙。刘勰用“气变金石”形容这种风土民谣的特色，拈一“气”字，乃拟仿《周易》所说的八卦之气。《说卦传》云：“天地定位，山泽通气，雷风相薄，水火相射，八卦相错。”天地之间充盈着气，八卦两两相荡相激，即由此气而运行，是天地自然之气，其作用精妙之至。此精妙一词，《周易》用来描述八卦之气，与《乐府篇》用来描述风土民谣产生的乐府之气，道理一致。

所以说，《乐府篇》评赏古乐府表现风格完美的“精至之气”之概念，是衍化《周易》精气为物的说法，《周易》言精与《乐府篇》言精完全可以互通。

《乐府篇》篇名述乐，实则兼礼而言之，谓之礼乐之论，乃主“中和”之说，戒不荒之乐，而以礼节之，是谓中和，即倡礼乐之道，主于中正和平。《乐府篇》赞曰：“岂唯观乐，于焉识礼。”此句总括《乐府篇》主旨在礼乐并观，故用“中和”之道。

既主中和之乐，必然力戒郑声，而崇尚雅正。《乐府篇》文理主于奇正之辨，尚正而斥奇，故有“好乐无荒”之训，提示乐贵“节约”之声，乃明

---

① 马振彪：《周易学说》（花城出版社，二〇〇二年），页五八六。

用《周易·节》卦之理。《乐府篇》云：

> 诗声俱郑，自此阶矣！凡乐辞曰诗，诗声曰歌，声来被辞，辞繁难节。故陈思称“左延年闲于增损古辞，多者则宜减之”明贵约也。（页三三）

此节《乐府篇》辨声乐分出奇正之途，有雅乐郑声之流，而刘勰崇正摈奇，谓声诗歌辞贵在能“节”，此明用《节》卦，引伸“中正以通，天地节而四时成”之易理，示诗人仿《节》卦“君子以制数度，议德行”之说。由是可知《乐府篇》阐明声乐贵节约之文论，悉本之《周易·节》卦易理。

若更细而推之，此节谓歌童被声莫敢“不协”，协通谐，谓上下相承，则仿《节》卦六四“安节”，承上而安，九五“甘节”，居中位之谐和。不协与《节》卦“不出户庭”“不出门庭”“不节若”语法句式类同，不节即不协，刘勰易一字而所述道理一致，《乐府篇》不唯明用《节》卦，亦化用易辞。

三、《乐府篇》子学内涵

《乐府篇》初观篇名即知为乐府诗体之论，其实不然，全篇只因为班固《汉书·艺文志》早有诗赋略分出“诗”与“歌”二类，为此，刘勰承袭诗歌界分之说而论之，此即《乐府篇》“子政品文，诗与歌别，故略具乐篇，以标区界”，明白表明刘勰据文献目录学判别文体流派，辨识诗歌分合。凡备此知识者必有经史之博学，否则不能辨之，今详味《乐府篇》篇内要旨立可得证。此篇力主“雅乐”，专攻淫俗悲苦之音，崇尚“和乐”至境，藉收圣贤礼乐教化之旨，乃知此说悉本源自经学提倡的礼教与乐音。《乐府篇》赞曰总结这层礼乐合一涵义云：

> 八音摛文，树辞为体。讴吟坰野，金石云陛。
> 《韶》响难追，郑声易启。岂唯观乐，于焉识礼。（页三四）

观此赞韶响一词即指雅乐，与郑声俗音对仗，而雅乐与郑声之明显差异，就在乐府诗不只在“观乐”而已，其真正乐教目的唯在“识礼”，合之即“观乐识礼”，此谓之雅乐。这一要旨，贯串《乐府篇》全文，刘勰参取经学礼乐之道，目的在用礼乐以达致“教化”之功。而刘勰礼乐教化之观点，根于经学，其实质本源自“子学”，用心在“述道言治”之方略，故而《明诗篇》之后，紧接续而有《乐府篇》，二篇礼乐相连，早已隐含子家用礼乐治世之意，至此可确信《乐府篇》非仅限论乐府文体而已，实乃兼涉礼乐经子之学。

再观《刘子·辨乐章》亦畅述“礼乐”教化之旨，也算是一篇应用经学辨析“经世致用”之理的标准子论。细检《辨乐章》，举凡用词措语，诸如八音、九歌、正音、雅乐、和乐、礼乐合一等等，以及与古乐有关的东音、南音、西音、北音诸说法，几全暗合《乐府篇》已有之词并其意涵。可一言断曰：《文心雕龙·乐府篇》乃《刘子·辨乐章》之先声，刘勰在《乐府篇》内隐的子学，亦悉显现在《辨乐章》，二篇最重要之乐教结论，最终皆归之“和乐”之风，乃大加批判淫声之非乐，而力主回归“礼乐雅正”之论。如此论述礼乐在文论与子论互通连贯一致之论述方法，以及用词语义悉同之文笔，如何再能否认《乐府篇》与《辨乐章》为姊妹之作乎？《文心》与《刘子》二书为刘勰一人之作，又得一证。兹排比对观《乐府篇》与《辨乐章》原文相应文意互通之句，疏解比义，以证上述所论为可信。

（一）《乐府篇》与《辨乐章》同宗“礼乐合一”之至境。《乐府篇》赞云：

> 八音摛文，树辞为体。讴吟坰野，金石云陛。《韶》响难追，郑声易启。岂唯观乐，于焉识礼。（页三四）

《辨乐章》篇末结论亦主“雅乐之情”云：

> 是以奸声乱色，不留聪明；淫乐慝礼，不接心术。使人心和而不乱者，雅乐之情也。故为诗颂以宣其志，钟鼓以节其耳，羽旄以制其目。听之者不倾，视之者不邪。耳目不倾不邪，则邪音不入。邪音不入，则情性内和。情性内和，然后乃为乐也。（页六三）

（二）述东西南北四方之音，二篇相同，唯方向稍异：

> 文心《乐府篇》云：“至于涂山歌于候人，始为南音；有娀谣乎飞燕，始为北声；夏甲叹于东阳，东音以发；殷整思于西河，西音以兴，音声推移，亦不一概矣。匹夫庶妇，讴吟土风，诗官采言，乐胥被律，志感丝篁，气变金石：是以师旷觇风于盛衰，季札鉴微于兴废，精之至

也。”（页三一）

《刘子·辨乐章》云：“明王既泯，风俗陵迟，雅乐残废，溺音竞兴。故夏孔甲作破斧之歌，始为东音，殷辛作靡靡之乐，始为北声。郑、卫之俗好淫，故有溱、洧、桑中之曲，楚、越之俗好勇，则有赴汤蹈火之歌。各咏其所好，歌其所欲。”（页六二）

案：以上东西南北音之说，《四库提要》首揭《文心》不同于《刘子》之说法，此后余嘉锡《辨正》附和之，遂成百年扰攘不休之谬论，误导后生至深矣！今世《文心》学界复多有盲从此论而不加深考者。实则《乐府篇》与《辨乐章》四方音说法悉同，唯稍有小异者，《乐府篇》由南至北，由东至西音说起，《辨乐章》则改为东、北、西、南顺序之乐音，此第一小异。另在四方音之举例，《辨乐章》不言西音何属，亦不言南音何类，若《乐府篇》则四方之音各有其例，此第二小异。今辨之曰：《乐府篇》有娀氏自出北方，故“有娀谣乎飞燕”为北声。《刘子》另举殷辛亦在北，引入《辨乐章》作北声，故《刘子》与《文心》无异，唯举例不同而已。次考《刘子·辨乐章》之西音实指郑卫濮上之音，盖相对于刘勰所居之东南，则郑卫濮上必属西位殆可定矣。今观《辨乐章》有“郑卫之俗好淫”之语，其意已暗指西音。至于南音，必归楚越之地，故《辨乐章》又有“楚越之俗好勇”云云，暗示南音，此与《文心雕龙·乐府篇》谓“涂山歌于候人”之南音，实为同一地之音。① 综合以上所论，《刘子·辨乐章》表面上虽不言西音南音，然而所述之音隐含西南二音，与《文心雕龙·乐府篇》所言四方音名称不同实质则同。益信《文心》与《刘子》二书之古乐理论完全一致，绝无歧异之论。

（三）《乐府篇》与《辨乐章》此二篇用“八音”与“九歌”之词同义。《乐府篇》有“必歌九德”之语，即三代之“九歌”，非《楚辞·九歌》。前者指古乐，后者专谓屈原所作之楚辞。此与《刘子·辨乐章》所云“乐歌九成”作古乐九歌解同义。

《文心雕龙·乐府篇》云：“夫乐本心术，故响浃肌髓，先王慎焉，

① 案《吕氏春秋》载夏禹巡视南方，涂山女歌于涂山（今安徽怀远县东南），始作《候人歌》云云，据此可知楚人南音，同指一地。《刘子》谓楚越南音，至确矣！

务塞淫滥。敷训胄子，必歌九德，故能情感七始，化动八风。”（页三一）

《刘子·辨乐章》云：“先王闻五声，播八音，非苟欲愉心娱耳，听其铿锵而已。将以顺天地之体，成万物之性，协律吕之情，和阴阳之气，调八风之韵，通九歌之分。奏之圆丘，则天神降；用之方泽，则幽祇升。击拊球石，即百兽舞；乐终九成，则瑞禽翔。上能感动天地，下则移风易俗，此德音之音，雅乐之情，盛德之乐也。”（页六一）①

（四）二篇之乐论，同宗“和乐”为古乐最高尚之至境，谓之正音正声。

《文心雕龙·乐府篇》云：“至宣帝雅颂，诗效《鹿鸣》，迩及元成，稍广淫乐，正音乖俗，其难也如此。暨后汉郊庙，唯杂雅章，辞虽典文，而律非夔旷。……逮于晋世，则傅玄晓音，创定雅歌，以咏祖宗；张华新篇，亦充庭万。然杜夔调律，音奏舒雅，荀勖改悬，声节哀急，故阮咸讥其离声，后人验其铜尺。和乐之精妙，固表里而相资矣。”（页三二）

《刘子·辨乐章》云：“夫乐者，声乐而心和，所以为乐也。今则声哀而心悲，洒泪而歔欷，是以悲为乐也。若以悲为乐，亦何乐之有哉？今怨思之声施于管弦，听其音不淫则悲。淫则乱男女之辨，悲则感怨思之声，岂所谓乐哉？故奸声感人而逆气应之，逆气成象而淫乐兴焉。正声感人而顺气应之，顺气成象而和乐兴焉。乐不和顺，则气有蓄滞。”（页六二）

四、《乐府篇》总案

《乐府篇》次于《明诗篇》之后，属《文心》文体论第二篇，凡《明诗篇》所见“四例”，同见于此篇。而《明诗篇》已揭选文必兼“实际批评”，以及文体论必内涵“文术论”各篇之理论，亦同见于此篇。本书自此以下文体论上篇皆准此要义，摘节示例，剖析细读，其法均仿《明诗篇》之体例。

---

① 此则原文八音八风之词，《刘子·辨乐章》同有之，唯八风作八风之韵，谓《周易》八卦所示八个方向之音，与《文心雕龙·乐府篇》所云“化动八风”之八风同样意思。八音指金石丝竹匏土革木等八音，刘勰另于本篇赞曰作“八音摛文”之语即指此八风之韵。由此可证，《文心》与《刘子》二书通用八音八风之词汇，词义亦同。

首先，自“易学影响”而言，本篇拈出“节约”与“中和”两项作为乐府诗歌创作标准，即《周易·节》卦象曰：“当位以节，中正以通。”将此中正和节之易理加以转化衍义成本篇“中和之响”之乐府理论，为《乐府篇》文论受到《周易·节》卦的主要思想影响。

至于本篇述乐府诗文论，分从“声调”与“文辞”两方面，要求乐府声调要中正平和，乐府文辞要典雅正经，仍准《宗经篇》尚正文论，与《指瑕篇》“字以训正，义以理宣”之说也可互相旁通发挥。为此，《乐府篇》实际批评均树立“雅正”之理论根据，而作品实例之分析，要求“正响”，要求“和乐”，批判“乖调”，提醒“不协”之戒，以及反对“诗声俱郑”之类的淫乐，皆据“尚正”思想。

另外，本篇也引用了《体性篇》作家才性与志气互相配合之说，评赏魏之三祖的乐府之作。例如“气爽才丽”此语用上“才气”一词，说三祖之性情有豪爽清丽之风，明显出自《体性篇》“气以实志，志以定言，吐纳英华，莫非情性”此种志气性情与文章风格密切关联之理论。此外，突出作家“志气”作为文章英华的写作动力，又恰恰符合《诸子篇》谓子家是“入道见志”的子学定义。

综合而观，《乐府篇》虽然安排在《文心》上篇文体论，但下篇的文术论部分个别篇目说法已内化其中，加上又有易学影响，以及子学内涵，可知文体论各篇“四例”结构也有文术论技巧性质。

最后，本篇对诗歌的文体形式，明显主张诗歌合一，声诗并美，且用“赏鉴”与“验证”方法品评乐府诗。观“验风于盛衰”与“鉴微于兴废”二语之“验”与“鉴”二字即可知刘勰确持从“赏鉴”角度欣赏诗歌的方法，则《知音篇》“深识鉴奥”之说即本篇理论本源。所以说，本篇赞“岂唯观乐，于焉识礼”的观赏鉴识之语，可助一解，确立刘勰《文心》文论必属“鉴赏理论”之一法。

八 《诠赋篇》细读

一、《诠赋篇》文论与实际批评

《诠赋篇》首述赋体定义、源流、分类，而重点在点评辞赋英杰十家，然此专指汉代大赋而言十家；次又及魏晋小赋八家，合此总计十八家辞人之赋。凡此十八家辞人之作，各有品评，即本篇之“实际批评”。

今观刘勰实际批评所据理论，皆不出《文心》“文术论”各篇相关说法，所用批评术语则以“雅丽”与“情理”二词最多。

雅丽太过即成艳丽、淫丽、靡丽，十八家辞人之赋或多或少，各犯其小疵，唯“诗人之赋”屈原之作雅丽与情理兼备之，后世辞人无以为继，故而刘勰赋论尊“诗人之赋”为正体，奉屈原《离骚》为百代标杆。本篇用“丽以则”描述诗人之赋，藉此与辞人之赋“丽以淫”划出等第界限。试观本篇总结赋论评价标准即雅丽与情理并备为最上品，即《诠赋篇》篇末敷理举统一节所说的：

> 原夫登高之旨，盖睹物兴情。情以物兴，故义必明雅；物以情观，故词必巧丽。丽词雅义，符采相胜，如组织之品朱紫，画绘之著玄黄。文虽新而有质，色虽糅而有本，此立赋之大体也。然逐末之俦，蔑弃其本，虽读千赋，愈惑体要。遂使繁华损枝，膏腴害骨，无贵风轨，莫益劝戒，此扬子所以追悔于雕虫，贻诮于雾縠者也。（页三七）

此节首先引述《物色篇》“情往似赠，兴来如答”此种情物往来相激互感之说，说明辞人赋物描写自然物色，要有情采与义理，二者配合相生相成，既要雅丽，且备情理，犹如朱黄顺色，玄黄相交，盖自然成色之文也。刘勰视此情理、雅丽二术语为赋论之根本，即赋体之体要。而与此相反者，则为“末”。如此本末相拟，刘勰用“文虽新而有质”此句概括之，谓文质合一为本，舍质就文，即变成丽淫，劝百讽一，则皆归之于“末”。

由此节结论，标示雅丽、情理为赋体大要，文质合一为赋体之本，劝戒、教化为辞赋功用，代表刘勰赋学之体统。

倘据以上所述刘勰赋论，验证《诠赋篇》所举辞人赋十八家，则知并无一家符合如此高标准之要求。故而《诠赋篇》须旁通参照《辨骚篇》所述屈原《楚辞》云：“观其骨鲠所树，肌肤所附，虽取熔经旨，亦自铸伟辞。”此语谓只有屈原之作，能做到骨骼与肌肤并善，既熔铸经典，又翔集子史，并自造新辞而不致太过淫艳。骨鲠暗用《风骨篇》之骨鲠，肌肤亦袭自《风骨篇》“肌丰而力沈也”之语，谓肌肤丰满，但缺少骨力。所以，《风骨篇》谓“风骨乏采”与“采乏风骨”二者各有偏失之病，唯有风骨与情采兼备，始称得上文笔鸣凤，表现出“藻耀而高翔”，藻耀即耀艳；高翔一定有骨力才飞得起来，故与“骨峻”相通，合而言之即《风骨篇》所赞美的“风清骨峻，篇体光华”。

以上分析风骨以骨鲠与肌肤之形象作比，即可说明刘勰唯独用此形象描述屈原作品。自屈原而下，则无任何一家堪当于此。故而刘勰用“诗人之赋”标榜之，并与“辞人之赋”分别定出高下。最终，刘勰必以“丽则”之赋，即具备情理与雅丽之赋作为赋体最上品。

试问何以屈原能“藻耀”与“高翔”（即风骨、情采）兼具？一言以蔽之，因为赋中有“理”，不仅是有情而已。而有“理”背后的才学根据，即要有“子家”背景，通晓“述道言治”之术，展现“入道见志”之心。

简而言之，屈原之作乃受命于诗人，拓宇于楚辞这一系统。屈原是处在战国子学兴盛到汉初“辞人之赋”之间的过渡期，多少保留有子学背景，作品深涵子家义理，故而与“辞人”不同，尚能延续“诗人”之赋本有的讽谕本色。遂又另外别出“子家”之赋一类，《诠赋篇》云：

> 然则赋也者，受命于诗人，而拓宇于《楚辞》也。于是荀况《礼》《智》，宋玉《风》《钓》，爰锡名号，与诗画境，六义附庸，蔚成大国。遂述客主以首引，极声貌以穷文。斯盖别诗之原始，命赋之厥初也。（页三五）

此节是《文心》首次并述屈原与荀子之赋，荀子为子家，而又有赋作如《礼》《智》《蚕》《云》《箴》传世。像荀子这样子家有集，正犹如屈原为赋家，赋家又有子，此谓之子集并流，战国这一时期文风流尚即如此，姑简称之曰子家之赋，其必在辞人之赋之前，犹存有诗人赋之遗风。由此节《诠赋篇》所述赋史，自诗人之赋、子家之赋、辞人之赋而有三阶段之说，推知赋史三阶段理论，当以屈原为一分水岭。

兹据本篇评汉赋十家英杰为例，分析其内含的"实际批评"如下：

> 观夫荀结隐语，事数自环；宋发夸谈，实始淫丽。枚乘《菟园》，举要以会新；相如《上林》，繁类以成艳；贾谊《鹏鸟》，致辨于情理；子渊《洞箫》，穷变于声貌；孟坚《两都》，明绚以雅赡；张衡《二京》，迅发以宏富；子云《甘泉》，构深玮之风；延寿《灵光》，含飞动之势：凡此十家，并辞赋之英杰也。（页三六）

此节首评荀子赋作曰：《礼》《智》《蚕》《云》《箴》等五篇，假主客对问之辞，然皆不指明何意，似《谐讔篇》所论之谐、讔，像谜语一般，要到对话最后始予以点明要旨，这种主客的对话之辨，已采用"一象多义"之形象写作，故又有"言外之重旨"，以及"复意"这种多元性，明显是用《隐秀篇》的理论进行实际批评。①

其次说到宋玉的赋作，喜用"夸谈"即符合《夸饰篇》之理论，既然宋玉赋作习用夸饰笔法，可想而知，必会导致"丽以淫"这种风格，用《文心》文术论《体性篇》与《定势篇》所讲的体性与体势、体貌，最能解释宋玉赋作表现出"淫丽"之风的理由。

继宋玉淫丽之风以后，到了汉代辞赋必须求变求新，所以就有枚乘"举要以会新"这种突破困境的写作，讲究通变可久之道，正是《通变篇》文论的见证。

---

① 很多《文心》学者已经知晓刘勰的批评方法，但却很少点出刘勰这种批评其实是有《文心》文术论做依据。譬如陈拱《文心雕龙本义》解此句"荀结隐语，事数自环"云："按此指荀子赋。荀子五赋，其行文过程均不点明所言之事物，止隐约其词，至最后方始予点出。此之谓'荀结隐语'。《注订》谓'赋体假主客之辩，皆属隐语之类'，极疏误，不检读原文，瞎说！又当其以隐语述说至一段落后，即自行设问，并由对方演述其事而告以所赋之事物。此即所谓'事数自环'之意也。"（页二一五）此解荀子五赋有"隐义"之功，甚得解，却未说明荀子这样的写法是根据什么理论。案：当即据《隐秀篇》文术论也。

于是，从“丽淫”这条路变本加厉，就出现像司马相如这类表现“繁类以成艳”的“辞人赋”风格。“繁类”可视作《体性篇》繁缛一词的类似概念，“艳”字则指艳丽，与《体性篇》八体之一“壮丽”同有“丽”的成分，却少了“伟壮”的特色，终究不是正体本色，但其批评概念，皆自《体性篇》而来。类似的评语，诸如说孟坚赋明绚、雅赡，张衡迅发、宏富，扬雄深玮等等，所用批评术语，皆与《体性篇》八体用词意思类似，只差别在或多或少，有所增减，不很周全而已，大抵言之，这类评法，皆可视作《体性篇》八体理论的批评。

另外，比较特别的评法，是说贾谊赋作“致辨于情理”，突出情理一词，谓有情采与义理，恰恰正是《情采篇》形文、声文、情文这种理论的实际批评。同时，点明贾谊具有辞赋家与“子家”双重背景，追摹的是屈原“子集合一”之风，尚保留“子家之赋”的遗风，故而汉初赋家，独独贾谊用“情理”二字品评。盖贾谊《新书》乃子书，而贾谊《鹏鸟赋》颇见子家义理之言，故用子家胸怀，撰作辞赋，遂不同于淫丽一派的“辞人”之赋。就此点突出“子家”赋的不同，即又有《诸子篇》“入道见志”与“述道言治”这两层涵义，参取了《诸子篇》的理论之说。[1]

《诠赋篇》论早期汉初赋家，化用《诸子篇》“入道见志”理论，分析汉初赋家有“述行序志”的特殊表现。及至魏晋小赋，则改从《物色篇》注重兴情感物的理论，进行魏晋小赋作品的实例分析。将赋体的“体势”作出鲜明的区别，则是化用《定势篇》“因情立体，即体成势”这种文章体势理论，印证在赋体写作中也有这种“形生势成”的现象。

为此，刘勰特别要点出赋体在“体貌”形式上的分别，指出要有“履端”“归余”这种写作条理结构，则是《熔裁篇》“草创鸿笔，先标三准”这种文术考究“三准”理论的实例应用。譬如《诠赋篇》分析汉大赋的形式结构就注意到它的三准组织：

夫京殿苑猎，述行序志，并体国经野，义尚光大。既履端于倡序，

---

① 《诠赋篇》另有一节批评魏晋短赋原文，同属《诠赋篇》之“实际批评”，仍可仿汉赋十家分析，探索其背后所据文术论何篇。兹录此节评文如下云：“及仲宣靡密，发篇必遒；伟长博通，时逢壮采；太冲、安仁，策勋于鸿规；士衡、子安，底绩于流制，景纯绮巧，缛理有余；彦伯梗概，情韵不匮：亦魏、晋之赋首也。”（页三六）

> 亦归馀于总乱。序以建言，首引情本；乱以理篇，写送文势。按《那》之卒章，闵马称乱，故知殷人辑颂，楚人理赋，斯并鸿裁之寰域，雅文之枢辖也。（页三六）

此节分析汉大赋篇首有“引”，中间有内容叙述，及至篇末则又有“乱”，谓结论全篇要义。如此形式完整齐备的汉大赋作为文体之“体貌”，表明汉大赋具有“鸿裁”谓大篇幅，以及“雅文”谓雅正文体的特色。这种有“熔意裁词”双美的汉大赋，正是从“熔裁”理论出发，用“三准”之说，即“履端于始、举正于中、归馀于终”此种文章写作的严谨呈现，表明汉大赋适合《熔裁篇》理论的分析。

然而，任何文章体势的流变，皆有其必然之文势。《定势篇》谓“情致异区，文变殊势”（文章体势跟随时序情理之转变而产生不同体貌之），刘勰用以描述赋体由汉赋变到“魏晋小赋”这一阶段之风格改变。为此，《诠赋篇》化用《物色篇》“情往似赠，兴来如答”这种物色相召、情景感应之说云：

> 至于草区禽族，庶品杂类，则触兴致情，因变取会，拟诸形容，则言务纤密；象其物宜，则理贵侧附；斯又小制之区畛，奇巧之机要也。（页三六）

此节专论魏晋小赋所述内容题材，皆不出“鸟兽虫鱼”等各项庶品，物类虽繁，莫不使作家“触兴致情”。说形貌之众，亦必藉由奇巧之文笔加以变化形容，言辞要讲究“纤密”，描写要符合“情理”，如此注重“物”之理与“色”之貌的赋体写作，已大大不同于汉大赋重“叙志”、强调“体国”之风貌。所以，刘勰在此改用《物色篇》“体物为妙，功在密附”这种“咏物小赋”之技巧理论，分析魏晋小赋的特点。①

由以上分析可知《诠赋篇》实际批评汉大赋主要应用《诸子篇》入道见志之说，而分析魏晋小赋则改用《物色篇》理论。而此赋体面貌之变化，乃自成一种“体势”相生、造成分歧异派的发展，则是《定势篇》形生势成这

---

① 纪昀也注意到《诠赋篇》述魏晋小赋是从“分别体裁”这一角度而论。纪昀云：“分别体裁，经纬秩然。虽义可并存，而体不相假。盖齐梁之际小赋为多，故判其区畛，以明本末。”此谓判区畛，即指文体之不同体貌。转引自《文心雕龙汇评》，页三六。

种体势理论的实例印证。《诠赋篇》是应用多篇理论的实际批评，由此可证。

二、《诠赋篇》易学影响

《诠赋篇》述辞赋文体流变，一开始就用《周易》"原始反终"易理，追溯赋体自《诗经》六义风雅颂、赋比兴而出，诗之赋为始源，经战国子家，遂有屈原、荀子、宋玉诸家之歧出，乃分出"辞人之赋"与"诗人之赋"两大体类。自此以下，又有两汉大赋与魏晋小赋之支流异派，间出蒌蔚。略仿《周易》太极生两仪，两仪生四象，四象生八卦之理，再用"为道也屡迁"概括之，比拟赋体变化多类，即《诠赋篇》"六义附庸，蔚成大国"之说，与《系辞传下》"变动不居，周流六虚，上下无常，刚柔相易，不可为典要，唯变所适"此句所言易理变化无常相似，说明文理与易理皆有相通之妙。

然而，《诠赋篇》最终要引导赋体走向"丽则"之正道，竭力遏止"丽淫"之歧途。故而刘勰在"敷理以举统"之后，提出"繁华损枝，膏腴害骨"谓赋不可无"风骨"，以及"无贵风骨，莫益劝戒"谓赋必以风骨为贵，以讽谏为本。刘勰意在建立风骨与讽谏作为"赋"这种文体的正体与功用。此乃广申《周易》注重"要"即体要、枢要之方法概念，应用在赋体必遵"体要"之文论。《诠赋篇》通篇据《周易》尚"要"之说，以风骨与讽谏为两大要项，藉以完成赋体主要理论。兹条举本篇"要"论之语如下：

> （一）至于草区禽族，庶品杂类，则触兴致情，因变取会，拟诸形容，则言务纤密；象其物宜，则理贵侧附；斯又小制之区畛，奇巧之机要也。（页三六）
>
> 文虽新而有质，色虽糅而有本，此立赋之大体也。然逐末之俦，蔑弃其本，虽读千赋，愈惑体要。遂使繁华损枝，膏腴害骨，无贵风轨，莫益劝戒，此扬子所以追悔于雕虫，贻诮于雾縠者也。（页三七）

案：上引二则原文，皆以"要"字为主，前述魏晋小赋内容品数大抵不出"情理"之要，谓小赋虽小而奇，虽奇而犹不违背"情理"，此小赋为体之大要。后述不论大赋、小赋，其为赋体文章体类，必立风骨与讽谏两大要项为赋之"正体"，补说诗人之赋"丽以则"之要义，谓赋体当以雅正为准则，总归于文章风骨与讽谏两大要义。凡《诠赋篇》引述《周易》“要”论，皆备于此二则原文：

> （二）皋、朔已下，品物毕图。（页三五）
>
> 拟诸形容，则言务纤密；象其物宜，则理贵侧附。（页三六）

案：上引二则原文直用《乾》彖曰与《系辞传下》之语，属直引《周易》易辞例。《乾》彖曰：“云行雨施，品物流行。”即“品物毕图”之出典，又《系辞传下》云：“圣人有以见天下之赜，而拟诸其形容，象其物宜，是故谓之象。”即本节“拟诸其形容”与“象其物宜”二语所出。

三、《诠赋篇》子学内涵

《诠赋篇》全篇用“情”“理”二字标出赋体写作的两大基本要点，与五经文章用“华实”做标杆，代表刘勰最重视的两大文章理论系统。所谓华实盖指经书文章义理，至于情理多谓楚辞汉赋表现之情采与说理。此二项文论标准莫不衍义自子学经世致用、追求不朽功名之内涵，乃知《诠赋篇》必须由“子学”研究始能得其真义。

《诠赋篇》用“体物写志”标识荀子与宋玉首创咏物赋特色，此一“志”字互通子家“入道见志”之志，只差别在子家专述“道”以明其治世用世之大志，而辞人偏用“咏物赋”表现入世胸怀，寄托治世之心。途径方法纵有小异，目标归趋则殊无不同。

但是《诠赋篇》最具体的子学义理，乃是拈出“情理”二字，作为品评屈原以下两汉魏晋赋家作品高下优劣等第之标准。此“情理”二字以情入理，以理摄情，遂不致令辞人走向淫丽之弊，可以导正辞赋丽则之风。如此品评理论，受到“子学义理”启发，兼顾辞赋述“理”之必要，把“情采”导向兼备华实风格，表明刘勰的辞赋内涵子学理论。兹条列《诠赋篇》品赏各家辞赋作品用“情理”标准原文节段如下：

（一）述汉代大赋内容，首揭“情理”标杆，奠定两汉辞赋结构必要因素。《诠赋篇》云：

> 夫京殿苑猎，述行序志，并体国经野，义尚光大。既履端于倡序，

亦归馀于总乱。序以建言，首引情本；乱以理篇，写送文势。按《那》之卒章，闵马称乱，故知殷人辑颂，楚人理赋，斯并鸿裁之寰域，雅文之枢辖也。至于草区禽族，庶品杂类，则触兴致情，因变取会，拟诸形容，则言务纤密；象其物宜，则理贵侧附；斯又小制之区畛，奇巧之机要也。（页三六）

（二）述荀子、宋玉等五家咏物赋，也同用“情理”标准。《诠赋篇》云：

观夫荀结隐语，事数自环；宋发夸谈，实始淫丽。枚乘《菟园》，举要以会新；相如《上林》，繁类以成艳；贾谊《鵩鸟》，致辨于情理。（页三六）

（三）述魏晋各家短赋，又再用“情理”之论。但已另外点出“伟长博通”之学，谓徐幹既有子学之作如《中论》，又兼擅辞赋文体，盖因徐幹深具“博通”才学之子家身份，凭借子学博雅，遂能撰作博通之赋。显然可见徐幹作为赋家兼子家，受到刘勰文论特别关注。《诠赋篇》云：

及仲宣靡密，发篇必遒；伟长博通，时逢壮采；太冲、安仁，策勋于鸿规；士衡、子安，底绩于流制；景纯绮巧，缛理有余；彦伯梗概，情韵不匮，亦魏、晋之赋首也。（页三六）

（四）《诠赋篇》最末统整辞赋理论之要目，在“情理”主论外，另外也参取魏晋玄学热衷谈论的本末论、本色论等玄学议题。此乃刘勰借用魏晋清谈学术讨论辞赋文章之论述方法。《诠赋篇》云：

原夫登高之旨，盖睹物兴情。情以物兴，故义必明雅；物以情观，故词必巧丽。丽词雅义，符采相胜，如组织之品朱紫，画绘之著玄黄。文虽新而有质，色虽糅而有本，此立赋之大体也。然逐末之俦，蔑弃其本，虽读千赋，愈惑体要。（页三七）

四、《诠赋篇》总案

《诠赋篇》定义赋体写作是“体物写志”，注重“入道见志”这个子家之志，已隐隐暗示“二元”系统的赋体文章之流变，化用《周易》太极“两仪”的思考模式至为鲜明。于是就顺理成章地分出“诗人丽则”与“辞人丽淫”两种基本赋作形态，全篇自此展开雅与淫、大赋与小赋、睹物与兴情、有本有末、有文有质等等一系列的“两仪”辨正论述，应该都是易学易理的化用、引伸与衍义。

此种熔铸“经”与“子”的赋学理论，一大创见就是点出早期汉赋大家“去圣未远”，因而大多在其赋作中表现出“子家”色彩。贾谊《鹏鸟赋》致辨于“情理”即其一例。本篇处处“情理”与“雅丽”对举，谓赋作须兼涵情与理，文辞须表现雅正与典丽之风，这类主张，都应用于本篇评述十八家赋作，作为进行“实际批评”的评价标准。可以说，《诠赋篇》由易理到子学再到赋学之“理论”与“批评”之过程，乃是环环相扣、层层相因相成，最终完成本篇“敷理举统”之赋学理论，揭示了赋这一文体虽出于诗却又能“分歧异流”，逐渐成为一大独立的文章体类的历史过程。

九　《颂赞篇》细读

一、《颂赞篇》文论与实际批评

《颂赞篇》分辨颂体有五类，即神颂、哲颂、野颂、物颂、德颂等五项，分之至细，且辨之又详，刘勰文体论“辨体类”之功夫备见于此。

约而言之，刘勰此种文类学，要义有二：其一是“分类”之见识，深受《吕氏春秋·似顺览·别类篇》分别类居之说的影响。其二是“归类”之明智，当有《周易·系辞传下》“本乎天者亲上，本乎地者亲下，万物各从其类”此种上下归类之法的启示。①

但是，刘勰不只是广泛吸收先秦分类与归类的说法，尤懂得加以折中转化，加上自己独特的“文类交融”法，谓颂体虽然分出五类之细，但大体仍不出“赞颂”之本质，足可就内涵文义咀嚼体会而辨识。然而更有难于辨识之颂体，即颂体兼杂有他种文类之写作，不纯然是颂体之正体，有时候颂兼有序；颂看似雅，而又类赋体。刘勰用“有似黄白之伪说”此语描述之，点明颂体这种夹杂他体的风貌，似颂而非颂、非颂而又有颂的现象，辨别颂体一旦写久了必然会出现“伪体”，维持“正体”实乃难上加难。《颂赞篇》云：

> 至于班、傅之《北征》《西征》，变为序引，岂不褒过而谬体哉！马融之《广成》《上林》，雅而似赋，何弄文而失质乎！又崔瑗《文学》，

---

① 参见陈奇猷《吕氏春秋新校释》对《别类篇》的说解：“别类，谓凡事必分别类居而寻求其所以然。”为此，陈奇猷归类此篇为“方技家之语”。引自陈奇猷：《吕氏春秋新校释》（上海：上海古籍出版社，二〇〇二年三月），页一六五二。

> 蔡邕《樊渠》，并致美于序，而简约乎篇。挚虞品藻，颇为精核。至云“杂以风雅”，而不变旨趣，徒张虚论，有似黄白之伪说矣。及魏晋杂颂，鲜有出辙。陈思所缀，以《皇子》为标；陆机积篇，唯《功臣》最显。其褒贬杂居，固末代之讹体也。（页三九）

此节举例作品，自班固《北征赋》、傅毅《西征赋》以下，一直到魏晋杂颂，例如曹植《皇太子生颂》、陆机《功臣颂》等，皆属不纯之颂体，多参杂序引、赋体等其他文类，似与不似之间，已大大失去颂体的“本质”只讲求文采，故有“弄文而失质”之评语。刘勰最终用谬体、讹体称呼它，这是援用《定势篇》“失体成怪”之说作为判准。

像这样刘勰细品颂体有讹怪之失，其实换一种说法，也即表示刘勰已注意到文体有“文类交融”之现象。例如颂体不纯然作颂，有时也会兼有序、引的形式。至于赞美称颂太过于夸张，也有近似“赋”体的铺张手法，如此颂兼序引、赋体之写作体貌，已遍见于汉魏两晋之作品，乃演为必然之体势矣！相对于颂之正体而言，可谓之“末代讹体”，但就颂之体势而论，则又十足表明颂体有文类交融的现象。而文类交融说，恰恰正是刘勰“文体论”用来辨体类的主要方法之一，《文心》文体论所谓“选文以定篇”即包含刘勰特有的“文类交融”理论，当据之表出，以见其辨体之卓识。

抑有进者，刘勰《颂赞篇》树立颂体交融之说，乃持有一标准，即精约。刘勰主张颂体借用其他文体形式，但求勿过乎“界域”即可，谓不超出颂体本身的定义范畴即合乎正体。明显可见，刘勰对文体的“名义”要求极为严格，文体分类必有类别之界限，严守此界，勿超越之，即使必要参杂他体，仍然不可失去原来“大体”之根本。《颂赞篇》云：

> 原夫颂惟典懿，辞必清铄，敷写似赋，而不入华侈之区；敬慎如铭，而异乎规戒之域；揄扬以发藻，汪洋以树义，虽纤巧曲致，与情而变，其大体所底，如斯而已。（页三九）

此节首标颂体的文类规定只有“典懿”谓雅正之美，此指“汪洋树义”而言，是颂体之“理”。又说颂体文辞必须“清铄”谓清新明亮，此是颂体的“采”。以上合观，就是“情理”与“情采”理论的应用，故有“与情而变”之语。此节归纳颂体写作的文辞情采与内容情理，悉本之《文心》文术论《情采篇》的说法，即可视作应用情采理论的“实际批评”。另外，以典懿与清铄、曲巧与纤曲描述颂体文章，与《体性篇》八体的典雅、精约、新奇、轻靡等四项也可相通，如此说来，本篇又暗用体性理论，亦可视作《体性篇》应用在颂体文章的实际品评与赏鉴。

总上而言，《颂赞篇》述颂体文章，“选文以定篇”例举颂体名家名作，进行实际品赏，已援用《体性篇》与《情采篇》两篇文术论。

继颂体之后，本篇次述赞体，仍沿用“文类交融”之说，谓赞体区分唱赞、褒赞、史赞（史述赞）、注赞等四类，同样也有“颂体以论辞”谓兼杂论说体文辞，更有“纪传后评”即混入史传的赞体，还有兼用“注疏”形式的注赞，以及表达美恶的“变颂”之体。凡此，皆颂体与其他文类的“交叉间杂”之现象，即颂体有“文类交融”之说。

但是，刘勰也严限颂体“界域”，谓“本其为义，事生奖叹”，奖励赞美才是颂体本义。于是，颂体写作要“约举以尽情”，更要守“昭灼以送文”的内容要求。合而言之，亦即“情理”与“情采”之理论应用。

最后，《颂赞篇》再归结一个“用”字，强调颂、赞二体要有实际应用的价值，则是刘勰一贯主张“文章政事”为用之观点的延伸，可视作《程器篇》“周书论士，方之梓材，盖贵器用而兼文采也”此“器用”文论的实际验证。

最后再看《颂赞篇》实际批评的分析，在“原始以表末”部分已有，在“选文以定篇”之节段尤更多。兹据各节段引例之名篇名作刘勰之品评，追溯刘勰所据之“理论”为何。

例如本篇推考颂体源流，谓始于《诗经》风雅颂之颂体，定义为赞美盛德谓之颂，目的在教化民心，此为颂之正体。及至屈原《橘颂》之颂，则又一变矣，刘勰用“变体”说之，与“正体”之颂构成颂体的正变之源流史变，恰恰正是《通变篇》讲究文体有“常文”与“变文”之分，而文理通变，乃文家必晓之文术，可知刘勰应用《通变篇》理论评论屈原作品。

至于具体品赏《橘颂》此篇，说它“情采芬芳”，则又是《情采篇》理论的分析，评价屈原作品具备文章情采的标准。

又有一节评述东汉班固《北征赋》、傅毅《西征赋》，说此二篇颂文，本为“变体”一类，然又变之太过，已经跨界到“序”与“引”这两类文体，变成一种“讹体”之颂，较变体更下矣！它们已超出颂作为独立个别“文体”的规限，失去文体必具的“名理之常”这项基本条件。易言之，即指文体必有一定的“体势”之常，此则化用《定势篇》“形生势成”这种理论。

所以，用“谬体”一词贬评班固与傅毅二家颂体文章，完全是用《定势篇》理论做评判根据。《定势篇》云：

> 自近代辞人，率好诡巧，原其为体，讹势所变，厌黩旧式，故穿凿取新，察其讹意，似难而实无他术也，反正而已。（页一〇七）

此节批评指正“近代辞人”偏好反正而效奇这种写作心态，他们造求新奇太过而出现“讹体”，根本无甚新义，只是为了“反正”的目的。这里所谓“近代”虽不必上溯到东汉班固、傅毅之流，但是同犯穿凿取新、不守文章体势“定理”之病，沦为“讹体”之变，则与“谬体”一词，完全一致。此则应用《定势篇》从事实际批评之例。

再说这种谬讹之体，流行一时，每况愈下，《颂赞篇》述魏晋时期诸家所作“杂颂”，就完全用《定势篇》的“讹体”品评陈思王曹植所作《皇太子生颂》、陆机《功臣颂》这类作品，至此以下，颂体所本应具备的文质双美、颂赞神明之雅正特质，几已泯灭尽失矣！

以上分析颂体实际批评。

次看赞体也同样用“正变”之说进行品评，基本理论皆不出《通变篇》与《定势篇》此二篇之“文理”。例如评述赞体，举司马迁《史记》与班固《汉书》两种史书，凡纪传之后又附以“史赞”，借用赞体评述历史，寄托褒贬之意，刘勰认为这一类史赞，兼具“约文总录”之功效，谓将纪传人物一生功过做精约之评述，所以，外表文体形式用赞体，内在文体义理却又兼具“史论”这类文体功用，具“史评”之性质，今改称史赞，其实就等于实质性的“史论”。为此，《颂赞篇》再度援引“正变”之分，谓凡此类史赞之名而史评其实之赞文，皆当归为“变体”之赞，与颂体之有“讹”有“谬”之变体，如出一辙。

总上而知，《颂赞篇》凡评颂文评赞体，针对各家各篇所作之“实际批评”，皆聚焦于文体体势通变正邪之分辨，其所据理论率不出《通变篇》与《定势篇》此二篇文术论之说法。

二、《颂赞篇》易学影响

《颂赞篇》述颂体与赞体二种文体，然又据“正变”之准则，区分正颂与变颂、正赞与变杂。遂又别据“杂”字概念，谓颂体兼有赋、铭，故有变颂之体；正赞兼有论说、史评，故演为变赞与杂赞之体。

以上所述文体交融现象，即《颂赞篇》用正、变、杂之概念，析论颂体赞体富于变化之文章体貌，其论述所据思想本源，皆不出《周易》尚正思想与易变之理，以及《杂卦传》杂糅相错之意。王弼、韩康伯《周易注》云：“杂卦者，杂糅众卦，错综其义，或以同相类，或以异相明也。”此解“杂”字非谓混杂不分，反而要首先分辨“同”与“异”，善加归类，意即六十四卦虽同为“易”，然而其中有“同”与“异”之卦别，易学如此，引伸至颂赞文体的正变相杂，同有此理。从而可知，《颂赞篇》虽不明言易理，但其文理多有相通于易理之处，可说是化用《周易》错综之理又一例。

又本篇述颂赞两体，皆极注重“简约”之风，崇尚“约举以尽情”之写作法，也可视作内含有《节》卦思想与《杂卦传》同异之辨。

本篇谓赞体须“扬言以明事”，扬言一词节引《夬》卦卦辞“扬于王庭”（谓扬言于君王宫庭）。又述赞颂文体押韵须“盘桓乎数韵之词”，盘桓一词直引《屯》卦初九爻：“盘桓，利居贞，利建侯。”马车盘旋，难于前行，借之比拟赞颂文体换韵转韵之不易，总之要求做到“约举以尽情，昭灼以送文”（谓文章辞理必须简约，作者感情必须光明正大）。以上盘桓、扬言，语辞节引自《夬》卦、《屯》卦，属《颂赞篇》摘引易辞例。

《颂赞篇》分述颂体与赞体，然此二体来源多途，体式不一。例如颂体，就兼有美颂、风雅、祝告、宗庙、野颂等多重内涵。这使得刘勰此篇“释名以章义”乙节必须化用《周易》“正变”思想与“杂卦”“互卦”易理，用来表述颂赞文体的复杂性质。

所谓正变思想，引伸自《周易》本卦为正、相错为变这种易理，例如乾变坤，颐变大过，中孚变小过，坎变离，亦即《周易》六十四卦“二二相耦，非覆即变”的序卦原理。前者为正，后者与之相反为变。刘勰应用易理这种正变思想，追溯赞体的源流演变，提出赞体文章最终定于歌颂这种功能，谓之“正歌”。例如《颂赞篇》云：

> 夫化偃一国谓之风，风正四方谓之雅，容告神明谓之颂。风雅序人，事兼变正；颂主告神，义必纯美。鲁国以公旦次编，商人以前王追录，斯乃宗庙之正歌，非宴飨之常咏也。《时迈》一篇，周公所制，哲

人之颂，规式存焉。（页三八）

此节分辨颂与风雅之同异，强调颂这种文体“主告神”，功在颂神，所以，颂必然要以“纯美”为“正体”。依此类推，凡宗庙之歌颂祖宗神灵，必属“正歌”，自有一定的规矩与体式，例如周公《时迈》此篇即是。至于正体以下，又有言直不颂、短辞讽颂之类的旁出，都只能称作变体，有如野颂。

以上刘勰辨析颂体用“正体”与“变体”这种正变思想，明显受到《周易》“非综即变”这种排列序卦的原理之启发，可看作《周易·杂卦传》“二二相耦，非覆即变”易理的文论引伸。

在明辨颂体有正变的流派之后，刘勰又注意到颂体的变化杂糅是不能避免的文体体势发展。颂体在一篇之中，往往参杂有序、引、褒、赋、铭等等“混合文体”的特质。这情形，犹如《周易》每一卦有“互卦”的概念，刘勰暗用易学互卦之说阐述颂体也有类似一体兼数体这种写作法。《颂赞篇》云：

至于班、傅之《北征》《西征》，变为序引，岂不褒过而谬体哉！马融之《广成》《上林》，雅而似赋，何弄文而失质乎！又崔瑗《文学》，蔡邕《樊渠》，并致美于序，而简约乎篇。挚虞品藻，颇为精核。至云“杂以风雅”，而不变旨趣，徒张虚论，有似黄白之伪说矣。（页三九）

此节据颂体之正体为本，说明像班固《北征赋》、傅毅《西征赋》这类变体，已经参杂入序、引这两类文体，此正犹如在本卦六爻之内，又取二、三、四爻为一卦，再取三、四、五爻为另一卦，本卦再错变又为一卦，如此一卦之内互杂四卦之卦变形式，即与颂体杂用序引这种写作道理相同，故而可说《颂赞篇》化用《周易》互卦之理，以之为颂赞体文章体貌“正变”必备的理论基础。

三、《颂赞篇》子学内涵

《文心雕龙·颂赞篇》分述颂体与赞体，而追溯此二体本源则甚古，刘勰自《诗经》周颂鲁颂商颂之“颂”有赞美盛德论起，兼序此体有雅正教化之意，遂由“颂”体而衍生出赞体。再旁参《宗经篇》“赋颂歌赞，则诗立其本”，可知经书又是赞颂之本源，特别指明《诗经》此书早已有之。凡文体必出经典，此刘勰从文体“形式”立论一贯主张，颂赞二体自不例外，且又与子学“枝条五经”之定义一致。

《颂赞篇》首先申明此二体可用来观摩一时代之“风俗”与“教化”，此二体有“化偃一国”以及“风正四方”之功用。可是此种注重风俗正变，攸关政治兴衰与教化之论，早已备述于《刘子》的《风俗章》与《从化章》两篇。可见《颂赞篇》已经萌芽某些子论，作为刘勰后出子书《刘子》的论述要目。今观《颂赞篇》开端即述风俗教化与颂体有关云：

> 四始之至，颂居其极。颂者，容也，所以美盛德而述形容也。昔帝喾之世，咸墨为颂，以歌《九韶》。自商已下，文理允备。夫化偃一国谓之风，风正四方谓之雅，容告神明谓之颂。风雅序人，事兼变正；颂主告神，义必纯美。（页三八）

此节并举《诗经》“风”“雅”“颂”三类，既说它是颂体之本源，亦谓它是颂体之本色，遵“雅正”为颂赞正体风格。而不论一代史事如何变化纷乱，颂体终以美颂为主旨。此正符合子学“述志”与“言治”之意，谓可藉颂体文章观察时代风俗与雅正教化之迹，刘勰自子学角度解释颂体之意已甚明显。

今再看刘勰为颂体举例的典范作品，一曰周公《时迈》，二曰屈原《橘颂》，二篇也富含子学旨意。前者用“哲人之颂”说之，后者用“比类寓意”诠释。此哲人之词，即谓贤哲。而《橘颂》寄托忠良之心以橘之品格，比喻政事关怀之道，大率皆与子家立志不朽、寄怀身世之情采，不谋而合。①

再者，《颂赞篇》之赞体分出“文赞”“史述赞”以及“注赞”三类。②文赞谓司马相如《荆轲赞》、史述赞见于班固《汉书》，注赞谓郭璞注《尔雅》，凡此赞体分见于经史古籍，参经酌史，通古今之变，正是子学家之学

---

① 考《时迈》此诗，今人多谓非周公作。例如屈万里谓此诗当是祭武王之诗，参见屈万里：《诗经诠释》（台北：联经出版公司，一九八三年二月），页五六五。唯古注如鲁诗、齐诗、韩诗则谓美成王能行文武之道而作。清儒王先谦《诗三家义集疏》云此诗周公作以美颂武王，则刘勰同主周公作，当时所见亦必有所本，惜乎王先谦未引刘勰说。参见王先谦：《诗三家义集疏》（北京：中华书局，二〇〇八年九月），下册，页一〇一二。

② 据《颂赞》原文云：“故汉置鸿胪，以唱言而赞。”此语又有“唱赞”一类。但是刘勰视此类为赞体发端初貌，故又有“古之遗语”之解，谓古唱赞之体式也。

术本色。由是可知，本篇颂赞乃本之“子学”而下定义，刘勰以子家之身份跨界文章学理论的建树，可谓用心精到之至。

四、《颂赞篇》总案

《颂赞篇》分述颂体与赞体，而颂体又有“正体”与“变体”之别，变体又被称作“末代之讹体”，带有贬义。赞也分有正赞与变赞两类，变赞兼有“美”与“恶”，不符合“赞叹颂美”之本意。

由以上所述，可知《颂赞篇》极为重视文章“辨体”功夫，且用“正变”这对二元概念进行品评，表明《熔裁篇》所述履端于始、设情以位体这种辨别文章“体制”理论，适用于本篇。

再者，《知音篇》六观之一“位体”之说，则又落实为本篇实例作品分析。例如颂体以“美盛德述形容”为正体，但是班固《北征赋》、傅毅《西征赋》此二篇却暗藏褒美“过错”之言语，因而刘勰评价为讹体，此即据六观“位体”标准品评颂文优劣。从而可知，《颂赞篇》如此重视“文体”写作之分辨，乃兼取《熔裁篇》与《知音篇》两篇有关文章“位体”理论，进行本篇实例作品之分析与品评。

其实，不止“位体”一项而已，《知音篇》六观其他五观之批评，皆见应用于《颂赞篇》之实际批评。在一篇之中并见六观之批评，集中一处，进行作品实例分析，在《文心》其他篇中实为罕见。

例如，评晋文公舆人的口颂，以及鲁国人民的短诵，谓“直言不咏，短辞以讽”，点出此二篇“置辞”有正直之句，能表现简要的讽刺效果。①

又评曹植《皇太子生颂》与陆机《汉高祖功臣颂》参杂褒贬之写法，不合颂体“义必纯美”之正体，从六观“通变”看，乃“末代之讹体”，悉据颂这种文章的“体势流变”加以评价。

至于另外也有一种颂文，虽不致沦落为讹体，但是在写作技巧上，并不

① 此二篇颂文之“晋舆之称原田”出《左传·僖公二八年》载晋文公与楚军交战，舆人颂“原田每每”之歌。又“鲁民之利求韠”一语出《吕氏春秋·乐成篇》载孔子初仕于鲁，有野人诵“麛裘而韠”之句讽之。刘勰引此二篇古颂歌，既表明《颂赞篇》之“原始表末”，亦进行此二篇之“实际批评”，选例之中即有批评。

执守旧规，勇于“揄扬以发藻”（谓在“置辞”上更加讲究夸张辞藻），或者“汪洋以树义”（谓文章“事义”更能发挥扩充人情世故之道理）。这样的创变写法，具有“纤巧曲致”之体貌，相较于“典懿”与“清铄”这种颂文正体，可谓之“奇”笔，即用知音六观“奇正”的角度判其高下。而这样的奇正之颂，乃据“汪洋树义”之分析，注重奇笔颂文在文章“事义”这一项有“汪洋”壮丽之美，乃稍稍与“雅正”之颂体有所不同，故谓之事义奇笔写法。

最后看六观之一的“宫商”一项，本篇乃特别对“赞”文之唱颂做出分析，谓唱赞之文注重“嗟叹以助辞”之技巧，要求赞文达到赞叹之“声音”效果。因而，赞文写作要领是“结言四句”，但是也要“盘桓数韵”，谓在赞文的声韵安排收到回环往复、一唱三赞的“宫商”之美，此即六观之一“宫商”的理论应用，本篇赞“年积愈远，音徽如旦”，即总结这项理论之要义，值得细读玩味。

由以上分析，可确信《颂赞篇》全篇自首至尾皆用《知音篇》六观理论进行本篇实例作品之解读。

十　《祝盟篇》细读

一、《祝盟篇》文论与实际批评

《祝盟篇》述祝文有六类，即史祝、蜡祝、祠祝、郊祝、雩祝、太祝等六项；盟文有四类，即神盟、诅盟、劫盟、誓盟等四类。又阐明祝文自天地定位以来即有，神农氏以下三皇、三王之世，皆有祝文，从而可知，祝文起源甚古。盟文亦然，夏商周三王时代，即有口头盟誓，后来春秋战国以下至于汉晋，诅盟劫盟，文出不绝。总之，祝盟文体涉及神人、哲人、民人等三类主角。

唯祝盟二体，不外乎处理“神”与“人”之文辞。因而讲究诚信之心与恭哀之敬，此就祝盟写作者之书写态度而言。本篇结论标出“华实”与“诚敬”作为祝文写作根本，亦即祝文品评标准。① 盟文则标举“诚正”与“忠信”作为盟文撰写纲领，当然也是盟文品评标准。兹根据以上祝文与盟文这两种文章品评标准，摘出本篇祝文三段实际批评与盟文一段实际批评，以观《祝盟篇》的批评方法。祝文实际批评三节如下：

---

① 根据《祝盟篇》云：“凡群言发华，而降神务实，修辞立诚，在于无愧。祈祷之式，必诚以敬；祭奠之楷，宜恭且哀：此其大较也。”（页四二）由此段所言“发华”“务实”二语，知刘勰主张祝文修辞必求华实兼有，即不弃实，可旁参刘勰举《楚辞·招魂》此篇为例，评曰：“可谓祝辞之组丽者也。”此语“组丽”谓组织华丽文辞，知祝文宜有丽辞。今见刘永济《文心雕龙校释》谓：“祝盟之作，既必发于诚敬，自无待于华藻。故本篇立论，独崇实而黜华。”（页三三）此说未确。另外纪昀评点此篇，同有类似之见，纪昀云：“此篇独崇实而不论文，是其识高于文士处，非不论文，论文之本也。”此用“本末论”分出华实，而本篇独关注于“本”即实。纪评转引自《文心雕龙汇评》，页四一。

1. 自春秋以下，黩祀谄祭，祝币史辞，靡神不至。至于张老贺室，致祷于歌哭之美。蒯聩临战，获祐于筋骨之请：虽造次颠沛，必于祝矣。若夫《楚辞·招魂》，可谓祝辞之组丽者也。（页四一）

2. 至如黄帝有祝邪之文，东方朔有骂鬼之书，于是后之谴咒，务于善骂。唯陈思《诘咎》，裁以正义矣。（页四二）

3. 班固之祀涿山，祈祷之诚敬也；潘岳之祭庾妇，祭奠之恭哀也：举汇而求，昭然可鉴矣。（页四二）

上引第一则批评春秋以来无神不祷之歪风，“靡神不至”之“神”字，非指《神思篇》之文思如神，而是天命神佑这种天神性质、近乎宗教意义的神，具备主宰创生神格地位。这一层次之“神”的理解，当非《文心》“文术论”神思与神妙范畴内涵，可暂勿论。

评《楚辞》，则有“祝辞之组丽”一语，谓《招魂》此篇述招引神魂，极注重祷词修辞，当有组织严整而“绮丽”之语。“丽”字有绮丽、淫丽、丽靡之意，乃本于《体性篇》八体“壮丽”与“轻靡”同系列相近之批评法。

第二则说曹植《诘咎文》此篇阐述天灾大风之祸，用义正辞严之语，诘问苍天，表现文章“正义”精神，刘勰用“裁正”一词，近乎“雅正”这类文章体性术语，所以，即可视作《体性篇》实际批评。

第三则评价班固《涿邪山祝文》、潘岳《为诸妇祭庾新妇文》二篇，用“诚敬”“恭哀”之词，化用《周易·系辞传下》所述“修辞立其诚”之易理，将易理应用在文论，与《文心》首篇《原道篇》、终篇《程器篇》这种道器之分的文理系统亦完全相符。

再看盟文一节实际批评如下：

若夫臧洪歃辞，气截云蜺；刘琨铁誓，精贯霏霜；而无补于汉晋，反为仇雠。故知信不由衷，盟无益也。（页四三）

此节实际批评东汉作家臧洪《酸枣盟辞》、西晋作家刘琨《与段匹磾盟文》此二篇，注重文章内含一股“精气”的表现，用“气截云蜺”之语，气即文气高昂雄壮，直冲云端，乃化用《养气篇》申明作家有养气功夫，始可以完成“理融情畅”之写作。至于文气之说，则见于《定势篇》重视文章气势之论，亦有参用《定势篇》从事实际批评之效果。

综合以上分析，《文心》文术论的《体性篇》《定势篇》《养气篇》等三篇，当即刘勰品评历代祝盟文章所根据的理论基础，《祝盟篇》即应用这三篇理论进行祝盟文章实际批评分析。

最后，《祝盟篇》也讲述祝文有“文类交融”现象，指出祭祝文兼赞体，也有因祭祝对象是王侯女眷，就变成哀策文，甚至文章起首是诔又杂有颂体。凡此皆表明刘勰再次援用“文类交融”之说谈论文体，此亦《文心》文体论在每篇“四例”之外，最常见之分析方法。《祝盟篇》云：

> 若乃礼之祭祝，事止告飨；而中代祭文，兼赞言行。祭而兼赞，盖引伸而作也。又汉代山陵，哀策流文；周丧盛姬，内史执策。然则策本书赠，因哀而为文也。是以义同于诔，而文实告神，诔首而哀末，颂体而祝仪，太祝所读，固祝之文者也。（页四二）

此节以祝文为本体，分析与其他文体之间的兼杂参用，重点在指出“文类交融”之现象，表明祝体文的“形式”与“体貌”富于变化，而不是在表述祝体文的“派别”。①

《祝盟篇》在“原始以表末”原文节段推考“祝祭”这一文体的来源，虽然同样出自“祝”体文章以“祝告神明”为主体，但是“祝祭”这一支流，施用对象范围逐渐加大，到汉代已经又有山陵祝祭，以及皇后亡殁之祝祭。此二类的祝告，对象皆非天地神明。

其中，祝祭的对象如果是后妃，则于祝祭之时，往往又兼有“赞”。故而《文心雕龙·祝盟篇》已将祝祭之下含有“赞”体的祝文划分为“哀策文”，《祝盟篇》云：

> 若乃礼之祭祝，事止告飨；而中代祭文，兼赞言行。祭而兼赞，盖引伸而作也。又汉代山陵，哀策流文；周丧盛姬，内史执策。然则策本书赠，因哀而为文也。是以义同于诔，而文实告神，诔首而哀末，颂体而祝仪，太祝所读，固祝之文者也。（页四二）

此节明显地已将祝文、祭文、哀策文等四类更加细致地分析，而突出祝祭带有“赠谥”性质，其与单纯祝祭哀告之体有所不同，故曰“哀策文”。刘勰

① 纪昀评点此篇此节云这一节是在阐述“祝之派别”，此语有待商榷，盖祝文派别即祝文分类流派，此在本篇开端“释名以章义”节段已申明之。纪评转引自《文心雕龙汇评》，页四二。

此种文体观，可引今传昭明太子《文选》辅证之。

盖今本《文选》分体三十九类，此书至五十六卷分出诔、行状、吊、祭、哀文、墓志、碑文等几种祝祭文体，其中“哀文”所收三篇文章，潘岳《哀永逝文》乃哀悼亡妻之作，题目作“哀文”；反观其他两篇，谢眺《齐敬皇后哀策文》与颜延之《宋文元皇后哀文》，一题“哀文”，一题“哀策文”，而今本《文选》皆归为“哀文”一类。其实，按照《祝盟篇》所述“策本书赠，因哀成文”的定义，哀文不尽同于哀策文，则知《文选》文体分类本来或当有哀文与哀策文之不同，惜今传《文选》版本已不可得见原貌，遂无由得证。

二、《祝盟篇》易学影响

《祝盟篇》分述祝体与盟体写作，祝体辨其正邪，盟体亦判其信伪，二体均树立“正”道为标杆，力驳“不诚”之神祝，如此“尚正”与“立诚”之说，皆源自《周易》之学，化用《周易》“贞正”思想作为祝盟文章主干，再援引《乾·文言传》“修辞立其诚”此种修辞理论作为祝盟文辞写作标准。简言之，正与诚乃《祝盟篇》主要的文论要义，亦即纪昀评点本篇特别提到祝盟文章的“本”，谓即祝盟文体的根本，而此根本悉来自《周易》易理。①

为此，本篇有两节原文与一则赞引述《周易》修辞立诚之语，另有两处明用《周易》贞正思想，兹合并征引如下：

1. 牺盛唯馨，本于明德，祝史陈信，资乎文辞。（页四一）

2. 凡群言发华，而降神务实，修辞立诚，在于无愧。祈祷之式，必诚以敬；祭奠之楷，宜恭且哀：此其大较也。（页四二）

---

① 纪昀评点《祝盟篇》云：“此篇独崇实而不论文，是其识高于文士处。非不论文，论文之本也。”（页四一）此说点出《祝盟篇》重点在“实”，次又指明这个“实”就是祝盟文章的“本”。然而什么是本？什么是实？则未再申述。案：《祝盟篇》讲的“实”即刘勰主要文论观点之一文章要“华实”的实，也是本篇“群言发华，而降神务实”此句华实一词的实。而“本”则是刘勰一贯常说的“本末”之本，亦即文章根源之本，文章徒饰修辞则为“末”。从此理解，《祝盟篇》的本，意指祝盟二种文体的思想本源，皆来自《周易》。

3. 赞曰：毖祀钦明，祝史唯谈。立诚在肃，修辞必甘。（页四三）

案：以上三节有二则引文皆明用“修辞立其诚”之语，另外一节化用“文辞”与“陈信”之语，信即诚信，文辞即诚信之文辞。《乾·文言传》云：“庸言之信，庸行之谨，闲邪存其诚，善世而不伐。”此谓君子平素言行必抱存“诚心”，慎防“歪邪”之思，刘勰将“言行存诚”转化为“文辞立诚”，则又与《乾·文言传》“忠信，所以进德也。修辞立其诚，所以居业也”所说君子修辞立诚完全吻合。而且，这里更加明确具体指出诚心之德即“忠信”之德，此一忠信为诚德之说与“修辞立诚”说之结合，遂构成《祝盟篇》的文论两大要素，第一从祝盟文体的写作思想而言，创作者要讲究“忠信”之德的修养，第二若论祝盟修辞技巧，则要求“修辞立其诚”。今观《祝盟篇》篇末总述祝盟文体的“敷理以举统”即谓：“然非辞之难，处辞为难。后之君子，宜存殷鉴。忠信可矣，无恃神焉。”（页四三）此句结尾突出“忠信”二字，点明祝盟文体的根源大本即忠信之德与忠信之诚，明显看出刘勰几乎承袭《乾·文言传》的易理作为祝盟文论的思想。而尤其重要者，经由此忠信立诚、忠信立辞的文论根本导向祝盟文体要守“正”的说法，带出祝盟文体的“正体”之说，《祝盟篇》即有以下二节原文阐扬祝盟“正体”之论：

1. 至如黄帝有祝邪之文，东方朔有骂鬼之书，于是后之谴咒，务于善骂。唯陈思《诰咎》，裁以正义矣。（页四二）

2. 夫盟之大体，必序危机，奖忠孝，共存亡，戮心力，祈幽灵以取鉴，指九天以为正，感激以立诚，切至以敷辞，此其所同也。（页四三）

案：上引二节原文先辨祝文有“正邪”之别，而归之以“正义”为体裁，即《周易》贞正易理之引伸。次述盟文大体必据“忠孝”为本，谓即忠信仁孝之正道，凡盟文遥指天公发誓而言，必不可沦落于邪道，而必须以“正道”为誓言，仍用《周易》贞正思想，即“大中至正”之易理发挥。经由以上分析，已可确立《祝盟篇》一再申说之“正道”与“修辞立诚”之文论实本源于《周易》思想。《祝盟篇》另外尚有两句直引易辞，例如“天地定位，祀遍群神”出《说卦传》“天地定位”，乃刘勰沿用《周易》现成语辞之例，又“祭而兼赞，盖引伸而作也”出《系辞传下》“引而伸之，触类而长之，天下之能事毕矣”，亦属直接套用易辞。①

《祝盟篇》阐述祝体文章写作必遵“道义”为主，文辞再美再坚定，如果双方心中不存在诚信，不追求道义，则写得再好的祝文，也犹如废物一般，一文不值。为此刘勰提出祝体写作的主体在“人”不在“辞”的论点，这种以“人”为主体的文论，不以“修辞美言”为判准的说法，颇可互通《周易·系辞传下》一段文字，阐述易道变化万千，周流六虚，上下无常，不可为典要，因而把握易道，唯在“人”自己的领悟与实践，遂有“苟非其人，道不虚行”的说法，这种“人先道后”的易学思想，与《祝盟篇》“人存辞废”的写作观点，思路原理完全可以互通。

《祝盟篇》全篇自首至尾，一再突出“辞”字，警示祝盟文体写作重点不在“文辞”如何修炼，而在发愿盟誓之人，以及祝颂赞神之流，务必“心”诚，据“道义”为本，而归之于“忠信”。故而本篇有“忠信可矣！无恃神焉”之语，又有“然非辞之难，处辞为难”之戒，最终又在赞中结论云：“立诚在肃，修辞必甘。”综上，《祝盟篇》这种注重文辞必诚的文论，本源自《乾·文言传》已揭示的“修辞立其诚”之思想。《乾·文言传》云：

> 九三曰：“君子终日乾乾，夕惕若，厉，无咎”，何谓也？子曰：“君子进德修业。忠信，所以进德也；修辞立其诚，所以居业也，知至至之，可与几也。知终终之，可与存义也。是故居上位而不骄，在下位而不忧。故乾乾因其时而惕，虽危无咎矣。”（页三二三）

此节说到君子进德居业的完成，是以“忠信”为德，而平居修养、言行举止则又以“诚心”为准，故谓之修辞立其诚。这里突出“文辞”与“诚信”密合的说法，对照《祝盟篇》涉及文辞的论述，几乎没有不吻合的。试看下列各段《祝盟篇》原文：

> 1. 天地定位，祀遍群神，六宗既禋，三望咸秩，甘雨和风，是生

---

① 此句“引而伸之”，一本作“引而神之”，刘永济《文心雕龙校释》阙校。陈拱《文心雕龙本义》云：“神应作伸，而应作之。”（页二五八）案：此校半是，如作“引之伸之”不及“引而伸之”句畅，且作“引而伸之”乃刘勰套用《周易》成辞之例，陈拱阙引《系辞传上》。今另据梅本、凌本、梅六次本、钟本、梁本、张松孙本、崇文本、《文通》等诸本皆作伸，又孔颖达《周易正义》云：“引而伸之者，谓引长八卦而伸尽之，谓引之为六十四卦也。”此谓“引伸”八卦易理之解，亦可助说，故当作“引而伸之”较胜。谓祝祭文体已经又有引伸兼杂言行颂赞之作法。

黍稷，兆民所仰，美报兴焉！牺盛唯馨，本于明德，祝史陈信，资乎文辞。（页四一）

2. 凡群言发华，而降神务实，修辞立诚，在于无愧。祈祷之式，必诚以敬；祭奠之楷，宜恭且哀：此其大较也。（页四二）

3. 夫盟之大体，必序危机，奖忠孝，共存亡，戮心力，祈幽灵以取鉴，指九天以为正，感激以立诚，切至以敷辞，此其所同也。然非辞之难，处辞为难。后之君子，宜存殷鉴。忠信可矣，无恃神焉。（页四三）

4. 毖祀钦明，祝史唯谈。立诚在肃，修辞必甘。（页四三）

上引四段《祝盟篇》原文皆谈及祝盟文体的修辞要华实兼顾，做到诚敬为本，其实也就是《乾·文言传》修辞立其诚思想的一连串文论衍义。

三、《祝盟篇》子学内涵

《文心雕龙·祝盟篇》不仅分析了古代君王祷祀之文词，还有用兵引军盟誓之戒训。有文有武，然而不论何类，必期祝祷有果，盟战必胜，并祈求天地之神永远给予“美报”。如此看来此二类文体主调都在求“神”问卜，免不了涉及“鬼神”之道。然而刘勰却在《祝盟篇》阐发文论之余，大力批判“黩祀谄祭”之恶习，力思加以节制，并主张“诚信”为本才是祀神之要义，当奉守忠孝之德，以之为盟誓立辞之本体，刘勰此种主“信”之文体论，必然要靠子家之学识，在“述道言治”信念之下，始克支持这种祝盟尚信的文体论。简单讲，刘勰是用“子学”儒家的理论重新建构“祝”与“盟”这种文体的新大纲。《祝盟篇》反映子家思想成分，与刘勰《刘子·履信章》主张“信”乃“人之本”的理论又可以彼此会通。《祝盟篇》云：

天地定位，祀遍群神，六宗既禋，三望咸秩，甘雨和风，是生黍稷，兆民所仰，美报兴焉！牺盛唯馨，本于明德，祝史陈信，资乎文辞。（页四一）

此节界定天地有神，而祝盟文章既祀祷天地，当然亦必以天地有神为信仰。此自六经考见祭拜天地之词，也无不有神，足可补证此篇之说。故而曾国藩《经史百家杂钞》此书之序谓哀祭类乃人告于鬼神者，而祝文即其中之一类。

曾国藩《经史百家杂钞》序云：

> 人告于鬼神者，经如《诗》之《黄鸟》《二子乘舟》，《书》之《武成》《金縢》祝辞，《左传》荀偃赵简告辞皆是，后世曰祭文，曰吊文，曰哀辞，曰诔，曰告祭，曰祝文，曰愿文，曰招魂，皆是。①

此节谓六经皆有鬼神之辞，且举《诗经》《尚书》《左传》等经书为例，而文章家若屈原《招魂》则属祝祷鬼神此类。曾国藩又说祝盟文体亦祷鬼神，此与刘勰《祝盟篇》此类文体“必诚以敬”之看法也一致。然而刘勰继此说之后，已新加“信”字，将鬼神之淫祀引导向“祝史陈信”的新人文观点，重新提倡“降神务实”，转化到祝辞的写作要点是守住“修辞立诚”的原则。《祝盟篇》有云：

> 凡群言发华，而降神务实，修辞立诚，在于无愧。祈祷之式，必诚以敬；祭奠之楷，宜恭且哀：此其大较也。（页四二）

此节的天地之神，已非外在客观存在之神，而转化为祈祷者的“心”之内求。遂由务实之神取代迷信淫祀之神，讲究祝盟文体要出自无愧于心之诚信，这已然走向以人道为主轴的思想，动机出乎“人”，不迷信天。尤其注重祝盟文体与“大道治术”相辅相成的文体功用。据此观点，刘勰讲究祝盟文体之理论，不再只是向鬼神做祈祷，而是以“道”与“仁义”为根本。《祝盟篇》有一段分析祝盟成败的原因，即阐述此种以人为本而非以神为祝的人本文体论。《祝盟篇》云：

> 盟者，明也。骍毛白马，珠盘玉敦，陈辞乎方明之下，祝告于神明者也。在昔三王，诅盟不及，时有要誓，结言而退。周衰屡盟，以及要劫，始之以曹沫，终之以毛遂。及秦昭盟夷，设黄龙之诅；汉祖建侯，定山河之誓。然义存则克终，道废则渝始，崇替在人，祝何预焉？（页四三）

此节历叙“盟”辞的仪式有用骍毛白马与珠盘玉敦之类，盟辞始自三代，盟文先有劫盟与要挟之盟，及至春秋又有曹沫执匕首迫齐桓公与鲁庄公之会盟，下及战国时代赵平原君门客毛遂按剑迫使楚王签订的台上之盟，秦

① 引自曾国藩：《经史百家杂钞》（台北：世界书局，一九七六年五月），序，页二。

昭襄王与夷人之订盟，汉高祖封侯王之盟等等，以上皆后世之盟，原始表末，叙述清楚，最后将盟之文体成败定位在是否得到适当人才来撰写，而不是在“神明”的致祷歌哭之表面仪式，盟事之长短则“义存则克终”“道废则逾始”。这里的义即仁义，道即“述道言治”之道，二者皆属子学家必谈必知之学。明代评点家钟惺有“理明治道，岂独文心之妙”之批语，盖自“理国治世”的角度诠释《祝盟篇》的文论，而不是只用“文体论”观点看待此节。案刘勰本来即有“子家”风骨，自然展现子集合一之折中文论，《祝盟篇》此节文字内含有“治道”之思想，盖乃自然理势发展之必然结果，《祝盟篇》内含子学精神至此可得确证。

须知刘勰文论解释“文体”，泰半不是只从“文”论“文”，反而更多内容是从“子”论文。换言之，刘勰谈论文体乃与政治事理密不可分。《祝盟篇》分析“盟誓”文章关系一时代政治兴衰成败，完全从“述道言治”的子学观点分析。《祝盟篇》云：

> 在昔三王，诅盟不及，时有要誓，结言而退。周衰屡盟，以及要劫，始之以曹沫，终之以毛遂。及秦昭盟夷，设黄龙之诅；汉祖建侯，定山河之誓。然义存则克终，道废则渝始，崇替在人，祝何预焉？（页四三）

此节自三王时代说起，分析“盟”此种文体的演变。在三王时代只有“结言”而已，并不十分讲究文采，须知一言已定，即要遵守主客双方之约定。及至后世，盟誓太泛滥，言不由衷，祝盟文体渐渐变质，流于形式。虽然如此，祝盟文体愈到后代，愈是方兴未艾，已关系到国家安危存亡。例如春秋鲁国曹沫用匕首挟持齐桓公订下盟誓收回鲁国失地，以及战国时代赵国平原君门客毛遂自荐，按剑挟持楚王订立合纵之盟以抗秦，因此救了赵国。凡此二事，均表明“盟誓”之成败，攸关国家之安危。根据此说，刘勰提出“道义”二字，将其视作盟这一文体的真正内涵，而不主张盟只是供要挟与胁迫的附带形式文体而已。刘勰用“道义”对抗“霸道谋术”，说明“祝”之文体与“治道”有关系，如此直接援引子学论文，可见《文心》的“文体论”内涵不只是文章之学而已。故而明代钟惺评点此节云：“理明治道，岂独文心之妙。”① 此批语说的“理明治道”乙句就是

① 转引自《文心雕龙汇评》，页四三。

子学讲究的治国之道，表示祝这一文体须由子学思想加以理解，不是只有“文心”之妙而已。

祝盟，谓祷祀祝神与盟誓告神，皆必以“神”为倾诉客体，而神由“人”祝之始自天降，故本篇有“降神”之语，而赞有“神之来格”之句，若再细究本篇“神”与“人”沟通之意，人所欲求者，无非事功之可成，以及国家存亡之可知。此《祝盟篇》由“神、事、人”三位一体构成其理论主体。从此角度观之，《祝盟篇》实质内涵全部都有关“神教”，神乃本篇之主题。可惜粗心的读者习焉不察，但惑于表面篇名而不细考本篇内孕刘勰对“神人”之辨的关心，导致本篇子学精义未明，殊为可惜！案《祝盟篇》论经典华实偏重于“实”，此一层深义，今幸见清儒纪昀评点此篇之语，已稍稍提示其妙义。纪昀云：“此篇独崇实而不论文，是其识高于文士处。非不论文，论文之本也。”[①]“非不论文，乃论文之本”，欲辨清“文”之上更有“本”，言下之意，即已昭昭然揭示刘勰所述之“文论”其实皆有“本源”，此本源为一切文章所据之“实”，而文章情采乃文之“末”，“本末”务须分明之论，即刘勰思想之一贯方法。例如刘勰在《宗经篇》揭橥经典“华实”并兼之论，以及《原道篇》述道器论，《风骨篇》讲情理论等，都有本末之辨，而又皆以“本”为重。今见纪昀《祝盟篇》的文是“末”而实才是“本”之解，纪氏可谓《文心》此篇知音矣！

惜乎纪氏批语未再进其详，亦未能点出《祝盟篇》所内含之实的确切内涵。此盖纪昀向来视《文心》为“文论”专著，凡《文心》据“本”而释文体之论纪氏往往多予漠视，不加深解。如《诸子篇》纪氏判为“泛述成篇，不见发明”，即是不求深解，纪氏批《史传篇》又曰“彦和妙解文理，而史事非其当行”，误解又更深矣，甚至谓《史传篇》“文句特烦，无甚高论”。详考刘勰《风骨篇》有“熔铸经典，翔集子史”之博学功夫论，凡文章“风清骨峻”之美悉由此而来，纪昀却刻意要贬低《诸子篇》与《史传篇》在《文心》全书之分量，不顾刘勰熔经史子于一炉，胸怀高志，学贯古今，自期通儒之心。因为这种心，当然不能不论述诸子与史传之文章，甚至主张文章之本悉出经史。此高瞻远识之眼光，已非纪昀所能深知，无怪乎纪氏批语只知文之上有“本”，然终究不能明白点出此“本”即谓经史之学，即指

---

① 同上书，页四一。

“随仲尼而南行”教化之志。

凡以上之理解又必然要归诸“子家”。一言以蔽之，纪昀所谓文之本，即子学为本；纪昀所谓末，是指文辞华饰为末技。今《文心》一书既有本有末，合本末为一体而言之，则《文心雕龙》本末兼备，词章与义理兼顾之讲法，即文论与子论合一之作也。

然则，《祝盟篇》为有“本”之子学，今讲述之如下：

（一）祝盟之文，纯属“神道”之事，而神道设教，即政事之先务，祝盟文体悉为“政治”之事而发。故而《祝盟篇》首段即谓“神道设教”之定义，明示祝盟即政事文章。《祝盟篇》云：

> 天地定位，祀遍群神，六宗既禋，三望咸秩，甘雨和风，是生黍稷，兆民所仰，美报兴焉！牺盛唯馨，本于明德，祝史陈信，资乎文辞。（页四一）

上列所祝之神，即八神。凡八神所主，皆攸关民生之事，可知祝文祭八神，符合爱民利生之治术。《祝盟篇》述八神云：

> 昔伊耆始蜡，以祭八神。其辞云：“土反其宅，水归其壑，昆虫毋作，草木归其泽。”则上皇祝文，爰在兹矣！（页四一）

此节谓八神即先啬（谓司谷物之神）、司啬（百谷之神）、农耕之神、邮亭之神、猫虎、坊（防水患之神）、水庸、昆虫等。总括言之，凡治理民生之政事，包括农事、河渠等皆已在其内，祝神之所求，则不离一切治民之事，所谓“述道言治”即治此类民生诸事，祝文融入子家义理可知之矣！

（二）汉代祝文，融硕儒与方术之士二派之说，纯自诸子之学下笔而祝神。《祝盟篇》云：

> 若夫《楚辞·招魂》，可谓祝辞之组丽者也。汉之群祀，肃其百礼，既总硕儒之义，亦参方士之术。所以秘祝移过，异于成汤之心；侲子驱疫，同乎越巫之祝：礼失之渐也。（页四二）

（三）祝文必在祀神，而神鬼并有，故祝文类型已分出“祝邪之文”与“骂鬼之书”。然而不论何类型，刘勰定下祀神之原则在心诚，故而祝文之写作唯在“修辞立诚”，如此文理，即互通《中庸》诚敬之学。《祝盟篇》云：

凡群言发华，而降神务实，修辞立诚，在于无愧。祈祷之式，必诚以敬；祭奠之楷，宜恭且哀：此其大较也。班固之祀涿山，祈祷之诚敬也；潘岳之祭庚妇，祭奠之恭哀也：举汇而求，昭然可鉴矣。（页四二）

（四）《祝盟篇》继援引《中庸》诚敬义理之后，又标出祝文必守“信义”之道，遂将“神道”与“人道”加以沟通联系。《祝盟篇》云：

然义存则克终，道废则渝始，崇替在人，祝何预焉？若夫臧洪歃辞，气截云蜺；刘琨铁誓，精贯霏霜；而无补于汉晋，反为仇雠。故知信不由衷，盟无益也。（页四三）

（五）《祝盟篇》末段总结祀神盟誓之目的，专在国家存亡之道，或忠孝忠恕之守。由神道转到“圣训”，完全与刘勰“圣训宜广，神教宜约”之宗经思想一致，可见刘勰信神而不迷于神、祀神而不诬于道之人文精神。《祝盟篇》云：

夫盟之大体，必序危机，奖忠孝，共存亡，戮心力，祈幽灵以取鉴，指九天以为正，感激以立诚，切至以敷辞，此其所同也。然非辞之难，处辞为难。后之君子，宜存殷鉴。忠信可矣，无恃神焉。（页四三）

四、《祝盟篇》总案

《祝盟篇》次于《颂赞篇》之后，相通的主题皆在辨正“人”与“神”之分际。就人事而言，有变有正。所以《颂赞篇》基本分出“风雅序人，事兼正变。颂主告神，义必纯美”此两项主要人神区别。谓赞美神，只能纯粹颂赞神明之美，但是赞美人就必然有褒有贬。凡人事颂赞褒中含贬，已属变体。故用“正变”之分，带出《颂赞篇》在“位体”理论之辨正。《祝盟篇》仍然沿用此种正变之概念继续讨论人神文辞有关的祝盟文体。正变的正，思想本源自《周易》贞正易理，而变体则是简易、变易、不易此三易思想之衍义。《祝盟篇》有“裁以正义”之语，而《颂赞篇》必用“位体”正变之品评，二篇内化“贞正”与“变易”之易理，从事文体论之“位体”论述，证明文论与易理相通一致。①

及至“神”之定位，《祝盟篇》更加“泛神化”矣！提出“天地定位，祀遍群神”之说，谓“靡神不至”，意指天地之间无不有神，近似今天所言泛神论。且此“神”字位阶，已深信有宗教“神格”之义。故而本篇又有“降神务实”与“神之来格”之申言。格，至也，意同降，谓神明能下降到凡世。如此祝颂神明，对神明盟誓立约，始称真有其物而为有效之信任。

然而刘勰论述祝祷神明之文体本义，并非导引宗教祷祀之神格，而明确提出“神在人心”之概念。《祝盟篇》最末“敷理以举统”节段归结盟誓文章为“忠信可矣，无恃神焉”，标举人之“信德”作为祝盟文章写作之根本，将祭祀主体的“品德”列为第一优先，因此，移心于祝盟的写作就有“修辞立诚”之规矩，祝盟文体的写作者要在内心有“所贵无惭”之自觉，凡祭拜神明、歌颂神明，莫不要问心无愧，诚教祭奠。本篇一再用“此其大较也”“盟之大体”之语，突出祝盟文体的要义，辨“体”极其用心，例皆出自《通变篇》已明“规略文统，宜宏大体”即重视“位体”之论。

至于“神”字，介乎人神之间，乃受《周易》所述“蓍之德”是方以智、圆以神之易理启示，还有“圣人以神道设教”之教化观影响。所以，就引伸《论语》所说的“有德者必有言，有言者不必有德”此种作家人格论，强调祝盟文体的写作者之品德与诚心，如此之文体理论，子学与易理之内涵深厚，已不言而喻。而神与人之间，也就有了“教化”与“信德”之连系。《祝盟篇》最后拈出“道义”一词，即已用知音六观之“事义”标准作为人神交通之准则。故有“然义存则克终，道废则渝始”此句总结：祝盟文章阐述内容必据“道理”为标杆，才能完成祝盟文体“始终一贯”的体式结构。这十足表明刘勰《文心》的文体论与文术论是融合为一之系统，不可孤立抽离，也不可将其“子家”与“文章”之学各自分开解释。

---

① 《祝盟篇》在祝文“位体”之辨正，指明祝祭之文往往兼杂“赞”体，而且也与“哀策文”相混，有“策本书赠，因哀成文”此句，可互参昭明《文选》三十九体类有“哀文”一项，当再细分成“哀文”与“哀策文”两种。而哀策文带有“赠赞”之意，与单纯的“哀悼”又稍不同。

十一　《铭箴篇》细读

一、《铭箴篇》文论与实际批评

《文心雕龙·铭箴篇》述铭箴二体文章之写作及批评理论，内容丰富，方法具体，然而历来之学者较少深论。[①]

今当质问者，若做《铭箴篇》深入研究，则其研究重点范畴为何？考《文心雕龙》及其作者刘勰之相关研究早已成为当代中文学术之显学。兹据《文心雕龙学综览》一书所见，琳琅大观，面面俱到，各类专著及论文，多元并存，举凡《文心》的文体论、文术论、批评论、枢纽论等各个领域之探索皆有。可惜，针对《文心雕龙》各篇理论的"实际批评"则较少，分析《文心》各篇所受《周易》思想的影响也尚未成为专项研究范畴。至于近年兴起的《文心雕龙》宏观跨界研究，拓展刘勰的著作范围到《刘子》，比较探索《文心雕龙》的子学内涵，亦未形成专门研究范畴。[②] 细读《文心雕龙》如果阙述《文心》的子学内涵，不谈《文心》与《周易》的渊源衍义，特别是《文心》理论的实际应用即"实际批评"，则谈不上有什么深刻精辟的细读成果。[③]

---

① 根据戚良德统计历来《文心雕龙》研究论著，发现《文心雕龙》有十一篇学者较少深入解说：《颂赞》《祝盟》《铭箴》《诔碑》《哀吊》《诏策》《檄移》《封禅》《章表》《奏启》《议对》《书记》。其中《书记篇》有一半深论，另一半则缺。笔者针对此十一篇已写过《议对篇》《哀吊篇》《诏策篇》等细读论述。

② 关于《文心雕龙》至公元二〇〇〇年的研究成果，可参见杨明照主编、文心雕龙学综览编委会编：《文心雕龙学综览》（上海：上海书店出版社，一九九五年六月）。

③ 关于"实际批评"概念，参见本书页十九页至二〇页。

今则据新批评理论，分析《文心》的文体论《铭箴篇》，虽然此篇所用术语与西论不同，引据理论也不是西方理论，但是分析的方法与精密阅读则是契合之至。

《铭箴篇》述箴文、铭文二体，本篇于“敷理以举统”部分，则全用《定势篇》之“体势”理论，可视作《定势篇》实际批评。《定势篇》述文章“自然之势”有六类：典雅、艳逸、浅切、蕴藉、辨约、繁缛。此六势之一“浅切”，谓体势浅切，意指文意轻浅却能切实而正。此与《铭箴篇》“箴全御过，故文资确切。铭兼褒赞，故体贵弘润”谓箴要确实切正互通。盖凡文意确切，必一观而知，读之即知自我省悟，此乃箴体文章“针砭过失”之本旨，大有立竿见影之功效，故用浅切、确切之语描述颇得其实情。

至于铭体文章，不像箴文之明白切正，反而要求文意要弘大润泽，凡褒语赞词，都要有予人恩惠膏泽之意，且称颂必说其弘大德行，故用“弘润”一词，即与《定势篇》刘勰引述陆云《与兄平原书》一段话谓文章体势须要“润泽”之语互通。①

箴铭二体文的“体势”如前所分析，有弘润与确切之别，然而此二体文的“作法”则一致，都要讲究“其取事也必核以辨，其摛文也必简而深，此其大要也”。这是指箴铭二体写作，引用典故事类要“核辨”谓精核明辨，勿太过冗长繁琐。若是文辞修饰，也要讲求“简深”，谓虽然文辞简要但必须内涵深刻文意。将简深与核辨作为箴铭风格体势的两大要项，盖已明用《定势篇》诠别文章体势有六类之理论。《定势篇》云：

> 是以括囊杂体，功在铨别，宫商朱紫，随势各配。章表奏议，则准的乎典雅；赋颂歌诗，则羽仪乎清丽；符檄书移，则楷式于明断；史论序注，则师范于核要；箴铭碑诔，则体制于宏深；连珠七辞，则从事于巧艳：此循体而成势，随变而立功者也。（页一〇六）②

此节细分每一类文体各有其一定“循体成势”之相配，即谓之文章“体势”，今总结为六体六势如下：

---

① 《定势篇》云：“又陆云自称：‘往日论文，先辞而后情，尚势而不取悦泽。及张公论文，则欲宗其言。’夫情固先辞，势实须泽，可谓先迷后能从善矣。”（页一〇七）此节“尚势而不取悦泽”此句即谓文章有悦泽体势，悦泽互通润泽。

② 引自《文心雕龙汇评》，页一〇六。

1. 章表奏议——典雅
2. 赋颂歌诗——清丽
3. 符檄书移——明断
4. 史论序注——核要
5. 箴铭碑诔——宏深
6. 连珠七辞——巧艳

以上六势之“核要”与“明断”（谓精核简要，明白果断），与《铭箴篇》“核以辨，简而深”几乎相通，再看《定势篇》本来就规定箴铭碑诔此四体的“本采”文势就是“宏深”，即要有“简而深”的深字意涵。由以上分析，《定势篇》文章体势六类中的三类明断、核要、宏深，刘勰全部加以引述应用于《铭箴篇》的“敷理举统”之内容，从而可知，《铭箴篇》实际批评的理论根据就是文章体势之论，其说悉本于《定势篇》。

亦由此更须知晓，《文心》“文体论”二十篇，虽然每篇各有“四例”之写作体例，但更重要的内容是，此四例参照“选文以定篇”而读，即知不只是选取典范文章而已，且又加以品评论定，而此品论即为“实际批评”，凡此类批评所据理论则悉根源于文术论、文评论各篇之说。易言之，《文心》文体论于四例之内，早已内含“实际批评”。

兹据以上所说，摘出《铭箴篇》实际批评节段，先述铭文实际批评二段云：

> 1. 至于始皇勒岳，政暴而文泽，亦有疏通之美焉。若班固《燕然》之勒，张昶《华阴》之碣，序亦盛矣。蔡邕铭思，独冠古今。桥公之钺，吐纳典谟；朱穆之鼎，全成碑文，溺所长也。至如敬通杂器，准矱武铭，而事非其物，繁略违中。崔骃品物，赞多戒少；李尤积篇，义俭辞碎。（页四五）
>
> 2. 魏文九宝，器利辞钝。唯张载《剑阁》，其才清采。迅足骎骎，后发前至，勒铭岷汉，得其宜矣。（页四五）

上引第一则首谓秦始皇历游名山所刻铭文，有“文泽”之美，正是“润泽”体势之意。赞美蔡邕碑文写得最好，则说是“典谟”即有雅正体势，但是不够精核，导致写铭文变成碑文，所谓“溺所长”就是不知“核要”与“明断”之要领。而冯衍《杖铭》与《车铭》同样未能做到“繁略适中”，也是没有“核要”之体势。至于崔骃《刀剑铭》《扇铭》则是“赞多戒少”，当然与“确切”为正不合矣，至于李尤的铭文“义俭辞碎”，绝然不符合“简而深”的标准，文辞碎乱，文义俭薄不深刻。第二则说魏文帝曹丕的铭文“辞钝”也犯了同样弊病。只有张载《剑阁铭》文采清丽，而且文义明断精核，始克符合箴铭文体定势。以上所用批评术语，皆不出《定势篇》已示例之文体六势范畴。

再看箴文实际批评两则云：

> 1. 至于潘勖《符节》，要而失浅；温峤《侍臣》，博而患繁；王济《国子》，文多而事寡；潘尼《乘舆》，义正而体芜：凡斯继作，鲜有克衷。（页四五）
>
> 2. 至于王朗《杂箴》，乃置巾履，得其戒慎，而失其所施。观其约文举要，宪章武铭，而水火井灶，繁辞不已，志有偏也。（页四六）

上列箴文所用批评术语，“要而失浅”就是精核而没有浅切，“博而患繁”与“文多事寡”二语是指没有做到“核以辨”与“简而深”之要求，太过繁琐。另外“义正体芜”意指体势芜杂，不够“核要”；“繁辞不已”则是不够清丽，太过繁复。以上所用术语，亦皆不出《定势篇》揭示的文体六势理论。

总之，《铭箴篇》“选文以定篇”不但选文，且复加以点评，而点评所据理论皆不出《定势篇》之说，所用术语亦皆与《定势篇》相通，故曰《铭箴篇》可视作《文心》体势理论的“实际批评”。

二、《铭箴篇》易学影响

《铭箴篇》述箴与铭二体文章之本源异同与写作方法，而注重在此二体共有之“警戒”作用，遂直引《周易·夬》卦九五爻辞“夬履贞厉”之易理，作为全篇“文理”之总结，此本篇直引直用易学易理之例。

其他本篇化用《周易·节》卦思想、衍义易理“要”字、直引易辞之原文皆有，兹摘出各节段分析如下：

> （一）至于潘勖《符节》，要而失浅；温峤《侍臣》，博而患繁；王济《国子》，文多而事寡；潘尼《乘舆》，义正而体芜：凡斯继作，鲜有

克衷。至于王朗《杂箴》，乃置巾履，得其戒慎，而失其所施。观其约文举要，宪章武铭，而水火井灶，繁辞不已，志有偏也。（页四五至四六）

案：此节品评潘勖、温峤、王济、潘尼四家箴体文章之优劣得失，谓皆各擅所长，而仍不能避其缺失。刘勰对此提出箴体文章写作要点在“约文举要”，谓文体要精约，事义要简要，不可过于繁辞，文意也不可失之太偏。用“要”字与“节约”之词，盖引伸《周易》尚“要”思想，衍义《节》卦安节甘节易理。《铭箴篇》另有一节合论箴体与铭体文章写作要义，仍然同用《节》卦与“要”字易理：

夫箴诵于官，铭题于器，名目虽异，而警戒实同。箴全御过，故文资确切；铭兼褒赞，故体贵弘润。其取事也必核以辨，其摛文也必简而深，此其大要也。（页四六）

案：此节先辨析箴体与铭体文章的同异之处，谓只有名目的不同，其文章功效则一致，都是为了“警惕自戒”。故而刘勰论述重点不在于“异”，乃在于此二体有互通的写作方法：要把握文章事理的“精核”，表现文辞的“简要”。精核即精要，与前节引文“约文举要”意思一致。从而可知，刘勰建立《铭箴篇》文体“敷理以举统”的理论根源，皆凭借《周易》思想而加以引伸发挥。①

（二）然矢言之道盖阙，庸器之制久沦，所以箴铭寡用，罕施后代，唯秉文君子，宜酌其远大焉。（页四六）

案：此节明用《周易》道器二分法，谓“形上”与“形下”不同之概念，分析箴铭二体所以没落之原因，批评后世君子很少人再讲究诚信之“道”，而且，也已很长时间不明了铭器的制作方法，遂导致箴铭文体逐渐消失。本篇用“道”“器”二字论述文体，又另见于赞：“铭实器表，箴唯德轨。有佩于言，无鉴于水。”（页四六）此节“德轨”与“道”字暗合，即道德之轨，则“箴唯德轨”与“铭实器表”二句已暗合道器二分之概念。

---

① 此节《铭箴篇》辨箴铭二体同异之处，一语道破，甚有见地。明代陈仁锡评云：“深得箴铭心法。”（页四六）此评语用一“法”字，知刘勰论述重点在文章作法写法，恰恰符合此节是据《节》卦与易学“要”字易理之内涵而进行分析。

（三）蓍龟神物，而居博奕之中；衡斛嘉量，而在臼杵之末。（页四五）

案：此节“蓍龟”乙词，直引《系辞传下》“探赜索隐，钩深致远，以定天下吉凶，成天下之亹亹者，莫大乎蓍龟。是故天下神物，圣人则之”，谓蓍龟神物，即《周易》之易神，凡天下之道，莫不由此而生，故而圣人以蓍龟为神物，盖即遵《周易》为神理本源。可惜，后世不察，弃真迷伪，遂令蓍龟之神沦落为好像博塞与弈棋都要依赖的取巧投机之术，刘勰乃发此慨叹之语。[①] 本篇直引《周易》语词另见于赞：“秉兹贞厉，警乎立履。义典则弘，文约为美。”其“贞厉”乙词，乃直引《履》卦九五爻“夬履，贞厉”，谓九五爻以刚居中当位，行事果决，无可犹疑，故有“决定志向认真踏实”之意。然而亦不可太过刚强，必须持守“贞正”之道，勿刚愎自用，乃可渡过危险处境，即“厉”字所指。刘勰借用“贞厉”易理于箴铭文章写作准则，表明箴铭文体功用就在“贞厉”二字的训示警戒作用，从而可知，易理互通文理。

若再论《铭箴篇》述铭、箴二体文，主旨在突出铭箴文章唯一的中心思想就是“正”，包括正名、正言、正道、正德、正辞、辨正这一系列的“正”字概念，是铭箴这二类文体内含的定义与内容，而这些正字概念，均导源于《周易》全书“贞”字义理，谓贞定、贞正、贞常、贞信等易义。可以说，《铭箴篇》旨在劝戒君子言行之端正，颂赞与褒奖要谨守“正辞”的写作，莫不是《周易》元亨利贞四德的“贞”字义理之衍义与发挥。

尤其是在《铭箴篇》篇末赞中刘勰总括箴铭二体的写作纲要，就直接明用《周易》常见的“贞厉”乙词。《铭箴篇》赞曰：

秉兹贞厉，警乎立履。义典则弘，文约为美。（页四六）

此句明白指示箴铭文章是用来警戒君子处在“危厉”之时，愈要坚守正道，持身自正，始可得吉，故用“贞厉”乙词，谓君子当贞定于危厉之际，时刻颂读铭文箴文以自警惕，以作为立身行道之准则。此赞“立履”，即《周易·履》卦九二“履道坦坦，幽人贞吉”此句的履道贞吉之化用。赞明用

---

① 此句“蓍龟神物”与下句“衡斛嘉量”骈对成文，皆属“语辞”对偶之用法，非谓有《蓍龟铭》与《衡斛铭》之作。陈拱《文心雕龙本义》云：“唯《蓍龟》及《臼杵》二铭已佚，无从对照耳。”（页二八〇）此解视蓍龟一词为篇名，乃不查《周易》原典之致误。

《履》卦思想，以及《履》卦爻辞，至为明显。

说到“贞厉”乙词，乃《周易》全经常见语词。例如下列八例：

> 《讼》六三：贞厉，终吉。
>
> 《小畜》上九：妇贞厉。
>
> 《履》九五：夬履贞厉。
>
> 《噬嗑》六五：贞厉无咎。
>
> 《大壮》九三：贞厉。
>
> 《晋》九四：晋如鼫鼠，贞厉。
>
> 《革》九三：征凶贞厉。
>
> 《旅》九三：丧其童仆，贞厉。

以上八例，贞字义皆作贞定、贞正解，谓君子凡遇持家、立履、征讨、行旅、进谒等诸事，必抱持贞正之心，奉行正道以行事，故有“贞厉”之语，其戒君子自我警惕、危言危行之旨意甚深，诸如此类卦义卦德与卦词，恰恰正是《铭箴篇》全篇要表述阐明的文体写作纲领，从而可知《铭箴篇》化用、引用、明用《周易》贞字，作为指导思想，殆无可疑。

三、《铭箴篇》子学内涵

《铭箴篇》论“箴”与“铭”二体，虽文体名称不同，但文体内容与写作要领则几乎一致，二者同以“劝戒”百官作为文章立篇主旨。这种官书性质的公文，作用悉在“政治”，可归属“政事文章”此类。而作为子家一生之大志，即在学优则仕，仕优则学，尽其才能以治国治民。故而子家必研习箴铭之文，参验政事与民间日用之治理，藉以自励省悟，而无愧于“为政以德”之理想。如此看来箴铭二体，当据子学之义理解释文体之精义。①

今观刘勰对此箴铭二体作“释名章义”时所据之理论，大率不出《论语·为政篇》两句政治纲领，其一曰“为政以德”，谓政治当据仁德造福百

---

① 《铭箴篇》刘永济首谓此篇缺述“墓志铭”。刘永济《文心雕龙校释》云：“此体（墓志铭）之在晋宋，实乃初盛之时，舍人之世，作者已伙。文心略而不及，故略考其流别于此。”（页三七）此说甚是，可参。

姓；其二曰“必也正名乎，政者，正也”，谓政治之事首在名位之严限，职权之划定，使百官各司其职，万事各归其任，达到名位相称、贤德相配之美政，正所谓“名不正则言不顺”。同时也要戒慎恐惧做到“不在其位，不谋其政”之道，以及坚贞自持之修养功夫。以上仁德与名位二大要义，刘勰皆引入箴铭二体之解释。明显可见刘勰引述经典，据子参经，阐述箴铭二体。并且，刘勰认定箴铭二体文就是“政事文章”，乃子家必涉及的“述道言治”之学。《铭箴篇》最后例举各家箴铭写作之优劣时，也以“博明万事”、通达政事作为箴铭二体写作指导纲领，分析至此，铭箴体文章之子学内涵已昭昭然可见矣。兹括举原文如下：

（一）《铭箴篇》首引“政者，正也”以及“为政以德”二要论定义箴铭二体之文体本质，符合子家“述道言治”之政事观念。《铭箴篇》云：

> 昔帝轩刻舆几以弼违，大禹勒笋虡而招谏。成汤盘盂，著日新之规；武王户席，题必诫之训。周公慎言于金人，仲尼革容于欹器，则先圣鉴戒，其来久矣。故铭者，名也，观器必也正名，审用贵乎慎德。（页四四）

（二）上列引文评论秦始皇勒铭泰山之铭体，首用“政事”与“文章”做对比，称颂始皇铭文乃介于政事与文学之间极巧妙的互通之文体，而二者互通的义理恰恰正是“仁德”与“正名”二项要义。自此以下，两汉铭文佳篇，如班固、蔡邕、张昶、朱穆、冯衍、崔骃、李尤等七家铭体，同遵此格，明显可见刘勰借用子家“述道言治”之定义品评各家铭体文佳作。《铭箴篇》云：

> 至于始皇勒岳，政暴而文泽，亦有疏通之美焉。若班固《燕然》之勒，张昶《华阴》之碣，序亦盛矣。蔡邕铭思，独冠古今。桥公之钺，吐纳典谟；朱穆之鼎，全成碑文，溺所长也。至如敬通杂器，准矱武铭，而事非其物，繁略违中。崔骃品物，赞多戒少；李尤积篇，义俭辞碎。（页四五）

（三）若单看箴体文章今存首见《百官箴》，谓百官众事之针砭，当据“仁德”为准则，以“人民治事”为重心，此篇箴体同用子学内涵要义。《铭箴篇》云：

箴者，针也，所以攻疾防患，喻针石也。斯文之兴，盛于三代。夏商二箴，馀句颇存。周之辛甲，百官箴阙，唯《虞箴》一篇，体义备焉。迄至春秋，微而未绝。故魏绛讽君于后羿，楚子训民于在勤。战代以来，弃德务功，铭辞代兴，箴文委绝。（页四五）

（四）又论及箴体写作要领，可借鉴子家“博明万事”此通才之学，并根据此一标准再次评价魏晋各家箴文之优劣。《铭箴篇》云：

及崔、胡补缀，总称《百官》。指事配位，鞶鉴有征，信所谓追清风于前古，攀辛甲于后代者也。至于潘勖《符节》，要而失浅；温峤《侍臣》，博而患繁；王济《国子》，文多而事寡；潘尼《乘舆》，义正而体芜：凡斯继作，鲜有克衷。（页四五）

（五）最末，刘勰用易学“道”与“器”必须兼济并参，所谓道器不离不二之义理，总括箴铭二体文章的写作纲领，正是子家“入道见志”之学必然要参验的“原道”课题。箴铭文体必须借助子学知识始能创作与品评，由此更加明白。《铭箴篇》云：

夫箴诵于官，铭题于器，名目虽异，而警戒实同。箴全御过，故文资确切；铭兼褒赞，故体贵弘润。其取事也必核以辨，其摛文也必简而深，此其大要也。然矢言之道盖阙，庸器之制久沦，所以箴铭寡用，罕施后代，唯秉文君子，宜酌其远大焉。（页四六）

四、《铭箴篇》总案

经由以上分析，《铭箴篇》在“选文以定篇”节段之举例，即例即评，注重《铭箴篇》作为“警戒”本体的功用，要求写作此体须遵守“确切”与“弘润”之体貌，此二语词即与《文心》文术论《定势篇》列出文章体势有六势的“明断”与“宏深”涵义相近，而加以衍义。乃知《铭箴篇》是化用文体“定势”理论进行“选文”之实际批评。《定势篇》的文章体势是“理论”层次，而《铭箴篇》选文实例的“定篇”意指实际作品之批评。

既然已知铭箴二体的文章内容端在“警戒”帝王勋德，则二体文之“功用”乃为本篇重点，恰恰符合“摛文必在纬军国”此类政事文章之写作要求，则知此体文章与“政事”有关，即是“述道言治”此种子学内涵。今若再“推源溯本”此种子家之学，必来自《周易》之易理，盖《易》为群经之首，百学之源。《铭箴篇》主旨为阐述帝王自警、君子自戒之说。《周易·履》卦彖曰：“履帝位而不疚。”此帝王当保持警惕之易理。《履》卦象曰：“君子以辨上下，定民志。”此君子辨志自戒之德训。从而可知，《铭箴篇》的思想义理最终亦必追本于《周易》之学。所以本篇赞“秉兹贞厉，警乎立履”直引《履》卦“贞厉”之词，衍义《履》卦“立履”之义，乃知刘勰《文心雕龙》所述文理文论，无不领受易学易理之沾溉与影响。①

《铭箴篇》开始专注于“人”的文章之讨论，与前二篇《颂赞篇》《祝盟篇》必兼有神明颂赞祝祷之文体，是“人”与“神”之间的课题，非只述“人”之文章，必须区隔出来。

而针对“人”的文章，根本大体则在人生三不朽，即立功、立德、立言此三项。为此，本篇其实已化用《程器篇》论作家品德与器用必兼修之理论。故而本篇谈论铭文，首先注重“正名”原则，提出铭文要符合“令德”“计功”与“称伐”三项内容，这是指铭文的内容“事义”而言，已援引知音六观的“事义”此项进行铭体分析。

其次，将铭文与箴文分从“器”的角度加以定义，谓铭是刻在石头上，而箴比喻针石，带有针砭之意。文体名称一旦确立，即要规范写作铭箴文章的主题是“道”，谓有劝戒、明事理之“道”，此种道器二元之思考，即以《周易》形上形下道器之分，解释铭箴文体的根本源头。所以，本篇提醒作家“矢言之道盖阙，庸器之制久沦”这样道器双双沦落阙失，就造成铭箴文章不再流行而渐渐消失。

最后点出“功用”的观点，说明铭箴文章演变到后世已缺乏“警戒训德”之道义内容，文士君子也就很少写作矣！刘勰一贯坚持文章必有政事之用，摛文必纬军国之理论，至此篇又得一力证。

---

① 关于诸子之学必出自《周易》之论述，可参孙德谦：《诸子通考》（上海：华东师范大学出版社，二〇一三年五月），页八四至八六。此处孙德谦据庄元臣《叔苴子·内篇》“易道于九流家言，无所不有”之说，益加发挥，各引儒家、墨家、道家、法家、兵家、术家等皆本源于《易》，凡《汉书·艺文志》著录九流十家悉备之。另参今人赵玲玲《周易与先秦诸子学》，此书用现代学术观点广泛论证《周易》对九流子家之影响。

其他本篇化用知音六观之“位体”要义，仔细分辨铭箴文章的转变，谓有的已参杂碑、碣之形式，有的兼用赞体等等评述，处处可见刘勰在《铭箴篇》用“体”的理论从事实际品评。

例如说扬雄《虞箴》一篇是“体义备焉”、评潘尼《乘舆》一篇是“义正体芜”，此二例实际批评用到的“体”字皆指文体，亦即知音六观“位体”的理论验证。

另外，像“义俭辞碎”已用“置辞”与“义理”分析。“其才清采”则有《体性篇》的才性之说，“博而患繁”乃讨论文章词义的繁简与精博之剪裁，“要而失浅”即品评文词精要与浅俗之不同，以上种种作品实例之批语，所据理论皆可在《文心》文术论诸如《体性篇》八体、《附会篇》附词会意等追溯其理论根源，益知《铭箴篇》在一篇之中已将文论与实际批评融合为一。

十二　《诔碑篇》细读

一、《诔碑篇》文论与实际批评

《诔碑篇》先述诔体文章，次述碑体文章，虽有先后之分，但结论则谓诔碑有共同之源，碑石作为器具，刻上诔文，就是碑。因此，诔碑的共同之处就是“颂赞”书写对象光采美善的德行，故曰“勒石赞勋”。如果这种赞美的对象是“亡者”，就直称作“诔文”。

由以上的“释名以章义”，得知刘勰论文极注重文体“同异”之辨，藉由文体同异，注意两种文体写作有毕同毕异，也有小同小异之分别。即使同异难于界分，二者互有交融，也有侵蚀混合之现象，印证于本篇即是。又本篇凡在“敷理举统”节段，皆点明诔文与碑体同具有“史传”体文章之成分内涵。先看诔文，谓诔体要记载“对象角色”的平生言行，称颂其可圈可点处，即颇似史传笔法。《诔碑篇》云：

> 详夫诔之为制，盖选言录行，传体而颂文，荣始而哀终。论其人也，暧乎若可觌；道其哀也，凄焉如可伤：此其旨也。（页四八）

此节说“传体而颂文”就从“文类交融”理论说明诔体文章记述亡者一言一行，犹如“史传体”，其目的都在称颂美言善行，而且要说得事事逼真，感人至深，自首至尾，从少年到老逝，皆叙述详尽，使其人面貌清晰、如在眼前之清晰面貌，这是讲述诔文与“史传体”文章有“文类交融”现象。次看本篇分析碑文作法，同样点出写好碑文的必备能力，即要有“史才”。《诔碑篇》云：

> 夫属碑之体，资乎史才，其序则传，其文则铭。标序盛德，必见清

风之华；昭纪鸿懿，必见峻伟之烈：此碑之制也。（页四九）

此节分析碑体文章文辞颂美的笔法，与前篇“铭体”写作功夫一样，文体形式安排要有“前序”，序要交待“对象”的生平事迹，因此作家须备史传文章的“叙事”能力，当然，更要求有“史才”之见识，始能轻重得体，将亡者生平“盛德”说得恰当，亡者事迹美善记载得轰轰烈烈。凡此，皆须有史才史笔。此节强调碑体文章写作与“史传”“序”“铭”等三种文体各有“文类交融”之作法，其中与史传体交融，说法与诔文一致。

由以上分析可知，本篇《诔碑篇》再度阐明“文类交融”之作法。其次，细审本篇亦有诔文与碑文实际批评各两节段，观其批评方法，亦同注意史传叙事笔法与史才史识见解，以之为诔碑二体的写作技巧。兹列举诔文实际批评两节段云：

1. 暨乎汉世，承流而作。扬雄之诔元后，文实烦秽，沙麓撮其要，而挚疑成篇，安有累德述尊，而阔略四句乎！杜笃之诔，有誉前代；吴诔虽工，而他篇颇疏，岂以见称光武，而改盼千金哉！傅毅所制，文体伦序；孝山、崔瑗，辨絜相参。观其序事如传，辞靡律调，固诔之才也。潘岳构意，专师孝山，巧于序悲，易入新切，所以隔代相望，能徽厥声者也。至如崔骃诔赵，刘陶诔黄，并得宪章，工在简要。陈思叨名，而体实繁缓。《文皇诔》末，百言自陈，其乖甚矣！（页四七）

2. 若夫殷臣咏汤，追褒玄鸟之祚；周史歌文，上阐后稷之烈；诔述祖宗，盖诗人之则也。至于序述哀情，则触类而长。傅毅之诔北海，云“白日幽光，淫雨杳冥”。始序致感，遂为后式，影而效者，弥取于工矣。（页四八）

以上二则原文可归属为诔文“原始以表末”节段，但这一节叙述诔体文章名家名作之余，已融入批评术语与批评理论，故而纪昀评云：“所讥者烦秽、繁缓，所取者伦序、简要、新切，评文之中已全见大意。”① 此语谓“评文之中”即指此节点评历代诔文佳篇，视同“实际批评”。今观此节讲究颂赞亡者，要求史传叙事才华，要做到“序事如传”“巧于序悲”，即根据“文类交融”理论。至于诔文表现风格要“新切”，谓文辞清新切实，勿过于谄媚。

① 转引自《文心雕龙汇评》，页四八。

因此，注重诔文文意不可“乖违”，诔文修辞要守“简要”功夫，乃是从“字义”与“字词”下功夫。《指瑕篇》云：“凡立文之道，唯字与义。字以训正，义以理宣。”援此讲究“字正理畅”之文论，可助解诔文要遵守“诗人之赋丽以则”的宗旨，谓参读“丽则”写作法，以“雅丽”“雅正”作为诔文写作指导纲领。

总之，本篇“原始表末”与“选文定篇”两大原文节段，莫不在作诔体文章的实际批评。

次摘引碑文实际批评节段如下：

> 1. 自后汉以来，碑碣云起；才锋所断，莫高蔡邕。观杨赐之碑，骨鲠训典；陈、郭二文，词无择言；周、胡众碑，莫非精允。其叙事也该而要，其缀采也雅而泽；清词转而不穷，巧义出而卓立；察其为才，自然至矣。（页四八）
>
> 2. 孔融所创，有摹伯喈；张、陈两文，辨给足采，亦其亚也。及孙绰为文，志在于碑；温、王、郗、庾，辞多枝杂；《桓彝》一篇，最为辨裁矣。（页四九）

以上二则原文述“碑”体写作，仍然依据史传写作要与碑体交融的理论，要求碑文叙事技巧“该而要”即精该简要，至于文辞修饰须备“雅正润泽”之风，事辞两者配合，才能达到“转而不穷”“出而卓立”。即使像孔融擅长碑体写作，就其“辨给足采”而言还是不足，弊病在太过矫辨，词意不正。至于孙绰立志写作碑文，也同样犯了文辞零碎混杂之病，都是太讲究辨词之失，没有做到“润泽”与“精要”的原则。

以上碑体文章实际批评分别出现在“原始表末”与“选文定篇”之原文节段。

二、《诔碑篇》易学影响

《诔碑篇》述诔文与碑文二体文理，首先对文体定义即采用《周易·杂卦传》间杂相错之易理，率先辨正诔文与铭文之异同，重温之前《铭箴篇》之“铭题于器”说法，视铭文与“箴诵于官”之箴文同类，目的都是“警戒”，只是有铭文刻于器具、箴文称颂于官府的差别。这种“器”与“用”的分辨思考，又再次应用于《诔碑篇》的“诔文”与“铭文”之交错，故而《诔碑篇》起首即云：“周世盛德，有铭诔之文。大夫之材，临丧能诔。”此语定义诔文首先起源于丧事之用，谓之丧诔；然而周世盛明，君王德化，多已铭记于文献，亦即称颂称诔之意。乃知“铭”体之始，同乎“累颂”，即诔颂，铭与诔本皆属称颂，只差别在应用对象之不同而已，诔后来专用于丧事称德，遂与铭文颂赞分道扬镳矣。

《诔碑篇》以上所述，思想本源来自《杂卦传》错综相杂，意思是说或以同相类，或以异相明。故而《诔碑篇》最末“敷理以举统”又再次应用此法，沿续“道器”之分，“器用”有别之易理，总结诔碑文章与“铭”体同出于颂赞本意。《诔碑篇》云：

> 夫碑实铭器，铭实碑文，因器立名，事光于诔。是以勒石赞勋者，入铭之域；树碑述亡者，同诔之区焉。（页四九）

此节合论铭、碑、诔三体文章，有异有同，异者因“器具”使用不同而有碑文、铭文之分，石头曰碑，铜器曰铭。碑与铭功用相同，都是表彰称颂，欲将其人一生功绩荣耀显明于世。如此说来，铭、诔、碑三体文章同异间杂交错之现象，刘勰仔细加以点明，其辨证文体界域之思考方法，几乎与《杂卦传》错综复杂易理互通暗合。①

抑有进者，刘勰不止在《诔碑篇》用《杂卦传》错综易理定义文体界限，在论及诔文作法上，仍参取杂卦思想，辨述诔文融合“颂文”与“传体”等二种文类，也有间杂成体之意。《诔碑篇》云：

> 详夫诔之为制，盖选言录行，传体而颂文，荣始而哀终。论其人也，暧乎若可觌，道其哀也，凄焉如可伤：此其旨也。（页四八）

此节分析“诔”文形式与内容的要义，谓诔文形式上要求始终如一的结构完

① 《诔碑篇》：“事光于诔。”光字，唐写本作“先”，诸家据以校正，皆谓当作先，谓碑体早于诔文，此“引他书为校”之法。另有“理校法”，曹学佺云：“光字妙。”谓碑文述及亡者德行，必举生平行事光采述之。转引自《文心雕龙汇评》，页四九。案此篇赞曰：“铭德纂行，光采允集。”光采一词可助“事光”之解，谓行事光采。且此句“事光于诔”系在本篇述“碑文”节段，属“敷理举统”文字，不宜又牵扯诔文。今据上下文义（context）而观，仍作“事光”为确。若作“先”字，谓碑文先于诔体，则与篇名“诔碑篇”诔在前不符。

整，先颂赞其人生平言行事迹之显荣，末则表现主颂者哀吊之深情，要首尾兼备，不可顾此失彼，此示诔文内容思想有“荣”与“哀”之相杂。

至于诔文之体制，要列述其人传记，也要表达称颂之美，才合乎诔体文章的形式完整，此示诔文间杂传体与颂体。

综合以上所述，可知《诔碑篇》主要以《杂卦传》易理作为全篇文理立论思考方法之本源。其实不仅如此，本篇论述诔碑文章之作法，虽然已经一再申明这种文章写作目的是在“称颂”，但却力戒不可太过繁缓淫靡，刘勰为此而提出文辞尚“要”与文情要“节”此两项要义，借参《周易》“其要无咎”此“要”字易理，规范诔碑文章要在形式与内容文情方面掌握精要，始能写出好的诔碑文章，使其达到完美的“自然之文”境界。兹录本篇述及“要”字文论三段原文如下：

1. 暨乎汉世，承流而作。扬雄之诔元后，文实烦秽，沙麓撮其要，而挚疑成篇，安有累德述尊，而阔略四句乎！（页四七）

2. 至如崔骃诔赵，刘陶诔黄，并得宪章，工在简要。陈思叨名，而体实繁缓。《文皇诔》末，百言自陈，其乖甚矣！（页四七）

3. 自后汉以来，碑碣云起；才锋所断，莫高蔡邕。观杨赐之碑，骨鲠训典；陈、郭二文，词无择言；周、胡众碑，莫非精允。其叙事也该而要，其缀采也雅而泽；清词转而不穷，巧义出而卓立；察其为才，自然至矣。（页四八）

案：此三节，凡“最其要”“工在简要”“该而要”等诸语，皆用“要”字，谓文理之精要，与《周易》“其要无咎”（谓易理尚“无咎”）之警示同义，乃《周易》最精要之理，凡易理所言之“要”，与文论标举之“要”，意思莫不相通。

《诔碑篇》述诔体文发展到两汉，已大为流行。在这段叙述两汉作为“原始以表末”有典范性之诔文，刘勰的品评标准大抵都是化用《周易》三易之理，谓简易、变易、不易，主张诔体写作要把握精简、创新的原则。另外，又说诔体写作要有伦序，则化用《周易·序卦传》易理。纪昀评点《诔碑篇》述两汉诔文这段原文的批语，即完全采用《周易》上述易理。纪昀云：“所讥者烦秽、繁缓，所取者伦序、简要、新切，评文之中已全见大意。”（页四八）此则批语点出刘勰评赏诔体文章，以有伦序、简要、新切为上，即《周易》讲究的简易思想以及序卦两两相综排列的易理，还有变易精神，虽然纪昀没有点明这一点，实则此三节原文文理与易理的内涵乃互通，呈现简易、变易、不易的变通思想。

而《诔碑篇》在“选文以定篇”之叙述中，特别突出东汉蔡邕所作碑体，千古卓绝，堪称第一而无人能比。例如《郭有道碑》《陈太丘碑文》即其典范之作。在品评蔡邕碑体文之佳处时，刘勰化用《周易·既济》卦述“穷”与《未济》卦述“不穷”之易理，据以说明蔡邕碑体文章有清巧的文词之美，又有“无穷”的义理内涵，藉由清新巧妙的修辞，不断变化出深刻有内涵的文章思想。分析其中“词义”转出不穷，其概念不即师法《周易·未济》卦“物不可终穷，故受之以未济”此易理乎？《诔碑篇》云：

> 自后汉以来，碑碣云起；才锋所断，莫高蔡邕。观杨赐之碑，骨鲠训典；陈、郭二文，词无择言；周、胡众碑，莫非精允。其叙事也该而要，其缀采也雅而泽；清词转而不穷，巧义出而卓立；察其为才，自然至矣。（页四八）

此节描述蔡邕碑体文不但文采精简该要，雅正润泽，即连文章“义理”也是“转而不穷”，谓能变化创新，韵味无穷。用此“穷”与“不穷”对比，颇似《周易·既济》卦“其道穷也”与《未济》卦“不续终也”（即不穷）的对比，而目的在表彰蔡邕碑体文特别有“文义不穷”的优点。文理明显已转化《周易》道穷与道不穷这种思考理路，目的在强化“源源不穷”作为可贵的评价标准。

三、《诔碑篇》子学内涵

《诔碑篇》述碑体文，且兼述“铭”体文章，遂有“碑铭”异同之比较。凡赞颂生者德勋谓之铭，累述亡人功德则归碑体。碑铭二体施用对象虽有不同，但是二体所述内容则无差爽，同以史传人物之“功业仁德”为赞述称颂主题，写作重心属于“入道见志”之子学范畴，亦即追述君子平生立功立德立言三方面的功绩。因此，《诔碑篇》定义此体之要义，仍主一“德”字。并且，刘勰追考诔碑的形式先有“史传”之体，后乃参入“文学”之笔，是史传与文学结合的最佳文体表现。写作诔碑之文，乃必须具备“究天人之际，通古今之变”之史才与史学，博通汇贯，始能为受诔颂之人物做出平正与圆融之论断，就其一生功过给予历史定位。就此一文体写作知识准备而言，诔碑之文已融入深厚的子学思想。兹分述如下：

（一）首先拈出“德”字，解释诔碑文体起源及其本质。《诔碑篇》云：

周世盛德，有铭诔之文。大夫之材，临丧能诔。诔者，累也，累其德行，旌之不朽也。夏商以前，其词靡闻。周虽有诔，未被于士。又贱不诔贵，幼不诔长，其在万乘，则称天以诔之。读诔定谥，其节文大矣。自鲁庄战乘丘，始及于士；逮尼父之卒，哀公作诔，观其慭遗之辞，呜呼之叹，虽非睿作，古式存焉。至柳妻之诔惠子，则辞哀而韵长矣。（页四七）

（二）次详明诔碑文体须具备“史传”与“文学”双重文类才学，注重“言行，君子之枢机”的称颂准则。必须要有“观古今之变”的能力，才、学、识兼具，为受诔人一生之言与行做出公正而圆备的评赏。此皆子家学术功夫奏效，非华藻炫耀文士可办。《诔碑篇》云：

详夫诔之为制，盖选言录行，传体而颂文，荣始而哀终。论其人也，暧乎若可觌；道其哀也，凄焉如可伤，此其旨也。

夫属碑之体，资乎史才，其序则传，其文则铭。标序盛德，必见清风之华；昭纪鸿懿，必见峻伟之烈：此碑之制也。（页四八至四九）

（三）碑体之文章除了内含有“史传”成分外，刘勰又引用“博明万事为子，适辨一理为论”此子学定义注重“辨证一理”的“子论”内涵，再次界定碑文要有“辨给”或“辨裁”之特点，突出碑文写作要参取“子学”论证功夫，可见刘勰悉据子学义理解释碑文。《诔碑篇》云：

孔融所创，有摹伯喈；张、陈两文，辨给足采，亦其亚也。及孙绰为文，志在于碑；温、王、郗、庾，辞多枝杂；《桓彝》一篇，最为辨裁矣。（页四九）

（四）最末刘勰结论诔碑文体之才华，谓没有定制一准之“才锋”，实乃“才性自然”所致之结果。刘勰提示作家写作诔碑要随性而制，为此提出“适才”创作论，与《刘子·适才章》畅述文武之才不一、各随性之自适而已相通，再证刘勰“适才”子论与文论有互通的思想。例如刘勰品评“后汉以来”的诔碑名家，如蔡邕独冠古今，但是杨赐、陈寔、郭泰等三家也各有特色，至于周勰、胡广二家则另具“清允”之风格。所谓诔碑文章的清词巧义，各随作家“才锋”之自然本性而尽情表现而已。《诔碑篇》云：

> 自后汉以来，碑碣云起；才锋所断，莫高蔡邕。观杨赐之碑，骨鲠训典；陈、郭二文，词无择言；周、胡众碑，莫非精允。其叙事也该而要，其缀采也雅而泽；清词转而不穷，巧义出而卓立；察其为才，自然至矣。（页四八）

四、《诔碑篇》总案

《诔碑篇》专述君子“言行”之文辞叙事技巧与内容，注重君子之“行”要有德风，君子之“言”要精选佳句，谓之“选言录行”，标举为诔碑文章写作两大要项。此则《周易·系辞传下》早已申言：“言行，君子之枢机。”同时也是《论语·先进》已揭示之孔门四教文、行、忠、信此儒家思想之印证，可知诔碑写作重点要注重君子一生言行美德留给后人之怀思与景仰，故而《论语·先进》列述德行、言语、政事、文学等四科不同，四科也各有代表之典范人物，但并不表示四科各自独立而不相属。尤其是德行一科，更为四科所同有，非谓有文学之才即可漠视德行之修养。[①]《诔碑篇》首先定义“周世盛德，有铭诔之文”，拈出此体文章必述“德”之主题，及至引实例作品评赏，亦一再强调诔辞必“标序盛德”，必有“见清风之华”，最后赞曰“观风如面”（意谓如见亡者清高之人格），也同样必据“德”字为评价标准。由此可证，《诔碑篇》写作理论的思想本源自经子之学，与《周易》易理、《论语》思想有一脉相承的本末联系。

① 关于《论语·先进篇》“从我于陈蔡者，皆不及门也”此句以下列述德行、言语、政事、文学四科之解，旧解有谓即四科分立，有谓德行为冠，其他三科必兼之。旧解可参程树德：《论语集释》（北京：中华书局，一九九七年十月），册二，页七四二。较新之通解，则参钱穆：《论语新解》（台北：东大图书公司，一九九一年八月），页三七七。钱穆云：“后世各骛专门，遂若德行之与文学，均为空虚不实，而与言语政事分道扬镳，由此遂失孔门教育人才之精意。”此语最足启发，亦可推知刘勰一生随仲尼而南行之志，即此志。

而在本篇实际批评的操作中，使用最多的是知音六观的“位体”批评，精细地检证所举作品有“观其序事如传”之写法，谓叙亡者言行事迹，与“传记”文体相似。又如评价陈思王曹植《文帝诔》之作是“体实繁缓”谓文章风格繁缓，也是“位体”的辨正考评之一，而繁缓一词，即与《体性篇》八体、《定势篇》六势之用语如出一辙，乃知本篇所见最多之文术论应用，兼包《知音篇》《体性篇》《定势篇》等三篇，表明本篇重视诔碑文体的体式、体貌、体性等辨体批评。

最后，细细品味本篇评赏蔡邕碑体文章之总成就，允为最高一等，有“清词转而不穷，巧义出而卓立”此语，分从文章的“置辞”与“事义”二途分析，谓有清巧之风，既能突出文章修辞之鲜明，又能表现无穷之文义，如此注重文章的“秀句”与文意的“义生文外”“秘响旁通”之特色，则又是《隐秀篇》理论的实例印证，亦不可略过。[①]

① 《诔碑篇》有“清词转而不穷，巧义出而卓立”此二句，涵义深刻，幸见明代钟惺评点此句云：“文章生面，当于此语出之。”转引自《文心雕龙汇评》，页四八。案：钟惺评语，意指此二句是文章写出生动的要领，惜未点明即出自《隐秀篇》之文论。

十三　《哀吊篇》细读

一、《哀吊篇》文论与实际批评

《哀吊篇》有一段阐述吊文“选文以定篇”，例举历代吊文，自贾谊《吊屈原文》下至陆机《吊魏武帝文》共十家，各作品评，其所用之理论据《文心雕龙·体性篇》已述八体加以错综变化，简直就是《体性篇》不折不扣的实际批评。《哀吊篇》评此十家吊文云：

> 自贾谊浮湘，发愤吊屈。体同而事核，辞清而理哀，盖首出之作也。及相如之吊二世，全为赋体；桓谭以为其言恻怆，读者叹息。及卒章要切，断而能悲也。扬雄吊屈，思积功寡，意深反骚，故辞韵沈膇。班彪、蔡邕，并敏于致诘。然影附贾氏，难为并驱耳。胡、阮之吊夷齐，褒而无间；仲宣所制，讥呵实工。然则胡、阮嘉其清，王子伤其隘，各其志也。祢衡之《吊平子》，缛丽而轻清；陆机之《吊魏武》，序巧而文繁。降斯以下，未有可称者矣。（页五一）

此节首评贾谊《吊屈原文》此篇文体是“吊”体，事理讲述极为精核，与《体性篇》八体的“精约”类似，又说辞意“清哀”，谓文辞清白但情意哀痛，即与八体的“显附”同意，表示哀痛之心，明白可感。刘勰此节吊文批评，特重“情理”之论，故而标举贾谊《吊屈原文》有“辞清理哀”，以及司马相如《哀秦二世赋》此篇引述桓谭批语有“其言恻怆”之意，谓心悲凄惶，都是注重吊文要有真切感情的表达。

然而吊文哀情的宣泄也不可太过泛滥不加节制，故而刘勰品评吊文，同样讲究“理”的适切。此节评司马相如《哀秦二世赋》说“卒章要切”就是佳处之一，表明事理讲述切中实情，“断而能悲”即指虽然处于悲情之深亦尚能自制果断。至于说到班彪、蔡邕二家之作，有“敏于致诘”的优点，致诘谓完美质问事理，也是侧重吊文“尚理”的表现。从而可知，此节十家吊文品评，除了应用《体性篇》八体做实际批评之外，尚有《情采篇》的“情理”做理论根据。

其中，对体性八体的应用，也做到了“八体屡迁”，以及八体要“会通合数，得其环中”，灵活相配。因为八体虽分，但绝非各自对立，反而更多的是作家必须按照才性资质的不同，加上后天学习熏染的影响，始克融合八体表现自家独特文章体貌，展现八体的错综变化之美。试观此节评祢衡《吊张衡文》“缛丽而轻清”（意谓兼有文辞缛丽与体貌轻清两项特点），即八体中的“新奇”与“轻靡”二体兼杂。又说陆机《吊魏武帝文》此篇的前序写得“奇巧”，但通篇文章则是“繁缛”的风格，即体性八体中的“新奇”与“繁缛”重叠交错之现象。

经由以上分析，乃知《哀吊篇》述吊文十家主要以《文心》文术论《体性篇》的八体为实际批评的理论根据。而在应用体性理论时，刘勰更把握了体性理论有“会通”八体这种错综复杂之表现，将吊文十家的风格体貌进行了准确而恰当的分析，确知此节乃是成功而具体的《文心》体性实际批评。①

至于《哀吊篇》品评哀体文章，仍用“华实”与“情理”作为理论依据。《哀吊篇》云：

> 至于苏顺、张升，并述哀文，虽发其情华，而未极其心实。建安哀辞，唯伟长差善，《行女》一篇，时有恻怛。及潘岳继作，实钟其美。观其虑赡辞变，情洞悲苦，叙事如传，结言摹诗，促节四言，鲜有缓句。故能义直而文婉，体旧而趣新，《金鹿》《泽兰》，莫之或继也。（页五〇）

① 刘永济《文心雕龙校释》释《哀吊篇》云：“舍人论文，心情性为本柢，以理道为准则。全书斥浮诡，黜繁缛，不一其词。哀吊之文，尤在抒情摅悲，若文过缛丽，则情为词掩，体与义乖。”（页四三）案此说待商榷，盖刘勰八体体性并非各自对立，而是八体屡迁，要“会通合数”，因而吊文“缛丽而轻清”即其一例，此中不涉贬斥缛丽之意。其实《体性篇》八体这种变化特质，刘永济此书释《体性篇》已明白点出这要义，谓八体“除极相反者外，类多错综”（页八五），且不止一人之作如此，一篇之内，也未尝不有。然而既有此识，何以到《哀吊篇》又改变观点？待考之。

此节评赏东汉至魏晋四家哀文，说苏顺、张升哀文有“情华”与“心实”的双重特点，合而言之，即为“华实”。至于徐幹《行女哀辞》，时有“恻怛”谓心忧伤痛，只侧重在“情”。只有潘岳后来居上，能兼备“情”与“理”双美，他的《金鹿哀辞》与《为任子咸妻作孤女泽兰哀辞》，既能表现“情洞悲苦”，也有说理“义直而文婉”的优点。义，理也，义理合言，即“情理”的理。如此分析，潘岳哀体文章确有“情理”双美。本节先用“华实”、次用“情理”品评四家哀体文，可谓不折不扣的华实情理实际批评范例。本篇哀文“敷理举统”原文节段，再次括举这层要义。《哀吊篇》云：

> 原夫哀辞大体，情主于痛伤，而辞穷乎爱惜。幼未成德，故誉止于察惠；弱不胜务，故悼加乎肤色。隐心而结文则事惬，观文而属心则体奢。奢体为辞，则虽丽不哀；必使情往会悲，文来引泣，乃其贵耳。（页五一）

此节申言哀体写作，情感表现要做到“痛伤爱惜”此种效果，但义理表达，也必须“结文事惬”（谓说理扼要，并要配合实情发展），否则文辞太过华丽，而内心并无真情，即沦落为“丽而不哀”矣！“奢华”的哀体，不是“情理”兼备的正体哀文。

《哀吊篇》提出哀文与吊文都要有“情理”的说法，最末结论提出“正理”之说，作为哀吊文章“情理”的理字最高指导原则。《哀吊篇》云：

> 夫吊虽古义，而华辞末造；华过韵缓，则化而为赋。固宜正义以绳理，昭德而塞违，剖析褒贬，哀而有正，则无夺伦矣！（页五二）

此节“华过”即谓华藻太过而无“实情”，因此，提出“正义绳理”与“昭德塞违”，纠正不实之弊，标出正理与明德作为哀吊文章的“实质”，做到这两点才能达到“情理”与“华实”兼顾，达到哀吊文章的“正体”境界。

二、《哀吊篇》易学影响

《哀吊篇》述哀文吊文二体写作之要领，凡“原始表末”“选文定篇”，以及“敷理举统”各节段，皆见《周易》易理之引伸衍义，兹括举各节文字

如下：①

> （一）降及后汉，汝阳主亡，崔瑗哀辞，始变前式。然履突鬼门，怪而不辞；驾龙乘云，仙而不哀；又卒章五言，颇似歌谣，亦彷佛乎汉武也。（页五〇）

案：此节指出崔瑗《汝阳主哀辞》（此文已佚）已开始变革哀体文章体势，采用了“履突鬼门”这一奇怪典故，道仙之味道浓厚，渐渐偏离哀体文章以“正理”为准式的规矩，自此以后，哀体之“变”逐渐加大。此处履突鬼门，乃涉及《周易》数术之学的讲法。据刘勰《哀吊篇》的引述，谓汝阳主路入鬼门，不幸早夭之意，则履字当作踏入踩入解，犹今语误闯鬼门之谓。履字不当作“腹”作“复”。此皆因不明“鬼门”乙词源出《周易》数术学，特别是东汉京房八宫开展的易术数。刘勰用“履突鬼门”这个典故，表明刘勰深厚的易学背景。引用此典故描述早夭亡者，谓有悖常理的殁身，把罪过推到“鬼门”，用来解释非常道的英年早逝，只有“鬼”之致死最能做出“合理化”解释。

按履突鬼门来源自“鬼入雷门”的说法。以玄空八宅逆推命运，凡乾命之人，若大门开在震方，必逢凶咎之恶果，谓之鬼入雷门。崔瑗《汝阳主哀辞》引述此典故，正符合鬼入雷门之凶，暗示汝阳主早夭必归因于先天命运逢冲有凶之故，遂有履突鬼门之语，意谓踏入鬼门，遂成早夭，这是《哀吊篇》化用易学数术学的一项显例。

> （二）隐心而结文则事惬，观文而属心则体奢。奢体为辞，则虽丽不哀；必使情往会悲，文来引泣，乃其贵耳。（页五一）

案：此节转化《周易》“隐”字与“观”字之易理，前者出《乾·文言传》“龙德而隐者也”，由此引伸又有事隐、探赜索隐、贤人隐诸词。而《哀吊篇》借用隐之易理，说明哀文写作也有“心隐”与“事隐”此二项要领。《周易·系辞传下》云：“其旨远，其辞文，其言曲而中，其事肆而隐。”此句说明易辞之意旨、叙事、言辞等皆有“隐微不露”之优点，堪为哀体文章写作之模范，

---

① 《哀吊篇》旧解皆谓无引“易”之辞，例如王仁钧《文心雕龙用易考》释《哀吊篇》此文云：“未见彦和用易。”王仁钧《文心雕龙用易考》原刊《淡江学报》二卷三期，页一四，后来收入于大成编：《文心雕龙研究论文集》（台北：惊声文物社，一九七五年八月），页八五至一一四。案：《文心》用《易》考，尚有香港中文大学邓仕梁《文心雕龙引周易》之论文。

乃将《周易》隐字易理转用至文章"文理"，是本篇转化易理之例证。另外，又援引《观》卦所述观我生、观其生、观国之光、童观、窥观等等观察之道从不同角度之易理，将《观》卦"中正以观天下"之说作为"观文"之一途，将《观》卦观天下之易理化约为观文之道，可视作《哀吊篇》明引易卦易理之例。最后，情往与文来二词，所用"往来"之语，亦屡见于《周易》卦爻辞，例如"大往小来""往蹇来誉""憧憧往来""震往来厉""往来不穷""日往则月来""夫易彰往察来"等等，凡此诸句"往来"词例及其易理，当即此处所云"情往""文来"用词之本源。

> （三）凡斯之例，吊之所设也。或骄贵以殒身，或狷忿以乖道，或有志而无时，或美才而兼累，追而慰之，并名为吊。（页五一）

案：此节分析吊文写作内容，要包举亡者一生志向，叙述其胸怀抱道。如有可哀，则要分析亡者遇合有"时"，志或屈或伸之理由。这里突出"时"字之要义，乃借用《周易》时位易理，说明吊体文章要反映其人平生时遇荣衰之遭遇，将"时"字易理应用于君子一生隐显贵贱之分析。

> （四）夫吊虽古义，而华辞末造；华过韵缓，则化而为赋。固宜正义以绳理，昭德而塞违，剖析褒贬，哀而有正，则无夺伦矣！（页五二）

案：此节归纳吊体文章之体统大纲为"华实"兼顾，不可华过于实，亦不可只是鄙实而已，没有文采。但是其中说到华藻过实，即文章必然会由吊体变化为赋体。此处用"过而化之"之"化"字，亦本源自《周易》"化"字易理。《周易》述变化之语屡见，例如《系辞传下》云："刚柔相推而生变化。"又"变化者，进退之象也""化而裁之谓之变"，皆是言天地变化之道，而吊体文章体貌体势同有此文理之变化，盖亦自然事物必有变化之道的意思。

三、《哀吊篇》子学内涵

《哀吊篇》论哀文与吊文二体，各述此二体文写作要领，主张哀文要讲究"华实"并重，吊文则要精核表述其人平生所抱志向、所怀之道，谨守"公正"之理吊慰其人。如此看来，不论是哀文或吊文，都要将"事理"有无作为评断标准，而对哀吊之人则要写出其人平生“入道见志”之真相。由此而观，刘勰悉自子学“道”与“志”双重要点，建构哀吊文体以“事理”为本的文论。《哀吊篇》的子学内涵至此已呼之欲出，兹括举全篇子学义理要点如下：

（一）首先标出“华实”二字品评东汉哀体作家苏顺、张升的哀文优劣。《哀吊篇》云：

> 然履突鬼门，怪而不辞；驾龙乘云，仙而不哀；又卒章五言，颇似歌谣，亦仿佛乎汉武也。至于苏顺、张升，并述哀文，虽发其情华，而未极其心实。（页五〇）

（二）其次注意哀文写作可能有“心隐”之悲，哀者不忍直说内心伤痛。此“心隐”之理，互通《刘子·心隐章》人心有难知之隐。但是哀文之心隐，有赖认真读者深入体会，做到“观文而属心”之精细。刘勰凸显哀文的主“心”文体，正与刘勰平生思想重“心”之学的理论系统有密切关联。《哀吊篇》云：

> 原夫哀辞大体，情主于痛伤，而辞穷乎爱惜。幼未成德，故誉止于察惠；弱不胜务，故悼加乎肤色。隐心而结文则事惬，观文而属心则体奢。奢体为辞，则虽丽不哀；必使情往会悲，文来引泣，乃其贵耳。（页五一）

（三）至于吊文，刘勰也用“事极理哀”乙词规范此体的写作要领。而且，又据“道”为准，谓吊文不可“乖道”，否则就“不吊”矣！对吊文此体的界定与品评，完全不离子学“博明事理”以及“入道见志”的义理内涵。《哀吊篇》云：

> 吊者，至也。诗云：“神之吊矣。”言神至也。君子令终定谥，事极理哀，故宾之慰主，以至到为言也。压溺乖道，所以不吊矣。（页五一）①

---

① 《哀吊篇》云：“诗云：神之吊矣！言神至也。”此句“神至”谓天神亲降而至，当属宗教人格神，典出《诗经·小雅·天保》此句用“神”字与《周易》言神字稍有别。盖《周易》神字当作“阴阳不测之谓神”，或“知几其神乎”之解，谓几神、神妙之神。孔颖达《周易正义》释“神”字谓“易之神功”最是，孔氏云：“唯神也，故不疾而速，不行而至也，此覆说上下节易之神功也。以无思无为，寂然不动，感而遂通，故不须急疾，而事速成；不须行动，而理自至也。”引自孔颖达：《周易正义》（阮刻十三经注疏本），（台北：艺文印书馆，一九八三年九月），页一五五。

（四）最后，总结哀吊文写作基本原则，即依据“正理”品评褒贬，要表彰死者之“昭德”，不可太过浮夸。仍用“华实”并重作为哀吊文总纲，呼应本篇首段揭示的“华实”品评标准，同时也互通《刘子·正赏章》的说法，主张平正之理。《哀吊篇》云：

> 夫吊虽古义，而华辞末造；华过韵缓，则化而为赋。固宜正义以绳理，昭德而塞违，剖析褒贬，哀而有正，则无夺伦矣！（页五二）

四、《哀吊篇》总案

《哀吊篇》述哀人吊人之文章理论，主角仍是“人”，且一述夭枉之悲，一述主人宾客亲自到位之吊，哀吊身份虽有不同，文章写作必尚“正”则殊无二致，恰恰遵循《周易》贞正易理，力戒违失正道，辞义失控。赞“虽有通才，迷方失控”，节引自《周易·坤》卦辞“先迷后得主，利西南得朋，东北丧朋”此句之“先迷”与“后得”之易理，力倡哀吊文章必须“情主痛伤”，不可“奢体为辞”。否则，写得“丽而不哀”，就大大违背了“哀吊之大体”，不能达到哀体写作的真正目的。

可见，《哀吊篇》已先植入《周易》贞正尚阳之易理，作为哀吊文章的“大体根本”。

若从哀吊体所叙述的内容则更是符合“子家”之志的内涵，诸如“骄贵以殒身”意指子家未能“身名两全”，而“狷忿以乖道”正是感叹不能“入道见志”，至于“有志无时”与“美才而兼累”则是追怀亡者虽有美才却遭逢时运之不济，慨叹一生德操功业之未竟，有“操业俱遂”之不足。凡此皆与子家胸怀一致，而哀吊文章务必着墨于此，《哀吊篇》子学涵义，已不言而喻。

《哀吊篇》建立在以上“尚正”易理与“子家”志道之写作理论，凡不符合此二大项基准之作品，于其引述必给予负面评价，例如评赏苏秦与史赵所作吊文不合吊文文章之正体，有“翻贺为吊”之贬评，意思是指苏、赵两家竟然把吊文写成道贺，其结果是乖理背义。与此相反，称赞潘岳《金鹿》《泽兰》两篇哀文为佳作，有“义直而文婉，体旧而趣新”之优美，认为潘岳哀文能清晰表达义理，又能在“体式”“体貌”上推陈出新，用《知音篇》六观“位体”标准品评之。本篇对哀吊文章的其他引述所作“实际批评”亦大略与此例相似，主要用《知音篇》六观的位体、置辞、事义等三项品评标准加以评析，悉详见上文之析论。

十四　《杂文篇》细读

一、《杂文篇》文论与实际批评

《杂文篇》述对问、七发、连珠三种文体，篇末又附典诰誓问、览略篇章、曲操弄引、吟讽谣咏等十六小类，而总归之杂文一名。立论之初，即重视“类分”之学，而采取《周易》善于辨类之易理，可互通《系辞传下》所谓“本乎天者亲上，本乎地者亲下，万物各从其类”此句所说天地事物分类，乃各随品物性质之不同而各有类属。本篇师法《周易》这种分类易理，先将十六小类与三大类同属杂文而分出大小之别，然后再说明凡此类文章不论大小皆出自智术之“子”与博雅之“人”，即指皆出自战国末期有子家背景之写作，藉由“博明万事”之子学进行创作，故而本篇所述各篇文章都有“子学”内涵，以及子家“入道见志”之旨，遂定义这是杂文写作根本“大体”，注重各类杂文内容要表现“道”表现“志”的特点。因而，屡屡出现诸如义理、意理、事理等语词，皆与子学有关。①

总的来说，《杂文篇》其实是子家小品，所以本篇引据实例作品，处处化用子学义理进行分析，兹条例本篇原文各节段加以细读。

先看“对问”文体，本篇实际批评选自宋玉以下东方朔、扬雄、班固、崔骃、张衡、崔寔、蔡邕、郭璞等共八家之文，进行品赏鉴识，其所用文术

---

① 《杂文篇》有一段原文分析写作对问文章的作者之企图就是入道见志，用情采文辞表达不遇之情感，出自“发愤述作”之意。《杂文篇》云：“原夫兹文之设，乃发愤以表志。身挫凭乎道胜，时屯寄于情泰；莫不渊岳其心，麟凤其采：此立体之大要也。”（页五三）此节亦颇有“子家”涵义，可与《诸子篇》篇末“嗟夫，身与时舛……”此段之作者感叹，互相参看，亦隐含刘勰一生身世之暗示。

论，皆明用《情采篇》之情理、《宗经篇》之华实、《体性篇》之典雅等三种理论。《杂文篇》评八家文云：

> 自《对问》以后，东方朔效而广之，名为《客难》，托古慰志，疏而有辨。扬雄《解嘲》，杂以谐谑，回环自释，颇亦为工。班固《宾戏》，含懿采之华；崔骃《达旨》，吐典言之裁；张衡《应间》，密而兼雅；崔寔《答讥》，整而微质；蔡邕《释诲》，体奥而文炳；景纯《客傲》，情见而采蔚：虽迭相祖述，然属篇之高者也。（页五三）

此节分析对问体文章要讲究辨正事理，文辞奇巧又要带有诙谐语趣。“回环自释”表示道理能自圆其说，反复论证。但也不能没有文采，所以要“含懿采之华”，即注重“华采”。以上皆互通《情采篇》情文、声文、形文之要求，谓对问文体必备情采，即情理文采。①

因此，华藻不可太过，要求“典言之裁”，意谓在说理细密之中谨守雅正之分寸。典，正也，“密而兼雅”即求雅正而严密之文辞表现，此用《体性篇》八体之一“典雅”之标准。

又说崔寔《答讥》此篇有“整而微质”意指体貌严正，但却缺少了“质实”即内容思想之充实。反之，若是“文炳”与“采蔚”（意指文采鲜明、华丽），又太过矣！因此，要求对问文体的“质实”与“文炳”并备兼善，始能符合“华实”的要求。《辨骚篇》云：“酌奇而不失其贞，玩华而不坠其实。”此语将奇正与华实并列而观，作为学习屈原《楚辞》风格的典范，正可转化为“对问”文体写作的最高准则，同时也是对《征圣篇》“然则圣文之雅丽，固衔华而佩实者也”这种华实兼备风格的遵循与追随。

最后，《杂文篇》总括对问文体的“文理”，在“敷理以举统”节段，即再次括举情理、情采作为对问文章的理论根本。《杂文篇》云：

> 原夫兹文之设，乃发愤以表志。身挫凭乎道胜，时屯寄于情泰，莫不渊岳其心，麟凤其采，此立体之大要也。（页五三）

此节分析对问写作来自“子家”身份，乃困于艰难时代不遇之悲，遭逢挫

---

① 《杂文篇》另有一段实际批评陈思王曹植与庾敳云：“至于陈思《客问》，辞高而理疏；庾敳《客咨》，意荣而文悴。斯类甚众，无所取才矣。”此节“理疏”谓义理空疏，“意荣”之“意”谓情意，合而言之，也有“情理、情意”内涵。

折，思有以发愤述作，欲藉对问之体，言志述作，将丰富情感寄托于笔端，透过美丽文采，抒发内心哀郁，一则明理，二则寄情，情理兼顾。此即对问体“敷理以举统”所见之深刻子学内涵。[1]

《杂文篇》讲述对问，先举例实际批评，次“敷理举统”做文论要义结语，此后，其他二类七体与连珠大抵依照此模式，摹拟陈述。皆用“自《七发》以下”“自连珠以下”等句式，与“自对问以后”句式相似。今录《七发》以下实际批评云：

> 自《七发》以下，作者继踵，观枚氏首唱，信独拔而伟丽矣。及傅毅《七激》，会清要之工；崔骃《七依》，入博雅之巧；张衡《七辨》，结采绵靡；崔瑗《七厉》，植义纯正；陈思《七启》，取美于宏壮；仲宣《七释》，致辨于事理。自桓麟《七说》以下，左思《七讽》以上，枝附影从，十有余家。（页五四）

次录七体文章之文论理统云：

> 或文丽而义睽，或理粹而辞驳。观其大抵所归，莫不高谈宫馆，壮语畋猎。穷瑰奇之服馔，极蛊媚之声色。甘意摇骨髓，艳词洞魂识，虽始之以淫侈，而终之以居正。然讽一劝百，势不自反。子云所谓“犹骋郑卫之声，曲终而奏雅”者也。（页五四）

案：七体与连珠作品批评，刘勰完全根据《定势篇》云：“连珠七体，则从事于巧艳。”此语“巧艳”谓作法奇巧，文辞艳丽，即为七体连珠共有的“体貌”表现。本节七体实际批评遵此标准，下一节连珠实际批评亦然。

但是，刘勰受到《周易》尚正、贞正思想的引导，极力反对巧艳太过，主张折中，故而在七体的“理统”之说，刘勰独独突出“始之以淫侈，终之以居正”这种始终首尾都要保持巧艳之“正”的体貌，以之作为对七体与连珠杂文的最高要求。

从而可知，本节七体实际批评的理论根源是文术论《定势篇》与《周易》贞正易理思想。具体分析，唯有枚乘《七发》能做到尚正而巧艳，故有

---

① 此节将东方朔《答客难》、宋玉《对问》、扬雄《解嘲》三篇悉归类为“对问”体。其实在昭明《文选》文章分体三十九类之中，已有对问、设论、难三种体类，这三家文章各有归属，不是同在“对问”体，此《文心雕龙》与《文选》文体分类不同之一例。

“独拔而伟丽”之评，独拔谓独出拔萃，伟丽即巧丽与伟壮。其他例如“清要之工”，谓虽有清新巧妙，但缺少“艳”。而“博雅之巧”虽有巧，也同样较少“艳”。反之，“结采绵靡”指文采靡丽，又太过淫侈，有违“正理”。若又“植义纯正”而没有文采，依然非善。所以，即使有了“美于宏壮”的宏壮文采之美，仍然要配以“事理”辨正的功夫，做到“巧艳”融合“正理”的双美境界。

以上七体实际批评均不出《定势篇》“巧艳”理论之界定，辅证文体论必援文术论作为品评文章之理论根据。再看连珠实际批评云：

> 自《连珠》以下，拟者间出。杜笃、贾逵之曹，刘珍、潘勖之辈，欲穿明珠，多贯鱼目。可谓寿陵匍匐，非复邯郸之步；里丑捧心，不关西施之颦矣。（页五四）

次录连珠体文章理统云：

> 唯士衡运思，理新文敏，而裁章置句，广于旧篇，岂慕朱仲四寸之珰乎！夫文小易周，思闲可赡。足使义明而词净，事圆而音泽，磊磊自转，可称珠耳。（页五四）

案：连珠体实际批评仍然不出“巧艳”体势，但更重视“正理”的安排。为此，刘勰独赏陆机《演连珠》此篇，评它事理“圆明”，声音悦耳，文词光泽，视之犹如鲜亮润滑的“明珠”，可以转动自如，用此比喻陆机连珠体文章，既有“巧艳”体貌，又内含丰富“义理”，堪称此体的典范之作。

最后须注意《杂文篇》最末一段创立文体有“次分类”之说，谓“次文类”(sub-genre)，即在大范畴主要文体类别之下，又分出更小的体类，使它与主体之间有大小、宽狭之别。次类的出现既有“文类交融”的影响，更有次文类自身的主体创制，故谓之“次文类”。此刘勰文体论创立“文类交融”说之外，又一创新理论。其立即影响，造成昭明《文选》的文体分类，在“赋”之下又分出十六次类，在“诗”之下亦分出二十三次类，说明了这是来自《文心》文体论次分类作法之启示。《杂文篇》云：

> 详夫汉来杂文，名号多品：或典诰誓问，或览略篇章，或曲操弄引，或吟讽谣咏。总括其名，并归杂文之区；甄别其义，各入讨论之

> 域。类聚有贯，故不曲述也。（页五四）

案：据此节分类，在杂文总名之下，又分出典诰誓问等十六类，可谓之“次类”杂文，昭明《文选》十六赋类与二十三诗类，分法与此相通。今观此种次分类，有的从体貌形式分，有的从主题内容分，有的从“题目”名号分，大抵皆各有其必分之内涵意义，虽然每一小类都各自有它的领域，可以细加讨论，但总的说，都是统贯在“杂文”大体类之下。

如此以杂文为大体，十六小类为次体的文体分类学，正是本篇《杂文篇》新创的文论说法，可暂名之曰文体次文类（sub-genre）。

二、《杂文篇》易学影响

《杂文篇》述对问、七体、连珠三种文体，谓此种体类皆出于“智术之子”与“博雅之人”必然之作，盖正逢战国纵横辩说流行之时代，诸子百家不得不藉此“杂体”之文，申明志向，畅述胸怀。故而文章虽曰杂文，但刘勰颇注意自此杂文辨明体类，探赜索隐。此种知类辨类，以及定体类之“类”字概念，与《周易·系辞传上》“方以类聚，物以群分”此句万物分类之易理实为相通互明。刘勰乃将易理的“物类”引伸为文章理论的“文类”分析，亦即《杂文篇》末云“类聚有贯”（谓同类之文可加以贯通）此意之本源。《杂文篇》用分类法，进行各体杂文种类之归纳，大体不离《周易》所述“类”之易理。《杂文篇》云：

> 详夫汉来杂文，名号多品：或典诰誓问，或览略篇章，或曲操弄引，或吟讽谣咏。总括其名，并归杂文之区；甄别其义，各入讨论之域。（页五四）

此节分类杂文的品名，多至十六种名称，经由刘勰加以辨别讨论，统归入“杂文”此体。这一做法与《乾·文言传》“本乎天者亲上，本乎地者亲下，万物各从其类也”（万物各依细小不同之时位，分属于天地上下之大类别，凡物类与文类之分辨区别）道理一致。再说《杂文篇》虽杂述各体杂文，却都能一一加以“辨体”，进行原始表末之思想本源，也可视作《系辞传下》所述“原始反终”思想的应用引伸。《杂文篇》其他涉及《周易》之论述节段引述如下：

（一）凡此三者，文章之枝派，暇豫之末造也。（页五三）

案：此节谓对问、七体、连珠此三种杂文体类之写作动机皆出自君子有闲暇逸乐之时，欲藉此体畅述情志。用“暇豫”一词，实仿自《周易·豫》卦六爻爻辞鸣豫、盱豫、由豫、冥豫等类似之构词句法。甚至用“乐”字解豫，恰正符合《豫》卦本义。《豫》卦象曰：“雷出地奋豫，先王以作乐崇德，殷荐之上帝，以配祖考。”此谓《豫》卦象取义“和乐”之训，朱熹《周易本义》注云：“豫，和乐也。人心和乐以应其上也。”即训豫为和乐，正是刘勰用“暇豫”一词之本源。如此训解易义，即可反过来印证《豫》卦易理，视作刘勰“反馈”易学诠释之一例。[①]

（二）自桓麟《七说》以下，左思《七讽》以上，枝附影从，十有余家。或文丽而义暌，或理粹而辞驳。观其大抵所归，莫不高谈宫馆，壮语畋猎。穷瑰奇之服馔，极蛊媚之声色。甘意摇骨髓，艳词洞魂识，虽始之以淫侈，而终之以居正。（页五四）

案：此节泛论古来七体作者不下十余家，论其所作文章体貌虽然繁复多样，然总体而言，必以“正”为根本，乃将《周易》贞正、尚正之易理，作为七体文理思想之本源。

（三）原夫兹文之设，乃发愤以表志。身挫凭乎道胜，时屯寄于情泰，莫不渊岳其心，麟凤其采，此立体之大要也。（页五三）

案：此节括述杂文体类根本大纲有二项：其一杂文作家必胸怀伟志，心抱大道，用“道心”一词描述杂文作家之志谓必先有道心，始能创作富含“情采”兼备之文，本篇论杂文写作大要尽萃于此节语。其中“立体之大要”衍义《周易》之“要”字易理，又“时屯寄于情泰”此句“时屯”化用《屯》卦易理。《屯》彖曰：“刚柔始交而难生，动乎险中。”此句意谓阴阳始

---

① 《豫》卦训解，朱熹训豫即和乐，然而《序卦传》云：“有大而能谦勿豫。”《杂卦传》云：“豫，怠也。”《系辞传上》云：“重门击柝，以待暴客，盖取诸豫。”以上诸解，可曰《周易》经传解。今再据陆德明《经典释文》云：“豫，悦豫也，备豫也。马云：豫，乐也。”此引马融训豫为乐，盖即刘勰“暇豫”作闲暇逸乐解之所本。

交之初，必逢艰难险境，谓屯难，即“时屯”所本，谓时世艰难。至于“情泰”乙词化用《泰》彖曰：“天地交而万物通也，上下交而其志同也。”谓万物有交应，人事有感应，则必可通泰畅达，此即“情泰”所本，谓事情时运通达。全句“时屯寄于情泰”意思是说杂文作家或正处于艰难困顿之身世，然犹怀抱大道，寄托盛明交感之心于未来。这正是《诸子篇》“标心于万古之上，送怀于千载之下”之意，与本节“寄于情泰”“凭乎道胜”二句同理可证。由以上分析得知，《杂文篇》所述之作家当属“述道言志”之类，而《屯》《泰》二卦易理则是《杂文篇》理论根源。①

三、《杂文篇》子学内涵

《杂文篇》之说，雅有深旨，多从子学寄意，惜乎罕见学界讨论。试观此篇《杂文篇》讨论三体，凡对问、七发、连珠等，亦文亦赋，体式难以归类，故名曰杂。其实刘勰要探究之要义，初不在杂不杂，乃在此三体介乎战国屈原楚辞之后，又在两汉大赋之前，特具“史变”之枢纽地位。溯自战国之世，百家腾跃，此时子学兴盛大畅，亦恰正是此三体杂文萌芽造端之初。今详推刘勰本意，似有意安排此三体置于战国子学之间，过渡到两汉大赋之时，将此三体纳入介于两代之际的“亦子亦文”之中介文体。如此一来，刘勰视此三体为早期“赋”之形式，并且暗示此三体内摄有“子学”意涵，于是后代学者遂有一说，谓早期赋家率从战国子学衍生而出，而此期赋作大率有子家之意。此说自清儒章学诚《文史通义》始大力倡导。章氏云：

---

① 纪昀评点《杂文篇》指出“对问”乃昭明《文选》编者昭明太子所加，原文载录于《新序》，并无标题。纪昀云：“《卜居》、《渔父》已先是对问，但未标对问之名耳。然宋玉此文载于《新序》，其标曰‘对问’，似亦萧统所题。”据此语，《新序》固属子书，宋玉《对问》入载子书，暗示此文有“子学”内涵，非纯以“文章”观点读之。本篇《杂文篇》于“选文定篇”又举仿效宋玉诸家，如东方朔《答客难》、扬雄《解嘲》、班固《宾戏》、崔骃《达旨》、张衡《应间》、崔寔《答讥》、蔡邕《释诲》、郭璞《客傲》等，合之八篇，杨慎评点云：“八篇皆见于史。”此语明指八篇出史书载录之文，则当初亦未归类为“对问”文体。以上纪昀、杨慎二家批语，转引自《文心雕龙汇评》，页五二、页五三。

赋家者流犹有诸子遗意，居然自命一家之言者，其中又各有宗旨焉，殊非后世诗、赋之流。①

上引章氏语，妙在早期子家与赋家合流之史实，点明古代由战国到秦汉之世，子学由“一家”渐渐转变为个人文“集”的文体源流。虽然章学诚立论，主要在辨正经史子集的学术分类问题，专注在文献目录学著录方法之考究，但由章氏之解，亦可间接得到旁证即汉初赋家大都承袭子家，而早期赋作大率抒发子学义理。此一解，亦恰恰正是《杂文篇》刘勰定义杂文名义之所本。当先看《杂文篇》首段揭示宋玉“含才”之才，悉本之志气。刘勰云：

智术之子，博雅之人，藻溢于辞，辩盈乎气。苑囿文情，故日新殊致。宋玉含才，颇亦负俗，始造对问，以申其志，放怀寥廓，气实使文。（页五二）

此节首言“智术之子”可化约为“子家”一词，而子家必知通古今，必能博明万事万物。且子家之文，亦必然有一代一代随时不同创新之变化，端看子家是否能参透“述道言志”义理而定。刘勰在此节已先揭示“子”与“文”合流并济之实，再引宋玉创制“对问”此体做例证，说明对问之文，乃由“子”到“文”之演变必然会有之新体类。若再仔细体会刘勰的用语，“藻溢于辞”突出“辞藻”之作用，作为智术之子不得不创新用力之方向，凡具博辩之才者，皆不得不专心讲究“藻”与“气”如何在“文情”范围内创作出一番新面貌。如此诠解《杂文篇》精义，可旁通理解刘勰要用“以申其志”去定位宋玉创作对问的本质，以及又用“气实使文”此语表彰宋玉对问富含“文气”之特点。因为，文之有气，必涉及作家养气，由养气与文气之论亦必追溯先秦各派子家早已畅述气论之子学内涵。简言之，宋玉对问兼含“申志”与“文气”之新体，刘勰置入《杂文篇》从文章学角度重新解释，实乃受制于《文心》主旨在论为文之用心，故而偏重于对问文体定义，略去对问与“子学”源流的讨论。然而须知文家之解未必不参酌子学，分析

① 引自章学诚《文史通义》卷一《诗教下》，新编页三八。又案章氏《校雠通义》卷三《十五之二》亦同有类似之见解，可并参见章学诚：《文史通义新编》（台北：华世出版社，二〇〇一年九月）。

宋玉创作对问新体的“原始以表末”之来源，必然要再兼述博雅子家如何顺应时序文情变化，开展由“子”到“文”之不同途径，于是不得不产生对问文体外表是文而内在深含“述道”精髓，以及“言志”意图之新意，而它又在汉大赋成为主流之前产生，径名大赋殊不妥，同时，也不能再用“子书”看待它，无以名之，乃统归之曰“杂文”。

今若再参考《杂文篇》的大致纲要，刘勰特别表彰杂文作者的创作乃“发愤述作”，寄托平生立志于“道”之胸怀，详味此“道”字，则知此体出自子家之手已甚明矣！《杂文篇》又云：

> 原夫兹文之设，乃发愤以表志。身挫凭乎道胜，时屯寄于情泰，莫不渊岳其心，麟凤其采，此立体之大要也。（页五三）

此节直说杂文此体本源有表志、有凭道之意，合言之，不正是诸子之学“入道见志”之书的意思吗？杂文作者等如诸子心胸之志气，此子家与早期赋家共同之风骨。所异者，刘勰看出杂文作者终究要随“文变”之运转，向下走，走到以“藻溢于辞”的辞采华茂、流行夸饰为主调的汉赋之世，遂逐渐由“子”变通为“文”，这里刘勰点出杂文介入子与文二者“跨领域”（crossed field）之范畴，于是不得不有“麟凤其采”之巧构讲究，藉此寄怀“渊岳其心”的文情。所以说刘勰最后在“敷理以举统”道出杂文此体的文章本质，意深而切。再说此段话亦雅有刘勰自居子家，身措文苑，体备子集双重心志之旨，甚可玩味。盖刘勰深通博识之才，创作《文心》，既熔铸经典，又翔集子史，举凡四部之文，大都已涉猎泛览，并引入《文心》，自然不会受限于“立意”之子而已，当必自期身兼“能文”之士矣！①

今据以上所述可知刘勰杂文之说乃“以子兼文”之理论，虽然以上之解，只以“对问”此体为例，实则《杂文篇》尚有枚乘首唱之“七发”，扬

---

① 近儒刘永济深知刘勰博学，于氏著《文心雕龙校释》附征引文录序有云：“今观其书《明诗》以下二十篇，每论一体，辄标举篇章用相衡鉴，则撰录虽无专书，苟就其所论列之文撮录为一编，亦犹流别之有集也。因此暇日次录其目，凡所征引，泛滥四部，篇章繁富，什倍萧选，然后知古人之宏博为不可及，盖非读破万卷者，未容轻易扬抑前条也。”此段话可助解刘勰学术必内化通才博学子家之证。参见刘永济：《文心雕龙校释》（北京：中华书局，二〇一〇年八月），小引，下册，页二〇一。

雄创始之“连珠”此二类，① 合对问共为三类，统名之曰杂文。今观刘勰对七体与连珠体的作品摘评，有时从“道”而论，有时从“事理”与“博辩”而分析，所用词语以及品评概念，莫不与“述道言志”“博明万事”之子家定义有密切交涉，完全可体会刘勰用对问之说解，引伸到七体与连珠的品评。试引述如下：

（一）用“博雅之人”与“事理”之词摘评十余家七体作者云：

> 自《七发》以下，作者继踵。观枚氏首唱，信独拔而伟丽矣。及傅毅《七激》，会清要之工；崔骃《七依》，入博雅之巧；张衡《七辨》，结采绵靡；崔瑗《七厉》，植义纯正；陈思《七启》，取美于宏壮；仲宣《七释》，致辨于事理。自桓麟《七说》以下，左思《七讽》以上，枝附影从，十有余家。（页五三至五四）

（二）用“儒道”乙词评述崔瑗《七厉》云：

> 唯《七厉》叙贤，归以儒道，虽文非拔群，而意实卓尔矣。（页五四）②

（三）用“事义”乙词称赞陆机连珠体云：

> 唯士衡运思，理新文敏，而裁章置句，广于旧篇，岂慕朱仲四寸之珰乎！夫文小易周，思闲可赡。足使义明而词净，事圆而音泽，磊磊自转，可称珠耳。（页五四）

详味上列三则刘勰摘评七体与连珠体代表作家及其作品之用词用语，皆密切关系“道”“志”“理”等三项子学关键字义，可知刘勰在《杂文篇》不是片面地只作文章之论，而是综合互通子学与文章折中论述。

① 近人刘永济《文心雕龙校释·杂文十四》对连珠体始末有考证：“连珠之体，傅玄谓‘兴于汉章帝之世，班固、贾逵、傅毅三子，受诏作之。’与舍人肇始子云之说，举人虽异，论时则同。然杨慎据李延寿《北史·李先列传》，有‘魏帝召先读韩子《连珠论》二十二篇’，即《韩非子》。《韩非》书中，有连语，先列其目，而后著其解，谓之连珠。章实斋亦谓《韩非·储说》为此体之所始，盖其结体颇同，特子云加以藻饰之辞耳。至近人孙德谦谓其出自《邓析子·无厚篇》。非也。”此考甚是。

② 按崔瑗《七厉》已佚，今人费振刚《全汉赋》同阙，清人陈元龙《赋汇》亦未收。严可均自《北堂书钞》卷一三五辑得二句曰“加以脂粉，润以滋泽”，谓即此篇佚句。

四、《杂文篇》总案

《杂文篇》首引《周易》万物归“类”之易理，将其化用到人文之分类，再到文章文体之体类，这是“博”之概念。但是“博”与“一”不能分立而必须相属，本篇即将“子家”胸怀定为杂文之“一”，谓杂文必出自“智术之子”与“博雅之人”，正式界定杂文即子家小品之作。

于是，《杂文篇》文章的“兹文之设”皆从“子家”立意。谓杂文文体写作开始的“位体”即据子家“道”与“志”作为文章写作大体。

于是凡本篇所举实例作品，亦皆以义理角度为主导进行分析赏鉴，可视作子学理论为根据之实际批评，均详见于以上各节所述。

十五 《谐讔篇》细读

一、《谐讔篇》文论与实际批评

《谐讔篇》述幽默笑话之作与谜语隐词之书，今置于《杂文篇》之后，本当属杂文之小支，却又别出一类，可证刘勰文体学两大类别“文”与“笔”有严格之分限，而谐讔当属“文”之大类下更细更小之一类，犹如从大文体到小说，于是借用《汉书·艺文志》述九流十家之小说家之类别比拟此篇，谓谐讔犹如九流中必有之小说家。如此由大至小、首尾一贯之文体分类，可见刘勰的“文学”定义，是广大而多元的范畴，近似现代所讲的广义文学，而非狭义的纯文学。①

其实《谐讔篇》不能用《史记·滑稽列传》看待小说家为“小道”这种观点来看，本篇要义是刘勰括举“宗经”理论，对谐讔文章进行“匡正”品评，应该看作宗经理论的实际批评。今引《谐讔篇》实际批评分散在“谐体”与“讔体”各有一节段如下：

> 谐之言皆也，辞浅会俗，皆悦笑也。昔齐威酣乐，而淳于说甘酒；楚襄宴集，而宋玉赋《好色》。意在微讽，有足观者。及优旃之讽漆城，优孟之谏葬马，并谲辞饰说，抑止昏暴。是以子长编史，列传《滑稽》，以其辞虽倾回，意归义正也。但本体不雅，其流易弊。于是东方、枚皋，餔糟啜醨，无所匡正，而诋嫚媟弄，故其自称为赋，乃亦俳也；

① 王梦鸥注意到《谐讔篇》所指的“小说”一词，仅指残丛小语，并非近代所称小说涵义。参见王梦鸥：《文心雕龙：古典文学的奥秘》，页九九。

> “见视如倡”，亦有悔矣。至魏人因俳说以著笑书，薛综凭宴会而发嘲调，虽抃笑衽席，而无益时用矣。然而懿文之士，未免枉辔；潘岳丑妇之属，束皙卖饼之类，尤而效之，盖以百数。魏晋滑稽，盛相驱扇，遂乃应玚之鼻，方于盗削卵；张华之形，比乎握舂杵。曾是莠言，有亏德音，岂非溺者之妄笑，胥靡之狂歌欤？（页五六）

此节首述战国时代谐文由《史记》记载淳于髡讽谏齐威王“乐极生悲”开始，中间经由司马迁正式写作《滑稽列传》，再到魏晋的作家应玚与张华竞相摹仿为止，一路数下来，既有谐体文的“原始以表末”之罗列，也有“选文以定篇”的典范示例。而这些叙述其实都在夹叙夹议之中，带入“实际批评”。

今当注意者，此节所作谐体批评，大略而言，皆无甚褒语，几乎全篇一律是负面批评。所以，王梦鸥一语点出此篇举例品评的特点云：“《谐讔篇》之选文定篇，一反常例，专列举一些不太好的作品而从中揭发其缺点。”① 此说甚是，今推究刘勰用来指出缺点的理论根据，竟是《宗经篇》雅正之说。用“典雅”对治谐体文辞的“倾回”即颠倒不正，要求做到“意归义正”。刘勰一贯主张文章之根本是“文能宗经，体有六义”，所以，谐体末流之弊，即“本体不雅”（谓没有典雅、雅正的风格）。

谐文一旦不能宗经，即沦落为倡优俳笑无谓之书矣，与刘勰坚持“摛文必在纬军国”这种“文贵器用”之标准相违背，故而此节述谐文宗经之后，再援引《程器篇》“贵器用而兼文采”这种文学功用论，批判谐体文章太过妄笑狂歌有亏“德音”之圣训，据此品评历代谐体文“选文定篇”之作，说诸家莫不是俳优笑谑之书，当有所悔悟：这种文章根本无益“时用”，不能满足当世“兴治济身”之要求。

总的来说，《谐讔篇》论谐体文章，悉据《宗经篇》义归雅正之标准，以及《程器篇》文贵器用的理论，进行谐体文实际批评。

其实，《谐讔篇》讔体实际批评沿用了相同的理论，崇尚讔语要“义正显明”，要求反映事理的周备与精要，而不能只顾精巧好笑而已。《谐讔篇》云：

> 昔楚庄、齐威，性好隐语。至东方曼倩，尤巧辞述。但谬辞诋戏，无

① 同前注引书《文心雕龙：古典文学的奥秘》，页九六。

> 益规补。自魏代以来，颇非俳优，而君子嘲隐，化为谜语。谜也者，回互其辞，使昏迷也。或体目文字，或图象品物，纤巧以弄思，浅察以衒辞，义欲婉而正，辞欲隐而显。荀卿《蚕赋》，已兆其体。至魏文、陈思，约而密之。高贵乡公，博举品物，虽有小巧，用乖远大。（页五七）

此节从楚庄王谲语、东方曼倩巧辞一路评到魏晋，凡是说到谲语就以纤巧、衒辞、谬辞这类用语评之，谲语“无益规补”，而且“用乖远大”，如此同样依据《程器篇》文贵器用之说加以批判。最终要求谲语做到“义欲婉而正”，将其作为谲语写作最高指导原则。至于追溯谲语能表现义理的正道，能运用显明的文辞，荀子《蚕赋》才开始这样写作，可惜后继者无力，不能善加发扬，就变成末技巧术，失去讽谏作用，因小而失大了。

由此可见谲语以尚正为准，以时用为归，与谐体大体一致。这都是《宗经篇》所云“文能宗经，体有六义”这种理论的“实际批评”。

二、《谐谲篇》易学影响

《谐谲篇》分析谐辞与谲语两种文体，谐词是辞浅会俗，让人一听殊觉好笑，不必太讲究文雅，故归为“显”之一类。

反之，谲语犹如猜谜，要做到遁辞以隐意，要善用多方譬喻，以便暗示正道正理，故而隐语之功用可归为“隐”之一类。

合以上而观，《谐谲篇》分作一隐一显两种文体对比并参，本身安排篇章之法，参照《周易》六十四卦“二二相综，非覆即变”的前后关系结构，细加体会，极为类似，此从《谐谲篇》篇名解题得知与易学相关。兹将《谐谲篇》全篇明用或暗用、化用《周易》思想之节段摘引，列述如下：

> （一）芮良夫之诗云：“自有肺肠，俾民卒狂。”夫心险如山，口壅若川，怨怒之情不一，欢谑之言无方。（页五三）

案：此节“无方”袭用《系辞传上》“神无方而易无体”（意谓易神既看不见体用，也不限定在某一类事物发挥功效，易神广大无边）。方，事也。屈万里《读易三种》释《系辞传上》“物以类聚”云：“方，事。”（页八二七）此谓四方之事。无方谓不限定某一方，乃四方皆有可能，明示易神之变化无穷。刘勰袭用易词加以转化，谓谐讔之词，来自复杂不一的怨怒之情，因而就会表现出各种不同方式，呈现多样的谐讔文体。此节“怨怒之情不一”与“欢谑之言无方”对言，不一与无方乃正对修辞，无方谓没有固定形式。①

（二）是以子长编史，列传《滑稽》，以其辞虽倾回，意归义正也。但本体不雅，其流易弊。（页五六）

案：此节归纳诙谐文章，嬉笑怒骂不可太过颠倒混乱，必须谨守本体，不可滥用，提示“雅正”为准，戒防沦落为下流之弊端。此用“雅正”规约谐辞，即与《周易》尚“正”思想吻合，当由《周易》贞正、贞定、元贞此类易学思想衍生而来。

（三）至魏人因俳说以著笑书，薛综凭宴会而发嘲调，虽抃笑衽席，而无益时用矣。然而懿文之士，未免枉辔；潘岳丑妇之属，束晳卖饼之类，尤而效之，盖以百数。（页五六）

案：此节谓谐辞笑谑之类的书，文人尤爱写作，每多仿效。须知此类之作“无益时用”，揭出一“用”字，谓不合当时政务治事之功用。此据“随时而用”以判谐讔文体，暗合《周易》屡称“利用”“利涉大川”“利建国”等此类易词显示的尚用思想，引“有利于用”之易理分辨谐讔文体之利弊。

（四）隐语之用，被于纪传。大者兴治济身，其次弼违晓惑。盖意生于权谲，而事出于机急，与夫谐辞，可相表里者也。汉世《隐书》，十有八篇，歆、固编文，录之赋末。（页五六）

案：此节继定义隐语为“遁辞以隐意，谲譬以指事”之后，再述隐语之为用，即使史家亦不废，例如《史记》有《滑稽列传》之作，乃藉由诡谲奇特之譬喻，暗示隐微之事理，寄托“治国与修身”之方法，以及解释迷惑，辅助不寻常事理的说明。而是否具备这种临危应变之能力，就看能否把握事情紧急危迫的时机，避免“缓不济急”。此节“机急”乙词，谓把握事理玄妙之机，乃成败之关键，隐语之功用就是用来应付这种“机急”的突发状

① 《谐讔篇》此两句，杨明照《文心雕龙校注拾遗补正》阙注，詹锳《文心雕龙义证》注云：“无方，无常。”（页五二六）谓谐讔之言变化无常，此解“无方”近是，可参。

况。它与“谐辞”用直接诙谐的表现法不同，一隐一显，恰恰互为表里，共同促成“兴治济身”的治国目的。此节最关键之一句在“事出于机急”，意谓事情因玄妙不可知的状况突然发生，就要用机智敏捷的手段应付，所以隐语与谐辞就派上用场。机通几，几，事之微，谓事理微细玄妙不可测。此用《周易》“几”字，加以衍义。《系辞传下》：“知几其神乎?”又云：“其知几乎?”又云：“几者，动之微。”又云：“君子见几而作。”以上诸句“几”字皆同作事理微妙之解，亦即“事出于机急”之机字本意。今人解《谐讔篇》此句大抵误作“机智”解，皆谓“事情出于机智敏捷”，如此解即不能与上句“意生于权谲”形成对文。① 若改从《周易》所述“几微玄秘”之易理解，则更切合顺畅矣！此《谐讔篇》应用易理之又一显例。故而《谐讔篇》又有一节文字已明白说出“约而密之”这种隐语写作要领，用来品评魏文帝、陈思王两家写作隐语的特色：“荀卿《蚕赋》，已兆其体。至魏文、陈思，约而密之。高贵乡公，博举品物，虽有小巧，用乖远大。”此节“约而密之”即机密必守之意，密字与“事出于机急”之机密同义，皆广用易理之明证。

（五）是以子长编史，列传《滑稽》，以其辞虽倾回，意归义正也。但本体不雅，其流易弊。（页五六）

案：此节据司马迁《史记·滑稽列传》，推本溯源，谓即谐体文章之本源。但特别点明此体功用在于表现“正道”，非徒事狂笑谑语，不可落入嬉笑怒骂之流弊，用“义正”之说，规范谐体文章写作准则。如此文理盖亦化用《周易》养正尚正之易理思想。②

（六）至魏人因俳说以著笑书，薛综凭宴会而发嘲调，虽抃笑衽席，

---

① 例如龙必锟译《文心雕龙》“机急”之机字作“机智”解（页一七八），詹锳《文心雕龙义证》作“机密紧急”（页五四五），李曰刚《文心雕龙斠诠》则谓“出于紧急机智”（页五八七）。案：以上三家解大同小异，然皆不涉易学“知几”之概念。

② 《周易》“正”字易理，直接证据见于《蒙》《颐》二卦。《蒙》彖曰：“蒙以养正，圣功也。”朱熹《周易本义》注云：“九二以可亨之道，发人之蒙，而又得其时之中。”此用“时中”释九二爻，与“养正”合参，谓时中而正。《颐》彖曰：“养正则吉也。”此谓颐养之道，以正养之则吉，朱熹《周易本义》注云：“谓观其所以养身之术，皆得正则吉也。”此谓养身用正道之术，故朱熹又云：“极言养道而赞之。”谓《颐》卦赞颂养身修身“正道”。凡此皆《周易》尚正思想，与《谐讔篇》尚正尚时用之文体论相符。

而无益时用矣。然而懿文之士，未免枉辔；潘岳丑妇之属，束晳卖饼之类，尤而效之，盖以百数。(页五六)

案：此节归纳谐体文章继“养正”之后，又一项重要功用，即必须有益时代之用，援“时用”乙词，规范谐体文章之大体，时用一词乃直接引述《周易》语辞。《周易》特申“时用”易理，《坎》彖曰：“险之时用大矣哉!”《睽》彖曰：“睽之时用大矣哉!”《豫》彖曰：“豫之时义大矣哉!”《随》彖曰：“随时之义大矣哉!”《颐》彖曰：“颐之时大矣哉!”《大过》彖曰：“大过之时大矣哉!”《遯》彖曰：“遯之时义大矣”《蹇》彖曰：“蹇之时用大矣哉!”《革》彖曰：“革之时大矣哉!”等等，以上凡言“时”、言“时用”，句法结构并其义理，皆类同刘勰用“时用”谓随时之用的思想解释谐体文章。《谐讔篇》赞曰最后再揭“会义适时”也是援用“时”字易理，又说“颇益讽诫”注重谐体文章讽谏与规诫的功用，与“时”字并言即“时用”，仍然出自《周易》的时义思想本源。《谐讔篇》重视文章时用功效，恰恰都是易道易理的引伸发挥。

三、《谐讔篇》子学内涵

《文心雕龙》有《谐讔篇》之作，谐讔看似旁门左道，为无足观之游戏文章，实则不然。盖刘勰设立此篇之用意，虽然他已自白是仿照《汉书·艺文志》述九流十家之著录，最末殿以“小说家”，所谓街谈巷语，道听途说，虽是小道，也有可助学术折中之参酌，援引《汉志》论小说家之观点比附《谐讔篇》，谓犹如小说家也可补述子学与末流文体兼收并采之深意。然而如此自白之解，与《谐讔篇》原文多有所不合，此盖因《谐讔篇》除了比拟“小道可参”之说，其实更有寄寓“政事”“治身”，以及“随时功用”等三项精义。而凡此三项内含在《谐讔篇》之内容，细味之，无一不是子学思想的反映，亦无一不得不要自子学角度索解始能明白原文所述谐隐小道之义理，《谐讔篇》虽有刘勰自白仿小道之形式，然而其内在深刻大道之旨，则万万非“小道”可以说尽，兹列述之。

首先，《谐讔篇》开端释名以章义，即从“文能宗经”说起，认为古代经典早已有谐讔之文，如《左传》载郑伐宋，宋主将华元败绩，民间流传谚语讽刺华元。而《礼记·檀弓下》也述孔子故友原壤丧母，孔子赙以棺椁，原壤遂有口占之歌。以上纪述，皆脱口随诵，了无定制，虽事出谐讔，而圣贤经典亦稍加采录，并不全然删弃，可见六经已有谐讔。如此说来刘勰文论原是"宗经"为本，今兼述谐讔，可归之曰"六经有谐隐"之说的延续。此与子学"述道言治，枝条五经"之子家，源流本末，殊无二致。其尤有可说者，南宋王应麟尝辑"六经天文"之书，清季中叶曾国藩亦揭示"六经鬼神"之文体曰封禅，今又见《谐讔篇》首标"六经谐讔"之论，诚可谓奇论并建，千古辉映，而刘勰又特有先智早观之博识矣！若考刘勰所据之说，其实自"子学"博通之才而得其功。因之，在释名义之后，继之而阐述谐讔文体的流弊，从太史公《史记》设《滑稽列传》说起，按照"雅俗"之分，一路评述至魏晋，总结出谐讔文章弊端，即失去"雅正"精神，只沦落为妄笑与狂歌不得不有之戏谑而已，早已彻底脱离"时用"之功。此与子家"入道见志"与"述道言治"之精神相悖，有违治术之方策。《谐讔篇》云：

> 是以子长编史，列传《滑稽》，以其辞虽倾回，意归义正也。但本体不雅，其流易弊。于是东方、枚皋，餔糟啜醨，无所匡正，而诋嫚媟弄，故其自称为赋，乃亦俳也；"见视如倡"，亦有悔矣。至魏人因俳说以著笑书，薛综凭宴会而发嘲调，虽抃笑衽席，而无益时用矣。（页五六）

此节首先标举《滑稽列传》所载谐讔为此体之正体，源流既正，可知此体之设，虽然不免有许多抃笑与嘲调，但皆可资之以"有益时用"，谓此体述"政事治术"有补于事功，表明刘勰注重谐讔文体雅正之本意。

及至后代，以魏晋发展为例，刘勰痛批此体已届末流之地，大都胡乱比拟，徒事戏谑，不过是狂歌笑书而已，大大有亏于"德音"之教化。刘勰在此拈出礼乐教化之"德音"，作为品评谐讔文章成败准则，完全从子家崇尚礼乐政治之"儒"家观点进行评述，可见谐讔文体必须有"子学"助解，始能阐明此体之要义。本乎此，谐讔既属"六经"已有之文章，今又内涵"子学"之义理，则可断言《谐讔篇》早已化入子学思想矣！难怪《谐讔篇》特别突出《荀子》以子书之作，而别有《礼》《智》《蚕》《云》《箴》等五篇赋，其中《蚕赋》已开启谐讔此体之初型，言下之意，刘勰已定《荀子》为子学之书，却又兼含谐隐之意，并且强调此体的“功用”之远大。《谐讔篇》云：

> 自魏代以来，颇非俳优，而君子嘲隐，化为谜语。谜也者，回互其辞，使昏迷也。或体目文字，或图象品物，纤巧以弄思，浅察以衒辞，义欲婉而正，辞欲隐而显。荀卿《蚕赋》，已兆其体。至魏文、陈思，约而密之。高贵乡公，博举品物，虽有小巧，用乖远大。（页五七）

细审此节，刘勰归纳谐讔文体的弊端，计有“无益规补”“用乖远大”等二项。此完全根据“士之登庸，以成务为用”之“实用”观点立论，正符合“政事文章”的明确要求，援用子家“述道言治”的定义，立可得解。故曰《谐讔篇》内含深邃的子学义理。

四、《谐讔篇》总案

《谐讔篇》立篇原意即仿《汉书·艺文志》九流十家之末必有小说家之意，在文章众多品类之余，又别立此一小类，此转化“经史”之学，用来审视“文章”之作法，近乎将“文”与“学”混合，并同等而观，开启了其后《史传篇》与《诸子篇》这两篇专述史学与子学，以“学”为主轴之论述用意。

既然《谐讔篇》是从“学”之角度立论，凡经学、子学之说，必要时都要加以援引而化入文章文理之叙述。自《周易》之学而言，即有当正、知机、龙德而隐、神无方而易无体等诸多易理之暗用与衍义。自“子学”之内涵而言，即有谐讔文章有“述道言治”，以及“有益时用”之政事文艺功效，注重谐讔文章“德音”为备，“讽诫”为主之文统大体，而不取嬉笑谐谑之做法，率皆儒家礼乐政化之思想范畴。合此而言，《谐讔篇》引“学”入“文”主要之学术内容，即易学易理以及子家之学。难怪本篇凡引证实例之品评，必突出“尚正”标准，信知其思想本源盖出自经子之学。

最后再次详味《谐讔篇》“然文家之有谐讔，譬九流之有小说”之语，则知刘勰考述此文体，盖仿《汉书·艺文志》学术派别分类之学，不以“文”

为专论，而是将文与学并言撰作《文心》此书。乃知《文心》所界定之“文”为最大范围之文，“学”自内涵于文之中。若仅单持“文”之角度，忽视探本溯源而兼及经子之学，[1] 乃径直指《文心》论学为非，论文为是，则所论未当，盖《文心雕龙》本来就是文与学互通交融之大作也。

① 例如近代龙学者叶瀚《文心雕龙私记》即批评《文心》“文”与“学”不分，著述与文章相混淆，认为像《原道篇》《宗经篇》《正纬篇》都是论“专门著述”，不是论文。叶氏说参见叶瀚《文心雕龙私记》，收入《文心雕龙汇评》，页一九五。

十六　《史传篇》细读

一、《史传篇》文论与实际批评

《史传篇》综述历代史书著作，史学与史文兼评，可视作“历史文学”之首创。若问其对史书文章的实际批评方法为何，则可先观摩刘永济《文心雕龙校释》括举此篇自“史迁”而下史书文章的品评：

> 史迁而下，评论尤允。其论史迁也，予之则曰“实录无隐”，讥之则曰“爱奇反经”。论班固也，许之则曰“宗经矩圣”，斥之则曰“征贿鬻笔”。其余如袁张之“偏驳”，薛谢之“少信”、华峤之“准当”、陈寿之“文质辨洽”、干宝之“审正得序”、孙盛之“约举为能”、邓粲之“有心典谟”，则皆所称许。原其立论有宗，故鉴文如镜，乌得妄肆诋诃哉？又当世作史诸家，好奇成癖，《史通》谓《晋史》所本，多小书，若《语林》《搜神记》《世说》《幽明录》是也。《史通》谓沈约“故造奇说”“好诬前代”，则舍人弃奇之论，尤为典要矣。（页五〇）

综计此节史书实际批评所用到的理论，主要为“经正纬奇”的二分法，而以“尚正”为本，对于“好奇”则含贬义。其所用批评术语则以“文质”并重与“华实”同观为最多、最具体且最实际。例如说袁张史书“偏驳”，即谓不正，没有“宗经矩圣”的宗旨。类似的概念，如“爱奇反经”也是指不正，“好诬前代”与“故造奇说”亦复如此，皆违反典谟之正。①

---

① 《史传篇》尚有两段原文，皆谓史书写作要回归“正理”之标准。其一云：“故述远则诬矫如彼，记近则回邪如此，析理居正，唯素心乎！”，其二云：“然史之为任，乃弥纶一代，负海内之责，而赢是非之尤。秉笔荷担，莫此之劳。迁、固通矣，而历诋后世。若任情失正，文其殆哉！”（页六二）以上二节言析理居正，戒任情失正，都是史书“尚正”之思想主张。

另外，好诬即“华词”太过，也是“少信”之意，故又与司马彪之“详实”相对比。简言之，好诬即华实之“华”方面太过淫侈，故而又用“文质辨洽”救其弊，要求做到“详实”与“准当”，合而言之，即有“华实”之美，师法圣文经书的“衔华配实”，即为史书文章的最高准则。经由以上分析，刘永济示范此篇史书文章的实际批评，已暗用《文心》文术论的奇正、华实与文质等主要概念，《史传篇》对于历代史书从“文章”角度加以“实际批评”，大抵悉备于此节。

今须辨析者，《史传篇》的“史评”是评史书文章，但是《史传篇》尚有“史书文理”的论述，内含在本篇“敷理以举统”的叙述节段。例如《史传篇》说到史书写作技巧，要讲究史事的真实，辨别史事同异，更要懂得总会铨配之功。《史传篇》云：

> 然纪传为式，编年缀事，文非泛论，按实而书。岁远则同异难密，事积则起讫易疏，斯固总会之为难也。或有同归一事，而数人分功，两记则失于复重，偏举则病于不周，此又铨配之未易也。故张衡摘史、班之舛滥，傅玄讥《后汉》之尤烦，皆此类也。（页六一）

此节一方面慨叹作史之难，① 一方面又具体阐述史书写作的方法，说到史书二体，无论编年或纪传，都要“按实而书”。而且，对远近史实，要一视同仁，注意“起讫”与“同异”的辨别，这是“附会”之功夫，乃转化《附会篇》附词会意之文术，将之应用于史书撰作：“是以附辞会义，务总纲领，驱万途于同归，贞百虑于一致，使众理虽繁，而无倒置之乖，群言虽多，而无棼丝之乱。”以此种文术主张把握纲领，首尾一贯，与史书记载史事，对错综复杂的事件演变经过，要注意如何拿捏轻重，不可繁琐的撰史功夫有同理之妙，更须防止记述不顾事实、用词浮滥的弊病。如此说来，此节述及史

---

① 纪昀批判《史传篇》非刘勰当行本事云：“彦和妙解文理，而史事非其当行。此篇文句特烦，而约略依稀，无甚高论，特敷衍以足数耳。学者欲析源流，有刘子玄之书在。”（页五八），这一误评，已遭到后代学者甚多反驳。兹举王梦鸥、刘永济两家为例。王梦鸥《文心雕龙：古典文学的奥秘》不但认为纪昀此评“有欠公道”，甚至直接点出《史通》倒是“依据这篇短文的义旨来发挥的”（页一〇二），又说《文心》文体论写作体例“原始以表末”是使用历史方法，“选文以定篇”是历史方法的验证。（页一〇一）刘永济《文心雕龙校释》坦言纪昀批语是“非知言也”，肯定此篇“得史迁著述之遗意”，“得史法之精微”（页五〇），二家所言皆确，余不一一赘引。

书写作方法正是化用《附会篇》文术技巧，[①] 提出要讲究“原始要终，疏条布叶”这种有条理之叙事技巧，写出“道味相附，悬绪自接”这种结构严密的史书。《史传篇》评论史书史事，属于史学史论之范畴，但却援用《文心雕龙》文术论之一《附会篇》作为批评根据，可见文术论并不限于文章之品评，亦可援用到史书著作之评论。文术论是“文章之术”，自无疑义。

《史传篇》析论“史书”及“史书文章”，将“史”引入“文”，又从“文”之角度评赏“传记载籍”文章。合此而观，本篇是一典型的历史学与文学之“跨界论述”，不可偏主一方，必须历史与文学两大领域合参并述，始能得其精义。

可惜，历来解此篇大都沿袭纪昀“文理”与“史事”分离之说，误而再误，遂导致本篇开创“历史文学”之论被湮没，价值未得到恰当界定。[②]

《史传篇》按照前述当分“文”与“学”两项主要理论，文指历史文学，学即学者，专谓史学家。可参本篇史笔、史文等词语而知之。史事属史学，史文当谓史籍之“文”。

今须再括举本篇又另有“史才”与“史德”之语，史才之“才”可作史家才性与史家文才解，当兼摄文与学，而史德必直指史家品德。本篇引述班固作《汉书》，竟然有背德之行，谓“遗亲攘美之罪，征贿鬻笔之愆”，即是批判班固史笔之作，偏袒亲人之纪事，贪图贿赂之窜改，大大违背了载籍“事实”之编缀原则，致生“讹滥”之弊病，褒贬失裁，善恶不分，当然就是史家“无德”之罪过。此评史家之人品，当属“史学”之范畴，非谓史书文章有何“德”之存在，故而《史传篇》史才、史德二词，宜须附带辨义如是。[③]

---

① 《史传篇》另一节原文云：“至于寻繁领杂之术，务信弃奇之要，明白头讫之序，品酌事例之条，晓其大纲，则众理可贯。”（页六二）此节再次申明史书文章写作要注意“首尾”安排，以及“繁简”笔法，更要把握史事关键“大纲”，这些想法，均可互通《附会篇》“原始要终”与“疏条布叶”的文术论。

② 例如周兴陆《〈文心雕龙〉精读》第七讲讲解《史传篇》甚为详细，但是全篇分析未涉及史书文章“文术”分析，专在史书作为“史学”之讨论，将“文”与“学”分开讨论，不相混杂。参见周兴陆《〈文心雕龙〉精读》页八一至九七。

③ 案《史传篇》称颂司马迁“博雅弘辩之才”即指史才，批判班固“遗亲攘美之罪”即指史德，及至赞“世历斯编，善恶偕总”此句善恶之辨，也有“史德”之意。

二、《史传篇》易学影响

《史传篇》畅述历代载籍史书之源流、体例及其撰史文法，凡刘勰以前各家史书之精粹，莫不备述于此一篇，故而唐代刘知幾《史通》或谓即本源于此篇之史论而作也。①

今细读刘勰此篇所论史书文章之大纲即主张史笔尚正。此以正史为宗之史学理论，盖衍义自《周易》贞正、尚正，以及“时正”之易理思想。树立史书以“正”为本之说，并持之以纠举史笔讹乱之失、史书奇邪之弊，揭示史书“析理居正”之笔法，批判史笔“任情失正”之过失，标榜史法“审正得序”之结构。凡此种种史籍文章之立说，莫不以易理之“正”为准则，刘勰化用《周易》贞正思想建构《史传篇》文理主轴，清晰可见。②

至于史书载籍之写作法则，刘勰特别申明要把握史籍文辞之实录与精简，尤其是史书体例结构要有“原始要终”头尾严整之结构，藉之发挥史书“彰善惩恶”之文章功用。刘勰为此又再次申言《周易》“要”字义理，谓史书写作不可“疏阔寡要”（意指写作体例空疏，叙事不得要领），提示史书笔法以“约举为能”（意谓举证史事精约）。凡此类以“要”字为本之史笔理论，亦源自《周易》屡屡阐明之“要”字易理，刘勰援用之作为《史传篇》史籍文章写作之大纲。

综上所言，《史传篇》立“正”字与“要”字作为两项关键理论，其与《周易》贞正、典要之易理思想相契，可视作易理易道影响之下的史书文章论。

本篇还论及史书正体结构要叙事有“序”，略仿《周易》六十四卦头尾

---

① 宋人黄山谷已并言《文心雕龙》与《史通》二书。今观《史通》四十九篇，与《文心》用《周易》大衍数谓其用四十九颇暗合，唯《史通》今本《体统》《纰缪》《弛张》三篇已佚。近人范文澜《文心雕龙注》举二例谓《史通》同乎《文心》，一谓两家同许《左传》《史记》《汉书》，二谓两家同赞编年体、纪传体。刘永济《文心雕龙校释》亦谓两家同主宗经附圣，子玄《史通》乃即《文心》之意而扩言之。凡此皆畅述《文心雕龙·史传篇》与刘知幾《史通》互通之论。

② 明清两代学者评点此篇之批语，即已知“正”论是此篇之特殊处。例如曹学佺云：“论史处，彦和正而子玄偏。”钟惺云：“正论，足服班史之心。”曹、钟评语转引自《文心雕龙汇评》，页五八、五九。

序列、二二相综之结构体系。至于史书体例也要求按正理排序，即刘勰本篇云“审正得序”之意，又必须订定史书条例，有“始立条例”之语，力避史书写作“始而未备”或“末而不终”。凡此皆与《周易》之为书，要有条例，有《序卦传》做到原始要终的成书结构不谋而合。

最后，《史传篇》树立史书完美周备的体系，具有贯通古今，与天地日月同辉的不朽价值，也几乎与《周易》广大悉备、知周万物、冒道天下的博通之学，道理一致。《史传篇》云：

> 原夫载籍之作也，必贯乎百氏，被之千载，表征盛衰，殷鉴兴废，使一代之制，共日月而长存，王霸之迹，并天地而久大。（页六〇）

此节归纳载籍史书之作，必贯通诸子百家学术，透析古今事理，褒贬历代兴废利败之体制，标榜史书博通广大之价值，殆与《周易》此书广大备至、博通神明之易理相互辉映。《系辞传上》云：

> 乾知大始，坤作成物。乾以易知，坤以简能。易则易知，简则易从。易知则有亲，易从则有功。有亲则可久，有功则可大。可久则贤人之德，可大则贤人之业。易简而天下之理得矣。天下之理得，而成位乎其中矣。（页一三七）

此节举《乾》《坤》二卦为天地父母，乃《周易》六十四卦之开端，构成一部可大可久之易书，涵摄天下之事理，其称颂乾坤易理久大之恒存，与刘勰《史传篇》赞述史书载籍“并天地而久大”之颂辞，殊无两别，乃同乎一心。信知刘勰精详于史学，衷心于史籍，崇尚立功不朽之志业，或许受到《周易》思想之高度启发。兹摘引符合以上易理分析，涉及史书文章之节段如下：

> （一）昔者夫子闵王道之缺……因鲁史以修《春秋》。举得失以表黜陟，征存亡以标劝戒；褒见一字，贵逾轩冕；贬在片言，诛深斧钺。然睿旨幽隐，经文婉约，丘明同时，实得微言。乃原始要终，创为传体。（页五八）

案：此节述孔子《春秋》之微言大义，乃在一代史事得失之褒贬。《系辞传下》云：“易之为书也，原始反终，以为质也。”刘勰援引此句“原始反终”一语，转化为“原始要终”颂赞《春秋》微言大义，体例之精，此本篇直引易辞之例。本篇《史传篇》引述《周易》经传成辞其他例句，又有“观司马迁之辞，思过半矣”，引《系辞传下》“知者观其彖辞，则思过半矣”。又“然史之为任，仍弥纶一代”，引《系辞传下》“夫易与天地准，故能弥纶天地之道”。又“析理居正，其素心乎”，参取《履》卦初九“素履，往无咎”此“素”字构词句式。

> （二）及魏代三雄，记传互出。《阳秋》《魏略》之属，《江表》《吴录》之类。或激抗难征，或疏阔寡要。唯陈寿《三志》，文质辨洽，荀、张比之于迁、固，非妄誉也。（页六〇）

案：此节认为魏蜀吴三国史籍他家之作皆有“寡要”之弊，唯陈寿《三国志》能把握文质兼顾之要领，用“要”字文理乃本源自《周易》重视典要思想。

> （三）至于寻繁领杂之术，务信弃奇之要，明白头讫之序，品酌事例之条，晓其大纲，则众理可贯。然史之为任，乃弥纶一代，负海内之责，而赢是非之尤。秉笔荷担，莫此之劳。迁、固通矣，而历诋后世。若任情失正，文其殆哉！（页六二）

案：此节总括刘勰《史传篇》史书文章写作“尚正”思想，反对史笔太过浮华夸饰导致“任情失正”之过失，要求史书文章文质相称，情理兼顾，树立史书“析理居正”之写作典要，恰恰正是《周易》蒙以养正、颐以养正此种“贞正”易理的旁通发挥，亦即《史传篇》赞曰“直归南董”此句标榜春秋时代南史氏与董狐两家史笔正直实录、无所隐避这种史书文章“尚正”笔法的典范，《史传篇》尚正史笔与《周易》贞正易理真可谓一脉相通。

三、《史传篇》子学内涵

《史传篇》内含子学，览文可得。首先，就《文心》全书而言，刘勰向来视子学与经、史皆属博通之学，并不刻意各自区分之。其实刘勰早已有六经皆史之观念，刘勰此见解早于隋代王通百年之久，清代中叶章学诚《文史通义·易教篇》始正式有“六经皆史”之语，章氏此说又更晚之矣！

盖刘勰以子家自居，子家之学，经史古籍必然要在研习之列。何况就文献目录学史考之，史书载籍之作，自轩辕之世，早已设有此官。此即《文心雕龙·史传篇》首述史书来源之见解。乃知史先出，而今之经皆自史籍升格也，始于汉武帝独崇儒家时代。经史一体，亦即《史传篇》辨正史体“释名以章义”之定解。至于子家，诚所谓“究天人之际，通古今之变，成一家之言”之哲人，自不得不参综古史，沉潜经典，始克自成一家。乃信凡古史古经之学，皆统汇为子家研治之术，必折中为子家之道。故曰子家兼包经史之学，斯为得其要旨。今观刘勰《文心雕龙》此书经常有子史、经史合言之语词并列，又有互通文史之旨，如此已可细味刘勰认为“史学”乃跨界之学术，必兼参经学与子学之范畴。例如《风骨篇》有“熔铸经典之范，翔集子史之术”之句谓经史子合冶一炉而成就一家之学，又《事类篇》评述崔瑗、班固、张衡、蔡邕四家文章用典故成功之佳处，决定于此四家之学术精湛，乃因彼辈有足够才学征引经史典故之事例，遂有“捃摭经史，华实布濩”之评，此句谓善引经史典故，助成四家文章具备“华实”之功。另外在《时序篇》评述东晋孝武帝时期的才人文士，谓“文史则有袁殷之曹，孙干之辈”云云，也是“文史”合言，用来描述袁、孙两家文章特色。由以上所见《文心》的经史、子史、文史往往合言之词例，细味语词用意，已可推知刘勰之学术范畴已兼包经史子之学，至为明显。而刘勰在《史传篇》定义史学，即凭借这一条思考理路下定义。《史传篇》云：

> 开辟草昧，岁纪绵邈，居今识古，其载籍乎？轩辕之世，史有苍颉，主文之职，其来久矣。《曲礼》曰：“史载笔。”史者，使也。执笔左右，使之记也。古者左史记事者，右史记言者。言经则《尚书》，事经则《春秋》也。唐虞流于典谟，商夏被于诰誓。洎周命维新，姬公定法，䌷三正以班历，贯四时以联事。（页五八）

此节开宗明义说出唯有藉由载籍之作始能通晓“古今之变”，而子家必参载籍史书，乃是为了“政事”与“宪章”之纪录参考，提供子家“述道言治”之资源，此刘勰悉自“子学”定义史书功用最明确之自白。再看此节刘勰举例的史籍经典，分记言之《尚书》与记事之《春秋》，二书在先秦以前皆为史官之记，降至汉代，因崇儒则又升为经书矣！然则以《尚书》与《春秋》既史亦经、先史后经之成书过程，合参前述“经史”“子史”“文史”词例皆文史并言之用词习惯，遂不难理解刘勰本体思想已统摄经史之学。刘勰援“子家自居”之理路，通解“史学”之本义，刘勰以子通史的学术内涵，至此益加明显。

今据刘勰“以子通史”的史学史识，再参《史传篇》刘勰对历代重要经史典籍所下的评语，总是用经史一体之概念，而经史乃子家必参之学，则《史传篇》当然会融入刘勰的子学。兹述《史传篇》的子学义理内涵如下：

（一）评《史记》体例取源自子书《吕氏春秋》云：

> 及至纵横之世，史职犹存。秦并七王，而战国有策。盖录而弗叙，故即简而为名也。汉灭嬴、项，武功积年。陆贾稽古，作《楚汉春秋》。
>
> 爰及太史谈，世唯执简；子长继志，甄序帝绩。比尧称典，则位杂中贤；法孔题经，则文非玄圣。故取式《吕览》，通号曰纪。纪纲之号，亦宏称也。故《本纪》以述皇王，《列传》以总侯伯，八书以铺政体，十表以谱年爵，虽殊古式，而得事序焉。尔其实录无隐之旨，博雅弘辩之才，爱奇反经之尤，条例踳落之失，叔皮论之详矣。（页五九）

（二）评班固《汉书》有“宗经”之体，符合“述道言治，枝条五经”之子学定义云：

> 及班固述汉，因循前业，观司马迁之辞，思实过半。其十志该富，赞序弘丽，儒雅彬彬，信有遗味。至于宗经矩圣之典，端绪丰赡之功，遗亲攘美之罪，征贿鬻笔之愆，公理辨之究矣。观夫左氏缀事，附经间出，于文为约，而氏族难明。（页五九）

（三）述史书体例也是必遵“依经树则”之理，有“经史”合一之旨云：

> 原夫载籍之作也，必贯乎百氏，被之千载，表征盛衰，殷鉴兴废，使一代之制，共日月而长存，王霸之迹，并天地而久大。是以在汉之初，史职为盛，郡国文计，先集太史之府，欲其详悉于体国也。阅石室，启金匮，紬裂帛，检残竹，欲其博练于稽古也。是立义选言，宜依经以树则；劝戒与夺，必附圣以居宗。然后诠评昭整，苛滥不作矣。（页六〇）

（四）释孔子《春秋》义例，互通《刘子》一书《心隐章》《妄瑕章》《履信章》《正赏章》等四篇之义理：

> 若乃尊贤隐讳，固尼父之圣旨，盖纤瑕不能玷瑾瑜也；奸慝惩戒，实良史之直笔，农夫见莠，其必锄也：若斯之科，亦万代一准焉。至于寻繁领杂之术，务信弃奇之要，明白头讫之序，品酌事例之条，晓其大

纲，则众理可贯。然史之为任，乃弥纶一代，负海内之责，而赢是非之尤。秉笔荷担，莫此之劳。迁、固通矣，而历诋后世。若任情失正，文其殆哉！（页六二）

上列第一则《史传篇》原文评述两汉史书之源流，首见陆贾《楚汉春秋》之作，但真正变创史书体例，开展史学新面貌之创制者，则非太史公之书即今传《史记》莫属。但是《史记》之体例纯属太史公一家之言，记事不全仿《春秋左传》，记言也不类《尚书》，乃创“本纪”之例，以及世家列传之新体，再辅以八书、十表之设计。可谓记言、记事、记典三体毕具，而经史之学双体合一。今观刘勰解释《史记》之体例实仿自吕不韦《吕氏春秋》十二纪之先例，而《吕览》本属子家之学，推考刘勰此解之本意，即有用“子学”观点诠释《史记》之隐意，此乃“以子领史”之理论，亦可视作“子史合流”之史观，故而刘勰用“博雅弘辩之才”称颂太史公，完全符合刘勰《文心雕龙·诸子篇》谓子学“博明万事为子”之子家定义。唯有像太史公如此博通鸿儒，始克通“古今之变”，亦始知参综经典，汇通子史，撰成一部亦子亦史之伟著《史记》。

以上刘勰用“子家”观点评价《史记》之说，已经提示《史记》有“法孔题经”之隐讳，虽然不敢称经，但还是有“仿经”“宗经”之初衷，《史记》作为史书之体其实暗合宗仰圣贤经典之旨。刘勰此一史学见识引伸到《史传》第二则原文评述班固《汉书》时，就明讲《汉书》写作乃“宗经矩圣”之史家典籍，称赞班固之学有“儒雅彬彬”之风，此批语显然也是“经史一家”之义。

再看上引第三则《史传》原文，刘勰更加重语气，直接申明史书撰作之法，必遵经典之正确义理，做到“依经树则”，以及“附圣居宗”，这已经是极明显的史学“宗经”与“征圣”之思想指导矣！

故而在上列第四则《史传篇》原文刘勰结论史书的两大理论即云“尼父之圣旨”，以及“良史之直笔”此二项作为史籍最高标准。今再仔细推敲所谓尼父与良史的实质内涵，则又可据第四则原文归纳出以下五项：一是注意史笔隐讳，二是不可妄评史事，三是要守信史记载，四是把握事理大纲，五是评论要正。统观以上五项史学重点的主要精义，恰恰都在《刘子》此书的《心隐章》《妄瑕章》《履信章》《正赏章》等四章有周延精约之论述。至于

"事理"乙词之概念，与"情理"乙词并观，也都是《刘子》许多篇章之讨论主题。由此可见，《刘子》之义理亦可适用《史传篇》所述之史学，刘勰以子家互通史学的学术内涵，透过以上《史传篇》有关联的几段文意加以比较、诠解，终可确信《文心雕龙》之作，实乃经史子并参之大书，绝非仅仅为文论之书。

四、《史传篇》总案

《史传篇》堪称古代最早且较为全面整体论述"历史文学"此课题之专论，其涉论之范畴亦近代现代所谓"跨界"（cross over）研究方法，将本来各自独立之历史学与文学联系起来，广泛分析两门学科领域之交集处，此求其同。然而更藉由二者之"同"看见二者之"异"，再将同异之对照用来助解两门学科之深刻理解，此当为学科跨界研究可预期之最大功效。本篇从"文"看"史"，与下篇《诸子篇》由"文"看"子"，皆《文心》跨界研究法之显例，而两篇先后相次排列，再次验证刘勰《文心》的篇目结构皆别具用心，未可因后人之误读而随意更动。

今观《史传篇》屡言史笔、史才、史体、史例，诸语词乃纯属历史学本科学问，可归之"史学"。但是本篇另外又提出史文，特别是"史术"一词，则已别开蹊径，用"文"之角度审视古代历史载籍之作。例如"至于寻繁领杂之术"此语术字宜作"文术论"解，谓写作史书必知繁简详略史事之纪录，以及如何下笔之文术。此正如《文心雕龙·附会篇》申言"众理虽繁，而无倒置之乖。群言虽多，而无棼丝之乱"此语所揭文章繁略控制之技巧论，援用于史书写作之法，可暂名之文术互通史笔，亦即刘勰将本非"文"之一类的载籍之作，援引到"文论"而从事历史与文学之"跨界论述"，[1] 即

---

① 按照现代学科研究的历史学各项研究范畴，诸如政治史、经济史、社会史、人口史、文化史、教育史、艺术史、史学史、文学史等等，尚未见"历史文学"此一课题。参见汪荣祖：《史传通说》（台北：联经出版事业公司，一九九七年九月），页三九。然因上世纪八十年代跨领域研究热潮兴起，则又有历史与文学之比较研究，提出"历史文学"概念，讨论历史叙事有真实与虚构之辨证，认为"在虚构的文学叙述中……见出历史的意义"，此与《史传篇》讨论史事互出叙述，史书有不实与讹诞之说可互参。关于历史文学论述，参见张隆溪：《历史与虚构：文学理论的启示与局限》，刊于《文景》第一期，二〇〇五年六月，页五至二十。

可视作今人所谓“历史文学”之理论，盖首由《史传篇》发端。

若再细看《史传篇》除了分述史学与史文两大范畴加以跨界论述之外，尚有一项“史评”。而在进行史书评价时，刘勰并非单单凭据一项做分析，有时还用史学角度品评史书优劣讹实，更多的时候则兼评史籍的“写作”技巧之得失，以及史书文章在“体势体貌”之特色，用熔裁、附会、体性等等这些文心文术论，进行史籍之“实际批评”。从而可知，《史传篇》的史评，乃融合历史学与《文心》文术论双向跨界之品评，纪昀不知此篇写作如此之内涵，竟然评点本篇云：“彦和妙解文理，而史事非其当行。”（页五九）此语实乃一大误解，当曰本篇化用《文心》此书文理，评鉴史事，始得其实。①

最后，亦须再明白理解《史传篇》虽然分从史学、史文、史评三大论述领域，然皆一本《文心》“文能宗经，体有六义”宗旨，确立历史文学与各类文体一致，同以《宗经篇》为一切文章之首，文章之宗，史书文章自亦不例外。故而本篇赞曰“史笔轩黄，体备周孔”即尊圣人“五经”为史书根源。赞曰又有“辞宗丘明，直归南董”之训，则坚信史书文辞必尊奉《左传》为“历史文学”之祖，尊《左传》文辞华实情理为史书写作典范。凡此历历可证刘勰所谓“史体”所谓“史辞”，盖皆融合历史与文学而为一。如此观点，即仿《宗经篇》经典文学、《诸子篇》子书文学之论述，已将“文”做最大范围之宽域解释，且又已率先引入经学与文学、历史与文学、子学与文学等双向学科之跨界研究。《文心雕龙》全书像这样的“文理”结构，十足表明《文心》乃“文”与“学”不分之一种文学观，凡古人所谓经、史、子，在此书而言，莫非皆是“文”。此即与近代以来，力欲严限学科划界，分别子、集不同，厘清“文”与“学”之分际，学术思考理路根本旨趣不同。今复由《史传篇》史与文并观，用“究天人之际，穷古今之变”此种“一家言”之著作心态，推知刘勰已用“一家之言”考查史书著述，遂有“贯乎百氏，被之千载”之自期。《诸子篇》有谓“标心于万古之上，而送怀于千载之下”此种子家胸怀，前后共相发明，从而暗示《序志篇》云：“文果载心，余心有寄。”此语之“心”为何指？盖刘勰一

① 明代评点家钟惺评此节就说：“千古之难，都为拈出。”杨慎也说：“作史之难正在此。”此二家都用一个“作史”之词，表示本篇重在撰作史书不在“史文”。钟、杨二家批语，转引自《文心雕龙汇评》，页六一。

生名山之志也。

最后，再看《史传篇》结论“史书”文章的性质是“学”，要求史家有“博通之学”，于人品则须坚守“正理正道”，注重史书要有担负“政事”与“治体”的重责大任，力戒“任情失正”之伪作。再次表明刘勰的文艺观始终维持“情”与“理”之平衡，而贯之以“尚正”易理，谓情正理正为“史之为任”两大文体写作纲领。细读篇末“文其殆哉”一语，谓“艺文”之术，究竟不能代表史书载籍之全部，而必须“文”与“学”博通兼贯，始能让史书负海内之责，免遭后世诋诽。《史传篇》在一篇之总结，括举刘勰最重要的“文与学”“情与理”两项文论要义，又可旁证《文心雕龙》乃一部博通子学之书。

《史传篇》还有一项见解值得重视，即推源载籍之作是“必贯乎百氏，被之千载”此句“百氏”一词当作“百家之子”解，意谓史书乃记载历代治乱兴亡之事，包含诸子百家之语及其事迹功过，所以本篇“选文以定篇”大都举“列传”人物为例。再用“百氏”一词贯通，不言圣贤，明显是用“子家”之名称，涵盖圣贤之意。

后世有一种说法谓古无经书之名，凡著述皆子书，凡英才特达，皆名为“子”。如此经子合言，恰恰又与《诸子篇》“圣贤并世，而经子异流”的说法完全一致，意谓圣贤与子家乃并世之人，由子而尊为圣为贤，分流而下，率皆后世“学家”之分，否则，鬻子与文王同时代，但“鬻为文友”。至于老子李耳亦大约与孔子先后同时，且有孔子问礼老聃之事，确然是“李实孔师”之关系，绝非后世圣贤与诸子之分类。《史传篇》“百氏”意指子家，乃《诸子篇》子家“原始以表末”论述之预先伏笔，清晰表明刘勰以“子”涵摄经史学术之本义。而刘勰一生重视子学，甚至在《诸子篇》有以“子家”自居的暗示，亦可据“百世”贯史这一句得到参证。①

最后，《史传篇》提出史书写作要有“铨配”与“总会”此二项基本技巧，谓之“史笔”，固然是史论之说。但若从“学”与“文”互参之解，则

① 此句“贯乎百氏”之“百氏”，各本注释稍异。戚良德《文心雕龙校注通译》云：“必须贯通诸子百家。”（页一九五）张灯《文心雕龙译注疏辨》谓：“务应贯连包容百家人事。”（上册，页一四二）案：以上一作诸子百家，甚是；一作百家人事，似未指明是“诸子”，而是史事人物。其他诸家解大抵不出此二义。案：黄叔琳《文心雕龙辑注》云百氏一作百姓，王利器《文心雕龙新书》谓梅庆生改姓为氏。若作百姓，则与诸子百家之解相去甚远。

亦指史书文章的写作技巧，即《文心》此书之文术，谓史书文章当有《熔裁篇》所谓“隐括情理”与“矫揉文采”之术，更须有《附会篇》已揭“总文理，统首尾，定与夺，合涯际”之结构安排。凡此，皆可视作《文心》文术论应用于史书之分析。①

---

① 《史传篇》分史籍为“史学”与“史文”两项论述，纪昀“史事非其当行”与“无甚高论”此二语几乎全盘否定《史传篇》价值，这是因为纪昀用文章学的观点看待《文心》，一概摒弃《文心》“学”的论述。案：今人有持现代西方“历史学”知识重新评价《史传篇》，则全面肯定此篇的“精见”，例如汪荣祖《史传通说》此书悉据《史传篇》印证中西史学，评此篇“极为精简”，又说“虽罗万象，蕴义多有未发”。杜维运序汪氏书，于《史传篇》尤其推崇备至，兹录杜语两则，以见其概。其一云：“刘彦和亦精于史学，其‘史传’一篇，扬搉史籍，探究史理，若隐现刘子玄《史通》之缩影。”其二又云：“简约文字中，于史籍之内容，史笔之抑扬，史法之要删，史任之重大，一一出以精见，虽至中西史学大通之今日，其见仍不可废。然则彦和之史学为不可及矣。”观此二则肯定之语，相较于纪昀之贬评，真可谓天壤之别。由《史传篇》这种正负两极化之评价，更加反面证明《文心》“文外重旨”特色，亟待更有心读者之“细读”。参见汪荣祖：《史传通说》，杜维运序、汪氏再版自序。

十七　《诸子篇》细读

一、《诸子篇》文论与实际批评

《诸子篇》评述诸子百家之说，其实际批评见于两段原文，其一述诸子学说要义，此纯为“子家”实际批评；其二述诸子文章特色，此别属“子书文章”实际批评。今就其二而言，殆即刘勰《文心》乃“论为文之用心也”，从而必品评诸子之文章，堪称最早“诸子文学”之论述。《诸子篇》实际批评诸子文学云：

> 研夫孟、荀所述，理懿而辞雅；管、晏属篇，事核而言练；列御寇之书，气伟而采奇；邹子之说，心奢而辞壮；墨翟、随巢，意显而语质；尸佼、尉缭，术通而文钝；鹖冠绵绵，亟发深言；鬼谷眇眇，每环奥义；情辨以泽，文子擅其能；辞约而精，尹文得其要；慎到析密理之巧，韩非著博喻之富；吕氏鉴远而体周，淮南泛采而文丽：斯则得百氏之华采，而辞气之大略也。(页六五)

此节细品各家诸子文章之美，陈仁锡评点此节云：“今人好子，有能如是一句道破者乎!”① 此语可谓知言，唯须辨之更详者，道破之意乃指诸子文章，非谓诸子思想。试比观下列此则《诸子篇》评述子家思想，所侧重之内容，皆谓子学，无涉子书文章辞理，立可辨知刘勰分别从诸子“思想”与“文学”二途论述诸子。《诸子篇》实际评述诸子思想云：

> 至如商韩，六虱五蠹，弃孝废仁，轘药之祸，非虚至也。公孙之白

① 转引自《文心雕龙汇评》，页六五。

马、孤犊，辞巧理拙，魏牟比之鸮鸟，非妄贬也。昔东平求诸子、《史记》，而汉朝不与。盖以《史记》多兵谋，而诸子杂诡术也。然洽闻之士，宜撮纲要，览华而食实，弃邪而采正，极睇参差，亦学家之壮观也。（页六四）

细味此节评述战国子家自孟子、庄子以下，直到青史子，莫不述及思想学说主张，兼有子家流派之归类，除了“辞巧”一语，稍带“文辞”之论，绝无一语谈及诸子文章，与前段引文专述百家“华采”与“辞气”皆从文章评论相比，旨趣大不相同，从而可知此节专属“学家之壮观”谓学术思想之大略。

总的来说，《诸子篇》涉及文论，专述子书文章之实际批评，同时也有对子家学术与思想的评析。

刘勰评赏诸子文章所用之术语，亦大抵不出情理、华实、情采此三大要项，但特别加入《体性篇》的才气学习之“才气”论，以及《养气篇》的文气、辞气之说；而实际品评时，仍不忘记紧密地将子家个性与才学对其作品造成的影响加以点明标识之，转化《体性篇》所说的“摹体以定习，因性以练才”这种文体性情结合之理论，可视作《体性篇》又一实际批评之例。兹列表呈现如下：

	（一）子家流派	（二）子书文章体貌	（三）类似术语
1.	孟子 荀子	理懿 辞雅	情理 雅丽（懿）
2.	管子 晏子	事核 言炼	《体性》精约 《定势》核要
3.	列御寇	气伟 采奇	《养气》文气 《情采》正采 奇采
4.	邹子	心奢 辞壮	《体性》壮丽
5.	墨子 随巢子	意显 语质	《体性》显附 《情采》文质

（续表）

	（一）子家流派	（二）子书文章体貌	（三）类似术语
6.	尸子 尉缭子	术通文钝	《定势》明断
7.	鹖冠子	（文意）绵绵亟发深言	《体性》绮靡
8.	鬼谷子	（文意）眇眇 每环奥义 情辨以泽	《体性》远奥 《定势》泽势
9.	文子	擅其能（道） 辞约而精（辞）	《体性》精约
10.	尹文子	得其要（义）	《定势》核要
11.	慎子	析密理之巧	《定势》巧艳
12.	韩非子	博喻之富	《隐秀》 《比兴》
13.	吕览	鉴远体周	《附会》
14.	淮南子	泛采 文丽	《情采》 《体性》绮丽

由以上列表可知，《诸子篇》述诸子文章，即不再兼评诸子思想，唯评尸子、尉缭子“术通文钝”此句例外，术通谓尸子、尉缭子二家道术思想博通，可惜用来阐述此道术之文章，则有“钝拙”之失，暗贬二家子书文章之弊。乃知二家不能做到“摹体以定习，因性以练才”之功夫，仍旧化用《文心雕龙·体性篇》理论。

其他各家批评皆仅及其文章之优劣，而化用或引用《体性篇》说法最多，其次则为《定势篇》。从而可知，刘勰品评子家，极看重子家之文，说它是“因情立体，即体成势”此自然体势之实际呈现。今即据体势理论，再将前表加入《诸子篇》对子家“学说”描述，藉观子家学说与文章风格之互补关系如下：

	（一）子家流派	（二）学说要义	（三）文章体貌
1.	孟轲	膺儒以磬折	理懿辞雅
2.	庄子	述道以翱翔	?（缺述）
3.	墨子	执俭确之教	意显语质
4.	尹文子	课名实之符	得其要
5.	野老子	治国于地利	?（缺述）
6.	邹子	养政于天文	心奢而辞壮
7.	申子 商子	刀锯以制理	?（缺述）
8.	鬼谷子	唇吻以策勋	每环奥义 情辨以泽
9.	尸子（佼）	兼总于杂术	（术通）而文钝
10.	青史子	曲缀于街谈	?（缺述）

上列十家子学之思想与文章体貌两项，《诸子篇》二者皆有叙述者，有孟子、墨子、尹文子、邹子、鬼谷子、尸子等六家，今观对此六家所作文章实际批评，当注意刘勰的评论对每一家学说与其文辞表现确乎有某种“内在理路”之联系，造成一家之学说必有一家之文章相配合这种现象。而此种子书文章论述法，盖即转化《体性篇》摹体定习、因性练才之理论。

例如孟轲学说尊儒家而扬名于世，于是《孟子》文章说理善譬，文辞典雅，辞气刚正，殆为“有其人而必有其书”之表现。此与《体性篇》述“贾生俊发，故文洁体清”，或者“孟坚雅懿，故裁密而思靡”此种体性文章相生相成之表述，如出一辙。略举一端，其他各家以此类推，皆同其理。从而可确信，《诸子篇》实际批评子书文学之方法，主要根据《体性篇》之理论及其批评方式，《文心》文体论各篇，率皆成为文术论验证之篇目，于此又得一证。

二、《诸子篇》易学影响

《诸子篇》述子家始末及其源流，兼明各家思想得失大要，而尤措意于诸子文章特色，首倡子学文学之论，此乃奠基于刘勰一贯主张“情理”与“辞采”并备之文理。凡情理一途，又莫不推本于《周易》之道，本篇亦不例外。

首先定义子家为“入道见志”之作，道即《周易》所言之道，志亦《周易》屡述的天下之志与圣人之志君子之志。《周易》一书言道言志之语甚多，皆为《诸子篇》定义子学之所本。本篇又畅述子家智识要周备广博、包摄宇宙，此种子家最高境界，与《周易》广大悉备，博通天下之志的学术相等。最后，刘勰定位《易》为群经之首、百学之源，藉由《诸子篇》清晰明白表达此种坚定之主张。诸子源出易学，乃千古不易之论。兹摘述《诸子篇》内涵易道易理之原文节段如下：

> （一）诸子者，入道见志之书。太上立德，其次立言。百姓之群居，苦纷杂而莫显；君子之处世，疾名德之不章。唯英才特达，则炳曜垂文，腾其姓氏，悬诸日月焉。（页六三）

案：此节率先定义子学为入道见志之作，而子家平生追求在立言之不朽，名德之显彰，乃藉子书之作，怀抱名山之志。今推源子家所谓道，例不出《周易》天地人三道之范围，子家之志亦互通《周易》唯君子能通天下之志，凡本篇所述子家道志，莫不本源自《周易》所述道、志之易理。

> （二）然繁辞虽积，而本体易总，述道言治，枝条五经。其纯粹者入矩，踳驳者出规。（页六四）

案：此节纯粹一词直引《周易·乾文言传》“大哉乾乎！刚健中正，纯粹精也”此句之纯粹，谓《乾》卦六爻皆阳刚之至纯，借以比拟子家有纯粹子家，宗经仿圣，必出典言，与另一类舛驳子家固不同道。本篇直引易辞又见于“邹子养政于天文”，此句“天文”用《贲》卦彖“观乎天文以察时变，观乎人文以化成天下”此句之天文，辞例与内涵悉同，皆谓观看天道运行奥妙之迹。然而本节最重要之论述，即诸子之学出自“五经”之说，谓枝条五经，即以五经为本干，而诸子为五经枝条。此刘勰明确宣言子家之本源在经，必以五经为大体。此乃上承《汉书·艺文志》已述《易》为群经之首，百学之源而来。谓五经为子家之本干，《易》又为干中之大体。凡刘勰《诸子篇》所言“本体易总”之本体总体，盖皆指此意。可互参本篇细述战国诸子思想之要义，虽然各持己见，自立一家，但总括而言，皆不离易理，见证易冒天下之道的大规范。《诸子篇》云：

> 逮及七国力政，俊乂蜂起。孟轲膺儒以磬折，庄周述道以翱翔。墨翟执俭确之教，尹文课名实之符，野老治国于地利，驺子养政于天文，申商刀锯以制理，鬼谷唇吻以策勋，尸佼兼总于杂术，青史曲缀于街谈。承流而枝附者，不可胜算，并飞辩以驰术，餍禄而馀荣矣。（页六二至六三）

此节细述战国子学各家思想流派，分别有儒、道、墨、法、名家、农家、兵家、术数方略、小说家、纵横家、以及杂家等。虽然流派不少，义理多元，其实若细加归纳，推考各家本源，则知不无内涵于易学，包举于易道。此正可做“易为群经之首，百学之源”论说之见证。①

> （三）吕氏鉴远而体周，淮南泛采而文丽：斯则得百氏之华采，而辞气之大略也。（页六五）

案：此句较论《吕氏春秋》与《淮南子》二书，谓《吕览》之书，鉴识远大，而全体体系周备。用一“体”字，非谓《吕览》文体，乃指《吕览》思想义理有根源大体，暗示吕氏之学自《周易》而出，宗法易道，包罗天地人事理，亦即“易为群经之首，百学之源”此句所述易理涵摄广大周备之意。刘勰称颂吕氏书，偏重在吕书之“思想义理”，推为有根本有大体之学，师法《周易》广大悉备与原始反终之论，故有“体周”之语，谓思想义理周备，根本于易道大体。“体”非文体，盖《吕氏春秋》以“博通”为体，贵在思想，若谓体即文体，吕氏全书只称得上是“子书”文体，属诸子文学，

① 近人孙德谦《诸子通考》引庄元臣《叔苴子·内篇》之语，有曰：“易道于九家言，无所不有。”又曰：“非诸子家学亦于是乎具之哉！”此语同谓《周易》包举诸子各家之学，此书孙氏各引《周易》之卦为证，可与《诸子篇》此节互参。参见孙德谦：《诸子通考》，页八四至八六。

但是细读《吕览》全书，其中并无各种文体，何来“体周”之赞许?[①] 乃知刘勰品评吕书“鉴远体周”之体谓全书思想根本大体。

（四）丈夫处世，怀宝挺秀。辨雕万物，智周宇宙。立德何隐，含道必授。条流殊述，若有区囿。（页六六）

案：此结论诸子学术本源出自《乾》《坤》道德，即用《乾》《坤》为易之门户，以及《乾》《坤》生六子之本体意义，凡天下之理皆自易出，盖即刘勰最终认同“易为百学之源”此论，呼应刘勰定义子家之作为“入道见志”之书。此节“立德”“含道”二语，当指此意。其次，规范子家之学，功用在为丈夫立身处世，为世所用，其智识当求知通达天下事务，亦唯有本于易学。《系辞传上》云：“《易》与天地准，故能弥纶天地之道。仰以观于天文，俯以察于地理，是故知幽明之故。与天地相似，故不违，知周乎万物，而道济天下，故不过；旁行而不流，乐天知命，故不忧；安土敦乎仁，故能爱。范围天地之化而不过，曲成万物而不遗，通乎昼夜之道而知，故神无方而《易》无体。”（页一三九）此节总述易道通乎天地，易之智识包摄万事万物，易道已臻至无方无体之神用，恰恰正是《诸子篇》赞曰描述诸子是“辨雕万物”与“智周宇宙”二语之所本。宇宙谓天地往来古今，辨雕谓辨正事理、观察事物，其智识非周备莫办，亦即与易道之“知周”同理。由此得知，《诸子篇》赞曰归纳子家学术根源本体，大抵皆应用《周易》的内涵与系统。[②]

---

① 今见陈拱《文心雕龙本义》释“体周”之体字谓文体，陈拱云：“鉴，谓识鉴。体，谓文体，指内容。周，谓周密，盖因其分八览、六论、十二纪，内容与涵意上甚似面面俱到也。”（页四二一）此解先言体是文体，次又指内容，于《文心》此书之“体”字未甚明，致有此误。盖《文心》言体，有文体、体性、体势诸义外，复有始末之体，根源大体之体，凡于文体之外言体字，实暗指经史为本之体，类似《系辞传上》云“神无方而易无体”之体，即大体、本体之意。《吕氏春秋》十二纪首孟春纪，即述《本生篇》谓万物本天地而生，仿《乾》《坤》资始资生之意，八览首《有始览》同述乾道资始之易理，最后全书以《审时篇》殿末，仿《周易》重“时”尚“中”之意，中间《似顺篇》《尽数篇》《圜道》《精通》等各篇，皆衍义或化用易道易理，全书宗法《周易》广大悉备，模仿易理原始反终此“大体”之学甚深，所以刘勰谓此书“鉴远体周”之“体”字本义，就是指思想本体，而不是文体，特明释如上。

② 《诸子篇》赞曰：“立德何隐？含道必授”此句诸家均阙校阙注，戚良德《文心雕龙校注通译》释此二句云：“建立功德何须隐藏？胸怀大道亦必须传授。”（页二〇九）此以功德释德，大道释道，尚可并参《周易》“天地道德”之道。参见戚良德：《文心雕龙校注通译》，页二〇九。

三、《诸子篇》子学内涵

《诸子篇》既以诸子名篇，综述诸子百家之术，九流十家之学，则此篇必属子学内涵，固无论矣！然而刘勰《文心雕龙》此书本为论文之作，盖欲论为文之“用心”，既如此，本书何以又加入不属于论文章学术的《诸子》之篇？致使粗读者不解深义，漫下贬语，若纪昀批语云：“此亦泛述成篇，不见发明。盖子书之文，又各自一家，在此书原为阑入，故不能有所发挥。”① 据此可知纪昀不解刘勰此篇《诸子》之用意，亦不明刘勰“以子自居”之本色，以及“以子领文”之用心，遂生此误解之语，竟然诬指此篇是随意“阑入”《文心》此书，此实大谬之言。

盖《文心》实乃刘勰“博通”之学，与情采之笔并擅之作。刘勰据“经典”以树则，引“子史”以论文，其目的在论述“圣贤书辞，总称文章”之文，非仅自限于“舞文弄墨”之辞人技巧。故而《明诗篇》《乐府篇》《诠赋篇》固属诗辞“文心”作品，而其他各篇所述文体则大率不离“政事”文章。凡此类文体，皆有子学内涵，必据经子之学，能博通古今之“史变”，融会贯串，始克读解各篇之“文理”与“文统”。而刘勰之子学，及其与“文章”交互影响等诸多层面，乃全部表露于此篇《诸子篇》。一言以蔽之，《诸子篇》不但是子学，同时也是文学，诚如明代杨慎称颂此篇云：“总论诸子，得其髓者，可见彦和洞达今古。”② 此语谓《诸子篇》犹如一篇古代子学史，甚是。但是，《诸子篇》更进一层分析诸子文章之美，视诸子为文学，可暂名之曰“诸子文学”。合以上“诸子学”与“诸子文学”即构成《诸子篇》主要两大内容。兹述此篇偏属于子学之要义如下：

（一）首先定义子学曰入道见志之书，此与本篇另一定义“诸子者述道言治，枝条五经”合之而为刘勰最主要子学定义，可谓刘勰子学两大纲领。

（二）其次，刘勰首先论述诸子之学最终目的在完成人生“立功、立德、立言”三不朽。《诸子篇》云：

---

① 转引自《文心雕龙汇评》，页六三。

② 同上书，页六三。

诸子者，入道见志之书。太上立德，其次立言。百姓之群居，苦纷杂而莫显；君子之处世，疾名德之不章。唯英才特达，则炳曜垂文，腾其姓氏，悬诸日月焉。昔风后、力牧、伊尹，咸其流也。篇述者，盖上古遗语，而战代所记者也。（页六三）

（三）至于“子家”之始，首列鬻熊《鬻子》，此为“子学”一大创解。又将“经书”与“子书”之先后做一说解，提出“圣贤并世，经子异流”此种经子分流观点，率先建立“古无经，凡经书皆子家之学”这种创新说法。《诸子篇》云：

至鬻熊知道，而文王谘询，馀文遗事，录为《鬻子》。子目肇始，莫先于兹。及伯阳识礼，而仲尼访问，爰序《道德》，以冠百氏。然则鬻唯文友，李实孔师，圣贤并世，而经子异流矣。（页六三）

（四）其次叙述“战国”子学，用一“术”字，一“辩”字，标示战国子学两大潮流，点明战国子家所争者无非“利禄”，仁义之道乃渐行渐远矣。《诸子篇》云：

逮及七国力政，俊乂蜂起。孟轲膺儒以磬折，庄周述道以翱翔。墨翟执俭确之教，尹文课名实之符，野老治国于地利，驺子养政于天文，申商刀锯以制理，鬼谷唇吻以策勋，尸佼兼总于杂术，青史曲缀于街谈。承流而枝附者，不可胜算，并飞辩以驰术，餍禄而馀荣矣。（页六三）

（五）至于魏晋子家，刘勰极力贬评，甚至以为魏晋并无子家，仅有子论而已。如此又暗藏刘勰有意立志子书、力挽狂澜之抱负，刘勰“以子家自居”之身影初次表露于此。《诸子篇》云：

暨于暴秦烈火，势炎昆冈，而烟燎之毒，不及诸子。逮汉成留思，子政雠校，于是《七略》芬菲，九流鳞萃。杀青所编，百有八十馀家矣。迄至魏晋，作者间出，谰言兼存，璅语必录，类聚而求，亦充箱照轸矣。（页六四）

（六）又再贬评“两汉之作”之子书，分出“博明万事”谓子，以及“适辨一理曰论”此两类子书区别。认为两汉子书，“体势”已渐渐弱矣。及至魏晋子书已衰落至极，刘勰遂有“充箱照轸”之贬语。再证刘勰不满汉魏以来子学衰败、力思再复子书之雄心，隐藏刘勰“子家自居”之心志。《诸子篇》云：

> 若夫陆贾《新语》，贾谊《新书》，扬雄《法言》，刘向《说苑》，王符《潜夫》，崔寔《政论》，仲长《昌言》，杜夷《幽求》，或叙经典，或明政术，虽标论名，归乎诸子。何者？博明万事为子，适辨一理为论，彼皆蔓延杂说，故入诸子之流。
>
> 夫自六国以前，去圣未远，故能越世高谈，自开户牖。两汉以后，体势浸弱，虽明乎坦途，而类多依采，此远近之渐变也。（页六五）

（七）本篇篇末，刘勰终于说出“子家”心声，标识《文心》据子学内涵构成文理与文论之体系。《诸子篇》云：

> 嗟夫！身与时舛，志共道申，标心于万古之上，而送怀于千载之下，金石靡矣，声其销乎！（页六五）

（八）而有关“诸子文学”之理论，亦由刘勰此篇首次建构而成。《诸子篇》云：

> 研夫孟、荀所述，理懿而辞雅；管、晏属篇，事核而言练；列御寇之书，气伟而采奇；邹子之说，心奢而辞壮；墨翟、随巢，意显而语质；尸佼、尉缭，术通而文钝；鹖冠绵绵，亟发深言；鬼谷眇眇，每环奥义；情辨以泽，文子擅其能；辞约而精，尹文得其要；慎到析密理之巧，韩非著博喻之富；吕氏鉴远而体周，淮南泛采而文丽：斯则得百氏之华采，而辞气之大略也。（页六五）

四、《诸子篇》总案

《诸子篇》论述内容与《史传篇》类似，皆分“文”与“学”两项范畴。而“学家”一词，首见于《诸子篇》：“然洽闻之士，宜撮纲要，览华而食实，弃邪而采正，亦学家之壮观也。”此句“学家”一词专谓“博洽多闻”之文士而言，则刘勰早已有“学家”与“文士”二分之概念，但其本意绝非文与学必分立不相属，反而是要求文与学必须相辅相济，此可互参《体性篇》极力申言“才、气、学、习”相合之论得其真义，谓“才由天资，学慎始习”，又谓“功以学成，才力居中”云云，莫不力主“学”之关键，而必有“学家”之论。《诸子篇》与《史传篇》正是《文心》此书涉论“学”最多内容之两篇。因而本篇“文”与“学”之理解即仿同《史传篇》，以“子学”理论与子书文章所展开的“子书文学”理论为两大主要论述内容。

而从“子学文学”之源流考察，《诸子篇》当是“子学文学”理论之首唱，此正犹如现代学者有《〈吕氏春秋〉文学研究》这类命题①之立论，已颇契合《诸子篇》已揭子书文章赏鉴之论述内涵。

今括举《诸子篇》于“子学”之大义，可分三项定义：一曰诸子是入道见志之书，二曰诸子本体是述道言治，枝条五经，三曰博明万事为子，适辨一理曰论。“论”即《养生论》《绝交论》等此类之论，视同“文集”之单论，与《庄子》《墨子》子家专书之作不同。此本篇最重要之子学“三定义”。

然而，《诸子篇》须更注意其“子书文学”之评析，此类论述悉据《文心》文术论相关说法，进行子书文章之鉴赏，这就是《诸子篇》子书实际批评。藉此刘勰于本篇衍生“文术”一词而为“子术”，对比合观，将文术与子术同论，此可谓本篇一大创解。

若再互参《史传论》有史才史文史笔之词，似未出“史术”之语，却于本篇首见“《史记》多兵谋”一词，则知刘勰引用“谋术”一词，当有“史术”内涵。如此文术、史术、子术，三词共通“术”字概念，十足表明《文心》“文章”与“学术”二者兼通互摄之文论旨趣。

---

① 近代以来文论因受西方外来影响，朝向学科“细分”之途，纪昀用经史子集四部必分即有此倾向，又强立“文论”一类，冠《文心》为首，尤为滥觞。其后又有叶瀚《文心雕龙私记》之作，批评《文心》混同“文”与“学”为一事。故而像“子学文学”此种概念，甚难立说。今幸见管宗昌《〈吕氏春秋〉文学研究》，此书谓子书之文学研究大为缺乏，甚是。其云：“《吕氏春秋》博大精深，头绪繁多。其层次是丰富的、理念是多样的、作品风格是斑杂的。其中既有着相对统一的理念与文学特征，同时也存在多种具体表现。本书期在抛砖引玉，《吕氏春秋》文学解读的道理刚刚开始。”（页二六一）案：此处所谓“理念”近似子学“义理”，而文学特征则是“集部”之学，可见吕氏此书早已有“子集”之内涵。

十八　《论说篇》细读

一、《论说篇》文论与实际批评

《论说篇》阐述论体与说体两种文类，与《诸子篇》一样都以“宗经”为根源。所以，定义诸子曰“述道言治，枝条五经”，而界定论说，则谓“述圣通经，论家之正体也”，以及“圣哲彝训曰经，述经叙理曰论”等，皆主“经典”为文章本源。

然则，诸子与论说的不同处，《诸子篇》云：“博明万事为主，适辨一理曰论。”此语已分别出子家属于“通博”之学，子书为一家之书。而论说体专辨一个单项主题，集中讨论一项义理，大抵等同今人所谓的单篇论文。

果然，今见《论说篇》在“释名章义”“原始表末”，以及“选文定篇”所谈论的内容，大都举例一题一论，较少举出一本首尾完整之“子书”。如此区分“诸子”与“论说”在“形式”上即有“大小”不同之范围分别。

至于《论说篇》的“实际批评”与《诸子篇》也是大抵手法类似，仍然分作论说“义理”的实际批评，与论说“文章”的实际批评。前者悉归“思想史”（或哲学史）讨论之界域，内容较多，后者始可称作直接的“论说体文章批评”，这种批评只有两则。兹先录“论”体文章实际批评之节段，《论说篇》云：

> 至如张衡《讥世》，颇似俳说；孔融《孝廉》，但谈嘲戏；曹植《辨道》，体同书抄。言不持正，论如其已。（页六八）

此节从东汉到曹魏，举出张衡《讥世论》、孔融《孝廉论》、曹植《辨道论》三篇加以品评，指出“颇似俳说”，谓《讥世论》此篇的文章韵味好似玩笑戏谑的话，这是不正的缺点，不合“正论”的标准。又说孔融《孝廉论》的“但谈嘲戏”，同犯不是“正体”的缺失。再者，曹植《辨道论》是“体同书抄”，意谓丝毫没有自己一家独见，仅是抄抄书而已。以上实际批评三家论体文章，谈及文章的“韵味”，品评文体的“邪正”，可称作论体文章实际批评。

其实，《论说篇》在“敷理举统”部分，已简要归纳论体写作纲领，只差别在缺少举例，因此，可视作本篇在实际批评之余，另一种形式的文论，应该称作论体写作理论。《论说篇》云：

原夫论之为体，所以辨正然否。穷于有数，究于无形，钻坚求通，钩深取极；乃百虑之筌蹄，万事之权衡也。故其义贵圆通，辞忌枝碎，必使心与理合，弥缝莫见其隙；辞共心密，敌人不知所乘：斯其要也。是以论如析薪，贵能破理。斤利者，越理而横断；辞辨者，反义而取通；览文虽巧，而检迹知妄。唯君子能通天下之志，安可以曲论哉？（页六八）

此节专述“论”体文章写作，重点在一个“理”字，即要论透天下万事之理，不要只限于区区小论，用“通论”的标准定义论体根本。其次，再强调“正理”的重要，通论与正论须紧密配合。最后，要用严密的文辞加以表达论述，要求论体文辞做到谨约精密，反对“巧妄”之辞。这是规范论体文章的论述内容要“通而正”，论述文辞要“精密”，不可取巧不正。

由以上所述，可知刘勰极注重论体的“正体”标准。此节虽然没有举例作品，但在评论张衡、孔融、曹植三家之论，皆已明确指出此三家共同犯了“言不持正”之弊，显然就是应用“正论”实际批评三家论体文章。

顺此而推，《论说篇》也各有一节谈及“说”体文章的实际批评与文章理论。《论说篇》实际批评“说”体有四家文章云：

夫说贵抚会，弛张相随，不专缓颊，亦在刀笔。范雎之言疑事，李斯之止逐客，并顺情入机，动言中务，虽批逆鳞，而功成计合，此上书之善说也。至于邹阳之说吴梁，喻巧而理至，故虽危而无咎矣；敬通之说鲍邓，事缓而文繁，所以历骋而罕遇也。（页六九）

此节例举范雎、李斯、邹阳、冯衍等四家说体文，都是单篇论文。品评的内容，一评范雎游说秦昭王废后、逐穰侯等有助秦王争霸之事，与李斯《谏逐客书》述逐客之缺失，都有“顺情入机，动言中务”之语言特点，谓能掌握事理的“机妙”分析，顺从主人的心理想法，感动游说主人，办好事情。如此称赞此二家说体文章的游说“技巧”高明，亦即“文辞”具备奇巧的功夫。

次说邹阳《上吴王书》此篇乃“喻巧而理至”，意思是说在说理与比喻两项很有“奇巧”的完美技术，用的也是“巧”字即指奇巧，而不是“正理”。至于冯衍《计说鲍永》与《说邓禹书》此二篇则有“事缓而文繁”之小缺点，谓文辞繁缛，不够精约，分析事理迟缓，不够准确锐利，以上从说体文章的文辞与叙理两项进行实际批评。

须知，此节实际品评范、李、邹、冯四家说体文，背后其实另有一套说体文论，《论说篇》云：

> 凡说之枢要，必使时利而义贞，进有契于成务，退无阻于荣身。自非谲敌，则唯忠与信。披肝胆以献主，飞文敏以济辞，此说之本也。而陆氏直称“说炜晔以谲诳”，何哉？（页六九）

此节归纳说体文写作内容务必要遵守一个“义贞”即贞定义理，也就是“正理”，因而有力反驳陆机《文赋》谓说体是“谲诳”，意指诡谲欺诈之非，突出“正理”作为说体文的大体根本。此一标准恰恰正是范、李、邹、冯四家说体文章实际批评的理论依据，《论说篇》分析论体与说体文章，不但有“文论”做基础，也有“实际批评”做示范，只是内容较少，本篇大部分的篇章文字，都在阐述历代各篇论体与说体文章的“思想义理”，分析各个子家学说要义，讨论得失，完全属于“子家”思想范畴，不是文章与文论的议题了。

由以上所述，可知此书谈论“论说”二体，仍然涉及到“为文之用心”，《文心》确为文章理论之作，同时也有思想学说要义之剖析。

二、《论说篇》易学影响

《论说篇》与《诸子篇》互为表里，先后相次，而有大小之分，更有主体支派之别。简言之，诸子之学，重在“道”，故有“入道见志”之定义。

论说之要，重在理，故有“述经叙理曰论”之说；在论之余，刘勰又分出“说”（即上书），然而说亦以“理”为本，故而《论说篇》细述说体文章即要求“喻巧而理至”，谓游说之体，比喻须奇巧，其目的不外乎在阐述至美完备之“事理”。然则，说体文章最终必以“理”为主，甚至有更超出论体者。

总上比较得知，《论说篇》虽分述论与说二体，然皆主二体共通之要即“理”，可见《论说篇》全篇主“理”，与《诸子篇》尚“道”，理与道合言之即道理，《诸子篇》、《论说篇》互为旁通，必须合参，乃必然之势，盖道同而殊理，恰恰正是《论说篇》全篇首尾屡言“理”字，定义“理”字之关键。今列举本篇述理之原文如下：

1. 故议者宜言，说者说语，传者转师，注者主解，赞者明意，评者平理，序者次事，引者胤辞，八名区分，一揆宗论。论也者，弥纶群言，而研精一理者也。（页六七）

2. 然滞有者，全系于形用；贵无者，专守于寂寥。徒锐偏解，莫诣正理；动极神源，其般若之绝境乎？（页六七）

3. 原夫论之为体，所以辨正然否。穷于有数，究于无形，钻坚求通，钩深取极；乃百虑之筌蹄，万事之权衡也。故其义贵圆通，辞忌枝碎，必使心与理合，弥缝莫见其隙；辞共心密，敌人不知所乘：斯其要也。（页六八）

4. 至于邹阳之说吴梁，喻巧而理至，故虽危而无咎矣；敬通之说鲍、邓，事缓而文繁，所以历骋而罕遇也。（页六九）

5. 赞曰：理形于言，叙理成论。词深人天，致远方寸。阴阳莫忒，鬼神靡遁。说尔飞钳，呼吸沮劝。（页七〇）

案：以上五则《论说篇》原文，莫不以“理”为要义，力申论说二体必要阐述“一理”，要守“正理”，要臻至“圆通之理”，要完成“至理”等等，用最大范围最高极致之理境描述此理，而归结为圆通与正道。今须追问之根本问题即此理何义，出自何书。一言以蔽之，莫非《周易》所述天下之事理，以及《周易》力主“贞正”之道，用易理“贞正”之说规范此理，明白说出易理即《论说篇》理字所本。据此得知上引第二节“动极神源，其般若之绝境乎”此句本义非即表示信奉佛教。因为刘勰正当刘宋王朝以后，当世学风流行有无之辨，皆因佛教思想阑入中土义理，遂误将佛教最高之境“般若”权充为最高之“正理”，殊不知《周易》已明言天下至理，意思是说易理周遍天下，无须旁求之佛教神源，遂援引“般若”一词作为至极之理之代称。须知此句乃用反问句法，已隐约暗示刘勰不认同当世流行佛教“格义”之作法，“其般若之绝境乎”此句其实是质疑反问句式，不表示默许佛教也。① 今考《周易》言“理”之语甚多，莫不归结为天下至理。《系辞传上》首章曰：“易简而天下之理得矣！天下之理得，而成位乎其中矣！”据此知易理包摄天下万物之理。朱熹《周易本义》注云：“此章以造化之实，明作经之理，又言乾坤之理，分见于天地，而人兼体之也。”（页二三五）此解先谓易理分统于乾坤，而乾坤之理尽包天下之理，故有“乾坤，其易之门耶”之说。然而所有天下之理，即君子终生“下学上达”必参验体悟之理。朱注先言易理乃天下至理，次述人必体参此理。此解完全与《论说篇》定义论体与说体皆须“正理”之说符合，谓论说作者唯有“博明万事”始能成家，既能成家，则“适辨一理”且又能坚守“正理”者，即可归之为论说。将《论说篇》所阐述之正理与《周易》易理贯通起来，清晰明确，最能解释刘勰思想所谓的“理”与“正理”来自易理之根源。从而可知，《论说篇》必与《周易》有严密的“理”字互通，《论说篇》可视作《周易》易理的普遍论述及其应用。② 最后，再看《论说篇》赞曰之辞，不但辞句直引《周易》易辞，例如“阴阳”“鬼神”“人天”等等，若说到其内涵义理也仍然是《周易》的

---

① 诸家于《论说篇》：“徒锐偏解，莫诣正理，动极神源，其般若之绝境乎？”此句诠释，殊有异解，然皆罕闻借参《周易》正理以助说。例如王更生《文心雕龙读本》云：“这两种人的主张，只不过是逞快、偏激的见解，不能算是体认了真正的道理。如果能够动用心思，深入探究自然的本源，那么，智慧的发展，将可登峰造极，达到最高境界了。”（页三四八）案：动极神源当谓天下事理变动神妙的本源为何。刘勰暗示即在《周易》言天下之理，难道是在“般若”乎？戚良德《文心雕龙校注通译》云：“因此，他们只是抓住了问题的一个方面而显得过于偏执，也就很难掌握真理。说到底，佛家所谓‘非有非无，非实非虚’之境，应该才是万物的根本吧？”（页二二三）案：此亦未提及《周易》至理。陈拱《文心雕龙本义》云：“此承上文，言滞有、滞无者皆徒锐偏解耳，须透入极致之神源，若佛家所谓般若之绝境，方为究竟了义，然后偏解去而正理可诣矣。”（页四四六）案：此解竟然误认般若确为正理，已偏离刘勰用“乎”字反问之本义矣！其实，刘勰此句盖谓若必据佛教为正理，就“般若”大概可称得上是佛教范围内最高的“正理”，至于那些只拘泥于“有”与“无”之偏解，均达不到真正的“般若”绝至高妙之境界。而刘勰反问句法，即谓非是，盖《周易》正理始为真“绝境”。

② 《周易》言“理”字另见于他处。《坤·文言传》云：“君子黄中通理。”《系辞传上》云：“俯以察于地理。”《说卦传》曰：“和顺于道德而理于义。”又曰：“穷理尽性以至于命。”“将以顺性命之理。”皆为天下之理的“分殊”之理，《论说篇》内涵的理亦不出这些句子讲述的理。

易理。《论说篇》赞曰："理形于言，叙理成论。词深人天，致远方寸。阴阳莫忒，鬼神靡遁。说尔飞钳，呼吸沮劝。"（页七〇）此赞曰直引易辞之处甚为明显，例如人天即天人，而阴阳鬼神皆属易辞。① 然而此赞曰最重要之论，盖总结《论说篇》以"叙理"为主，而所叙之理则在通达天人之学，凡天地阴阳之理，莫不参之，鬼神之道，莫不深明，最终要达到《周易》"天人合一"之学，而非佛教"般若"之绝境，刘勰理论于此已完整明白，统归之易理作为《论说篇》文理大纲与根本。《论说篇》赞曰化用易道易理，可无再疑。②

三、《论说篇》子学内涵

《诸子篇》与《论说篇》前后相次，有如子学姊妹之作，皆属"子论"固无可疑。二篇只有"博"与"专"之大小差异，以及"子书"与"集论"之形式不同而已。考刘勰本意，谓先秦两汉子学专书之作，固属"诸子"文体。但自魏晋"集部"盛行之后，文集以"论"名篇，其实旨在"适辨一理"之作，早已频出叠见，蔚为流行。试看昭明太子《文选》必立"论"体，可知"论"体文章已升格为"集部"文章大体类矣，而"子"与"论"遂并出而别行。兹观《论说篇》定义"论"体，已谓论体遍及于经史子各部，而有经论、史论以及文集之"评论"，即可知"论"体主旨在"理"字，普见于经史之书，此悉自刘勰"熔铸经典"与"翔集子史"学术见解而衍生，论体由子学理论加以建构，也可以联想起来。《论说篇》云：

> 详观论体，条流多品，陈政，则与议说合契；释经，则与传注参

① 本篇《论说篇》直引易辞之例又见于下列各句："虽有日新"引《大畜》彖曰："辉光日新其德。""钩深取极"引《系辞传上》曰："钩深致远。""唯君子能通天下之志"引《同人》彖曰："君子正也，唯君子能通天下之志。""兑为口舌"引《说卦传》及《序卦传》曰："兑者，说也。""故虽危而无咎矣"引《乾文言传》，"时利而义贞"引《兑》彖曰："说以利贞。""进有契于成务"引《系辞传上》曰："夫易，开物成务，冒天下之道，如斯而已者也。"以上《论说篇》凡八例直引易辞。

② 陈拱《文心雕龙本义》释"阴阳……"二句云："按此二句指'论（说）'文之功用。"（页四六四）此译解欠妥，刘勰当谓论说文体所叙之理，要参通阴阳之理，鬼神之道，始有能力做到"研精一理"之功。

体；辨史，则与赞评齐行；铨文，则与叙引共纪。故议者宜言，说者说语，传者转师，注者主解，赞者明意，评者平理，序者次事，引者胤辞，八名区分，一揆宗论。论也者，弥纶群言，而研精一理者也。（页六七）

此节详述论体首自“政论”开始，下及经论、史论赞评、以及文论等，已兼包政事、文章之内涵，而子学与文章学之涵义皆已概括于论体中。但不论何种形式之论体文，皆不离“事理”之辨，恰正是子家研考推求的事物义理，论体文章的子学内涵于此已表露无遗。兹条述大要如下：

（一）首先标示“述圣通经”作为论家之“正体”，此与“述道言治，枝条五经”的子学乃同属一个源流。《论说篇》云：

是以庄周《齐物》，以论为名；不韦《春秋》，六论昭列。至石渠论艺，白虎通讲，述圣通经，论家之正体也。及班彪《王命》，严尤《三将》，敷述昭情，善入史体。（页六七）

（二）其次指明魏晋玄学各种理论，诸如名实理论、玄论、才性论、本末论、声无哀乐论等主要的玄学义理，都是藉由“论体”文章形式表现，清楚表明子学之“道”必须由“文”加以传达表述之必要，而“子”与“集”必然合流之时势，更加明白说明刘勰身处六朝时代的学术背景，自自然然锤炼出像刘勰这样的文学与思想双治双攻之子学家。《论说篇》云：

魏之初霸，术兼名法；傅嘏、王粲，校练名理。迄至正始，务欲守文；何晏之徒，始盛玄论。于是聃、周当路，与尼父争途矣。详观兰石之《才性》，仲宣之《去伐》，叔夜之《辨声》，太初之《本无》，辅嗣之《两例》，平叔之二论，并师心独见，锋颖精密，盖论之英也。（页六七）

（三）其次归纳“正论”作为论体写作最高指导原则，并借参佛教“圆通”与“圆密”之教义，强调正论所述之“事理”要做到“事事无碍，理事无碍”之圆通境界。刘勰以“宗经”为骨，旁参佛学教义的学术性格特征，在此已透露其端倪。《论说篇》云：

原夫论之为体，所以辨正然否。穷于有数，究于无形，钻坚求通，钩深取极；乃百虑之筌蹄，万事之权衡也。故其义贵圆通，辞忌枝碎，必使心与理合，弥缝莫见其隙；辞共心密，敌人不知所乘；斯其要也。

> 是以论如析薪，贵能破理。斤利者，越理而横断；辞辨者，反义而取通；览文虽巧，而检迹知妄。唯君子能通天下之志，安可以曲论哉？（页六八）

（四）至于《论说篇》“说体”文章，刘勰引述《周易》元亨利贞四德之义解释说体文，并归结说体文之主旨唯在劝说君子之“忠信”修德，严厉批评陆机《文赋》所主张的说体“炜晔”之谬论，将说体导归于“正论”，完全呼应刘勰“采正弃奇”的一贯文论主张，同时也与《刘子·言苑章》标举君子六德修养谓“忠、孝、信、让、仁、义”此六德之“忠信”义理互通，刘勰的论说体文论来源自子学，又可一证。《论说篇》云：

> 凡说之枢要，必使时利而义贞，进有契于成务，退无阻于荣身。自非谲敌，则唯忠与信。披肝胆以献主，飞文敏以济辞，此说之本也。而陆氏直称“说炜晔以谲诳”，何哉？（页六九）

四、《论说篇》总案

《论说篇》分述论体与说体二类文论，而论类又分出经论、注释、史论、子论等各小支类。说体则以纵横家之辩说为主，但也包含子书有个别单篇之论，例如贾谊《新书》为子书专著，《过秦》一篇独出曰《过秦论》。凡此都是大体类之下又分出小支类的作法，论述以“辨体”为中心，即应用文心《知音篇》六观之一“观位体”之说。

及至引论说实例作品分析，谓王弼解《易》有“要约明畅”之式，意指论理畅达，文辞简要精约，评王弼“经论”之特色，涉及注释之文“置辞”与“体势”之品评，仍本知音六观之置辞与《定势篇》文章体势之说，故知《论说篇》实际批评仍然根据《文心》文术论。

若是评价论说二体之高下优劣，则又据《周易》贞正易理，共同标举“正理”为此二体文章写作法式与准则，反对“偏解”之极端，力倡“言不持正，论如其已”之定式，树立论说体文章的“正论”文统。凡是曲论、越理、反义、巧论、妄论等，皆一并辨正之，堪称易学尚正易理文论发挥最多的一篇。

其次再看《论说篇》赞曰首次提出“理论”一词，赞曰“理形于言，叙理成论”此语藉由上下两句“理”字与“论”字移花接木，即成“理论”一词，谓心中有“理”必形诸于语言文字，若加以整齐叙事，明辨正理，即得为论，故曰“理论”。乃知论体说体，首在辨理，《理》字实为《论说篇》一篇主轴要义。

若再进一层探究此一理字最深极究之理为何理，则必曰“天人合一”之理。赞曰“词深人天，致远方寸”此语所谓人天即天人，谓理自心出，可达至极远极深天人之际。此天人之学，就是论说体叙述之“理”的极致，正是“究天人之际，成一家之言”此子家内涵又一诠释。《诸子篇》与《论说篇》前后都有刘勰暗寓子家之语，不可不细味之。

然而天人之学首汇萃于《周易》此经，凡一阴一阳之谓道、继善成性之理，皆自《乾》《坤》二卦来，乾天坤地、乾道坤德、乾健坤顺等等一连串的易理衍义，正是《论说篇》赞曰总结“词深人天”一语之本源。[①]

如此引伸乾坤易理，再用移花接木法，又可找出《论说篇》在“敷理举统”节段皆化用了《坤》卦顺德之语词，诸如顺风、顺势、顺情、顺机、顺时、顺利等等词汇，其本义皆主“顺”，而遍及人事、文理，此又见证《论说篇》有深刻的易学易理涵义，今唯细读可知。

---

① 关于古代思想史“天人之际”学问，旧有文献甚多，较新的论述，以余英时《论天人之际》一书为最详。参见余英时《论天人之际》（台北：联经出版事业公司，二〇一四年一月），特别参看第三章《天人关系的新转向》，谓“天命从以君王为代表的集体王朝转移到精神觉醒的个人”（页一二六），此处的个人，也即诸子或单篇集论；还有第六章《天人合一的历史演变》，谓天人合一即人与“道”的合一（页一九〇）。这些阐释，大大有助于对《论说篇》赞曰“词深人天”此语真义的理解。

十九　《诏策篇》细读

一、《诏策篇》文论与实际批评

《诏策篇》实际批评宜分作两种类别：其一只有讨论宣布诏命的成败得失与是否合宜，只批评诏政与诏理，不涉及文章。① 其二直接批评诏命文章，不讨论诏政。

此二类当以后者为本篇真正的文章批评，所谓“论为文之用心”当指这一类。这类批评，又分诏体、敕戒文、教体等三小类，② 兹括举此三类实际批评如下：

（一）诏体实际批评云：

> 建安之末，文理代兴，潘勖《九锡》，典雅逸群。卫觊禅诰，符采炳耀，弗可加已。自魏晋诰策，职在中书。刘放、张华，并管斯任，施令发号，洋洋盈耳。魏文帝下诏，辞义多伟。至于作威作福，其万虑之一蔽乎！晋氏中兴，唯明帝崇才，以温峤文清，故引入中书。自斯以后，体宪风流矣。（页七一）

（二）戒敕体实际批评云：

---

① 纪昀评点《诏策篇》云：“此书体例主于论文，若兼论所诏之是非，政恐累幅不尽。”转引自《文心雕龙汇评》，页七一。案：此评分出“诏政是非”与“论文”两者，可推知诏政是非不涉诏体文章，须知本篇其实两者皆有论。

② 《诏策篇》分出“教”体，但没有“令”体，刘勰本篇“释名以章义”已谓唐虞之世，称“命”，诏命同义，命，令也。故而刘勰无分“令”体。但是昭明《文选》已分诏、令、教为三类，文体分类与《文心》此书不同。

汉高祖之《敕太子》，东方朔之《戒子》，亦顾命之作也。及马援以下，各贻家戒。班姬《女戒》，足称母师矣。（页七二）

（三）教体实际批评云：①

教者，效也，出言而民效也。契敷五教，故王侯称教。昔郑弘之守南阳，条教为后所述，乃事绪明也；孔融之守北海，文教丽而罕施，乃治体乖也。若诸葛孔明之详约，庾稚恭之明断，并理得而辞中，教之善也。（页七二）

上列三体文之品评，乃诏政得失与诏策文章双行并有之评，而戒敕一体，则只有"戒"体合宜之说，未直接评文。其他评教体、诏体二则，已知用《体性篇》《定势篇》《附会篇》三篇理论较多。

例如，"典雅"之风，见于潘勖《册魏公九锡文》，即本之体性八体之一体与文章六势之一势。评魏文帝诏书则说"辞义多伟"谓文辞与义理有伟壮之风，伟壮互通体性八体的"壮丽"，而文辞与义理的紧密配合，又化用了《附会篇》附辞会义的功夫。

最后，评诸葛亮用"详约"，是体性八体的精约之引伸，评庾稚恭的"明断"，乃是《定势篇》"楷式于明断"此文体文势论之直接应用。②

二、《诏策篇》易学影响

《诏策篇》解题诏体文，悉引《周易》以释。略考之，用《离》卦谓诏文如重离之用，引《观》卦谓王言敕诏自上而观下，援《震》卦喻诏体犹如雷声震动，参酌《噬嗑》卦象比拟诏体之功必在明罚敕法。通计之，解诏体一小段原文，已参取《离》《观》《震》《噬嗑》四卦易理，《诏策篇》深明易

① 《诏策篇》，王梦鸥《文心雕龙：古典文学的奥秘》谓分有四大类及一小类，四大类曰策书、制书、诏书、戒敕等四项，一小类曰教。（页一二〇）案：倘依《诏策篇》原文曰："自教之下，则又有命。"似又当再加一小类：命。然而刘勰视诏与命同体，谓"古今之变也"，故而未再举例"命"体文章。

② 庾翼，字稚恭，东晋颍川鄢陵人。其文多已亡佚，今有严可均《全晋文》辑《僚属教》一篇。然则，刘勰评其文明断，必据当时所见更多文章，始作此评。

道，于斯可证。刘勰平生学术，精于易学，实不我欺。①

《诏策篇》述诏体、策体文章，首言此二体皆本于“命”字，谓即诏命、策命，皆出自“皇帝御宇”，乃至高权威，故又援引《周易》天命概念，形容皇帝诏命、策命犹如天命、神命之崇高神圣。此刘勰参取《周易·大有》上九“自天佑之，吉无不利”此句天佑之命，谓皇帝之命“其言如神”，据此知神命即天命。《诏策篇》化用《周易》天命易理立论，中间分析阐述诏策二体作法、源流，亦尝引易辞、转用易理、明引易卦，及至篇末赞曰又明引《涣》卦“涣汗其大号”句意收结全篇，描述《诏策篇》写作最高境界即在发挥此二体文章具有的教化天下、标举远大目标、导引政事清明善良的风气的功用。刘勰的意思是要形容君王诏命策命散发天下犹如大汗出身，畅快运行，顺命而进不能止。②

总上所述，《诏策篇》自首至尾，以及中间铺叙，皆环绕易理易解立论，是一篇《文心》少见的根据《周易》阐述一整篇的文章理论。兹摘引此篇涉易节段如下：

> （一）其在三代，事兼诰誓。誓以训戎，诰以敷政，命喻自天，故授官锡胤。《易》之《姤》象：“后以施命诰四方。”诰命动民，若天下之有风矣。（页七〇）

案：此节溯源诏体文章推至三代，谓彼时君王帝后之诏诰，等如天命之神圣，乃援引《姤》卦象“天下有风姤，后以施命诰四方”此句释上卦《乾》下卦《巽》合体，即有天下风行之象，谓之《姤》卦，刘勰引此句，

---

① 大陆龙学界最近讨论《文心雕龙》与《周易》易理易学的影响，当以二〇〇七年《第九届文心雕龙学会年会论文集》最为丰硕而有突破性进展。李逸津《周易哲学与文心雕龙理论体系的建构》此文首次用《周易》乾道坤德的易理，突出“道”字是《文心雕龙·原道篇》的思想根源，这样就直接用“易道”一词说明《原道篇》的“道”，较之以前任何一家说《文心》的道是儒、道、佛、玄学、老、庄等等诸说，可谓一大突破，而得其原义。如此一来，我以为《原道篇》首句“文之为德也大矣”此句的“德”字也就很清楚是指“坤德”的衍义。另外，朱文民、朱吉高《南朝学术思潮与刘勰思想的时代特征》此文也直接说出“易学是东莞刘氏的家学之一，刘勰更是易学大家”。案：今虽未见刘勰易学著作传世，但《文心雕龙》与《刘子》二书处处暗藏易理易学衍义影响，即可反面辅证此论。此上所引二文皆收入中国《文心雕龙》学会编：《文心雕龙研究》第八辑（保定：河北大学出版社，二〇〇九年八月），页一〇八至一二一，页一三九至一五八。

② 《诏策篇》赞曰：“辉音峻举，鸿风远蹈。腾义飞辞，涣其大号。”此句鸿风谓大风，形容君王诰命教化之远大而切实，鸿风一词乃节引《巽》卦象“随风巽，君子以申命行事”此句之“随风”，比喻君子奉天子之命行事顺畅，鸿风谓君命宏大如风，随利而顺行。

一则形容三代诏诰之尊，二则推本诏命来自《周易》天命之易理，并暗示诏诰之体，要写成君王百姓之间有交感呼应之感化作用，坚守诏诰文章“中正”之风，始能大行于天下。

> （二）《诗》云“畏此简书”，《易》称“君子以制数度”，《礼》称“明神之诏”，《书》称“敕天之命”，并本经典以立名目。（页七一）

案：此节再次明引《节》卦象曰“君子以制数度，议德行”此语，截取“数度”词义，易理本谓数术法度须加以节制，勿使滥行违中。刘勰引此《节》卦意在比拟诏诰之体，当讲究法度，注重礼数，勿作泛滥邪酷之训命。①

> （三）夫王言崇秘，大观在上，所以百辟其刑，万邦作孚。故授官选贤，则义炳重离之辉；优文封策，则气含风雨之润；敕戒恒诰，则笔吐星汉之华；治戎燮伐，则声有洊雷之威；眚灾肆赦，则文有春露之滋；明罚敕法，则辞有秋霜之烈：此诏策之大略也。（页七二）

案：此节精论诏诰体有不同写作主题，可分授官选贤、优文封策、敕戒恒诰、治戎燮伐、眚灾肆赦、明罚敕法等六种，堪称周备齐全，说尽诏诰文章体要。② 今观刘勰短短此节精辟论述，引据《周易》语辞竟有四例之多，分别是：“大观在上”引《观》卦象“大观在上，顺而巽，中正以观天下”，“重离”引《离》象曰“明两作离，大人以继明照于四方”，“风雨之润”引《系辞传上》云“润之以风雨”，“洊雷之威”引《震》象“洊雷震，君子以恐惧修省”，“明罚敕法”引《噬嗑》象“雷电噬嗑，先王以明罚敕法”。以上各句皆明引《周易》语辞以申述文论，或造语立论，或借用成词，或比喻修饰，莫不本源于易理。此盖《文心》唯一在一节原文之内引四例易辞易理建构文论之一篇。

---

① “数度”一本或作“度数”，非。元刊至正本作“数度”，若旁参孔颖达《周易正义》“数度，谓尊、卑礼命之多少”，仍作“数度”解，可证作数度确是。

② 刘勰此节分析诏诰文章体类至为详备，黄霖编《文心雕龙汇评》引明清评点家钟惺、李安民、陈仁锡等三家语均已指明，惜乎仍未措意《周易》语辞引用。钟惺云：“采色耀目，称之雕龙非过。”李安民云：“诏策之体裁略备于此。”陈仁锡云：“诏敕各项体裁尽于此篇，当制者须知之，以矫时弊。”（页七二）

三、《诏策篇》子学内涵

大凡子家之学，内则修身养性勤心力学，为的是“学优则仕”；外则“述道言治”，关心朝政，以提出一套对应现实，治民经世之方策，此所谓“仕而优则学”之理。故而刘勰《程器篇》有云“安有丈夫学文，而不达于政事哉！”此语重点在君子“文章”，谓必有助“政事”之通达。据以上子学理论，《诏策篇》所述文体内容与功用，可谓全书最具有“子家”内涵之文体。今欲通解《诏策篇》子学内涵，首重辨知此篇内容重点在“政事文章”，非偏主文论。必须文论与政论兼参并用，始能诠解《诏策篇》所述六种文体，曰策、刺、诏、敕、教、命等六类，无一不是有关政治施用之文章，无一不是与子学“齐家治国”道理有关联，信知《诏策篇》实为刘勰文论孕含“政事”内容最多之文体，可悟刘勰纯然根据子家远大之志，阐述为政之道，论析“用世之心”，如此用世之心可谓与“文心”相互辉映，心心交互，完美展现刘勰“士贵器用”之平生抱负。

首先，在《诏策篇》有两段原文内容，细述诏策体裁涉及的政事项目，涵盖兵术、武备、百官政令、赏罚、法术、荐贤以及爱民等诸项施政方策，几乎包尽“政事”之关键范畴。始可确信《诏策篇》实为“政事文章”之文体，可归属“子学”之领域。同时，若将此诸项政事内容，对照子书《刘子》，则此书有许多篇章即讲述以上施政方法与政事义理，更可证明《诏策篇》实据子学思想立论，并且，也为后来刘勰撰作子学专书之作《刘子》预作先导之论矣！兹引《诏策篇》此两节原文如下：

（一）曰：

> 夫王言崇秘，大观在上，所以百辟其刑，万邦作孚。故授官选贤，则义炳重离之辉；优文封策，则气含风雨之润；敕戒恒诰，则笔吐星汉之华；治戎燮伐，则声有洊雷之威；眚灾肆赦，则文有春露之滋；明罚敕法，则辞有秋霜之烈：此诏策之大略也。（页七二）

（二）曰：

> 戒敕为文，实诏之切者，周穆命郊父受敕宪，此其事也。魏武称作

> 敕戒，当指事而语，勿得依违，晓治要矣。及晋武敕戒，备告百官，敕都督以兵要，戒州牧以董司，警郡守以恤隐，勒牙门以御卫，有训典焉。（页七二）

以上两节原文，首自“授官选贤”立论，即自《礼记·礼运·大同章》所云“选贤与能，讲信修睦”之选举理论立说，再沿伸出“齐家”之理，由修身齐家之语，说到治国则有诏敕戒赦等诸多政事文体。括举之，此两节自封官任命之“策”文开始，赋予百官之责任，根据职务事类，计有军事兵术、攻伐武备、救灾劝农、法术赏罚等各项细分政事。而百官施政大原则不出爱民、教化两大基本要目。① 持此百官政事之内容，互见于《刘子》此书可相通理论之篇目者计有如下各章：崇学、辨乐、贵农、爱民、从化、法术、赏罚、审名、荐贤、文武、慎言、兵术、阅武等。乃知《文心》文论与《刘子》子论有如此相近互通之义理，二书“以子领文”之写作风格，已不言而喻。

可惜，清代纪昀太偏主于《文心雕龙》此书表面的“论文”之内容，忽略了《文心》此书“外”说文体、“内”实孕含子学这种“以子领文”之全书论述本质，导致纪昀产生“以偏概全”之误读结果，大大减低《文心》全书“子集”合一的圆融博通内涵，殊为可叹。试引纪昀评点此《诏策篇》两节批语之误解，略可知其一二矣！纪昀曰：“此书体例主于论文，若兼论所诏之是非，政恐累幅不尽。”又曰：“标举二文，以文论耳。”② 看以上两则纪批，同用一“论文”之词，对比“政”字，已将“文章”与“政事”划开两域，完全不符合刘勰“政事文章”一体之文论，无怪乎纪昀对刘勰之理解有如此“盲点”之批语矣！兹条举《诏策篇》子学义理内容如下：

（一）诏策之体由“皇帝命令”为始，比拟皇命为天命，文体开端之本质，已从“道”立论，次由道而下及一切之“政事”，乃宣告诏策文论必自“政事文章”之形式而出。《诏策篇》曰：

---

① 由《诏策篇》可知刘勰已有“齐家治国”之主张，故而《诏策篇》于“戒”体补增“家戒”一体，文体首列“家训”为一体自刘勰起。此段原文云：“戒者，慎也，禹称‘戒之用休’。君父至尊，在三罔极。汉高祖之《敕太子》，东方朔之《戒子》，亦顾命之作也。及马援以下，各贻家戒。班姬《女戒》，足称母师矣。”（页七二）案今见《女诫》《女史箴》《家训》等篇名皆属刘勰“家戒”体之引伸。

② 以上两则纪昀批语，均见于《文心雕龙汇评》，页七一。

皇帝御宇，其言也神。渊嘿黼扆，而响盈四表，其唯诏策乎！昔轩辕、唐、虞，同称为“命”。命之为义，制性之本也。其在三代，事兼诰誓。誓以训戎，诰以敷政，命喻自天，故授官锡胤。《易》之《姤》象：“后以施命诰四方。”诰命动民，若天下之有风矣。降及七国，并称曰命。命者，使也。秦并天下，改命曰制。汉初定仪则，则命有四品：一曰策书，二曰制书，三曰诏书，四曰戒敕。敕戒州部，诏诰百官，制施赦命，策封王侯。（页七〇）

（二）今若追溯诏策之体，首自“五经”而衍生，即与子学“枝条五经”之本义相符。《诏策篇》曰：

《诗》云“畏此简书”，《易》称“君子以制数度”，《礼》称“明神之诏”，《书》称“敕天之命”，并本经典以立名目。远诏近命，习秦制也。《记》称“丝纶”，所以应接群后。（页七一）

（三）《诏策篇》阐述各类形式之诏策，重点皆在此文体所述“内容”必与“政事治理”有关系。例如下引此节注重百官选贤须慎言、贵言、且慎防“进谗”之弊。《诏策篇》云：

虞重纳言，周贵喉舌，故两汉诏诰，职在尚书。王言之大，动入史策，其出如綍，不反若汗。是以淮南有英才，武帝使相如视草；陇右多文士，光武加意于书辞，岂直取美当时，亦敬慎来叶矣。（页七一）

（四）述汉魏诏策文体之佳，谓符采炳耀可资后世楷模，乃根源于两汉有“崇儒”之风，有“崇学”之习，综合而产生儒学、政事、文理三者融合的“政事诏体”，此体堪称“子家”心目中之理想文章。《诏策篇》云：

观文、景以前，诏体浮杂，武帝崇儒，选言弘奥。策封三王，文同训典；劝戒渊雅，垂范后代。……暨明、章崇学，雅诏间出。和、安政弛，礼阁鲜才，每为诏敕，假手外请。建安之末，文理代兴，潘勖《九锡》，典雅逸群。卫觊禅诰，符采炳耀，弗可加已。（页七一）

（五）此篇最末刘勰总结所有政事文章之功用无非在陈述“治体”乖正，以及教化之明断，完全符合子学“述道言治，枝条五经”义理要求。《诏策篇》云：

教者，效也，出言而民效也。契敷五教，故王侯称教。昔郑弘之守南阳，条教为后所述，乃事绪明也；孔融之守北海，文教丽而罕施，乃治体乖也。若诸葛孔明之详约，庾稚恭之明断，并理得而辞中，教之善也。（页七二）

四、《诏策篇》总案

《诏策篇》分述策、制、诏、敕四类文体，另外又附论戒与教、命三支类。其辨体功夫颇为讲究，仍自《知音篇》六观之一“观位体”而出，亦有《熔裁篇》已揭“设情以位体”之具体作法，重点突出诏策文体的“本源”来自“天命”之说，故有“命之为义，制性之本也”此语，拈出一命字，作为诏策文章“释名以章义”之大纲。

此命字乃自《中庸》“天命之谓性”引伸出，化用经学义理至文章文理。而《中庸》此天命词义又与《周易·系辞传上》“一阴一阳之谓道，继之者善也，成之者性也”此句（谓性由阴阳之道而成善）之易理有承受影响之联系。本篇由此而明引、化用、衍义自易学易理之论述，遂处处可见。更有借自《姤》卦易象“天下有风姤”此“巽为风”之卦象，定义诏诰文章本义来自“命”义，说明了《诏策篇》文理源自易象。

其他本篇化用暗用《周易》之学尚多，均见于以上所述。

而自此篇始见分从“政事”与“文艺”二途定位诏策文章之功用，乃用子家“述道言治”之说贯串全篇，甚至引据作品实例进行评价，亦注重在“治体”之乖正分辨，忽略文辞“华丽”之笔，突出诏策文体的“用”之价值，此则又与《程器篇》云“安有大夫学文，而不达于政事哉”之说法呼应一致。乃知诏策文章是“英才特达”之作，不专在“文士”才思而已。

须知本篇既然有“才”“学”之分，但在实际进行诏策文章品评分析时，仍然以“义理”为重，标榜诏策文章的主体是在皇王命令，其神乃大，皆比喻天命，如此写作当据皇王之“辉音”与“鸿风”为主要内容，谓光辉鸿大的皇王恩德与风范，才是诰命天下百姓、策封王侯勋业的根本。至于诏策文章的辞令华采，“文理”功夫的讲究，则已是余事矣！① 本篇赞曰“腾义飞辞”即谓文章义理与文辞情采同观，而“我有丝言”之我乃皇王自称之词，“兆民伊好”则指天下百姓教化风尚。合而观之，诏策文体是“政事”文章，但也要注意“艺文”技巧，才是本篇原义。

① 纪昀一贯视《文心》一书为“论文”之作，凡此书有关“学”之论述，或偏离“文理”之说法，一概斥为非是。例如施于《诏策篇》之批语云：“此书体例主于论文，若兼论所诏之是非，政恐累幅不尽。”（页七一）此语专主《文心》“论文”之说，乃至偏之见，其实《诏策篇》屡言“英才”与“文士”，“崇学”与“文理”，“崇才”与“文清”，还有“授官选贤”与“优文封策”等等语词，皆见文才与学术并举对言，殊无偏主“文理”之意，而是政事英才兼顾，纪氏评语非是。

二十　《檄移篇》细读

一、《檄移篇》文论与实际批评

《檄移篇》述“檄移”文章写作要领，强调此体功用在“军事”，目的在威吓敌人，而要求“必胜”之心，故而檄文为了达到这个目的，允许稍作权变，讲究国家信用之余，也容许参用“兵诈”，谓兵术谋诈。这就与刘勰另外在《论说篇》反对说体文章只讲“炜晔”，前后理论似乎有不相合之处。今试加以辨正如下。先看《论说篇》谓说体文章要坚守“忠信”原则云：

> 凡说之枢要，必使时利而义贞，进有契于成务，退无阻于荣身。自非谲敌，则唯忠与信。披肝胆以献主，飞文敏以济辞，此说之本也。而陆氏直称“说炜晔以谲诳”，何哉？（页六九）

“枢要”，意同“体要”，是指论说内容要有利于分析事物，且更要坚守“贞正”之理。如此一来，始能做到进可“成务”即完成事物，退可“荣身”即明哲保身、功成身退，也就是“操业俱遂，身名两全”。

论说文这样的定义，必然不会只是写来欺骗敌人，即本节“自非谲敌”此句之所指，反而更要讲述论说文的“唯忠与信”，用忠信之心，肝胆相照，感化敌人。为此，刘勰引述陆机的话“说炜晔以谲诳”，并且加以导正，反对论说体文章仅仅只用鲜明美丽词藻，欺骗敌人而已，突出论说体要内含“忠信”的特质，始可符合说体文的写作“体要”。此刘勰摘引陆机“炜晔以谲诳”一语而加以驳辨之意。

兹比较《檄移篇》分析檄文写作“大体”，虽然也主张要讲究“国信”

谓国家信用，却直接指明檄文骨子里实际参杂有“兵诈”之谋，因为战场上必胜之计，不外乎“兵不厌诈”。《檄移篇》云：

> 凡檄之大体，或述此休明，或叙彼苛虐。指天时，审人事，算强弱，角权势，标蓍龟于前验，悬鞶鉴于已然，虽本国信，实参兵诈。谲诡以驰旨，炜晔以腾说。凡此众条，莫之或违者也。故其植义扬辞，务在刚健。插羽以示迅，不可使辞缓；露板以宣众，不可使义隐。必事昭而理辨，气盛而辞断，此其要也。若曲趣密巧，无所取才矣。（页七五）

此节述檄体文写作内容，写作方法，而总结之语，刘勰又再度引述陆机“说炜晔以谲诳”此句，稍加以改变，转化为“谲诡以驰旨，炜晔以腾说”二句，而要借用的意思大抵一样，但却采取之前与《论说篇》完全不同的态度，接受陆机此句的观点，订立为檄文之写作要领，故有“此其要也”之语。

换言之，檄文要求“必胜”之心，允许施用巧诈之语，口沫横飞，说得天花乱坠，目的即在展现“刚健”气势。如果拘拘束束，只会写出“曲趣密巧”的词句，那就不能算作有檄文写作的“文才”矣！此节一样用“大体”、“体要”之词，用来描述“文体”写作要领，虽然同引陆机“炜晔以谲诳”之语，却又表现不同的态度，乃知刘勰于文论之建树，于前贤解释，多方参取，而必用唯务“折中”之作法，于此又得一例证。

至于《檄移篇》所见“实际批评”，已应用《知音篇》位体、置辞、事义之分析，以及《风骨篇》的“骨辞”之说，还有《体性篇》的八体衍义。例如《檄移篇》云：

> 观隗嚣之檄亡新，布其三逆；文不雕饰，而意切事明，陇右文士，得檄之体矣！陈琳之《檄豫州》，壮有骨鲠；虽奸阉携养，章实太甚，发丘摸金，诬过其虐；然抗辞书衅，皦然露骨矣，敢撄曹公之锋，幸哉免袁党之戮也。钟会檄蜀，征验甚明；桓温檄胡，观衅尤切：并壮笔也。（页七四）

此节评述隗嚣《移檄告郡国》此文，注重檄文体要讲究“大体”的体，即指文体要切合文章写作目的，意在诛伐叛敌，功在戒誓，欲转移奸逆之风，导向“忠信”之体，此用《知音篇》一观“位体”之说。既然檄移文章要顾到“大体”，则其“置辞”必然要有“骨力”，所以，此节评陈琳《为袁绍檄豫州》此篇，即赞美此篇檄文是“壮有骨鲠”，谓文辞壮丽，符合《风骨篇》讲“风情骨辞”的标准，特别突出陈琳此篇檄文的“骨辞”特点。又因为凡有骨力之辞者，其文章表现必归“壮丽”之风格，故而品评钟会《移蜀将吏士民檄》此篇即用“壮笔”一词，谓壮丽之文辞，则与《体性篇》八体之一“壮丽”之体，实为同一类，乃知刘勰已援引《体性篇》理论实际批评陈琳的檄文之特色。

以上分析《檄移篇》所见最具体的“实际批评”。

另外，《檄移篇》分析文移武檄二体文章，亦偶有一语述及“难”体，事关文心“文体”分类，见解特殊，惜乎每被忽略。《檄移篇》云：

> 移者，易也，移风易俗，令往而民随者也。相如之《难蜀老》，文晓而喻博，有移檄之骨焉。及刘歆之《移太常》，辞刚而义辨，文移之首也；陆机之《移百官》，言约而事显，武移之要者也。故檄移为用，事兼文武；其在金革，则逆党用檄，顺命资移；所以洗濯民心，坚同符契，意用小异，而体义大同，与檄参伍，故不重论也。（页七五）

此节分出文移之首曰刘歆《移太常博士书》，武移之首曰陆机《移百官》（已佚），此二篇分别为文移武檄二体文章之典范，说有言辞刚正精约、事义明辨显扬的佳处。但是本节另举司马相如《难蜀父老》乙文评云：“有移檄之骨焉。”此句当谓《难蜀父老》此篇兼有“移”体与“檄”文二类之长，既然如此，此篇不纯粹是檄体，也不全是移体，“难”体当别称一类，刘勰将难、移、檄分作三类文体，而非混言二类。

明乎此，亦可辅证今存昭明太子《文选》，移、檄、难必分，难体自为一类，始得三十九类之说，而非明清文选学家所谓三十八类之分。《檄移篇》此节述难体乃移、檄二体之兼备，似已独出难体，正可补证《文选》分体卅九之说为确，《文心》《文选》两书必参看合读，益显要义，此又得一例。[①]

---

① 萧梁时代昭明太子所编《文选》此书，所分文章体类有卅七类、卅八类两种说法。游志诚《论文选之难体》则提出“卅九类”新说，据南宋绍兴年间建阳陈八郎刊本《文选》，移、檄、难三体皆分，证明《文选》全书文章分体当作卅九体。游文收入《昭明文选学术论考》（台北：台湾学生书局，一九九六年三月），页一四一至一六八。

二、《檄移篇》易学影响

《檄移篇》辨正文移武檄二体文章之本源，即追溯至《周易·师》卦“师出以律”之兵律思想，论及檄移文章最高典范在有“刚健中正”之风，乃衍义《周易》刚健易理，分析檄移二体文章内容与作法，则有“蓍龟”之借喻，以及“参伍”一词之借用，也是与《周易》思想有关，兹摘引原典节段如下：

> （一）震雷始于曜电，出师先乎威声。故观电而惧雷壮，听声而惧兵威。兵先乎声，其来已久。昔有虞始戒于国，夏后初誓于军，殷誓军门之外，周将交刃而誓之。故知帝世戒兵，三王誓师，宣训我众，未及敌人也。（页七三）

案：此节首明檄文起源于上古，然后用于骂敌恶言如战国以后之文移武檄，藉由“师律”即吹律为声，展现军威，鼓励士气。这里用“出师先乎威声”之说，即《周易·师》卦“师出以律”之兵法。案《师》卦初六爻曰：“师出以律，否臧凶。”谓兵法以征战出师首在用“律”，用律不善，则出师必凶。此律字谓“兵律”，即六律之一，意指吹音听声以判吉凶之律，非指军法军律。[①] 盖古代兵法，出师前有此制，谓听军声而知吉凶。《史记·律历书》云：“王者制事立法，壹禀于六律，六律为万事根本，其于兵械尤重，是师出以律之事也。”此所言兵律即六律，与此节刘勰云“听声而惧兵威”之说吻合，乃信刘勰引《师》卦初九爻辞“师出以律”盖从兵律古义解，与太史公引此爻同义，不作律法、军法解。由此益信刘勰建构《檄移篇》武檄文移之理论，悉据《周易·师》卦所述兵律之说，加以衍生引伸，创为文论。《文心》此书易理互通文理，此又一显例。

---

① 此句“出师以律”，旧律字有二解，一指律法，即军法，另一指吹律，即吹律听声之律。朱熹《周易本义》云：“为师之始，齐众以律，失律则散。”（页二七）据此知朱注作军律解。郑玄《周易注》引《兵书》《史记·律书》解作“太师吹律合音”谓即兵律。惠栋《周易述》从之，并有详考（参见页二六）。李零《周易自然哲学》引惠栋说，同主“师出以律”之律，作律历解，即六律之一，谓古代出兵，要吹律定声（页九八）。合此而观，当作吹律解，可再旁参刘勰《檄移篇》此句“先乎威声”用“声”解，知刘勰同主兵律，不谓律法。

（二）凡檄之大体，或述此休明，或叙彼苛虐。指天时，审人事，算强弱，角权势，标蓍龟于前验，悬鞶鉴于已然，虽本国信，实参兵诈。谲诡以驰旨，炜晔以腾说。凡此众条，莫之或违者也。（页七五）

案：此节述檄体文章内容及其作法，可谓尽包檄体文章之大要。其中说到檄文写作对兵法出师产生的作用，有“标蓍龟于前验”之语，谓兵法当于出师前，用“蓍占龟卜”之法，分析军情，凭借吹律听声之经验，审视胜败吉凶之契机。此用“蓍龟”一词，即引《系辞传上》成辞之例，《系辞传上》云：“探赜索隐，钩深致远，以定天下之吉凶，成天下之亹亹者，莫大乎蓍龟。”此语“蓍龟”一词之词意及作用，即为刘勰所本。而本篇赞曰：“鞶鉴吉凶，蓍龟成败”又再次引述，从而可知刘勰建构檄移文章理论，必深通易辞易理，且能善加引用转化为文章作法与思想。

（三）故其植义扬辞，务在刚健。插羽以示迅，不可使辞缓；露板以宣众，不可使义隐。必事昭而理辨，气盛而辞断，此其要也。（页七五）

案：此节标举“刚健”作为檄体文章最典型之风格，盖化用《周易》刚健易理。《周易》屡言刚健之道，《乾文言传》云：“大哉乾乎，刚健中正，纯粹精也。”此谓《乾》卦六爻皆阳，纯之又纯，故曰精，九二与九五又居中而刚，遂有健而又刚之德，乃知刚健必与中正合，始可成体。刘勰衍生此易理，檄体文章必准拟刚健中正之风，凡檄体之事理要辨正而严谨，文辞气势要盛大而果断，不可太过隐晦，不够光明。此皆与易理刚健之说符合，故而刘勰立刚健风格作为檄体文章典范。①

（四）故檄移为用，事兼文武；其在金革，则逆党用檄，顺命资移；所以洗濯民心，坚同符契，意用小异，而体义大同，与檄参伍，故不重论也。（页七五）

案：此节总结檄、移二体，本有“二元”两仪之功，则化用《周易》太极两仪思想，从“因贰以济民行”之理，辨正文移武檄虽分二体，然其主旨关键则全系乎“顺逆”之道，非谓二体必须截然不同，盖顺逆之道，端赖

① 《周易》尚见《需》彖、《大有》彖、《大畜》彖三处同有“刚健”易理，然皆不离刚健中正本义。

“民心”之向背而已。为了说明此义，刘勰再次引述《周易·系辞传上》：“参伍以变，错综其数”，谓檄移虽异而实同，皆以号召民心、鼓舞团结志气为本，若论其写作方法，则当深悟二者互为相资、共通作用之理，涵变化之妙于运笔之中。刘勰参取易理“参伍之道”，立为檄移文论之依据，既用易辞，也有化用易理之意。

（五）赞曰：三驱弛网，九伐先话。

案：此句“三驱弛网”直引《周易·比》卦九五爻辞“显比，王用三驱失前禽”此句之三驱，亦直用其义，形容檄移文章写作当内涵“舍逆取顺”之易理，凡能同仇敌忾、诚心来比附者，虽辞刚义辨，必施宽怀受纳之德，奖爱民心之顺服。这里赞曰化用“三驱”易辞，说明檄移文章必须内涵仁怀。

三、《檄移篇》子学内涵

《檄移篇》专述文移、武檄二体文章，内容皆属“兵术，武备”之学，多处参取《孙子兵法》用兵之道，例如“不战而胜”乃孙子述兵法至高至上之学，与此篇“非唯致果为毅”（谓战争攻伐不一定要灭亡敌国，但得战争目的之完美“结果”斯可以也）精神相通。此《檄移篇》参取孙子兵法之一例。其他论“兵不厌诈”之理出现在本篇则有“实参兵诈”之语，而用兵必参验占卜观云之方术，本篇也有“标筮龟于前验”之辞，谓筮术与卜兆可资运兵胜败之秘，这些说法大抵源出《孙子兵法》。由此看来，《檄移篇》的深层理论乃在兵学与兵法，而文体形式不过是子家兵学之外衣而已。《檄移篇》是子家文体，确可信之。再者，由此篇可推知刘勰平生学术有极深的兵家源流，极看重“文武”兼备以治国治民。可参看《刘子》专设有《文武章》之论，提倡文武各有分职，君子才性亦各有短长，然而允文允武，必互参相济，始克完成建国基业，因此又有《适才章》理论与之配合。另外，可参看《刘子》同有《兵术章》专究兵法之道，继《兵术章》之后，更讲究“屯田寓兵”之政策，而有《阅武章》阐述此理。总观《刘子》此书注重文武之见解，代表刘勰“子论”折中吸取九流十家之一“兵家”学术，转化到《文心雕龙·檄移篇》注重文移武檄也要讲兵法兵术，二书当有一定理论因果联系。难怪刘勰在《程器篇》早已揭示“文武之术，左右唯宜”之语，并举孙武“兵经”，作为“习武兼晓文”之范例。刘勰宗尚五经义理之余，尤尊奉《孙武兵法》之奥妙，真正落实刘勰一贯的“文武”兼备思想。兹条述《檄移篇》述及子家“兵法”之学的原文节段如下：

（一）首先引《周易·震》卦为雷象，参取“出师发雷响之威”的比喻，揭示“兵先乎声”即所谓用兵之道乃“先声夺人”之术。《檄移篇》云：

震雷始于曜电，出师先乎威声。故观电而惧雷壮，听声而惧兵威。兵先乎声，其来已久。昔有虞始戒于国，夏后初誓于军，殷誓军门之外，周将交刃而誓之。（页七三）

（二）其次又申言用兵之道，以“哀兵”为上策之理。《檄移篇》云：

故知帝世戒兵，三王誓师，宣训我众，未及敌人也。至周穆西征，祭公谋父称“古有威让之令，令有文告之辞”，即檄之本源也。（页七四）

（三）又借参《老子》“佳兵者，不祥之器”说法，提示“不战而胜”乃最高用兵之术。《檄移篇》云：

夫兵以定乱，莫敢自专，天子亲戎，则称“恭行天罚”；诸侯御师，则云“肃将王诛”。故分阃推毂，奉辞伐罪，非唯致果为毅，亦且厉辞为武。（页七四）

（四）引伸“兵不厌诈”与“兵先筮龟”诸如此类的兵家数术学，与《刘子》之《兵术章》《阅武章》理论一致，悉出自子家参酌兵学之结果。《檄移篇》云：

凡檄之大体，或述此休明，或叙彼苛虐。指天时，审人事，算强弱，角权势，标蓍龟于前验，悬鞶鉴于已然，虽本国信，实参兵诈。谲诡以驰旨，炜晔以腾说。凡此众条，莫之或违者也。（页七五）

（五）最后揭示所谓“兵术”最根本目的在教化百姓，不在战胜攻伐，由此而带出“事兼文武”这种文武并备理论。《檄移篇》云：

移者，易也。移风易俗，令往而民随者也。相如之《难蜀老》，文晓而喻博，有移檄之骨焉。及刘歆之《移太常》，辞刚而义辨，文移之首也；陆机之《移百官》，言约而事显，武移之要者也。故檄移为用，事兼文武；其在金革，则逆党用檄，顺命资移；所以洗濯民心，坚同符契，意用小异，而体义大同，与檄参伍，故不重论也。（页七五）

四、《檄移篇》总案

《檄移篇》虽然分述文移武檄两种不同性质文体的，但写作目标则一致，都要申明皇命与王言“讨伐”叛逆之决心，乃自“上”而“下”之政教公文书。赞曰“摧压”一词与“抵落”用语，都是用“君王”口气宣示皇王训戒敌人之意。总结檄移文章是“政事”之先务，也是“治体”之大本。本篇基本思想出自讲究述道言治的“子家”之学，此已呼之欲出。

既然檄移文章之本质在于“讨伐”之文书，则必有“武”之内容，故有檄移“刚健”之论。若述及檄移之“文辞”与文辞内涵之义理，则讲究檄移文章要有“明理”“辨理”之本色，亦用《体性篇》与《定势篇》所述文章体性与体势之说，知檄移亦须照顾“文术”，本篇遂有“檄移为用，事兼文武”之论，界定檄移文章之功用乃在“文武”之合一，既讲究金革兵法，亦重视词义文术，文武之道，左右合宜，恰恰呼应《程器篇》文武同修之理论，而这亦正是檄移文章的“大体”之要义。

又本篇赞曰“鞶鉴吉凶”与“蓍龟成败”点出檄移写作内涵已有易学易理。① 而“移风易俗”与“草偃风迈”又道出檄移文章有“政教”与“德化”这种子家治国之正理。其他用知音六观之“事义”分析檄移不可“义隐”，

---

① 《檄移篇》赞曰：“鞶鉴吉凶，蓍龟成败。”旧解诸家均缺注。袁济喜、陈建农编《文心雕龙解读》云：“‘鞶鉴吉凶’两句：檄文要使对方对吉凶有所鉴戒，预示成败的。”（页一六九）此作大意解，未注鞶带可鉴吉凶之出典。戚良德《文心雕龙校注通译》云：“总结成败的教训，预言结局的胜负。”（页二五〇）亦未注出典。又王仁钧《文心雕龙用易考》同缺考（页一一六）。案：此句鞶鉴一词，谓鞶带之厚赏，语出《周易・讼》卦上九：“或锡之鞶带，终朝三褫之。”此句之鞶带，《说文解字・革部》：“鞶，大带也”。朱熹《周易本义》注云：“命服之饰。”据此知鞶带乃朝廷命赐高官厚禄之服饰。上九爻辞叙事鞶带厚赐，先赐之，一天之内，又夺之，故有是吉是凶未定之疑词。刘勰乃化用《讼》卦上九爻辞吉凶未定之意，说明檄文写作，宜阐述用兵胜败吉凶之理，藉由卜蓍龟兆之暗示，分析军事成败之先机。则知此句赞曰之语，乃化用易辞易理之体例。

必须“事昭”的写作方法，以及化用《体性篇》说檄文主于刚健壮笔，暗用《风骨篇》谓陈琳《为袁绍檄豫州》一文有“露骨”之风等等实例作品之评赏，其背后皆有《文心》文术论作为分析赏鉴之“理论”根据，只有细读而可得知，盖本篇檄移文章之“实际批评”皆如此类。

二十一　《封禅篇》细读

一、《封禅篇》文论与实际批评

《封禅篇》阐述封禅文体之始末，及品评名家名篇之优劣，涉及“神灵”“祯瑞”之祈祝，当与《正纬篇》之“神教”、《神思篇》之“神理”辨正之。盖《正纬篇》述“神教”宜约之理，《神思篇》析文才如神皋之喻，此篇则言“黄帝神灵”，言“禋祀”、言“秘祝”、言“祀天”、言“祯瑞”等等，义近神道设教之说，则封禅文体似乎有些“宗教内涵”。

虽然如此，本篇“选文以定篇”之各论，品评历代封禅文名家名作，则悉据《文心雕龙》文术论各篇之理论，从事实际批评，而罕有措意神教神灵之祈祝，益知刘勰主意在“文道”之有神，非赖“神明”之凭恃。兹括举《封禅篇》名家名作之实际批评如下：

> （一）秦皇铭岱，文自李斯，法家辞气，体乏弘润；然疏而能壮，亦彼时之绝采也。（页七七）

案：此节化用《体性篇》人之情性与文体合一之说，先评李斯其人，谓李斯学术根柢法家，而法家文章必无“弘润”之体，谓缺少弘大润泽之风，此由李斯其人法家出身所得出之论评。其次再具体引述李斯代秦始皇所作《泰山铭》此篇，直接评云“疏而能壮”，谓文词疏阔，却内含宏壮之气。摘评《泰山铭》而嘉许为能作“宏壮”之文，即与法家文章“体乏弘润”之说不合，藉此突出李斯此篇为杰作，已避法家文体之弊。故又评定此篇为“绝采”之文，予以高度评价。如此直接评赏《泰山铭》之法，乃直用《定势篇》理论，不因人而废言。今互参《定势篇》定义“箴铭碑诔”四体之文，则必归“体制于宏深”，谓铭文之体势准乎“宏壮深刻”之作法，始能“随变而立功”，此即铭文之“本采”。如此界定铭文体势，恰恰正是《封禅篇》品评李斯《泰山铭》之理论根据。因此，吾人即可视《封禅篇》援用《定势篇》理论对李斯《泰山铭》进行实际批评。如果再更细致分析，“法家辞气”一语特别重视文章“置辞”的体气优劣，则也有化用《知音篇》六观之一“置辞”之功效，亦可视作《知音篇》的实际批评。

> （二）铺观两汉隆盛，孝武禅号于肃然，光武巡封于梁父，诵德铭勋，乃鸿笔耳。观相如《封禅》，蔚为唱首。尔其表权舆，序皇王，炳玄符，镜鸿业；驱前古于当今之下，腾休明于列圣之上，歌之以祯瑞，赞之以介丘，绝笔兹文，固维新之作也。（页七七）

案：此节专评两汉司马相如《封禅文》，首从“铭文”界定之，判别《封禅文》之“位体”归属，此用《知音篇》六观之首“观位体”进行实际批评。然而须知，铭体本属有韵之文，不属于“笔”，今据刘勰评赏《封禅文》曰：“乃鸿笔耳。”此用笔字，谓《封禅文》乃铭体大手笔文章，予以极高评价，仍用“笔”字，即可呼应刘勰不主张有韵为文无韵为笔这种说法，而是采用“发口为言，属翰曰笔”这种理解。就此一说而言，又是刘勰化用《总术篇》文笔新说从事实际批评。其次，本节分析《封禅文》的内容题材，包含叙述帝皇的功迹至德，颂赞天象吉瑞带来的象征，突出描述帝王的盛德大业，歌诵了祥瑞，颂扬帝位有如泰山的伟大等等，如此详细解读《封禅文》丰美多样的内容题材，则是知音六观“事义”的分析，也可视作又一项《知音篇》实际批评。

> （三）及光武勒碑，则文自张纯。首胤典谟，末同祝辞，引钩谶，叙离乱，计武功，述文德；事核理举，华不足而实有余矣！（页七七）

案：此节专评东汉大司空张纯《泰山刻石文》此篇，方法同前述《封禅文》，皆据《知音篇》六观进行实际批评。先从“位体”定义此篇为“碑体文”，次从“事义”分析此篇主要阐述的内容有“叙离乱”“计武功”“述文德”等等，即予“事核理举”之美评，谓此篇内涵“事理”极为精核切至。最后，再用《情采篇》所述“华实”之标准，权衡此篇之得失在“华不足”谓文采不够华丽，却又有“实有余”之佳处，谓内容事义充实。

（四）及扬雄《剧秦》，班固《典引》，事非镌石，而体因纪禅。观《剧秦》为文，影写长卿，诡言遁辞，故兼包神怪；然骨制靡密，辞贯圆通，自称极思，无遗力矣。（页七八）

案：此节评扬雄《剧秦美新论》与班固《典引》，首从六观之一“位体”标准，判定此二篇之“文体”归属“封禅”体，与前述张纯与司马相如两家一属“铭”体一属“碑”体不同，对“位体”的辨正至为明晰细密，此拜《知音篇》六观理论之引导。其次，从《通变篇》之角度，分析扬雄《剧秦美新》模仿自司马相如《封禅文》，此即据《通变篇》云设文之体有常之“常理”文体理论。然文章必求通变，“数”必酌于新声，刘勰鼓励要在文辞气力方面讲究变化。根据这个说法，刘勰又注意到扬雄此文表现“诡言遁辞”之特色，其与司马相如原作突出“休明列圣”之特点已大有改变，盖“神怪”的叙述增加了，而圣训的成分减少了。此由“圣训”到“神怪”之对比，看出二篇前后通变之轨迹，则是借用《正纬篇》已揭“圣训宜广，神教宜约”这种观点。指出扬雄《剧秦美新》此文所述“神怪”，近似《祝盟篇》所述“祈幽灵以取鉴”此句之神灵。然则扬雄藉神怪神灵之说以蒙混“列圣”之训导，由六观“事义”而言，较之司马相如《封禅文》所述“歌以祯瑞”之事理又更加夸诞、变本加厉矣！最后，此节括举扬雄《剧秦美新》此篇之“骨辞”有靡密与圆通之佳处，仍本《风骨篇》“风情骨辞”之理论，而“靡密”“圆通”之批评，即与《定势篇》文章体势有“六势”类似，自六势之“核要”“明断”“宏深”等诸概念，折中变通之。此则用《定势篇》理论从事扬雄《剧秦美新》在“骨辞”项目之实际批评。

（五）《典引》所叙，雅有懿采，历鉴前作，能执厥中，其致义会文，斐然余巧。故称“《封禅》靡而不典，《剧秦》典而不实”，岂非追观易为明，循势易为力欤？（页七八）

案：此节继上评扬雄之后，再评班固《典引》封禅文。谓此篇于文采具“雅懿”之美，盖据文术论《情采篇》已述“雕琢其章，彬彬君子”之说，注重文章文采。唯刘勰另据《附会篇》“附辞会义”之要求，指出班固此文不只是文采斐然，更在文章内容“义理”上有巧妙之组合，能将文辞与义理统合一体，此恰恰正是《附会篇》注重“道味相附”以及“原始要终，疏条布叶”的理论实践。如此说来，此节评班固《典引》实际批评也已应用了

《附会篇》说法。

> （六）至于邯郸《受命》，攀响前声，风末力寡，辑韵成颂，虽文理顺序，而不能奋飞。陈思《魏德》，假论客主，问答迂缓，且已千言，劳深绩寡，飙焰缺焉。（页七八）

案：此节先评述邯郸淳《受命述》此文，注重在此篇的文章“风骨”之表现。指出此篇“风末力寡”意谓文章风情与骨力不够刚健，所以有“不能奋飞”之病。此悉据《风骨篇》已述“鹰隼乏采，翰飞戾天，骨劲而气猛”所要求的“文章才力”，完全是《风骨篇》的实际批评，指摘邯郸淳《受命述》风力不够，飞不起来。次评陈思王曹植《魏德论》此篇仍从文章“置辞”犯有“千言琐碎”之病，而且用问答体，失之“迂缓”，不够明断，此盖不知“隐括情理，矫揉文采”之理，所以既然有“委心逐辞”的率意之作，必然导致“骈赘必多”之病。就此评而言，本篇乃应用《熔裁篇》讲究熔意裁辞理论进行曹植《受命述》此文之实际批评。

经由以上六例之分析，《封禅篇》在“选文以定篇”之节段，举例各家封禅文，既例示兼施评，选文即选评，亦即今人所谓“实际批评”。而其背后所据之“理论”，率不出《文心雕龙》文术论各篇之说，或单用一篇，或兼用二篇以上，其法不一，皆遵从会通与折中之途径，信知《文心雕龙》此书早已示范实际批评之作法，非仅仅止于文理文论之申说而已，凡龙学“批评论”之范畴，当先分“理论”与“批评”二层次，再将《文心》所谓的“批评”视作今人借自西论而有的“实际批评”。[①] 如此一来，《文心雕龙》有理论，也有“实际批评”的应用，当可导引一条新的龙学研究方向。

---

① 《封禅篇》于“选文以定篇”举例作品甚多，殆《文心》五十篇之罕见。且于选例即施“批评”，尤其可窥探《文心》“实际批评”之法，可惜此点每被龙学诸家所忽略。刘永济《文心雕龙校释》云：“封禅之说，倡自谶纬家而增饰于文士，实逢迎帝王侈心之作。由今观之，殊无讨论价值。”（页八一）此采否定本篇“文章”之价值，而责之以“事义”属谶纬迷信。殊不知刘勰《文心》已述经书文学、子学文学、史书文学，则《封禅篇》即纬书文学。王梦鸥《文心雕龙：古典文学的奥秘》观点相同，评价此篇云：“《文心雕龙》作者看到司马迁《史记》之八书列有《封禅书》，认为古来文章本有这特殊的一种，不得不对这虚饰之文，颇寄以微辞。”（页一二一）此解谓《封禅篇》与“纬书”同类，没什么可说的，仍自“事义”而评，非自“文章”而说。

二、《封禅篇》易学影响

《封禅篇》述古礼封禅祀典的源流始末，品评此体流传的各篇名作，规范封禅文体写作内涵及其作法。其中论及封禅文体的功用乃在“崇德”，谓帝王经道纬德，树立皇迹，当用至德教化天下百姓，戒慎恐惧，禋祀天帝，永得天休。重点悉在一个“德”字，谓至德戒慎。此种德字内涵，绝非老子言道德，亦非仅限于道德之德，而当自《周易》乾道坤德之易理而来，特别是《坤》卦之德。《坤》象曰：“地势坤，君子以厚德载物。”此言君子之德如地德之厚，用坤德比拟君子之德，而《封禅篇》言帝王至德亦自坤德衍义而生。例如《封禅篇》云：

> 夫正位北辰，向明南面，所以运天枢，毓黎献者，何尝不经道纬德，以勒皇迹者哉?《绿图》曰：“潬潬嗃嗃，棼棼雉雉，万物尽化。”言至德所被也。《丹书》曰：“义胜欲则从，欲胜义则凶。”戒慎之至也。则戒慎以崇其德，至德以凝其化，七十有二君，所以封禅矣。（页七六）

此节引《绿图》歌谣，诠解其意义曰：描写帝王至德泽被天下百姓。次引《丹书》亦阐明其涵义曰：戒慎恐惧，警戒帝王勿失至德。以上凡言至德，皆本《周易·乾》卦象曰：“见龙在田，德施普也。”谓龙德显现，普施于天下，此以龙德喻帝王至德，亦即《乾文言传》云：“善世而不伐，德博而化。易曰见龙在田，利见大人，君德也。”此句所言“德博而化”谓帝王之至德广博而教化于天下百姓。《封禅篇》承袭《周易》龙德君德至德合为一体而化之：

> 昔黄帝神灵，克膺鸿瑞，勒功乔岳，铸鼎荆山。大舜巡岳，显乎《虞典》。成康封禅，闻之《乐纬》。及齐桓之霸，爰窥王迹，夷吾谲谏，拒以怪物。固知玉牒金镂，专在帝皇也。然则西鹣东鲽，南茅北黍，空谈非征，勋德而已。（页七七）

此节“原始以表末”推本历代帝王封禅文体之源流，皆总归为一句“帝皇勋德”之语，仍用“勋德”阐述至美至善之帝王君德，即封禅文章写作之大体纲领，化用自《周易》至德广博而化之易理。

若论及《封禅篇》其他直引、化用、衍义《周易》之易理易辞尚得见一例如下云：

> 虽复道极数殚，终然相袭，而日新其采者，必超前辙焉。（页七八）

案：此节居本篇“敷理以举统”之原文节段，乃总述帝王封禅之文，以“道”为始，尽“数”为终，道谓帝王至德之道，涵盖天地道德，人民日用之事。此衍义《周易·系辞传上》云：“一阴一阳之谓道，继之者，善也；成之者，性也。仁者见之谓之仁，知者见之谓之知，百姓日用而不知，故君子之道鲜矣。显诸仁，藏诸用，鼓万物而不与圣人同忧，盛德大业，至矣哉！富有之谓大业，日新之谓盛德。生生之谓易，成象之谓乾，效法之谓坤。极数知来之谓占，通变之谓事，阴阳不测之谓神。”此节所释由“道”至“盛德大业”再到“极数知来”之理路，将帝王至德的本源推溯到《周易》之道，再将易道“数术”的神妙变化、通变知事的能力，比拟帝王至德之“术”，皆化用《周易》数术学概念，说明封禅文纵然写作变化日新，皆须不离易道与易术的本体，此一本体都是始终沿袭，不会改变。若只是讲究封禅文章的辞采靡密典雅，不顾内容题材的道术精义，则也很难有何超越前代作品之机会。

三、《封禅篇》子学内涵

《封禅篇》乃继《正纬篇》之后，再次申明“神道”之理。今观《正纬篇》之神道用于经学之助解，而《封禅篇》之神道则属不折不扣之“政事神道”，二篇功用又有此不同。盖《封禅篇》首节引用《论语·为政篇》云：“为政以德，譬如北辰，居其所而众星拱之。”此句已清楚表明《封禅篇》文体与“政事”义理有密切关系，文章写作用意专在“德治教化”之作用。《封禅篇》云：

> 夫正位北辰，向明南面，所以运天枢，毓黎献者，何尝不经道纬德，以勒皇迹者哉？《绿图》曰：“潬潬嗬嗬，棼棼雉雉，万物尽化。”言至德所被也。《丹书》曰：“义胜欲则从，欲胜义则凶。”戒慎之至也。则戒慎以

崇其德，至德以凝其化，七十有二君，所以封禅矣。（页七六）①

此节明示封禅文章渊源自为政以德的“德化”政治思想，乃君王南面之“术”，此术即刘勰常言“政体治术”之涵义，当然必归属“政事文章”一类。只是此体封禅之文在政事之余，又参取“神道”之论，借用数术学、谶纬学之说法，助解封禅文写作必备之义理知识，而此种知识亦只有“子家”能兼备之。《封禅篇》述光武以后封禅文章云：

> 及光武勒碑，则文自张纯。首胤典谟，末同祝辞，引钩谶，叙离乱，计武功，述文德，事核理举，华不足而实有余矣！凡此二家，并岱宗实迹也。（页七七）

此节指明光武之世，兴起信奉谶纬学之风气，乃用来助成“文治武功”之治术。但是文章必须返本归宗，刘勰认为写作封禅文章，不可迷信神道，只是不得已借用神道之力，表述“文德”与“武功”之神妙作用而已，此即刘勰一贯主张“文武之术，左右为宜”之理论。因此，刘勰又以最高标准“华实”并茂品评封禅文优劣。封禅文章内涵即使有“神怪”之遁辞，刘勰亦以为思理若能兼顾“圆通”，则并无不可。今观刘勰品评司马相如首作《封禅》之文，注重“古今之变”之语，即可知晓刘勰已援用子家之学评述封禅文章。《封禅篇》述司马相如云：

> 观相如《封禅》，蔚为唱首。尔其表权舆，序皇王，炳玄符，镜鸿业；驱前古于当今之下，腾休明于列圣之上，歌之以祯瑞，赞之以介丘，绝笔兹文，固维新之作也。（页七七）

此节并不否认封禅文之性质本有“事以瑞圣”之“祥瑞”涵意，所以文中所述“神怪”之事，只当视作“瑞圣”之举可也。但是封禅文实际效用，

---

① 《封禅篇》首段即言“北辰正位”，又谓北辰乃“运天枢”之语，此刘勰解“北辰”为天枢轴，非“天枢星”之义，代表刘勰易经学之见解，识见超出一般俗说。案北辰象征“政治”，出自《论语·为政篇》云：“为政以德，譬如北辰居其所，众星拱之。”各家注皆指北辰为北极星。误矣！马融注《周易·系辞传上》云：“易有太极。”句云：“北辰也。”后世注家多从之。今刘勰不谓北辰乃太极而谓天枢，知刘勰有别解。又《史记·天官书》云：“中宫天极星，其一明者，太一常居。”据此知中宫天极乃太一所居，又非北辰。后世多谓太一即北辰，亦误。今由刘勰“运天枢”之语，知刘勰亦不主北辰即太一星。案据秦蕙田《五礼通考》云：“北极，天之至中，谓之辰者，无星而有其位也。北极正相对为南极，二极之中纮古今皆谓之赤道。……唯北极不动。北辰，今谓之赤极，言其为赤道之极耳。”此语以不动之赤道新释北辰，北辰非为星名，以“居位”解北辰，最符合刘勰之解，姑引此以助证。参秦蕙田：《五礼通考》（台北：圣环图书公司，二〇〇八年九月），卷八，新编页一一二四。

乃在表彰列圣之美德，以及历代皇王之鸿业，最终用心仍在“政事”之脉统，藉此保留一代政事典章文献。故而汉代学问大家如扬雄、班固等续有仿作，刘勰品评扬、班二家云：

> 及扬雄《剧秦》，班固《典引》，事非镌石，而体因纪禅。观《剧秦》为文，影写长卿，诡言遁辞，故兼包神怪。然骨制靡密，辞贯圆通，自称极思，无遗力矣。《典引》所叙，雅有懿采，历鉴前作，能执厥中，其致义会文，斐然余巧。故称“《封禅》靡而不典，《剧秦》典而不实”，岂非追观易为明，循势易为力欤？（页七八）

此节评论扬雄《剧秦美新论》与班固《典引》二篇封禅文，说其内容有“神怪”之事，却称颂此二篇“文骨”与“语辞”有靡密与圆通之美。言下之意，此二篇文章具备子家“博学通达”之学识，足以通贯古今，畅述义理。如此说来，封禅文体的子学内涵已不言而喻。其他又有两则《封禅篇》原文，涉及子学内涵之义理，兹条引如下：

（一）举子学“法家”与集部文章学“文体”做对比，描述秦始皇祀泰山，作封禅文之优劣。《封禅篇》云：

> 秦皇铭岱，文自李斯，法家辞气，体乏弘润；然疏而能壮，亦彼时之绝采也。（页七七）

（二）《封禅篇》结论定位此体为一代之“政治典章”本质。因此，必须有“古今通变”之见识，参悟政事义理，尤其必须“神道”与“数术”之学深通兼明，始克写好封禅文章。刘勰完全采用“子家”学术内涵作为封禅文章在“敷理与举统”之解释本源。《封禅篇》结尾云：

> 兹文为用，盖一代之典章也。构位之始，宜明大体，树骨于训典之区，选言于宏富之路；使意古而不晦于深，文今而不坠于浅；义吐光芒，辞成廉锷，则为伟矣。虽复道极数殚，终然相袭，而日新其采者，必超前辙焉。（页七八）

四、《封禅篇》总案

总之，《封禅篇》述“仪典”文章，悉从“用”之观点论述此体，归入

“政事”之文，皆与《征圣篇》已揭“政化贵文”主张符合，注重“文”之为用，论述封禅文体，非自“艺文”定位评价此体。故而刘勰必设此篇，即“文章体国”理论之实践。

基于此点理解，本篇文体之用乃在皇王祀典，而封禅之事则属“神灵”与“天命”之课题。对于皇帝，本篇标出“勋德”之教化作为此体写作总纲。须参看《封禅篇》论述之始，即自《周易·系辞传下》所述“圣人南面”与“向明而治”此《离》卦易理衍义引伸，化用《坤》卦皇天后土之暗示，全篇屡言“德”字，有经道纬德、至德、崇德、化德、勋德、文德、魏德等等诸语，皆衍义“坤德”之思想。目的在调和“神”、“人”之际，用“圣训”与“神教”做对比，引伸本篇“帝德”与“神灵”之并观。则《封禅篇》又已互通《正纬篇》已述“圣训宜广，神教宜约”之论，重视帝德教化之功，切忌秘祝淫祀之空泛神怪论。

最后本篇仍举“华实”作为实例作品评价之依据，谓封禅文既要有“文理顺序”，也要“日新其采”，全篇实际批评之例甚多，皆见于上文之析论。

须再提示本篇用“黄帝神灵”一词，表面看似信奉“神灵”，有宗教意味。其实，本篇一再用“德”字对比神灵，有“至德所被”“至德凝其化”“空谈非征，勋德而已”“诵德铭勋”“计武功，述文德”等等以上诸句可括举为一个“德”字，从帝王有功勋教化之德，说到文武之德。凡此德字皆属“人事”而非“神灵”之涵义，可知《封禅篇》即使已经阐述这种文章涉及钩谶神怪，有“诡言遁辞”的写法，但非谓刘勰主张神道神灵之教。盖刘勰只从文术论《通变篇》之说注重“日新其采”角度，赞许封禅文章“华采”要创新，若论封禅文章的“大体”主旨，仍归“人事”至上。如此恰恰符合子学家“政事先务”这种文章写作观点，不致沦落为“徒饰华采”之文体，变成“艺文”之末品。即与战国时代子书《尉缭子·天官篇》主张“德”为主、“刑”为下这种重人事、轻方术迷信之论，前后呼应。《尉缭子·天官第一》云：“黄帝者，人事而已矣!”又说：“天官，时日不若人事也。”此二句力倡以“人事”作为治理天下百姓之主轴，即本篇论封禅文章的“宜明大体”之说“大体”一词的历史文化根源。《封禅篇》必有子学内涵，又得一证。

二十二　《章表篇》细读

一、《章表篇》文论与实际批评

《章表篇》文论集中在此体文章要有华实、雅正、清丽的风格，这是《体性篇》理论的分析。又讲究章表二种文体要具备“骨采宜耀”谓文辞有骨力，骨劲而气猛，使人读之如见耀藻高翔，此则应用《风骨篇》之说，《章表篇》云：

> 章以造阙，风矩应明，表以致策，骨采宜耀：循名课实，以文为本者也。是以章式炳贲，志在典谟；使要而非略，明而不浅。表体多包，情伪屡迁。必雅义以扇其风，清文以驰其丽。然悬恻者辞为心使，浮侈者情为文屈，必使繁约得正，华实相胜，唇吻不滞，则中律矣。（页八一）

此节即《章表篇》之“敷文以举统”叙述，归纳章表二体文章的写作法则，要做到“骨采宜耀”谓文采有骨力有劲气，有似飞鸟高翔，如此说来章表当然是以“文辞”为根本，且要表现“骨辞”之力，非只是驰骋华藻而已，必使清丽之中，内含雅正之气。所以，本节最终提出“繁约得正”与“华实相胜”两项要义，作为章表文体的准则。此处繁约，即《体性篇》繁缛与精约二体的折中，而华实乃刘勰《文心》最重要的文论之一，与情理、雅正二词，并驾齐驱，皆刘勰《文心雕龙》主要的文术论术语。如此说来，《章表篇》乃援用文术论的《体性篇》与《风骨篇》作为理论根据，至于《章表篇》进行实际批评时，则不限定在只有此二篇的理论，尚见参取《附会篇》《总术篇》《通变篇》《程器篇》《知音篇》等各篇文术论，方法多元，评语亦切中作品特色。例如本篇品评魏代章表名篇，仍沿用华实、雅正之说云：

> 所以魏初表章，指事造实，求其靡丽，则未足美矣。至如文举之《荐祢衡》，气扬采飞；孔明之辞后主，志尽文畅；虽华实异旨，并表之英也。（页八〇）

首先概述三国时期章表之作普遍都有共同之弊，即有“指事造实”之优处，可惜文采不足，往往缺少靡丽之润泽，因而华实并美的要求不够。随之即举孔融《荐祢衡表》与诸葛亮《出师表》二篇为例加以印证，说前者“气扬采飞”即谓孔融文章气势强胜，又说后者“志尽文畅”也是说诸葛亮文章的志气充足，二人之评语，重点皆偏向“气情”，却罕言及“华藻”，所以，本节即有“华实异旨”之语，但仍然肯定此二篇表文有“雅正”之风，乃评价为章表文章之英杰。

以上之分析，即藉由本篇“敷理举统”内含的《体性篇》与《风骨篇》理论，进行孔融、诸葛亮二家章表文章的实际批评。

《章表篇》另有对其他建安文士所作的实际批评，又兼参文心文术论《附会篇》《知音篇》以及《通变篇》理论，例如《章表篇》评述建安七子与陈思王曹植云：

> 琳、瑀章表，有誉当时；孔璋称健，则其标也。陈思之表，独冠群才。观其体赡而律调，辞清而志显，应物制巧，随变生趣，执辔有余，故能缓急应节矣。（页八〇至八一）

此节评述陈琳的表文是“刚健”之风，谓刚正雄健，用词类似《体性篇》八体之用语，但更近于《定势篇》“章表奏议，则准的乎典雅”此句的典雅，谓雅正、典正，即章表文体规范内的体貌，雅正近似健正、刚正，凡健者必归典雅之定势。

其次品评陈思王曹植，特别点出曹植表奏之文，文体形式完美，声律调协，文辞清新，情志显明，凡此皆已考虑到文章写作要注意的位体、置辞、事义、宫商诸要项，可视作《知音篇》理论应用。

最后，又说曹植表奏文章，并非墨守成规，一成不变，反而很能“随变生趣”（意指文章事理情辞富于变化），表现自家创新风貌，做到“游刃有余”这样的圆熟技巧，缓声急调都能安排恰适，遵守节度。此种批评等如《通变篇》“设文之体有常，变文之数无方”此说之印证，肯定曹植作品深通文章变化之道，正所谓“数必酌于新声”此说的实践，故曰此节已参取《通变篇》述通变文术之说，化为对曹植表奏文章的实际批评。

二、《章表篇》易学影响

《章表篇》述章、表、奏、议四种文章体类之源流及其作法，特别标举此四种文体乃供作“经国之枢机”，即刘勰所谓的“政事”文章。为此，刘勰归类追求这种文章功用的写作，无不要把握健、正、要三项方法。健即《周易》文明以健的思想，也就是《周易》贞正、贞定之易理，“要”字则出自《周易》其要无咎这种易理的旁通发挥。以上皆属《章表篇》转化易理易辞建构文理之作法。

再者，《章表篇》亦有直引易辞，借用辞意之例数处，兹合并以上所言两例摘示例句如下：

> （一）周监二代，文理弥盛。再拜稽首，对扬休命，承文受册，敢当丕显。虽言笔未分，而陈谢可见。降及七国，未变古式，言事于王，皆称上书。（页八〇）

案：此节乃“原始以表末”追溯章表文体之源头，谓即出自西周东周，乃王庭拜受君命、称颂言谢、陈述治国政事之文章，用“对扬王庭”一语，转引《周易·夬》卦辞“夬，扬于王庭，孚号有厉，告自邑，不利即戎，利有攸往”此句之“扬于王庭”而改易之。谓章表文章之作用犹如在王庭与君王对论政事，加以决断。据此又知，此节《章表篇》不仅转引易辞，也有化用全卦《夬》卦决断议事之意。[①]

> （二）虽华实异旨，并表之英也。琳、瑀章表，有誉当时；孔璋称

① 今观孔颖达《周易正义》疏云：“‘扬于王庭’者，明行决断之法，夬以刚决柔，施之于人，则是君子决小人也。王庭是百官所在之处，以君子决小人，故可以显然发扬决断之事于王者之庭，示公正而无私隐也，故曰‘扬于王庭’也。”（页一〇三）此疏谓百官于王庭公正议事，决断行事，恰恰正是章表作为“上书”性质文章之功用，《章表篇》暗用《夬》卦思想当可无疑。另外，本篇《章表篇》云：“原夫章表之为用也，所以对扬王庭，昭明心曲。既其身文，且亦国华。”（页八一）此节“对扬王庭”则为刘勰直接明引易辞之例，始知《章表篇》两引《夬》卦卦辞，借意申说。又《章表篇》另有“情伪屡迁”此语出自《系辞传上》：“设卦以尽情伪。”也是直引易辞。

健，则其标也。（页八〇）

案：此节用“健”字品评孔璋所作章表文章之典范，即参取《周易·同人》象曰“文明以健”之易理，谓《乾》卦卦象有“君子终日乾乾”之喻，故曰乾健，而《同人》上卦《乾》示天象健意，故有“文明以健”之语。刘勰引此借喻孔璋写作章表文章展现“刚健”之风，犹如《乾》卦天象有健正之风。此节乃结合易辞与《同人》卦、《乾》卦易理并用之例。

（三）陈思之表，独冠群才。观其体赡而律调，辞清而志显，应物制巧，随变生趣，执辔有余，故能缓急应节矣。（页八一）

案：此节品评陈思王曹植写作表奏文体之妙，兼有内容切合、文辞清新、声律和谐等优点，尤其是他能将以上各点巧妙配合，随时变化。《随》卦彖曰：“贞，无咎，而天下随时，随时之义大矣哉！”此句随时之易理，即与本节“随变生趣”文理说法相通。所以说，刘勰乃暗用《随》卦易理作为本节品赏曹植表奏文章之理论根源。

（四）然恳恻者辞为心使，浮侈者情为文屈，必使繁约得正，华实相胜，唇吻不滞，则中律矣。（页八一）

案：本节再次援用《周易》贞定、贞正之易理，标举为章表文章写作之准则，要求章表文体繁约得“正”，谓把握文辞情意的中正之道，可视作《周易》贞正思想旁通文体文论之衍义。①

三、《章表篇》子学内涵

《章表篇》述章表二体文章悉用子家“入道见志”以及“述道言治”之观点解释文体，而且也引用此观点评述历代各家章表文优劣高下。章表此二体乃君子从事“政治”庶务必深加练习与攻治之文体，其为“政治公文书”之性质必矣！又其为子家博通之学，用志于天下国家之文体形式，更可确立矣。故而本篇用“既其身文，且亦国华”描写子家言治，必娴熟章表文体，

① 另有本篇《章表篇》赞曰：“言必贞明，义则弘伟。”此句“贞明”，谓贞正光明，与“繁约得正”之贞正，并同合义。

描述此体富有一“国”文章华实之典范。又有“章表奏议，经国枢机”之语，高度品评章表文章大大有助“经理国家政治事务”之功效，视章表之文为极重要关键之“枢机”，刘勰重视章表文章由此可悟！而刘勰何以专注用心于此政事文体，推其本意，悉出自子家平生怀抱“处世用世”之心有以致之，故可断言《章表篇》深含子学思想。今分析如下：

（一）首引《诗经》与《礼记》之出典，界定章者明于天皇天命，表者表记“德性”威仪之文体定义，申明此二体文有“宗经”本质，此二体文功用在“政治之事”。《章表篇》云：

> 章者，明也。《诗》云“为章于天”，谓文明也。其在文物，赤白曰章。表者，标也。《礼》有《表记》，谓德见于仪。其在器式，揆景曰表。章表之目，盖取诸此也。按《七略》、《艺文》，谣咏必录；章表奏议，经国之枢机，然阙而不纂者，乃各有故事，布在职司也。（页八〇）

（二）接下来，引孔明、孔融、孔璋三家孔氏章表文章为此体典范，加以品赏。而引用“入道见志”子学定义，突出此三孔章表文章皆能忠诚表述忠臣尽国之志。不但文采飞扬，尤其“志盛气畅”，具有刚健风格，吐露忠贞体国之坚志。最后借用五经文章“圣文之雅丽，乃衔华而佩实”此句之“华实”并美，作为文章最高品格之鉴赏，定位三孔章表文体之典范地位，由此可知刘勰对“章表”文体特重“述道言治，枝条五经”之子学内涵。《章表篇》云：

> 至如文举之《荐祢衡》，气扬采飞；孔明之辞后主，志尽文畅；虽华实异旨，并表之英也。琳、瑀章表，有誉当时；孔璋称健，则其标也。陈思之表，独冠群才。观其体赡而律调，辞清而志显，应物制巧，随变生趣，执辔有余，故能缓急应节矣。（页八〇至八一）

（三）续上则已述章表文章乃经子之体式，写作手法首重“义理”与“事理”之表达，不但写作技巧要有“条理首尾”（《章表篇》赞曰）之要领，文章内容尤其要能表达“耿介”之志，以及忠实诚恳之心，面向君王表述一己“入道见志”之见识，既有“忠”又有“信”之情操，方能完成一篇章表佳作，陈述治道与己志。以上刘勰阐述章表写作纲要，并再次评赏两晋作品。《章表篇》云：

逮晋初笔札，则张华为俊。其三让公封，理周辞要，引义比事，必得其偶，世珍《鹪鹩》，莫顾章表。及羊公之《辞开府》，有誉于前谈；庾公之《让中书》，信美于往载。序志联类，有文雅焉。刘琨《劝进》，张骏《自序》，文致耿介，并陈事之美表也。（页八一）

（四）最后刘勰为章表文体钩稽“敷理以举统”之要领，首用“国华”乙词称赞章表文体属于“经国文章”之类，富有治世治国实际效用，其次借用子学“本末论”与“名实论”作为章表文体的两大“文理”。前者谓文为“末”，义理为“本”；后者则要求此体文必讲究“华实”并善之美，勿徒求章奏形式上之“名称”而已。一言以蔽之，刘勰根据经典文章“华实”并美之最高标准，作为臣下表述职志，陈述政治之大纲，落实子家“述道言治”论文本色。《章表篇》云：

原夫章表之为用也，所以对扬王庭，昭明心曲。既其身文，且亦国华。章以造阙，风矩应明，表以致策，骨采宜耀：循名课实，以文为本者也。是以章式炳贲，志在典谟；使要而非略，明而不浅。表体多包，情伪屡迁。必雅义以扇其风，清文以驰其丽。然恳恻者辞为心使，浮侈者情为文屈，必使繁约得正，华实相胜，唇吻不滞，则中律矣。（页八一）

四、《章表篇》总案

《章表篇》无意之中又已透露刘勰文学主张乃“文”而兼“学”，将“艺文”与“政事”合并以观，再次呼应《程器篇》“丈夫学文”“必达政事”此种文武合一之论。同时，也是《书记篇》并举“艺文之末品”与“政事之先务”此种艺文观之印证。

因为章表文章秦汉以前是少见之文，故有“前汉表谢，遗篇寡存”之语，甚至《七略》与《汉书·艺文志》皆“阙而不录”，可见章表文体并不被重视。

为此，刘勰重新给予评价，率先定义章表是“经国之枢机”，谓乃治理国家必要有的公文书，特持“经理国家”之用，为“治体”之文，与《诸子篇》子家定义“述道言治”此句的“治”涵义如出一辙，皆从“政事”之角度解释文体之功用，而舍弃“艺文”偏主虚华而不实之文弊，展现刘勰《文心》以“学”辅文，以“文”助学之一贯文章体用论。回想《征圣篇》已揭文章功用三类之首谓“政化贵文”之说，亦得以验证于此，本篇可视作刘勰征圣宗经文论之“实际批评”，同时又是《诸子篇》谓诸子文章具有“入道见志”以及“述道言治”这种政事作用之实例。《章表篇》涵摄经学与子家双重之“义理”，至此已表露无遗。

若再细读《章表篇》据“政化贵文”导出的章奏表谢文章之用，即用在王庭与皇帝王侯的对答，陈述治事与政务的关键缓急，则可见《章表篇》引述最多的经典是《周易》此经。全篇屡见《夬》卦“扬于王庭，孚号有厉”此句的“王庭”语词之转化，其他诸如“对扬休命”“陈辞帝庭”“对扬王庭”皆是，突出“王庭”概念与章表写作的用处，十足表明此种文章乃悉属治理政事所必要的文章体类，不可只据“艺文”华采之末品而轻视之，盖章表文章乃君子有“本”之学也。

然而更须明辨刘勰强调的“本”，非必与“末”分离。《章表篇》也说过“以文为本者也”之语，意指章表文章依然要有“骨采”的文辞，始可用来阐述政事的道理。“骨采宜耀”一词，即据《风骨篇》已揭“风骨乏采”与“采乏风骨”之说而来，提示章表文章要写出既有风骨又有华采之文，才是“名实”相符的文体，遂有“以文为本”此句。可见，《章表篇》属于“政事”文体，治体为要，却也主张“以文为本”，要求章表文章的风骨与辞采兼备。这样看来本篇引实例作品进行分析时，用“华实”与“繁约”做评价标准，即源出此论。观其评语，“理周辞要”注重“置辞”技巧，“引义比事”注重“事义”功夫，“陈事之美表”也是“事义”之讲究，“气采飞扬”乃用《风骨篇》“风骨不飞”之文论，又如“辞清志显”还是有“置辞”之评，而“华实异旨”之语则提醒要华实情理皆正。如本篇总评魏初章表文章优劣，谓“指事造实，求其靡丽，则未足美矣”，注重文章之“事实”，责其文章欠缺“靡丽”，即与“华实异旨”（“华”与“实”不可偏废）内涵一致。

以上透过《章表篇》“选文以定篇”进行作品实例之品评用语，例不出文心文术论之范畴，此即《章表篇》实际批评。而尤其可贵者，实际批评注重的“辞”与“意”并观之论则又隐隐与本篇“易学影响”与“子学内涵”之说相互旁通，具有一贯整体的批评观点。

二十三 《奏启篇》细读

一、《奏启篇》文论与实际批评

《奏启篇》阐述奏劾、谢启两种文体写作体统，兼述表奏文章与“封事”“弹事”这两种体类。虽然本篇分述五种文体，但综合而观，五种文体皆归属“政事文章”，本篇堪称“政治文学”之总汇，故而篇末赞曰：“献政陈宜，事必胜任。”专门拈出“政事献言”主题，作为奏启文章之“大体”。

果然，本篇即有“可谓识大体”之语，用“大体”一词概括奏启文章写作主要集中在“陈政事，献典仪”即谓政事文章之献言。今观本篇所述“大体”内容，几乎已经兼包各种政治事务。《奏启篇》云：

> 若夫贾谊之务农，晁错之兵事，匡衡之定郊，王吉之劝礼，温舒之缓狱，谷永之谏仙，理既切至，辞亦通辨，可谓识大体矣。后汉群贤，嘉言罔伏。杨秉耿介于灾异，陈蕃愤懑于尺一，骨鲠得焉。张衡指摘于史职，蔡邕铨列于朝仪，博雅明焉。魏代名臣，文理迭兴。若高堂天文，黄观教学，王朗节省，甄毅考课，亦尽节而知治矣。（页八二）

此节既是“原始以表末”追溯自汉初至曹魏的奏劾文章之源流，同时也是“选文以定篇”，例举自晁错以下各家奏劾文章的写作内容。约而计之，历代奏劾文章必涉及农事、兵术、郊祀、祭礼、吉礼、狱政、史臣谏诤之道、天文灾异、奖赏封敕，以及经济民生陈述等等之事，凡此皆不离“述道言治”这种政治事务之范围，一言以蔽之，奏劾之文，即政事文章，奏劾文理，即政事文理。像这样讲究文武合一、政事与文章兼擅之主张，即与《程器篇》“贵器用而兼文采”之语相符合，当然亦正是《程器篇》“然推其机综，以方治国，安有丈夫学文，而不达于政事哉”这种政事与文理并重的理论见解。从此角度而言，本篇《奏启篇》之文论，几乎可视作《程器篇》器用之说与政事文学此两大理论之实践，亦即以《程器篇》为根据进行实际批评。

另外，《奏启篇》个别节段，也有应用《文心》文术论其他篇理论，从事“实际批评”之分析，兹举本篇二例如下：

（一）《奏启篇》云：

> 若夫傅咸劲直，而按辞坚深；刘隗切正，而劾文阔略，各其志也。后之弹事，迭相斟酌，唯新日用，而旧准弗差。然函人欲全，矢人欲伤，术在纠恶，势必深峭。（页八三）

此节批评方法根据《体性篇》，先分析作家之情性而后再看其文风之表现，类似“公幹气褊，故言壮而情骇；嗣宗俶傥，故响逸而调远”此种批评法，先说文人作家才性之品类，次说由此品类顺理而发，因情立体，即体成势因而完成之文章。本篇将《体性篇》此种“才性文体”之理论，应用到魏晋文人撰写“奏启”文章优劣之分析，方法一致。例如评傅咸《奏劾夏侯承》此篇举证事例非常明确，指摘有司之功过态度极其坚定，如此奏体文章成功写作，乃得力于傅咸其人之性情本来即有“劲直”之特点，谓凭恃坚劲正直的个性，始能写出坚深的上奏文书，即用《体性篇》所述才性与文体密合无间之理论，进行傅咸奏书文章之“实际批评”。与此类似，本节对东晋文人刘隗所作奏启文的品评，也是将才性与文体综合并观，说刘隗有“切正”个性，因此而表现“阔略”文体，谓能广泛讨论，再加以正确分类辨正。

本节最后得出“函人欲全”与“矢人欲伤”这种结论，意指制造铠甲之人，目标务在保全身体不受伤害。反之，专门制作射箭之流，乃必欲使箭出必中。同样，才性才情必与写作目标紧密配合，有因有果，此节可证《奏启篇》已应用《体性篇》进行实际批评。再者，此种理论由“才性”一定之理而推想“文体”必然之势，也有《定势篇》云：“圆者规体，其势也自转。方者矩形，其势也自安。文章体势，如斯而已。”谓文体定势有一定规范。足可用来说明奏劾文章，目的在纠正恶人，因而文辞气势必然要求做到“深峭”，谓深严清正，有严正之势，才是奏劾文章的标准体势，信知此节又兼参《定势篇》文章体势理论。

（二）《奏启篇》也有应用《比兴篇》之说，将《比兴篇》“写物以附意，扬言以切事”这种藉比喻以说明事理的手法，用来阐述奏劾文章写作，修辞必须严厉深刻的道理。《奏启篇》云：

> 《诗》刺谗人，投畀豺虎；《礼》疾无礼，方之鹦猩。墨翟非儒，目以羊彘；孟轲讥墨，比诸禽兽。《诗》、《礼》、儒墨，既其如兹；奏劾严文，孰云能免。是以世人为文，竞于诋诃，吹毛取瑕，次骨为戾，复似善骂，多失折衷。（页八三）

此节分析奏劾文体，往往出现恶言恶语，甚至要用豺狼禽兽之比喻，指责罪人之过失。凡此皆奏劾文体不得不然之“体势”要求，其目的在于树立典型，展现模范之风格。故而不避比兴技巧，但能善加运用，做到奏劾文章有“笔端振风”与“简上凝霜”之深严体貌。此则援引《比兴篇》善用比喻手法之说，建构奏启文章写作理论，益加印证《奏启篇》虽属“政事文章”，仍然应用《文心》文术论相关篇章说法进行实例作品赏鉴。

二、《奏启篇》易学影响

《奏启篇》述奏劾与谢启两种文体，上奏始于秦代，谢启盛行于晋世。虽然源流体用有别，但都同属“政事”陈述之文章。

凡政事奏文，以成务实用为本，切忌文辞深靡，举事空疏。为此，刘勰特别转化《周易·坤》卦“直方”谓正直、方正之易理，建立为奏启之文陈述政事写作两大要目，并且再次重申《周易》“要”字思想，要求奏启之文，辨正事理须得其“要”，不可文辞太过淫侈。“要”字易理多次出现于《奏启篇》论述与分析，足证刘勰特重奏启写作必须紧紧把握《周易》“其要无咎”此种思想，将奏启文的“劲直”与“辨正”风格，树立为奏启文章两大写作要目。兹先摘引此篇阐述奏启之文“治繁总要”各节段原文如下：

> （一）魏代名臣，文理迭兴。若高堂天文，黄观教学，王朗节省，甄毅考课，亦尽节而知治矣。晋氏多难，灾屯流移。刘颂殷勤于时务，温峤恳恻于费役，并体国之忠规矣。（页八三）

案：此节例举魏代上奏文章典范之作，有高堂、黄观、王朗、甄毅等四家。今观四家上奏内容，俱不离政事治道主题，且皆切合于当时时势潮流之要，刘勰乃用一句“尽节而知治”形容概括之。此“节”字，意指节要，化用《节》卦象“节以制度”之义，谓政治事务之定制，均须有节制作法，把握简要之理。在此，刘勰引用《节》卦“安节”思想，作为上奏文章最主要之义理，并且把《周易》“节”与“要”两项易理合参并用于文体论述。

（二）夫奏之为笔，固以明允笃诚为本，辨析疏通为首。强志足以成务，博见足以穷理，酌古御今，治繁总要，此其体也。（页八三）

案：此节概括上奏文章写作纲领，在写作心理而言，要持守“光明真诚”之心。而“志气”要坚强，学术要博通明理，条陈说明事例要有“治繁总要”之作法。此节同样用“要”字易理说明奏体写作方法，谓精要、简要。

（三）是以立范运衡，宜明体要。必使理有典刑，辞有风轨，总法家之裁，秉儒家之文，不畏强御，气流墨中，无纵诡随，声动简外，乃称绝席之雄，直方之举耳。

案：此节再明奏体文章必须“情理”与“辞采”配合得体，讲理之处，要有法家义正词严的气势，说情要本于儒家仁爱教化，亲亲仁民，量刑公正。刘勰乃用“明体要”一词，描述奏体文章的本体在此，作家宜深明通晓，即“宜明体要”之义。此要字谓文体文章写作之要点，还是化用要字易理。

（四）必敛饬入规，促其音节，辨要轻清，文而不侈，亦启之大略也。（页八四）

案：此节同用“要”字，概括谢启文章写作要领，谓谢启写作，文辞要精简，不可侈滥，音节要清响，办理要明晰，皆用“要”字说明之。

（五）名儒之与险士，固殊心焉。若夫傅咸劲直，而按辞坚深；刘隗切正，而劾文阔略，各其志也。（页八三）

案：此节申明写作奏启文章之心要持守“正直”意志，摒弃私心好恶，也不可以纠举谬误，弹劾空疏，不加深考。刘勰用“劲直”“切正”二词描述之，盖援引《周易·坤》卦六二爻曰：“直、方、大，不习无不利。”此爻辞讲述的“正直、方正”之易理，化为奏启文体写作准则。同此理，刘勰论及“表奏”文章，又再次化用“正直方正”之易理。《奏启篇》云：“又表奏确切，号为谠言。谠者，正偏也。王道有偏，乖乎荡荡，矫正其偏，故曰谠言也。孝成称班伯之谠言，言贵直也。”此节言“贵直”“正偏”，皆同有“正直”之义，从而可知，无论“上奏”或“表奏”二体，刘勰同引《坤》卦易理作为文章写作准则。

（六）夫王臣匪躬，必吐謇谔，事举人存，故无待泛说也。（页八四）

案：此节引述《蹇》卦六二：“王臣蹇蹇，匪躬之故。”截取王臣、匪躬二词为语，意谓上奏、谢启之大，介乎君王与臣仆之间，必须君臣同心合德，议决险难之事。借易辞以申明文体，易理与文理可通。本篇类似此例，尚见于：“若能辟礼门以悬规，标义路以植矩，然后逾垣者折肱，捷径者灭趾，何必躁言丑句，诟病为切哉！”（页八四）此节“折肱”一词，用《丰》九三：“折其右肱。”谓上奏之文如有出言不正，引喻失义，则当敕罚，犹如折其右肱之辞。“灭趾”一词，引《噬嗑》卦初九“履校灭趾”，谓上奏之人，公正为怀，如其循私，行不义之途，乃必责以“灭趾”之罚，施以极刑。以上皆《奏启篇》直引易辞、借词转意之例。

三、《奏启篇》子学内涵

继《章表篇》用子学阐述文章作为经国政事公文书之后，刘勰进一步衍生子学内涵文体第二类，即《奏启篇》所述奏启二体。谓奏明己志，表述治国之术于君王。虽篇名“奏启”，而多偏主“奏”体文，并附带述及谢启文。但不论奏事或谢启，此二体之文章性质，总不离“国家政事”主旨。故而《奏启篇》又出现“体国之忠规”与“明宪清国”两句新词，在前此之《章表篇》提出“经国”之后，继续新出“体国”与“清国”之词，谓此篇乃以述国家政事为本体，完成清明治术、治理国事之志向，故谓清国体国。《奏启篇》必属子学“述道言治”之文章乃甚易明矣！

（一）首先，刘勰用“陈政事，献典仪”界定“政事政典”，为奏启文章主要内容。《奏启篇》云：

昔唐虞之臣，敷奏以言；秦汉之辅，上书称奏。陈政事，献典仪，

上急变，劾愆谬，总谓之奏。奏者，进也。言敷于下，情进于上也。（页八二）

（二）次从秦世法家少“文”，只重严苛峻法治国，不明文德教化，评论秦始皇奏体文章缺少膏润文笔，暗示刘勰主张“政事”与“教化”必须双面兼顾之子学。《奏启篇》云：

秦始立奏，而法家少文。观王绾之奏勋德，辞质而义近；李斯之奏骊山，事略而意诬，政无膏润，形于篇章矣。（页八二）

（三）及至品评汉代“奏”体文各家，乃细加归纳，凡汉世所奏政事，大率皆有关民生日用之“治事”，此皆为子家“述道言治”必谈内容。诸如贵农、兵术、礼乐、法术、赏罚等各项，以上诸主题，均同见于子书《刘子》此书，可见奏体文章题材皆与子学有关系。《奏启篇》云：

自汉以来，奏事或称“上疏”，儒雅继踵，殊采可观。若夫贾谊之务农，晁错之兵事，匡衡之定郊，王吉之劝礼，温舒之缓狱，谷永之谏仙，理既切至，辞亦通辨，可谓识大体矣。（页八二）

（四）再看“后汉”奏文，内容述及阴阳家灾异之学与五行之论，明显已经参用诸子学术。故而刘勰举例蔡邕、张衡此类“博通”之才的子家所写之奏体文，无不具备“博雅”与“史家”见识，表明刘勰用子学内涵品评蔡、张二家，而蔡邕、张衡二家实乃子家兼擅“文辞”之典范。《奏启篇》云：

后汉群贤，嘉言罔伏。杨秉耿介于灾异，陈蕃愤懑于尺一，骨鲠得焉。张衡指摘于史职，蔡邕铨列于朝仪，博雅明焉。（页八二）

（五）及至品评魏晋奏体文，又有“天文学”之应用，以及“荐贤”之方法，“考课”之准则，兼述“灾异”之防备与救治等。凡此皆属子学“言治”之要项，乃知奏体文非有子家深明政事治务之才能则不易撰作，故而刘勰用“体国之忠规”作为此体文章写作纲领。《奏启篇》云：

魏代名臣，文理迭兴。若高堂天文，黄观教学，王朗节省，甄毅考课，亦尽节而知治矣。晋氏多难，灾屯流移。刘颂殷勤于时务，温峤恳恻于费役，并体国之忠规矣。（页八三）

（六）刘勰又申明唯有子家博学之奏体文，能具备几项子学特质，诸如：通古今之史变，有“博明事理”之学识，擅长“明辨剖析”之能力，并且有一片赤诚“忠心”之抱负。凡此皆子家奏体文纲要，目的在完成“明宪清国”。《奏启篇》云：

夫奏之为笔，固以明允笃诚为本，辨析疏通为首。强志足以成务，博见足以穷理，酌古御今，治繁总要，此其体也。若乃按劾之奏，所以明宪清国。（页八三）

（七）再由“子家”兼擅奏体文之观点衍生，刘勰点出“儒士”乙词，乃更具体表明像孔光奏董贤，路粹奏孔融，一个出于忠心，另一个出于诬告，悉由子家用世之“志”做决断，决定奏体文优劣。故而刘勰有“名儒”与“险士”之品评用语，乃据“子家”义理之评论。《奏启篇》云：

昔周之太仆，绳愆纠谬；秦有御史，职主文法；汉置中丞，总司按劾；故位在鸷击，砥砺其气，必使笔端振风，简上凝霜者也。观孔光之奏董贤，则实其奸回；路粹之奏孔融，则诬其衅恶。名儒之与险士，固殊心焉。（页八三）

（八）其次，再用儒、墨两家出现之奏文为例，比较由奏体派生“弹事”文体之情形。《奏启篇》云：

若夫傅咸劲直，而按辞坚深；刘隗切正，而劾文阔略：各其志也。后之弹事，迭相斟酌，唯新日用，而旧准弗差。然函人欲全，矢人欲伤，术在纠恶，势必深峭。《诗》刺谗人，投畀豺虎；《礼》疾无礼，方之鹦猩。墨翟非儒，目以羊彘；孟轲讥墨，比诸禽兽。《诗》、《礼》、儒墨，既其如兹；奏劾严文，孰云能免。（页八三）

（九）总结以上奏体子学内涵之分析，刘勰又标举“礼门”与“义路”作为奏体文章“折中”之写作要领。《奏启篇》云：

是以世人为文，竞于诋诃，吹毛取瑕，次骨为戾，复似善骂，多失折衷。若能辟礼门以悬规，标义路以植矩，然后逾垣者折肱，捷径者灭趾，何必躁言丑句，诟病为切哉！（页八三至八四）

（十）礼门义路之外，刘勰又提出奏体文要兼有“儒家”之文与“法家”

之理两大要项，此又是本于诸子学的内涵论述。《奏启篇》云：

是以立范运衡，宜明体要。必使理有典刑，辞有风轨，总法家之裁，秉儒家之文，不畏强御，气流墨中，无纵诡随，声动简外，乃称绝席之雄，直方之举耳。（页八四）

（十一）最后，刘勰重复申明奏启文章功用在“陈述政事”，奏启文章要遵守“正道”，切忌用“诡术”。提出“正直”之道理，以及“正言”“贵言”之要义，作为奏启“文理”纲领。以上所论，皆互见于《刘子》一书《慎言章》《贵言章》《伤谗章》，以及《正赏章》等各篇所述子学义理内涵。《奏启篇》云：

自晋来盛启，用兼表奏。陈政言事，既奏之异条；让爵谢恩，亦表之别干。必敛饬入规，促其音节，辨要轻清，文而不侈，亦启之大略也。

又表奏确切，号为谠言。谠者，正偏也。王道有偏，乖乎荡荡，矫正其偏，故曰谠言也。孝成称班伯之谠言，言贵直也。（页八四）

四、《奏启篇》总案

《奏启篇》自文章“事义”而论必述政事要务，弹劾政事缺失的内容，即已知必归“子家”之文，与《诸子篇》述道言治必陈“政治体制”此种子家文章定义完全相符。《奏启篇》赞曰“献政陈宜”此句已道出“政事”是奏启文章之主体。①

既然是上奏与弹劾政事，则文章辞采要求“正直方正”，文章内容思想尤其不可偏违“正道”，《周易》尚正贞正之易理，便成奏启文章的“骨骼”与“肌肤”。本篇赞曰“笔锐干将”是指文辞要像利剑一般，而“墨含淳酖”则形容攻讦揭私犹如下毒药一样，立即见效。刘勰此句是兼述奏启文的“文辞”与“文意”而双举对比，比喻奏启文章的力道与效用，故而赞曰再用

① 《奏启篇》更细分之，则又有弹事、笺、奏记、上书、启、表（谢）、说、封事、奏劾等九类支类。这些文体支类，梁昭明太子《文选》除了说、封事、奏劾之外，其他六类皆有。

"虽有次骨，无或肤浸"两句之说法强化语气，凸显奏启文章在"辞"与"义"两方面写作之要领。次骨谓文辞深刻锐利，好像刺入骨髓。次，至也，一本次作刺，[①] 合言之谓刺至骨髓，亦可会意。肤即肌肤，谓辞采，喻文章事义之外表。此处刘勰刻意用"骨"与"肤"之比喻，皆当扣紧《附会篇》同用筋骨肌肤比喻文章辞采事义之说法。《附会篇》云："夫才量〔童〕学文，宜正体制，必以情志为神明，事义为骨髓，辞采为肌肤，宫商为声气；然后品藻玄黄，摛振金玉，献可替否，以裁厥中：斯缀思之恒数也。"此节明显可见刘勰悉用"身体"比喻文章之"大体"，骨髓喻文章事义，肌肤喻文章辞采。喻体与喻义甚为清楚，意指奏启文章所述劾奏事实，内容要切至要害，深入政治事理的精髓。而奏启文章的辞采则切忌谩骂与诋诃太过分，避免伤害到文章的肌肤。如此文意甚明，已表明奏启文章写作技巧两大纲领。[②] 今概括这种纲领，无非还是"尚正"不偏此种易理在文章之学的理论延伸。从而可知《奏启篇》凡易学、子学、文论皆是融合一体，互有相通引伸之理论系统。本篇屡言"体"字，有"可谓识大体""此其体也""亦启之大略也"等等大略、大体皆指此意。

---

① 据《太平御览》引此篇次作刺，杨明照《文心雕龙校注拾遗补正》阙校此字（页二三二）。《史记·酷吏传》载杜周为御史云："其治与宣相放，然重迟，外宽，内深次骨。"索隐："次，至也。"又引李奇："其用法刻，至骨。"据此知皆以"骨"比喻。此骨喻执法严苛，刘勰转义为劾奏之内容严苛，仍作喻解。今观张灯《文心雕龙译注疏辨》云："具有透骨入髓的深刻。"（页二一二）尚得其解。

② 今见各家解此篇赞曰"虽有次骨，无或肤浸"两句，甚少自奏启文章"事义骨髓"与"辞采肌肤"之比喻理解，未将《文心》文术论《附会篇》之说联系应用至《奏启篇》之文论，此盖龙学研究必欲分出文体论与文术论两不相涉之误导所致。须知《文心》文术论必引文体作品为证，而文体论必用文术论品评赏鉴，文体与文术合而为一，始明《文心》体系。

二十四　《议对篇》细读

一、《议对篇》文论与实际批评

《议对篇》阐述“驳议”为主体之文章，次兼及二项驳议别体，即对策与射策。而此三类文体，《议对篇》皆视作政治文章，全篇首尾一贯，悉据《诸子篇》为理论本源，进行历代驳议与对策名家名作的“实际批评”。《议对篇》完全用子家“述道言治”的内涵，重点注意讨论此类文章涉及“政治庶务”的观点与作法，品评此类文章所述政治“庶务”的利弊观点与施政，品评此类文章所述政治“事务”的成败得失，完全以“治术”优劣作为评价标准。所以，《议对篇》引《周书》云：“议事以制，政乃弗迷。”此句谓“政事制度”。又《议对篇》云：“对策者，应诏而陈政也。”此句同以政治策略之陈述，作为对策文章大要。由以上所述得知，《议对篇》全篇皆用“述道言治”为主题，直接符合《诸子篇》理论的要求，可视作刘勰“政治文学理论”又一篇典范之作。

为此，《议对篇》在一篇之中，凡大体、体要、政体、别体等等诸词并有，皆扣紧《文心》全书“体”字要义，兼含文体、道体、文章体统、宗体、体性等多元意义，而莫不涵摄《文心》所述“体”字意思。试观《议对篇》下列诸节段言“体”字义，即据《文心》文术论之“文体”定义，实际批评各家议对文章。兹引述如下：

（一）若乃张敏之断轻侮，郭躬之议擅诛，程晓之驳校事，司马芝之议货钱，何曾蠲出女之科，秦秀定贾充之谥：事实允当，可谓达议体矣。（页八六）

案：此节首先评述东汉明帝章帝之时，张敏上书驳议《轻侮法》，郭躬反对擅用刑法杀人等二家议对文章，下及三国时代，以迄西晋武帝时秦秀驳论《谥法》为止等共五家议对文章，只用一句“可谓达议体矣”加以品评，此一“体”字即指文体，谓此六家所作符合议对文体之体制与规范。合参《定势篇》云：“章表奏议，则准的乎典雅。”此句之“典雅”即议对文章之体制，而六家之文正合之，遂有“通达”之功效。

（二）赞曰：议唯畴政，名实相课。断理必刚，摛辞无懦。对策王庭，同时酌和。治体高秉，雅谟远播。（页八八）

案：此赞曰总括驳议对策文章写作纲领，必以“政治”为大体，必据政治“事理”名实相符为判断，故而议对文章之文体“定势”必遵守“典雅”风格，正所谓“雅谟远播”此句之所指，谓陈述雅正典谟之政事，必可使文章之名声流传远播。如此赞曰之辞，总括《议对篇》体字要义，从文体归结为政体、治体，合而言之，即指议对文章是政事与文辞气力之结合，乃谓之大体，或实体。①

以上二节引文分析，重点虽在“体”字，须知此体已非仅限定在文体，更兼含治体、政治之意。易言之，《议对篇》乃将政事先务与艺文末品并列同述，一体看重，表明议对文章在思想内容范畴属于“政事”之体，可归之述道言治的“子学”。另外，在文辞情采之表现，则又属于“文章”之体，当然必有文术技巧。今观《议对篇》分析历代议对名家名作，已兼用《体性篇》之才性、文体，《情采篇》之文质论，《风骨篇》之文章骨辞，以及《隐秀篇》之隐显对比等等，《议对篇》就是应用这几篇文术论进行“选文”实例的实际批评。兹引述如下：

（一）自两汉文明，楷式昭备，蔼蔼多士，发言盈庭；若贾谊之遍代诸生，可谓捷于议也。至如吾丘之驳挟弓，安国之辨匈奴，贾捐之之

① 实体一词，见《总术篇》云：“昔陆氏《文赋》，号为曲尽，然实体未该。”此句之“实体”谓文体实值内涵之义，当有大体、本体之意。《议对篇》强调文章有“政事”之用，作为本体，即此“实体”所指。案：《文心》所谓的实体，往往与“大体”同义，均含有宗经为体之意。例如《议对篇》云：“夫动先拟议，明用稽疑，所以敬慎群务，弛张治术。故其大体所资，必枢纽经典，采故实于前代，观通变于当今。”（页八六）此句即谓宗法五经经典为议对文章写作枢纽，阐述政治之术的纲领，始谓之大体。

陈于珠崖，刘歆之辨于祖宗：虽质文不同，得事要矣。（页八六）

案：此节述两汉驳议名家例如贾谊的博士应对、吾丘寿王《议禁民不得挟弓弩对》、孔安国辩匈奴和亲、贾捐之《弃珠崖议》、刘歆《孝武庙不毁议》等五家的议对文章，评说虽然各有“文质”的不同，但都不离开“政事”主题的表述，不至于犯了“空谈”之弊。此节“文质”一词，即应用《情采篇》“文附质”以及“质待文”这种文质相配理论进行的实际批评。

（二）又郊祀必洞于礼，戎事必练于兵，佃谷先晓于农，断讼务精于律。然后标以显义，约以正辞，文以辨洁为能，不以繁缛为巧；事以明核为美，不以环隐为奇：此纲领之大要也。（页八六）

案：此节具体指明议对文章所要陈述的政事内容有典礼、兵术、农事、律令等等诸要目。至于陈述此类政治事务的文章写作之“文术”，则要求文辞要有“明核”为大纲，不必追求“繁缛”之风。以明白雅正为正体，舍弃奥隐新奇的写法。这些说法，或本于《体性篇》才性文体理论，也有参取《隐秀篇》秀句乃篇中独拔之句法，偏主秀句，不尚“隐笔”，凡此皆可视作《体性篇》与《隐秀篇》之实际批评。

（三）观晁氏之对，验古明今，辞裁以辨，事通而赡，超升高第，信有征矣。仲舒之对，祖述《春秋》，本阴阳之化，究列代之变，烦而不慁者，事理明也。公孙之对，简而未博，然总要以约文，事切而情举，所以太常居下，而天子擢上也。杜钦之对，略而指事，辞以治宣，不为文作。及后汉鲁丕，辞气质素，以儒雅中策，独入高第。凡此五家，并前代之明范也。（页八七）

案：此节例举两汉对策体名家名篇之作，所用批评术语，亦皆类似《体性篇》八体之概念，据之而加以分合增减而已。例如“简而未博”有精约（精简）之意；“儒雅中策”也与“典雅”之意相同；“事通而赡”谓事理通达明显而丰富，则与“显附”有关联。以上均可视作应用《体性篇》实际批评。至于本节分析各家对策文章，分析的项目自有文、事、情、辞、气诸字，涉及到文章的位体、置辞、事义等文术，则属于《知音篇》六观之说，则也有根据《知音篇》从事实际批评。

以上三例，论述《议对篇》的实际批评，皆可视作《文心》“文术论”

的应用批评。今将本篇应用《诸子篇》以子家观点评述议对文章，与“文术论”分析议对文章合而并观，即包涵“政事”与“艺文”此两大要项。这一理解，可再引伸此书最后到《程器篇》谈到的文武合一与品德至上之理论，遂又有应用《程器篇》之实际批评。例如《议对篇》云：

> 若不达政体，而舞笔弄文，支离构辞，穿凿会巧，空骋其华，固为事实所摈，设得其理，亦为游辞所埋矣。昔秦女嫁晋，从文衣之媵，晋人贵媵而贱女；楚珠鬻郑，为熏桂之椟，郑人买椟而还珠。若文浮于理，末胜其本，则秦女楚珠，复存于兹矣。（页八七）

此节正式提出“不达政体”与“舞文弄墨”为对比之词，主张“政体”为本而“华辞”为末，明白宣言“政治庶务”才是议对文章的根本大体。当然，不可以舍本逐末，但也非即表示刘勰守本而弃末。恰恰相反，刘勰不但力主“文武之术，左右为宜”，而且，更加注重“士之登庸，以成务为用”谓文才器用，反对“衔华弃实”这种误解。以上之说法，都是根据《程器篇》之理论，应用在《议对篇》此节之实际批评。《议对篇》最末在“敷理以举统”之节段，即完全化用《程器篇》理论作为全篇之收结，以“政术”与“治道”为议对文章的两项要义，树立为全篇关键。《议对篇》云：

> 夫驳议偏辨，各执异见；对策揄扬，大明治道。使事深于政术，理密于时务，酌三五以熔世，而非迂缓之高谈；驭权变以拯俗，而非刻薄之伪论；风恢恢而能远，流洋洋而不溢，王庭之美对也。难矣哉，士之为才也！或练治而寡文，或工文而疏治。对策所选，实属通才，志足文远，不其鲜欤！（页八八）

此节用“通才”一词，标举议对文章写作必备的学识修养，谓博通之才，则不偏于文，亦不局限于武，但凭政治之道论得失。此种政事文艺并重说，完全契合《程器篇》“安有丈夫学文，而不达于政事哉！”之观点。

最后须再辨《议对篇》的一个文论重要术语：风格。风格的定义是什么？风格与风骨的异同如何？此篇是《文心雕龙》风格与风骨二词同时出现的唯一一篇，也是古代文论风骨与风格术语的首次出处，至为重要。

早先，詹锳《文心雕龙的风格学》首倡《体性》《风骨》二篇之论述主旨即西方所谓风格（style）。赞成者有之，驳难者亦有之。陈拱《文心雕龙本义》驳难此说最为彻底，谓《文心》风骨乃“文体”之意，不能等同于风格。陈拱云：

> 如近人皆以此八体之体为风格，即其例也。始作俑者，似即郭绍虞之《中国文学批评史》。一人唱之，千人和之，彼亦一风格，此亦一风格，于是风格之言满天下矣！近来则更有撰《文心雕龙的风格学》者，变本加厉，直不知云何底止！盖安于固陋，不肯力学、深思，辗转抄袭，混淆视听以为得计，此学术之所以大敝也！今试问："风格"一词果何与彦和"文体"之义耶？创其说者，既不敢为之注一语；袭其后者，尤不能为之赞一词。此之谓"危侧趣诡""易词逃难"以自欺、欺世而已矣！言之可慨！①

陈拱此说盖谓刘勰所述风格一词，必与"风骨"并观，不可抽离风格一词，用西方 style 一词对应，如此近似"格义"之作法，绝非《文心》"风格"真解。为此，陈拱断言："故文学上之风格，必属风骨之风。"② 此说不套用西人风格概念强解《文心》风格，谓《文心》风格即出《文心》风骨之说，确乎卓见。

然而，西人自有 style（风格）一词，其涵义甚广。就作品而言，乃总称一作家之总体文风，标志一作家之风格；就时代而言，则为一时代普遍而共有之文风表现，可视作一时代之文风、风格。而在论及作家风格时，亦必兼顾作家之人品性情如何与作品表现连成一气，成就一作家之风格。故而西人有"风格即人格"一语。若从此一定义，西人所谓的风格，即很相近于《文心》的"体性"。"摹体以定习，因性以练才"，作家性情必有互相契合之文体，文体亦必须由作家摹拟练习而完成。《文心》这种"体性"之说乃结合人与文而言，西人风格也是结合人格与风格一齐讲。因此，风格的涵义当与《体性篇》之体性更近似，而与《风骨篇》的风格较不同。今观《议对篇》云：

> 然仲瑗博古，而铨贯有叙；长虞识治，而属辞枝繁。及陆机断议，亦有锋颖，而腴辞弗剪，颇累文骨。亦各有美，风格存焉。（页八六）

此节首次并言"文骨"与"风格"二词，知刘勰讲的风格也与文骨有关联。

---

① 陈拱：《文心雕龙本义》（台北：台湾商务印书馆，一九九九年），页六六九。

② 同上书，页六七〇。

今细味此节谈论仲瑗、长虞、陆机三家文风，皆内容与修辞并议，且兼及文章作法要有条理有顺序，能够首尾连贯一体，即“铨贯有叙”。然不论是“博古”，或者“识治”，亦或者“断议”，都要包含政事治理的思想内容。而如何叙述这些内容思想？就要求有“铨贯有叙”的明晰，不可用太多“腴辞”以及“繁辞”，必须懂得裁剪精省的笔法，否则就是“文骨”的累赘矣！在此理解之下，文骨确指文章骨辞，即“风骨”所谓的“风情骨辞”之骨。

明乎此，议对文章既然有了文骨，当然就能表现各个作家特有的“风格”。这里的骨几乎就是“风骨”一词之内涵，刘勰为了避免“修辞重复”，乃将风骨改为风格。从而可知，《文心雕龙·议对篇》讲的风格，仍然指涉风情与骨辞的“风骨”本义较多，绝不适合用西方人讲的style（风格）一词作“以偏概全”的比附。须知，硬要套用《文心》的术语概念，则style（风格）其实较近于《体性篇》，反而不是《风骨篇》，兹特表出申论如上。

二、《议对篇》易学影响

《议对篇》述王庭陈述“政事”与表述治事方策二体文章。篇名“议对”取自《周易·无妄》象曰“先王以茂对时”，又参取《节》卦象“君子以制数度，议德行”将“议德行”改易为“议政事”，乃参引《周易》象传改造语辞之做法。故而本篇首段即摘引《节》卦起论，既明用易辞，也化用易理。

至于全篇二引“王庭”一词，则出自《夬》卦卦辞：“扬于王庭。”而全篇归纳议对文章陈述政事时务，要根据“事实”陈述，切勿仅凭华藻，卖弄文笔，揭示“总要以约文”的写作准则，化用一个“要”字，也与《节》卦安节甘节思想相合，兹摘引本篇其他易学影响相关原文段落如下：

> （一）“周爰咨谋”，是谓为议。议之言宜，审事宜也。《易》之《节卦》：“君子以制度数，议德行。”《周书》曰：“议事以制，政乃弗迷。”议贵节制，经典之体也。（页八五）

案：此节并引《诗经·小雅·皇皇者华》、《礼记·中庸》、《周易·节》卦、《周书·周官》等四部经典，定义“议对”文体的内涵是议决政事制度，品评德行优劣。其中参用《节》卦易理，直引《节》卦大象传，谓议对文章，要坚守“简要”的文体风格，而议对文体的内容，是在议决政事制度，要依据“数术”的学问，把握“得宜适中”的原则，此“数”字即有《周易》数术学之涵义。由此可知，《议对篇》起笔开端“释名以章义”，主要是根据《周易·节》卦思想。①

（二）然后标以显义，约以正辞，文以辨洁为能，不以繁缛为巧；事以明核为美，不以环隐为奇：此纲领之大要也。（页八六）

（三）至如吾丘之驳挟弓，安国之辨匈奴，贾捐之之陈于珠崖，刘歆之辨于祖宗：虽质文不同，得事要矣。（页八六）

（四）公孙之对，简而未博，然总要以约文，事切而情举，所以太常居下，而天子擢上也。（页八七）

案：以上三节均广用《周易》“要”字易理，谓议对文章写作必须把握“要”领。其所谓要，意指议对文辞要严正，无须繁词修饰。议对举例事证也须坚守精要明白，无须奇巧或隐晦。因此，议对文章要分辨“文质”精要。事情例证务求简要，文章修辞力求精约。以上所述，均可见刘勰化用《周易》“其要无咎”之易理，作为议对文体主要的写作依据，《议对篇》凡直引易辞、节取易辞、化用易理之作法，皆遍见于全篇文理之论述。

三、《议对篇》子学内涵

《文心》文体论自《明诗篇》以下至《书记篇》等二十篇，所述文体皆内涵子学。但刘勰论述各篇仍用子学“政事”与文人“文章”兼顾的角度，阐释各项文体技巧与理论，故有“华实”并配之语，又有“文理”乙词之主张，谓主于文，据于理。这正是政事与文章并行，无孰轻孰重之观点，唯独《议对篇》则反是，其实质涵义较特别。刘勰唯一在此篇明确表示此体写作统归“政事”为主，旨在论议“治术”与“政体”，偏主于文章“事理”，绝

---

① 此句“君子以制度数”，各本皆如此，今据《周易·节》象曰：“君子以制数度，议德行。”知作“数度”为确，谓数术法度。孔颖达《周易正义》疏：“数度，谓尊卑礼命之多少……君子象《节》以制其礼数、等差，皆使有度。”据此知数作“礼数”，可与“数术”并参，盖“数”之多少为宜，悉凭“术”之权术、裁决。

不可“文浮于理”，例如本篇特别举杜钦的议对文为例，说杜钦议对文章佳处全在有“治事”之简要具体与明白，刘勰斩钉截铁说他“不为文作”。此篇《议对篇》乃刘勰罕见的唯一纯粹用子家“政治”观点界定文体，并且评述皆侧重在此体名家的主“理”之论。《议对篇》全文采用子学“述道言治”之说，反对“舞文弄墨”之作，批判“穿凿附会”之理，完全用“子学”角度论述文章，是刘勰以子领文态度最强烈的一篇文体论。《议对篇》云：

> 昔秦女嫁晋，从文衣之媵，晋人贵媵而贱女；楚珠鬻郑，为熏桂之椟，郑人买椟而还珠。若文浮于理，末胜其本，则秦女楚珠，复存于兹矣。（页八七）

此节刘勰用“买椟还珠”典故，比喻议对此种文体的可贵处在文章“事理”，将它比作珍珠，而文章修饰的文采是“椟”，是无用可弃之物。刘勰主张议对文体主“理”而略“文”，由此显露无遗。故而刘勰又有下述一段强烈口吻，批判“舞文弄墨”之作，不适用于议对此体。刘勰《议对篇》云：

> 若不达政体，而舞笔弄文，支离构辞，穿凿会巧，空骋其华，固为事实所摈，设得其理，亦为游辞所埋矣。（页八七）

此节明示议对之文，当庭应对，陈述政体治术，悉以“事实”为据，不应作“穿凿附会”之游辞，可知刘勰规定议对文体以主“理”为宗旨，批判议对文章大作“舞文弄墨”之巧饰。刘勰文论一致口气偏主“理”而反“文”之论述，以上两节可谓《文心》语气最强烈之处，此乃原原本本第一次反映了刘勰立足“子家”立场攻击“文家”之批判态度。

然而，更值得意会玩索之一节话，则在《议对篇》结尾，刘勰大叹特叹当今之世，深懂“练治”与“工文”双重才学之士已“难矣哉”，因而“通才”之辈少之又少，乃感慨唯有子家“博明万事”之通才，始能做到政事与文章双重兼备之功用。刘勰《议对篇》云：

> 使事深于政术，理密于时务，酌三五以熔世，而非迂缓之高谈；驭权变以拯俗，而非刻薄之伪论；风恢恢而能远，流洋洋而不溢，王庭之美对也。难矣哉，士之为才也！或练治而寡文，或工文而疏治。对策所选，实属通才，志足文远，不其鲜欤！（页八八）

此节真可谓刘勰以“子家”自居又一段自誓自表之宣告，可惜向来诠解此篇之学者多忽略这里的“暗藏玄机”而不察刘勰此节早已有子家自白意涵。今考此节先定位议对文章作用在“王庭”之议，以政治事理为对谈内容，此全属“政事文章”一类，可无疑矣！而这种当庭问难讨论事理之方法，绝非无学无才之“高谈”可办，乃是深知“经权通变”之博学才士始克胜任。盖唯有博学通才之士，才学俱优，翩翩风采，既能论难“练治”之事理，出言成辞，也能引经据典，博古通今，做到“工文”之美对。必如此“政事”与“文章”双美兼擅之“通才”，始能成功撰作议对文章。由此可见刘勰述《议对篇》文体之高超远志，雅有以此为标杆、舍我其谁之大气魄，刘勰一句“难矣哉”之叹，深可揣摩，隐约之间已传达刘勰之远大抱负。《议对篇》赞曰总结此体是“治体”文，注重政治“名实”之义理，摒弃文章只讲“摛辞”之工文，又再次表明刘勰重“理”轻“文”之观点。刘勰《议对篇》赞云：

> 议唯畴政，名实相课。断理必刚，摛辞无懦。
>
> 对策王庭，同时酌和。治体高秉，雅谟远播。（页八八）

兹据此赞曰讨论议对文章所要陈述的“治体”到底涵盖哪些政治事务，以及此体涉及“治体”哪些事理。原文要义勾勒如下：

（一）首先界定议对文章的“述道言治”本质云：

> “周爰咨谋”，是谓为议。议之言宜，审事宜也。《易》之《节卦》：“君子以制度数，议德行。”《周书》曰：“议事以制，政乃弗迷。”议贵节制，经典之体也。（页八五）

（二）至于议对文要在王庭陈述的“治事”内容项目，则有治水、外交、变法、军事、外寇、宗庙祭祀、诛罚、兵事校练、货殖、以及宫闱妇女之事。《议对篇》云：

> 昔管仲称轩辕有明台之议，则其来远矣。洪水之难，尧咨四岳，宅揆之举，舜畴五人；三代所兴，询及刍荛。《春秋》释宋，鲁桓预议。及赵灵胡服，而季父争论；商鞅变法，而甘龙交辩，虽宪章无算，而同异足观。迄至有汉，始立驳议。驳者，杂也，杂议不纯，故曰驳也。自两汉文明，楷式昭备，蔼蔼多士，发言盈庭；若贾谊之遍代诸生，可谓捷于议也。至如吾丘之驳挟弓，安国之辩匈奴，贾捐之之陈于珠崖，刘歆之辨于祖宗：虽质文不同，得事要矣。若乃张敏之断轻侮，郭躬之议

擅诛，程晓之驳校事，司马芝之议货钱，何曾蠲出女之科，秦秀定贾充之谥，事实允当，可谓达议体矣。（页八五至八六）

（三）再述议对之文，须备“博通古今”之学，须明“万事万物”之理，始能写出具有“文骨”风格之议对文章。一言以蔽之，非有“子家”之才不足以应王庭之议对。《议对篇》云：

汉世善驳，则应劭为首；晋代能议，则傅咸为宗。然仲瑗博古，而铨贯有叙；长虞识治，而属辞枝繁。及陆机断议，亦有锋颖，而腴辞弗剪，颇累文骨。亦各有美，风格存焉。

夫动先拟议，明用稽疑，所以敬慎群务，弛张治术。故其大体所资，必枢纽经典，采故实于前代，观通变于当今。理不谬摇其枝，字不妄舒其藻。（页八六）

（四）其次再补述议对之文所陈“治体”又有礼乐、兵术、贵农、法术等各项。而写作之纲领则提出“弃奇采正”之论，完全以“事理”之论辨为主体。《议对篇》云：

又郊祀必洞于礼，戎事必练于兵，佃谷先晓于农，断讼务精于律。然后标以显义，约以正辞，文以辨洁为能，不以繁缛为巧；事以明核为美，不以环隐为奇：此纲领之大要也。（页八六）

（五）再观《议对篇》分出“射策”与“对策”两项支流别体，皆不出“政治”之陈述。《议对篇》云：

又对策者，应诏而陈政也；射策者，探事而献说也。言中理准，譬射侯中的；二名虽殊，即议之别体也。古者造士，选事考言。汉文中年，始举贤良，晁错对策，蔚为举首。及孝武益明，旁求俊乂，对策者以第一登庸，射策者以甲科入仕，斯固选贤要术也。观晁氏之对，验古明今，辞裁以辨，事通而赡，超升高第，信有征矣。（页八七）

（六）次由上述二种支流文体，举董仲舒与鲁丕、杜钦等名家为例，凡此诸家皆有经学之涵养，以及子家之身份。《议对篇》云：

仲舒之对，祖述《春秋》，本阴阳之化，究列代之变，烦而不恩者，事理明也。公孙之对，简而未博，然总要以约文，事切而情举，所以太

常居下，而天子擢上也。杜钦之对，略而指事，辞以治宣，不为文作。及后汉鲁丕，辞气质素，以儒雅中策，独入高第。（页八七）

四、《议对篇》总案

《议对篇》分述驳议与应召对策两种文体，皆必于“王庭”见之，乃“用”于政事之文章，注重文章有时务之内容。悉据《程器篇》“摛文必在纬经国，负重必在任栋梁”此句经国负任之说而申论，则议对文体的“体”与“用”乃成全篇文论两大要义，全篇凡语“体”字，一篇之中竟高达八次。从而可知，《议对篇》文论辨体之论甚深，主要依据知音六观“位体”之理论应用。《议对篇》述“体”字诸义如下：

1. 经典之体也。
2. 可谓达议体。
3. 故其大体所资。
4. 此纲领之大要也（体要）。
5. 若不达政体。
6. 而议之别体。
7. 斯固选贤要术也（体要）。
8. 治体高秉。

案以上诸体字，凡政体、治体、大体、别体，皆所以用来辨正议对文章有“正”与“别”之分，而必归之于“经典之体”，即典正之文体，此自《宗经篇》已揭“正末归本”文论而来。《议对篇》此种宗经思想，即已表明这是“述道言治，枝条五经”所定义的子家之学，唯有子家博通之英才始能胜任。据此而知《议对篇》子学内涵如此深厚矣！本篇赞曰总结议对文章“名实相课”即谓“政事”之治理才是此体文章的大体。因此，驳议政事必以“理”为主，述理之文辞必有刚健果断之风，始克完成议对“体用”合一之文章功效。文章重“义理”而又必有“文情”，导致本篇篇末有“练治而寡文”与“工文而疏治”两句对比感叹之语，充分体现议对文章以“治体”为本之文体特质，乃《文心》文体论最重要、独特的一篇。

二十五 《书记篇》细读

一、《书记篇》文论与实际批评

《书记篇》所述文章皆“艺文之末品”，可谓之文章小品，种类繁盛，达六类二十四种之多。凡此杂品之文，刘勰定位为末品，却又以“政事”功用作为品评标准，且视之为政治“先务”，明白宣言《书记篇》六类二十四种杂文皆属政事公文书，标“政事”在文章之上，大大提升杂记文章在文章“功用”之重要地位，不再是“文章”与“政事”并列看重，而是“政事”功用先导于文章。至此，刘勰撰作《文心》最终仍以“用”为主轴大纲，完全与《程器篇》“盖士之登庸，以成务为用”之理论符合，主张士为器用。《书记篇》全篇理论即聚焦于文章之“功用”，是《文心》化用《程器篇》尚用理论最多之一篇。

本篇既然标榜文章以用为主旨，则士子“立志”“见志”于博通之学，自期达者兼善天下之志向，遂愈加显明，故又与《诸子篇》“入道见志”以及“述道言治”这种子家胸怀密切不可分。因而《书记篇》应用《诸子篇》“博明万事”以及“适辨一理”这种注重“理”字之文章理论又特多，仅次于《程器篇》，堪称刘勰对人生三不朽之一“立功”这一项目的重要理解。同时，也呼应了刘勰在《诸子篇》已经“暗藏玄机”自我表述的“志共道申”之最高理想。《诸子篇》云：

> 嗟夫！身与时舛，志共道申，标心于万古之上，而送怀于千载之下，金石靡矣，声其销乎！（页六五）

此节所说的志即子家之志，道即治术之道，皆属政事之理，而《书记篇》标举士子一生之“先务”，即在立志于政事事功，但是文章末品亦不得不看重之，故于全书文体论之结束，殿此篇为“详总书记”之末品，据此而知《书记篇》用意深远，绝非如纪昀评语云为“笼统敷衍”之说。①

将以上所述验之于《书记篇》之实际批评，则分见于原文节段二类，其一出现在“敷理以举统”之节段，其二出现在各类杂体文之摘例点评。而在“敷理举统”之叙述，主要应用《程器篇》与《诸子篇》理论。其他各体小类之实际批评，则尚见引述其他篇文术论，诸如《情采篇》《风骨篇》《养气篇》《比兴篇》《体性篇》等各篇理论，而又以《情采篇》理论应用最多，注重杂记文章“文质”之分辨，有文有质，各随事宜，不尚偏一，皆归结为政事功用第一。将文质之论，联系到华实、雅俗、情采等三个重要术语，最后则以“政事为先”以及“艺文末品”之评价标准，作为《书记篇》“实际批评”之总纲，此即《书记篇》所见应用《文心》文术论实际批评之特色。

二、《书记篇》易学影响

《书记篇》历述六类二十四种杂记文体，盖凡《文心》文体论所未详言细述之文，并皆荟萃于此篇，其所包涵文体品类，堪称既杂且广，故而《书记篇》有云：“笔札杂名，古今多品。”此一语，道尽《书记篇》文体品类繁杂之内容。

然而，即便对应此繁杂品类之文体，刘勰最终仍用易理易学加以疏通解释，明引《中孚》卦阐述“诚信”主题，借为书记杂品的写作依据，次引《夬》卦暗示“君子决于小人”之易理，引伸出书记文章之写作，必先本于

① 纪昀评点《书记篇》大多皆作“负面”之评，有云“此种皆系杂文，缘第十四先列杂文，不能更标此目，故附之《书记》之末，以备其目。然与书记颇不伦，未免失之牵合：况所列或不尽文章，入之论文之书，亦为不类。若删此四十五行，而以‘才冠鸿笔’句直接‘笔记之分’句下，较为允协。”又云：“此处仍以书记结，与中间所列无涉，文意不甚相属。知是前类杂文，无类可附，强入之《书记》篇耳。”以上二则转引自《文心雕龙汇评》，页九〇、九三。案：如果不明了刘勰撰作《文心》乃出于“子家”胸襟，即易误解《书记篇》为杂余之论，纪昀之误评可为代表。然今观刘永济《文心雕龙校释》释此篇，则另从“体例”观点说此篇是“附论”体例云：“且本书原有附论之列，上篇所涉，固遍及各体之作。二十四品，既不足以设专篇，复不宜略而不论，乃附之《书记》之末，亦犹《杂文》篇末随及者十六类也。”（页八九）案：《杂文篇》其实附论十四体，有主从之别，《书记篇》述二十四种分类，并无大小主从之分，附论说未确。

“诚信”而后下笔，最终目的则在议决政事，凡有所驳议，要求必出自君子忠诚之心，尽情表述政事庶务之宜否，故又特别突出书记文体要守“诚信”之写作原则。

综上而知，《书记篇》全篇主要以《周易·中孚》与《夬》两卦易理加以转化作为书记文体的基本理论。从而可知，于本篇《文心》文体论之结束，刘勰仍参取《周易》思想作为文章理论的指导大纲，《文心雕龙》与易道易理必须互证旁通，至此完全确立。兹摘述本篇明引、暗用、化用，以及衍义《周易》思想之各原文节段如下：

（一）大舜云：“书用识哉!”所以记时事也。盖圣贤言辞，总为之书，书之为体，主言者也。扬雄曰：“言，心声也；书，心画也。声画形，君子小人见矣。”故书者，舒也。舒布其言，陈之简牍，取象于夬，贵在明决而已。（页八九）

案：此节不但直接明引《夬》彖曰“夬，决也，刚决柔也”定义书记文体的文章功用乃在议决政事，而且在思想方法也比照《系辞传下》十三盖取的易理说法，参用“制器尚象”之意，转化为“制文尚象”，意谓书记文章有“决断”之用，乃受到《夬》卦䷪刚决柔的“卦象”之启发。刘勰已巧妙地将易理“制器尚象”衍义成文章也有“制文尚象”之理。此处文理与易理互参旁通之证，极为鲜明。今若据此理解，推敲刘勰定义书记体谓凡“言”之所出，必本于心，因心而言，即成书记，此“言心”之说即本于《中孚》卦诚信主题。言必出于诚信，乃可谓心声、心画，这种文章真伪之辨，等如君子小人之分判，故而刘勰再引《夬》卦“刚决柔”之易理，结合“君子决于小人”，作为书记文章真伪诚信之判准。故而本节以“贵在明决”一语，概括书记体文章写作大纲。①

（二）方者，隅也。医药攻病，各有所主，专精一隅，故药术称方。术者，路也。算历极数，见路乃明，《九章》积微，故以为术，《淮南》《万毕》，皆其类也。占者，觇也。星辰飞伏，伺候乃见，登观书云，故

---

① 《系辞传下》有一段叙述十三盖取卦，引十三卦卦象启示十三种器具之制作，皆由“易象”领悟而成，本此类推，文章体类也可以藉由易学启悟而定义，文理可互通易理。《文心》此书《章表篇》《奏启篇》《议对篇》等皆于主要文体附述它类同性质支类，《书记篇》首论六体，次附述二十四种庶务书记，写作体例相同，可助一解。

曰占也。式者，则也。阴阳盈虚，五行消息，变虽不常，而稽之有则也。律者，中也。黄钟调起，五音以正；法律驭民，八刑克平，以律为名，取中正也。（页九一）

案：此节涉言“方术”一词，详其所述，皆引阴阳、五行、五音、占式等方术，则与《周易》数术派所言几为同一物。然则，本节所谓方术之文章，即述《周易》数术学之内容。方术占式之文，亦本源自《周易》数术之学，从而可知矣。《书记篇》文体论同样参用《周易》学说。

（三）制者，裁也。上行于下，如匠之制器也。符者，孚也。征召防伪，事资中孚。三代玉瑞，汉世金竹，末代从省，易以书翰矣。（页九一）

案：此节直引《系辞传下》述十三盖取卦，借参“制器尚象”易理，定义“制”体文章，乃直引易辞化用易理。次又直引《中孚》卦述君子言行必出乎诚信之易理，定义“符”体文章必有“尚信”之内涵，也是直引易辞又化用易理之例。考本篇《书记篇》类似的做法，尚见多处。例如“详总书体，本在尽言”出自《系辞传下》“书不尽言，言不尽意”，“阴阳盈虚，五行消息”袭引《丰》卦彖曰“天地盈虚，与时消息”，赞曰“千里应拔”句，转引《系辞传上》“君子居其室，出其言善，则千里之外应之”此句之“千里”与“外应”二词，合并为“千里应拔”。以上诸例，皆可见刘勰精于易学、善用易辞之深厚学养。

三、《书记篇》子学内涵

《文心》文体论末篇《书记篇》述六类廿四种杂文，而以“书记尺牍”冠其首，并兼及臣下对君王“上书”与郡国王府“奏记”。详此文体形式虽有同异之别，但总结此体杂文都共同有一项文体功用，即供“有司”施政。此种杂文俱可归类为“政事”公文书，文章内容或阐明“庶务在政”，或讨论“议政未定”之事。因此，刘勰结论此篇云“并有司之实务”，意指此类文体功在辅助有司政事任务之完成。虽名目为“文”，却不必太过讲究情采修辞，刘勰所谓“浮藻之所忽也”即表示此种文章务必注重实际事理，特别是政治“庶务”之表达，暂可忽略“浮辞”无用之语。《书记篇》云：

观此众条，并书记所总，或事本相通，而文意各异，或全任质素，或杂用文绮，随事立体，贵乎精要；意少一字则义阙，句长一言则辞妨，并有司之实务，而浮藻之所忽也。（页九三）

此节明白表示政事庶务必藉由此种杂文之助，始克完成“美事”。而此体之写作务求“精要”，有时候“文质”兼至，有时候参取“文绮”虽无不可，但共同目的只有一个，即帮助“有司”完成事务。由此看出，刘勰完全自“功用”之角度定义此种杂文。而所谓文章功用，全集中在“政事”与“议政”庶务。兹举刘勰论述廿四种文体之一“关”体与“牒”文为例，其余即可略知一二。《书记篇》述关体文云：

关者，闭也。出入由门，关闭当审；庶务在政，通塞应详。《韩非》云：“孙亶回，圣相也，而关于州部。”盖谓此也。（页九二）

此句有“庶务在政”乙句，意指政治庶务之事。又《书记篇》云：

牒者，叶也。短简编牒，如叶在枝，温舒截蒲，即其事也。议政未定，故短牒咨谋。牒之尤密，谓之为签。签者，纤密者也。（页九二）

此句“议政未定”即说明牒文写作要讨论政治事务相关之议题内容，以上关牒二文体悉属“政事”之文章，恰正是子家“述道言治”必谈及之“治术”。以此类推，廿四体杂文其他各类，无不与政治密切关联，无怪乎刘勰以“并有司之实务”乙句概括此廿四种文体之效用。今若再分析此廿四种政事文体涉及之庶务则又有以下更细致之内容：

（一）涉及诸子百家之“阴阳学”与“五行学”，可归类为兵家、数术、方技类诸子学。《书记篇》云：

方者，隅也。医药攻病，各有所主，专精一隅，故药术称方。术者，路也。算历极数，见路乃明，《九章》积微，故以为术，《淮南》《万毕》，皆其类也。占者，觇也。星辰飞伏，伺候乃见，登观书云，故曰占也。式者，则也。阴阳盈虚，五行消息，变虽不常，而稽之有则也。（页九一）

（二）又有子学“兵家”奇正法象之谋略。《书记篇》云：

律者，中也。黄钟调起，五音以正，法律驭民，八刑克平，以律为名，取中正也。令者，命也。出命申禁，有若自天，管仲下令如流水，使民从也。法者，象也。兵谋无方，而奇正有象，故曰法也。制者，裁也。（页九一）

（三）据子学“枝条五经”，释名以章义，定位《书记篇》取象于《周易·夬》卦，有“明断果决”议论政事庶务之喻意。《书记篇》云：

大舜云：“书用识哉！”所以记时事也。盖圣贤言辞，总为之书，书之为体，主言者也。扬雄曰：“言，心声也；书，心画也。声画形，君子小人见矣。”故书者，舒也。舒布其言，陈之简牍，取象于夬，贵在明决而已。（页八九）

（四）再引伸《征圣篇》“政化贵文”之说，谓政治教化之治术，亦须凭借“文章经国”之效用。《书记篇》云：

三代政暇，文翰颇疏。春秋聘繁，书介弥盛。绕朝赠士会以策，子家与赵宣以书，巫臣之遗子反，子产之谏范宣，详观四书，辞若对面。又子叔敬叔进吊书于滕君，固知行人挈辞，多被翰墨矣。（页八九）

（五）继“心声”“心画”主“心”之论定义《书记篇》，刘勰又引伸子家“入道见志”之“志”字内涵，突出有子学内涵之书记文体佳篇，例如司马迁《报任安书》此篇即有子家“志气”之旨。也有子家表述自己忠肃体国、参赞政事之志。《书记篇》云：

及七国献书，诡丽辐辏；汉来笔札，辞气纷纭。观史迁之《报任安》，东方之《谒公孙》，杨恽之《酬会宗》，子云之《答刘歆》，志气盘桓，各含殊采；并杼轴乎尺素，抑扬乎寸心。（页八九）

（六）再论自后汉以来其他各体书记文，大率不出子家“述道言志”之本体。此体文章以“情理”为主，并特别标榜“崇让”与“崇德”之子家修养，呼应《程器篇》讲究文武合一、品德才性相符之观点。《书记篇》云：

迄至后汉，稍有名品，公府奏记，而郡将奉笺。记之言志，进己志也。笺者，表也，表识其情也。崔寔奏记于公府，则崇让之德音矣；黄香奏笺于江夏，亦肃恭之遗式矣。公幹笺记，丽而规益，子桓弗论，故世所共遗。若略名取实，则有美于为诗矣。刘廙谢恩，喻切以至；陆机自理，情周而巧，笺之为美者也。原笺记之为式，既上窥乎表，亦下睨乎书，使敬而不慑，简而无傲，清美以惠其才，彪蔚以文其响，盖笺记之分也。（页九〇）

（七）最后，刘勰标出“信德”作为《书记篇》写作总纲领，如此重“信”之德，颇可与《刘子·履信章》讲述百行“信”为首之子学义理互通互参。《书记篇》云：

然才冠鸿笔，多疏尺牍，譬九方堙之识骏足，而不知毛色牝牡也。言既身文，信亦邦瑞，翰林之士，思理实焉。（页九三）

四、《书记篇》总案

《书记篇》分述“文笔”更细的“支条流派”，总结《文心》文体论在“文”与“笔”之各篇末及论述之支类，集结于此篇而总述之，代表《文心》文体论之结束。如此结构安排，恰恰暗合《文心》文术论最末一篇《总术篇》必总论“文”与“笔”之术而做一小结之全书篇目顺序安排。而刘勰不用“文笔”之分，主张“言笔”之辨，谓“发口为言，属翰曰笔”此种文章定义，取代“有韵曰文，无韵曰笔”之说，亦再次验证于《书记篇》。

详读本篇所记六大类书记体，皆属“政事”“议事”之文，再附加“二十四”类“庶务”之记，则属官民平日事务必用之札记，所有此类书记文之共同处即在其“用”，而并未特别分出有韵与无韵。《书记篇》设论之初，首用六观之一辨“位体”，注重另有“政事议事”与“庶务”札记之支类文章，因而论述重点不在“艺文”而在“政事”，故有“著言于翰，虽艺文之末品，而政事之先务也”此语，突出“言”出而写下为“笔”之语，乃呼应《总术篇》“予以为发口为言，属翰曰笔”此言笔之定义，明确结论“言笔”之分，只要说出口而记下来的，不分大小长短，不必有韵与否，凡与日常生活“庶务”有关之“记”，统名之曰书记。《文心》“文体”与“文章”之最宽最广之定义，悉备于此。

《说文解字·广部》云：“庶，屋下众也，从广、炗。炗，古文光字。”据此知本篇分“政事”之记（六大类书记即此类）与一般庶民广众生活资用必须之札（二十四小类都已包括）。《书记篇》赞曰："文藻条流，托在笔札。"此句即总结全篇文体，而"庶务纷纶，因书乃察"此句专门标出"庶务"之用，而庶务在政，可辅"政事"与"议政"之完成，乃知《书记篇》已兼述包含"官民"之公文书。

继"辨体"之后，《书记篇》不分"官"之政事或"民"之庶务，皆以"君子小人"之评判，据《周易・夬》卦述"君子决于小人"此易理作为书记文章为"用"之理论根据，主张虽为政务庶务之札记，亦必出自于诚心，正所谓文心之用，故有"述理于心，著言于翰"之语，论文主心，为文主心，文章主心，又遥遥呼应《原道篇》"心生而言立，言立而文明，自然之道也"此句所建立的由心到言再到文明之"文道"。故又有"舌端之文，通己于人"（即是说"言辞"即文）之定义。

从而确信《书记篇》已将"文"扩大为最宽之解，于艺文之余，又有文明、文章、人文等等诸涵义，此亦《文心雕龙》以"文心"为书名之"文"字内涵，绝不可仅据纪昀必分经史子集之"文集"而解"文"，盖刘勰所谓文之本义当即《书记篇》所云：

> 详总书体，本在尽言，言所以散郁陶，托风采，故宜条畅以任气，优柔以怿怀；文明从容，亦心声之献酬也。（页九〇）

此节谓发口为言，必出于诚心真心，藉之抒发郁闷之情，然亦讲究条理叙事，从容平易，有文明之语，虽然用在往来交际之应酬，亦属内在心声之表达。由是可知《书记篇》所述之"文"已紧紧扣住书名中"文心"一词之精髓。然后知君子小人之分辨，亦即其"心"有无之虚实，《书记篇》承受易学思想影响明显可见。

最后，亦须细读《书记篇》所举实例作品，凡政事庶务大小诸记，都用"艺文"观点进行品评，论笺记之美，用"情理"观点，论魏晋书信，注重"辞气"优劣与文采诡丽，已化用《定势篇》文章体势气势之说，以及《情采篇》形文声文情文三理之论，皆出自《文心》文术论。如此说来，官民书记，虽然是"艺文末品"，犹须自然唇吻，讲究文藻，做到"精要"之笔，本篇赞曰"万古声纳，千里应拔"，即在突出官民书札，有司实务的"文术"条件，即《程器篇》所谓"丈夫学文，达于政事"文武合一之论的彻底实践。

二十六 《神思篇》细读

一、《神思篇》文论与实际批评

《神思篇》述“文思如神”之理，神谓心神，非指神明。全篇重点在文思之理，故又特重一“理”字。约而计之，《文心》含理字之词有神理、思理、文理、义理、心理、情理、辞理等等，皆汇集于此一篇之中。从而可知，《神思篇》分析文术之理，重点在文章之理，切不可因神思一词涉神字，遂牵连至神明之思，或神明之理，以致本末倒置，避重就轻矣！①

明白以上所述，知《神思篇》乃在阐述文章构思之理，遂有文思快与慢之鲜明区分。而不论快或慢，皆因作家个个“文才”有所不同，其实与文章的巨文或短篇并没有直接关联。

为此，刘勰于本篇特别拈出文思锻炼功夫，首在“才学”兼修，用“博见”与“贯一”作为文思心力的具体方法。至于运用之妙，文思变化之精，可谓至微至细，难以用言语表出，故用“至精”与“至变”二语形容文章神思之奥秘。而本篇重点就在提出“宝学”与“才富”二端，作为文章神思的最厚实根源。

---

① 神思定义专指文章，涵盖文笔之思，可旁通《时序篇》评述东晋文人辈出，文才尽现之盛况，刘勰引庾亮、温峤两家为例评云：“庾以笔才愈亲，温以文思益厚。”此句笔才文思，易言之，即文笔才思，谓庾亮擅长“笔”体之文章，而温峤写作辞赋颇富神思。此二家一文一笔，然皆有“才思”，谓之文笔才思，此思字作“神思”解，即可助解《神思篇》所述神思即才思如神皋之意。《说文解字·夲部》：“皋，气皋白之进也，从夲，从白。《礼》：‘祝曰皋，皋，告之也。’”据此皋即告字之解，神皋谓神明告之。《神思篇》引神字比喻文士才思犹如神告之而有文术，可用来创作文章。

如此既看重“积学”，又重视“才性”对文章写作的促成作用，绝非“虚无”或“神”之义可比，从而可知，刘勰之文论终非佛教思想，乃更近于儒家学说，特别是《周易》所见“神”字易理之影响。

《神思篇》论文思专精如神，其涵盖文章范围，已兼包文章之形、声、意三项。《神思篇》云：“然后使玄解之宰，寻声律而定墨，独造之匠，窥意象而运斤。”此谓文人匠心独运，所造之文，必兼摄文章声律与意象。声律即声文；意象之意谓情意，即情文；象谓形象，即形文。合而言之，凡形文、声文、情文三者皆备，颇可互通《情采篇》所谓立文之道，其理有三：形文、声文、情文。刘勰文术论始终一贯，体系一致，各篇互相补证，于此又得一例。

《神思篇》提出“文术”与“心术”二词，若“驭文之首术，谋篇之大端”此曰文术，意指篇章之谋术。又有“若夫骏发之士，心总要术”之语，此曰心术，意指文章之士，运用情思若虑，藉之制作文章之术。今并文术、心术二词，统言“术”字，知《文心雕龙》此书所谓“术”字本义，皆当作此解。

而《神思篇》立为此“文术论”之首篇，至第四十四篇又以《总术篇》为“术”字之殿，凡文术论首尾皆以“术”字为本，始终一贯，文心“术”字已非易经数术原意，乃由易经数术转义为文术、心术，这是因为《文心》一书乃论“为文之用心”之写作，非在易学易理数术之阐发。今据《总术篇》谓“凡精虑造文，各竞新丽，多欲练辞，莫肯研术”之语，即谓“文术”。又“是以执术驭篇，似善弈之穷数。弃术任心，如博塞之邀遇”之语，意指“文术”，而“况文体多术，共相弥纶”此语径称“文体之术”，即简称文术。以上凡《总术篇》所言术字本义，与《神思篇》已揭文术、心术之义莫不吻合一致。

既然《文心》所言“术”字即指文术、心术，则《神思篇》之“神”字，当作形容词，用来形容文术心术变化不定，难以捉摸，此犹如《周易》所言神妙、不测之神，非谓神字乃实有其物，如神明之神。“神思”一词，泛称文思心术之神妙变化，运用神思写作，首在掌握如此至精至妙之术，非谓文章乃神物，或诬指文章有赖神明之助。凡神思之神字作宗教之神解，有泛神论之倾向者，皆非文心神思之神字本义。①

案《文心》神字另有作“神明”解，若“颂主告神，义必纯美”（《颂赞篇》）、“天地定位，祀遍群神”（《诏策篇》）、“祝告于神明也”“神之来格，所贵无惭”（《祝盟篇》）等等以上所言诸神字，俱有神明义，皆实指其物，非神思之神字形容文思如神解。

然则，刘勰文术论终究不仰恃神明，反而更加要求作家必要学饱才富，有博见贯一之功夫，始能“结虑司契，垂帷制胜”。而《祝盟篇》云：“忠信可矣！无恃神焉。”此言文体写作无倚恃神明。《总术篇》亦云：“是以执术驭篇，似善弈之穷数。弃术任心，如博塞之邀遇。”此言穷究文术始能善文。反之，仰仗神明，等如偶遇，实难以参透文术变化之妙。《总术篇》与《祝盟篇》皆不主张神明，立论相同。②

《神思篇》冠《文心》文术论之首篇，自此以下至《总术篇》谓之“文术论”。据《序志篇》刘勰自白文术论居《文心》之“下篇”，即与上篇之“文体论”构成上下两大主要组成结构。今当明辨者，即《序志篇》刘勰已申明《文心》上篇以上的“纲领明矣”，而所谓的纲领，即《序志篇》揭示的四例，谓上篇文体论各篇每篇皆有四部分组成节段，分别是释名以章义、原始以表末、选文以定篇、敷理以举统。以上四项体例，即文体论每篇最典型的写作法。但是要知道这不是文体论独有，盖自《神思篇》至《总术篇》各篇文术论其实亦皆有之，只因文术与文体各篇论述主题有不同，故而原先“选文以定篇”乃转化为“选例以定论”，而“释名以章义”则皆同，只差别在文体论的释名乃释文体定义，而文术论的释名则改释文术题目主旨大意。

另外，原始以表末，文体论专述历代文体源流演变，文术论则述与文术主题有关联之写作技巧。

再看最后敷理举统的部分，文体论收束每篇文体的“文理体统”，文术

① 明清评点家往往将《神思篇》之神字作神物解，殊非正解。例如曹学佺云：“文，神物也，故以《神思》先之。上篇‘神道设教’，与之相应。”转引自《文心雕龙汇评》，页九四。又陈仁锡云：“此际有一非博非一之灵始得。”此用“灵”字，谓神灵，转引自《文心雕龙汇评》，页九六。

② 神思谓文思如神，如何达致神思？刘勰提出“虚静”功夫，而特别点出“志气”控制心神的重要地位。此说可参照《庄子·达生篇》云：“用志不纷，乃凝于神。”谓心志专一，犹如凝神之境。此境即类文思精要如神之状。

论则改为每一种文术的归纳总结。

总上而观，乃信《文心》五十篇皆有所谓文体论各篇所具备的四项体例，即使文术论也不例外，甚至可以下一结论，《文心》五十篇不分上篇或下篇也都依据四项体例写作，这堪称《文心雕龙》最重要的体例。

既然已知《神思篇》将四例的“选文以定篇”改为“选例以定论”，则《神思篇》所述的神思理论，真正用作本篇之“实际批评”，即可视同本篇之“选例”。今观《神思篇》所举十二家文思迟速之例证云：

> 人之禀才，迟速异分，文之制体，大小殊功。相如含笔而腐毫，扬雄辍翰而惊梦，桓谭疾感于苦思，王充气竭于思虑，张衡研《京》以十年，左思练《都》以一纪，虽有巨文，亦思之缓也。淮南崇朝而赋《骚》，枚皋应诏而成赋，子建援牍如口诵，仲宣举笔似宿构，阮瑀据案而制书，祢衡当食而草奏，虽有短篇，亦思之速也。（页九五）

此节凡举汉晋作家十二人为例，评其“文思”之迟速差别，谓文思迟速未可一定，且亦难定高下，盖一旦完成美篇，则不论巨文抑或短章，都是杰作。乃知此节虽属举例，亦即此篇之实际批评，而其所据之理论即“神思”迟速缓急之说，选例与选文，性质类同，目标也一致，皆在从事《文心》理论之“实际批评”，不只在文体论各篇有之，文术论各篇同有，补证《文心》尚“用”之一贯系统论述也。

最后再谈《神思篇》述文章构思功夫，贵在保持“虚静”之心，培养精神志气。并且辅以博学与练才，帮助文思之陶铸冶炼。这样的神思定义，皆属作家下笔之前的写作准备，因而神思不能只解作今人所谓想象力而已。

因为，作文之前的准备本来即有多项必要功夫，而想象力只是其中之一项。试想一旦作家想象力不足，《神思篇》即已提出博学与练才这两项关键，指导作家用此二项帮助文思，必然可以做到“刻镂声律”，以及“萌芽比兴”，此二句意指文章声律安排与比兴技巧都开始萌芽于神思功夫的深浅或有无。明白此意，即知《神思篇》不能说成只是谈论想象力而已。这样的理解，须从《神思篇》末尾一节“比喻”说理加以揣摩，始能得其本义。《神思篇》此段比喻云：

> 若情数诡杂，体变迁贸，拙辞或孕于巧义，庸事或萌于新意；视布于麻，虽云未贵，杼轴献功，焕然乃珍。（页九六）

此节谈到文章有各种不同的情采与体貌之变化，而主要决定于文章的“辞”与“意”，即文句字辞与文章义理此二项。这里用布与麻作比喻，谓布、麻本来原料性质没有大不同，然而一旦经过编织的功夫，就有大不一样的价值。布帛价值必高于麻衣，其间的差别端看编织功夫之高下。将此比喻扣紧《神思篇》所说的理论，即谓文词与文意犹如布、麻等原材料，而“组织”文章之成败端赖“神思”功夫的深浅。①

二、《神思篇》易学影响

《神思篇》述作家写作文章构思之妙，不可捉摸，非有定数。如此描述文章构思之“神”字，极似《周易》“精义入神”“知几其神”“神也者妙万物而为言也”此种存在形态之神，乃借用《易》之神以比文章之思。《神思篇》之神字，必非宗教神、必非天命神、必非人格神可知之矣！②

故而本篇末段用“至精而后阐其妙”“至变而后通其数”二句生动描述文章神思乃一精妙变化很难定准之物，谓极尽神妙之能，因而揭示作家唯知“变通”方法，始能探其精微。此篇凡“至精”“至变”之词，皆与《周易》表述易神之道同一旨趣。兹列述本篇明引暗用《周易》之理如下：

> （一）古人云：“形在江海之上，心存魏阙之下。”神思之谓也。文之思也，其神远矣。（页九四）

案：此本篇首定义神思之“神”字，谓即形心神之神，乃文思之本源，而其体状幽远不可捉摸。如此描述文思之“神”，谓文神，即仿自《周易》

---

① 诸家解《神思篇》皆罕言此比喻之重要，唯王梦鸥《文心雕龙：古典文学的奥秘》此书特标举出，并申明神思只是文章写作之前的“准备”，王梦鸥云：“乱糟糟的心绪转化为没遮拦的话语，其中笨拙的话里可含有高妙的见解；而平淡的陈述亦常有新奇的创意，但这妙解与创意就全靠修辞的工夫将之托出，这样点铁成金，化臭腐为神奇的组辞手段是必要的。如同‘布’之与‘麻’，质料相同而价值大不一样，关键即在那组织的功夫。《文心雕龙》之后半部，分别写了许多有关文章组织与修辞的篇章，显然即在这种主张下费力完成的。”（页一四二）此说助解《神思篇》居文术论之首篇地位，具纲领主轴之功，乃统领以下文术论各篇，且此解亦可反证神思非仅指想象力而已。

② 六朝流行“神思”一词，然皆无宗教神意。例如宗炳《画山水序》云：“万趣融其神思。”萧子显《南齐书·文学传论》云：“属文之道，事出神思。”刘孝绰《昭明太子集序》云：“握牍、持笔，思若有神。”以上诸家言神思皆谓人心所思如神。

易神。《系辞传上》云："阴阳不测之谓神。"又《说卦传》云："神也者，妙万物而为言者也。"此二句之"神"义，谓变化神妙，不可拟测，殆与刘勰谓文章神思之妙同理，乃信《神思篇》之神出自《易》之神，而非宗教信仰崇拜之神，刘勰注重在文思不可以"形状"求得，并不是说"神力"有多么广大。故而孔颖达《周易正义》云："神也者，变化之极，妙万物而为言，不可以形诘者也。"此解神字谓"无形体"可究诘，甚是，凡《神思篇》述作家文思率无一定规矩，可远可近，可实可虚，即符合此解。

（二）故寂然凝虑，思接千载；悄焉动容，视通万里；吟咏之间，吐纳珠玉之声；眉睫之前，卷舒风云之色：其思理之致乎！故思理为妙，神与物游。（页九四）

案：此节描述文思与"外物"感通，乃超乎远近距离，没有时间限制。然而作家之视听笑貌，皆能藉由"神与物游"之途，与万物感通。用神游通感之理，盖仿《周易》感通之说。《系辞传上》云："易，无思也，无为也，寂然不动，感而遂通天下之故。"此句之"感通"，表述易道与万物交应，而人心之妙亦如此。刘勰援引此种易道体用之说，用来描述文章神思之本体虽为无形，但文思之用，则可以"感通"万物而做到"神与物游"。由此比较得知，《神思篇》言神游，乃源出《周易》感通易道。①

（三）积学以储宝，酌理以富才，研阅以穷照，驯致以怿辞，然后使元解之宰，寻声律而定墨；独照之匠，窥意象而运斤：此盖驭文之首术，谋篇之大端。（页九四）

案：此节"意象"一词，仿《周易》卦有卦象，爻有爻象之意，转移《易》之象而为文章神思之象。

（四）夫神思方运，万涂竞萌，规矩虚位，刻镂无形。登山则情满

① 易道无形是"体"，易道能动是"用"，朱熹《周易本义》云："易之体所以立，而用所以行者也，无思无为言其无心也。寂然者，感之体，感通者，寂之用。人心之妙，其动静亦如此。"（页二四七）。此注易神之体用，即动静之心，颇可助解文章神思，无形为体，而神游则是用，易道体用可类比神思体用。但《周易》所言易神之体用在"感通"，《神思篇》此节则改用"感应"说之。刘永济《文心雕龙校释》解此篇云："易词言之，即内心外境之表见，其隐显深浅，咸视志气，辞令为权衡，志气清明，则感应灵速，辞令巧妙。"（页九二）此谓作家志气清明则可以感应外物，辞令巧妙，用"感应"来说明。

于山，观海则意溢于海；我才之多少，将与风云而并驱矣。（页九四）

案：此节分析神思之作用，在于登山观海，与风云并驱，与《周易》制器尚象之理相通。所谓仰则观象于天，俯则观法于地，观鸟兽之文，与地之宜。此种易象仰观之道，即神思登山观海之道，而“情满”与“意溢”则是神思要与万物感通“神游”之作用。

（五）至于思表纤旨，文外曲致，言所不追，笔固知止。至精而后阐其妙，至变而后通其数。伊挚不能言鼎，轮扁不能语斤，其微矣乎！（页九六）

案：此节总述文章神思体用存在奥妙之极，有“至精”“至妙”“至变”“至微”等诸项描述语，盖直引《周易》语辞显例。《系辞传下》云：“精义入神，以致用也。”《系辞传下》又云：“易穷则变，变则通，通则久。”此言易道至变至通至久，以上凡《周易》语辞句法，皆为《神思篇》至妙至变句法之本源。①

三、《神思篇》子学内涵

《神思篇》一般通解作“为文”用心神，意谓论述文章构思之法。② 此说固然可立，但终然未究明《神思篇》理论根源实自“子学”而来。举凡魏晋子学讨论过的“言意之辨”“形神论”“才性论”等思想课题，大抵都已化入《神思篇》文意中。还有《神思篇》说到如何“养神”功夫，也是借参自道家老子“致虚极，守静笃”的养神方法。而若再细考此“神”字，又都不得

① 《神思篇》述心神与外物相接感应，触动耳目，神思生文，全篇理论扣紧心神，作为开始写作之主宰。但又涉及“志气”之虚实强弱，必会迁动心神之远近。所以，心神与志气，密切关联。而心神志气皆为居“内”之物，内必应外，外即为耳目所见所闻之声色。此种由内在心神到外在耳目所见之物色讨论，又可旁通《物色篇》述心与物徘徊感通之理论。《物色篇》云：“流连万象之际，沉吟视听之区，写气图貌，既随物以宛转，属采附声，亦与心而徘徊。”此句同属内在之“心”与外在之“物”相互激通徘徊之作用，正是《神思篇》赞曰所述：“物以貌求，心以理应。”这种心物相通说，为此，《物色篇》如果要移动篇目次序，当次于《神思篇》之后。

② 诸家解题《神思篇》皆谓此篇述为文运思，罕闻论述此篇之神字源自易传之神，进而阐述其经学子学之意涵。

不参照由《周易》此经开展的“神”字义理，例如“神也者，妙万物而为言也”，启发刘勰注意文章之妙。又《周易》有“精义入神”“阴阳不测之谓神”，如此之神本来不是专指“文章”，经由刘勰引伸聚焦于文章之鉴赏，遂在《神思篇》衍生作家文思变化无穷尽之妙，以及文章表面语言难以传神之见解，即“伊挚不能言鼎，轮扁不能语斤”之论。以上凡此类神字相关话语，推其本义皆源出《周易》之易神，再经刘勰折中转化到文论，在“子论”与“文章论”之间搭起互通旁参之论述，可证《神思篇》内涵子学，并非纯作文论阐述而已。不明此秘必患见树不见林之弊，亦绝不能做到《神思篇》探赜索隐之功。

更重要者，刘勰《文心》置《神思篇》于“创作论”之首篇，可以想见此乃刘勰特重文章神思之故，故冠首篇。然而何以刘勰特重神思之论？则论者默对。今考《神思篇》主要关键词若“形、心、神”，此形心神三字之义理，通贯刘勰一生思想体系，俨然成为刘勰思想义理总纲，若大树之主干，伟构之栋梁。其重要基础地位，不言而喻。案《文心》此书创作论首论文章神思，恰恰与《文心》总论首立《原道篇》，以及《刘子》首篇《清神章》一样暗含深意，推考刘勰之用心，此盖表明刘勰子论与文论同样关心神字课题，因为此三篇皆据“形、心、神”三者反复论辨，凡神字引伸内涵等诸多角度、诸多层次，皆加以周延的讨论辨证，建立刘勰“形、心、神”三位一体的思想体系，真可视作刘勰子论互通文论的一项折中创解。

因为，神思乙词，在三国时期吴国韦昭作《鼓吹曲》已经出现：“建号创皇基，聪睿协神思。”此“神思”，意谓人之聪明心思，有智如神，但此非刘勰文章神思之神。

又南朝萧梁有萧子显《南齐书·文学传论》首言文章神思，但专论文章之“事”：“属文之道，事出神思，感召无象，变化不穷。”此句之神思实指“沉思”，已谓文章叙事必由沉思精构始能得之，虽然涉及文章神思之旨，但萧子显未加析论，不如刘勰阐述发挥之高深。

然而，即便从魏晋子学参引神思之论，亦大多只侧重在“形神”之辨，如阮籍《达庄论》,[①] 但阮氏未加入“心”的讨论。又慧远《沙门不敬王者

---

① 阮籍《达庄论》云：“天地生于自然，万物生于天地。人生天地之中，体自然之形。……神者，天地之所以驭者也。”案阮籍主“神”宰制天地自然，并涉心之作用。

论》提出“形灭神不灭”之佛教形神论，[1] 也绝不涉“文心”之学，因为佛教只讲“佛心”之教义，分心法与色法之辨，谓“心外无法，万法唯识”之唯识论，与刘勰形心神合言理论大有不同。

至于单言形、单言心，以及单释“神”字义理，即使有精至之论，然皆未尝联系形神与心，不如刘勰建构形心神体系之周密。故曰形心神非等同形神之辨，而《神思篇》《原道篇》《清神章》一致用“形心神”架构论述主体，当可确信此唯刘勰一人之思想始有此理论，亦唯刘勰始能阐发其贯通要义。《神思篇》由刘勰的“子学”思想引伸旁通至《文心雕龙》之创作论，更加突出此篇有子学上的重要性。试看《神思篇》综述形心神关系，循环证论的两段原文如下：

（一）《神思篇》首揭作家创作之预备功夫，首在“观形”“存心”，最后“用神”之精细过程云：

> 古人云：“形在江海之上，心存魏阙之下。”神思之谓也。文之思也，其神远矣。故寂然凝虑，思接千载；悄焉动容，视通万里；吟咏之间，吐纳珠玉之声；眉睫之前，卷舒风云之色，其思理之致乎！故思理为妙，神与物游。神居胸臆，而志气统其关键；物沿耳目，而辞令管其枢机。枢机方通，则物无隐貌；关键将塞，则神有遁心。（页九四）

（二）《神思篇》赞曰结论形心神与“物貌”相接，始能运用“声律”与“比兴”创作佳构：

> 神用象通，情变所孕。物以貌求，心以理应。

---

[1] 慧远《沙门不敬王者论》：“问曰……夫禀气极于一生，生尽则消液而同无，神虽妙物，故是阴阳之所化耳。既化而为生，又化而为死。既聚而为始，又散而为终。因此而推，故知神形俱化，原有异统。……若令本异，则异气数合，合则同化，亦为神之处形，犹火之在木。其生必存，其毁必灭。形离则神散而罔寄，木朽则火寂而靡托，理之然矣。……答曰：夫神者何耶？精极而为灵者也。精极则非卦象之所图，故圣人以妙物而为言，虽有上智，犹不能定其体状，穷其幽致。而谈者以常识生疑，多同自乱，为其诬也，亦已深矣。……论者不寻方生方死之说，而惑聚散于一化；不思神道有妙物之灵，而谓精粗同尽，不亦悲乎？火木之喻，原自圣典，失其流统，故幽兴莫寻。……请为论者，验之以实。火之传于薪，犹神之传于形。火之传异薪，犹神之传异形。前薪非后薪，则知指穷之术妙。前形非后形，则悟情数之感深。惑者见形朽于一生，便以为神情俱丧，犹睹火穷于一木，谓终期都尽耳。此曲从养生之谈，非远寻其类者也。”诚案：慧远专辨形神，亦不言及“心”之作用。注意，慧远特别提示他讲的“神”非卦象之所图，意指《周易》占卦背后的神也不是慧远讲的神。明显可见，慧远的“神”与《周易》之神不同，而有“神不灭”永在的意思，近乎宗教之神，此绝非刘勰讲的“神”。

> 刻镂声律，萌芽比兴。结虑司契，垂帷制胜。（页九六）

以上藉由两段《神思篇》原文，已很清楚看到刘勰用“形心神”系统，组织文章神思理论，此篇由首段至篇末“赞曰”都用形心神三字串连文义，首尾圆密，系统严整，可证《神思篇》内涵子学形心神体系义理。

《神思篇》一开始论述人之形体有五官感应，与外物相接，由“心”之想象，产生视可通万里、心可致思理之妙。及至耳目之配合，则由“心”做枢机，串连“志”与“气”，然后说出言语，描摹物貌，皆由“心”加以统合管理，其用心之极致，即达到“神”之妙思，是谓神思。刘勰此节的形心神之形，包含耳目视听之用，心又统辖志与气，凡此皆由“形心神”引伸派生之关键词，而不论用词如何变化，总不离“形心神”三者循环衍义而加以辨证。故而《神思篇》赞曰有“神用象通”之象字，象即形字互训，谓心神功用到了极致，可通观万象万物形貌。心既能观之，亦必能感之应之，故又有“心以理应”之语。作家形心神配合交用如此，然后始能凝神静思而下笔有神。至于讲究如何刻镂文章“声律”，又如何创设文章“比兴”，此篇赞曰最终乃将子学形心神理论密切应用在文笔创作技巧之分析，由此可知《神思篇》精义唯在形心神课题。

《神思篇》确立以“形心神”为体系架构的创作论后，全篇又个别引述子学讨论创作论的语言文意、作家才性、创作学习方法等诸问题，兹据此篇各段原文所述主题加以类分如下：

（一）分析形心神三者实际运作时，必然会加入“气”之因素云：

> 夫神思方运，万涂竞萌，规矩虚位，刻镂无形。登山则情满于山，观海则意溢于海；我才之多少，将与风云而并驱矣。方其搦翰，气倍辞前，暨乎篇成，半折心始。（页九四）

（二）由形心神如何培养旁及作家“才性”不同之才性论云：

> 是以秉心养术，无务苦虑；含章司契，不必劳情也。人之禀才，迟速异分，文之制体，大小殊功。相如含笔而腐毫，扬雄辍翰而惊梦，桓谭疾感于苦思，王充气竭于思虑，张衡研《京》以十年，左思练《都》以一纪，虽有巨文，亦思之缓也。淮南崇朝而赋《骚》，枚皋应诏而成赋，子建援牍如口诵，仲宣举笔似宿构，阮瑀据案而制书，祢衡当食而草奏，虽有短篇，亦思之速也。（页九五）

（三）由形心神集中在“心”之作用如何，涉及子学“言意之辨”云：

> 意翻空而易奇，言征实而难巧也。是以意授于思，言授于意，密则无际，疏则千里。或理在方寸而求之域表，或义在咫尺而思隔山河。（页九五）

（四）再由形心神集中“神”字之精义派生“言外之意”云：

> 若情数诡杂，体变迁贸，拙辞或孕于巧义，庸事或萌于新意；视布于麻，虽云未贵，杼轴献功，焕然乃珍。至于思表纤旨，文外曲致，言所不追，笔固知止。至精而后阐其妙，至变而后通其数。伊挚不能言鼎，轮扁不能语斤，其微矣乎！（页九六）

（五）最后指导作家形心神培养之法云：

> 是以陶钧文思，贵在虚静，疏瀹五藏，澡雪精神。积学以储宝，酌理以富才，研阅以穷照，驯致以怿辞，然后使元解之宰，寻声律而定墨；独照之匠，窥意象而运斤：此盖驭文之首术，谋篇之大端。（页九四）

（六）尤其重要之养心方法唯在“积学”，谓虚静在心，但养神必须由“积学以储宝”之功夫，强调才气学习之“学”，与《刘子·崇学章》力主勤学以鉴道之理论互通：

> 若夫骏发之士，心总要术，敏在虑前，应机立断；覃思之人，情饶歧路，鉴在虑后，研虑方定。机敏，故造次而成功；虑疑，故愈久而致绩。难易虽殊，并资博练。若学浅而空迟，才疏而徒速，以斯成器，未之前闻。是以临篇缀虑，必有二患：理郁者苦贫，辞溺者伤乱。然则博见为馈贫之粮，贯一为拯乱之药，博而能一，亦有助乎心力矣。（页九五）

由以上六段《神思篇》原文，可知刘勰一生研治子家之学，以子家自居之学术性格，早已深厚地展现在神思文论系统中，在命名《文心雕龙》各篇之篇题时，用神思一词，纯然萌芽自魏晋玄学或道家之学热衷畅谈的“神”字概念，再加以折中衍义，从子学出发引入文论解之，若不先溯源此条神思理论根源，实在很难得出神思理论精髓。

四、《神思篇》总案

《神思篇》分析文人才思如神，神字作形容词解，近乎《周易》神妙几神之义，谓作家才思微妙至极，难以喻解，遂用“神”字描摹之。因而此神字绝非神灵、神明之神，即非宗教内涵，也不是指有人格之天神天命；与《文心》全书其他篇如《正纬篇》《封禅篇》之神怪神明，或《祝盟篇》所述三望六祝这一类天地之神亦不同义。以上所述乃《文心》神字两大范畴，而本篇源出“易神”之影响，属于前者，即神妙之《易》神。

明白此篇神字非神明义，又须进解此篇神思当有三方面之神，一谓作者才思如神，二谓作品内涵神妙意旨，三谓读者“玩绎”作品之联想如神。①

例如本篇选文选例，举司马相如、扬雄、桓谭、王充、淮南王刘安、枚皋、曹植、王粲、阮瑀、祢衡等十家才思迟速为例，说明文士才思各有不同。此就作家而言神思。及至篇末结论“至于思表纤旨，文外曲致，言所不追，笔固知止。至精而后阐其妙，至变而后通其数”此节思表纤旨，当指作品内含之细微隐意。文外曲致，这一句则谓文辞表面另外经由阅读领悟所读出来的曲折情致韵味，当是“读者”联想之结果。

由此可见，本篇神思一词主要从“作者”才思如神加以剖析，但是亦已涉论作品言外之意，神奥难喻，启导读者玩索赏鉴文章，也会有联想神远之引伸。《神思篇》赞曰“物以貌求，心以理应”此句的心与理对外在景物体貌的感应，既是在作家之有神感，也是在读者之有神思。②

最后须再说明《文心》文术论体例，仍然与文体论“四例”一致，每篇皆有相应的选文、释名、源流、系统等四项论述结构。只差别在文体论的“选文”到文术论则改为“选例”。即举《神思篇》为例，例举十家文士才思

---

① 张灯《文心雕龙译注疏辨》注此篇云：“本篇论题，诸家多解作论想象或论构思。”（页二四二）案：张氏所谓想象构思皆指作家而言，没有说到读者读作品联想，以及作品内含意义多元的神妙。诸家解神思，大抵皆忽略读者与作品此二项范畴之神思。

② 纪昀评点此篇篇末“至于思表纤旨……”一段，已看出与作者神思主题稍有不同：“补出刊改乃工一层，及思人希夷，妙绝蹊径，非笔墨所能摹写一层，神思之理，乃括尽无余。”此处所说“刊改”，指作家改正自家作品，固然没错，但是读者进入作品神思，揣摩字句，读者也会“刊改”领悟文外之意。

迟速，均有实例作品为证。在分出神思迟或速之际，即已内含《文心》文术论《体性篇》与《附会篇》《养气篇》之理论矣！

例如说王粲的神思快速本篇有“仲宣举笔似宿构”之语，参照《体性篇》谓王粲“仲宣躁锐，故颖出而才果”谓王粲才思锐利快捷，所以文笔突出，定稿很快，二篇评价一致，乃由王粲其人之“性情”而得出其文之“体貌”。又再参《养气篇》“夫思有利钝，时有通塞”谓文士才思有迟速之别，以及“意得则舒怀以命笔”此谓快笔，“理伏则投笔以卷怀”谓迟笔，乃知《神思篇》化用养气理论品评王粲。

其实，《附会篇》也有“且才分不同，思绪各异”这一相似的观点，直言作家“才思”有快慢迟速之不同，此句之才思恰恰正是《神思篇》所云文士才思，则《神思篇》又与《附会篇》理论相通，即可视作应用《附会篇》才思理论品评王粲其人及其文。即可确知《神思篇》当有“选例”所见之作品及其“实际批评”，《文心》文术论其他各篇均当比照这样的理解。

二十七 《体性篇》细读

一、《体性篇》文论与实际批评

《体性篇》述才性文体合一之理论，首揭体性有“八体”之说，此则本篇之理论层次。

今据以上之体性理论进行八体之实际批评，本篇即引十二家文章为例，品评各家因才性而表现之文章体貌，谓之十二家实际批评。《体性篇》此节述十二家之文曰：

> 若夫八体屡迁，功以学成，才力居中，肇自血气；气以实志，志以定言，吐纳英华，莫非情性。是以贾生俊发，故文洁而体清；长卿傲诞，故理侈而辞溢；子云沈寂，故志隐而味深；子政简易，故趣昭而事博；孟坚雅懿，故裁密而思靡；平子淹通，故虑周而藻密；仲宣躁锐，故颖出而才果；公幹气褊，故言壮而情骇；嗣宗俶傥，故响逸而调远；叔夜俊侠，故兴高而采烈；安仁轻敏，故锋发而韵流；士衡矜重，故情繁而辞隐。触类以推，表里必符，岂非自然之恒资，才气之大略哉！（页九八）

此节堪称精彩至极且又准确无比的体性理论实际批评，凡作家之血气性情，各具不同之自然资质，导致作家之文章风格亦随之而显现独特体貌，皆一一缕述。今观其所用之批评术语，虽不尽然皆同于体性八体原有之分类，但皆与之相关。譬如八体有典雅此项术语，但在此节实际分析之时，却未见任何一词一语与之完全等义相符，只是占有其中之一偏义。例如说孟坚才性雅懿，即雅正、典雅之一部分涵义。懿，美也，雅懿谓雅正而美，此于八体正宗“典雅”之余，别生“懿美”之质，合谓之雅懿。盖八体之一原有“壮丽”一格，丽者，美也。今取八体典雅之“雅”意，另参“壮丽”之“丽”字，糅合折中而为一，藉之描述班固其人才性之特质曰“孟坚雅懿”，乃知孟坚兼有典雅与壮丽二项体性特质。其间即用“八体虽殊，会通合数。得其环中，则辐辏相成”此说法，乃知孟坚雅懿之评本非无根无据，而是化用《体性篇》“敷理以举统”述八体有“会通”文术之说，谓八体虽分，却非定制，而实有互参杂糅。然则，《体性篇》既有理论，更有实际批评，此例可助一解。

本此以推，此节凡其他十一家文章之品评，亦莫不用“会通”之法，描述此十一家之才性文体特色。从而可知，《体性篇》所见八体实际批评悉准“会通”之原则，运用广泛而灵活，十足展现体性八体丰富而涵义多元的实际批评手法，极为高妙。①

《体性篇》阐述才性文体并观之文论，全篇可分“理论”与“实际批评”两项论述。在理论层次，主述体性“八体”，但没有举出实例。要到实际批评层次，始例举十二家为证，用八体分析此十二家的“才性”与“文体”结合之体貌。

最后阐明体性文论实际分析的方法，是用“会通”八体之方法，即八体折中，而不是正反对比之方法。因为，八体互相交融参杂，犹如辐辏相成，八体绝非壁垒分明的正反相对，体性八体的应用乃循“消长融合”此一大原则。

唯本篇述体性须讨论两个问题：其一八体与八途的关系是否必然？其二才性与文体的因果关系一定乎？

盖本篇述体性有八，且又分别指明此八体亦各有其根源，八体与八途构成“根源”与“叶果”之结果，始为圆备之体性，故而《体性篇》用“根叶”比喻之，谓八体与八途犹如根干与枝叶结合之总体，始得成就为繁富之“苑囿”。今将体性八体与八途列述如下：

1. 典雅——熔式经诰，方轨儒门

---

① 清人叶绍泰评点《体性篇》云：“先立八体，次第分属，体格严正。自贾生以下，凡十二名家，止一语断定。知人品物，莫此为确。”转引自《文心雕龙汇评》，页九九。案：此处用“品”字，谓品评、论评、品第，其概念即近似西论所谓实际批评。品与评、论稍不同，评、论属“理论”层次，而“品”则近乎实际批评。

2. 远奥——馥采曲文，经理玄宗
3. 精约——核字省句，剖析毫厘
4. 显附——辞直义畅，切理餍心
5. 繁缛——博喻酿采，炜烨枝派
6. 壮丽——高论宏裁，卓烁异采
7. 新奇——摈古竞今，危侧趣诡
8. 轻靡——浮文弱植，缥缈附俗

上列体性八体每一体皆各对应一根源，例如典雅之体，其源出经典训诂，儒家之学。远奥之体，则必出自易老庄之玄学。此二体有二源，乃明示学习五经经典与老庄玄学结果必有不同之文章体貌呈现。其余六体，虽未指出来源何家门派，然都有染习轨迹与门径之可寻，此即体性八体与八因八源之关系，刘勰主张作家体性与作家习染当存有一定必然之关联，所以有“各师成心，其异如面”之语，确认“才气学习”即体性八体主要内涵。

及至将八体应用于实际作品之分析，则又有才性八体与文章八体相因相成之结论。此才性文体之八体，即不再涉“八体八源”之证，纯就文章体貌与文人性情而论，乃又有“志气”与“性情”之八体。兹列述十二家如下：

> 是以贾生俊发，故文洁而体清；长卿傲诞，故理侈而辞溢；子云沈寂，故志隐而味深；子政简易，故趣昭而事博；孟坚雅懿，故裁密而思靡；平子淹通，故虑周而藻密；仲宣躁锐，故颖出而才果；公幹气褊，故言壮而情骇；嗣宗俶傥，故响逸而调远；叔夜俊侠，故兴高而采烈；安仁轻敏，故锋发而韵流；士衡矜重，故情繁而辞隐。触类以推，表里必符。岂非自然之恒资，才气之大略哉！（页九八）

上列十二家体性，先述才性次述文体，凡其析述所用术语，皆自“八体”出，然非全词，而各有杂糅参取。乃知八体八源兼才性与文体合言之，八体之词或见于才性，或见于文体，皆用“会通”之法，加以组织融合，此即《体性篇》八体要义。今将《体性篇》八体与《定势篇》六势对照，立可知体性与体势必有不同。盖体性必兼含对文士“才性”之甄别，而体势专述文章体势。故而两篇之“选例以定论”亦有不同，《体性篇》举十二“文士”为例，必涉论“人”。《定势篇》但举六势六则，皆属文章体势，不涉任何一家文士性情。故知《体性篇》论人与文，《定势篇》则专论文章。此又须先辨明者。①

《体性篇》赞曰独标“雅丽”之风，颇有弦外之音，有助于使人理解刘勰平生所抱学问志趣。《体性篇》赞曰：“雅丽黼黻，淫巧朱紫，习亦凝真，功研渐靡。”此语雅丽文体，为文章正宗，与淫巧不同。盖缘作家研习博学久积，始能见真功夫。雅丽即典雅、壮丽之合，乃《体性篇》八体之二而合为一。须问：刘勰何以独钟意于此？

今观典雅一体，《体性篇》云：“熔式经诰，方轨儒门。”谓典雅文体必学自儒学五经文章，此经学也。至于壮丽，《体性篇》则云：“高论宏裁，卓烁异采者也。”谓高深理论且有宏大体裁结构，既富含思想义理，尤兼备文采者，可归之壮丽文体。详味“高论”一词，近似“博明万事，适辨一理”之意，当归之子学。

然则，作家必经学与子学兼攻，厚学宝才，始能撰作“雅丽”文章，此即刘勰“熔铸经典，翔集子史”之一贯主张。刘勰自奉子家，且又以“述道言治，枝条五经”定义子学，从而可推知刘勰崇尚子学，亦必深受子家文章“高论宏裁”之影响，真积力久，自作文章，乃必宗奉经子，追步“雅丽”子书，遂于《体性篇》赞曰独标雅丽之文，再次印证刘勰有以“子家”自居之表述，《体性篇》赞曰于此又多一例佐证。

二、《体性篇》易学影响

《体性篇》述文章体性有八，略仿《周易》之有八经卦。然而八体虽分而各有变化，即与《周易》八卦相交变化而成六十四卦之易理互通。至于全篇举情理文辞为体性本质，引伸而有内/外、隐/显、雅/正、奥/显、才/气、

① 《体性篇》实际批评十二家体性，所用批评术语不全等于八体，而是交杂参用八体个别字义，这是《体性篇》极其重要八体“会通”方法批评，而不是硬搬八体。户田浩晓《文心雕龙研究》述《体性篇》即谓没有用八体分析此十二家，户田浩晓云：“如此，因为作家的性和作品的相成‘表里必符’(《体性篇》)的关系，当把这两者作为一体的事物理解时，才有可能产生那最初列举的典雅、远奥乃至轻靡等八种文体。但是，刘勰在对照上述八种文体时，并没有对右十二人属哪一体作具体的阐述。对于这一点，不能不说是他论旨的重要缺憾。”引自户田浩晓：《文心雕龙研究》(上海：上海古籍出版社，一九九二年六月)，页七八。案：此解未留意十二家分析，是糅合会通八体，不是直接套用八体。

学/习等等一连串对比概念，仍然为《周易》太极两仪思想之应用。兹摘述本篇易理内涵节段如下：

（一）夫情动而言形，理发而文见，盖沿隐以至显，因内而符外者也。然才有庸俊，气有刚柔，学有浅深，习有雅郑，并情性所铄，陶染所凝，是以笔区云谲，文苑波诡者矣。故辞理庸俊，莫能翻其才；风趣刚柔，宁或改其气；事义浅深，未闻乖其学；体式雅郑，鲜有反其习：各师成心，其异如面。（页九七）

案：此节首揭文章先有“情理”与“华采”之组合，乃构成文章之“体性”。体性之陶冶则出自才、气、学、习之四因。就文人之个性而言，则有刚柔之二类。《周易》二元思想，谓立天之道曰阴阳，立地之道曰柔刚，立人之道曰仁义此二元思想，即为此节才气刚柔论所本。其他像隐显、内外、庸俊、浅深、雅郑、情性、言笔、辞理、风趣、心面等等，皆同仿“两仪”思想模式，从事对比辨证，且据易理而论述。

（二）若总其归途，则数穷八体：一曰典雅，二曰远奥，三曰精约，四曰显附，五曰繁缛，六曰壮丽，七曰新奇，八曰轻靡。典雅者，熔式经诰，方轨儒门者也；远奥者，馥采曲文，经理玄宗者也；精约者，核字省句，剖析毫厘者也；显附者，辞直义畅，切理厌心者也；繁缛者，博喻酿采，炜烨枝派者也；壮丽者，高论宏裁，卓烁异采者也；新奇者，摈古竞今，危侧趣诡者也；轻靡者，浮文弱植，缥缈附俗者也。故雅与奇反，奥与显殊，繁与约舛，壮与轻乖，文辞根叶，苑囿其中矣。（页九七）

案：此节归纳文章体性八体，略仿《周易》八经卦。述体性八体二二对比相反相生之关系，也极似《周易》八经卦“通气”相感之卦位，在相反对立之中，又自成相生之道。因此，“八体屡迁”，此八体不是一成不变，不可限定死守。反而更多的是“八体虽殊，会通合数，得其环中，则辐辏相成”之现象，意谓体性八体，有往来融合而衍生新体之可能，而其融合成体之准则，皆要符合“通顺”之理，要把“技巧”文术综合贯通。刘勰如此描述文章体性八体富于变化而且相通，与《周易》八经卦二二相综，非覆即变，具有“相反相生”之对立组合极为类似。《系辞传下》云：“易之为书也不可远，为道也屡迁。”此言易道变化无穷，即《体性篇》八体屡迁思考的本源。

又《说卦传》云："天地定位，山泽通气，雷风相薄，水火不相射，八卦相错，数往者顺，知来者逆，是故易逆数也。"此述八卦对应关系，皆有往来、顺逆之变化，而两卦之间，凡言通气、相薄、相射、相错等等相交关系，①皆描述两卦二二对立又相生之融合结构，即《体性篇》"八体虽殊，会通合数"概念之所本。简言之，《周易》八经卦是既相对立又相交变化的复杂系统，《体性篇》的文章八体也是一样，此刘勰广用易道易学于文章理论之显例。②

（三）八体虽殊，会通合数，得其环中，则辐辏相成。故宜摹体以定习，因性以练才，文之司南，用此道也。（页九八）

案：此《体性篇》结论才、气、学、习四大因素，能决定文章体性之完成。"司南"一词，谓司此南向以为方针，即今语"指南针"，比喻文章体性乃据才气学习四要项为指南。南有南正、南明、正道、向正诸义。其本源即仿《周易·坤》卦西南得朋之南。又，《明夷》九三爻象曰："南狩之志，乃大得也。"，《升》卦卦辞："勿恤，南征吉。"，《升》象曰："南征吉，志行也。"，《说卦传》："离也者明也，万物皆相见，南方之卦也。圣人南面而听天下，向明而治，盖取诸此也。"凡以上诸句所谓之"南"，皆有以南为正为指标之义，持以理解"文之司南"一词本义，知刘勰乃谓才气学习四要素，贵居文章体性之指南。③

三、《体性篇》子学内涵

《体性篇》实乃文体与"子学"合论，以"子学"统"文体"典型范例之作。此篇述文体有体性八体，不曰文体，而用"体性"一词。著此一

---

① 水火不相射，传世本《周易》皆如此。今据帛书《周易》，无不字，作"水火相射"，义较通，谓水火相交应。

② 朱熹《周易本义》注此节《说卦传》云："于是八卦相交而成六十四卦。"又云："此卦位相对。"此二句用相交、相对之语，即谓八卦对立统一，才会有六十四卦之变化，《体性篇》八体的"屡迁"即仿此意，八体也是既对立又融合的关系。

③ 此节"会通合数"一词之会通，直引《系辞传上》"圣人有以见天下之动，而观其会通，以行其典礼"此句之会通，乃直引易辞之例。

“性”字入于文体体性，益加明证此篇必据子学性情论与玄学才性论，双合双参，借来论述文章，发展体性八体之说。今观此八体，例举十二家之类别云：

> 若夫八体屡迁，功以学成，才力居中，肇自血气；气以实志，志以定言，吐纳英华，莫非情性。是以贾生俊发，故文洁而体清；长卿傲诞，故理侈而辞溢；子云沈寂，故志隐而味深；子政简易，故趣昭而事博；孟坚雅懿，故裁密而思靡；平子淹通，故虑周而藻密；仲宣躁锐，故颖出而才果；公幹气褊，故言壮而情骇；嗣宗俶傥，故响逸而调远；叔夜俊侠，故兴高而采烈；安仁轻敏，故锋发而韵流；士衡矜重，故情繁而辞隐。触类以推，表里必符，岂非自然之恒资，才气之大略哉！（页九八）

此十二例体性必先列述文人性情才气，次述由此才性陶铸而成之“文体”风格。例如“贾生俊发，故文洁而体清”，“俊发”谓贾生才性与性情，次言贾生文章乃“文洁体清”，综合之始形成贾生总体文体风格。如此合“才性”与“文体”相资互参之体性文论，既对前论有所承袭，复有刘勰自己创解之言。刘勰凭借“子家”既有之前论，借参子学才性与性情之说，解释品评文章，遂创出“体性”一词，足征《体性篇》已内涵子学义理。《体性篇》赞曰总结刘勰合“才性”论“文体”学为一炉之心，简明扼要，一语道出。《体性篇》赞曰：

> 才性异区，文体繁诡。辞为肌肤，志实骨髓。
> 雅丽黼黻，淫巧朱紫。习亦凝真，功沿渐靡。（页九八）

（一）《体性篇》首揭才、气、学、习四字作为全篇理论要领，凡“文苑”或“笔区”皆必须涵摄此四字义理。今推究此四字要义，无不出自子学。儒家之学习论、孟子之心性论、玄学之才性论，以及先秦两汉之性情论等等，皆由刘勰加以折中参贯，引入文体风格论述，刘勰最典型的“子论”为“本”文论为“用”之体系特色，在《体性篇》中有突出表现。《体性篇》云：

> 夫情动而言形，理发而文见，盖沿隐以至显，因内而符外者也。然才有庸俊，气有刚柔，学有浅深，习有雅郑，并情性所铄，陶染所凝，是以笔区云谲，文苑波诡者矣。故辞理庸俊，莫能翻其才；风趣刚柔，宁或改其气；事义浅深，未闻乖其学；体式雅郑，鲜有反其习：各师成

心，其异如面。（页九七）[1]

（二）由体性论而举列之八体，首自“经书”之体与“子书”之体说起，与刘勰定义子学“枝条五经”之说完全符合。《体性篇》云：

若总其归途，则数穷八体：一曰典雅，二曰远奥，三曰精约，四曰显附，五曰繁缛，六曰壮丽，七曰新奇，八曰轻靡。典雅者，熔式经诰，方轨儒门者也；远奥者，馥采曲文，经理玄宗者也。（页九七）

（三）次引述佛教“圆通”教义说明作家才、气、学、习四者互相配合之至妙，有如事事无碍、事理无碍之圆密境界。可知刘勰体性论又旁参佛教之教义，非只局限于古代子学而已。《体性篇》云：

夫才由天资，学慎始习，斫梓染丝，功在初化；器成采定，难可翻移。故童子雕琢，必先雅制，沿根讨叶，思转自圆。（页九八）

（四）最后论述文章体性虽有八体分类，但是要与作家才性相配合，则又引用道家“环中”义理，作为体性八体“司南”准则。文章八体应用总结于道家“环中”理论，可与刘勰《刘子》子论“儒道二化”是子学全备之说互通互参。《体性篇》云：

八体虽殊，会通合数，得其环中，则辐辏相成。故宜摹体以定习，因性以练才，文之司南，用此道也。（页九八）

四、《体性篇》总案

《体性篇》细述“性情文章”，与《原道篇》已揭“雕琢性情，组织辞

---

① 《体性篇》述十二家之后又有“自然之恒资，才气之大略”之说，谓作家才性本之自然气性，而才气即才性出自“气性”之本质。刘勰才性论，盖源自“才禀于气”之才性论。《孟子·告子上》云：“若夫为不善，非才之罪也。”由此语可知才性无“恶”，即孟子“性善”引伸“才”不恶之论。但是才性与“性情”合论以后，汉代受阴阳学影响发展出阳性阴情二元论，遂衍生性善而情“恶”之分别。刘勰没有采纳此说，故有才性大略“自然恒资”之语。此刘勰借参魏晋玄学自然论解释才性加以折中之一例。此处有关性情概念在子学之生成演变，皆参考自傅斯年《汉代性之二元说》一文，收入傅斯年：《性命古训辨证》（桂林：广西师范大学出版社，二〇〇六年十月），页一五九至一六七。

令"之性情同义，复与《宗经篇》再申"埏乎性情，匠于文理"互通。刘勰论文必本于人，再将"人"与"文"融合，推溯其源，必追至"道"与"神"，故又有神理、神教、神灵之语；而文士才分思绪仍归属"人"，言其奥妙至精处，始用"神思"一词夸谈描摹之。总之，《文心》文术首篇言神思，仍本于"人"，而《体性篇》所述体性，当然以"人"而喻"文"，故今人有"人化批评"一语，标识《文心》此书文术论之大法，甚得其要。①

其实，古代学术论人，首开"才性"之说，而人之才性论必溯源《周易》《中庸》之思想。《系辞传上》云："一阴一阳之谓道，继之者善也，成之者性也。"此继善成性之理，凡经学义理、子家思想、才性论等范畴皆必有述，至于引入化用到文论，据为文术首论之本源，则此篇堪称首发而最详。②

又《中庸》云："天命之谓性，率性之谓道，修道之谓教。"此天命道性之说，必为子家、经学家论道论性之本，而刘勰论为文之用心，述文体之源流，立文术之体统，亦已化用引用至文论内涵。必参取《中庸》道性道命之义，始可真正理解刘勰所谓性情文章之"性情"内涵。

综合以上所述，《体性篇》是《文心》"性情文章"理论之大纲，然皆须推本于易学易理，以及子学内涵。

《体性篇》是"人"与"文"合论，于人，论其性情，于人，论其文章体势。后者有"文"可寻，而前者甚难明辨。盖"人"之学，古已有才性论，而《人物志》集其大成。然须知刘勰《文心》乃"论为文之用心"，不主于论"人"，但将文推本于人，又将文与人溯源至道、命、神，皆易学义

---

① 体性一词，或有比附风格，谓体性八体即八种风格。郭绍虞《中国文学批评史》首发此论，詹锳《文心雕龙的风格学》继唱其说。案：风格一词，中土本义据颜之推《颜氏家训·文章篇》云："古人之文，宏材、逸气、体度风格，去今实远。"此言体度风格，当本源自刘勰《文心》。盖《文心雕龙·夸饰篇》云："风格训世。"《议对篇》云："风格存焉。"此《文心》两言风格、不作体性之义。又有用风格翻译西文 style 者，即詹锳《文心雕龙的风格学》此书所本。从而可知，用风格解体性，皆非刘勰《体性篇》之本义。

② 纪昀、黄叔琳已注意到《体性篇》评"文"容易，但评"人"甚难之处，纪昀云："亦约略大概言之，不必皆确。百世以下，何由得其性情？人与文绝不类者，况又不知其几耶。"黄叔琳云："由文辞得其情性，虽并世犹难之，况异代乎？如此裁鉴，千古无两。"以上纪黄评语，均转引自《文心雕龙汇评》，页九八。案：后世有"人格即文格"之说，孟子有"读其书，不知其人可乎？"之论，皆与体性文论互通，亦即读其文而必知其人，尤其是知其人之"性情"与"品德"。至于德行之论，又互见于《程器篇》，《文心》篇与篇之理论联系此又一例。

理范畴，《文心》全书架构诚可谓达到了“天人”与“文章”融合之极致。

于是，自此篇以下，由“人”转出而专述文章之风骨与文章之体貌、体势，遂一路直下贯通至《总术篇》作为此书“文术”之总结，归为“文章之学”，乃知《体性篇》实为以“人”领“文”之首论。

二十八 《风骨篇》细读

一、《风骨篇》文论与实际批评

《风骨篇》述文章风情与骨辞，谓之风骨。虽然风骨一词定义历来异解多义，但总不离风指文章表现之情志、情意、文气，骨则指文章词句、文体体统之理解，故可括言之曰：风情骨辞。

今当注意刘勰特标文章风骨之目的，在于纠正魏晋文风“辞尚靡丽”之弊，拯救文章“思想义理”贫乏之失。遂用风骨概念，对治文章“繁采”。本此理解，文章风骨非仅指“文采”。《风骨篇》云：“风骨乏采，则鸷集翰林。采乏风骨，则雉窜文囿。”此语明白区分风骨与文采乃不同之物，然须相辅相成，不可偏废其一。故用“藻耀而高翔”之凤鸟这一冲天高鸣之形象，比喻文章既要有风骨也要有文采。① 由此可知，刘勰《文心》此书特立风骨之说，乃将文章情采与风骨结合，用风骨辅助情采，非自限于文章文采而已。本篇《风骨篇》明定风骨是文术论之首务，力戒作家之违失，主张文章不可只求“繁采”。

为此，本篇又另外衍生一个“气”字，用来帮助风骨乏采理论之完成，故而本篇有骨气、风气、情气之概念。明言文章风骨，却又旁通文章文气，特重作家内在修养之意气，与《养气篇》真可说是互为旁通。例如《风骨篇》云：

---

① 明清评点家杨慎与李安民特别注意风骨兼文采之说，乃刘子首创。杨慎云：“此论发自刘子，前无古人，徐季海移以评书，张彦远移以评画，同此理也。”转引自《文心雕龙汇评》，页一〇一。

1. 化感之本源，志气之符契。
2. 情之含风，犹形之包气。
3. 结言端直，则文骨成焉。意气骏爽，则文风清焉。
4. 是以缀虑裁篇，务盈守气。
5. 思不环周，牵课乏气，则无风之验也。
6. 相如赋仙，气号凌云。蔚为辞宗，乃其风力遒也。
7. 骨劲而气猛。
8. 情与气偕，辞共体并。

以上八句莫不谈及文章之“气”字，约而言之，有志气、风气、情气、文气、意气、守气、篇气、力气、思气、云气、仙气、骨气、辞气、体气等等，“气”类丰富，内涵深广，而皆可尽包于《养气篇》，用“著述之气”与“玄神素气”统合之。乃知《风骨篇》务盈守气与《养气篇》力申养气，皆作家共同功夫之修养，此二篇必须旁通，始克通盘理解。

至于如何锻炼风骨，《风骨篇》主张要熔铸经典，翔集子史，即具备经史子学问的厚实积累。

反之，若作家只专心于辞采经营，巧构形似，所写文章最终将沦落为华侈淫巧之文章，大失风骨之正体。刘勰此种风骨学习必由经子之途之论，再次印证刘勰《文心》的“宗经”思想，贯通各篇，风骨理论自亦不例外。

从此理解，风骨就不能错解成风格。盖风格意指作家文章总体之展现，类如《体性篇》已揭之八体。然而风骨非体性，乃刘勰于文章体性论建立之后，为了专意矫正淫巧华侈文采，将文章体性导向正式，故又别出风骨一说，欲藉此补足体性八体之未备，非谓风骨即体性，亦不可错解风骨即风格。①

《风骨篇》善用“比喻”说，用鸷集翰林与雉窜文苑做对比，说明二者分离皆不佳，唯有鸷之有力高飞，与雉之美丽文采互相配合，始能真正有风骨之力。《风骨篇》云：

---

① 袁济喜、陈建农编《文心雕龙解读》释《风骨篇》分析风骨、风格二者差异，言简意赅，可参袁济喜、陈建农编：《文心雕龙解读》，页一九九。又明代文论好谈格调，杨慎评点此篇，即将格调比附风骨。杨慎云：“引‘文明以健’，尤切。明即风也，健即骨也。诗有格有调，格犹骨也，调犹风也。”，转引自《文心雕龙汇评》，页一〇一。

若风骨乏采，则鸷集翰林；采乏风骨，则雉窜文囿；唯藻耀而高翔，固文笔之鸣凤也。（页一〇一）

此节辨正风骨与文采相须相成之道。鸷集翰林，代表有风骨而缺文采。反之，雉窜文囿，比喻有文采却没有风骨。因此，风骨文采两者完美配合，才是圆备，刘勰用“鸣凤”比喻之，谓凤凰羽毛美丽，比喻文章有文采；而凤凰又能飞起来，象征骨力足，骨劲大，比喻有风骨。以上用雉、鸷、凤三种鸟的本性，比喻风骨与文采的离与合，可谓形象鲜明而意思清楚。《文心》富含巧妙之比喻，借喻以说理，因喻以阐论，此恰恰正是《文心》分析文论借助比喻之一贯手法。刘勰《风骨篇》谓：“文章才力，有似于此。”此句即谓文章不唯要讲究文采，更要培养作家“才力”之骨，只有才力够劲够猛，始能写出好文章。

今既已知《风骨篇》不在文章“体势”所述范畴，也不在文章“体性”领域，则有一点当辨明：风骨是通论性质，并非“个别单项”说法。

试看《风骨篇》结论有云：“风清骨峻，篇体光华。”此句点明文章风骨要做到“清峻”，表现文章“篇体”的“光华”之风。“光华”此词之光字义同清明，而华者，实也，文章华实即谓有华实之才，则其才力必峻高。才力峻高，能擅辞藻，此即“骨峻”之意。总之，风清骨峻与篇体光华二词同义，光华与清峻内涵相同，一指文章内含情感、情性，二指文辞表现华藻清明，此二义约而言之，即“风情骨辞”此语之另一种表达。只是刘勰特别要求风要“清”，即有“清光”之形容，而骨要“峻”，表现“藻耀而高翔”之力气，乃又用一“华”字描述之，谓华实相符。

若按照以上之理解，风骨涵义，乃远远超过体性与体势，未可视作单一文论（例如体性针对文人才性与文体而论，体势专述文章体势，以上二者皆属文论之个论）。盖刘勰所谓文章风骨，乃为了针砭自近代以来文贵形似、巧构侈言之流弊，提倡文章情感思想与文辞华实必须兼备，篇体光华而有清峻之美，遂拈出文章风骨之论。其意以为文章之道，虽然体性体势各有参杂，有时亦可兼通，亦可会合，然而皆须同具风力骨鲠之文笔，表现“刚健笃实辉光”之篇体。《风骨篇》赞曰：“情与气偕，辞共体并。”此语概括文章的情、气、辞、体四部分，已十足表明风骨概念是文章的统合通论，不是文术论的个别单项之论。①

《风骨篇》实际批评有二例，一评司马相如《大人赋》，二评潘勖《册魏公九锡文》。《风骨篇》云：

> 故练于骨者，析辞必精；深乎风者，述情必显。捶字坚而难移，结响凝而不滞，此风骨之力也。若瘠义肥辞，繁杂失统，则无骨之征也。思不环周，牵课乏气，则无风之验也。昔潘勖锡魏，思摹经典，群才韬笔，乃其骨髓峻也；相如赋仙，气号凌云，蔚为辞宗，乃其风力遒也。能鉴斯要，可以定文，兹术或违，无务繁采。（页一〇〇）

此节先述风骨定义为“风情骨辞”，次分从文章声律之“结响”，与文章字词之“字坚”说明怎样使文章有“骨力”。与此相对，又明举文章无骨力之征象，乃“瘠义肥辞”与“繁杂失统”两项。根据以上风骨理论要义，旋举司马相如《大人赋》评有风力，潘勖《册魏公九锡文》则又说有骨力。另外“骨髓峻也”一语，谓有骨髓之劲力。峻，峭拔曰峻，形容骨力劲拔峻峭。凡风骨之力，分言风力与骨力，而各以实际作品显证之。须知此言风力、骨力，率指文章体势，不涉文人性情，即可辅证《定势篇》言文章体势，与《体性篇》述才性文体，理论内涵殊有不同。②

有关骨气之说，必须参看《定势篇》论文章体势，却又旁及“文气”之论，即与《养气篇》通述文士之神气、志气，代表《文心》此书各言不同之“气”，而又分作“文气”与“神气”“志气”诸不同涵义。于人言气，于文

---

① 《风骨篇》是通论性质。“风骨”与体性、体势的不同涵义，王运熙《文心雕龙五十篇题解》云：“风骨与《体性篇》中提出的典雅、远奥等概念，《定势篇》中提出的典雅、清丽等概念，虽然同属风格范畴，但性质有些不同。典雅、清丽等是指某一作家或某种文体的风格特征，而风骨则是对于许多作家和文体提出的普遍性要求。本篇强调文章要有明朗刚健的优良文风，是针对南朝文风的弊端而发。刘勰认为，南朝许多诗赋和各类骈文，主要沿着楚辞、汉赋的路子，片面追求华辞丽藻，即《宗经篇》所谓‘楚艳汉侈，流弊不还’，因而大力提倡风骨，主张应注意向具有风骨的经、子、史书取法学习，树立文章的骨干，以挽救时弊。”案：此节用“普遍性要求”一语，谓风骨即此要求，然又包括“作家”（案即指作家才性）与“文体”（案即指文章体势）两方面，所解甚得风骨本义。今当再推问者，《辨骚篇》有风骨之内涵乎？此文收入氏著：《文心雕龙探索（增补本）》（上海：上海古籍出版社，二〇〇五年四月），页三四九。

② 《风骨篇》实际批评只举司马相如、潘勖两家，若参《诠赋篇》评司马相如，《诏策篇》评潘勖，《时序篇》评司马相如，以及《才略篇》司马相如与潘勖两家都各有评，得知刘勰对此两家的批评大抵都用一致的观点，用类似的评语，从而更可理解刘勰的实际批评是用始终一致的批评理论，绝非漫无准则。

亦言气，然二者之气虽然有所不同，皆同见于《文心雕龙》此书。例如《风骨篇》述文章有清浊刚柔之气云：

故魏文称："文以气为主，气之清浊有体，不可力强而致。"故其论孔融，则云"体气高妙"，论徐干，则云"时有齐气"，论刘桢，则云"有逸气"。公幹亦云："孔氏卓卓，信含异气；笔墨之性，殆不可胜。"并重气之旨也。夫翚翟备色，而翾翥百步，肌丰而力沈也；鹰隼乏采，而翰飞戾天，骨劲而气猛也。文章才力，有似于此。若风骨乏采，则鸷集翰林；采乏风骨，则雉窜文囿；唯藻耀而高翔，固文笔之鸣凤也。（页一〇一）

此节继承前贤文气、清气、浊气、体气、齐气、逸气、异气等等文气论，加以折中创新，提出"骨气"之新论，又分出骨力有气而猛与骨力无气而沉二类，谓偏一皆不可。乃将风骨与情采并观，主张风骨要配合情采，始得谓之鸣凤。反之，若但有风骨而缺乏情采，则犹如雉鸡乱窜文囿。故可总结：文章风骨最完美之表现即在风骨与文采相生相合，要求风骨有采，反对采乏风骨。于是，《风骨篇》主要论述风骨文采，但又旁通文章"骨气"之气论，其目的乃在指出风骨有力与否，皆取决于"骨气"是沈溺还是劲拔，遂又旁涉文章之"气论"。实则《文心》之气论，是在《养气篇》中进行的专门论述。

以上分析得知《风骨篇》阐述文章风骨要有"气力"的助成，提出"骨气"之说，谓骨力有气，即引翚翟与鹰隼二项比喻。①

次又由风骨力气，连系风骨与情采之关系，提出采乏风骨与风骨乏采二类高下之品评，再用鸷鸟与雉鸡二项比喻助解说明。以上二喻在在表明了《风骨篇》形象鲜明、比喻切理之写作技巧。且藉由如此妙笔生喻所引伸之涵义，立可解释刘勰所谓的文章才力与文章风骨之说本义，盖皆与"骨气""骨力"与"文采"有关系，涉及文人性情与文章辞采，即可确信风骨一词，可简要解作风情骨辞。

《风骨篇》在"敷理以举统"节段提出学习风骨，完成圆炼风骨之途径

① 《风骨篇》赞曰："情与气偕，辞共体并。"此语又有"情气"一词，则骨气、情气皆属风情骨辞之内涵因素。今言骨必言骨力与骨气，则言情必有情气之语，甚自然也。

曰“熔铸经典”与“翔集子史”。意指藉由通晓精熟经史子家之书，沉潜涵泳，变化出新，始能完成圆炼正体之风骨。由此暗示刘勰本以“述道言治，枝条五经”此种子家之胸略，规范文章风骨之正途，而归结风骨为“通才”之学，意指唯有通才，始克建立风骨正体。《风骨篇》述经史为风骨正体云：

> 若夫熔铸经典之范，翔集子史之术，洞晓情变，曲昭文体，然后能孚甲新意，雕画奇辞。昭体，故意新而不乱；晓变，故辞奇而不黩。若骨采未圆，风辞未练，而跨略旧规，驰骛新作，虽获巧意，危败亦多，岂空结奇字，纰缪而成经矣？《周书》云：“辞尚体要，弗唯好异。”盖防文滥也。然文术多门，各适所好，明者弗授，学者弗师。于是习华随侈，流遁忘反。若能确乎正式，使文明以健，则风清骨峻，篇体光华。能研诸虑，何远之有哉！（页一〇一）

此节堪称文章风骨说之结论，细述学习风骨门径唯在经典子史之熔铸，沉潜反复之精熟，从中推陈以出新。次则明示文章风骨最高品第，只有“刚健”之风所谓“风清骨峻”之语，即风骨清刚健正之意，凡文章风骨理论备载于此二义。

二、《风骨篇》易学影响

《风骨篇》述文章风骨兼备之道，讲究文章要“风清骨峻”，才能做到“篇体光华”。骨峻即骨骼有力，风清即风情清爽。风骨一词乃以“健”字为训，力主文章要仿照《周易·乾》卦易理表现的“文明以健”之风，《风骨篇》潜在的主要理论“刚健”乃化用《乾》卦易理思想，此则《风骨篇》牵涉不可见之易理，可归为“形上”易理思想之影响。

但是风清骨峻表现的文章“刚健”风格，又必须以“正”为准则。故而此篇结论曰：“若能确乎正式，使文明以健。”此语即明白表示“刚健”是要以“正”为依归，此“正”字，恰恰来自《周易·乾》卦彖“乾道变化，各正性命”，也以《乾·文言传》“刚健中正，纯粹精也”此句“健正”为本源。可以说，《风骨篇》最后要求文章刚健中正的论述，悉本源于《周易·乾》卦彖曰与《文言传》的易理思想，代表刘勰文论“尚正”的理论实践，证明刘勰风骨健正即《周易》文明以健、刚健中正的思想类型。①

《风骨篇》可视作《情采篇》之补说，要求文章情采要有风骨，始可曰“正采”，否则即沦为“繁采”，乃至“杂采”。刘勰力倡情采“尚正”之论，故用风骨以补文章有采而乏“正”之弊，谓风骨乏采与采乏风骨，皆缘于不正之过，故再设《风骨篇》补正文章情采之准则，《风骨篇》与《情采篇》并配相参，邪正分辨，繁简区分，恰恰又是《周易》太极生两仪二元论的又一次运作。乃知刘勰文论化用易学易理之体例，用此篇旁通它篇之作法，并非仅仅自限于在一篇之内，这明显可见也是受到《周易》的影响。兹再分析《风骨篇》明引或暗用易辞易理之节段如下：

> （一）是以怊怅述情，必始乎风；沉吟铺辞，莫先于骨。故辞之待骨，如体之树骸；情之含风，犹形之包气。结言端直，则文骨成焉；意气骏爽，则文风清焉。若丰藻克赡，风骨不飞，则振采失鲜，负声无力。（页一〇〇）

案：此节说明文章风骨，乃用比喻法，引形气与体骸做类比，形必包气，体必树骸，由此类推，文章风情，亦必有“骨力”相配，乃知文章风骨与形气体骸皆用《周易》“二元”思想，类比说明。

> （二）是以缀虑裁篇，务盈守气，刚健既实，辉光乃新。其为文用，譬征鸟之使翼也。（页一〇〇）

案：本节“刚健既实，辉光乃新”此句节引《周易》语辞。《乾·文言传》曰：“大哉乾乎，刚健中正，纯粹精也。”《大畜》卦彖曰：“大畜，刚健笃实，辉光日新。”以上二句“刚健”与“笃实”“日新”之词，即刘勰节取易辞之例。

> （三）然文术多门，各适所好，明者弗授，学者弗师。于是习华随侈，流遁忘反。若能确乎正式，使文明以健，则风清骨峻，篇体光华。能研诸虑，何远之有哉！（页一〇一）

案：此节再申辩文章“奇邪”与“奇正”之分野，谓文章风骨须正，明

① 明代评点家杨慎《风骨篇》云：“引文明以健，尤切，明即风也，健即骨也。诗有格有调，格尤骨也，调尤风也。”此解风骨健正，参照明代格调说，又暗示“文明以健”引自《周易》，有助《风骨篇》之理解，可备参。转引自《文心雕龙汇评》，页一〇一。

据《周易·乾》卦文明健正之理，此为文术之“本”。至于“末流”者，但习文采华侈，沦为采乏风骨，背离“风清骨峻”之体，故拈出一“正式”之词，作为全篇风骨文采之准则，即参取《周易》尚正思想，将《周易》天地之正，应用到文章风骨之“正”，以及文采之“正”，藉此“正”字易理作为文章风骨之结论，刘勰思想“尚正”之说，完全展现于此节风骨正论。

三、《风骨篇》子学内涵

《风骨篇》论文章风情骨辞，风主于情，而运行在“气”。骨主于文辞，也须由“气”支配，始成劲骨。合此而观，《风骨篇》其实以“气”为主论，再旁及文章辞气，以及文章骨气。《风骨篇》简直就是子学“气论”之应用发挥。理解《风骨篇》文论，乃不得不先自子学史“气论”说起，因为刘勰正是运用子学气论于文章文理与文气建构之杰出者。

再从《风骨篇》之“文骨”论加以分析，刘勰也是参取刘劭《人物志》“九征”的人物品评理论，将其应用到文章骨辞之理论，此亦属子学范畴之人物品评学，再经由刘勰折中转化至文论。合以上气论与人物论乃知皆自子学而来，刘勰在《风骨篇》引述、贯通，折中各家之创解，遂提出文章守气与文章骨气之新说。由此可证刘勰的子学沉潜功夫，印证《风骨篇》深刻的子学内涵义理。

（一）首先，刘勰提出“守气”论，与《养气篇》养气卫气说，构成自家一套体系之文章气论。它既是作家工夫，也是文章锤炼之文气。并再借参《周易·乾》卦文明刚健之卦气说，形容此种文章“守气”之气的性质。《风骨篇》云：

> 故辞之待骨，如体之树骸；情之含风，犹形之包气。结言端直，则文骨成焉；意气骏爽，则文风清焉。若丰藻克赡，风骨不飞，则振采失鲜，负声无力。是以缀虑裁篇，务盈守气，刚健既实，辉光乃新。其为文用，譬征鸟之使翼也。（页一〇〇）

（二）其次，明白具体指明文章风骨的来源就是“经典子史”之沉潜、熔铸，完全由子家“博通”学识观点解释文章风骨本源。《风骨篇》云：

> 若夫熔铸经典之范，翔集子史之术，洞晓情变，曲昭文体，然后能孚甲新意，雕画奇辞。昭体，故意新而不乱；晓变，故辞奇而不黩。若骨采未圆，风辞未练，而跨略旧规，驰骛新作，虽获巧意，危败亦多，岂空结奇字，纰缪而成经矣？《周书》云："辞尚体要，弗唯好异。"盖防文滥也。（页一〇一）

（三）最后，再引用《周易·乾》卦"文明以健"之刚健卦气，由卦气转化为"文气"，此即风骨以"气"为本之基础。《风骨篇》理论脱胎自易学易理，如此显明。《风骨篇》云：

> 然文术多门，各适所好，明者弗授，学者弗师。于是习华随侈，流遁忘反。若能确乎正式，使文明以健，则风清骨峻，篇体光华。能研诸虑，何远之有哉！（页一〇一）

以上三则为《风骨篇》子学涵义。今当再比较细论者，即风骨理论由气、骨二义为主轴，气论自先秦子学已发，下迨宋儒张载，以迄清儒等子家构成一脉相传的气论系统。刘勰自谓学自王充《养气》之篇（见《养气篇》），则刘勰气论源自子学固无疑义。唯刘勰引气入文，当然必属文意骨气之文论范畴，不是纯然为子学气论而作。

案文气早先已有曹丕、刘桢二家表出之，但不言骨气。今刘勰气论引伸有文骨、风情综合而成以气引导之"骨气"，这是一种折中创解之新说，盖借自子家刘劭《人物志》一派人物品第之学而衍义。由人物观察品鉴须看"骨质"征象，比拟文章品评要验证骨气，此刘勰"人化批评"文论方法，其实渊源自《人物志》九征学。另外由子学骨气转化折中到文章学之文骨论，此骨字本义，则承袭自先秦子学气论，以及魏晋人物品鉴论，二者均由刘勰融合吸收，并转化至文章学，建立起一家独特的风骨文论，经由上述分析，《风骨篇》融摄子学内涵确属不争之事实。①

---

① 人化批评谓以身体比喻文章，乃古代特有之批评模式。此词由钱锺书在一篇题为《中国固有的文学批评的一个特点》之讲稿中提出，收入钱锺书：《钱锺书散文》（杭州：浙江文艺出版社，一九九七年七月），页三八八。

四、《风骨篇》总案

《风骨篇》述文章必有风骨，谓风情骨辞。风为顺入而动，故以风力释风情。骨须刚健强峻，为可见而不动之物，故作为文辞之喻。刘勰拈此二词以述文术论，盖全书最难解难晓之篇，然亦其文论创解之一。

考风骨的风取自《巽》象，而刚健之意出《乾》卦易理，上巽下乾乃成《夬》卦，又有“君子决于小人”之隐意。而《风骨篇》特别要求风骨必“飞”之涵义，此飞字亦衍义《乾》卦“飞龙在天”之爻象。故而《风骨篇》最主要之理论即“风骨不飞，则振采失鲜，负声无力”，谓文章风骨必求其能高飞远翔，文采始能鲜明，近乎《风骨篇》赞曰“文明以健”此句之文明，谓文采能飞，则文明普照，《风骨篇》突出“飞”字，乃一篇最大要领。因飞而健，则必有“力”，故本篇述风骨，必兼及“风力”“骨力”之词，皆因飞而必须求借“力”之征也，所以《文心》才会屡屡出现风力、骨力之语词。

《风骨篇》开始善用比喻以助解文论，此即以“翚翟”与“鹰隼”两种形象对比，皆用鸟象以喻“飞”之力劲。谓翚翟无“力”高飞，反之，鹰隼有“力”高飞，得出力必因“气”而助，遂又有骨劲因有力而高翔之结果，而羽毛彩饰非关此也。于是择鹰隼之能飞而有力有气，舍文采之暗沉无光。文章风骨一词之定义至此大明大白，而无须再辨矣！刘勰于本篇乃结论曰“风骨乏采”与“风骨不飞”二者皆非是，反之，文章有风有骨有采有力有气最后又能飞起来，始曰有风骨，用鹰隼能“飞”此一形象鲜明之比喻，表述风骨本义，明晰清楚之至也。① 凡风骨之解说，尽在于此一喻，而《文心》善用比喻以说明文术、文评之技巧，亦以本篇为典范。

其余《风骨篇》易学影响与子学内涵均见于上文所述，兹不赘。若再细

---

① 文章有风骨，风与骨、气、采皆须融合为一，不可各自分离，始得真解。然历代解此篇多有析离风与骨二者之误解。例如明代杨慎云：“左氏论女色曰‘美而艳’。美犹骨也，艳犹风也。文章风骨兼全，如女色之美艳两致矣。”清代曹学佺云：“风骨二字虽是分，然毕竟以风为主，风可以包骨，而骨必待乎风也；故此篇以风发端，而归重于气，气属风也。”以上杨、曹二家皆因未注意鹰隼比喻，而生误解。转引自《文心雕龙汇评》，页九九。

读《风骨篇》赞曰“情与气偕，辞共体并”此语，知风骨与“气”“情理”须互相参照理解，谓文辞内在情采、气势、位体皆文章风骨之内涵，而风骨最终目标在“文明以健”。就作家而言，“才锋”须健峻，始能文章有“骨鲠”。就文辞写作而言，情采要鲜明能飞，风力要强劲，始能做到风骨有情采而又能高飞，“风骨”之义至此乃称圆备完善。

二十九　《通变篇》细读

一、《通变篇》文论与实际批评

《通变篇》讲述文章之“变”，多指时序之变，颇与《时序篇》揭示“文变染乎世情，兴废系乎时序”之理互相旁通。《通变篇》云：

> 是以九代咏歌，志合文则。黄歌“断竹”，质之至也；唐歌“在昔”，则广于黄世；虞歌《卿云》，则文于唐时；夏歌“雕墙”，缛于虞代；商周篇什，丽于夏年。至于序志述时，其揆一也。暨楚之骚文，矩式周人；汉之赋颂，影写楚世；魏之篇制，顾慕汉风；晋之辞章，瞻望魏采。推而论之，则黄、唐淳而质，虞、夏质而辨，商、周丽而雅，楚、汉侈而艳，魏、晋浅而绮，宋初讹而新。从质及讹，弥近弥澹，何则？竞今疏古，风昧气衰也。（页一〇三）

此一节历叙九代文章变化，分析文质雅俗淳薄，一代既有因革，亦有损益，此从“变”之层次而论，即同《时序篇》之“文变”。所谓“从质及讹”与“风昧气衰”，乃不得不“变”之实情，这一节的批评即可视作引用时序理论进行九代诗文的“实际批评”。

然而此节最重要的一句“至于序志述时，其揆一也”，申明有一定之文章常则，谓文章之道，不外乎“序志”与“述时”而已，刘勰认为这两项是千古不变之理。①

这种“理论”即深含文章有“子家”胸怀之意。《诸子篇》云：“诸子者，入道见志之书。”又云：“述道言治，枝条五经。”《论说篇》云：“博明万事为子，适辨一理曰论。”诸如此类，所定义的子家之学，即可与《通变篇》此节“序志述时”这种文章与时代的关系论述，几乎一致，亦可助解刘勰所谓的文理通变之说，“不变”的内涵就是作家要由“序志述时”进行写作，简言之，作家要以子学胸怀述道言治，观风知时，始能创作“瑰颖”之文。

《通变篇》列举五家之例，分析其中之“变”与“不变”，用“广寓极状”与“五家如一”二句加以概括。所谓广寓极状，乃实际批评此五家描写天地日月，各有不同，有的写方位，有的糅合修辞，有的擅长比喻，有的暗写天地反复之义理，有的重新比喻日月形象，凡此五家各有所侧重，描写比喻技巧各有不同，这就是文辞必求“变”的一面，即“文辞气力，通变无方，数必酌于新声”之意。

但是反过来仔细一想，此五家只有在描写比喻这种文辞技巧求变创新，却都不离开“赋”这个文体，即五家都是写“赋”，据“赋体物而浏亮”作为赋体文章不可变的“名理常则”。此即《通变篇》所言：“诗、赋、书、记，名理相因，此有常之体也。”就这一层次的“不变”之文理而言，“故实”与“新声”均包括在内。

所以，此五家有的出于西汉，属故实；有的来自东汉末，属新声。而不论故实或新声，彼皆一一要守“赋”体物之准则，或者“赋者，铺也。铺采摛文，体物写志”这个文体常理而写作，这是“莫不相循”之理。

---

① 关于《通变篇》区分变与不变为何，纪昀、范文澜、刘永济等诸家皆从“复古”说解，而强调“不变”。今有陈拱《文心雕龙本义》引本篇“文辞”与“气力”二项交互相融之理，说解此篇之“变”。兹引两段原文，可备一说。《文心雕龙本义》云：“故言通变之内容，虽可省略而综为‘文辞’‘气力’二者，然当二者之交融起用，错综复杂，其变化之情，固无穷、无尽也。此即彦和所谓‘无方之数’也。数，亦术也。于此而言术，乃属有术而无术，无术而又似有术者。任何作者，唯有诉诸磨练而复磨练，不断之磨练之功，而后庶乎可臻于有术而无术、无术而无不术之理境耳!”（页七三四）又云：“而‘文辞、气力’之变化之‘数’，正是彦和屡言之‘无方之数’，乃系无穷、无尽者。故欲从故实与新声中学习其‘文辞、气力’之变化之数，实际为一极端繁重之课题。且其所学者又不能自限于一家、一派，必属多数。故其学习之事必更为繁重矣。然亦不能不学。不学，则无从言会通也。对于各家、各派之故实与新声中之‘文辞、气力’之变化之数，分别学习之、揣摩之、体认之，明其所以，然后始能进而加以会通。”（页七四〇）案：此仍忽略“不变”是在序志述时。

至于改变比喻手法，变创描写技巧，乃至暗藏另一种寓意，所谓对天地日月描写的“广寓极状”，则完全是自由创作，任凭作家依恃文辞才力的掌握与积累，而可以“参伍因革”，但看作家如何会通与适变而已。此刘勰《通变篇》举五家例作，用来明示文章通变方法的真正本义。可惜，历代解此篇者，率多忽略此五家作为之例“选文以定篇”之示范作用，导致误解《通变》为“复古”之说，甚至误解此篇所谓的变为何、不变又为何。①

《通变篇》树立文章通变必归本于“体统”，即大体之统纲，从而可知“大体”涵义至为重要，此乃刘勰文论体系最根本的基本知识。然而遗憾者，诸家率不能深解大体一词，甚至误解，或不加措意者亦多有之。②

案《文心》“大体”一词，于文体论，率指各体文章所含内容义理必定准于宗经义理，力戒异端讹论，崇尚文章“立德”为本之大体。《祝盟篇》云：“夫盟之大体。”此言大体，即指祝盟这种文体最根本的内容要义，即要持守“忠孝正道”之义理。《祝盟篇》云：

> 夫盟之大体，必序危机，奖忠孝，共存亡，戮心力，祈幽灵以取鉴，指九天以为正，感激以立诚，切至以敷辞，此其所同也。然非辞之难，处辞为难。后之君子，宜存殷鉴。忠信可矣，无恃神焉。（页四三）

此节所示祝盟文体的“大体”，皆不关文章如何写作之技术，而是规范祝盟这种文体的内容，一定要表现有忠孝之仁，守九天为“正”之道，不必太过于迷信神灵，要坚守“忠信”之心，作为写作祝盟文体的原理原则，遂名之

---

① 纪昀评点《通变篇》云：“齐梁间风气绮靡，转相神圣，文士所作，如出一手，故彦和以通变立论。然求新于俗尚之人，则小智师心，转成纤仄，明之竟陵、公安，是其明征。故挽其返而求之古。盖当代之新声，既无非滥调，则古人之旧式，转属新声，复古而名以通变，盖以此尔。”转引自《文心雕龙汇评》，页一〇二。案：此用复古释通变。其后黄侃《文心雕龙札记》继发此说谓：“宜返于古。”近人陈拱《文心雕龙本义》尽驳复古说之谬，谓“详本篇之意，通变应属一种方法”，力倡通变乃“术”之说（页七三一）。又案：《通变篇》确有示范文变之“术”，悉见于五家之例，唯刘勰之意，乃藉由此五家例作之“术”，申言文术有其“变”与“不变”之处，此方为《通变篇》之本义。

② “大体”一词，甚少有解作经典义理为根本。例如詹锳《文心雕龙义证》引《中国文论选》此书之解，谓即“文章的根本原则”（页一一〇三）。试问根本是什么？原则又是什么？皆阙述。陈拱《文心雕龙本义》谓文统是“文章之统一性”，所以宜宏大体是“宜宏其最要之文体”（页七二六），此解文章首尾一贯之统一性，是《附会篇》的说法，与《通变篇》这里讲的“大体”是两码事。《文心雕龙解读》云：“大体，基本原则。”（页二一四）戚良德《文心雕龙校注通译》云：“大体，谓主体，即主要方面。”（页三五一）此二说都没有把经书义理作为文章之大体。

曰“祝盟大体”，此“大体”之词，率指称文章义理，非是文辞华藻，由此又得一例证。

而根据此节，这种“大体”（谓忠孝信正之道），莫不汇聚于五经经典，故《宗经篇》屡屡出现“立本”“立根”“归本”之词，可见此“本”字谓根本、大本，其义同大体一词。甚至《宗经篇》定义这种文章大体思想，描述为“性灵奥区”以及“文章骨髓”，意指各种文体最精华深奥之处，就在于有“宗经”作为根本，始能够完美表现文章“大体”的写作。由《祝盟篇》所言大体，互通《宗经篇》已揭之根本，均指称经书义理，可见“大体”之涵义，在《文心》文体论而言，乃最重要之概念。纪昀评点《祝盟篇》此节大体之言云：“宕出题外，正是鞭紧题中。”（页四三）此批评颇切中刘勰此节文意之奥妙。能看出这里讲述大体，表面似题外话，其实恰恰正是《祝盟篇》“敷理以举统”最关紧要的说明，突出“大体”一词在《文心》理论中的重要性，见识远大。难怪《通变篇》要强调“规略文统，宜宏大体”这种文章“大略体统”之论，且视之为文章“恒久”之理。另外，《总术篇》赞曰：“务先大体，鉴必穷源。”（页一四四）此句再度标出“大体”一词，作为全部文章技术的总结论，就是首先要追本溯源，回归文章“大体”。

《通变篇》述文章有“变”有“通”之文理，文采代必有变，此甚易理解。若问万变不离其宗，“宗”之意涵，即文章恒久不变而一定之理是什么，《通变篇》有一段文字阐述“情采”与“风骨”二项为文章一定之理，甚可注意。《通变篇》云：

> 是以规略文统，宜宏大体。先博览以精阅，总纲纪而摄契；然后拓衢路，置关键，长辔远驭，从容按节，凭情以会通，负气以适变，采如宛虹之奋鬐，光若长离之振翼，乃颖脱之文矣。（页一〇四）

此节首揭文章“体统”之说，谓文章体系之大统，即指“情采”与“风骨”二项根本。“凭情以会通”即情，“采如宛虹之奋鬐”即采，合言之为情采。至于“负气以适变”谓文章骨气，“光若长离之振翼”谓凤凰振翅高飞、光耀显目之状，比拟风情高蹈，辞采飞扬，可归于“风情”。合而言之为风骨。由此可知，此节所谓文章体统，乃不变而一定之文理，谓之大体；而大体内涵，即文章必备风骨，必有情采。依此推理，情采与风骨即《通变篇》讲述文章“不变”之文理，与文章“辞令华藻”必代代更替而有其变之“体貌”

大为不同。必体统不变，始克完成“颖脱”之美妙文章。

《通变篇》述文章通变之理数，用“常”与“变”相互对比辨证，从而导出文章必讲究创新之道，但无论如何创新，则必守万变不离其“宗”之定理。《通变篇》述文章通久必变之理，严格讲，初亦无甚鲜意。盖“苟日新，日日新”之说，古籍《尚书·盘庚》早有陈述，而“天行健，君子以自强不息”之易理，注重乾道健动而变之易理，亦已见于《乾》卦象曰之辞。《文心》此书化用易理于文章通变思想，正所谓“易冒天下之道”也涵盖文章之学的见证。

然而，《通变篇》之内容，重点不在言通变，反而更在文章之“通”是什么，还有文章之“变”又为何。试观《通变篇》云：

> 推而论之，则黄、唐淳而质，虞、夏质而辨，商、周丽而雅，楚、汉侈而艳，魏、晋浅而绮，宋初讹而新。从质及讹，弥近弥澹，何则？竞今疏古，风昧气衰也。（页一〇三）

此一节全说历代文章之“变”，始自黄唐之“质”变，经由雅丽、侈艳、新绮以至浅讹为止，时代愈近愈衰败，到了宋初，文章风气之暗昧达于极致。文章如此之变，每况愈下，刘勰乃力思如何拯救，力欲挽狂澜于倾倒之际，遂提出“望今制奇，参古定法”之说。而刘勰所谓的“一定”之法，则必属汲取恒久正道不能刊改之经典，故而《文心》首立“宗经”定理，作为文章“不变”而一定之法则。

简言之，《通变篇》讲述的“变”是指文章辞令华采此类“体貌”之变，而“不变”则指经典内涵的常道定理。这个定理，要由“述道言治”或“入道见志”表出之，《通变篇》云：

> 是以九代咏歌，志合文则。黄歌“断竹”，质之至也；唐歌“在昔”，则广于黄世；虞歌《卿云》，则文于唐时；夏歌“雕墙”，缛于虞代；商周篇什，丽于夏年。至于序志述时，其揆一也。（页一〇三）

此节前半段先分析九代咏歌之变化，从黄帝时代始，至于夏商周三代，各有文质缛丽之转变，但这些转变都不离“序志述时”之原则，刘勰云“其揆一也”，谓文章必以“序志述时”为本这个定法，为各代之一致，皆“不变”之文理。换言之，此节刘勰已明白说出文章不变的原理原则正是“序志述时”，谓表述作家一生之理想，立志于一时代经世治用之道，亦即文章器用之说。

由以上两段分析，始知刘勰所谓文章一定不变之理就集中表达于“序志述时，其揆一也”这一句。将此句与《诸子篇》定义子家之学为“入道见志”与“述道言治”，则《通变篇》谓序志述时为“通久”不变之文理，即可辅证刘勰一直持守“子家”角度衡文论文，其文学观真可称作“子家”之文学观，而《文心雕龙》此书盖亦属子学写作之性质。

《通变篇》最末明言作家通变方法，唯在“博”与“精”二途，谓“博览以精阅”即是。既能博能精，目的在把握文统大体，要知晓“总纲纪”之要，始能会合通变。刘勰文论注重“大体”“总术”之说，《通变篇》与《总术篇》可以互相旁参，此乃属于文章之“术”不变之常理，所谓文辞才力，都是文章之界域。

但这还不够，刘勰更重视“才力”这个因素，认为它才是决定作家能否会通合数的关键。而才力的内涵，《通变篇》另外提出“凭情以会通，负气以适变”，与《风骨篇》已揭示的“文章才力”之“才力”可以相辅相参。才力谓作家才性骨力，乃出自于作家之“才、气、学、习”，当然情与气必涵摄在内。这一层次的通变，“变动不居”极富伸缩弹性之大小，但看作家如何“凭情”与“负气”而已。

为了说明颇难理解的“凭情”与“负气”之概念，刘勰又再次用了巧妙的比喻。其做法与《风骨篇》用“鸣凤”形容文章有风骨相类似，用“宛虹奋鬐”与“长离振翼”比喻文章通变最高境界。《通变篇》云：

> 是以规略文统，宜宏大体。先博览以精阅，总纲纪而摄契；然后拓衢路，置关键，长辔远驭，从容按节，凭情以会通，负气以适变，采如宛虹之奋鬐，光若长离之振翼，乃颖脱之文矣。若乃龌龊于偏解，矜激乎一致，此庭间之回骤，岂万里之逸步哉！（页一〇四）

此节前半段讲文章通变的具体操作方法，首先要识大体，其次要博要精，最末拓衢路，开创新途，这些都是有一定的“名理”，有可循之常。

后半段则补述作家要锻炼情志，陶冶情性，更要专气养气，才能展现出颖脱的文采，出类拔萃。像这样有“情”与“气”的文采，刘勰用“宛虹奋鬐”与“长离振翼”两项比喻加以描写形容，突出“高跃”这种动作，也很像《风骨篇》：“唯藻耀而高翔，固文笔之鸣凤也”此句描写的高飞鸣叫的凤凰，乃同用意象以说文理，从而可推知，刘勰欣赏的文章通变，最终仍不离“风骨”的标准，而《通变篇》的变与不变，亦可藉此理解：可变的是文章“才力”与文章“情气”。“风骨”因作家才情个性之异而变“通变无方”。

至若文体写作体制，诗赋书记一定的“名理”则是“有常之体”。不论“故实”与“新声”，皆要遵守，即使“广寓极状”，在文体名理的体制之内，则不只是要“五家如一”，也必然是要“新旧”一致。

《通变篇》末段“宛虹”与“长离”的比喻，有助于使人理解文章通变之理，即如上述。从而可知《通变篇》赞曰“望今制奇，参古定法”此句所谓的“定法”之定，盖指文章名理，非谓作家情性才气。

二、《通变篇》易学影响

《通变篇》述九代文章之变化，乃文质不一，雅俗各有消长，而务求其变，则本于《周易》，全篇大抵不出“穷则变，变则通，通则久”此句易理之要义。不但篇名直取易辞，全篇文理也是化用《周易》通变思想，正所谓《系辞传下》云：“易之为书也不可远，为道也屡迁，变动不居，周流六虚，上下无常，刚柔相易，不可为典要，唯变所适。”本篇另有直引《周易》辞句、化用易理多处，其尤要者，这里的“变”，与下一篇《定势篇》重点“不变”，相辅相成。《通变篇》与《定势篇》两篇相次排列，其排列顺序正犹如《周易》全书六十四卦二二相综、非覆即变的排法，注重“变”与“不变”反复之道，如此文论与《周易·序》卦易理有类似之处。兹条举本篇引用易辞易理之论述如下：

> （一）夫设文之体有常，变文之数无方，何以明其然耶？凡诗、赋、书、记，名理相因，此有常之体也；文辞气力，通变则久，此无方之数也。名理有常，体必资于故实；通变无方，数必酌于新声；故能骋无穷之路，饮不竭之源。然绠短者衔渴，足疲者辍途，非文理之数尽，乃通变之术疏耳。（页一〇二）

案：此节用“方”与“体”二字，分从事物的方、体有变与不变之现象加以说明。文章写作也自有变与不变之道，属于“变”者即本篇《通变篇》

所述，重点在变；属于不变者，别在《定势篇》，重点述不变，皆用无方、有常二元对比描述之。此即转化《周易·系辞传上》云："易与天地准，故能弥纶天地之道。范围天地之化而不过，曲成万物而不遗，通乎昼夜之道而知，故神无方而易无体。"此节谓天地万物之变化无端不定，易理易道与之相仿而不差。既谓天地变化无方无体，同指易理易神无方无体，推而广之，刘勰谓文章通变亦无方无体，故而《通变篇》开宗明义即本源自《周易》，甚为明白清楚。朱熹《周易本义》云："如此，然后可见至神之妙，无有方所，易之变化，无有形体。"此语虽释易道方体之无形，亦可援之以注文章通变无一定之常术也。

（二）故练青濯绛，必归蓝蒨；矫讹翻浅，还宗经诰。斯斟酌乎质文之间，而隐括乎雅俗之际，可与言通变矣。（页一〇三）

案：此节具体举出文章通变可验证之准则，即文质与雅俗，二词一正一反，亦用《周易》二元对比思想论述文章通变二元论。本篇《通变篇》其他若如古今、远近、有无、新旧、尽疏、同异、出入、东西、庭间万里等等一连串之语辞概念，皆同用二元思想。

（三）此并广寓极状，而五家如一。诸如此类，莫不相循，参伍因革，通变之数也。（页一〇四）

案：此节"参伍因革"句，"参伍"一辞出《周易·系辞传上》："参伍以变，错综其数。"

（四）是以规略文统，宜宏大体。先博览以精阅，总纲纪而摄契；然后拓衢路，置关键，长辔远驭，从容按节，凭情以会通，负气以适变，采如宛虹之奋鬐，光若长离之振翼，乃颖脱之文矣。（页一〇四）

案：此节总括《通变篇》理论，示人以通变方法，用"凭情以会通，负气以适变"一句收结，提出文章通变要遵循《周易》"会通合数"与"唯变所适"之易理，至此《通变篇》化用《周易》思想终可确立。

三、《通变篇》子学内涵

《通变篇》与《定势篇》两篇通用易学易理论文章之变与不变，变谓之通，不变谓之定。盖易学“易”字，本有简易、变易、不易三易之理，由刘勰援引三易之理于文章体势分析，遂提出“因情立体，即体成势”这种文章体势论，再指出文章体势演化流变必仿照易学变与不变之理。《通变篇》专述其变易，《定势篇》改述其不易。合此二篇可见证刘勰奉“易”为百家学术之本，粹精于易学之涵养。兹引《通变篇》原文析论如下：

（一）援用“神无方而易无体”之易学，比拟文章体势变化无穷。又借参“不易”之说，描述文体形式有“常”之准则，提出文章“名理”有常之理论，即源自“易学”思想。《通变篇》云：

> 夫设文之体有常，变文之数无方，何以明其然耶？凡诗、赋、书、记，名理相因，此有常之体也；文辞气力，通变则久，此无方之数也。名理有常，体必资于故实；通变无方，数必酌于新声；故能骋无穷之路，饮不竭之源。然绠短者衔渴，足疲者辍途，非文理之数尽，乃通变之术疏耳。（页一〇二）

（二）次则申言“还宗经诰”，此即刘勰“宗经”文论一贯主张，盖文章不论如何通变，“五经”价值永久不变，必尊为百家诸子所取资之本源：

> 故练青濯绛，必归蓝蒨；矫讹翻浅，还宗经诰。斯斟酌乎质文之间，而隐括乎雅俗之际，可与言通变矣。（页一〇三）

（三）最后，再借用子学方法论诸如“体统”概念，总纲纪之说，博与精二元论等方法，批判“偏解”与“一致雷同”之文章风格弊病，建立刘勰自己的文章通变论：

> 是以规略文统，宜宏大体。先博览以精阅，总纲纪而摄契；然后拓衢路，置关键，长辔远驭，从容按节。凭情以会通，负气以适变，采如宛虹之奋鬐，光若长离之振翼，乃颖脱之文矣。若乃龌龊于偏解，矜激乎一致，此庭间之回骤，岂万里之逸步哉！（页一〇四）

四、《通变篇》总案

《通变篇》述“文律”与“文理”“文法”有通有变，悉属论“文”之专述，已不再是“人”与“文”融合兼述。比较《风骨篇》论文章风情骨辞，尚带有某些“人”之因素在，至此篇则完全进入《文心》所谓的“论为文之用心”架构，专述文章之理，近似抽象的“理论”性质，故而本篇有“参古定法”，用“法”字，谓文法。又有“规略文统，宜宏大体”用“体”字、“统”字，谓文体文统。而“文律运周”用“律”字，谓文律，则与文法同义。再如“文理之数尽”即明用文理一词，然文章有“数”之概念，谓文章术数，乃借自《周易》数术学之易理衍义。《系辞传下》云：“易，逆数也。”谓易数逆行之变化，即易术之应用。数，术也。凡此文律、文法、文理、文统、文术等诸语词，莫不归属“文章”之学，而不再是“人”的范畴，从此可证，《通变篇》专述文章通变之文术。

而文术有通变之理，明显化用自易学简易、变易、不易三易之易理。易冒天下之道，而天道人事之理莫不随时、位之变而顺时处变，文章之理何独不然？刘勰精通易道，折中引伸化入文章之学，《通变篇》堪称典例。凡篇中言数、言常与变、言“参伍因革”、言“日新其业”、言“时”、言“机”等等，皆为理解此篇文章通变理论之关键，而其本义皆当溯自易学易理之启示或影响。

今当问者，文章有通久之理为何？文理有变化之术为何？《通变篇》用一句“至于序志述时，其揆一也”明谓文章序志与文章述时为不变之通则。志即《诸子篇》谓诸子之书乃“入道见志”之志，时则与“述道言治”谓一时代之政体治体之变与文风之习染。合此“志”字、“时”字而观，文章不变之理，乃子家定义之文，此与“诗言志”之说互相表里。次看《通变篇》有“其揆一也”之句，揆，《尔雅·释言》：“度也。”谓揆度，度即法度。《尚书·舜典》：“纳于百揆。”疏：“揆度百事。”据此知一揆谓法度一致，则刘勰乃用子学作为文章不变之通则，刘勰以“子”领“文”之学术内涵再次印证于此篇。①

《时序篇》“文变染乎世情，兴废系乎时序”此语讲的文章随时势风尚之变而必有染习，缘之而产生情采体貌之变，与本篇所述“变”之要义也有

---

① 《通变篇》何者为通？何者为变？周兴陆《〈文心雕龙〉精读》归纳本篇主题诸家说为三类：复古、继承与创新（页一五七）。案：此皆就此篇引述五例而言，重点只在文辞章句之变创，周的说法忽略不可变的成分。其实《通变篇》不变的“大体”即指“述道言治，枝条五经”不可变，而可变者在“文术”之灵活运用，即“数”之变化。周说参见周兴陆：《〈文心雕龙〉精读》，页一五七。

“互见旁通”功效。

今约略括举《通变篇》所谓古今文章必有“日新其业”这种时运而变化之细目，凡诸如文质、情采、雅俗、讹浅与新变、雅丽与侈艳、奇与正等等，这一类文章之术、文章体貌、文章体势之说，皆可据《文心》文术论相关论述按核之而得其本义。乃知《通变篇》所谓变者，谓文术文理文律之变，而不变者，述道言治与入道见志，亦即《序志篇》所言刘勰“成一家”之心。难怪《通变篇》“选例”节段，举五家文章描写日月出入之技巧，皆在文章练字、比兴、章句等这些文术高下之分析品评，终而得出结论：虽然表面看似五家如一，但也各自都有“因循”之处与“因革”之语。十足表明文章通变可征而得见者乃在文术之运用，至于“序志述时”则必属文理之常体，乃一定之理是千古不变。正如《周易》首立《乾》《坤》为门户，天地为本体，乾坤毁则易不见矣之易理，此处刘勰已以易理之通变阐发文理之久常。

最后再看本篇“敷理以举统”特别勾画刘勰心目中理想文章之通变结果，谓在文术方面，要能规略文章体统，即有辨位体之功夫。而博精兼摄是作家才学之修练，有助于文章“长辔远驭”之术，锻炼章句技巧。至于“采如宛虹之奋鬐”与“光若长离之振翼”此二喻都有“飞”之涵意，与《风骨篇》所述风骨不飞、文笔鸣凤、翰飞戾天、藻耀高翔等等皆用“飞”之意象，形容好文章之完美体貌要能飞起来，两篇文理相似，《通变篇》原文此节段已有“暗藏玄机”之意，表明刘勰理想中的美文一定要有文采又能飞，恰恰取自《周易·乾》卦“飞龙在天，利见大人”此飞龙易象，象征时达运转，而文章之美，亦有似于此。刘勰文论重视文章风骨，突出文章情采，于此篇表露无遗。

三十 《定势篇》细读

一、《定势篇》文论与实际批评

《定势篇》之“定”字与《通变篇》之“变”字恰成鲜明对比，谓文章之体势有常而不变，与《通变篇》力倡文辞气力必须“会通适变”之论，观点大为不同。此种一正一反之设篇，盖采用一阳一阴这种对比结构。阴阳消长，皆不离太极。亦正如文章有“变”与“不变”，然皆不违背文理之正，如此文论与易学道理相类，思考方法近似。

明乎此，须知《定势篇》所定者为何，最具体示例，就是四势与六体。刘勰分析文章体势有四种“自然之势”，谓藉由文章类别与文章体性的恰当配合，必能形成一定的自然体势。根据这样的自然组合，刘勰又另外树立六类“循体而成势”之势，说它是“名理有常”，意指始末皆有一定之理。先看四种自然之势即：

> 是以模经为式者，自入典雅之懿；效《骚》命篇者，必归艳逸之华；综意浅切者，类乏酝藉；断辞辨约者，率乖繁缛，譬激水不漪，槁木无阴，自然之势也。（页一〇五）

再看六类体势即：

> 是以括囊杂体，功在铨别，宫商朱紫，随势各配。章表奏议，则准的乎典雅；赋颂歌诗，则羽仪乎清丽；符檄书移，则楷式于明断；史论序注，则师范于核要；箴铭碑诔，则体制于宏深；连珠七辞，则从事于巧艳：此循体而成势，随变而立功者也。虽复契会相参，节文互杂，譬五色之锦，各以本采为地矣。（页一〇六）

根据上列二则原文，文体有“定”之理，所谓文体之定，即谓凡经典文章，必归“典雅”之势，先立典雅为一定之体势。后世文章若“章表奏议”之体，亦必准“典雅”为势，这是因为章表奏议乃发源自经书。《宗经篇》云：“诏策章奏，则书发其源。”此句即明指章表文章的本源为《尚书》文体。将《定势篇》此节讲的典雅与章表奏议之关系，与《宗经篇》指明章表文体起源自《尚书》串连起来，即可看到刘勰“体势”文论背后仍用“宗经”思想，作为指导文章体势有一“定”之理的根据。合此而观，《定势篇》所谓的体势，确实内涵有“定”而不可变之成分，然而不可以就此即谓刘勰体势说没有“变创”思想，诬指刘勰只有复古观念，墨守宗经思想而已。须知刘勰仍然要求文章体势的变创，譬如同样是典雅之定势，自《尚书》创典，变而有章表、有奏议、有诏策等等各类文体之变，皆各自有不同体貌。然而一旦成体，此体总括为经书之体，则经典已具之“典雅”体势，各体皆必遵循之，即使诏策章奏体貌各有不同，然皆同有“典雅”之势。否则，章奏之体，若别作巧艳或清丽之“势”，则必成“失体成怪”之讹势矣！由此得知，典雅为一“定”之势，此即《定势篇》所言文章“定”之成分。今括举《定势篇》首节释名以章义云：“夫情致异区，文变殊术，莫不因情立体，即体成势。”此句即分“变”与“定”两层而言之。文术多变，作家情性亦各不同，此谓“变”而不定之体势。及其撰作，凡经书之文体。必准典雅之势，例如诏策、章表、奏议，虽各自体貌有异，唯一旦思作章表文体，则必循“典雅”作为最高标准之体势，此即“不变”之文体，皆自然成形也。正犹如“机发矢直”与“涧曲湍回”用来比喻自然事物之势，刘勰所谓的体势之变与定，透过比喻已极为清楚明白，无须混言。①

今比较《风骨篇》述及要养成文章有风骨，必须学习经典子史：“熔铸经典之范，翔集子史之术。”此句提出熔铸经典的思想义理，陶冶作家的才性，

---

① 陈拱《文心雕龙本义》力驳黄侃、刘永济解《定势篇》之误，指摘二氏不明刘勰力思区分体、势为二之本意，参见页七六一。今观陈氏解说有云：“凡此皆体、势并喻，吾人亦止能随其所喻之体会之也。如云，机发矢直、涧曲湍回：机发、涧曲者，体也：矢直、湍回，则系随体而成之势也。盖有是体必有是势，无是体即无是势矣。故势必为体所派生，乃系随体而形成者。是则定然而不可移者也。而体本为具体之形相，随体所形成之势，亦必为具体之形相。是亦定然不可移者也。故可有似水之于漪、木之于阴，亦可有似形之于影，影之于罔两者也。”（页七六二）此解注意《定势篇》用“比喻”说势，甚是。案：据刘勰比喻可知机发必矢直，机为体，而直为势，类比之，经书为文体，典雅为此体之势。以此类推，《明诗篇》：“雅润为本，清丽居宗。”雅润乃典雅之变，但必属《诗经》之体。又《檄移篇》云“必事昭而理辨，气盛而辞断”，与《定势篇》“符檄书移，则楷式于明断”完全互通。

学习子史的华藻文词，如此必可曲昭文体，创变有风骨的新声。此处强调学习经子乃文章风骨唯一门径，与《定势篇》阐述五经典雅可以“旁通”。

因为《体性篇》说完成文章体性的“典雅”之风，也要学习“熔式经诰，方轨儒门”。而《定势篇》分述文章体势六类，其中“典雅”之势，同样要“模经为式”意指模仿经典文章的典雅体势。二篇综合而看，可见刘勰很肯定地主张凡是“典雅”与“风骨”这两种文章风格特质，其学习途径均自学习“经典”而来。

既然如此，若再对读《宗经篇》讲述五经文章有六项重要质素，却没有包括“风骨”这一项，更可明了此说。例如《宗经篇》云：

> 若禀经以制式，酌《雅》以富言，是即山而铸铜，煮海而为盐也。故文能宗经，体有六义：一则情深而不诡，二则风清而不杂，三则事信而不诞，四则义贞而不回，五则体约而不芜，六则文丽而不淫。扬子比雕玉以作器，谓《五经》之含文也。（页二〇）

细味此节所述文章宗经六义，只有“风清而不杂”此项，与《风骨篇》所述“风清骨峻，篇体光华”此句的“风清”谓文章有清亮光明之风情，可纳入宗经六义之一义，其他宗经五义则皆未直接涉及风骨概念。

不过，如果改从“类似”或者“引伸”的角度理解，则“体约而不芜”与“文丽而不淫”此二义已可衍生出“骨”的概念。因为说到文体简约，必然是有刚正之意。说到文词不淫，淫者，乱也，不淫即不乱，也有正定之思。合而观之，此二义涉及文章体性之刚正，以及文词采藻之端正，谓不浮夸不淫侈，重点都集中在文章本身的体制形式与文句修辞，恰恰正与《风骨篇》讲究“风情骨辞”的“辞”字有关联。从而可知，《宗经篇》揭示学习五经文章有六项特质，表面看虽然没有用“风骨”一词，但此六义之中的风清不杂、体约不芜、文丽不淫等三义，其实值涵义皆可统摄入文章“风骨”的概念，由此即可旁证刘勰文论极端重视“五经文章”的理论，认为宗经六义要学经典，文章风骨与体势也是从经典而来，宗经文论，真不愧是《文心》的主体大纲。

《定势篇》全篇未举作家作品实例印证文章体势尚正之说，但别举四家文论，论述文章之“势”，虽然无由知晓体势理论如何对作品进行品评，却可藉此四家之“势论”旁参“势”之定义，视为用理论代替选例。《定势篇》

四家论势云：

> 桓谭称："文家各有所慕，或好浮华而不知实核，或美众多而不见要约。"陈思亦云："世之作者，或好烦文博采，深沉其旨者；或好离言辨白，分毫析厘者；所习不同，所务各异。"言势殊也。刘桢云："文之体势有强弱，使其辞已尽而势有余，天下一人耳，不可得也。"公斡所谈，颇亦兼气。然文之任势，势有刚柔，不必壮言慷慨，乃称势也。（页一〇六）

此节凡举桓谭、曹植、刘桢、陆云等四家言势。华实与博约不同而异之文章体势，此近似《体性篇》所言之八体类别，误体性与体势为一物。又说"深沉"与"烦博"之异势，仍主体势即体性。次有强势弱势、余势、气势、刚势柔势、壮势诸语词，皆与刘勰本篇所述"文章体势"定义小有不同，未可一概而论。

若再旁通《文心》其他篇言势之语则又有如下诸例：

1.《杂文篇》云："虽始之以淫侈，而终之以居正。然讽一劝百，势不自反。"此谓文势。

2.《诸子篇》云："暨于暴秦烈火，势炎昆冈，而烟燎之毒，不及诸子。"此谓政势。

3.《奏启篇》云："然函人欲全，矢人欲伤，术在纠恶，势必深峭。"此谓术势。

4.《熔裁篇》云："凡思绪初发，辞采苦杂。心非权衡，势必轻重。"此谓思势。

5.《声律篇》云："凡切韵之动，势若转圜；讹音之作，甚于枘方。免乎枘方，则无大过矣。"此谓音势。

6.《序志篇》云："及其品列成文，有同乎旧谈者，非雷同也，势自不可异也；有异乎前论者，非苟异也，理自不可同也。"此谓理势。

以上所见诸篇言"势"字，均非《定势篇》所言"文章体势"之说，其与刘勰引四家之说势也未必一致。可惜，文章体势如何自作品实例而见之，因本篇刘勰未具体示例，且《文心》其他各篇言势亦阙示作品实例，遂无由更进其详矣！《文心》文术论"实际批评"未引作品为例，此篇《定势篇》是最典型的一篇。

二、《定势篇》易学影响

《定势篇》与《通变篇》既相表里，且互为体用。盖刘勰谓文章之道变通则久，不主因袭旧说。然通变虽无方，亦必有文理定准，故又主“因情立体，即体成势”之论，谓文章体貌必有定势，不可弊乱，徒竞新奇，遂次于《通变篇》之后而述《定势篇》，一变一定，仍承《周易》二元论，突出二元对比之思考。

至于《定势篇》分析文章体势厥有四势，仍不出奇正、雅俗、新旧、诗经与骚体、方圆、刚柔、强弱、邪正等等二元对比之概括，凡此皆衍生自《周易》各从其类这种“归类”思考，且比拟《坤》象曰“地势坤，君子以厚德载物”此句所言之坤势易理，将地势厚德必能载物之势，比拟自然界的方圆体分，必有规矩之势，以及文章学习五经者，必归典雅之势的理论。简言之，《定势篇》谓一切自然万物莫不有体，也自有因此体而成形之势，谓之体势，这种文章定势之势盖皆本源自《周易》。兹述《定势篇》衍生易理如下：

> （一）夫情致异区，文变殊术，莫不因情立体，即体成势也。势者，乘利而为制也。如机发矢直，涧曲湍回，自然之趣也。圆者规体，其势也自转；方者矩形，其势也自安：文章体势，如斯而已。（页一〇五）

案：本节定义文势，先明自然动植之物皆各有体势，圆规方矩即其例，而文章体势亦然。此“势”字概念，源出《周易·坤》卦象曰：“地势坤，君子以厚德载物。”其中又谓文势有“乘利”为制，用“乘利”一词，亦衍生自易理阳乘阴、阴承阳此种交位阴阳之乘承关系，谓文章体势必循文体形式便利与完善之途而发展变化，始为有利。否则，讹势成风，势流不反，终必无“乘利”之可言。①

---

① 焦循《易通释》归纳《周易》经传“乘承”之说，引王弼《周易略例》谓阴承阳则顺，阳承阴则逆，所以导出“柔乘刚”为吉之说。然而《乾》卦象传曰：“时乘六龙以御天。”谓之“时乘”，注重“时”字。故而焦循又有说云：“柔乘刚则无攸利，刚乘柔其为时行矣！”此解乘时为利最是，《定势篇》因利骋节即用此意。参见陈居渊主编：《雕菰楼易学五种》（南京：凤凰出版社，二〇一二年十一月），页三〇一。

（二）然渊乎文者，并总群势；奇正虽反，必兼解以俱通；刚柔虽殊，必随时而适用。（页一〇六）

案：此节总括文章体势大别类分，可有奇正、刚柔之势，直引《周易》贞正、刚柔爻位之易理，移之于文章文理。又提示文章体势之用，在乎随时适用，则援引《随》卦易理。

（三）赞曰：形生势成，始末相承。湍回似规，矢激如绳。因利骋节，情采自凝。枉辔学步，力止寿陵。（页一〇七）

案：赞曰括举文章体势有始末之分，即本末之别，谓体为本为始，势为末为终，故有“因情立体，即体成势”之论，此本末始终一体之文理，盖仿《周易》原始要终之易理。而“因利骋节”再申易理阳乘阴承，始为得位时应之利，借为文章定势以“利”为势之说的理论根据。可知《定势篇》全篇首尾无不以《周易》为立论根据。

另外形生势成此句，谓“势”必随形而生。既生之，又必戒其势流不反，故又有“执正驭奇”之说，慎防文体讹弊。此防弊之方，刘勰但用一“节”字以止之。所以赞曰“因利骋节”句用“节”字，谓文势顺利而生，然非漫流无方，故必用节制之道，以节制文章讹势驰骋太过之失。如此又已援用《周易·节》卦“天地节四时成”“节以制度”这类节制以正之意。此《定势篇》化用易理易学之明征也。

三、《定势篇》子学内涵

《定势篇》仍用易学易理诠释文理文论，其论述方法与前揭《通变篇》相似，由简易、变易、不易等三易之道，论述文体必有形生势成后之定理，故曰定势。文章体势亦仿《周易》天圆地方，自然形成变化，有“方以智，圆以神”之结构，故又曰此势为“自然之势”。其他借参易理随时之义，刚柔之理等易学，化用之，转义为文章体势随时适用之论，亦处处可见，兹条列如下：

（一）引用伏羲易图方圆之理，描述文章体势亦如方智圆神之变化不定，此之谓文章体势形上本质存在之体。[①]《定势篇》云：

> 夫情致异区，文变殊术，莫不因情立体，即体成势也。势者，乘利而为制也。如机发矢直，涧曲湍回，自然之趣也。圆者规体，其势也自转；方者矩形，其势也自安：文章体势，如斯而已。（页一〇五）

（二）其次示范文章体势学习途径，首自五经模仿，次则楚骚之模仿。前者固属“枝条五经”子学内涵，后者即指屈原、宋玉等战国骚赋，可证凡早期骚赋率皆有“子学”色彩。《定势篇》云：

> 是以模经为式者，自入典雅之懿；效《骚》命篇者，必归艳逸之华；综意浅切者，类乏酝藉；断辞辨约者，率乖繁缛，譬激水不漪，槁木无阴，自然之势也。（页一〇五）

（三）又援用易学“刚柔”卦德说，与《随》卦随时之义，阐述说明文章体势具有“随变立功”“随势各配”之存在本质。《定势篇》云：

> 是以括囊杂体，功在铨别，宫商朱紫，随势各配。章表奏议，则准的乎典雅；赋颂歌诗，则羽仪乎清丽；符檄书移，则楷式于明断；史论序注，则师范于核要；箴铭碑诔，则体制于宏深；连珠七辞，则从事于巧艳：此循体而成势，随变而立功者也。虽复契会相参，节文互杂，譬五色之锦，各以本采为地矣。（页一〇六）

（四）最后再借参兵法有“奇正”之势论，引入文章体势也有“奇正”体势之高下。然而刘勰最终仍奉“正”而弃“奇”，与“宗经”之论互通，也与《刘子正赏章》标出“平正”之赏观点一致，印证刘勰一贯主张“正典”之文章理论。刘勰文论与子论如出一辙，再次说明刘勰内含“子家”性格之博学本色。《定势篇》云：

> 夫通衢夷坦，而多行捷径者，趋近故也；正文明白，而常务反言者，适俗故也。然密会者以意新得巧，苟异者以失体成怪。旧练之才，则执正以驭奇；新学之锐，则逐奇而失正；势流不反，则文体遂弊。秉

---

① 伏羲易图有方图与圆图，首载于朱熹《易学启蒙》与《周易本义》二书，此谓伏羲先天图。然外圆内方可内外互变，皆不离六十四卦之总合。有关易图演变之说解，此处另参徐芹庭《易图源流》（台北：国立编译馆，二〇〇一年六月），以及李申《易图考》（北京：北京大学出版社，二〇〇一年二月），以上二书皆详细记载了易图演变。

兹情术，可无思耶！（页一〇七）

四、《定势篇》总案

《定势篇》的定与《通变篇》的变，构成正反相错之思考，与《周易》阴阳相生、两仪相对之结构，易理互通文理，呈现极为类似之理论思考。

又《定势篇》用“势”字，与“体”字相辅相成，再用“形生势成”加以统合，更辅以“机发矢直，涧曲湍回”这种自然形势比喻助解文章体势，总体而观，都共同有“二元”思考型态，亦皆可视作易学两仪思想的应用，从而可知刘勰文论的文章体势说，已受到易学易理深刻的影响。更遑论“势”字直接袭用《坤》卦“地势”之概念，而赞曰“因利骋节”此句利字节字，皆化用易辞有多处阐明“利涉大川”之利与《节》卦所述阴阳刚柔顺时而通之易理。

至于《定势篇》所讲的文章之“定”，必以宗经为定，既是刘勰《文心》理论一贯的宗经思想之落实，同时也是子家“枝条五经”之内涵。特别是文章因宗经而必守“正”这种尚正思想，皆与儒家“名正言顺”“子率以正，孰敢不正”“政者，正也”等等正道之说相通。《定势篇》谆谆而言“执正”之说，唯子家论文能发此义。

《定势篇》之“选例”是《文心》此书少见的未举实例作品为证，改为举出历代文论家桓谭、曹植、刘桢、陆云等四家论“势”之理论，而加以驳难辨正。今观此四家论及“势”之涵意，约略括举有：华实、博约之殊势、体势、余势、气势、壮势、文势、泽势等等。[①] 然而刘勰特主“体势”一意，有“循体而成势”之语，即谓体势。另外有“因情立体，即体成势”，以及

---

① 体势一词，合体与势而言，然须先推考“势”字。古书述及势字，大多单言字义，例如法家分法、势、术。又《坤》象曰：“地势坤，君子以厚德载物。”此言地势，谓地为有形之体，厚为地之势，可简括曰地形厚势，恰与《定势篇》赞曰“形生势成，始末相承”之旨互通。书法学常言书势，蔡邕有《篆势》，又《隶势》，赵壹《草书势》……不一而足。《孙子》十三篇有《势篇》，此兵法言兵势、形势。凡以上之势，皆不及言“文势”，乃知文势是刘勰折中古书之势，转化而成。关于《文心》之“势”，可参詹锳：《文心雕龙义证》，中册，页一一〇九。关于古代思想史“势”字考订，参考〔法〕余莲著，卓立译：《势：中国的效力观》（北京：北京大学出版社，二〇〇九年六月），第六章与第八章。

“文章体势，如斯而已”之句，也是一样用“体势”一词。

总而言之，《定势篇》乃论述文章体势之“定”，而有四势六体之类别，势必指文章之体势。定势即文章体势必遵“正定”为宗，反驳“效奇之法”，[①] 批判讹怪诡巧之文体流势，用“失体成怪”一语总结文章体势尚正反奇之说。

最后须再辨明《定势篇》由体势兼谈文章“气势”，属于“文气”范畴，其与《风骨篇》所谈体气骨气皆是“文气”，而与《养气篇》所谓“胎息”养生炼丹而得之“气功”，绝非同属一物之气论，盖《养气论》所述乃气功之气，属“人”学，而本篇讲体势文气之“定势”，则是“文”气之说，这一区别尤须慎择明辨之。

---

① 此句“效奇之法”之法字，纪昀将之理解为“文法”，纪昀云：“法字有病，此揭其秘技，非标为定则也。”（参见《文心雕龙汇评》，页一〇七）案此“法”作法则解，近似“文法”一词。然刘勰《文心》文论主文势、文理、文道、文德，罕有涉及“文法”之论述。

三十一　《情采篇》细读

一、《情采篇》文论与实际批评

《情采篇》次于《定势篇》之后，《文心》自此而专述文术论。《文心》全书篇篇相次，文理相承递续之架构，此二篇排在相邻位置，使得篇目之间犹如“历历贯珠”，结构最为鲜明。例如《定势篇》赞曰：“因利骋节，情采自凝。枉辔学步，力止寿陵。”此句力戒文章体势随“有利”之途发展演进，主张不论“文变殊术”或者“情致异区”，文章体势一定要遵照“情采”的要求，朝向最有利于文体写作之途而驰骋文术。何谓文采，正是《情采篇》要解答之课题，故而次于《定势篇》之后，呼应“情采自凝”之语，谓文章体势，要将作家情性与文章辞采自然配合会通，始能避免“势流不反”之弊。《定势篇》与《情采篇》结构紧密如贯珠，由此可见。

于是，《情采篇》专述文章之术，罕及作家情性，因为自此篇开始要进入“文章”之学。乃首先定义“圣贤书辞，总称文章”，此《文心》文章一词之总义，而树立圣贤文章之标准首在情与采，谓情性与辞采。须知情性并其相关之说，多偏属“人”的研究，已先论于《神思篇》言作家心神志气，又《体性篇》言作家才气学习，更有《风骨篇》言作家情感意气与感化功夫，凡作家作为“人”之常理，从事文章写作必要牵涉之人的问题，大抵备述于以上诸篇，尽矣美矣！而此一阶段，《情采篇》还不必登场。

中间经过《通变篇》先谈文辞才力之会通适变，《定势篇》再明文体成势必然之定理，已渐渐转入“文”之讨论范畴，藉此与前揭三篇以“人”为主，以“文”为辅之论述，划清界域，转化为以“文”为主，以“人”为辅之文论。此由“人论”到“文章”之转化关键，而全面且专门论“文”就从《情采篇》开始。① 故而此篇可谓《文心》最直接而实际之文术论首篇，专述文章形文、情文、声文之理，谓之三理。而又特别侧重于“为文造情”与“为情造文”两大分际，力主“情”为体要之文章论，用“正采”与“正理”相配之说，抵制“采滥忽真”这种为文造情，认为这已沦落为“采滥辞诡”之雕琢，而不是雕龙。此篇标榜“正采正理”此种尚正思想，既是《周易》贞正易理的引伸衍义，同时，也紧密呼应了《定势篇》最末归纳出“执正以驭奇”这种尚正体势理论。于是《文心》正体、正势、正情、正采、正理等等环环相扣之“尚正”思想，构成《文心》文论的主要体制架构。

《情采篇》分析情理与辞采，情理要求正情、正理，辞采要求文质彬彬，文质并重，切勿采滥失真，文而灭质。简言之，《情采篇》主张文章的情理要正，以及辞采要真。皆通指文章之事，故用情理取代之前刘勰一再使用的“人”的学问相关之词，例如性情、性灵、情志等等，将“情”的重点改移到文章写作要求的情与理。虽然，所谓文章情理，追本溯源，仍然要推原至人的“情性”本身，但是，刘勰已将论述焦点慢慢转移到“文章”写作相关的情理实质课题。

明乎此，《情采篇》全篇主干当为“情理”一词，《文心》全书自此以后各篇屡言“情理”，用情理一词泛指文章必备之真情，即《情采篇》所揭示为情而造文的“真情”，以及文章必遵守之“正采正色”，恰恰是《情采篇》最重要的文论创解。如此，自先秦出现的言志论、缘情说、文质论、情性论之后，刘勰折中新创的文章“情理”论，代表刘勰背后“子家”与“文章”结合为一的学术背景，建立文学与思想合一这种“子集”特色的文论，皆由《情采篇》理论铺展开来。②

---

① 日本学者安东亮提出《文心》五十篇结构新说，主张今本《文心》五十篇目之顺序，无须调动移换任何一篇先后次序，更明白指出自《情采篇》开始才是《文心》全书真正开始直接讨论文章技巧，此说颇有创解。至少，现今可见敦煌出土《文心》写本的篇目次序，以及元代至正刊本《文心》的篇目次序，皆同今本，未见有何不同。至于说《情采篇》开始直接文术论，核之《文心》全书，亦颇得其实情。安东亮说法，参见《剖情析采试论》此文，收入饶芃子主编：《文心雕龙研究荟萃》（上海：上海书店，一九九二年六月），页二五七至二七〇。

② 现代文论家颜元叔曾说：“文学是哲学的戏剧化。”此定义文学要内涵哲学，相当于古代“子”学，而子学加以文辞修饰，变成“高论宏裁，卓烁异采”之文章，也等于用文学戏剧手法将哲学思想表现出来。可知子集合一也颇切合当代文论。

总上而言，《情采篇》主干是文章“情理”论。《情采篇》有一则比喻：“情者文之经，辞者理之纬。经正而后纬成，理定而后辞畅。”此句用“经纬”比情理，认为情理才是经，而文辞则是纬。然而不论经纬，皆同遵“贞正”之理，即经正而纬正之意。此句比喻说理，已明显揭示“情理”二字，确为刘勰文术论之“总纲”与“体统”。

为此，本篇由情正理正又衍义出“为情造文”与“为文造情”这二类的文章“真伪”之辨，再由真伪情理之分，区别“诗人”与“辞人”二种不同写作风尚，最后，再用“文”与“质”描述这种区别与涵义。同时，又做一总结，要求文章情理、文质、真伪都共同遵守“尚正”思想，始能完成有“情味”之文章。《情采篇》末段云：“夫能设模以位理，拟地以置心，心定而后结音，理正而后摛藻，使文不灭质，博不溺心，正采耀乎朱蓝，间色屏于红紫，乃可谓雕琢其章，彬彬君子矣。”此节谓文章当据情理作为模位，心神专注于此情理，把握情理之正，然后下笔写作，组织辞采，写出文质合一的文章，表现彬彬君子的风范。此一节又开启《熔裁篇》三准之作法，详下篇细读。

其实《情采篇》当有两大主干，如前所述“情理”一词只是其一，偏述情采之“情”。另一主干则是“华实”，则专用来分析“采”，滥采之华，必须有情理辅助，始能表现正采，成为有“实”之采。故而“华实”一词侧重于文采之分析，可简括曰文采华实。但这一层《情采篇》主干，较少被龙学界注意。这就必须细读《情采篇》在“选文以定篇”这一节段举出《孝经》《老子》《庄子》《韩非子》四部经子之书为例，谓《孝》《老》二书文质相称，得性情之正理，意指有“情理”与“华实”兼备两大特点，这个例子，就涉及到“华实”的讨论。

刘勰指出《庄子》与《韩非子》二书有表现“华实过乎淫侈”之弊，换言之，即“采”太过，而“情理”则失正。再明白一点说，《孝》《老》是“正采”，《庄》《韩》则属“邪采”。刘勰用“正”与“邪”之对比，说明情理与华实要配合得正否则就变成邪侈之分际，说理清楚，极易明白。《情采篇》云：

> 研味《孝》《老》，则知文质附乎性情；详览《庄》《韩》，则见华实过乎淫侈。若择源于泾渭之流，按辔于邪正之路，亦可以驭文采矣。夫

> 铅黛所以饰容，而盼倩生于淑姿；文采所以饰言，而辩丽本于情性。故情者文之经，辞者理之纬；经正而后纬成，理定而后辞畅：此立文之本源也。（页一〇九）

此节用一连串文质、性情、华实、邪正、淫侈、渭浊、经纬、情理、源流等等对比概念，说明《孝经》《老子》二书与《庄子》《韩非子》二书的不同之处，细味之，刘勰的情采已经呼之欲出矣！可惜，学者大多片面集中在此节的文质之辨，或者“情理”一词，而大大忽略了情采必然影响“华实”的关键因素。

以上分析情采理论所标出的情理华实两大主干之说，刘勰早已在《辨骚篇》中应用于对屈原楚辞的鉴赏。但因《辨骚篇》列在“枢纽论”，不属文术论，故而刘勰没有特别注重此二大主干的分析。然而只要细读《辨骚篇》刘勰品评屈原作品的用词术语，即可知完全用“情采”概念加以诠解。及至《辨骚篇》赞曰：“山川无极，情理实劳。”一语，括举“情理”一词，与刘勰用“华实”概括屈原作品总印象，情理与华实二词兼用在《辨骚篇》一篇之中，堪称文原论（或称作枢纽论）五篇之首例，也是唯一一篇与《情采篇》同时出现情理华实之篇目。隐约暗示刘勰的情采文论，最适合屈原作品分析赏鉴，既是对屈原作为集部首家之赞颂，同时也代表刘勰文论最完美的体系就是情理华实，只有屈原作品堪称当之无愧。

总之，《情采篇》可视作《辨骚篇》针对屈原作品的“实际批评”，《辨骚篇》背后的理论必须与《情采篇》互相旁通。兹列述《辨骚篇》相通之原文节段如下：

> （一）然其文辞丽雅，为词赋之宗，虽非明哲，可谓妙才。（页二四）

案：此用雅丽一词，即雅润、清丽，乃《诗经》之风。亦谓典雅、壮丽，则为《尚书》之体。而屈原作品兼之，故既有子家经学之“明哲”，也有文辞之妙才，恰恰正是“情理”与“华实”兼备之作品。

> （二）名儒辞赋，莫不拟其仪表。（页二四）

案：名儒谓经子之学，即子家。辞赋谓词人之文，即文章，合起来就是子集之融合，亦暗含情理与华实并备之意。

> （三）观其骨鲠所树，肌肤所附，虽取熔《经》旨，亦自铸伟辞。

故《骚经》《九章》，朗丽以哀志；《九歌》《九辩》，绮靡以伤情；《远游》《天问》，瑰诡而慧巧，《招魂》《大招》，耀艳而深华；《卜居》标放言之致，《渔父》寄独往之才。故能气往轹古，辞来切今，惊采绝艳，难与并能矣。（页二五）

案：此节凡言伤情、哀志、才气、肌肤、骨髓等，皆属情理情性之范畴。至于分析伟辞，说出艳丽、深华、惊采等等，皆可归之“情采”，而华实之华，亦已内含其中。

（四）故才高者菀其鸿裁，中巧者猎其艳辞，吟讽者衔其山川，童蒙者拾其香草。若能凭轼以倚《雅》《颂》，悬辔以驭楚篇，酌奇而不失其贞，玩华而不坠其实，则顾盼可以驱辞力，欬唾可以穷文致，亦不复乞灵于长卿，假宠于子渊矣。（页二六）

案：此节直言“奇正（贞）”与“华实”表述屈原作品影响后世文人之两大要目，悉与《情采篇》理论相合。

（五）赞曰：不有屈原，岂见《离骚》。惊才风逸，壮志烟高。山川无极，情理实劳，金相玉式，艳溢锱毫。（页二六）

案：最末《辨骚篇》赞曰再标出“情理”一词，谓屈原作品得自“江山之助”启悟，从山水形媚之貌，领悟山川“情理”，化为楚辞创作，乃表现“华实”之风。从而可知，屈原作品悉可用情理、华实二词总合概括。《辨骚篇》明用与化用《情采篇》两大理论主干，由此得到印证，而《辨骚篇》亦可视作应用情采理论对屈原作品进行实际批评。

二、《情采篇》易学影响

《情采篇》述文章情理文采互相配合，首要之务即在“文质”相称，偏失与太过皆不宜。乃援《周易》太极两仪思考，分述情理与辞采，而又归之“中正和谐”之道，化用《周易》中和正位之易理。全篇曰文章三理，仿《周易》三才，曰神理之数，衍义易道与易学数术，曰经纬，曰邪正，亦化用易理，最后标出文章情采尚正与要约思想，盖袭用《周易》尚正易理与

《节》卦中正得位之象，通篇自首至尾莫不引易用易。兹析述如下：

(一）故立文之道，其理有三：一曰形文，五色是也；二曰声文，五音是也；三曰情文，五性是也。五色杂而成黼黻，五音比而成《韶》《夏》，五性发而为辞章，神理之数也。（页一〇八）

案：此节谓文章情采具体有形文、声文、情文三理之分，可谓文章内外皆备，形神兼述，情采总义尽说于此三理，略仿《周易》三才之道，谓之三极，凡天地事理莫不备于易之说。

尤其标出三理本源即“神理之数”，此神理谓神道，与《周易》至精谓神之神字同义。数即术，泛称《周易》数术学。凡易之道，逆数也，数往者顺，知来者逆，能逆知天下事理往来顺逆之秘，即知易道。依此类推，文章情采三理之术亦如此，故用“神理之数”一词表述之。《情采篇》举文章三理作为情采最大范畴，其思考理路，皆根据《周易》数术学之说。①

(二）夫铅黛所以饰容，而盼倩生于淑姿；文采所以饰言，而辩丽本于情性。故情者文之经，辞者理之纬；经正而后纬成，理定而后辞畅：此立文之本源也。（页一〇九）

案：此节用“经纬”形象概念，比喻文章情理与文辞之关系，谓情理如经，文辞似纬，经纬相配，故有经正而后纬成之语。再将经纬的先后地位比喻成“理定而后辞畅”，谓先情理后文辞。刘勰力倡文章情辞相配之说，悉见于这个经纬之喻。而情兼理，辞包采，凡言情字皆内涵理字，故用“情理”之词。②

(三）夫能设模以位理，拟地以置心，心定而后结音，理正而后摛

---

① 此节“神理之数”真义何指，旧解较少措意。刘永济《文心雕龙校释》云：“文家用采，虽以状物写象为职，而采之为物，实以明清表思为用，盖情物交会而后文生，《神思》一篇所谈详矣！”（页一〇六）此解情物交感，殆即指《神思篇》云“故思理为妙，神与物游”此句之神游，谓文思与外物交感如神。刘氏此解尚可，但没有说出文思之奥，神游之妙，即仿《周易》至精谓神，妙万物谓神之“神”字。陈拱《文心雕龙本义》则云：“此言神理之数，应属借用，谓不可易之义，此言形文声文情文，犹道之数，乃为文立言所不可易者也。”（页七七一）此解云“犹道之数”是否即指道数？或《周易》数术？不能确知。

② 此句“理定而后辞畅”，刘永济《文心雕龙校释》出校云：“作情定而后辞畅，方合文次。”（页一〇五）案：此实不解刘勰情理合言，凡言情皆包理，言理亦含情，故不烦改字。其他诸家均不出校。

藻，使文不灭质，博不溺心，正采耀乎朱蓝，间色屏于红紫，乃可谓雕琢其章，彬彬君子矣。（页一一〇）

案：此节总括文章情理文采以“正”为准则，盖师法《周易》修辞立诚要“诚正”之易理，应用于文章就衍生出理正、采正之说，藉此完成君子文质彬彬之最高情采境界，树立《周易》诚正易理作为文章情理辞采的理论根源。

（四）昔诗人什篇，为情而造文；辞人赋颂，为文而造情。何以明其然？盖风雅之兴，志思蓄愤，而吟咏情性，以讽其上，此为情而造文也；诸子之徒，心非郁陶，苟驰夸饰，鬻声钓世，此为文而造情也。故为情者要约而写真，为文者淫丽而烦滥。而后之作者，采滥忽真，远弃风雅，近师辞赋，故体情之制日疏，逐文之篇愈盛。（页一〇九）

案：此节分出文章情采大别有二类：其一为情造文，其二为文造情。而又举汉以前作家作品属之前者，如风雅之徒，皆能吟咏情性。自两汉以后，则已沦为后者，务求文辞淫丽，词旨烦滥，大大背失真情。凡此论述皆用二元对比之思考，比较情采真伪，《情采篇》最终要求作家性情文采要相互配合，情感不可太泛滥，失去真情，故用“要”字描述“为情造文”的准则，故有“为情者要约而写真”之语，此“要”字即谓把握文体性情中和之要，要字源出《周易》屡言之要字，即《系辞传下》云：“易之兴也，其当殷之末世，周之盛德耶？……惧以终始，其要无咎。”谓《周易》明天道人事，主要以“无咎”为本，文章情采则以“真情”为要，凡“要”字用词与衍义，皆同《周易》之要义易理。

再看文章情采，除了把握性情之真为要点之外，文采尤其要守《节》卦易理，故“要约”一词之“约”即用《节》卦节制、节约之义，乃衍义《节》卦九五爻“甘节，吉，往有尚”此句所阐述的甘节之易理。九五爻象曰：“甘节之吉，居位中也。”即谓九五爻以刚居阳，而又知当位以节，居中正而能节之意。引伸此理于文章辞采，即谓修辞不可太过侈滥，甚至远弃风雅之道，违反情采之“正采”要求。

综合以上分析，知《情采篇》摘取《周易·节》卦中正、中和之易理，与《周易》要为无咎之词，作为文章情采之术的两大准则，《情采篇》根本理论是从易理易道而引伸，明显易懂。

三、《情采篇》子学内涵

《情采篇》述文章情理文采之道，提出形文、声文、情文三理共参之论，而归本于“情理”二字。须注意此情理之“情”字非“缘情”或“抒情”之主情论，而是子学内涵“性情”一词情字含性之性情涵义。《情采篇》主体用子学之性情论，故而《情采篇》“选文以定篇”有四例举出《孝经》《老子》《庄子》《韩非子》四书，俱属“经”与“子”，可见《情采篇》立论自经书子书之文而衍生，又特重文章之“理”，合文章之情与文章之理并参为“情理”一词，作为《情采篇》理论主轴。《情采篇》内容有“枝条五经”之源，必内含子学义理，乃可确立。兹分述如下：

（一）首先定义“文章”为圣贤书辞，圣指经书，贤谓诸子之作，即已参用“述道言治，枝条五经”之子学内涵。又用“文质”与“性灵”二词描述圣贤文章本质。《情采篇》云：

> 圣贤书辞，总称文章，非采而何？夫水性虚而沦漪结，木体实而花萼振，文附质也。虎豹无文，则鞟同犬羊；犀兕有皮，而色资丹漆，质待文也。若乃综述性灵，敷写器象，镂心鸟迹之中，织辞鱼网之上，其为彪炳，缛采名矣。（页一〇八）

（二）次又引用“五行学说”比附文章三理之说，提出五色五音五性配合之道。谓文章之情理内含数术学之“神理”，乃无一定规矩与律则可寻，像这一类的文章“神理”，就是情理文论的根源。《情采篇》云：

> 故立文之道，其理有三：一曰形文，五色是也；二曰声文，五音是也；三曰情文，五性是也。五色杂而成黼黻，五音比而成《韶》《夏》，五性发而为辞章，神理之数也。（页一〇八）

（三）上节原文之后刘勰引四部书证明文章有情理，意思是说作家要有真“情性”，另外又树立“华实”作为文章最高标准。而情理与华实理论，都共同出现在经书《孝经》与子书《老子》《庄子》《韩非子》中。恰恰又与《征圣篇》所谓“圣贤并世”与“经子异流”之说相符，《情采篇》云：

研味《孝》《老》，则知文质附乎性情；详览《庄》《韩》，则见华实过乎淫侈。若择源于泾渭之流，按辔于邪正之路，亦可以驭文采矣。夫铅黛所以饰容，而盼倩生于淑姿；文采所以饰言，而辩丽本于情性。故情者文之经，辞者理之纬；经正而后纬成，理定而后辞畅：此立文之本源也。（页一〇九）①

（四）最后再引《周易·贲》卦云："白贲，无咎。"谓本色之美，无须外在太多华饰，藉此表明文章情采当准此易理，突出文章返本归真之"素朴"论。此又是《情采篇》参用《贲》卦易理诠释文章情采论之显例。《情采篇》云：

是以联辞结采，将欲明理，采滥辞诡，则心理愈翳。固知翠纶桂饵，反所以失鱼。"言隐荣华"，殆谓此也。是以"衣锦褧衣"，恶文太章；《贲》象穷白，贵乎反本。（页一一〇）

四、《情采篇》总案

《情采篇》揭开《文心》全书文术论"总纲"之后开始直接细论"文章"之术，应视作真正讲文术之首篇，其篇次在《文心》全书结构体系之重要位置，不待辨而自明。可惜，《文心》学者因不经细读，未能从"整体性"架构《文心》理论体系，遂有了改移《文心》篇目"次序"之举，皆属误读之见。

而细观本篇定义文章为"圣贤书辞，总称文章"之语，确知《文心》所谓文章之"文学"，绝非今人所谓的"文学"之义。故而本篇"选例"与"选文"兼有，而皆不出经书如《孝经》，与子书如《老子》《韩非子》之著作，均属"经子"之学，若再参看本篇融合古代"言志说"与"言情说"两项，而折中"言笔"之作的本质是"况乎文章，述志为本。言与志反，文岂

① 纪昀看出《情采篇》此节乃本篇全文之主旨，纪昀云："此一篇之大旨。"据此可推想纪氏非不知刘勰精通经子之学，也应该知道刘勰据子学论文。可惜纪氏每见《文心》此书有"子学内涵"之语，例多作贬语，未予肯定承认，这是因为纪氏专据"论文"角度审视《文心》，凡是不合"文论"的内容，一般都略过不谈，遂有此盲解也。

足征”此句所言文章以述志为根本，注重作家情志之抒写表现，则又与《诸子篇》所谓“入道见志”以及“述道言治”这种子家文章之定义不谋而合，始知《情采篇》的文章定义基本以“子学”为主轴，为此，全篇“选例”仅限于经子之书，而未别举其他文类或“辞人之作”，这一点，可视作“暗藏玄机”细读的结果。

因为，只有以“宗经”为纲领之文章，始可称“为情而造文”，其与“诸子之徒”这类辞章家只求“为文而造情”之做法殊为有别。本篇分此二类文章大纲，再用“华实”与“情理”作为全篇两大理论核心，树立“正采”与“正情”这种尚正文采论，遂不得不征引《周易·贲》卦，衍义“白贲，无咎”之易理，情采正论背后的思想根源，《情采篇》受易学易理影响，可说是深刻而明确。

更何况本篇合言性情、性灵、神理、神数等诸词，着眼于“神”字，亦皆衍义自《周易》所述易理神妙之引伸。《情采篇》综合圣贤文章“文采”与“情理”合一之论，文情并观、心术英华并配，揭开《文心》华实、情理、文质三者融合为一体的文章理论，不愧是《文心》文术论开端首篇。

本篇尚须玩索运用“比喻”助解性情与文采相辅相成之功效。“铅黛饰容”喻文章必有文采，而“盼倩生于淑姿”谓有真性情始能自然流露美目巧笑之风采。一指人工加色，二指自然情性，二者缺一不可。

次用“经纬”比喻文章情理为经，文辞为纬，先经后纬，依经附纬，也就是说二者要相资相助，不可偏枯独用。

三辨“正采”与“间色”不同，正采是本，间色是末，区隔本与末之先后轻重，而文章色采尚“正”之论，更加鲜明透彻。所以，本篇用君子彬彬做收结，谓“辞人”须如君子之有文采，言之不文，则行之不远。

此一“君子”，与本篇又有“诸子之徒”一语相互参照，强调君子、诸子这种身份，取代辞人、文人诸语，已隐约暗示刘勰平生志在彬彬君子，心祈一家子学之高远理想，这一点又可遥遥呼应《程器篇》文武合一之说。

三十二　《熔裁篇》细读

一、《熔裁篇》文论与实际批评

《熔裁篇》分熔与裁，先熔后裁。裁意甚易明，谓裁章裁句，即“三准既定，次讨字句”此句所谓文章字句之研讨，亦包括繁辞琐语之裁剪。唯熔字难解，诸家训释，多偏一失，顾此失彼，未能通解，今特疏释补述。

案《熔裁篇》所谓“熔”字当有三义：熔体、熔情、熔意。凡此皆文章下笔之初，必须权衡通晓之术。此术一定，再继之以研讨字句功夫，熔裁兼备，始克完成“首尾圆合，条贯统序”之文章。由是而知，熔不与裁混，先熔后裁，熔乃本体，熔乃纲领，熔乃大体功夫。且知熔字必兼包文体才性、文章情理，与文章文意三者之熔合。今据《熔裁篇》原文节段，分述熔体、情、意之论述如下：

> 1. 熔体：“刚柔以立本，变通以趋时。立本有体，意或偏长；趋时无方，辞或繁杂。蹊要所司，职在熔裁，隐括情理，矫揉文采也。规范本体谓之熔，剪截浮词谓之裁。裁则芜秽不生，熔则纲领昭畅，譬绳墨之审分，斧斤之斫削矣。”（页一一一）
>
> 2. 熔意：“骈拇枝指，由侈于性；附赘悬肬，实侈于形。一意两出，义之骈枝也；同辞重句，文之肬赘也。凡思绪初发，辞采苦杂，心非权衡，势必轻重。”（页一一一）
>
> 3. 熔情：“夫百节成体，共资荣卫。万趣会文，不离辞情。若情周而不繁，辞运而不滥，非夫熔裁，何以行之乎？”（页一一二）

以上三则《熔裁篇》引文，分别论述文章才性本体、文章字句意义以及文章情理三类“熔”字范畴，凡熔裁功夫的“熔”之范畴尽包于其中，此当为《熔裁篇》熔字最准确解释。①

《熔裁篇》之熔裁分“本体”与“文辞”两方面，所谓本体指的是文章体势，要循“自然之势”而定体，此体字当互参《定势篇》所申言之正式、定体这两个概念。《定势篇》讲述的文体四势与六则，当即熔裁所讲的“熔”之功夫。所以，《熔裁篇》述及三准，悉属“熔”，故三准首揭设情以位体，此体字即指文章体势。设情，谓安排作家性情与文体互相配合，等于《体性篇》的八体内涵，但这是指“设情”的体性之体。

设情之后，“熔”之功夫尚有第二层次的含义，即安排“位体”。此体字就是说文章体势，与“设情”指涉的才性文体之体字，当有宽狭之别，“设情”涵盖人之情性与文章风格，“位体”则专指文章之体势，用《定势篇》开端“因情立体，即体成势”此句所述之“体势”理解“位体”的体字，最符合本义。从而可知，《熔裁篇》当分“熔”与“裁”两部分，而“三准”之说乃专就“熔”之功夫而言，谓熔体熔才性熔文体。今再互参《熔裁篇》首言释名以章义云：“情理设位，文采行乎其中。”“设位”即“设情以位体”，谓情性文体相配之文理，首先须要安排设计。此专释“熔”字。

文体才性体势既已安排妥切，始又辅以“裁辞”功夫，故有“文采行乎其中”之语，即谓先熔后采。故而本篇讲述“熔”字以后，即有“三准既定，次讨字句”之语，则“裁辞”功夫专在字句精简，还有文辞繁略之研讨，意思甚明。《熔裁篇》“熔”与“裁”之本意，及其指涉的文章理论，各有所侧重，旁参《体性篇》八体、《定势篇》体势“体”字涵义，始得“位体”一词之本义，始知“熔”之功夫，乃在熔体裁。此乃藉由《文心》解读四例之一“旁通互见”细读法所得出之结果，可验证这个方法的有效性。②

总之，《熔裁篇》的“熔”包举才性、文体、体势之熔合，以“三准”

---

① 关于“熔”字所指为何，范文澜《文心雕龙注》释《熔裁篇》谓熔所以治情理，则范注有熔情、熔理两意。陈拱《文心雕龙本义》引范注而大加批驳云：“所谓熔者，编组文意，去其偏长，而令其合乎一定之范围。”（页七九八）案：此解可归之“熔意”一解，其后又云：“所谓熔者，亦即结构之术也。”（页八〇九）此解又可归之“熔体”一解，盖《文心》不言文章结构，而用文章体貌或文体代表“结构”。合以上而观，陈拱所解的熔裁之“熔”，仍缺述熔情一项。

② 《熔裁篇》云：“夫美锦制衣，修短有度。虽玩其采，不倍领袖。”此句用“领袖”比喻“位体”，谓衣服之文采，绝不可与衣服之主体“领袖”相违背。据此比喻，是说衣服之主体犹如文章之体性与体势，乃“熔体”之体，这项衣服领袖比喻也可助解熔裁的“熔”字包含有熔体的意思。

为具体作法。而“裁”则专指字句研讨，兼及章句之删繁省略功夫，统称之曰“熔体裁辞”。①

《熔裁篇》实际批评与实例举证是二而合一的。盖此篇举张骏批评谢艾、王济，比较陆机、陆云二家争论繁略为例证，意在说明文章的辞句字句，要注意繁略适合，精简合宜，表现“裁辞”之美。这四个例子，也即带有实际批评之意。《熔裁篇》云：

> 昔谢艾、王济，西河文士，张骏以为“艾繁而不可删，济略而不可益”。若二子者，可谓练熔裁而晓繁略矣。至如士衡才优，而缀辞尤繁；士龙思劣，而雅好清省。及云之论机，亟恨其多，而称“清新相接，不以为病”，盖崇友于耳。（页一一二）

此节刘勰引述张骏认为谢艾、王济的文章佳处，各具繁略适中之美。所谓繁略，刘勰即用“熔裁”功夫说解之，可见熔裁是指文章字句的裁剪技巧。这是选例，同时也是实际批评。

第二例述陆机有才性之优美，但是文辞没做好“裁”的功夫，故有繁琐之病。反之，陆云才性以“沉思”见长，表现在文章“裁词”功夫则又有“清省”之美。此引陆氏昆仲在“才性”与“文章体势”的区别比较，用实例证明“熔”与“裁”两种文术的作法，既是选例，同时也是实际批评。唯须注意此例与前例不同，乃兼有“熔（体性）”与“裁”之意，与前例张骏只讲“裁辞”有繁略不同，尚未谈到“熔体”功夫，明显又有些不同。

约而言之，《熔裁篇》选例分“熔”与“裁”两例，本篇之实际批评也一样，就是等于此二例的品评解释。

再看《熔裁篇》分析“熔意”与“裁词”，意指文章思想内容，词指文辞，与《附会篇》的“附词会意”相通，也可参照《指瑕篇》所言：“立文之道，唯字与义，字以训正，义以理宣。”此句是说文章之道，不外乎字句的安排讲究，以及内容意义的宣扬。字句，当然关联修词裁篇；义理，也必然是内含在文章的思想之中。

总而言之，将文章实际写作化简为熔意，其与裁词构成两道主要功夫，

---

① 纪昀评点《熔裁篇》自“次讨字句”以下原文节段云：“以下论裁，犹今人所谓炼词。”（《文心雕龙汇评》，页一一一）此语分本篇为熔与裁两部分内容，甚是。但裁之功夫，非仅炼词，还有章句、字句之修整。

此乃刘勰“言简意赅”极为明晰清楚的文论说明。所以，《熔裁篇》自“三准既定，次讨字句”以上原文讲述文章之“意”，纪昀云：“犹今人所谓炼意。”但是自“次讨字句”以下之原文则是分析文句裁剪的方法，为此，刘勰提出“思赡”与“才核”，标出“精论要语”作为裁词的大纲，纪昀云：“以下论裁，犹今人所谓炼词。”纪昀用炼意炼词二分法，解说《熔裁篇》确实分作熔与裁二项要理，颇为贴切，符合本篇的意思。

如果再不清楚，可以试着从《文心》篇目前后“环环相扣”如贯珠的角度，助解本篇。盖本篇起笔即曰：“情理设位，文采行乎其中。刚柔以立本，变通以趋时。”此句情理与文采合言之，即前一篇《情采篇》所述理论，而“刚柔”之势，则在《定势篇》已谈过，谓文章体势有强弱刚柔之分，但不一定非要慷慨之气，才是定势。再说变通趋时这一句，完全是《通变篇》主要的文论内容。

综合以上分析，《熔裁篇》开始“释名以章义”，几乎完全用顶真式修辞法，承接《通变篇》《定势篇》《情采篇》等三篇的理论大要，然后化归为文章写作理论的实际层面，就分作“炼意”与“炼词”两项。从而可知，刘勰讲述的熔裁，理论清晰，本无可质疑之处。

然而不然，《熔裁篇》如何熔意的几段原文，出现“本体”“情理”“位体”“形性”“心术”等等用词，这些词汇，并不明显与文章的“意”或“词”有直接联系，反而涉及刘勰其他篇诸如《体性篇》《神思篇》《风骨篇》等等这几篇有关“人”的讲法，遂导致文章熔意的三准说法，出现误解，特别是三准首先要定“位体”的概念。兹疏解如下：①

《熔裁篇》用位体说明文章熔意，此句的位体，乃化用《周易》爻位时应易理，谓文章内容思想要与文体配合妥切，作家的情性也是文章体性的一部分，涉及刘勰结合“人”与“文”这种思考体系，也就是《体性篇》所谓“因情立体，即体成性”作家情性与文章体性要配合。作家写作之初步构思，第一要斟酌作家自己的性情，适合哪一种文体，而后再思考哪一种文体，适合表现什么体性（即风格之意），将以上这种涵意的“体”安顿好、预先设

① 熔意三准说，只是《熔裁篇》理论的上半部，不能代表全部。或有学者谓三准是文学创作过程中从构思到成文的三个步骤。袁济喜、陈建农编《文心雕龙解读》引述此种说法，认为这不符合刘勰的原意，因为三准说只是作家动笔之前的“构思手段”，此解甚是。参见：《文心雕龙解读》，页二四二。

定好，正是“设位”一词之意。然而这也只是写作之前的初步构思而已。

若是实际文章写作，则要考虑怎样表现文章中的情理。这悉属“文”的范畴，与此前“人”的领域谈情性不同。但又必须先有情性之设想，始能转到文章内在情理之思考。所以“情理设位”是就文章直接而言，而“设情以位体”此句的“情”字，虽然省略了“理”字，但是它与“情理设位”这一句的意思其实是一样的。

然而因《文心》文句往往有“代换”或者“省略”句式，出现“偏义”复词这种句法，遂极易误读刘勰原意。《熔裁篇》“设情以位体”此句的“情”字，省略理字，当作“情性”的作法，即为其一显例。

明乎此，三准说的“位体”，位字即同“设位”之意，谓安排好文体。而文体则包括体性、文体、本体、体裁、体貌等等诸多内涵，凡《文心》全书有关“体”字的多元意义皆包括其中。《熔裁篇》云：

> 立本有体，意或偏长；趋时无方，辞或繁杂。蹊要所司，职在熔裁，隐括情理，矫揉文采也。规范本体谓之熔，剪截浮词谓之裁。裁则芜秽不生，熔则纲领昭畅，譬绳墨之审分，斧斤之斫削矣。骈拇枝指，由侈于性；附赘悬肬，实侈于形。一意两出，义之骈枝也；同辞重句，文之肬赘也。（页一一一）

此节先说文章之道有所谓本体，接着又用“骈拇枝指”与“附赘悬肬”二种身体出现的症状加以比喻说明，不就等于说体即有身体之意乎？何况除了身体，更说到“侈于性”谓血气之性，“侈于形”谓身体形貌，将“人”可见的形体，与不可见的气性，一并说出，用来说明文章的“体”，则所谓文章体性，与“人”的体性，乃可互通其理，将“人”与“文”合起来看，正是刘勰《文心》始终一贯的理论主干。

明白这点，《熔裁篇》的“体”字当然包括文体的形式，也包含文体蕴含的文意与思想，那么“立本有体”之后，为什么“意或偏长”？也就不难理解，问题出在作家没有先做好初步构想，选定适合自己性情的文体，没有考虑这种文体的形式体制规范，导致写出来的文章内容含意都太过冗长，谓之偏长。明白了此句的体，以此类推，即可理解三准之初，所谓“履端于始”，是说要先做到“设情以位体”此句的体之安置。此句其实也可改成“设位情体”，意谓写作初始，要知晓安排妥切之文体，并配合自己的性情，才能尽情挥洒文章内容思想。

总而言之，《熔裁篇》精简文章写作为炼意与炼词，本即易懂。唯因《文心》全书用骈文写作，句法常见省略与替代修辞，词句往往详此而略彼，稍一不慎，不经细读，每生错解，以上所辨三准之说、位体之解，就是一个例子。

最后，《熔裁篇》崇尚“精论要语”此论，隐约暗示了刘勰欣赏的文体，殆即“短小精悍”之文，而《刘子》此书，恰恰符合此种理论之要求标准。《熔裁篇》专述文章炼词，引“繁略”之对比，加以论述云：

> 故三准既定，次讨字句。句有可削，足见其疏；字不得减，乃知其密。精论要语，极略之体；游心窜句，极繁之体。谓繁与略，适分所好。引而申之，则两句敷为一章；约以贯之，则一章删成两句。思赡者善敷，才核者善删。善删者字去而意留，善敷者辞殊而义显。字删而意缺，则短乏而非核；辞敷而言重，则芜秽而非赡。（页一一二）

此节刘勰分析研讨字句之法，先指出文章大体有繁体与略体二类，但不论何类皆无不可，只要“适分”即行，谓配合作家自己的性情殊好即可，此句的“分”谓才分、才情、才力之分别，有人要“游心窜句”，有人偏好“精论要语”。而共同相通的作法，则是“才核”与“思赡”，谓思考周密，文才核炼。这里刘勰特别嘱意“才核”之文，肯定“字去而意留”这种用字技巧，易言之，要用很少的字，表达很深的文意，刘勰可谓坚定主张“精核”文论者。

根据此解，刘勰另一部著作子书《刘子》五十五篇，篇篇短小精要，皆无冗长大论，却又论述周备，始终一贯，即颇符合《熔裁篇》要求的“思赡才核”之说，可视作熔裁文论最佳的实际应用，甚至都可以用“熔裁”文论对《刘子》这部书进行实际批评。

二、《熔裁篇》易学影响

《熔裁篇》述文章要如何熔意裁词，提此“三准”说，与《情采篇》三理说前后呼应，构成《文心》文术论两大纲领。而之前《情采篇》的三理说已用《周易》两仪二元思想标立情理与文采之相辅相成，到了《熔裁篇》又再次援用二元论，分从“熔意”与“裁词”两项合言文章熔裁之道，如此说来《情采篇》与《熔裁篇》一前一后，一论概念，一述技巧，此二篇在结构上前后相对亦自然构成“二元”结构。①

若再细看《熔裁篇》之论，自首端先指明文章技巧主要有“炼意”与“炼词”两项，由此二项又有繁略、华实之不同。因此，提醒高才文士，务必把握文章“意”与“辞”妥当安排之技巧，简单讲就是熔意裁词，凡文章意词、繁略、华实相因相成之说，都是属于二元思考。最后，《熔裁篇》提出二元对比要守“中”，谓“举正于中”，用“中正”概念作为文章熔裁不二法门，这里的“正”与“中”，乃化用《周易》“非其中爻不辨”之尚中易理。及至《熔裁篇》赞语又标出权衡熔裁轻重，当仿《损》卦与《益》卦之道，随时参用，或损下益上，或损上益下，然皆要“与时偕行”。《熔裁篇》将损益有“时”的易理，转化为文章熔意裁词也要把握恰当适中，将意词巧妙安排配合的文章之理，可以说《熔裁篇》全篇自首至尾莫不师法易理易道。兹摘引本篇涉易重要节段如下：

（一）情理设位，文采行乎其中。刚柔以立本，变通以趋时。立本有体，意或偏长；趋时无方，辞或繁杂。蹊要所司，职在熔裁，隐括情理，矫揉文采也。（页一一一）

案：本篇首节定义文章熔裁，用“位”字，仿《周易》六爻六位，谓作文章应首将情理安置其位。又说刚柔为文章之本，乃援《周易》立地之道曰柔与刚，谓文章虽有刚柔之分，皆取决于如何熔裁。次提示文章熔裁不可执着一理，须讲“变通”之道，变通尤重于“趋时”，盖转用《周易》随时适变之易理于文理。②

然则，文章熔裁盖指文章情理与文采二元之呼应配合，而其中运用之

---

① 纪昀评点《文心雕龙·熔裁篇》说此篇讲的熔即后世文论之“炼意”，而论裁，即“炼词”。用文章炼意与文章炼词解释熔裁，条理虽清晰，然若对照此篇“释名以章义”首段“职在熔裁，隐括情理，矫揉文采”所界定，则刘勰本意熔裁不是只在炼意炼词，尚须“隐括情理”，而炼意炼词非等于隐括情理。今再参《熔裁篇》篇末结语云：“若情周而不繁，辞运而不滥，非夫熔裁，何以行之?”情周谓情理周备，辞运谓辞句运用顺畅，乃兼“情”与“辞”始可曰熔裁，更可辅证纪昀评点有偏失。

② 案此节“情理设位”句法仿《周易·系辞传上》：“天地设位，而易行乎其中矣!”又“刚柔……”句法，化用《周易·系辞传下》云：“刚柔者，立本者也。变通者，趋时者也。”以上二例，可视作《熔裁篇》明引易辞之例。

妙，端赖高才文士之“所司”而已，此二元之思考源自《周易》太极生两仪之易道。其尤要者，文章熔裁若做不好，就是文章无本无体。所谓“体”，可引《周易·系辞传下》“神无方而易无体”此句所言之“方”与“体”之概念比附之，意思是指文章以刚柔为本，故立本须有“体”，而文章炼词必戒繁杂，讲究“时中”，不可“无方”，谓没有正准方向，将易神方体与文章熔裁方体比拟互通，真可谓易道契合文论也。

（二）是以草创鸿笔，先标三准：履端于始，则设情以位体；举正于中，则酌事以取类；归余于终，则撮辞以举要。然后舒华布实，献替节文。绳墨以外，美材既斫，故能首尾圆合，条贯统序。（页一一一）

案：此节具体例示文章熔裁三项步骤，分出始、中、终，近似《周易》三爻居位，各有爻义之《周易》爻位条例。案《周易·系辞传下》云：“《易》之为书也，原始要终以为质也。六爻相杂，唯其时物也。其初难知，其上易知；本末也。初辞拟之，卒成之终。若夫杂物撰德，辩是与非，则非其中爻不备。噫！亦要存亡吉凶，则居可知矣。知者观其彖辞则思过半矣。二与四同功而异位，其善不同；二多誉，四多惧，近也。柔之为道，不利远者，其要无咎，其用柔中也。”此节说《周易》全书是一个完整结构，自始至终，有一体系，而每一卦之六爻相杂，爻辞也都各有刚柔、贵贱、远近、以及吉凶的安排。文章熔裁要讲究开始时选定体裁，中间要善于内容取材，结尾则要注意修辞，把握精义，将文章分做三步骤的安排，其理极似《周易》六爻如何居位的思考。因为，如此文章安排，最终是要完成文章首尾圆合、有条理系统的结构，这亦恰恰正是《周易》全书“原始要终”的结构要求。可以说，《熔裁篇》的三准条例，从《周易》的爻位条例加以理解，意思就很清楚。①

① 此节“履端于始……撮辞以举要”语出《左传·文公元年》，诸家已注出典，然未言及此自《周易》数术学而来。陈拱《文心雕龙本义》各在《诠赋篇》注二十九（页二二一），《熔裁篇》注十六、十七、十八有详说（页八〇〇），但是也没有引出易学。案：自《左传》以后，首次化用此始、中、终之概念者，当属徐幹《中论》此书，然而徐幹引此语盖述君王正视历数推算以济民生之意，《中论·历数篇》云：“履端于始，序则不愆，举正于中，民则不惑，归余于终，事则不悖。”参见徐幹：《中论》（台北：广文书局，二〇〇二年六月），页三三（二十二子本）。据此知徐幹引此语已稍加转化，非《左传》原文推算步历之意。刘勰或有见及此，遂仿徐幹作法，再转而应用于文章熔裁之说，斯亦刘勰一贯“折中”之论述本色。

（三）思赡者善敷，才核者善删。善删者字去而意留，善敷者辞殊而义显。（页一一二）

案：此节区分文士熔裁有二类，其一思赡，谓情思丰富，其二才核，谓文才精核。如此句法：思赡……善敷，才核……善删，与《周易·系辞传下》“将叛者其辞惭，中心疑者其辞枝，吉人之辞寡，躁人之辞多”此句法极类似，皆用“前因”得出“后果”之句式，语意甚明。

（四）夫美锦制衣，修短有度，虽玩其采，不倍领袖。巧犹难繁，况在乎拙？（页一一二）

案：此节再用“玩采”一词，谓文章修辞，谨守法度，犹如美衣锦服，彩饰焕然，可供人眼目玩赏，谓之玩采。在文论而言，意指鉴识赏玩，类仿《周易》玩辞、玩占之“玩赏”概念。从而可知，易学玩占本即与文章玩赏可互通其理。

（五）赞曰：篇章户牖，左右相瞰。辞如川流，溢则泛滥。权衡损益，斟酌浓淡。芟繁剪秽，弛于负担。（页一一二）

案：此节总括《熔裁篇》全文熔意裁词之法，要把握一个“节”字，辞与意不要太泛滥，犹如大川河流漫溢一般，乃化用《周易·节》卦思想。《节》卦彖曰：“天地节而四时成，节以制度，不伤财，不害民。”此就政事治民而言节，转用其义，文章命意修辞也有“节制”之道，即熔意裁词，要守“适分”，具体而言即知晓“权衡损益”之法，直接引述《损》卦与《益》卦说明熔裁本意，此即明引《周易》语辞之显例。

三、《熔裁篇》子学内涵

《熔裁篇》继《情采篇》之后，再次将“情理”的概念，直接应用于说明文章实际写作如何“熔意裁词”，可知刘勰先在《情采篇》建立文章形上本体是“情理”，自经书与子书之根源，文质华实之角度，探讨“情理”本质。及至实际文章写作，则有“三准”之说，提示文章造句、谋篇，以及结构上熔意裁词之工夫论。于是，由《情采》形上理论到《熔裁篇》字句安排工夫论，形成一套完密的文章“情理”结构论。用“三理”与“三准”加以具体形象表述，再括举“情理”二字贯串《情采篇》与《熔裁篇》此二篇理论主轴，作为刘勰《文心》此书“文术论”总纲。此二篇对于《文心》理论体系之重要性，乃不言而喻。[①] 更重要者，此二篇理论根源，皆本于“子学”义理。

（一）《熔裁篇》在字句安排工夫论述之前，首先标明“情理”作为文章熔意裁词的理论先导，而此情理说源头则来自子学“性情”与“道”之义理内涵。《熔裁篇》云：

> 情理设位，文采行乎其中。刚柔以立本，变通以趋时。立本有体，意或偏长；趋时无方，辞或繁杂。蹊要所司，职在熔裁，隐括情理，矫揉文采也。规范本体谓之熔，剪截浮词谓之裁。裁则芜秽不生，熔则纲领昭畅，譬绳墨之审分，斧斤之斫削矣。骈拇枝指，由侈于性；附赘悬肬，实侈于形。一意两出，义之骈枝也；同辞重句，文之肬赘也。（页一一一）

（二）次述文章三准理论目标即在文章“华实”之完成，此用《宗经篇》华实标准，旁参《周易》“原始反终”首尾合一理论，并借自佛教“圆教”“圆通”教义，作为文章三准工夫之配合，描述“圆合”之境地，凡此皆可见《熔裁篇》源自子家义理之学。《熔裁篇》云：

> 凡思绪初发，辞采苦杂，心非权衡，势必轻重。是以草创鸿笔，先标三准：履端于始，则设情以位体；举正于中，则酌事以取类；归余于终，则撮辞以举要。然后舒华布实，献替节文。绳墨以外，美材既斫，故能首尾圆合，条贯统序。若术不素定，而委心逐辞，异端丛至，骈赘必多。（页一一一）

（三）最后，刘勰的文章字句讨核工夫，借自子学有人物品鉴之论，参用其鉴识方法，引子入文，说到文章之三准安排乃是一种“鉴识”，一种欣赏之法。要藉由文章“万趣会文”这种赏识方法，领悟文章情理之周备，完

---

① 自来龙学专家已有人注意《情采篇》《熔裁篇》此二篇在《文心》之枢纽地位，日本学者安东亮首先提出此看法，参见安东亮：《剖情析采试论》，收入饶芃子主编：《文心雕龙研究荟萃》（上海：上海书店，一九九二年六月），页二五七至二六九。

成文章熔意裁词之工夫，这正是由“子学”人物品鉴引伸之文论。《熔裁篇》云：

> 昔谢艾、王济，西河文士，张骏以为“艾繁而不可删，济略而不可益”。若二子者，可谓练熔裁而晓繁略矣。至如士衡才优，而缀辞尤繁；士龙思劣，而雅好清省。及云之论机，亟恨其多，而称“清新相接，不以为病”，盖崇友于耳。夫美锦制衣，修短有度，虽玩其采，不倍领袖。巧犹难繁，况在乎拙？而《文赋》以为“榛楛勿剪，庸音足曲”，其识非不鉴，乃情苦芟繁也。夫百节成体，共资荣卫。万趣会文，不离辞情。若情周而不繁，辞运而不滥，非夫熔裁，何以行之乎？（页一一二）

（四）最后《熔裁篇》赞曰之语，刘勰再举《周易·损》卦、《益》卦述损益之道，阐述文章须考究字句繁略，须表现情理周备之文论，故有“权衡损益”之辞。所谓权衡，即权变与诠衡文章字句方法，可互通《刘子·明权章》同述经权互用、各适其宜之理。《熔裁篇》赞曰：

> 篇章户牖，左右相瞰。辞如川流，溢则泛滥。
> 权衡损益，斟酌浓淡。芟繁剪秽，弛于负担。（页一一二）

四、《熔裁篇》总案

《熔裁篇》述文章写作“三准”总纲，与《情采篇》述文论“三理”之说，互为表里。两篇先后相承，有历历贯珠之结构，当然即有论述前后相呼应之效果。

例如《情采篇》篇末总结全篇以文质、华实、情理为《文心》文术论三大主轴，此即近似“形上”之理的概念层次。至于“形下”部分，《情采篇》先点一下如何“设模位理”，正是开启《熔裁篇》三准说“设情以位体”之意。而《熔裁篇》述文章位体安排之后，即接着讲如何妥当安排文章的事义与文辞，提出“举正于中”之原则，用一“正”字又紧紧呼应之前《情采篇》最后要求情理要“正”，文采要“正”，心术要“正”此种“尚正”文论思想，两篇皆从《周易》贞正易理立论衍义，已十足表明两篇有理论统贯之联系。而这样的文术论最终仍取决于“心术”之谋定，求其心术之正，即与文术之正互通，也是刘勰文论宗经雅正一贯系统。《情采篇》赞曰“心术既形，英华乃赡”用心术一词，与《熔裁篇》谓“若术不素定，而委心逐辞”此句的心术皆关系心正心定之术，文理相通，再次证明文章情采理论与文章熔裁方法是一体的两面，有体用并论之篇章次序安排结构，暗示《文心》文术“情理”与“文辞”两大纲领之理论体系。

所以说，《熔裁篇》必是熔“意”与裁“辞”之定义，故用“职在熔裁，隐括情理，矫揉文采”此句，一语道尽文章熔“情理”裁“文采”之重要。

从此角度思考，本篇所述熔意裁词之法，又与文术论其他几篇同有“旁通互见”之理论关系。例如“思赡者善敷，才核者善删”此句谓作家“才思”有富赡与精核之异，则与《神思篇》分析作家才思有迟速快慢之别，辨别作家“才思”之同异，二篇理论一致。至于讨论如何删节字句，也可互通《章句篇》安章完句之说。又若本篇“百节成体，共资荣卫”此语涉及养生之道，注重“荣卫”之调养，亦与《养气篇》说养气之法有“胎息”与“卫气”之说相通。最后本篇总结“情周而不繁，辞运而不滥”，此句的情字兼摄情理，运辞即安排辞章文采，合而言之即情理与文采，正是《情采篇》已说之要义，而文章熔裁即论如何将文章情理与文采安排妥当之意，两篇互为体用，组织为形上形下之理论关联，结构绵密而严谨。

再者，本篇赞曰明引《损》《益》二卦“损上益下”与“损下益上”此种分析爻位往来上下之易理，而用“权衡损益”此句，将损益易理转化为文辞“篇章”删繁省略之技巧，再用“户牖”比喻篇章，谓篇章要讲究彼此呼应照顾，其关系犹如门户之与窗牖。这样的比喻或说理皆化用《周易》二元两仪之思考，作为文章熔意裁词的收结。

三十三　《声律篇》细读

一、《声律篇》文论与实际批评

《声律篇》通篇用“二分法”对比论述，比较两种乐器各有异同优劣的表现效果，这就是指“吹籥”与“调瑟”两种乐器的演奏法之不同，亦随之而造成“有时乖贰”与“无往不壹”两种不同声音效果。《声律篇》云：

> 若夫宫商大和，譬诸吹籥；翻回取均，颇似调瑟。瑟资移柱，故有时而乖贰；籥含定管，故无往而不壹。陈思、潘岳，吹籥之调也；陆机、左思，瑟柱之和也。概举而推，可以类见。（页一一四）

此一节分析“管乐器”如籥与“弦乐器”如瑟。弦乐器用五十弦柱，换来换去，犹如“翻回”之动作，没有定准。而管乐器固定有七孔，按孔定音，容易吹出“和谐”之韵律。此是刘勰对乐器与声律相配的二分法认识。

但此节更须注意者，即由此而引伸出的一连串的“二元对比”思考，譬如举曹植、潘岳类比“吹籥”，而陆机、左思犹如“调瑟”，这意味着什么呢？

盖刘勰从笛管与弦柱两种乐器的比较中，已隐约透露“定”与“不定”的高下之分，谓弦柱容易“乖贰”，意指不和谐。而吹籥因为是在一定的孔管吹出，便“无往而不壹”，谓不致有不协调之事发生。据刘勰《声律篇》树立“大和”宫商的最高标准而言，此处已有优劣高下之比较，谓吹籥优于调瑟有“定”与“和”之优处。依此类推，曹植、潘岳这一组似吹籥之作家，当然优于陆机、左思这类“调瑟”之作品。此中深意，清代评点家纪昀与李安民已看出来。纪昀云：“此又深一层，言官商虽和，又有自然、勉强之分。”此语用“勉强人工”与“自然融合”对比，衍义出吹籥高于调瑟之意。李安民云：“此丝不如竹之说。”此句直接点明高下之别，谓笛管乐器优于弦柱，快人快语，等于标榜自然声音而贬低人工音乐。此说法完全符合刘勰视文章写作为可学习的“文术”思想，可以互通《总术篇》举博塞与善弈作为两种文术的比喻并进行比较。《总术篇》云：

> 是以执术驭篇，似善弈之穷数；弃术任心，如博塞之邀遇。故博塞之文，借巧傥来，虽前驱有功，而后援难继。少既无以相接，多亦不知所删，乃多少之并惑，何妍蚩之能制乎！若夫善弈之文，则术有恒数，按部整伍，以待情会，因时顺机，动不失正。（页一四三）

此节用“博塞之文”与“善弈之文”对比，颇类似“吹籥”与“调瑟”之分类，皆从“二元”思考，且又隐含“褒此贬彼”之意，谓善弈之文，依赖一定的“技术”之理写文章，只要顺着文章体势有利的发展，尽情发挥，即使变化很大，最终尤不迷失于“正道”，即“动不失正”之意。揣摩此句与《声律篇》说吹籥是“无往而不壹”之句，都有“褒赞”之意隐藏其中。

反之，博塞之文，只靠着“机巧”偶尔碰碰运气，昙花一现，就写出文章，然而终究是“借巧”而已，最终是“后援难继”，此句很明显有贬低意味，暗示靠运气写文章很难有好作品。以上二元思考模式，可总括曰“尚阳贬阴”易学易理思想之引伸，既是刘勰化用《周易》于文章，同时也是《声律篇》与《总术篇》注重“文术”功夫的互通文理。

《声律篇》倡导文章声韵要求“正音”，批判“讹韵”，与刘勰一贯的“尚正”主张互通。其具体批评，如刘勰此篇以屈原《楚辞》的“楚音”为例，批评这种楚音乃是一种“讹韵”，与《诗经》相比，就缺少了“黄钟之正响”。此处用《诗经》正响对比《楚辞》讹音，暗示尚正思想，则是刘勰一贯“宗经”文论的延续引伸。

将本篇这种对《楚辞》讹韵在文章“声律学”的负面评价，与《辨骚篇》刘勰对屈原作品的全面肯定与完美品赏，显然不大一致。在《辨骚篇》刘勰既肯定屈原作品的“奇文”价值，同样不否认屈原作品有“正”的一面，此即“四事同于风雅”之语。而对屈原作品“异乎经典”的夸诞之词，认为它属于一种创新，变成“词赋之英杰”，给予“惊采绝艳”与“难与并能”这种崇高评价，并且全面接受屈原作品“奇”与“讹诞”的双重内涵。

然则为何在《声律篇》刘勰特举《楚辞》讹韵的表现，批判它不是“正响”呢？

明清评点家提出“方音”一词加以说解，谓刘勰不反对《楚辞》并用讹诞与叙事文词奇采的写作，但是极力驳斥楚音，认为它是一种方音，主张要回归黄钟“正音”。因为刘勰崇尚中和之乐，即使是异音，也要做到“同声相应”的正响。故而《声律篇》有云：“属笔易巧，选和至难。缀文难精，而作韵甚易。”此句已将文章写作分成“文词”与“声律”两项要目，亦即形文与声文之别。形文可以创新奇丽，可是声文乃有一定声律平仄格式，务求按照一定声律形式，讲究和韵，做到“以节其步”，收到“声不失序，音以律文”之效果。今若放纵讹韵邪音与不循规矩的声律，必不能完成“和韵”与“唇吻”之功，变成“割弃支离”的文章。所以，《声律篇》不得不摘出《楚辞》的“讹韵”之非而加以驳正，反对用《楚辞》这种“方音”取代《诗经》示范的“正音”。由此可知，刘勰《辨骚篇》尚不及品评《楚辞》在“声律”的“正变”问题，要待到《声律篇》始按篇章主题“声律”的分析要求，补充讨论《楚辞》的方音是讹韵之类，并不适合刘勰一贯主张的中和声律，所以本篇摘出《楚辞》是方音讹韵之论的问题，确实含有“贬低”之意。

《声律篇》讲究文章声律要有“和韵”之美，凡内听外听，声韵调节，要如“盐梅”之和，“榆槿”之配。此一“和”字之美，刘勰用“宫商大和”描述之，盖仿《周易》“保合太和”之说。《声律篇》此种“心声克谐”之论在《章句篇》又稍作补说，《章句篇》云：

> 若乃改韵从调，所以节文辞气。贾谊、枚乘，两韵辄易；刘歆、桓谭，百句不迁；亦各有其志也。昔魏武论赋，嫌于积韵，而善于资代。陆云亦称“四言转句，以四句为佳”。观彼制韵，志同枚、贾。然两韵辄易，则声韵微躁；百句不迁，则唇吻告劳。妙才激扬，虽触思利贞，曷若折之中和，庶保无咎。（页一一七）

此节再次借用《周易》折中与中和易理，指出文章声韵调节要考究“唇吻和韵”，必以“和韵”为贵。持此与《声律篇》云：

> 是以声画妍蚩，寄在吟咏，滋味流于下句，风力穷于和韵。异音相从谓之和，同声相应谓之韵。韵气一定，则余声易遣；和体抑扬，故遗

响难契。属笔易巧，选和至难，缀文难精，而作韵甚易。（页一一四）

此节标举和体、和韵之“和”，谓文章若要改韵从调，必守“中和宫商”标准。合此而观，刘勰的声律论须参看《章句篇》中和之说，而章句理论亦包含文章声律之巧妙安排，此节形文与声文之配合，又可呼应《情采篇》情文、声文、形文三理之说。

次看《声律篇》选例有二例，其一评曹植与潘岳二家声调犹如“吹籥”，谓如竹管乐器吹出的声音。其二评陆机与左思两家的声调犹如“移柱”，谓如丝柱乐器敲击的韵律。即用“瑟调”与“丝音”两类比喻，简单说就是“丝竹”之分，借用来品评四家文章声律之美丑。这四家既是“选例”也是“选文”，都在进行声律的实际批评。

其二单独再举陆机文章为例，说其声律间杂很多《楚辞》讹韵，缺少《诗经》这种“清切”的正韵。先树立正韵、讹韵两种不同类型，再以“尚正”思想为标准，指出陆机恰恰犯了“不正”而多讹韵之缺失。这也是先建立崇“正”与贬“讹”这种声律理论，接着，举出陆机文章为“选例”，品评其文章声律只知依袭《楚辞》余声，大受《楚辞》讹韵的影响，有冗音之弊，未能做到“黄钟正响”这种中正之声韵。换句话说，就是藉由陆机的作品，应用“正”“讹”对比理论，实际批评陆机文章声律之失，如此选例即实际批评。

《声律篇》云：“然振其大纲，不出兹论。”此句再次用“大纲”一词，描述文章声韵之技巧讲究“中和”之声韵，谓中和即文章声韵大纲。此大纲有“不变”“定式”“正体”之性质，大纲即大体之意，皆有根本、不可变之涵义。《通变篇》云：“是以规略文统，宜宏大体。先博览以精阅，总纲纪而摄契。”“大纲”与此句“大体”涵义相通。又再次印证《文心雕龙》各篇用词语汇有互参之必要，各篇互见术语皆有理论关联。

《声律篇》当然是谈论“声文”之学，与《情采篇》述“为情造文”不同，而《熔裁篇》讲究文章炼意炼字之术，则是“形文”之术，此三篇合而观之，即形文、声文、情文之分述，又可印证《文心雕龙》全书自《情采篇》以下即直接论述文章之学。此与《神思篇》《体性篇》《风骨篇》等三篇必兼论性情与文章，论述要点各有轻重，故而自《情采篇》以下至《总术篇》当属完整而有系统之文术论，至于《神思篇》《体性篇》《风骨篇》等三篇特别安排在《情采篇》之前，表明此三篇并非全部只论文术，更多的是分析“人”与“文”之关系，这一点，要细读出来。

二、《声律篇》易学影响

《声律篇》分析文章“声文”之美，从文章声文“中和”为最高境界，用“宫商大和”一词即此意。“宫商大和”乃借自《周易》保合太和是至精至妙之易理，表明文章声文之美，唯在声韵中正平和，谓之“正响”，反对“好诡”与“趣异”这种靡靡之音。《声律篇》树立“正音”与“正响”的文章声文之标准，恰恰也是《周易》贞正、尚正易理的应用。

由此看来，《声律篇》敷举文章声文大纲中和正音的理论，完全根据《周易》思想加以应用发挥，此是《声律篇》不易看见的隐形易道内涵。

另外，《声律篇》分论“自然声籁”与“人工制作”两种声响，前者谓之“外听”，刘勰举“若长风之过籁”这种自然声籁比拟之，后者谓之“内听”，刘勰另以“南郭之吹竽”说明它，属于人工声律。这种内与外、自然与人工二元对比的论述法，仍然来自《周易》“太极生两仪”以及“因贰以济民行”这种二元论证思考的易理基本模式。①

因此，《声律篇》引伸这种二元思考，分析文章声文之美的各项因素，处处可见明引《周易》语辞，例如往来、内外、同异、术数、大过、失节等等皆是。而且，直接根据《蹇》卦说明双声叠韵不合必有蹇难声文，因此，揭示文章声韵中和正响的不易，勿使“讹音”太泛滥，乃引《大过》卦“大者过也”谓太超过之意纠正之，此皆《声律篇》明用《周易》易理规范文章“声文”理论之明证。从而可知，《声律篇》引述《周易》当分明引与化用两种模式，有“幽”与“显”二途。兹括举这些原文节段如下：

(一) 夫宫商响高，徵羽声下；抗喉矫舌之差，攒唇激齿之异，廉

① 《周易》的二元思想，由太极两仪阴阳而知之，但直接用“贰”字，见于《系辞传下》：“其旨远，其辞文，其言曲而中，其事肆而隐。因贰以济民行，以明失得之报。”此句“因贰”谓阴阳即二元，凡《周易》内外、往来、上下等概念，皆可用“因贰”加以思考推演。朱熹《周易本义》注云：“贰，疑也。”似未确，贰做疑解，不仅难以接续下句“以济民行”，尤其与“以明失得之报”此句产生矛盾，因为贰既已疑，如何“明”呢？

肉相准，皎然可分。今操琴不调，必知改张，摛文乖张，而不识所调。响在彼弦，乃得克谐，声萌我心，更失和律，其故何哉？良由外听易为察，内听难为聪也。故外听之易，弦以手定；内听之难，声与心纷；可以数求，难以辞逐。（页一一三）

案：此节述声响之“数”，即仿《周易》数术之意，谓声响调理，以和谐声律为本，而定之于心，故谓“心声”，乃自“言为心声”“书为心画”二句衍义，故知文章声律化用易学数术之理。尤其细分声律，有“高下”（即上下）与“内外”之分，盖仿《周易》内外、上下之易理，谓五音之宫商响高，徵羽则音“下”。至于分出内心之听与外音之别，谓操琴调瑟，音自外来。而摛文铺藻，律自内心，此即“言为心声”之旨。《周易·杂卦传》云：“睽外也，家人内也。”此言易卦有内外，意思是说《离》卦有中女之象，在《睽》之外卦而言外，在《家人》之内卦而言内。焦循《易通释》云：“睽与蹇旁通，睽为外，则蹇为内。家人与解旁通，家人为内，则解为外。大抵五已正位为内，五未正位者为外。内其故也，外其新也。内其躬也，外其邻也。”① 此据旁通解内外，以“九五”中正为内，九五不当位为外，注重“位正”易理，颇可助解《声律篇》内外声响之说，而以“内听”之心声为难，遂有“正响”“大和”声律之主张，皆化用《周易》九五爻位内外之易学。《乾·文言传》云：“直其正也，方其义也。君子敬以直内，义以方外，敬义立而德不孤。”此以“正直”属内，引伸之而为“内心”“内响”须求其“正”，亦可助解《声律篇》正响内听为标准之说的本源。

（二）凡声有飞沉，响有双叠。双声隔字而每舛，叠韵杂句而必睽；沉则响发而断，飞则声扬不还，并辘轳交往，逆鳞相比，迕其际会，则往蹇来连，其为疾病，亦文家之吃也。（页一一三）

案：此节直引《蹇》卦经文“往蹇”“来连”之辞，用易经往来上下之说，比拟声响有双声叠韵之调和，双声要上飞高扬，叠韵则要下沉果断，然而二者皆不可太超过，导致声与韵“乖隔相睽”。讲究声韵往来要配合相符，即“际会”不可相迕。遂引《蹇》卦初六爻“往蹇，来誉”之辞以助解，谓往来须正始为有利。《系辞传下》云：“往者，屈也。来者，信也。屈信相

① 焦循：《易通释》（南京：凤凰出版社，二〇一二年），页三二八。

感，而利生焉。”又《说卦传》曰：“数往者顺，知来者逆。”据此知易道所谓往来上下，皆要求其正位，乃有利于顺生。文章声律亦同此理，故而双声、叠韵，虽各有飞沉，然必求其可以“相比”，可以“际会”，犹如“辘轳”汲水必顺水势之象，① 运用了《周易》往来上下必“顺正”之理。此节明引《蹇》卦易理，说明文章双声叠韵往来调和须“正”，始为和韵。② 故而《声律篇》言“宫商大和”即指中和声韵，又言“黄钟正响”即据《蹇》卦往来须“正”而衍义引伸。凡一篇《声律篇》备述文章“声文”之美，皆据易道易理而申说发挥，《声律篇》之易学内涵如此深富当可知之矣！

三、《声律篇》子学内涵

《声律篇》述文章五音配合建立“声文”之美，表现文章“谐声和韵”之术，分析文章音律之滋味，提出“自然音律”与“人工音律”之分际，奠定古代文章声律学之理论，可与沈约所倡“四声论”互相旁通，刘勰此篇《声律篇》可谓齐梁声律学重要文献之一，直接影响唐宋诗“律体”新形式的形成。《声律篇》有关文学声音之美的开拓论述，功不可没。

而就子学内涵考查此篇《声律篇》文论，须知此篇是《文心》全书继《原道篇》之后，引述易辞、化用易理最多之一篇。盖易学乃百学之源，群经之首，所以是子家必参验体悟之义理。今见刘勰援引易学易理应用至文章声律篇之论点，主要有以下几项：

其一仿伏羲先天图，建立声律的“内听”与“外听”之说，内主心，外主律，内外合和之音，亦如方圆体分而必并建合参之易理。《声律篇》云：

---

① 《周易》有“飞伏”之卦，刘勰易伏为沉，改作“飞沉”之语，描述声响高低不同，乃节引自《周易》之学。惠栋《易例》述飞伏引朱子发曰：“凡卦见者为飞，不见者为伏。飞，方来也。伏，既往也。”《说卦传》“巽其究为躁卦，例飞伏也。”引自惠栋：《周易述》（北京：中华书局，二〇〇四年七月），页六七九。据此知易卦有飞伏之说，而可通往来。京房解易，为后世火珠林所本，即例用飞伏卦之说，刘勰引之以述声律之学，故凡往来、上下、内外、飞沉之语皆见于《声律篇》，则《声律篇》广用《周易》数术学亦明证矣！

② 《蹇》卦初六、九三、六四、上六共四爻言“往蹇”，初六、九三、六四、九五共四爻言“来”。由此知“往来”一词此卦最多。《蹇》彖曰：“利见大人，往有功也。当位贞吉，以正邦也。蹇之时用大矣哉。”此以正位而时行为吉释往来，盖即《声律篇》建立中和正响、反对讹音之说之本源。

夫音律所始，本于人声者也。声合宫商，肇自血气，先王因之，以制乐歌。故知器写人声，声非学器者也。故言语者，文章关键，神明枢机，吐纳律吕，唇吻而已。古之教歌，先揆以法，使疾呼中宫，徐呼中徵。夫宫商响高，徵羽声下；抗喉矫舌之差，攒唇激齿之异，廉肉相准，皎然可分。今操琴不调，必知改张，摛文乖张，而不识所调。响在彼弦，乃得克谐，声萌我心，更失和律，其故何哉？良由外听易为察，内听难为聪也。故外听之易，弦以手定；内听之难，声与心纷；可以数求，难以辞逐。（页一一三）

其二具体分析文章声律之术，有“双声”与“叠韵”二法，又用“飞”与“沉”两个概念加以说明，谓双声太过飞扬则回不来，叠韵用字太沉重，也有一发即断之弊。因此，双声叠韵之飞沉要达到“中和”与“上下呼应”效果，始称美音。为了说明，刘勰特引《周易·蹇》卦“往蹇来连”（谓上下往来易理），助解声律互相配合与呼应之道，即刘勰直接引述易卦明用易理之显证。《声律篇》云：

凡声有飞沉，响有双叠。双声隔字而每舛，叠韵杂句而必睽；沉则响发而断，飞则声扬不还，并辘轳交往，逆鳞相比，迕其际会，则往蹇来连，其为疾病，亦文家之吃也。夫吃文为患，生于好诡，逐新趣异，故喉唇纠纷；将欲解结，务在刚断。（页一一三）

其三化用《乾·文言传》“保合太和，乃利贞”之易理，谓乾刚坤柔并建合一，始能做到声韵协调犹如太极圆和之境，且有利于正道之实行。刘勰援用“太和”易学建构文章“和韵”之术的原理原则，用意即在讲究文章声律音韵犹如易理“太和”之美。《声律篇》云：

若夫宫商大和，譬诸吹籥；翻回取均，颇似调瑟。瑟资移柱，故有时而乖贰；籥含定管，故无往而不壹。陈思、潘岳，吹籥之调也；陆机、左思，瑟柱之和也。概举而推，可以类见。（页一一四）

其四、另外有直引《周易·大过》卦之卦名，论述文章“切韵”不可太超过本性，导致失去合适之韵。《声律篇》云：

又诗人综韵，率多清切，《楚辞》辞楚，故讹韵实繁。及张华论韵，谓士衡多楚，《文赋》亦称不易，可谓衔灵均之余声，失黄钟之正响也。

凡切韵之动，势若转圜；讹音之作，甚于枘方。免乎枘方，则无大过矣。（页一一四）

其五、最后，刘勰又借参《周易·随》卦有“天下随时”之易理，阐述文章“声文”美韵最高境地即“随音所遇”之乐理，突出刘勰一贯主张“随时”之义理，可以参看《刘子》此书专设《随时章》，重视“时”字易理，与文心《时序篇》用“时”字，还有《声律篇》述“随音”理论，都是刘勰据易学易理发展文论的作法，不容再疑。《声律篇》云：

练才洞鉴，剖字钻响，识疏阔略，随音所遇，若长风之过籁，南郭之吹竽耳。古之佩玉，左宫右徵，以节其步，声不失序。音以律文，其可忽哉！（页一一五）

四、《声律篇》总案

《声律篇》述文章写作如何安排“声”与“韵”之理论，声与韵合言谓之“音律”，而以“人声”为本。既然是要模仿“人声”，人声因发音器官唇、舌、喉、牙、齿之不同，必发出不同之声音，遂有五音之区别。但是刘勰于本篇再次拈出“心”之关键，谓“心声”才是统合内听与外听之主宰。如此论文章声律而主“心声”之说，恰恰正与《文心》立“为文之用心”，而有“心统志气”，养气即养心养神之说法，有一贯体系之心术涵义，意思是说《声律篇》主张文章心声与五音必须密切呼应旁通。

其实，刘勰文论重“心”之说，《原道篇》已追源溯本自《周易》乾坤二卦“天地之心”之易理，此篇“心声”可视作这种易理之“心”的进一步衍义引伸。

但本篇尚见多项理论莫不受到《周易》之学的影响，启导刘勰率先建构文章声律理论。[①] 例如分声律为内听外听，此内外之音与易学内卦外卦易理

---

① 纪昀评点《声律篇》云：“即沈休文《与陆厥书》而畅之，后世近体，遂从此定制。齐梁文格卑靡，独此学独有千古，钟记室以私憾排之，未为公证也。”（页一一三）此谓声律之学是齐梁文论的“独有之学”，案：《声律篇》虽非首唱，确属最精密之论。

相通，又将双声叠韵比拟“飞沉”之异，刘勰喜用“飞”字，盖受《乾》卦九五“飞龙在天”之“飞龙”意象之启发。而形容文章韵律飞沉相错交叉之律动，乃直引《蹇》卦“往蹇”“来连”之爻辞，借用爻位“往上来下”易理，描述声音飞响与低沉的交错变化。

另外，本篇主张字句声律不可太过追求新异，要有“刚断”之裁决，此与易学“尚阳主刚”思想相符。次论选字用字，讲究音韵配合，要有“正响”之音，并由此尚正主张，分出“籥含定管”与“瑟资移柱”二类，再据“尚正”标准以“籥”器所奏出之音乐为佳，故有“无往不壹”之和谐，清儒李安民谓此即“丝不如竹”之说。[①] 因而，有关文章声律作法的最高境界就是“宫商大和”，即又化用《周易》“保合太和”之易理于音律，再用“以节其步”与“则无大过”二语约束之结论之，借用《节》卦与《大过》卦之涵义，谓文章声律要五音节制，勿使用诡怪新异之音，才能完成音韵和谐中正而有滋味风力之文章。本篇广泛应用易理阐发音理，受到易学影响建构文章声律之学，实为《文心》全书极为罕见之一篇。

最后本篇引证“实例作品”举陆机、左思与曹植、潘岳四家声律技巧优劣为例，选例也是选评，而其文章声律实际批评的最高准则即为“宫商大和”，仍用《周易》“保合太和”一语，《声律篇》化用易学易理以及易辞之功夫可谓既广泛而且至精至深矣！

---

① 籥与瑟之别，除了李安民用丝、竹之比加以解释，纪昀则用“勉强”与“自然”描述，谓竹乐自然，丝乐勉强。李、纪二家之说均参见《文心雕龙汇评》，页一一四。

三十四 《章句篇》细读

一、《章句篇》文论与实际批评

《章句篇》述篇章与字句相互配合，内外交注之理，注重章句首尾一体，字数多寡随机变化，此章句理论之本体，本篇即援引《诗经》与《楚辞》两书所见章句为例，藉之印证说明，这也是“选文”兼“选例”，亦内含“实际批评”之做法。

其次，于篇章字句之余，又旁求文章声韵与文气互相配合调节之道，提出声韵文气结合而成为“中和”之篇，树立章句理论与声韵文气的最高准则，为此，同样也举例贾谊、枚乘、刘歆、桓谭四家用字用韵为例，辅助说明，此即“选例”，同时也内含实际批评。兹分述如下：

（一）章句实际批评：

> 若夫章句无常，而字有条数，四字密而不促，六字格而非缓，或变之以三五，盖应机之权节也。至于《诗·颂》大体，以四言为正，唯“祈父”“肇禋”，以二言为句。寻二言肇于黄世，《竹弹》之谣是也；三言兴于虞时，《元首》之诗是也；四言广于夏年，《洛汭之歌》是也；五言见于周代，《行露》之章是也。六言七言，杂出《诗》《骚》；两体之篇，成于西汉。情数运周，随时代用矣。（页一一六）

案：此节专述篇章与字句配合之道，谓并无一定常数，乃建立章句字数运用之法为“随时应用”。其后，即据此说法，引例《诗经》所见字句数目，从二字、三字、四字、五字、六字等等各种不同字数之句式，皆并见同有，自然灵活，没有一定限制。及至六字、七字句，则又另外再举《离骚》为例，谓《诗经》与《离骚》并用六字七字。从而印证章句理论的字数多少之准则，确属无定，凡章句字数多寡如何呈现紧密或缓促之不同，皆凭借“应机之权节”原则，意指用“随机应变”的方法，妥善布置，文章字句数目本来即无一致规定之常数，此谓之章句字数理论。而《诗经》《离骚》二书为例证，既是“选例”，同时也内含有实际批评，将章句字数安排呈现各种不同面貌之现象，透过二书实际分析指出章句之美。

（二）声韵与文气实际批评：

> 若乃改韵从调，所以节文辞气。贾谊、枚乘，两韵辄易；刘歆、桓谭，百句不迁；亦各有其志也。昔魏武论赋，嫌于积韵，而善于资代。陆云亦称“四言转句，以四句为佳”。观彼制韵，志同枚、贾。然两韵辄易，则声韵微躁；百句不迁，则唇吻告劳。妙才激扬，虽触思利贞，曷若折之中和，庶保无咎。（页一一七）

案：此节举例贾谊、枚乘两家文章用韵病在太过短促，两句就改韵，未能达致“中和”。次又举刘歆、桓谭二家为“反例”，评此二家用韵又太过板滞，到了百句还不改韵，过犹不及，同样未能“折之中和”。以上四家二正二反，藉由正反优劣之对比，验证文章声韵与字句数目多寡实有密切关系，偏失与太过皆不宜，从而确立“中和”标准，作为章句与声韵配合理论之要义，而此四家一则供作“选例”，二则亦示范实际批评，选例即选评，方法具体，门径清晰，章句声韵之说，理论与批评实践并存，此《章句篇》所见实际批评之第二例。

再者，《章句篇》有一段原文，有近似一往一来、反复循环的句式结构，可视作与《周易》所见爻位有上下往来变化之易理相通，是《周易》易理给予文章句式修辞作法之启示。《章句篇》云：

> 夫人之立言，因字而生句，积句而为章，积章而成篇。篇之彪炳，章无疵也；章之明靡，句无玷也；句之清英，字不妄也。振本而末从，知一而万毕矣。（页一一五）

此节先定义文章乃“言笔”之物，即《总术篇》云：“发口为言，属翰曰笔。”故有“夫人之立言”之语做开端，意指由言到笔之结果，才会有由字到句到章再到篇，依续完成文章之篇章结构。而每一步骤环节皆各有其要素，反过来看也是一样，由篇之彪炳到章之明靡到句之无玷，最后到“字之不妄”。句式恰恰与“字句章篇”这一段叙述顺序相反，构成一往一返、往来循环之句式结构，犹如粒粒连珠贯串。

《章句篇》隐隐呼应《熔裁篇》述三准理论，引用房屋宅宇与方位立向两项比喻，因而有“履端于始，则设情以位体”之说，《章句篇》同样借用“方位”比喻，两篇可以互相旁通，即可更加理解“设情”一词。情谓作家情性与文章辞情之配合，合之即如“体性”之内涵。设谓设定、设计，谓文章写作之始，作家当知自己才性才力之长处，选定最适合发挥表现的文体，此即“设情以位体”，“位”字意指安排好文章辞句的位置，换言之，即“设位情体”之语。此《熔裁篇》指示“位”“体”与“情”三字之本意。今观《章句篇》同用此三字，而意思悉同。《章句篇》云：

> 夫设情有宅，置言有位；宅情曰章，位言曰句。故章者，明也；句者，局也。局言者，联字以分疆；明情者，总义以包体。区畛相异，而衢路交通矣。（页一一五）

详味此段比喻，是说宅宇之内必须妥善安排家具方位，这是应用古代风水学讲究屋内摆设方位之理，比喻写作要在篇章之内巧妙斟酌字句，此二篇所谓的“设宅置位”之语，完全互通《熔裁篇》所谓“设情以位体”这句话的“位”字意思。而《章句篇》进一步分析这个设情之情即指情理、情趣之意，体即“意穷而成体”之体，合起来就是指文章内容思想构成之“文体”。《章句篇》云：

> 夫裁文匠笔，篇有大小；离章合句，调有缓急；随变适会，莫见定准。句司数字，待相接以为用；章总一义，须意穷而成体。其控引情理，送迎际会，譬舞容回环，而有缀兆之位；歌声靡曼，而有抗坠之节也。（页一一六）

此节谓文章写作之始，要先能“控引情理”，可助解《熔裁篇》说三准之初要有“履端于始，则设情以位体”此句之情，也包含有“情理”之意，谓开始写作，要知晓如何将文章情理以合适的文体尽情表现。

又此节“须意穷而成体”此句之体，即指文章体貌，乃由文章内容体裁结合而成之文体。亦可助解“设情以位体”此句的体字，同指文体、体貌。

如此《熔裁篇》与《章句篇》二篇旁参互通，大大有助于理解刘勰文论中“位”“体”二字的真正涵义。《文心》理论环环相扣，亦犹如串串贯珠，必须用“旁通互见”细读法，于此又得一例证。

二、《章句篇》易学影响

《章句篇》述篇章字句之法，化用“六位时乘”之易理，比拟文章成篇，有如屋宇，而字句安排得其位置，犹如《周易》六十四卦每卦六爻阴阳得位之理，合而言之，本篇开宗明义谓章句安排就是“宅位”。宅谓屋宅，喻篇章。位指句字所在上下文义之位，喻屋宇之内各项设备、家具的摆放，将文章章句之学比作易学易理讲究的卦位与宅位，《章句篇》转化《周易》之学，悉以易理为据的文术论，至为明显。

更为重要者，《章句篇》虽分宅与位，比拟文章篇章与字句，但并不主张各自独立，反而更加重视宅与位的巧妙配合，要做到“内外”呼应、首尾一体的完美结构。此乃挪用《周易》六爻阴阳呼应，保合太和，恒常利贞这种“中和”易理，将文章篇章结构与句字的和谐相配，比拟《周易》的“中和”之学，《章句篇》全篇自首至尾莫不以易学为章句学理论大纲。本篇明引《周易》语辞及概念者还有许多，例如截取《丰》卦述“丰其屋”象征大宅的概念，暗示文章篇章也类似“篇有大小”之写作，须知善加剪裁，通晓节制，则又有《节》卦彖曰“刚柔分而刚得中”的内涵，提醒作家文思要把握“利贞”正道，达到“中和”之境，才能永保“无咎”，凡此皆直引《周易》语辞之显例。兹更摘引本篇重要涉易之节段如下：

> （一）夫设情有宅，置言有位；宅情曰章，位言曰句。故章者，明也；句者，局也。局言者，联字以分疆；明情者，总义以包体。区畛相异，而衢路交通矣。夫人之立言，因字而生句，积句而为章，积章而成篇。（页一一五）

案：本篇首节仍沿用《周易》两仪思想，分篇章与句字为一篇文章之本末，而要求篇章与字句须巧妙配合，安置妥当。乃定义宅情曰章，位言曰句，化用《周易·乾》卦彖曰：“六位时成。”谓六爻之位，顺其阴阳之时而成。亦参《乾·文言传》“正位居体”之易理，引伸为文章字句要安排正当。

另外，句字不但要互相配合，句字与文章情理也须内外呼应，上下一致，则仿同《周易》讲究六爻得位刚柔正应，而不失其位，始为得中之理。案《小畜》卦彖曰："柔得位而上下应之。"此谓《小畜》卦䷈六四以阴爻当位，又应初九，故有得位之称，藉此比拟文章篇章要与句字相应，句字则又要"句之清英，字不妄也"，句与字也要彼此配合。凡此皆化用《周易》六爻当位正应之易理转为文章之章句学。所以，本节有"区畛相异"之语，谓篇章与句字虽然领域不同，但二者不可支离，必须做到"衢路交通"，谓篇章与字句之相合，犹如六爻上下相交、感应相通。此节又引伸《既济》卦彖曰"刚柔正而位当也"此正位之说，故《说卦传》云："分阴分阳，迭用柔刚，故易六位而成章。"此句所谓六爻阴阳正位始能完成一卦章法之论，殆即本篇全文章句理论之所本。此下本篇《章句篇》凡言及上下、内外相配、首尾、原始要终、一体等诸语词，莫不是源出易学易理"六体而成章"之说。

（二）夫裁文匠笔，篇有大小；离章合句，调有缓急；随变适会，莫见定准。句司数字，待相接以为用；章总一义，须意穷而成体。其控引情理，送迎际会，譬舞容回环，而有缀兆之位；歌声靡曼，而有抗坠之节也。（页一一六）

案：此节总括文笔之术，皆有篇章与字句之安设，但是其方法并没有一定准则，唯"随变适会"一法，即要随着自然之文章体势，顺势安排，变化求通。用一"随时"之义，化用《随》卦易理。

次再单言文章篇章安排"情理"，则要把握一个"节"字，勿使情感太过泛滥而不知加以节制，这是化用《节》卦九五爻"甘节"象"甘节之吉，居位中也"此解九五爻当位居中之理，比拟文章"控引情理"要守中和之道，即"抗坠之节"此语之所本。合以上所言，可知本段已明用《周易·随》卦与《节》卦二卦易理。①

（三）若辞失其朋，则羁旅而无友；事乖其次，则飘寓而不安。是以搜句忌于颠倒，裁章贵于顺序，斯固情趣之指归，文笔之同致也。（页一一六）

---

① 案本篇另有"情数运周，随时代用矣"此句，亦广伸《随》卦易理，谓字句数目多寡，并非定制，但看随时运用，巧妙替代而已。

案：本节更具体指示文章字句前后互相关联，犹如友朋要互相联系一般，一旦失联，如同“失朋”，乃挪用《周易·坤》卦“西南得朋，东北丧朋”此句丧朋即失朋之意。此直引《坤》卦卦辞又见于《章句篇》赞语云：“断章有检，积句不恒。理资配主，辞忌失朋。”此句明用“失朋”语词，但另外又别引“配主”之词，即《丰》卦初九爻“遇其配主”此句之配主，比拟篇章为主，而字句须紧密相配，使辞意熨帖。故而本节指示安章完句之法，要求顺序有次，不可飘寓颠倒，凡此皆属化用易理之做法。

（四）然两韵辄易，则声韵微躁；百句不迁，则唇吻告劳。妙才激扬，虽触思利贞，曷若折之中和，庶保无咎。

案：此节一望即知凡利贞、中和、无咎之语，皆明引《周易》词汇，用来说明文章声调、篇章与字句三者要相辅相成，配合无间。提醒文士高才，切忌仅凭激扬才气，恃才漫衍，不思正道，故用利贞一词警惕之。当思文章“中和”之完成，才是永保“无咎”之道，谓文章写作不可以有错误字句与杂乱章法，此节完全根据《周易》崇尚利贞，讲求中和，警惕无咎之易理，化用为文章学之技巧准则。案《乾·文言传》云：“利者，易之和也，贞者，事之干也。”又《系辞传上》云：“无咎者，善补过也。”此二语即本节“利贞”“中和”“无咎”之本源。

三、《章句篇》子学内涵

《文心雕龙》继《声律篇》援用《周易·随》卦述随时适宜之易理文论后，《章句篇》又再度发挥“时”字易理，提出文论“随时代用”之义。《章句篇》讲述如何安排字句，以及词句字数多寡之术，皆与易学“位”字易理有关，说明文章词句有虚字实字之用，有二言六言之异，要把握“时”与“位”之妙。《章句篇》的子学内涵也是易学易理的引伸与应用，兹括举说法如下：

（一）首先提出文章“宅位”之说，即参取易经“时”与“位”之易理，作为文章“本末”认识，以及文章“一与万（多）”之方法论。《章句篇》云：

> 夫设情有宅，置言有位；宅情曰章，位言曰句。故章者，明也；句者，局也。局言者，联字以分疆；明情者，总义以包体。区畛相异，而衢路交通矣。夫人之立言，因字而生句，积句而为章，积章而成篇。篇之彪炳，章无疵也；章之明靡，句无玷也；句之清英，字不妄也。振本而末从，知一而万毕矣。（页一一五）

（二）次再引用《随》卦随时易理，比附文章章句要“随变适会”，此乃控引文章“情理”之准则。《章句篇》云：

> 夫裁文匠笔，篇有大小；离章合句，调有缓急；随变适会，莫见定准。句司数字，待相接以为用；章总一义，须意穷而成体。其控引情理，送迎际会，譬舞容回环，而有缀兆之位；歌声靡曼，而有抗坠之节也。（页一一六）

（三）继续化用易学易理。如“东北丧朋，西南得朋”，以此《坤》卦卦辞得朋之易理，说明文章字句在一篇之中必须上下文意互相配合，否则即有“丧朋”之忧。次用易理“原始反终”“内外合和”“首尾一贯”“天地交泰”之“交”字，以及“序卦”述天道有序，人道有伦之“序”字易理，表明文章“篇章”结构安排要“贵于顺序”。以上或明用易理，或化用转述易理，皆有“子家”述道言治、枝条五经学术之内涵。《章句篇》云：

> 寻诗人拟喻，虽断章取义，然章句在篇，如茧之抽绪，原始要终，体必鳞次。启行之辞，逆萌中篇之意；绝笔之言，追媵前句之旨。故能外文绮交，内义脉注，跗萼相衔，首尾一体。若辞失其朋，则羁旅而无友；事乖其次，则飘寓而不安。是以搜句忌于颠倒，裁章贵于顺序，斯固情趣之指归，文笔之同致也。（页一一六）

（四）次又参引《乾·文言传》述乾卦六爻上下皆以“时进”，乃乾乾因其“时”而惕之易理，刘勰援用此易理再次说明章句之术同有“上下无常”之安排，但看文士如何知晓“应时而变”契机，运用之妙，亦等如唯有圣人才能做到“知进退”，又“知存亡”之易理。以上皆引述《乾·文言传》述章句之学，也是据“子家”枝条五经之学构建文论的做法之一。《章句篇》云：

> 若夫章句无常，而字有条数，四字密而不促，六字格而非缓，或变

之以三五，盖应机之权节也。至于《诗·颂》大体，以四言为正，唯“祈父”“肇禋”，以二言为句。寻二言肇于黄世，《竹弹》之谣是也；三言兴于虞时，《元首》之诗是也；四言广于夏年，《洛汭之歌》是也；五言见于周代，《行露》之章是也。六言七言，杂出《诗》《骚》；两体之篇，成于西汉。情数运周，随时代用矣。（页一一六）

（五）总结章句之术，刘勰再次用“中和”之词描述，此乃取自易学“保合太和”易理。《章句篇》云：

然两韵辄易，则声韵微躁；百句不迁，则唇吻告劳。妙才激扬，虽触思利贞，曷若折之中和，庶保无咎。（页一一七）

（六）最后“赞曰”之辞，明引《周易·丰》卦“遇其配主”此句“配主”之词，比拟文理与词章字句之关系，必须互相配合巧妙，始得文章之盟主。否则，必有“失朋”之忧，犯了主意不明之弊，再次引“东北丧朋”易辞加以改变为“失朋”一语，凡此皆是本篇用子家之学本源《周易》之说法。《章句篇》云：

断章有检，积句不恒。理资配主，辞忌失朋。（页一一七）

四、《章句篇》总案

《章句篇》论述文章篇章句字如何安排，次于《声律篇》之后，两篇互相联属，理论也大致相通。因为《章句篇》讲字句安排不能离开字句的声调缓急而孤立，才能使文章整体达到“中和”境界，略仿《周易》标举“无咎”之易理，化用易学中和无咎之说，引伸为文学章句配合要讲究精密之理。这里的“中和”一词与《声律篇》用“宫商大和”此语，均本源自《周易》。从而可知，《声律篇》与《章句篇》同用易理，同受易学深刻影响。而《章句篇》下引这一段更将文笔章句与文笔“声调”融合而论，并统归于《周易·随》卦“随变适会”之易理，以之为文笔章句理论的指导思想。《章句篇》云：

夫裁文匠笔，篇有大小；离章合句，调有缓急；随变适会，莫见定准。句司数字，待相接以为用；章总一义，须意穷而成体。其控引情理，送迎际会，譬舞容回环，而有缀兆之位；歌声靡曼，而有抗坠之节也。（页一一六）

此节用一句“文笔”泛称，一举论述了文章的“章句”与“声调”，还有句字“意义”如何控引，以达到联结与节制的效果。将文笔的词、意、音三者结为一“体”的完美，显然就不是如纪昀所说“此一段论章法”（页一一六）而已。因为其中“调有缓急”一语即上承《声律篇》的余韵，以说明文笔章句内涵须要声律配合之理论。

其次，《章句篇》在文论术语上喜用“情”字，例如“控引情理”之情，“情趣之指归，文笔之同致”之情趣文笔，“情数运周”之情数，以及赞曰“环情革调，宛转相腾”之情调等等，以上诸句皆用“情”字概念衍义之语词，在一篇畅谈文章如何安排句字位置，本属纯“技巧”之论，却又处处互通文章之“情”字，印证了刘勰的文章学必然是“内情”与“外词”讲究统一之文体结构。所以，《章句篇》立论之初，已在“释名以章义”首揭“局言者，联字以分疆，明情者，总义以包体”此句的“包体”之说，即包含“情”与“言”。又在赞曰“理资配主，辞忌失朋”此句定位文章章句本来就是要配合文章“情理”，借用《周易·丰》卦“主”与“配”相从相辅之易理，有配主与夷主之词，说明文章章句也有字句为配、情理为主之论。并提示文章字句的安排也可仿照《周易》“离合同异”之易理，意指实字之外，尚有虚字的运用，虚实安排，又须注意“声韵”不可躁动，而要唇吻相合。最后，再以《周易》中和无咎之易理，描述文章章句最完美之境地。[①] 如此可见《章句篇》全篇化用易理，暗示“情理”之意，皆须应用旁通互见细读法始能得其要义。

---

① 纪昀评点此篇云：“此因句法而类及押韵及语助。论押韵特精，论语助亦无高论。”（页一一七）此说非是，《章句篇》附论虚字用法，很有见识，不可忽略。

三十五 《丽辞篇》细读

一、《丽辞篇》文论与实际批评

《丽辞篇》述文章对偶之理，固然属于“文理”范畴，但此文理实自“神理”而分殊。故而此篇开端即云：“造化赋形，支体必双。神理为用，事不孤立。”此节“原始以表末”之语，追溯文章对偶必用双之理，认为其源出造化自有“必双”之道，凡天下事物莫不皆然，盖一阴一阳之谓道，此易理必有阴阳成双对偶之证，万物如此，文理对偶，亦不例外。乃知《丽辞篇》阐述文章对偶理论，注重一个“理”字本源，此皆符合《诸子篇》“博明万事为子，适辨一理曰论”此种子学定义之内涵，从而可知，《丽辞篇》与子家之学密不可分。兹引述本篇用“理”字分析文章对偶之说相关段落如下：

> （一）造化赋形，支体必双，神理为用，事不孤立。夫心生文辞，运裁百虑，高下相须，自然成对。唐虞之世，辞未极文，而皋陶赞云：“罪疑唯轻，功疑唯重。”益陈谟云：“满招损，谦受益。”岂营丽辞，率然对尔。（页一一八）

案：此节先“原始以表末”追溯对偶之道，源出“神理”必用双之说，且又视此神理为自然之神理，顺理而推，凡文章丽辞之美，即亦出自“心生文辞”之自然，遂定义文章丽辞之本质为“自然成对”，已有子学“理形于言，叙理成论”（《论说篇》赞曰）之理字概念，用来泛论文章对偶之理。

> （二）故丽辞之体，凡有四对：言对为易，事对为难；反对为优，正对为劣。言对者，双比空辞者也；事对者，并举人验者也；反对者，

> 理殊趣合者也；正对者，事异义同者也。（页一一九）

案：此节继前则泛论“文理”必双之说，即再引伸“理”有“理殊趣合”之道，将“理”之泛论，更细分为理之“支论”，唯泛论或支论，皆不离子学“适辨一理曰论”这种子家论说定义。

> （三）若气无奇类，文乏异采，碌碌丽辞，则昏睡耳目。必使理圆事密，联璧其章。迭用奇偶，节以杂佩，乃其贵耳。类此而思，理斯见也。（页一二〇）

案：此节悉据《诸子篇》“博明万事为子，适辨一理曰论”如此之子学定义，收束《丽辞篇》之文章对偶理论。所谓“理圆”，表示文理周备圆通，此与“博明”一词义同。又所谓“事密”谓事理通晓精密，则与“博辨明察”之博明，以及“妥切辨正”之适辨，词汇内涵亦皆为一致。乃知《丽辞篇》要求文章对偶技巧做到最完善美备之境，用“理圆事密”一词描述之，其实皆本子学之定义而引伸、衍义文章对偶理论，《丽辞篇》内含子学思想，并化用子学概念，如此显而易见。

由以上分析，首先确立《丽辞篇》讲述对偶技巧，属于“文术”层次，是一种有“形”可见而能够加以验证之“体要”，再推溯此“形器”之上，即当先有“文理”之存在，此“理”字皆本源自易学易理与子学之内涵。

再说《丽辞篇》原文表面看似只有四种对，谓之言对、事对、正对、反对，其实不然，因为这四对的区分须详参《丽辞篇》极重要而被忽略之一段原文云：

> 凡偶辞胸臆，言对所以为易也；征人资学，事对所以为难也；幽显同志，反对所以为优也；并贵共心，正对所以为劣也。又以事对，各有反正，指类而求，万条自昭然矣。（页一一九）

此节分判四种对的优劣高下，突出文章对偶讲究“正反”相反相成的矛盾之美，拟仿《周易》阴阳交错易理，转化易理为文理。既然如此思考，则正对、反对之分，不是只有言对才有，事对亦然。如果据此再重新划分文章对偶种类，其实当曰言辞正对、言辞反对、典故正对、典故反对此四类，而不是言对、事对、正对、反对这样的分法。

换言之，正反乃就文章对偶的方法而分，言对事对则是说明文章对偶内容可以举语词，亦可以用典故。如此一解，始合《丽辞篇》本义。[1]

《丽辞篇》有一节原文说到文章必要用对偶，而用对偶必要有“奇文奇气”，如何奇？就是“辞反正为奇”，暗示用“反对”较佳；否则，句句正对，文辞乏奇，便成“碌碌”之对偶，谓词句不美。《丽辞篇》云：

> 若气无奇类，文乏异采，碌碌丽辞，则昏睡耳目。必使理圆事密，联璧其章。迭用奇偶，节以杂佩，乃其贵耳。类此而思，理斯见也。（页一二〇）

此节堪称《丽辞篇》近似“敷理以举统”性质，为文章对偶理论之总结。而特别突出“奇”与“异”两大要目，标为文章对偶最佳技巧是写出奇对、异对。何谓奇、异？此节用一句“若气无奇类，文乏异采”定义之，必须参照《定势篇》原文一节云：“故文反正为乏，辞反正为奇。效奇之法，必颠倒文句，上字而抑下，中辞而出外，回互不常，则新色耳。”（页一〇七）此节“文反正为乏”恰恰正是《丽辞篇》“文乏异采”“气无奇类”此二句之助解，应用移花接木细读法就变成“文气乏奇异”，此句谓正言若无“反对”技巧，这种文章对偶就看不出有“骨气”与“情采”，只是碌碌平常的对偶罢了。

此解重点在“正”字作正，乏作乏，字形看似反正，故有“文反正为乏”之语，盖取其“反”字而已，用来联想“反对”一词定义，如此原义甚明，《定势篇》与《丽辞篇》互通参证，立可读懂原意，并无必要说出“义殊难明”之质疑。[2]

再者，《丽辞篇》此节指出文章对偶最高境界为“理圆事密”指对偶事理要圆备周密，且“联璧其章”（谓对偶文词要奇偶相联，犹如美玉相结）。如何达到这种“圆密”之美？刘勰提出“迭用奇偶，节以杂佩”之法，此化用《周易·杂卦传》错综复杂之易理，将其转化为文章对偶错综复杂之技巧。此当是《丽辞篇》最重要的对偶理论，展现了刘勰据《周易》美学为本，衍生文章理论之精华。

---

① 纪昀评点：“‘又以’四句，当云‘指类而求，万条自昭然矣’，又言对事对，‘各有反正’，于文义乃顺。”转引自《文心雕龙汇评》，页一一九。纪评此语点明四种对偶的本义，甚有先见卓识。

② 《定势篇》反正为乏与《丽辞篇》文乏异采这二句必须互通参看，此《文心》“旁通互见”读法之一例。今见陈拱《文心雕龙本义》云“反正为乏”此句刘勰本义义殊难明（页七五六），其实不是难明，可尝试旁通互见法以解之。

《丽辞篇》分析四种对偶方法，亦个别举例为证，于例证分析之语，已内含实际批评之意。兹引述《丽辞篇》两节实际批评原文云：

（一）举例述言对事对正对反对之优劣云：

长卿《上林赋》云："修容乎礼园，翱翔乎书圃。"此言对之类也。宋玉《神女赋》云："毛嫱鄣袂，不足程序；西施掩面，比之无色。"此事对之类也。仲宣《登楼》云："钟仪幽而楚奏，庄舄显而越吟。"此反对之类也。孟阳《七哀》云："汉祖想枌榆，光武思白水。"此正对之类也。凡偶辞胸臆，言对所以为易也；征人资学，事对所以为难也；幽显同志，反对所以为优也；并贵共心，正对所以为劣也。又以事对，各有反正，指类而求，万条自昭然矣。（页一一九）

案：此节举出四家对偶，指出司马长卿用言对，宋玉用事对，王粲用反对，而张载用正对，先将四种对分类，其后，再树立正对为劣而反对为优之标准，以及事对为难、言对为易这种说法。如此就有了文章丽辞四大纲要，作为对偶理论之基础。接着，即根据这种理论，实际分析张华与刘琨两家诗作的对偶，并加以品评。①

（二）举张华、刘琨两家诗例云：

张华诗称："游雁比翼翔，归鸿知接翮。"刘琨诗言："宣尼悲获麟，西狩泣孔丘。"若斯重出，即对句之骈枝也。（页一一九）

案：此节由前述"反优正劣，事难言易"此对偶理论，实际批评张华诗两句对偶使用正对技巧，所以为劣。同理，刘琨诗也犯了重出之病（重出即上下两句对偶，意思重复，等如正对），所以为劣。以上刘、张二家"选

① 言对也有正言反言两类，此篇刘勰未举实例。刘永济《文心雕龙校释》有所补充，颇可参考。刘永济《文心雕龙校释》云："舍人本谓言、事二对，皆有反正，篇中但举事对反正之例，未及言对，今补举于此。陆机《演连珠》曰：'万邦凯乐，非说钟鼓之娱；天下归仁，非感玉帛之惠。'此言凯乐不因钟鼓之娱，归仁不待玉帛之惠者，以见感化流行之用，有贤于钟鼓玉帛也。'事异义同'，言对之正也。又曰：'虚己应物，必究千变之容；挟情适事，不观万殊之妙。'此言中虚者明，怀塞则暗，'理殊趣合'，言对之反也。正者，双举同物以明一义，词径而意重，故曰劣。反者，并列异类以见一理，语曲而义丰，故曰优。"（页一二五）诚案：据此可知言对的"反"，同有"理殊趣合"之功。刘勰此意当取法于《周易》二二相综之卦，卦义相反，却又有往来上下互补相成之理。

例”，既是对偶例证，同时也是对偶实际批评。①

《丽辞篇》最末“敷理以举统”节段，为文章对偶技巧总结概括两项要点：

1. 对偶要有“文采”与“奇气”。

2. 对偶要“阴阳”与“杂佩”并用。

以上第一点申明文章对偶文采并重，足证刘勰《文心》文论以“情采”为主轴大纲。文章不能只有丽辞而缺乏文采，与《风骨篇》批评“风骨乏采”是一样的。丽辞乏采，与风骨乏采，皆突出“文采”的理论地位，正是刘勰文论的一贯主张。

再说第二点，讲究文章在使用对偶时不可全篇都用阴阳相对，而要灵活运用，讲究对与不对的搭配，这犹如《周易》有《序卦传》述二二相综之卦，又有《杂卦传》述“或以同相类，或以异相明”这种杂卦排列，将《周易》的“错综”美学之易理，应用到文论讲对偶技巧的写作法，易理互通文理，这也是刘勰《文心雕龙》援用《周易》之例，可证《周易》对《文心》此书文论的影响。

二、《丽辞篇》易学影响

《丽辞篇》述文章对偶技巧，认为言辞文采必成双成对，始为自然美文，立论即本《周易》阴阳二元思想。次分对偶为言对、事对、正对、反对，仍仿两仪四象之分。全篇不唯理论遵照《周易》太极两仪之形上架构，实际举例“选文以定篇”即引《周易·乾文言传》与《系辞传》上下二篇为典范，

---

① 本篇举例，四种对皆有，但是刘永济《文心雕龙校释》云本篇但举事对的反正，缺述言对的反正，为此，刘永济增补言对正反两例云：“陆机《演连珠》曰：‘万邦凯乐，非说钟鼓之娱；天下归仁，非感玉帛之惠。’此言凯乐不因钟鼓之娱，归仁不待玉帛之惠者，以见感化流行之用，有贤于钟鼓玉帛也。‘事异义同’，言对之正也。又曰：‘虚己应物，必究千变之容；挟情适事，不观万殊之妙。’此言中虚者明，怀塞则暗，‘理殊趣合’，言对之反也。正者，双举同物以明一义，词径而意重，故曰劣。反者，并列异类以见一理，语曲而义丰，故曰优。然作者行文亦随宜遣笔，视无绌正崇反之见，未可因舍人此论，而拘于一格也。”（页一二五）诚案：此言对补例，颇可从侧面证明言辞反对为优之说，因此，刘勰的对偶理论中，不同类型的对偶仍然有高下优劣之分别，否则，刘勰《文心》就不必特设《丽辞篇》矣！

评赏曰“奇偶适变，不劳经营”谓即“自然成对”之美文。

然则《丽辞篇》全篇之理论系统与作品范例，皆自《周易》而衍生，《丽辞篇》可谓周易文论最贴切适合之印证。其中谓自然成对之文乃出于“体”与“用”并合之说，首见“体用”一词之概念，尤其具有易学易理一家之创解，兹条述分析如下：

（一）造化赋形，支体必双，神理为用，事不孤立。夫心生文辞，运裁百虑，高下相须，自然成对。（页一一八）

案：此节首述文章丽辞“体用论”，体谓自然成对为形体，用谓对偶章句方法不一，比拟《周易》“神理之数”之妙用，首次建立以易道体用为根本之文章对偶论。盖引伸《系辞传上》云：“范围天地之化而不过，曲成万物而不遗，通乎昼夜之道而知，故神无方而易无体。”此句言“方体”即“支体必双”之体，谓有形可见之体，必自然成双，而文章之有对偶丽辞，亦同此理，谓文章修辞必以“自然成对”为本体。至于发挥对偶之妙用，则形式不一，方法之妙，如同《周易》神理之数，盖皆不可测知也。此节所言体用，体字本义形体，然而按以“必”字，可推知刘勰直以为文章对偶乃仿自造化本体必“成双形体”之“体”字涵义，因而此体字兼有“本体”“形体”诸义，与“用”字合观，此节堪称宋以前中土学术言“体用”一词之首例，既已发挥《周易》易神“体用”之概念，同时也代表刘勰在古代子学史上最早的“体用”之说的立论者，其折中创发之地位，尤其重要。[①]

（二）《易》之《文》《系》，圣人之妙思也。序《乾》四德，则句句相衔；龙虎类感，则字字相俪；乾坤易简，则宛转相承；日月往来，则隔行悬合；虽句字或殊，而偶意一也。至于诗人偶章，大夫联辞，奇偶

---

① 《周易》经传屡言个别“体”字“用”字，但从未见“体用”连言，先秦古籍亦未闻。因此，学者咸谓“体用”概念乃佛教传入中土之后始畅行之论，而朱熹最常以体用一词注解古书。因此，子学史上的“体用论”，始自南宋。其反对此说，王夫之《尚书引义》卷五云：“夫‘能’‘所’之异其名，实非释氏昉之也。其所谓‘能’者即用也，所谓‘所’者即体也，汉儒之已言者也。所谓能者即思也，所谓所者即位也，《大易》之已言者也。”此节将佛教“能”与“所”之教义，比附中土语词的体与用，虽然自成一解，但还是未见“体用”合言之辞。僧肇《肇论·般若无知论》云：“用即寂，寂即用，用寂体一，同出而异名。”此句始见“体用”合言，然则佛教教义先说“体用”应可成立。案僧肇生当公元四一四至四八四年，刘勰则在其后（四六六至五三八年），刘勰有可能参取僧肇说法。由是可知，此篇《丽辞篇》谓支体必双，神理为用，当是中土首言“体用”概念之词，《文心雕龙》不仅是文论，且为有子学创解之文献。

适变，不劳经营。（页一一八）

案：此节实际列出《乾·文言传》与《系辞传》各一段原文，评之为最有“不劳经营”与“自然成对”之对偶杰作。《乾·文言传》云：“元者，善之长也，亨者，嘉之会也，利者，义之和也，贞者，事之干也。君子体仁足以长人，嘉会足以合体，利物足以和义，贞固足以干事。”此节即“字字相衔”之对偶句式。又《乾·文言传》云：“同声相应，同气相求。水流湿，火就燥，云从龙，风从虎，圣人作而万物睹，本乎天者亲上，本乎地则亲下；则各从其类也。”此节即“字字相俪”之修辞。又《系辞传上》云：“乾以易知，坤以简能。易则易知，简则易从。易知则有亲，易从则有功。有亲则可久，有功则可大。可久则贤人之德，可大则贤人之业。”此节即“宛转相承”之句法。又《系辞传下》云：“天下何思何虑？日往则月来，月往则日来，日月相推而明生焉。寒往则暑来，暑往则寒来，寒暑相推而岁成焉。往者，屈也；来者，信也。屈信相感而利生焉。”此节即字句长短不一，而对偶的意思完全一样。此节可视作首次《周易》传文的实际分析与批评。

（三）若气无奇类，文乏异采，碌碌丽辞，则昏睡耳目。必使理圆事密，联壁其章。迭用奇偶，节以杂佩，乃其贵耳。类此而思，理斯见也。（页一二〇）

案：此节述对偶丽辞不可只讲外表形式，必须兼合风骨与情采，将文章风骨情采与对偶技巧融合为一，始能完成文章最美善之境界，使“理圆事密”。用圆密一词，乃仿自《周易·系辞传下》“退藏于密”之易理，《系辞传下》云：“易之为书也，广大悉备。”此句之“悉备”也有圆备的意思，合而言之即有“理圆事密”之句。又“迭用奇偶”挪用《周易》阴阳相生始成变化之概念，阳为奇，阴为偶。

三、《丽辞篇》子学内涵

《丽辞篇》述文章对偶之术，提出正对、反对、言对、事对等四类，此为文章“对偶”作法，类似“形而下者谓之器”的意思。但更重要者乃在对偶“形上”理论分析。刘勰从太极有阴阳两仪，刚柔之对比，仰观俯察自然物色之说引伸发挥，谓动物植物皆有“对偶”文采，降及人文辞章，奇偶适变，自当有对偶之巧，此乃自然神理所致。故而本篇讲述文章对偶理论，来源亦悉自一阴一阳之易理，兹再将《丽辞篇》有子学之内涵条述如下：

（一）体悟《周易》乾坤天地、阴阳刚柔自然成对之易理，推知文章亦必有“自然成对”之文辞。《丽辞篇》云：

> 造化赋形，支体必双，神理为用，事不孤立。夫心生文辞，运裁百虑，高下相须，自然成对。（页一一八）

（二）引据《周易》文辞早已有自然“对偶”之句，诸如系辞传、乾坤文言等皆是。五经文章，譬如《易经》早已有对偶之句，《诗经》亦有，《易》《诗》并言，举此二例皆有“奇偶适变”自然对偶佳篇，不劳经营，乃自子学“枝条五经”沉潜体会之领悟而来。《丽辞篇》云：

> 《易》之《文》《系》，圣人之妙思也。序《乾》四德，则句句相衔；龙虎类感，则字字相俪；乾坤易简，则宛转相承；日月往来，则隔行悬合，虽句字或殊，而偶意一也。至于诗人偶章，大夫联辞，奇偶适变，不劳经营。（页一一八）

（三）再参取《周易》数术学有“奇数”“偶数”之对，谓天一地二天三地四天五地六天七地八之数，天数奇二十五，地数偶三十，天地之数合而为五十五，此天地奇偶之易数，运用之理，有参伍因革之功，奇偶互用，乃尽天下事理变化之妙，此即“神理”发挥之功用。又天地之数错综变通，遂成天地之文，而此文必有自然对偶之数。刘勰借参以上《周易》所言奇偶错综之易数，提出文章对偶必“两言相配”之理，最后要做到“理圆事密”之对，犹如“联璧”光辉，历历灿然。《文心雕龙·丽辞篇》根本理论来自《周易》易数之理，由以上分析可确立矣！《丽辞篇》云：

> 若两言相配，而优劣不均，是骥在左骖，驽为右服也。若夫事或孤立，莫与相偶，是夔之一足，趻踔而行也。若气无奇类，文乏异采，碌碌丽辞，则昏睡耳目。必使理圆事密，联璧其章。迭用奇偶，节以杂佩，乃其贵耳。类此而思，理斯见也。（页一二〇）

四、《丽辞篇》总案

《丽辞篇》除注重对偶之外，更强调要兼顾“文采”与“文气”之配合，而不是只讲究表面词句对称而已，将文章丽辞技巧提升到有“风骨”与“情采”的趣味，此与《风骨篇》批评“风骨乏采”与“采乏风骨”之说相通，主张文章风骨要与情采融合，前后理论一致，再次可证刘勰文论体系重视风骨与情采的配合，且将之标举为文术论两大纲目。《丽辞篇》有谓“若气无奇类，文乏异采，碌碌丽辞，则昏睡耳。”此句说明文气与文采都要表现“奇异”之风，讲究文辞有骨气，文章有情采，若只是平凡无味的对偶，读来真令人昏睡，① 明白表示刘勰的文章对偶理论不是单独地研究，必须“旁通”《风骨篇》与《情采篇》之说，才能构成“理圆事密”的对偶理论。

《丽辞篇》说明文章必有对偶，乃因自然成文必显现“双体”之形貌，用“神理”一词，即上追《周易》易理所谓“神也者，妙万物而为言”此种万物有神妙之理的概念，故有“造化赋形，支体必双”之语，接着又追溯“造化”之功，即《原道篇》已揭“人文之元，肇自太极”此句用“太极”作为造化之始的本意。因为造化形体都是自自然然成双成对，而文章之道，本来也是一种表现“形体”，即《情采篇》所讲三理之一的“形文”，若文章也是造化之形，则文章必然也是要自然成对——刘勰说它是一种文章“神理”自然的显现。

《丽辞篇》全篇从以上所述“原始表末”即开始探索文章对偶技巧理论，自始至终，悉皆根据易学易理的引伸与化用、衍义。例如“选例”则首选《周易》经传文句，次述两汉与魏晋作家。而选例之作即进行作品的“实际批评”，用“契机”概念做品评标准，机字乃化用《周易》阐述的“几神”之义。及至论述文章对偶最高境界要做到丽辞之中兼含骨采，达到“理圆事密”此说，谓文章对偶技巧要写出事理“圆密”之美，乃暗用《周易》已揭

---

① 纪昀很注意此节强调的对偶技巧，但用“骨采”一词说明它。纪昀云：“‘张华’一段，申反对正对；‘是以’以下，申言对事对。‘若气无’以下，就四对推入一层，言对偶虽合法，而无骨采亦不可。北平先生以四病并列，失其旨矣。”（页一二〇）案：所谓骨采，当指风骨与情采之合。可互参清瑾轩评语云：“丽辞准风骨、情采之中，则联对之要务。”（页一二〇）如此之解甚确。

“圆智方神”与“至精之谓神”此种精密至神之易理。简言之，《丽辞篇》对偶定义、源流、作品实例鉴赏评述等一切的对偶理论之建构，大抵皆据易学易理而加以衍义、引伸，或借参易理的应用，转化为“文理”的体系内涵。

最后再用“移花接木”细读法分析《丽辞篇》新出现的文论“术语”，例如“岂营丽辞，率然对尔”与“句字或殊，偶意一也”两句，即谓丽辞与对偶同义。又如“若气无奇类，文乏异采”两句有“文采”与“文气”，“奇丽”与“奇采”四语词，而赞曰“精味兼载”首见“精味”一词，也必须与“情味”共参。

三十六　《比兴篇》细读

一、《比兴篇》文论与实际批评

《比兴篇》述文章须备比兴之笔，比谓比理，兴谓起情，这两项都要用“譬喻”。要“切类以指事”，谓事情类别要与“理”互相符合，注重在“理”。而兴则要求“环譬托讽”，谓巧妙的譬喻，初看不觉，但一定要能激起读者的“情感”，故有“起情者依微以拟议”之语，重点在“情”字，谓兴起情感，强调譬喻即使再细微，也一定要有“起情”作用。

合以上而观，比兴是文章写作的一种比喻技巧，目的是要表现文章的情理。《比兴篇》内含“情理”，再次证明情理确是刘勰《文心》理论的主轴大纲。

《比兴篇》述诗文必有比兴，图写山川，展示文辞华美，收到“惊听回视”之阅读效果。用“惊听”与“回视”这两个语词，都是指五官有感应旁通之作用，暗示视、听、味、嗅、触诸感觉可互通，殆即《总术篇》理论之类似说法。《总术篇》云：

> 数逢其极，机入其巧，则义味腾跃而生，辞气丛杂而至。视之则锦绘，听之则丝簧，味之则甘腴，佩之则芬芳，断章之功，于斯盛矣。（页一四三）

此节所述视、听、味、佩（即触觉）不就是《比兴篇》所云惊听之听、回视吗？可见《比兴篇》理论也可旁通互见《总术篇》，这两篇都用五官通感阐述品赏文章方法。

晚近学者尤善借助现当代西方文论“隐喻”术语，比附“兴”笔，谓兴就是西论的隐喻（metaphor）。[1] 案“兴”的英译还有allegory与inspire，前者是“寓”，后者是“发端”“兴起”之意。将兴译作寓言，主要是看重寓言最基本的技巧，就是必须用隐喻，将所描写的事、物、人具有的暗示意义，用意象加以影射出来。[2] 注意此隐喻技巧，恰恰与兴笔很像，故而施友忠英译《文心雕龙》就采用此译。[3] 这个译法，重点还是在兴笔是譬喻，特别是偏重“隐喻”，而不是“明喻”。

第二种译法完全遵照“兴，起也”这个定义，承认兴笔大多带有起头发端之作用，用来产生其他联想，可以刘若愚《中国文学理论》此书译法为代表。[4]

其实，严格来说，西论并无完全对应“兴”意的文学术语。按照朱自清《诗言志辨》对“比兴”一词的详考，兴笔往往出现在一首诗的开头，确实有起端、发起之作用，但这不是兴笔的唯一技巧与内容。再者兴笔有明喻，也有隐喻，凡是譬喻技巧，都会有“言外之义”，不只是文词表面字义的比喻而已，这种中土兴笔的多方面因素，不能单纯地比附成西论的隐喻技巧。

为此，朱自清归纳《诗经》毛传标示的“兴”句，即包括明喻、隐喻，不单只是隐喻而已，况且，也有不少兴笔在句中，或在句末，不一定都在开端。所以，将兴译作inspire，只是得其一义而已。

最需注意者，朱自清看出《诗经》用兴笔，影响了古诗理论“比兴”传统的形成，这一阶段的比兴，真正的用意在“诗言志”，而《楚辞》讽兼比兴的写作，恰好就有这个特点。朱自清《诗言志辨》论比兴云：

> 建安以来的作家，可以说没有一个用过传、笺式的“比兴”作诗的。用《楚辞》式的譬喻作诗的倒有的是，阮籍是创始的人，不过这一种，连后来的比体在内，也还是不多。赋体究竟是大宗。赋体诗中间却

---

① 参见波尔蒂克（Baldick，C.）编：《牛津文学术语辞典》（Oxford Concise Dictionary of Literary Terms）（New York：Oxford University Press，2006），页一三四，原文由作者暂译。

② 寓言的定义，可参考颜元叔主编：《西洋文学辞典》（台北：正中书局，一九九一年九月），页二三。解释寓言云：“以诗或散文体写的很长的暗喻（metaphor），故事中描写的事物、人、行为具有故事以外的意义，是以一种手段影射另一种意义，以具体意象（image）表现抽象概念。其中的人物多为抽象性质之拟人化（personification），动作与地点都代表抽象概念之间的关系。”

③ 参见施友忠英译：《文心雕龙》（台北：中华书局，一九七五年二月），页二七六。

④ 参见刘若愚著，杜国清译：《中国文学理论》（台北：联经出版事业公司，一九九二年八月），页二三五，刘氏用“inspire”中译“兴”这个概念。

不短譬喻，后世的“比”就以这种譬喻为多，就这种“比”及比体诗加以触类引伸，便是后世的“兴”了。①

此节分析比兴有《诗经》与《楚辞》两种模式的不同，而后世流行的泰半属于《楚辞》这一模式之譬喻。此一解释，参看《比兴篇》刘勰突出《楚辞》的譬喻手法之重要及其不同于“经典”的“四异”之特点，立可得到“旁通互见”的理解。

再看《比兴篇》在“选例（文）以定篇（论）”之论述举例，多举“比”例，但缺“兴”例，颇与朱自清提示比体多兴体少的说法相合。虽然此篇“释名以章义”曾经举《诗经·关雎》有尸鸠贞一之象，兴起夫妇有别、后妃之德之联想，可称作兴笔典范之例。但是，此例古人遍引之，且由《诗经》毛传首标兴义，刘勰举此例不过是要说明兴笔定义，助解“兴体”之解。故而此例仍归“释名以章义”，非刘勰自举兴笔例证。

总之，《比兴篇》因为只有兴笔定义，缺乏兴笔例证补说，遂导致“兴”的技巧晦昧不明。此可从明清评点家聚焦于此问题之讨论，略知其概。②

《比兴篇》在“选文（例）以定篇（论）”原文尝举宋玉以及两汉赋家比喻写法六例，加以讨论，诸例如下：

或喻于声，或方于貌，或拟于心，或譬于事。宋玉《高唐》云：“纤条悲鸣，声似竽籁”，此比声之类也；枚乘《菟园》云：“焱焱纷纷，若尘埃之间白云”，此则比貌之类也；贾生《鹏赋》云：“祸之与福，何异纠纆”，此以物比理者也；王褒《洞箫》云：“优柔温润，如慈父之畜子也”，此以声比心者也；马融《长笛》云：“繁缛络绎，范蔡之说也”，此以响比辩者也；张衡《南都》云：“起郑舞，茧曳绪”，此以容比物者也。（页一二二）

以上六例各涉及“心声事貌”之比喻，借“喻体”与“喻旨”产生此与彼相似相仿之譬喻，注重在一对一的比喻关系，是标准的“比”例，其与“环譬”作法之“兴”笔截然不同。

---

① 朱自清此文，收入《朱自清集》（台北：河洛出版社，一九七七年四月）。此处引文转引自罗联添编：《中国文学史论文选集续编》（台北：学生书局，一九八五年二月），页一五七。

② 各家异说评点原文，可参考《文心雕龙汇评》页一二一至一二二所辑录之各家批语。

所以此篇举宋玉等六例之后，再举魏晋六朝只用潘岳与张翰两例：

> 又安仁《萤赋》云“流金在沙”，季鹰《杂诗》云“青条若总翠”，皆其义者也。故比类虽繁，以切至为贵，若刻鹄类鹜，则无所取焉。（页一二二）

此二例置于本篇“敷理以举统”作为全篇比兴理论之总结，当有刘勰特别用心之处，因为此二例写法与前揭六例直观之比体明显有不同理趣。约而言之，“精巧”是此二例之特色，而且描写重点在“物”之小，以“体物”为重心，较少“讽谕”或其他引伸涵义。此与《诠赋篇》叙述魏晋短赋之特点在“縟理有余，情韵不匮”可以旁通互见，意指魏晋短赋，擅长“物类”的繁复比附，表现物类奇巧的“义理”，乍看不易辨明，但是细细品味，也不缺少以此喻彼二者比附的关系，读来亦有情韵。今列举此二例，正是着眼于宋玉与潘岳、张翰此二家的譬喻手法很不一样。

试想流金本为宝物，流字形容金色显亮明动，将之比附流沙，其价值不可同日而语，二者差别很大，本不当比。然取流沙曝晒于烈日之下，必闪闪醒眼，此特色又与流金相似，故曰流金在沙，这样，跳过一层的奇巧之比，增强了情韵效果。

又青条之物，以“青色”为显，总翠则以“翠绿”为标，然青、绿、蓝三色近似，唯深浅有别。今青条独枝，或不至于翠，若远地而遐观，则或有翠绿之意，故曰“青条若总翠”，亦得理趣之比附。刘勰乃有“比类虽繁，以切至为贵”此语，总结比附写法两大要目，而特举魏晋二家补证之。

总之，《比兴篇》特须细读全篇举例，始能通晓刘勰的本意。今观这些例句，主要以《诗经》与《楚辞》的比喻为一类，而汉人辞赋为第二类，最后，潘岳、张翰代表的魏晋比喻讲究“切至”，为第三类。

此三类比喻，刘勰最看重第一类诗、骚的譬喻内容，因为此类比喻都内涵讽谕、教诲的意思，例如明德、秀民、教诲、号呼、志固、忧心等涵意，可用“述道言治”或“入道见志”概括之。依此理解，刘勰已隐约采用“子家”胸怀品赏诗骚的比喻技巧，期望各种类型的“比”都要内涵如此的“大义”，即有讽谕作用，才值得比类。换言之，兴要求“环譬以托讽”，比仍然不可以乱比，至少也要有“兴”笔的托讽效果。难怪《比兴篇》批判汉人辞赋不但是“诗刺道丧”，而且“兴义销亡”，意指比兴在汉赋之中，纯作夸饰，铺叙乖张，很少具备讽刺的内涵。

因此，汉赋只有技巧形式上的比喻手法，丧失了讽刺作用，就此而言，汉赋根本就没有“兴”笔了。魏晋以下，更变本加厉，“比兴”也全都销亡了。朱自清分析比兴自从《楚辞》以后即已消失，要晚到唐宋才再有人重新提出来，但此时的比兴已全然不是诗、骚时期讲的比兴，而只是等同于“诗言志”说而已，此说法颇得《比兴篇》所论的文学历史发展的事实。《比兴篇》云：

> 若斯之类，辞赋所先，日用乎比，月忘乎兴，习小而弃大，所以文谢于周人也。至于扬班之伦，曹刘以下，图状山川，影写云物，莫不织综比义，以敷其华，惊听回视，资此效绩。（页一二二）

此节概括汉赋比喻只有比，没有兴，与“周人”时期的《诗经》《楚辞》兼有比兴之法，已有大大不同，总结了第一类与第二类的比喻差别。

至于第三类，是指自扬雄、班固、曹植、刘桢以下到潘岳、张翰此一时期的比喻，《比兴篇》云：

> 至于扬、班之伦，曹、刘以下，图状山川，影写云物，莫不织综比义，以敷其华，惊听回视，资此效绩。又安仁《萤赋》云“流金在沙”，季鹰《杂诗》云“青条若总翠”，皆其义者也。故比类虽繁，以切至为贵，若刻鹄类鹜，则无所取焉。

此节分析扬雄以后的作家，只专注此物比彼物，着力在比喻“切”或“不切”的问题，要求以“切至”精巧为准，全不理会有何诗言志或者“述道言治”的暗示，已接近纯文学比喻技巧，所担心的只是“刻鹄类鹜”这种乱比而已。易言之，只在乎比喻像不像，即“切至为贵”的经营手法，根本谈不上有何讽刺内涵的暗示了。

以上三类比喻，乃《比兴篇》理论最重要的主轴。其要义，悉据“选例以定论”这种细读法，归纳得出，始能尽解刘勰比兴理论的真正意义。有鉴于历来解此篇者往往忽略本篇“例句”有助理解此篇刘勰本义，今特再疏释申明如上。最后，当再留意《比兴篇》赞曰提出比兴手法要“圆览”谓圆满周备，将此物比拟彼物，完全取决于“拟容取心”，突出以心比心的要义，作为比兴手法大纲近似“将心比心”，如此亦紧密呼应刘勰文论“主心”的一贯思想。

二、《比兴篇》易学影响

《比兴篇》分述比体与兴义两项诗文写作技巧，比字谓“比附”之义。而《周易·比》卦象曰：“比，辅也，下顺从也。”此谓顺从比辅之易理，比辅与比对相通，《比》卦所比者在人，而比兴则比附事物的声貌与心事，比拟写作而成文章。《比兴篇》之比义，已有转化易理，受到易学启发之明征。

再看兴体定义“环譬”一词，诸家皆未细说，然而此语实为理解兴体之关键。盖刘勰用一物比附一物说比，而用“环譬”之环字即“圆环”之意，仿自天圆地方之圆，比喻变动不居，随时可取一义，但都要符合“周全”要求，犹如“环”之圆备。故而刘勰用“多义”说兴，用以一喻一说比，一与多，即比与兴之差别。如此解“兴”义，盖借鉴《周易》“象意”之说，谓“立象见意”，意思是指一象多义。

可引王弼《周易略例·明象》一文释易象有“得意忘象”与“得象忘言”，以及“尽意莫若象”种种象数易理帮助理解，谓象虽然只有一种，但由此象而得出之意，则可以多类，可用来说明刘勰何以用“环譬”解“兴”义矣！王弼云：“是故触类可为其象，合义可为其征。义苟在健，何必马？类苟在顺，何必牛乎？爻苟合顺，何必坤乃为牛？义苟应健，何必乾乃为马？”① 此节释《周易》象与意之关系，先将易象加以分类，用“类”字括举易象的种类，触类就是足以触动情感的象义。其与《比兴篇》“兴者，起也”“起情者依微以拟议”此二句定义兴，都阐释为引发情感，道理相通。再看《比兴篇》释兴体取象不一的一节话，句法与句意也极似王弼《明象》。例如《比兴篇》云：“义取其贞，无疑于夷禽。德贵有别，不兼于鸷鸟，明而未融，故发注而后见也。”此句是说若要表现“贞一”而且“有别”这种意思，并不一定只有选用关雎这一个“象”，其他如夷禽与鸷鸟也可以有同样的取譬。此节即谓兴体有“环譬”之特征，委婉循环不定，可以有多元取象。由以上分析可知《比兴篇》说兴体，即有“兴象”之义，皆转化自《周易》得象忘意、得

---

① 引自王弼著、楼宇烈校释：《王弼集校释》（北京：中华书局，二〇一二年二月），页六〇九。

象忘言这种易象的易理内涵,《比兴篇》理论乃根据《周易》,自无可疑。

又如《比兴篇》用“拟议”一词说明兴体,谓兴体是“起情者依微以拟议”,意指兴体作用在于启发作品开端的情感,若以“情理”而言,兴体重点在“情”,故有兴情兴象之语。接着,刘勰分析兴情的方法是要“依微”,依据细微的事物形象,然后加以“拟议”,用“拟”与“议”描述兴体技巧。盖《周易·系辞传上》已揭卦象取自万物的形象,也是通过“拟议”手法,谓拟之而后言,议之而后动,卦象拟议天地万物之形象,《周易》所述取象易理,做法互通文章比兴兴体之手法。

至于《比兴篇》区分比与兴之不同,用“比小兴大”此种“大小”之类别说明,仿自《周易》卦有小大,而齐小大者存乎卦此类易理。例如《比兴篇》云:“观夫兴之托谕,婉而成章,称名也小,取类也大。”此谓兴体取象物类可以很细小,但是范围至大,有时只取其中一个比喻,却可以暗喻多元涵义。又云:“日用乎比,月忘乎兴,习小而弃大,所以文谢于周人也。”此句明白指出比是小,兴是大,直言比兴即小大之分别。案《系辞传上》述卦象爻象与卦辞爻辞之配合,也有卦之小大与辞之险易之分,说法殆为《比兴篇》比小兴大之论的思考本源。《系辞传上》云:“彖者,言乎象者也。爻者,言乎变者也。吉凶者,言乎其失得也。悔吝者,言乎其小疵也。无咎者,善补过也。是故列贵贱者存乎位,齐小大者存乎卦,辩吉凶者存乎辞,忧悔吝者存乎介,震无咎者存乎悔。是故卦有小大,辞有险易。辞也者,各指其所之。”(页一三八)

此节所谓彖指卦辞,爻谓爻辞,象指六十四卦卦象。朱熹《周易本义》云:“此章卦爻辞之通例。”甚是。齐犹判定,小谓阴,大谓阳,表明阴为小而阳为大,卦爻辞有小大之分,正犹如比兴之体也有大小,功用同有讽刺之义,但作法则各有不同。由此可知,刘勰参取《周易》卦爻辞小险大易之易理,化用在诗文比兴手法的优劣高下之辨别,此《比兴篇》互通易理之又一例。①

---

① 《周易》有四卦用“大”字,二卦用“小”字,例如《大过》《大壮》《大畜》《大有》等皆言“大”,《小过》《小畜》则言“小”。至于《周易》经传用“大”“小”之语辞则甚夥,不待烦举。先秦子书《吕览》首言大小,有《慎大览》《谕大篇》《务大篇》《慎小篇》等四篇畅叙大小。《文心雕龙》亦喜言大小,《比兴篇》比小兴大即其例。《刘子》有《大质章》《慎隙章》皆述大小之义。然则,子学言大小论述,《文心》与《刘子》二书也是相通,两书又都受到《周易》之影响。

又《比兴篇》云："夫比之为义，取类不常：或喻于声，或方于貌，或拟于心，或譬于事。"（页一二二）案：此节细分比体为喻声、拟心、譬事三大类目，故曰比体"取类不常"，谓比喻种类繁多，未可一定。此种用"类"字分析事物，讲明比喻之思考颇似《周易》"类"字易理。盖《周易》善言类分，《乾·文言传》云："本乎天者亲上，本乎地者亲下，万物各从其类也。"此即类分思想。大别天地事物有"上"与"下"二类，凡质性同者各归同类。故而《同人》卦象曰："天与火同人，君子以类族辨物。"此戒君子当细辨分类事物之同异，例如比体兴体之小大，亦在辨正之列，只差别在《周易》辨类的目的是要占卜吉凶，而《比兴篇》辨类的目的则在比体与兴体的分类说明。《周易·系辞传上》云："卑高以陈，贵贱位矣！动静有常，刚柔断矣！方以类聚，物以群分，吉凶生矣！"此就易卦贵贱上下，刚柔随时之变，细察分类，以定吉凶，辨类目的在卦爻之吉凶，而不是文章比喻分类，但是注重"类"之义理则《系辞传上》与《比兴篇》二处所见辨类功夫殊无二理，这也是"旁通互见"细读的结果。

三、《比兴篇》子学内涵

《比兴篇》说比兴之旨，先从"前论"与"旧谈"破题，引《诗经》毛传首标兴体，谓兴者起也，展开论述。次则刘勰新创用"情理"二字解释比兴，谓兴者起"情"也，比者比附"理"也。将比兴之旧说一变而为"附理起情"之新解，乃刘勰一贯论述用折中方法之典型。《比兴篇》本来属于前说旧论，经刘勰参综融贯之后，提出比兴即"情理"表现，再次见证刘勰《文心》据"情理"为文论枢纽，而此情理由情志与事理合参而来，必须探源子学"博明万事"与"适辨一理"之情理，始能巧妙圆熟地写下比兴文章。《比兴篇》化用子学义理，参取子学方法，已明显可见。兹括举全篇子学内涵原文段落疏解如下：

（一）首用"情理"界定比兴内涵，即有子学义理思考。次又阐释比兴代表"诗人"而非"辞人"主要表现手法。推考诗人的比兴手法，其一藉由比附事理，说明出自诗人"畜愤"之言，承袭子家"发愤述作"之隐意。其二因兴而起情志，出自诗人"诗以言志"之情志，亦即子家"诸子者，入道见志之书"此种子书著作类型。合以上附理与起情二语而贯之，"诗人"形同“子学之人”，而诗人之志也互通子家入道见志之志，可证《比兴篇》自子学义理内涵开端立论。《比兴篇》云：

> 《诗》文弘奥，包韫六义；毛公述《传》，独标“兴体”，岂不以“风”通而“赋”同，“比”显而“兴”隐哉？故比者，附也；兴者，起也。附理者切类以指事，起情者依微以拟议。起情故兴体以立，附理故比例以生。比则畜愤以斥言，兴则环譬以托讽。盖随时之义不一，故诗人之志有二也。（页一二〇）①

（二）据前述定义，比既然以“附理”为主，试问此“理”为何义？刘勰分别举例可比附之理有明德、教化训诲、心情、立志等诸理，以上诸义，莫不涉及子学课题。既有治术教民之道，也有德治化感之理，而“情志”之理亦在其中，可知刘勰借参子家之学作为比附之理的主要内涵。《比兴篇》云：

> 且何谓为比？盖写物以附意，扬言以切事者也。故金锡以喻明德，珪璋以譬秀民，螟蛉以类教诲，蜩螗以写号呼，浣衣以拟心忧，席卷以方志固，凡斯切象，皆比义也。至如“麻衣如雪”，“两骖如舞”，若斯之类，皆比类者也。（页一二一）

（三）及至兴义举例，刘勰主要用“德化”“德治”为主旨进行“兴”体内涵解释。可互参《论语·为政篇》“为政以德，譬如北辰居其所，而众星拱之”此语之“德政”义理，即不难理解刘勰引用“德”字注释“关关雎鸠”此句兴体，完全出自子家“述道言治”之义。《比兴篇》云：

---

① 此句“岂不以风通而赋同”，诸家出校有云通作讽，有云通字是，皆不详本义。故而陈拱《文心雕龙本义》云：“按此句未详，不须强解。”（页八九〇）案：此句仍可试解，然须先参刘勰解“兴”义，悉本《周易》易象之“象”解，谓“象”与“意”有“得意忘象”与“得象忘言”之说，即类“兴”体，故用“环譬”解兴义，其与“比体”之区别，即一与“环”之不同。比乃一物比附一物，兴则可以“环譬”谓多种类比喻犹如环状，随取一点而兴起作诗情感，不限于一对一。然而不论用比或用兴，同样皆有“讽刺”作用，故而刘勰又有“比则畜愤以斥言”之语，斥言即讽刺之言。而兴体则言“环譬以托讽”，托讽即寄托讽刺之意。比兴差别在兴体讽刺透过“寄托”，而比体讽刺用“一对一”之形象比喻，缺少讽喻效果，此比显兴隐之分。根据以上理解，此二句意谓：“不论赋比兴的作法有何不同，它们共通的作用都是‘讽刺美刺’，但是比体容易看出来，而兴体就比较隐晦，不易看出。”此解以“风”作“讽”谓讽刺，通作同，谓作用相通而同有讽刺。然而兴意不易见，故毛传遇兴笔则独标之。杨明照《文心雕龙校注拾遗补正》云：“通谓通于美刺，同谓同为铺陈。”（页三三〇）此说半是。盖刘勰用骈文句法，故有“风通”与“赋同”之句式，通即同，易字而已。又风假借讽，“赋同”盖举赋字以包比兴，此《文心》常用句式。

观夫兴之托谕，婉而成章，称名也小，取类也大。关雎有别，故后妃方德；尸鸠贞一，故夫人象义。义取其贞，无疑于夷禽；德贵其别，不嫌于鸷鸟；明而未融，故发注而后见也。（页一二一）

（四）然而刘勰真正圆通的文论主张乃是“比兴兼顾”，不能偏一。换言之，即“情理”与“华实”并重，不可只顾附理，不晓兴情。刘勰有鉴于自屈原《离骚》之作以下，两汉辞人，大多有比而无兴，乃叹兴义销亡，只留下太多比附事理与物理之辞赋而已。为救此弊乃重新提出情理比兴合参之论点，再次见证刘勰思想内涵子学与文章合一之特色。《比兴篇》云：

夫比之为义，取类不常，或喻于声，或方于貌，或拟于心，或譬于事。宋玉《高唐》云：“纤条悲鸣，声似竽籁”，此比声之类也；枚乘《菟园》云：“焱焱纷纷，若尘埃之间白云”，此则比貌之类也；贾生《鹏赋》云：“祸之与福，何异纠纆”，此以物比理者也；王褒《洞箫》云：“优柔温润，如慈父之畜子也”，此以声比心者也；马融《长笛》云：“繁缛络绎，范蔡之说也”，此以响比辩者也；张衡《南都》云：“起郑舞，茧曳绪”，此以容比物者也。若斯之类，辞赋所先，日用乎比，月忘乎兴，习小而弃大，所以文谢于周人也。（页一二二）①

（五）最后《比兴篇》赞曰结论，旁参佛教“圆教”教义，将比兴合一而观，情与理也要兼顾，这也是与子学义理论述相通。《比兴篇》赞曰：

诗人比兴，触物圆览。物虽胡越，合则肝胆。
拟容取心，断辞必敢。攒杂咏歌，如川之澹。（页一二二）

四、《比兴篇》总案

《比兴篇》论述文章比喻与兴情两种技巧，而要求做到“圆览”之美。赞曰“诗人比兴，触物圆览”一语，标识诗文比兴手法最高境界，用圆览一词，与《声律篇》说文章声律要有风骨情采始克表现“事理圆密”之文理，

① 刘勰《比兴篇》盛赞屈原《离骚》之作兼比兴云：“楚襄信谗，而三闾忠烈，依《诗》制《骚》，讽兼‘比’‘兴’。”案此评可谓至高至上之论，推尊屈骚，盖亦本于战国子家与屈宋并世分流之意，与早期辞赋皆有“子学”精神此论有一致观点。

同用“方智圆神”此“圆”字易理。《比兴篇》受易学影响，细读这一点即可领会。①

而刘勰的真正用意，力思发扬“兴”笔技巧，因为比兴同用事物在“声貌心声”之比喻形容，但比体太过明白直接，缺少隐喻多义的含蓄技巧。比体乃刻意勉强之比附，不像“兴”笔在比类兴象之中内含讽刺之引伸，而且兴笔是“触物”托喻，取类大而深广，能够在无心之中，达到起情讽物之效果。因此，刘勰于《比兴篇》再次申明“兴笔”之重要价值，谓兴笔的“托谕”手法有“婉而成章”之含蓄，近似现代文论讲究的“隐喻”技巧，故而现代文论家喜引“隐喻”（metaphor）此一文论术语比附参解之，其实二者不尽相同，已辨如上。

须知《比兴篇》不论说比体或解兴义，其基本思想均自《周易》“由象见义”，以及“立象见意”此种“易象”之理而引伸。特别是兴体参取“一象多义”较多，故而本篇即有“称名也小，取类也大”此句之说明，与“兴则环譬以托讽”此句之要义。说明比兴重点不在技巧，而在讽刺作用，目的是要针对政事与治体暗示讽谏之意，不是只作文章的比类托谕而已。因为文章有比兴作用乃是子家文章的一项重要寄托，目的是要有“入道见志”的暗喻效果，赞曰“拟容取心”表明作家的比兴注重“将心比心”的写作技巧，这才是比兴文论的要义。②

---

① 关于“兴”义的讨论，一直是《诗经》学热门课题，赵沛霖《〈诗经〉研究反思》此书第六章详述兴的分类、本义、起源（页二九七）。又赵沛霖《兴的起源》此书专题讨论“兴”笔，朱自清《诗言志辨》此书则是兴义研究的开创者，认为兴笔承袭《左传》引诗的方法说解，兴笔带有主观随意性。

② 近代以来诸家解《比兴篇》大抵同持比体尚存而兴笔几乎已亡失之论，可引黄叔琳为代表。黄叔琳云：“非特兴义销亡，即比体亦与三百篇中之比差别。大抵是赋中之比，循声逐影，拟诸形容而已，无如《鹤鸣》之陈诲，《鸱鸮》之讽谕也。”（页一二一）刘永济《文心雕龙校释》同主此说云：“舍人此篇，题称比兴，而文多明比法。盖兴出无端，难以法定，一也；赋家之文，鲜用兴体。二也。用意不同，其归一也。”（页一二八）余者大抵近似这一类论调，兹不赘引。

三十七 《夸饰篇》细读

一、《夸饰篇》文论与实际批评

《夸饰篇》述文章修辞技巧，主张文辞必有夸饰。但是不论如何夸饰，本篇仍然用“情理”一词作为全篇主轴。例如《夸饰篇》首先定义有形与无形的描写，都要守住比喻对象的“真理”，即突出“理”字。《夸饰篇》云：

> 夫形而上者谓之道，形而下者谓之器。神道难摹，精言不能追其极；形器易写，壮辞可得喻其真；才非短长，理自难易耳。故自天地以降，豫入声貌，文辞所被，夸饰恒存。（页一二三）

此节谓神道或形器之描摹，凡精言壮辞都要“喻其真”，谓描写事物真貌，此中难易自有其“理”。用一“理”字，作为夸饰笔法之准则。《夸饰篇》又云：

> 然饰穷其要，则心声锋起；夸过其理，则名实两乖。若能酌《诗》《书》之旷旨，翦扬马之甚泰，使夸而有节，饰而不诬，亦可谓之懿也。（页一二四）

此节“心声”一词，谓心情心声，即用“情”字，谓文章描写心情苦乐，不得不有夸饰之笔，然亦不可太过，犯了“甚泰”之病，导致名实不相符，当知任何夸饰皆须有“理”之依据，始能写出真情。这里突出一“理”字，作为节制“情”之过甚过泰、戒虚假诬蔑之词。合此而观，夸饰之节制，皆用

“情理”一词。《夸饰篇》内藏情理之论，已不待辨而自明。①

《夸饰篇》的实际批评已内含于“选例以定论”两段原文，二项选例既是批评，也可助解刘勰所讲的夸饰当分两类：其一“虚形”如神道、心、情等之描写，不可太过浮滥，太过疏忽。

其二“实状”如形器，例如山海、宫殿等，此类之夸饰，因早已有“形状”在先，可以观览实形，因此，不妨用“奇笔”加以夸饰，反而更能描写传神。此即《夸饰篇》“莫不因夸以成状，沿饰而得奇”所强调用夸饰写出山海宫殿的“奇状”。凡此皆属于有体势与体貌之夸饰。以上二类举例，同见于《夸饰篇》，所举之例自宋玉以下皆属《楚辞》与汉赋作家，可归为第二段举例，《夸饰篇》云：

> 自宋玉、景差，夸饰始盛；相如凭风，诡滥愈甚。故上林之馆，奔星与宛虹入轩；从禽之盛，飞廉与鹪鹩俱获。及扬雄《甘泉》，酌其余波。语瑰奇则假珍于玉树；言峻极则颠坠于鬼神。至《西都》之比目，《西京》之海若，验理则理无可验，穷饰则饰犹未穷矣。又子云《羽猎》，鞭宓妃以饷屈原；张衡《羽猎》，困玄冥于朔野，娈彼洛神，既非魍魉，唯此水师，亦非魑魅；而虚用滥形，不其疏乎？此欲夸其威而饰其事，义睽刺也。至如气貌山海，体势宫殿，嵯峨揭业，熠耀焜煌之状，光采炜炜而欲然，声貌岌岌其将动矣。莫不因夸以成状，沿饰而得奇也。（页一二四）

此节有褒有贬，凡所褒者《楚辞》作家诸如宋玉、景差，均给予夸饰技巧“始创者”的文学史地位。次举汉赋作家，诸如司马相如、扬雄、班固、张衡等则暗藏嘲讽之“贬意”，批评诸家汉赋作品运用夸饰，实际上于“理”则无可验证。至于错乱形状、虚实不分的夸饰，皆犯诡滥之弊，诸如把神明比作魍魉、水师比作魑魅皆是。总之，汉赋夸饰缺点在“虚实滥用”，无“情理”可征验。

---

① 《夸饰篇》谈到“心情”之描摹，用“情理”一词加以节制，刘永济《文心雕龙校释》云：“大抵夸饰之用，以写仿物为宜，若摹绘心象，则易入浮伪。盖叙欢戚而辞溢其情，则感会之效失而近谄；明事理而言过其实，则阐发之用乖而近诬。舍人特许赋家‘气貌山海，体势宫殿’之辞；而于‘字与笑并’‘声共泣偕’者，戒其过理、乖实；可以悟其过矣。”（页九三一）此段分析刘勰《夸饰篇》谓描摹心象，易入浮伪，故而用“夸过其理”与“名实两乖”节制之，虽然只强调“理”字，其实心象之词，已包括“情”字内涵，简约言之，即“情理”一词之意。

以上《夸饰篇》举例原文所举汉赋作家皆已内含批评之意，而批评重点则突出一个“理”字。至于“情”字，见于《夸饰篇》另一段举例原文，此即《夸饰篇》开端“释名以章义”说夸饰技巧乃自天地以降，为了追摹描写事物的真貌，乃必须具备的形容技巧。即举《诗》《书》雅言为例云：

> 虽《诗》《书》雅言，风俗训世，事必宜广，文亦过焉。是以言峻则嵩高极天，论狭则河不容舠，说多则子孙千亿，称少则民靡孑遗；襄陵举滔天之目，倒戈立漂杵之论；辞虽已甚，其义无害也。且夫鸮音之丑，岂有泮林而变好？荼味之苦，宁以周原而成饴？并意深褒赞，故义成矫饰。大圣所录，以垂宪章，（页一二三）

此节所举《诗》《书》经典，谓经书早已有夸饰，乃“大圣”用来示范夸饰技巧的“宪章”，谓模仿标准。突出“其义无害”这个义字，即有意义、情意之旨，故又有“意深褒赞”之语，谓夸饰的目的，专在描写作家的情感思想，暗藏人品的褒赞之意，此节重点在“情”字。结合下列引述的这一段举例，刘勰所谓的文章夸饰，说到不论写法如何穷极，率皆不能偏离“情理”的准则，而这项夸饰技巧大纲主轴，刘勰虽然并未直接说出，但藉由本篇两段举例，在品评较论之语中，推知正是根据“情理”作为判准，进行分析。所以，《夸饰篇》最末结论，已注意到“心声锋起”才是夸饰的动力，关键在“心”，即心情、情意的触动。但是，又要求用“理”节制它，始能将事物形状描摹好，不论有形无形，均可以做到“名实”相符。故而《夸饰篇》云：

> 然饰穷其要，则心声锋起；夸过其理，则名实两乖。若能酌《诗》《书》之旷旨，翦扬马之甚泰，使夸而有节，饰而不诬，亦可谓之懿也。（页一二四）

此节提示夸饰手法要恰当运用，做到有节不诬，其中的界限标准，无非就是“合情合理”而已，恰恰与上一节引文有“旁通互见”之处。

二、《夸饰篇》易学影响

《夸饰篇》述文章必有夸饰，此乃“自天地以降”夸饰恒存之理，论夸饰而首曰“天地”，正如《周易》结构必自天地始，有天地然后有万物，有万物而后始有夫妇人伦之道、乃由“上”而“下”层层递续之论述思考。《夸饰篇》思想起源仿自《周易》序卦体系，依稀可见。

无怪乎此篇开端起笔即由“形而上”与“形而下”先做道器之分，借来说明文章夸饰亦不外乎描摹形器与神器两种，谓即衍生自《周易》形而上者谓之道、形而下者谓之器这种二元两仪之易理。及至实际论述文章夸饰作法，则又大肆批评夸饰太过，导致诡滥之弊，名实不符而致“诬”，最终再由夸饰导向“正饰”之说，仍然遵守《周易》尚正易理，将之援引到文章学的应用，建立夸饰要“正”这种尚正修辞理论。为此，本篇实质论述即用“夸”与“节”做二元对比，全篇借鉴《大过》卦太超过与《节》卦中正和节易理，奠立《夸饰篇》论述的基础。兹列述《夸饰篇》明用易辞、易理、易卦之各节原文如下：

> （一）夫形而上者谓之道，形而下者谓之器。神道难摹，精言不能追其极；形器易写，壮辞可得喻其真；才非短长，理自难易耳。（页一二三）

案：此节直引《系辞传上》云“形而上者谓之道，形而下者谓之器”此句形上形下二分法，说明文章夸饰可分有形与无形两类，而用“形器”说有形，用“神道”表无形。可以说，《夸饰篇》开端定义文章夸饰，释名以章义的本源来自《周易》。①

> （二）又子云《羽猎》，鞭宓妃以饷屈原；张衡《羽猎》，困玄冥于朔野，娈彼洛神，既非魍魉，唯此水师，亦非魑魅；而虚用滥形，不其疏乎？此欲夸其威而饰其事，义睽剌也。（页一二四）

案：此节分析扬雄、张衡夸饰手法不正，将洛神写成魍魉、水师夸饰成魑魅，虚实滥用，导致文章意思与表现情理互相乖违相背之弊，故用“睽剌”一词，乃化用《周易·睽》卦思想。《睽》彖曰：“万物睽而其事类也。”

---

① 形上指无形的神道，形下指有形的形器，这样的解释，初唐孔颖达《周易正义》悉采用刘勰此说而加以引伸谓：“道是无体之名，形是有质之称。凡有从无而生，形由道而立，是先道而后形，是道在形之上，形在道之下。故自形外已上者谓之道也，自形内而下者谓之器也。形虽处道器两畔之际，形在器，不在道也。既有形质，可为器用。”此节谓形在器，即形器易写之意。而道在形之上，且是“无体之名”，即刘勰“神道难摹”所指的“道”。

《睽》卦象曰：“上火下泽睽，君子以同而异。”以上释《睽》卦皆谓事物乖异而不同，意思是说两物即使合体，其本质往往有不同。朱熹《周易本义》云：“二卦合体而性不同。”谓《睽》上卦离下卦兑，离兑虽合为一卦，然其性质一火一泽大不同也。藉此助解刘勰说明洛神不同魍魉，水师大异魑魅，十分贴切。其他如“从禽之盛，飞廉与鹪鹩俱获”，此句从禽一词乃节引《屯》卦六三爻象曰：“即鹿无虞，以从禽也。”再看赞曰“夸饰在用，文岂循检，言必鹏运，气靡鸿渐”，也是节引《渐》卦初六爻：“鸿渐于干，小子厉有言，无咎。”以上二例同属明引《周易》语辞。

（三）然饰穷其要，则心声锋起；夸过其理，则名实两乖。若能酌《诗》《书》之旷旨，翦扬马之甚泰，使夸而有节，饰而不诬，亦可谓之懿也。（页一二四）

案：此节再申《节》卦易理，力戒“夸而有节”，必守“不诬”之饰，化用《节》卦安节甘节之易理，建立文章夸饰以“节”为本之正饰文论，乃知《夸饰篇》衍义《节》卦作为敷理以举统的理论根源。

三、《夸饰篇》子学内涵

《夸饰篇》申言自天地以降，“夸饰恒存”之理。全篇分两层谈，一曰夸辞，二曰夸理。而刘勰据《孟子·万章篇》谓说诗者不以文辞文意相害为准则，导引出夸饰要领在文章义理事理不可过夸，至于必要的文辞夸诞手法则并无不可。由此得知，刘勰讲文章夸饰悉遵子家之“理”为判准，盖凡子家莫不须有“博明万事”与“适辨一理”之功夫，始克说理圆融。今刘勰力倡夸饰之法，有谓“辞虽已甚，其义无害也”，此语尚“义”略“辞”之论点，明显可见刘勰述夸饰之理皆本源自子学。故而先引《孟子》辞不害意之论，次又申明凡六经之书，皆有夸饰之语，而六经文章本来即深含“义理”之辞，由此而得出夸饰尚“理”不尚“辞”，夸饰要点在一“理”字这一重点文论，与刘勰“熔铸经典，翔集子史”的一贯主张想通，也是运用“旁通互见”细读法的结果。兹述《夸饰篇》子学内涵如下：

（一）首标“道器”形上形下二元论，阐明形器之描写，唯有夸饰之笔能写出，但是突出夸饰重点在“理”，文士才华表现也以“理”为主。而六经如《诗经》《尚书》早已有夸饰，并且都侧重在“事理”之广博，为夸饰之笔的典范，《夸饰篇》云：

夫形而上者谓之道，形而下者谓之器。神道难摹，精言不能追其极；形器易写，壮辞可得喻其真；才非短长，理自难易耳。故自天地以降，豫入声貌，文辞所被，夸饰恒存。虽《诗》《书》雅言，风俗训世，事必宜广，文亦过焉。（页一二三）

（二）再次申明文章夸饰原则在“理”，不在“辞”，故有“辞虽已甚，其义无害也”之论，着力在子学“义理”的探索。《夸饰篇》云：

是以言峻则嵩高极天，论狭则河不容舠，说多则子孙千亿，称少则民靡孑遗；襄陵举滔天之目，倒戈立漂杵之论；辞虽已甚，其义无害也。（页一二三）

（三）最后则具体明示夸饰尚理，就是指“名实”之理。无论夸饰如何充满鬼神之奇，如何虚用滥形之象，都不能越出“名实两乖”界线，而刘勰所谓名实之“实”即文章“华实”之实。如此文章之实唯有藉文章“义理”“事理”之圆备通达，始能展现夸饰手法去“泰”去“奢”之最高境界。《夸饰篇》云：

于是后进之才，奖气挟声，轩翥而欲奋飞，腾掷而羞局步，辞入炜烨，春藻不能程其艳；言在萎绝，寒谷未足成其凋；谈欢则字与笑并，论戚则声共泣偕；信可以发蕴而飞滞，披瞽而骇聋矣。

然饰穷其要，则心声锋起，夸过其理，则名实两乖。若能酌《诗》《书》之旷旨，翦扬马之甚泰，使夸而有节，饰而不诬，亦可谓之懿也。（页一二四）

四、《夸饰篇》总案

《夸饰篇》讲述文章有“夸张”描写叙事之必要，分别从“夸事”“夸状”“夸理”三方面论证。“夸”必须暗含“讽谏”之意，不可过分夸张，讲究符合人情与事理之感应；刘勰用“翦扬马之甚泰”一语表明此意。正确之做法则是“酌《诗》《书》之旷旨”，意思是要妥善学习经书的夸饰笔法。此二语几乎就是《夸饰篇》最关键的两句，也是刘勰认可的文章夸饰写作之准则。

今细观此二句用“泰”字，乃仿《周易·泰》卦卦象䷊谓“天地交泰，天地不交否”，化用《泰》卦阳上阴下，始得其“顺”之易理。反之，若太超过，即“甚泰”此语，则衍义《泰》《否》两卦相综之义，过《泰》即成《否》卦，而有“不交”失应之理。因为只有像《泰》卦阳上阴下始得“小往大来”之义，其理甚明，超过《泰》卦就变成“大往小来”，没什么好结果。《诗经》《尚书》所见的文章夸饰技巧，正是如此，皆可自夸饰之笔明白读出其中的“旷旨”。旷即明旷，《说文解字·日部》：“旷，明也，从日广声。”此谓旷有广大明白之义，说明《诗》《书》文章再怎么夸大文饰，其中“事理”必广大而明白可见，也可以“验理”，不至于“夸过其理”，旷字作“明”解甚是。旷旨谓光明正大之文章义理，而“甚泰”是超过《泰》卦而往即成《否》卦而有“不交”之失，旷字不宜作“阔大”解。①

为了不夸饰太过，《夸饰篇》再度引述《周易·节》卦易理转用为文章夸饰要讲究“夸而有节”之说，《节》卦卦象䷻即三阳三阴之卦，与《泰》《否》同类，故而《节》卦自《泰》而来，《泰》九三往上即成《节》九五，乃有“刚柔分而刚得中”之义，这个“刚中”易理，转化为文理“中正”，就是指不甚不诬不过之夸饰理论。② 就像同为形容高山峻极，《诗经·大雅·嵩高》谓“嵩高维岳，峻极于天”，刘勰给予“其义无害”之评价。但是到了扬雄《甘泉赋》就夸饰成“言峻极则颠坠于鬼神”如此骇人耳目，毫无征验可言，刘勰乃批判其“验理则理无可验”，意指失理，正如《否》卦天地

---

① 陈拱《文心雕龙本义》解本篇旷字为“阔大”（页九二九），而“阔旨”则又解作“旷，远也”，但旷旨则未解（页九二八）。戚良德《文心雕龙校注通译》则说旷旨即“事必宜广的原则”（页四二三），少了“明”此层旷字本义。又“酌《诗》《书》之旷旨”此句译作“遵循《诗经》和《尚书》运用夸张时广泛征引事例的原则”（页四二五）。案：当谓由事例暗示之“正理”，作为夸饰笔法的要目。张灯《文心雕龙译注疏辨》则另译作“夸饰的深广涵义”（页三二六），当指即使藉由夸饰技巧仍然可清楚看出其中“意深褒赞”之理。

② 纪昀评“甚泰”一词，误解为“去甚”与“去泰”，殊不合，盖“甚泰”合言，谓过泰而成否。纪昀云：“文质相扶，点染在所不免。若字字摭实，有同史笔，实有难于措笔之时，彦和不废夸饰，但欲去泰去甚，持平之论也。”案：这里把“去甚”“去泰”解作两事，已误读矣！其实甚字形容泰字，谓太超过之意，指《泰》上六反复即成《否》。（页一二五）

阴阳时位不交相感应，时位失理一般。因为山高是实形可见，而鬼神根本是无实貌的虚形，用鬼神飘忽不定夸饰山陵的崇高，不合常情常理。

再说《夸饰篇》讲述文章必用夸饰技巧，以摹写道器的真貌，注重在“道”与“器”的对应，要符合“理”。虽然主张文章要有夸饰，但也要求有节制。这样的夸饰理论，其实又来自《周易》道器易理的引伸，受到《周易·节》卦易理的影响。

但如果再参照《宗经篇》标出文章宗经有六义，其中的“体约而不芜”之说，谓文体简约不可太过芜乱，简约与节制义近，所以说《夸饰篇》归纳“夸而有节”与“饰而不诬”之两大原则，也有部分援用《宗经篇》六义进行夸饰理论的建构之意。

简言之，本篇夸饰理论，兼有《周易》影响与宗经子学的理论内涵。而奠基在这样的理论上，本篇即引《诗经》作品从事实际批评，特别重视文章夸饰要有“验理”之准则。篇中像“理自难易耳”“验理则理无可验”“义睽刺也”“夸过其理”等等语句，皆用义理、事理之词，表明刘勰阐述的文章夸饰，首在事义要合乎情理，这又是《知音篇》六观之一“事义”这一项的严格要求。因而，文章夸饰理论也应用了知音六观进行作品的实际批评。《夸饰篇》在一篇之中，已将易学易理、子家“枝条五经”内涵和知音实际批评一齐融合，化用于作品实例分析之中，值得深入细读。

三十八 《事类篇》细读

一、《事类篇》文论与实际批评

《事类篇》述文章用典故之法；至于如何用典，本篇较少归纳原理原则之语，也没有明白说清楚用典分事典与语典二类。[①] 但是藉由本篇所举例证，则可推知刘勰心目中成功的用典，要谨守三项原则：其一精约原则，其二事理正确原则，其三反对为优原则。本篇例证反映的刘勰典故之学，又可分作三种类别：

其一、《周易》经文典故为一类，乃始创典故；

其二、《楚辞》典故，与经书不同，惜未举例；

其三、两汉魏晋作家典故，优劣参半。

以上三类典故，以第一类最为重要，刘勰特别在本篇"释名以章义"之节段，率先引述《周易·既济》九三爻辞"高宗伐鬼方，三年克之，小人勿用"，以及《明夷》六五爻辞"箕子之明夷"为二例，说明文章用典故始于《周易》。这一观点引出刘勰极为重要的两项文论：

其一、经学文学主张。认为五经是文学，符合"圣贤书辞，总称文章"之定义。而《周易》不只是占卜之书，更是文学。

其二、既然《周易》是文学，而文章用典故也创始于《周易》，此与

① 为了补足本篇所述典故分类之不足，刘永济《文心雕龙校释》有一段精辟分析，可备一参："用典之要，不出以少字明多意。其大别有二：一、用古事，二、用成辞。用古事者，援古事以证今情也。用成辞者，引彼语以明此义也。援古事以证今情之类，约有四端，一曰直用、二曰浑用、三曰综合、四曰假设。"又云："用成辞以明今义之类，亦约分四项，一曰全句、二曰檃括、三曰引证、四曰借字。"（页一三一至一三五）案：刘氏所举典故例证，仍以汉赋作家较多。

“易为群经之首，百学之源”可以并观：《周易》包涵的群经百学之源头，文学也在其内，本篇述文章使用典故首举《周易》此书，就可印证这个观点。可惜，历代解《文心》者较少注意及此。不把《周易》当作文学，只看作占卜之书，遂导致有此偏失，今幸而得见刘勰于本篇首引之，且《文心》始于《原道篇》，终于《程器篇》，篇篇屡见引易、用易、化易之语，印证《周易》予《文心》深厚之影响，而且也已明白宣示《周易》是不折不扣的文学，卦爻辞是最美的文章。所以，《事类篇》为典故“下定义”最后必引《周易·大畜》象曰“君子以多识前言往行”作为结论，谓前贤往圣的“言行”可立为典范，正是君子要认识的对象，刘勰则再加以补充，谓“亦有包于文矣”，意指文章典故乃“前言往行”之一项目，明显可见刘勰已借用《周易》之理，比附文章典故之道。《周易》是文学，《周易》与文章文论相契，刘勰堪称此论首创之人。[①]

若论《事类篇》述文章典故之用，目的为何？仍然不出“情理”与“华实”此两概念。但是此篇明言者仅“华实布濩”一词，情理一词则分立而述。《事类篇》述典故有助文章云：

> 至于崔、班、张、蔡，遂捃摭经史，华实布濩，因书立功，皆后人之范式也。（页一二六）

此节明白举例崔骃、班固、张衡、蔡邕四家，擅长从经史之书中取用典故，造成文章内容充实、文辞华美的功效，足可当作后世学习文章典故之示范。此节明用“华实”一词，谓善用经史典故，可充实文章内容思想。次看《事类篇》述“情”与“理”之语云：

> 夫姜桂因地，辛在本性；文章由学，能在天资。才自内发，学以外成，有学饱而才馁，有才富而学贫。学贫者迍邅于事义，才馁者劬劳于辞情：此内外之殊分也。（页一二六）

此节分析文章典故运用取决于两项要素：一曰作家才性才力，二曰实际写作技巧应用在“辞情”与“事义”之控制能力。此二项因素，文章事义为外在

---

① 今见李鼎祚《周易集解》、李光地《周易折中》、马振彪《周易学说》等三家集录历代解易注易各家，未见有任何一家注《大畜》象曰，涉及“文学”文章用典故之说，唯刘勰在《文心雕龙·事类篇》首次引述。

因素，作家才性才力则是内在因素。合此而观，刘勰其实仍旧兼用“体性”之说，谓作家性情与文章体貌合一，也是“事类”技巧之理论依据。所以本节说到作家“才自内发”，“学以外成”，此两句内外之分，只就分析说理之便有内外而言，其实发挥实际写作作用则无分内外先后，必须混融一体始得完善之结果。

所以，才学优厚之作家，必博览经史，所作文章才会有丰富事义，也能使文章文辞有情采。所谓事义即事情义理，义者，理也。综合言之，辞情与事义即“情理”。刘勰仍以“情理”为文章典故技巧主要的表现内容，且唯有凭恃作家才力学识始能使文章事类内涵丰厚情理，写出文情与义理兼备的好文章。此节暗藏“情理”之意，与前述引文“华实布濩”一词并观，在一篇之中，共论情理与华实，唯此篇与《辨骚篇》有此例，再次印证刘勰文论系统确有情理与华实两大主轴。①

《事类篇》尚有一节原文，理论可以互通《指瑕篇》，这一节暗示刘勰崇尚“精约”文风，欣赏篇幅精简却能将义理表现无遗的文章。如此文论观点，导致刘勰偏好“短小精悍”之文，因此，《文心》成书五十篇，每篇皆不长，各篇精简有力，大部分是事核理要的短篇，专尚精约风格，不像《庄子》《淮南子》此类子书洋洋洒洒，都是长篇大论。

这样的写法，若《刘子》五十五篇亦近似《文心》，篇篇亦皆简短精约，无一宏文阔论，也不作汪洋恣肆之文。刘勰嘱意此类精约文体，或于此篇一段原文已隐约透露其意，可称作《文心》与《刘子》两书文理与文章互通之论，兹并述于下。案《指瑕篇》已申明：“立文之道，唯字与义，字以训正，义以理宜。”此语标出文章两项要目，即用字修辞与义理内涵。此说文章之道，互通《事类篇》云：

> 是以属意立文，心与笔谋，才为盟主，学为辅佐；主佐合德，文采必霸，才学褊狭，虽美少功。夫以子云之才，而自奏不学，及观书石室，乃成鸿采。表里相资，古今一也。（页一二六）

此节首谓作家“属意立文”，必据才力与学识为凭借，始能写出鸿采美文。

---

① 《事类篇》赞曰：“经籍深富，辞理遐亘。皓如江海，郁若昆邓。”此语谓经子典籍蕴藏丰富内容，凡文章典故技巧所要表现之情理，悉备于此。次用“江海”之浩瀚，昆山、邓林之蓊郁形容，极力描写经子文章之富美。此赞语“辞理”即文辞情理，可见《事类篇》赞曰仍主“情理”之论。

如此“才学”“意文”“主佐”“表里”“古今”等等一系列对待词语，莫不有相似结构，所以“属意立文”此句再用“移花接木”细读法，即可理解为“意”与“文”，恰恰指涉文章之道，即“字”与“意”，谓立文之道，唯字与意，意思是说文章主要包括字句修辞与义理内涵此二项要目，此《事类篇》互通《指瑕篇》之证。

再看《事类篇》实际批评之一品评陆机《园葵诗》两句“庇足同一智，生理各异端”误用“庇根”为“卫足”，与《左传·成公十七年》引孔子的话“葵犹能卫其足”原意不相符，刘勰认为庇足与卫足一字之差，已有“葵”与“葛”之不同。因为，葛藟才能庇其根，原文出自《左传·文公七年》云：“葛藟犹能庇其本根。”用的是“庇根”之词。今者陆机将葛藟庇根与园葵卫足混用一处不加细考，即犯了“事理”不明之失，刘勰乃指出陆机此句典故使用不正确。于是，《事类篇》云：“士衡沉密，而不免于谬。”此句先评陆机的才性有“沉密”的特点，是评陆机其“人”之优点，可惜，像这样有深沉精密才思神皋的作家，同样会有用错典故的缺失，“谬”是指正其“文”之语，如此既评“人”亦评“文”，恰恰正是应用《体性篇》所述性情文章合一理论的实际批评。

与此同例，《事类篇》说曹植其人“明练”，却也误用“千人唱，万人和”之语典，评其人且评其文，仍本于以上所说《体性篇》批评法。

《事类篇》第二种实际批评是用《诸子篇》理论，根据此篇子学定义“博明万事为子，适辨一理曰论”如此强调“事理”为主的文章，用来品评刘劭《赵都赋》：

> 刘劭《赵都赋》云：“公子之客，叱劲楚令歃盟；管库隶臣，呵强秦使鼓缶。”用事如斯，可称理得而义要矣！故事得其要，虽小成绩，譬寸辖制轮，尺枢运关也。（页一二七）

此节用了两项事典，一见于《史记·平原君列传》记载赵平原君门下客毛遂，勇敢护主，按剑叱责楚王胁迫同意签约订盟。二见于《史记·廉颇蔺相如列传》，述蔺相如随同赵王会盟秦王，也是勇敢护主，胁迫秦王必须“击缶”，与赵王“鼓瑟”呼应，乃不失两人君王同尊地位。刘勰欣赏刘劭《赵都赋》善用这两个战国史事的典故，赞美说：“用事如斯，可称理得而义要矣！”此句即突出对“义理”的精准把握，指出这是刘劭用典故的要领，如此注重“事理”，主张典故内涵事理，即与《诸子篇》强调子家博通事理之说法，一脉相通，可视作刘勰援用《诸子篇》理论评述刘劭文章的用典特点，并且旁证刘劭是写过《人物志》这类子书的子家学术出身背景。

另外《事类篇》讲述文章用典故方法，对“事类”的定义是指文章事理，必须与《丽辞篇》讲文章四对之一的“事对”也是指事理旁通互参，才能明了刘勰《文心》所讲的文章“事理”，就是举人事之理验证文章“义理”。

再说《指瑕篇》列举文章有瑕病之处，也是说病在用典故不对不切合，而不对的理由，恰恰是“事理”不对。这又分作字句所含事理不对，以及言辞内涵事理有瑕。简言之，《指瑕篇》所要指正文章之瑕，都是病在文章的“事理”乖谬妄邪。由此可见刘勰《文心》文论重视文章的“义理”，用“理”字概括刘勰文论的主轴，与其他二项即“情”与“辞”就构成《文心》全书文论的三大关键，曰：情、事、辞。此三要也可另外称作：理、事、辞。因为凡言情事必有其理，故有“情理”之语，情必自事件而出，事必有其理，凡言情理，泰半即于情事之中观其“事理”，情理与事理盖一体之两面，一物之两分。试观《指瑕篇》举例文章用字错误的两句，分析“赏际奇至”与“抚叩酬酢”不合的理由云：

> 若夫立文之道，唯字与义。字以训正，义以理宣。而晋末篇章，依稀其旨，始有“赏际奇至”之言，终有“抚叩酬酢”之语，每单举一字，指以为情。夫赏训锡赉，岂关心解；抚训执握，何预情理？（页一三六）

此节指出“赏际奇至”此句用“赏”字不对，赏谓赏赐，与欣赏“奇至”妙文，重点在“心”的意思不符，如此用字不对，即犯了“事理”不合。另一例“抚叩酬酢”也是一样，抚字从手，谓执握，而“叩”字不用手乃用首，抚叩连用，即与高举酒杯或与人酬酢的描写冲突，犯了“情理”不符合之病。[1] 于此二例指出用字与用词之弊，谓“情理”之双失，突出文章“情理”的重要性，且刘勰在《指瑕篇》所要指正的文章瑕病，也是事理，而事理恰恰正是《事类篇》所定义的“略举人事，以征义者也”这句的“征义”即谓

① 此篇《指瑕篇》例句“赏际奇至”与“抚叩酬酢”两句原文出处皆未详，杨明照《文心雕龙校注拾遗补正》引据诸书以证赏字已有“关心解”之句，抚字也有“预情理”之说（页三六九），但依然没有指明赏际奇至与抚叩酬酢这二句直接出典在何处。

征考文章义理。所以，当刘勰在《事类篇》实际品评历代作品运用典故的优劣时，凡优者必许其事圆理密，凡劣者，必摘出“改事失真”以及“引事实谬”之两弊。从而可知，《事类篇》定义文章事理，而《指瑕篇》要指正的就是写文章犯了这种事理乖谬之病。刘勰《文心》文论注重“情、事、辞”，或者“理、事、辞”这一见解，透过《事类篇》与《指瑕篇》旁通互见细读法，立可明了，《文心》原典须要如此解读，于此又得一显证。

二、《事类篇》易学影响

《事类篇》述文章善用古书典故之法，讲究典故运用要正确，不可妄用，类仿《周易·无妄》卦“其匪正有眚，不利有攸往”此“匪正”必有“不利”之戒。

为此，《事类篇》提示文章用典必须做到“精”“机”“要”三项要素。有“用旧合机，不啻自其口出”之语。机谓知机，机通几，《系辞传下》云：“知几其神乎?”又云：“几者，动之微，吉之先见者也，君子见几而作。”又云：“夫《易》，圣人所以极深而研几也。”凡此几字咸谓易道神妙，君子唯能知几研几，始能预知未来之事，刘勰引此几字转化为文章用典故犹如君子要知几，意指写文章用典故一样要精准无误，就像君子要言行谨慎一样。

反之，若不知几，则有“不精之患”。刘勰引曹子建、陆士衡二人为例，说二人乃文士英才，因为不能精思，导致用错典故。例如曹子建错用葛天氏三人唱为千人唱，陆机则把葛藤当作葵叶，刘勰批评其“改事失真，斯又不精之患”。用“不精”一词，谓文章用典必须精思，否则将致谬，不合正典。案《乾·文言传》曰：“大哉乾乎，刚健中正，纯粹精也。”此解《乾》卦六爻皆阳谓之精粹，引伸而至于文章典故用心专精，始可无谬。故而《系辞传下》云：“精义入神以致用也。”据此可知文章事类之用，必精思始能完成文义，可见《事类篇》用典精思要义源出易理之引伸。

第三项用典要义则又提示“要”字，《事类篇》云：“故事得其要，虽小成绩。”又云：“用事如斯，可称理得而义要矣!”凡此二语皆谓文章用典必须把握事理要义，用典内容也须集中精要，要字乃《事类篇》用典关键，而其本义实皆衍生自《周易》。《周易》申言“要”义，《系辞传下》云：“易之为书也，原始要终，以为质也。”此谓《周易》成书，始终一体，莫不精要。又云：“柔之为道，不利远者，其要无咎，其用柔中也。”此解易爻六位凡二爻与四爻处于中位，有刚中柔中之本质，其要义则在“无咎”，谓用柔中之道自可无咎责，这就是要字易理。刘勰化用其义，引伸出文章用典亦当把握其“要”，分别有“义理”之要。以及“叙事”之要。乃知《事类篇》之要字，皆源出《周易》易理，可得明证。以上《事类篇》述文章用典须精思、能知要、必合机此三法，皆《事类篇》衍义自易学易理，必须细读，始可读懂。

其实，《事类篇》另见明引《周易》五卦，暗用《周易》四卦，都为九卦，堪称《文心》在单独一篇明引及挪用《周易》卦理最多之一篇。兹条列引述比论如下：

> （一）事类者，盖文章之外，据事以类义，援古以证今者也。昔文王繇《易》，剖判爻位。《既济》九三，远引高宗之伐，《明夷》六五，近书箕子之贞，斯略举人事，以征义者也。（页一二五）

案：此明引《既济》卦九三爻“高宗伐鬼方，三年克之，小人勿用”以及《明夷》卦六五爻“箕子之明夷，利贞”二卦爻辞用典故之例，印证古书早已有文章典故之作，而《周易》经文首开其例，乃更在《诗》《书》之前，故知《事类篇》“选文以定篇”首举《周易》文章为用典范例。

> （二）然则明理引乎成辞，征义举乎人事，乃圣贤之鸿谟，经籍之通矩也。《大畜》之象：“君子以多识前言往行。”亦有包于文矣。（页一二五）

案：此节藉由《大畜》卦象曰“天在山中大畜，君子以多识前言往行，以畜其德”此句谓君子当更多学习古圣先贤之嘉言懿行，资为君子修身成德之榜样。刘勰引伸这里所说“言行”乃君子枢机之要，推广之，就等于说文章用典故，目的就是阐述君子修德，转化《周易》易理至于文章事类之理。[①]

① 《大畜》卦所畜在“德”，王弼注与孔颖达正义均作此畜德解。王弼《周易注》云：“物之可畜于怀，令德不散，尽于此也。”此谓畜令德，即美德。孔颖达《周易正义》：“君子则此大畜，物既大畜，德亦大畜，故多记识前代之言，往贤之行，使多闻多见，以畜积己德。”案：王、孔两家注谓畜物与畜己德，皆自前代之言行而来，多闻多见，则前人“事类”自亦包含其中，故而刘勰有“亦有包于文矣”之语，文即指文章用典。

（三）夫姜桂因地，辛在本性；文章由学，能在天资。才自内发，学以外成，有学饱而才馁，有才富而学贫。学贫者迍邅于事义，才馁者劬劳于辞情，此内外之殊分也。（页一二六）

案：此引《屯》卦六二爻曰“屯如邅如，乘马班如”此句“屯邅”一词，比喻文章用典须赖才学饱满，凡作家才学贫乏，未克妥善引用典故，左支右绌，其困难窒碍之事类，犹如“迍邅”之难行一般。孔颖达《周易正义》注云：“屯是屯难，邅是邅回。”谓艰难徘徊，未能畅顺而行。文章用典不正不确，文义龃龉不明而难读，大概就像屯邅难行的样子。

（四）刘劭《赵都赋》云：“公子之客，叱劲楚令歃盟；管库隶臣，呵强秦使鼓缶。”用事如斯，可称理得而义要矣！（页一二七）

案：此节举刘劭《赵都赋》有“鼓缶”一词，即出典自《离》卦九三爻曰：“日昃之离，不鼓缶而歌，则大耋之嗟，凶。”节引“不鼓缶而歌”为“鼓缶”之词，刘勰用这个典故评赏刘劭颇知善撷《周易》古书，而又能切中所要表达的事理。

三、《事类篇》子学内涵

《文心雕龙·事类篇》讲述文章用典故方法，刘勰谓典故即“事类”，并引述子家“博明万事”与“适辨一理”此二语所云万事万物各类之“理”字，定义文章引用典故原则，乃知《事类篇》开宗明义即用“子学”内涵作为立论根据。全篇论述推理过程，无不据“经典”为标杆，据子家“博通之学”为文章典故途径，最后更明白指定“经书为文士所择”，将圣贤经典作为文章典故取用的资源。由以上阐明种种“经书义理”与文章典故密切相连，可知刘勰完全据子家之说以及子学“枝条五经”义理，建立文章典故事类的基本理论纲领，兹分述如下：

（一）首先，刘勰定义文章“事类”取材资源，完全来自“通古今之变”之子家，以及“博明万事”之理的子学。从文王演《周易》，到《尚书》陈述政典，都是引用古人故事与言辞作为文章典故的丰富资源。刘勰点明此技巧用法主“义理”之原则，提出“圣贤鸿谟”与“经籍通矩”此两项，作为文章事类的主要纲领，前者可即“征圣”之说，后者可互通“宗经”之论，皆子家师法经书典故之做法。《事类篇》云：

> 事类者，盖文章之外，据事以类义，援古以证今者也。昔文王繇《易》，剖判爻位。《既济》九三，远引高宗之伐，《明夷》六五，近书箕子之贞，斯略举人事，以征义者也。至若胤征羲和，陈《政典》之训；盘庚诰民，叙迟任之言，此全引成辞以明理者也。然则明理引乎成辞，征义举乎人事，乃圣贤之鸿谟，经籍之通矩也。《大畜》之象：“君子以多识前言往行。”亦有包于文矣。（页一二五）

（二）次举例文章用典故佳篇示范，若屈原、宋玉、贾谊、司马相如、扬雄、刘歆等为前导，以及崔、班、张、蔡等继起之秀，分析诸家运用典故成功的理由，谓皆出自“经史”之学的涵养，做到了“华实”并兼，明白指出文章典故运用乃本自“子学”涵养功夫。《事类篇》云：

> 观夫屈宋属篇，号依诗人，虽引古事，而莫取旧辞。唯贾谊《鹏赋》，始用鹖冠之说；相如《上林》，撮引李斯之书，此万分之一会也。及扬雄《百官箴》，颇酌于《诗》《书》；刘歆《遂初赋》，历叙于纪传；渐渐综采矣。至于崔、班、张、蔡，遂捃摭经史，华实布濩，因书立功，皆后人之范式也。（页一二六）

（三）再旁参子学“才性论”之说，谓文士才性来自天命之性，不可勉强，但是文士之“博学”可专意攻取，且文士博学决定文章用典故之优劣与高下。因此，刘勰又提出“才性”为主，“博学”为佐，主佐合一之论，为文章典故运用方法树立楷模，由此而再次突显子家“博学”功夫之重要，其深浅必然影响文章事类典故成败。《事类篇》云：

> 夫姜桂因地，辛在本性；文章由学，能在天资。才自内发，学以外成，有学饱而才馁，有才富而学贫。学贫者迍邅于事义，才馁者劬劳于辞情，此内外之殊分也。是以属意立文，心与笔谋，才为盟主，学为辅佐；主佐合德，文采必霸；才学褊狭，虽美少功。夫以子云之才，而自奏不学，及观书石室，乃成鸿采。表里相资，古今一也。（页一二六）

（四）刘勰具体标明文章典故注重经典钻研之理由，乃因圣贤经典主“义理”，唯“博学”之徒，始能融会贯通，临到文章实际写作，必能善加应用典故之学，必可做到“取事贵约”之精简境界。《事类篇》云：

> 夫经典沉深，载籍浩瀚，实群言之奥区，而才思之神皋也。扬、班以下，莫不取资，任力耕耨，纵意渔猎，操刀能割，必裂膏腴。是以将赡才力，务在博见，狐腋非一皮能温，鸡跖必数千而饱矣。是以综学在博，取事贵约，校练务精，捃理须核，众美辐辏，表里发挥。（页一二七）

（五）最后，得出结论：文章典故来源为经书，互通子家必“枝条五经”之论，亦即刘勰一贯主张“圣贤书辞，总称文章”之定义，而文章引用典故理论，仍然归本“宗经”文论。《事类篇》云：

> 夫以子建明练，士衡沉密，而不免于谬。曹洪之谬高唐，又曷足以嘲哉！夫山木为良匠所度，经书为文士所择，木美而定于斧斤，事美而制于刀笔，研思之士，无惭匠石矣。（页一二八）

四、《事类篇》总案

《事类篇》一开始即从“学”之角度，界定文章用典故必本于“博学”。故有“文章之外，据事以类义，援古以证今”之说，详味“文章之外”一语，即知“内”指的是文章辞令才气，而“外”即古今学问之征考。《事类篇》以“学”为主，以“文”为证，即才学与文情合一之理论。①

无怪乎本篇必首举《周易·既济》卦与《明夷》卦两例，其次才再引述其他古书，尊《周易》为“群言之祖”，而典故应用亦必然以《周易》为首倡。

而本篇实际批评因注重“学”而出现“情理”与“华实”同见于一篇之中，作为品评实例作品之依据。理即文章义理，意指文章内容义理充实，标志《事类篇》是“文章之外”特别重视有“义理”内涵之“子家”学问，因而《事类篇》的子学论述至为广泛。至于明用或化用《周易》典故与易辞，

① 清人叶绍泰用“才学”与“文情”并备，概括《事类篇》要义，颇有见解。叶绍泰云：“博学之家，谬误者少，夸诞者多。盖才浮则所用之事毕浮，彼固以为于义无伤，而不知综核者议其后矣。若才学并富，文情双至，代不数人，盖难责备也。”转引自《文心雕龙汇评》，页一二八。

并且引伸易理转化文理之说，皆有多处称引，堪称《文心》在一篇之内衍义《周易》之学最多之例，再次印证本篇所谈论之学，皆在“文章之外”而言，《文心》不唯论为文之用心，甚且兼论“博学”之来源。《事类篇》赞曰“皓如江海”此句形容经典古书的浩瀚，至为恰切。又说“郁若昆邓”，形容经籍内含明珠宝玉一般的道理，价值珍贵，这些都是指涉文章之外的“学”之重要。

三十九　《练字篇》细读

一、《练字篇》文论与实际批评

《练字篇》述文章用字技巧，专在“字”之奇正辨别，而主张“尚正”，谓“正文字”即字正理论。然而须知，文章所谓用字，必关心“字义”为何。故而本篇所谓练字，先立“正字”为全篇大纲主轴，恰与刘勰一贯的“尚正”思想吻合，知此篇殆刘勰“子家思想”应用于文论之又一例。故而本篇凡述及文章练字之论，率皆不离“奇正”分辨，而奇正之分辨又集中在“字”与“义”两方面。如此说来，本篇几乎与《指瑕篇》所述“立文之道，唯字与义，字以训正，义以理宣”指示“正字”与“义正而宣”之说，完全互通其理，可称作《指瑕篇》理论的实际批评。兹录《练字篇》涉及字正义正之论的原文节段如下：

> （一）及宣平二帝，征集小学，张敞以正读传业，扬雄以奇字纂训，并贯练《雅》《颂》，总阅音义。鸿笔之徒，莫不洞晓。且多赋京苑，假借形声，是以前汉小学，率多玮字，非独制异，乃共晓难也。暨乎后汉，小学转疏，复文隐训，臧否亦半。（页一二九）

此节首标“复文隐训”一词，谓汉赋喜用连绵词与奇字怪字，导致文章义理不明，文义暧昧。“复文”，谓繁复字词，很难加以正确训诂，不能得出文章正当的义理，故有“隐训”之困，谓用字隐晦，也就是“训隐”之意，与下一节段引文有“字隐”之病，同列练字两大弊端。

> （二）及魏代缀藻，则字有常检，追观汉作，翻成阻奥。故陈思称：“扬马之作，趣幽旨深，读者非师传不能析其辞，非博学不能综其理。”岂直才悬，抑亦字隐。（页一二九）

此节首揭“字隐”一词，乃用来批评魏晋作家仗恃博学，卖弄练字技巧，令文章深奥难懂，读者必须由博学师傅教导始能读懂它。此谓之“字隐”，与前揭“训隐”堪称文章练字二病，推其故，皆不合“字以训正，义以理宣”之准则，引伸到练字，即谓文章用字要尚正，勿滥用奇字僻字，而文章内容要有义理鲜明、正理畅达之美，总之练字须分辨“奇正”之论。故而本篇最末“敷理以举统”之节段为文章练字作出结论云：

> 固知爱奇之心，古今一也。史之阙文，圣人所慎，若依义弃奇，则可与正文字矣。（页一三一）

此节将“爱奇”与“正心”并言，提出“正文字”之结论，明白宣言“依义弃奇”之必要作法。简言之，即用“字正义正”取代爱奇之心，摒弃奇字奇义的写作，始可谓文章练字正法。此一结论几乎就是《指瑕篇》“字以训正，义以理宣”此句之脚注。《文心》五十篇，前篇与后篇依序排列，皆有理论连贯、延伸以及衍义之安排，未可轻易调换篇目次序，所以各篇排列“历历如贯珠”。可是加以细读，篇与篇之间都必须旁通互参才能真正读懂，本书用“旁通互见”一词描述此体例，其故在此。《练字篇》练字尚正之说，互通《指瑕篇》字正义正之理，即其显例。而此种“互通”之理论，也就等于是应用《指瑕篇》用字用辞理论实际批评文章练字技巧，确信《指瑕篇》是《练字篇》分析的理论根据。

二、《练字篇》易学影响

《练字篇》与《章句篇》互为旁通，可相表里。盖《章句篇》申论篇章与字句，字句之深练，即《练字篇》之继述。故《章句篇》与《练字篇》可谓姊妹之作，宜互参。

《练字篇》全文同仿《周易》阴阳两仪交运气成之理，分析文章练字也有奇正之别，谓新奇之字与正读字诂两种类别。全篇自首至尾，凡论文章用字诸如奇正、单复、大小、简易与难晓、古今义训、心言、妍媸、肥瘠、多少、隐显等等各项练字技巧，莫不是广用《周易》“两仪”二元思考，篇末则归结为练字有“奇”与“正”之取舍，仍主张“正文字”为本，奇异之字为末，师仿

《周易》尚正、崇阳抑阴之思想。《练字篇》涉论易理易道之节段如下：①

（一）夫文象列而结绳移，鸟迹明而书契作，斯乃言语之体貌，而文章之宅宇也。苍颉造之，鬼哭粟飞；黄帝用之，官治民察。先王声教，书必同文，輶轩之使，纪言殊俗，所以一字体，总异音。（页一二九）

案：本篇首节先立文章练字之大纲为“总体”观，用屋宇之完美比喻，仍循《章句篇》“宅情曰章，位言曰句”此“宅位”之形象，谓文章犹如屋宇之结构，须令各部位完美配合，练字即炼文章屋宇之基要。故有“言语之体貌”与“文章之宅宇”二句，说明文章练字必先有声音与文字之精构，始克完成文章之体貌，犹如屋宇之建构，有先后一定的步骤一般。首节用“宅位”比拟，仍自《周易》六位而成章这种“爻位”易理而来，与《章句篇》同出共源，皆本于易理。

（二）暨乎后汉，小学转疏，复文隐训，臧否亦半。（页一二九）

非师传不能析其辞，非博学不能综其理。岂直才悬，抑亦字隐。（页一三〇）

至于经典隐暧，方册纷纶，简蠹帛裂，三写易字，或以音讹，或以文变。（页一三一）

案：此三节突出练字有“隐”之困难，用“隐”字特为《周易》常言，盖《乾》卦首用潜龙与见龙之象暗示“隐”与“显”时位变化之理，谓之“龙隐”。《乾·文言传》云：“潜龙勿用，何谓也？子曰龙德而隐者也。”此释易之《乾》卦有“德隐”，推而广之，天下人事莫不有隐，《文心》全书尤多言隐，若义隐、形隐、文隐、秀隐等等皆是。本篇则又揭出训隐、字隐、暧隐三例，皆广泛引伸《周易》之隐义。②

（三）自晋来用字，率从简易，时并习易，人谁取难？今一字诡异，

---

① 《练字篇》首节“文象列而结绳移”文象一词，杨明照《文心雕龙校注拾遗》据之而校爻字（页三五二）。案：一本作“爻象”，考爻象一词出自《系辞传下》云：“爻象动乎内，吉凶见乎外。”而“结绳”一词同出于此：“上古结绳而治，后世圣人易之以书契。”又“官治民察”则节引《系辞传下》云：“百官以治，万民以察，盖取诸夬。”总上而知，本篇首节有三处直引《周易》语词，属明引易辞之例。

② 《周易》用隐字诸词条如下：龙德而隐者也（《乾·文言传》），隐而未见（同上），贤人隐（《坤·文言传》），探赜索隐（《系辞传上》），其事肆而隐（《系辞传下》），巽称而隐（同上），坎为隐伏（《说卦传》）。归纳而言有贤隐、德隐、索隐、事隐、巽隐、伏隐，其中“事隐”为刘勰多次直接引述。

则群句震惊，三人弗识，则将成字妖矣。后世所同晓者，虽难斯易，时所共废，虽易斯难，趣舍之间，不可不察。（页一三〇）

案：此节标榜文章练字之道，有“简易”一法，谓不偏主难晓之字词，而善用精简易懂之句字，突出“简易”练字原则，虽非直接引用易理易道，但《周易》言变化之道，本即有简易、变易、不易此三易之说，此节注重文章练字简易，明引“简易”一词加以申说，盖亦自《周易》之学而衍生之论。

（四）善酌字者，参伍单复，磊落如珠矣。凡此四条，虽文不必有，而体例不无。若值而莫悟，则非精解。（页一三一）

案：此节“参伍单复”句用参伍一词，即《周易》参伍之数，谓三才五行之变化以成易道，若文章练字有四条规范：“是以缀字属篇，必须拣择：一避诡异，二省联边，三权重出，四调单复。”须知此四条例非各自分立不相属，而必须互参借用多变化，其变化之妙亦犹如《周易》言“参伍其变”之意，将文章练字变化亦如易道易学显示的天地事理变化，此练字理论借参《周易》之又一例也。

（五）知爱奇之心，古今一也。史之阙文，圣人所慎，若依义弃奇，则可与正文字矣。（页一三一）

案：本篇结论文章练字仍归之《周易》尚正思想，谓爱奇之心，古今虽同有，然奇字异训终非长久之道，而必求其奇正变化，依义弃奇，以“正文字”原则作为文章练字总纲，与《周易》扶阳抑阴、崇阳尚正之思想正是一脉相通。

三、《练字篇》子学内涵

《练字篇》专述文章用字法，分析文人爱用“奇”字心理，古今如一。但古人经典有奇字，盖因年代邈渺，简蠹帛裂，日久不辨，遂产生错讹字词，而后人不加深察，以讹传讹，误认“爱讹”就等于用奇字，盖出于明知其故而刻意爱奇之心也，此又与文人真正爱奇之作大有不同。然而，不论圣贤经典，抑或文章诗赋，奇字与正字并有，固文章必然会有的“练字”结果，故而刘勰设此篇分析文章练字有“正字”与“奇字”之分，可说是用心良苦。

今观刘勰此篇述练字之法有四：曰避诡异，曰省联边，曰权重出，曰调单复。以上四例用字皆平实可行，工拙随心，确然可示人具体练字之法。但是刘勰此篇提出真正的练字要领，其实不在练字之形，而在练字之“义”。刘勰根据“宗经”理论，发挥到文章练字方法，即有经典“正字”与经典正统“义理”之识见，认为文人爱用奇字必须依据经典本义为准则，切忌以讹传讹，刻意好奇。刘勰在此篇最后指出经典奇字之例，如《尚书大传》《帝王世纪》，以及“子思弟子”偶有“於穆不似”音讹之用词，造成后世文人争相模仿此类用奇字做法，对此痛责批判，加以指正。也为此提出练字之法要遵守“依义弃奇”大纲，用“正字”取代“奇字”，此即练字结论的“正义”与“正字”二大要领，与子家“枝条五经”之思想完全符合。《练字篇》说文章之奇字，先据圣贤文章而开论，用意在救“奇”之道，用正字正义，则又回归宗法圣贤文章为本体之主张。可证《练字篇》的理论内涵仍然是“圣贤并世，经子异流”这种宗经义理，兹列述于下：

（一）首先，仿《周易》有“易象”以示吉凶易理，提出文章用“字”也要有“文象”之启发，才能写出“象”与“意”配合的语言与文字。而文字阐述，则不出子家“述道言治”之理，即先王藉文字之功达到“官治民察”之用，意思是说先王文字声教，功在“纪言殊俗”，则又可与《刘子》此书《风俗章》《随时章》《审名章》等名篇思想互通。《练字篇》云：

> 夫文象列而结绳移，鸟迹明而书契作，斯乃言语之体貌，而文章之宅宇也。苍颉造之，鬼哭粟飞；黄帝用之，官治民察。先王声教，书必同文；輶轩之使，纪言殊俗，所以一字体，总异音。《周礼》保氏，掌教六书。秦灭旧章，以吏为师。及李斯删籀而秦篆兴，程邈造隶而古文废。（页一二九）

（二）其次述及练字与经典训诂之学密切相关，乃特举《汉志·六艺略》著录的《苍颉》《尔雅》两本字书为准，建立文章练字以“心”为主之用字论，谓字形字音不能离“心”而故作奇字讹字，此《文心》练字工夫主“心”之大纲。《练字篇》云：

> 夫《尔雅》者，孔徒之所纂，而《诗》《书》之襟带也；《仓颉》者，李斯之所辑，而史籀之遗体也。《雅》以渊源诂训，《颉》以苑囿奇文，异体相资，如左右肩股，该旧而知新，亦可以属文。若夫义训古今，兴废殊用，字形单复，妍媸异体。心既托声于言，言亦寄形于字，讽诵则绩在宫商，临文则能归字形矣。（页一三〇）

（三）最后，刘勰标举“经典隐暧”一语，指出经典年代久远，难免因“简蠹帛裂”的缘故，音讹文变，造成种种乖异奇字，此绝非圣贤原始经典刻意好奇之心。因为经典重心在“义理”，不在好用奇字。所谓练字之理，刘勰提出经典“正字”与“正义”两大纲领，即“宗经”义理之准则，突出文章练字功夫内涵“子学”是由枝条五经之启示而发展而来。《练字篇》云：

> 至于经典隐暧，方册纷纶，简蠹帛裂，三写易字，或以音讹，或以文变。子思弟子，“於穆不似”，音讹之异也。晋之史记，“三豕渡河”，文变之谬也。《尚书大传》有“别风淮雨”，《帝王世纪》云“列风淫雨”。“别”“列”“淮”“淫”，字似潜移。“淫”“列”义当而不奇，“淮”“别”理乖而新异。傅毅制诔，已用“淮雨”；元长作序，亦用“别风”；固知爱奇之心，古今一也。史之阙文，圣人所慎，若依义弃奇，则可与正文字矣。（页一三一）

四、《练字篇》总案

《练字篇》讲述文章练字技巧，与《指瑕篇》“立文之道，唯字与义。字以训正，义以理宣”此句突出“正字”即用字正确之功夫可互见而旁通。但全篇因为注重字体字形字义之正训，涉及字体的演变，有字学之称，从古籀、篆书、隶书说起，近似书学知识，故有“篆隶相镕”之语，谓篆书与隶书笔法融合；但又兼述“苍雅品训”之学，谓《苍颉》与《尔雅》两部字书是练字的基础学问。如此字形、字书兼述，本篇论述“学”之分量较重，再次印证《文心》“学”与“文”并兼之著作性质，而有必要时，论“学”的成分更超过一些。

若再就字形书法而言，《练字篇》云：“单复者，字形肥瘠者也。”此曰字形即文字形貌有肥瘦之别，也可跨界互通书法学讲究字形笔法与结构的“肥厚”与“贫瘠”之美学。①

另外本篇又可互通《情采篇》三理说的“形文”之论，《隐秀篇》的“字隐”之说，《书记篇》的“庶务”谓政体治事之功用，再次表明《练字篇》须藉由“旁通互参”细读法，始能通盘确解。

再说《练字篇》讲究“一字体，总异音”此种字形字音标准原则，目的是要“官治民察”，加大风俗教化的好名声，乃从“政事”立场而发论。此与《书记篇》说“庶务纷纶，因书乃察”说法相呼应，而这里的书指书札记事，当然字体字音必然统一，否则很难传达政令。至于练字达到完成“政事”任务，悉凭“用”之观点，则又是《程器篇》已述“安有丈夫学文，而不达于政事”此说法的实际运作，表明政事文书必须在“练字”下功夫，始能发挥政事完善的功效。《练字篇》固为文术之小技，却属政事庶务之大文，刘勰文论处处与政事互参之说法，于此篇又得一证。

---

① 《练字篇》提示字形不可单调重复，举“肥瘦”为喻，甚有形象美。然此实因书籍刻本以前率以“写本”呈现，所以有笔墨线条粗细之分，类似书法学讲“肥瘦”之论。东晋卫夫人《笔阵图》云：“善笔力者多骨，不善笔力者多肉。多骨微肉者，谓之筋书。多肉微骨者，谓之墨猪。”此言多肉即肥，多骨近似瘦状。南齐王僧虔《与人论书》云：“刘德升为钟、胡所师，两贤并有肥瘦之断。”此直言肥瘦书体之不同，区别钟繇、胡昭二家之异。梁武帝《观钟繇书法十二意》亦云：“元常谓之古肥，子敬谓之今瘦，今古既殊，肥瘦颇反。”此同以肥瘦论书，谓王献之瘦书，钟繇肥书。以上皆书法学肥瘦论，经刘勰转化为文章练字之法，先说练字有“字形肥瘦”，次述“瘠字”与“肥字”之缺失。

四十　《隐秀篇》细读

一、《隐秀篇》文论与实际批评

《隐秀篇》分析文章有“隐义”与“秀句”之法，用隐秀一词，即“秀隐”之意。其与前篇《练字篇》“字隐”“训隐”“暖隐”诸词互通，可视作本篇题目《隐秀篇》及其论述主题之先声，再次印证《文心》篇目相次前后如贯珠之结构。然而本篇又衍义出意隐、篇隐、奥隐、文隐等等诸语词，虽然与《练字篇》句法及用语近似，但绝非照抄蹈袭，有更多对文章“隐”字内涵的剖析与论述。

可惜，今本《隐秀篇》为残篇，中间自“始正而末奇”至“朔风动秋草”之“朔”字，此一大段已经学界考证公认为后世补文，掺杂许多后出的文论概念在其中，已与刘勰《文心》理论多有不合，导致本篇所述未必即刘勰真正的隐秀理论原义。本书今将原文与补文并述之，必要时亦注意点明二者之异同。

考隐笔定义，最易生误解，其关键即在不明“旁通”一词，不知这是用易学错卦之理，谓一卦六爻变即为错卦，引伸之，凡言旁通，必非只一卦一义，而是一卦有正与变二义，表面是一义，必须旁通之后，始可另见一义。故而凡言隐篇，必在一篇之中内含有二项旨意，始可曰隐。①

然而须知，刘勰本意并不是说隐只有二义，而是可能引生多元联想，具

① 旁通一词乃用《周易》之学，谓一卦之六爻相反，即别成一卦，此谓二卦旁通，易学用“错卦”说之。例屯䷂错卦鼎䷱，需䷄错卦晋䷢之例。今《隐秀篇》云：“义生文外，秘响旁通。”即用旁通一词，也就是“错卦”的意思，则隐篇必生至少二义以上，始得成立。故而隐之定义“文外重旨也”此句重字，谓多重，即今语多元意义，知隐篇必指两种意义以上之文词句意，始可曰隐。旁通一词，旧解罕闻引易学补注，甚或阙注，今补释于此。

有多重意义。故而《隐秀篇》云："隐也者，文外之重旨也。"重旨，谓重复多项之意旨，即重读、重复之重，非作"重要"解，故而《隐秀篇》又有"隐以复意为工"之补说，此复字即重复，谓多重而复叠之文意，[①] 始可称作"文外重旨"。用今语释之，隐篇犹如"多义性"或"暧昧性"，盖指文章内涵多种意义，非仅限于文词表面一义而已，由文词意象影射引伸，可以读出不止一种旨意，乃谓之"隐"。[②]

由以上分析可知，《隐秀篇》对"隐"字的理解，必须认识"重旨"与"旁通"两词之本意，前者谓多重旨意，后者谓正反旨意，然绝非单指一个意思深藏在文词之内。旨意复杂等待开发，始曰隐笔。

说到《隐秀篇》后人补文，诸家皆以为非刘勰原作，或不注，或不引，或摘其中数例判为后出，以证非刘勰《文心》当有。兹录补文全篇如下：

> 始正而末奇，内明而外润，使玩之者无穷，味之者不厌矣。彼波起辞间，是谓之秀。纤手丽音，宛乎逸态，若远山之浮烟霭，娈女之靓容华。然烟霭天成，不劳于妆点；容华格定，无待于裁熔；深浅而各奇，秾纤而俱妙，若挥之则有余，而揽之则不足矣。
>
> 夫立意之士，务欲造奇，每驰心于玄默之表；工辞之人，必欲臻美，恒匿思于佳丽之乡。呕心吐胆，不足语穷；锻岁炼年，奚能喻苦？故能藏颖词间，昏迷于庸目；露锋文外，惊绝乎妙心。使酝藉者蓄隐而

---

① 例如陈拱《文心雕龙本义》即解"重旨"作"重要旨意"，陈拱云："重旨，犹言大旨、深义、要义之意也。按此句言隐之定义，文外之重旨，此重旨不在文内，故谓之隐。然隐亦非全隐，必于篇内略有形迹可见，令读者得于其可见之形迹，而推求其潜隐之文外之意也。"而此文外之意，与夫篇内可见之迹，实为一复意。故下文云："隐以复意为工。"（页九八八）此解"重旨"谓与篇内可见之迹重复，据此知陈拱忽略参考"旁通"一词之引伸，导致有此误解。案：重复多旨，必至少二义以上，始合"文外重旨"此句原义。

② 波尔蒂克《牛津文学术语辞典》定义文学作品"暧昧性"（ambiguity）一词，说它与"多元讯息"（plurisignation）一词同义，又与"多元意义"（multiple meaning）此词也一样。（参见此书页七）案：此处多元一词，近似刘勰"重旨"一词，所以必指多种意旨，非单指一义而已。兹另引颜元叔《文学术语辞典》定义"暧昧性"云："表达一观念的用语可包含一种以上的意义，而使原陈述要说明的意义难以确定为一种。无意间造成的多义性主要是因为陈述过分简单、不明朗、代名词所指不清、次序错误或颠倒，或用了有两种以上含义的字。多义性是一项严重的错误，但是文学领域中最高的标准却要求以语言艺术达成另一种多义性。文学用字因为能表现两种或多种完全适于上下文的意义，所以除了传递的核心意义之外，能有附带繁复的意思，同时表现着两种甚而更多的意义。好诗人的一大优点就要有能力随时提供瑞恰慈（I. A. Richards）所说的'文约意广'，并将大量意义压入字里。措辞若能同时刺激好几种思想情感，而每一个都说得通，乃是上乘之作。"（页五八）

意愉，英锐者抱秀而心悦。譬诸裁云制霞，不让乎天工；斫卉刻葩，有同乎神匠矣。若篇中乏隐，等宿儒之无学，或一叩而语穷，句间鲜秀，如巨室之少珍，若百诘而色沮：斯并不足于才思，而亦有愧于文辞矣。

将欲征隐，聊可指篇：古诗之“离别”，乐府之“长城”，词怨旨深，而复兼乎比兴；陈思之“黄雀”，公幹之“青松”，格刚才劲，而并长于讽谕。叔夜之“□□”，嗣宗之“□□”，境玄思澹，而独得乎悠闲。士衡之“□□”，彭泽之“□□”，心密语澄，而俱适乎□□。如欲辨秀，亦唯摘句“常恐秋节至，凉飙夺炎热”，意凄而词婉，此匹妇之无聊也；“临河濯长缨，念子怅悠悠”，志高而言壮，此丈夫之不遂也；“东西安所之，徘徊以彷徨”，心孤而情惧，此闺房之悲极也。

此一大段补文，主要补述《隐秀篇》“选例”，即列举多篇实例作品，分从“将欲征隐”与“如欲辨秀”二途，补证隐秀诗篇作法，而正如纪昀所指摘补例只限于“诗”例，阙述“文”例，据此判定此大段为后人伪撰证据之一。

今若不计较补文真伪，单独自所补诗句内涵而论，凡“征隐”之补例，多指涉诗句“文章”与“义理”，与“隐”之定义“文外重旨”注重“旨”意，殊无不合。例如“词怨旨深”谓诗句主旨内含幽怨之深，“格刚才劲”谓格调才性刚劲有力，“境玄思澹”与“独得悠闲”也是说明诗句有清澹玄思之境界，表现悠闲之理，至于“士衡之疏放”与“彭泽之豪逸”二句乃总评陆机与陶渊明二家诗作总体风格，近似《体性篇》与《定势篇》之理论，而陆、陶二家共同的优点则是“俱适乎壮采”谓情采壮丽，注重“采”字，又可与《情采篇》讲究文章辞采说法相通。

以上凡验证“隐篇”诗句，皆聚焦于诗句内涵之旨意与思想。

再看“辨秀句”各例，说“词婉”、说“言壮”等等，用意也是直指“文辞言语”之特拔警醒，符合“秀以卓绝为巧”此种秀句定义。

合以上而观，《隐秀篇》补文，可视作补证隐秀理论之实例作品，乃知补文仍可肯定其有助隐秀理论“实际批评”之操作，且若补文确属明代人伪撰，不妨亦可视作《文心雕龙》给予明代文论之启发与影响。

《隐秀篇》有一句比喻形容之语曰：“源奥而派生，根盛而颖俊。”此谓川渎源头深奥，必然水流派生很多，用来比喻文章有隐，如同源奥，凡奥者必生派，谓分流。既说分流，当指多源分派而生。藉此比附文章之隐，必内含深意，有多元暧昧之流，故而必生多解，犹如“派生”。据此比喻，即可再次辅证刘勰述文章之隐，是指“文外重旨”，必生“复意”。从而可知，隐可互通西方文论“多义性”之解。①

至于“根盛颖峻”句当作比喻文章“秀句”。盖树木必先有根柢深厚，始能生出俊秀之苗禾。颖，禾苗之末，峻，高峻。此句比附文章只有写出秀句，始能完成文章体势之雅正，犹如见禾苗之秀，可推知根柢必厚藏。故知根盛颖秀形容文章秀句，必出自博学根柢。而源奥派生则比喻文章之隐篇，深奥文意会有多元联想，文心各篇比喻，大有助于该篇理论之索解，此又一例证。

《隐秀篇》述篇章之“隐”意，争论与疑义较多，既如上所述。反观秀字，则大抵并无多大歧解，或者视为与“警策”同义，谓此乃刘勰取源自陆机《文赋》云：“立片言而居要，乃一篇之警策。虽众辞之有条，必待兹而效绩。”此句之警策殆即刘勰《隐秀篇》所谓的“秀句”，故而《隐秀篇》云：“秀也者，篇中之独拔者也。”此句的“独拔”与“警策”乃先后之因果，必定要先有独拔秀句，始能产生“警策”之效果。从而可知，警策之句，必属秀句无疑。

不过，刘勰所谓的“秀句”须再辨明其中二项要素：

其一、秀句不能孤立独有，必须与“隐”篇配合巧妙。换言之，文章之所以要有秀句，目的正是要藉由“秀句”在一篇文章的独拔与特出之呈现，才能将文章内涵的多元“隐义”一一暗示出来。故而，秀句是一条明显的线索，用来揭发篇章的“言外之意”，秀与隐是体用并存之关系，不可独作秀句，孤立警句。

其二、秀句不能太过人工，显现出刻意经营之痕迹，犯了“为文造情”之弊。故而《隐秀篇》用“自然会妙”一语概括“秀句”的写作准则，突出“自然秀句”之美学，谓之润美。刘勰再用“卉木英华”与“缯帛朱绿”两项对比，说明前者自然润色，后者是人工染色，二者大有区别，端在“自然”而已！

---

① 多义性 ambiguity 一词，西论常与“ambivalence”（模棱情况）混用，当辨之。盖模棱意指互相冲突之自身并存，例如爱恨交织心态即是，注重在一物自身的正反，近似“旁通”错卦。但“多义性”则包含不只是正反两义，而是多义。故而《隐秀篇》之“隐”，更似于多义性。《隐秀篇》赞曰：“深文隐蔚，余味曲包。辞生互体，有似变爻。”此处“深文”谓深厚文意，意思是说包有多种余味，这一句的“曲包”即包有多种之意解。

而且，也只有这种自然秀句，可以带来“心领神会”的内在心灵美感，故谓此类秀句为“自然会妙”之秀。

总之，按照刘勰《隐秀篇》对秀句的要求，就是隐秀要一体两面并存，而秀句是警策加自然的一种句式语型，从而可知隐秀确然是文章“字义”与“字句”两大文术技巧要素的总结。①

二、《隐秀篇》易学影响

《隐秀篇》述文章有“隐意”与“秀句”两种主要写作法，已用“二元对比”即《周易》太极生两仪之论述思考。及至分析文章隐意，有文外重旨之定义，即谓文章富含“多元涵义”，则是转化《周易》有互体变爻之易理，用来说明文章隐意同有类似现象。

至于篇章秀句，在一篇之中最为突出挺拔，也可视作暗用《周易》“孤阴”与“孤阳”之说，借参易学数术学火珠林讲过的“独发”“独静”加以应用解释，所以说，《隐秀篇》秀句概念也出自《周易》。

因为《文心雕龙·隐秀篇》有百余字阙文，即自“始正而末奇”以下至“朔风动秋草”朔字，原本阙，今所见者乃明人补文。② 故而分析本篇征引化用易辞之例，当分原本与补文各述之。然而本篇凡用互体变爻与二元两仪思

---

① 秀句若作“警策”句解释，则可引西论 epigram 此术语比附之，即西方小品文（essay）最常用之技巧。此技巧创始于罗马诗人马歇尔（Martial）出版《警句》诗集（公元四六年至一〇二年），英语世界最著名者是班琼森（Ben Jonson）在公元一六一六年出版的诗集，其后王尔德（Oscar Wilde）与一批作家即常用此技巧，统谓之警句派作家。

② 纪昀评点《隐秀篇》补文有一段考证云：“此一页词殊不类，究属可疑。‘呕心吐胆’，似摭玉溪《李贺小传》‘呕出心肝’语，‘煅岁炼年’，似摭《六一诗话》周朴‘月煅季炼’语。称渊明为彭泽，乃唐人语，六朝但有征士之称，不称其官也。称班姬为匹妇，亦摭钟嵘《诗品》语。此书成于齐代，不应述梁代之说也。且《隐秀》之段，皆论诗而不论文，亦非此书之体。似乎明人伪托，不如从原本缺之，癸巳三月，以《永乐大典》所收旧本校勘，凡阮本所补悉无之，然后知其真为伪撰。”转引自《文心雕龙汇评》，页一三四。案：此批语写于乾隆三十八年癸巳（公元一七七三年），批语提到补文用词与六朝人不合，而《永乐大典》阙补文可证原本即阙，阮本即阮华山所谓宋刊本，对此，黄叔琳有一段批语可补证纪昀见到的阮华山宋刊本补文乃后世伪作。黄叔琳云：“《隐秀》篇自‘始正而末奇’至‘朔风动秋草’朔字，元至正乙未刻于嘉禾者即阙此叶，此后诸刻仍之，胡孝辕、朱郁仪皆不见完书。钱功甫得阮华山宋椠本钞补，后归虞山，而后录于外甚少。”参见同上引书。

考，皆见于原本，不在补文。

可是，即使补文也有化用易学之处，例如补文用“奇正”之词，内外之语，以及壮采、言壮等语句，乃化用《周易》易理之意，涉及《周易》贞正、尚正概念，内卦、外卦之分，以及《大壮》卦象曰“大者壮也”此种壮大含意之引伸。兹合并原本与补文，按今本顺序节段，摘引涉易之论如下：①

> （一）夫心术之动远矣，文情之变深矣，源奥而派生，根盛而颖峻。是以文之英蕤，有秀有隐。隐也者，文外之重旨者也；秀也者，篇中之独拔者也。隐以复意为工，秀以卓绝为巧。（页一三二）

案：《周易》首卦《乾》卦述潜龙、见龙之易象，揭示“隐”与“显”之理，有龙隐、德隐、隐意、隐训之词，盖即《隐秀篇》用“隐”字命篇之本源，然此只引易辞，是明引《周易》之例。其实，此节定义文章隐意有“文外之重旨”这句话，谓文章有多元涵意，则又衍生自“易无达诂”之说。盖易象多元繁复，仁者见仁，智者见智，易冒天下之道，故其每一卦有多解多意，皆与刘勰定义隐意有文外重旨之说相合，此又《隐秀篇》化用易理易道之证。

其他此节表述文章心术与文情奥妙，说它是变动深远，分派流散，不易定解，此又与《周易》称述易道周流六虚，变动不居之说，道理相符。由以上分析可知《隐秀篇》明引、化用、衍义易辞易理之论述甚多。

> （二）夫隐之为体，义生文外，秘响旁通，伏采潜发，譬爻象之变互体，川渎之韫珠玉也。故互体变爻，而化成四象；珠玉潜水，而澜表方圆。（页一三二）

案：此节更深一层分析文章隐意，有似《周易》互体爻象，一卦变而有四卦，而《周易》六十四卦旁通交错，二二相综，非覆即变的卦序结构。此卦可以旁通它卦，阴阳有时位之变，隐藏卦象，变出卦意，正犹如文章有隐体之作法一般，孕育变化多元的文意。此节凡互体、四象、伏采、旁通、变爻、四象、方圆等等诸语词，无一不是出自《周易》经传之文。

---

① 《隐秀篇》百字阙文，必属伪作。宋人张戒《岁寒堂诗话》尝引“情在词外曰隐，状溢目前曰秀”，此二句不见于今本，从而可推知今补阙文非宋人所见。案：若据张戒引《隐秀篇》二句，隐作言外之意，与互体四象不合，当是用《周易》“得意忘象，象外见意”之说。

（三）赞曰：文隐深蔚，余味曲包。辞生互体，有似变爻。言之秀矣，万虑一交。动心惊耳，逸响笙匏。（页一三四）

案：此赞曰之语，再用互体、变爻之词，亦皆《周易》常见语词，是明引易辞之例。

三、《隐秀篇》子学内涵

《文心雕龙·隐秀篇》与《刘子·心隐章》互参并观，可看到刘勰一生思想系统极关心“隐”字义理。不但在文论谈文隐、义隐，而总括之曰“隐秀”理论，同样也在子论特别重视人心难知之“隐”，为此而发展出养心功夫乃在“洗心”之理，由心隐与文隐，悉可体会刘勰注重“隐”字工夫论。今推考刘勰述“隐”之理论前导，在《隐秀篇》可见专引《周易》互体变爻之易象，谓易卦六爻内含互体四象易理，由此文章亦有文隐之理，乃悟刘勰援易理比附文论之思想，印证《隐秀篇》悉自《周易》思想而衍义。《隐秀篇》内涵易学易理之说，其为子家“枝条五经”之论述本色与思考方法，已无可疑，兹析述如下：

（一）首先定义文章之“隐”谓文外重旨，吸收《周易》变卦之理，谓凡八经卦每一卦皆可变出十六卦，重重变爻，依“时”“位”与上下爻阴阳感应之理，可自一卦引伸十六卦变。次再参考《周易》每卦内含互体爻象，一卦再变出四卦之易学互体论，转化以上两项易理，发挥为文章“隐秀”之论，可以说《隐秀篇》完全是文家应用《周易》之理建构文论。《隐秀篇》云：

> 夫心术之动远矣，文情之变深矣，源奥而派生，根盛而颖峻。是以文之英蕤，有秀有隐。隐也者，文外之重旨者也；秀也者，篇中之独拔者也。隐以复意为工，秀以卓绝为巧。斯乃旧章之懿绩，才情之嘉会也。
>
> 夫隐之为体，义生文外，秘响旁通，伏采潜发，譬爻象之变互体，川渎之韫珠玉也。故互体变爻，而化成四象；珠玉潜水，而澜表方圆。（页一三二）

（二）《隐秀篇》中间自“始正末奇”以下即缺，元刊至正本同阙，今存有百余字补文，乃后人所加，姑不论之。唯粗略观此补文，绝无涉及易理易学之辞，大大违反《隐秀篇》原本据《周易》建构文意隐秀理论之论述，凭此一证，可判定百余字补文非真出刘勰之手。乃知据易学易理考定《文心》全书，例如校正《文心》篇目真伪，亦为诸多校法中之一善法也。今再观《隐秀篇》赞曰仍有“辞生互体”之语，明示此篇得自易卦互体之学处甚多，表明《隐秀篇》与《周易》爻象互体之说也可以用“旁通互见”进行细读。《隐秀篇》赞曰：

> 文隐深蔚，余味曲包。辞生互体，有似变爻。
>
> 言之秀矣，万虑一交。动心惊耳，逸响笙匏。（页一三四）

四、《隐秀篇》总案

《隐秀篇》有缺文，谓自“始正末奇”以下至“朔风动秋草”句以上，中间一大段为明人所补，首由黄叔琳提示元至正本缺此页，再经纪昀评点，据语词不合与体例不合，以及《永乐大典》所见本同阙，遂判为伪撰，现代《文心》学者自此以后大抵从此说，兹不赘述。

然而就残存原文而观，首用“隐”字定义文章有“重旨”，谓隐藏而不易见，须藉由“秀”句表出之，意指“篇中独拔”之语辞，一意一语，犹如“字句”与“文意”密切配合之巧妙，悉自“二元”思考而来，即仿《周易》阴阳两仪之易理，一显一隐，亦化用《乾》卦由“潜龙”再到“见龙”，最后“飞龙”之引伸，《隐秀篇》理论深受易理易象启示，至为鲜明。

若从本篇“比喻”手法，借用《周易》有“互体”之说，谓爻位上下之化，产生互体而有隐藏之卦象，有“互体变爻，化成四象”此语，用来比喻文章义理内藏于文章辞句之中，须要藉由警语活字之寻索玩味，始可领会其中深意，则《隐秀篇》也是引述《周易》变爻互体之易理“比喻”说明文章隐秀之技巧，乃知《隐秀篇》衍义的易理分见于“释名章义”与“原始表末”两方面，而皆以《周易》为理论根源。《隐秀篇》赞曰：“辞生互体，有似变爻。”此句“有似”即指“比喻”，是说隐显易理有似隐秀文理。

总之，《隐秀篇》原义只有互参易学，旁参易道，始得确解，而有关伪撰之辨正，亦必据易学易理为“理校法”，始得定论。[①]

若再就本篇残存一则作品实例即西晋王赞《杂诗》“朔风动秋草，边马有归心”此句而论，刘勰评语“气寒而事伤”此语“气”字谓诗句所表现秋寒之气景象，动字乃活字，秋草暗示萧条冷落，意思是说征人见此景而有归家之感，却不直说，而别叙边塞戎马同有归意，以马及人；然此意却加以“隐藏”，故属隐“意”，而须借“动”字点醒之，谓朔风既动，秋草随之而动，征人见此“物色”之动，遂生“情往似赠，兴来如答”之悲，而其归乡之心乃不得不动，知“朔风”句为“秀颖”之句，乃借此独拔之象而表现隐藏深意。刘勰评语“事伤”即指伤归之事，而“此羁旅之怨曲”则说明此诗之“主题”，也就是这两句诗的“文外之重旨”。由以上本篇残存二句“例句”所见刘勰评赏之语，一指秀句之处，二指诗意主旨，恰恰即“隐”与“秀”合言之品评，乃知《隐秀篇》之选例亦可视作此篇之实际批评。[②]

---

① 隐秀的“隐”当作“多元”解，或者至少须有两种以上之文意，一种是表面，另一种是引伸的文外之意。因此，关键在《隐秀篇》“重旨”与“复意”这两项词汇如何理解。詹锳《文心雕龙义证》主张复意即重旨，皆谓“文章要有屈折重复的意旨”，也就是“言外之意”（页一四八五），其后大多数人从此解，王更生《文心雕龙读本》亦从此解（页二〇五），只有戚良德《文心雕龙校注通译》注“重旨”与“复义”为“多重含义”（页四五〇），最为得解。今再参考施友忠英译《文心雕龙》译隐字用“源奥而派生”这句话说：A source which is profound permits growth in many directions，此句 many directions 即派生（页三〇四）谓多种方向的分流，表明隐意的深奥也是多种含意，则可助解隐字确当作“多义性”解，更优于只是“言外之意”而已。

② 若旁通《文心》其他篇，屡屡出现字隐、词隐、义隐、道隐、体隐、心隐、语隐、意隐、术隐、显隐、文隐、字隐等诸语词，皆与隐秀、秀隐为同类概念，则知《隐秀篇》理论已化用到《文心》其他各篇。

四十一　《指瑕篇》细读

一、《指瑕篇》文论与实际批评

《文心》全书文术论自《情采篇》起始，至《隐秀篇》大体已告一段落，凡文章技巧，写作之法，皆备述其要义。尤其是《隐秀篇》树立文章两大主干，一曰意一曰字。意即文章义理，今人所谓内容思想；字包含章句、练字，乃文章之“宅宇”，即言语体貌之谓。凡文章技巧不外乎此二项，而《隐秀篇》总括之，继《章句篇》《丽辞篇》《比兴篇》《夸饰篇》《事类篇》《练字篇》之后，又再度深一层分析文章技巧最高境界，求意之“多元”，即隐篇，必深文隐蔚，始有余味可寻。又考文章用字之“正”，务须“依义弃奇”，确定文章字句必遵“尚正”之用，盖渊源《周易》贞正易理，转化为《文心》文术论最终之总纲，即字句尚正理论。

由此可知，《隐秀篇》揭示文章“立意”与“正字”两大主轴，皆属前面自《情采篇》以下至《练字篇》早已谈过之课题，本当无须重复再论。然而刘勰必欲再申明文章字意之道，表明刘勰依违于经子与“篇章文集”之学，力求调和之而导归于“贞正”总纲，然又深鉴篇章文集求“奇”之心不得不有，知晓文人著作究竟不同于经师宿儒。故亦正视文章之“奇”术，与篇章之“隐”意，认为这是文集内在本有而必然之体势，故于“立意”之术，再探“文外重旨”为何，再析隐篇必内含“复意”之说。为此而二度分析文章之“立意”与“用字”，其目的在赏鉴文章，乃“玩绎”性质。既知玩绎，始能得其内在之“美”，故而《隐秀篇》云：“斯乃旧章之懿积，才情之嘉会。”此二句总括文章隐秀之功效，谓前贤先圣，并文士才子所写出的好文章，其完美之成绩（旧章懿积），即在有“隐秀”之文术，故曰凡有才情之文章，必尽情表现这项最美之技巧才算是作家才情充分的呈现。用“隐秀”之术，概括“旧章才情”的主要技巧特征，即可推想，刘勰极为看重文章隐秀之术，确认隐秀乃《文心》文术论最高之技巧境界。

既然《隐秀篇》已结束文术论，则此下若欲再有所述，亦唯有稍作“补述”之功夫，讨论文章修正删改之道，故有《指瑕篇》之设，此就“文”与“人”而言侧重在“文”。至于“人”则再补充说明作家写好文章之基本条件，刘勰特重作家要修炼“养气”功夫，故又有《养气篇》之论。凡于《文心》全书“文”与“人”双双并论综合之说，都集中在此二篇加以补述。则《隐秀篇》可作为文术论之收结，若是《指瑕篇》与《养气篇》即可视作《文心》文术之“补述”。益信《文心》五十篇之排列顺序早有其内在一定之理路，皆属《文心》结构之“本然”与“必然”，无须调移或更动任何一篇，由此二篇主旨又可得一项辅证。①

顺此而推，《指瑕篇》要补述的也仍然不离文章的字句及其涵义问题，所讨论的不出文章之“情理”，以及字义的“奇正”分辨。更特别的是，本篇实际批评指正魏晋作家用字不当、用词不准的情况，刘勰总括之为四类错误，更明确结论此四例犯错的主要因素是“巧言易标”与“拙辞难隐”。用“巧拙”对比，犹如“奇正”对照。而且，重点都聚焦于文章的“言辞”问题，言辞当然包括文章的字句，一旦用字用辞不能做到“巧”与“拙”之适中，则文章的弊病很容易就会浮现出来，故有“拙辞难隐”之语，可简称曰“辞隐”或“拙隐”，正与《隐秀篇》的“隐”字联系，都在谈论关于文章有各种“隐”的写作问题，从而更可确信《隐秀篇》与《指瑕篇》前后说法有彼此呼应照顾之结构，《指瑕篇》具有一篇谈论文章“字（辞）”与“义”的补述性质，是《文心》文术论的余论。

---

① 王梦鸥《文心雕龙：古典文学的奥秘》曾经重新为《文心》五十篇编目，将《隐秀篇》次于《夸饰篇》之后，又将《指瑕篇》移到《总术篇》之前。《文心雕龙：古典文学的奥秘》云：“《指瑕》与《总术》二篇都没有对这题目作特别的定义，可知这二篇是综合的讨论，甚或是分别讨论之后对前面枝节的问题加以概括的结案。现在就把它连在一起。不过，依照这二篇现有的内容，《指瑕篇》提出的仍是属于章句上的问题，并非针对整篇文章的涵义或价值方面指明其缺失，而只是造语用字上的一些瑕疵，因此，以《指瑕篇》当作‘阅声字’这一组的完结篇，较有意义。”（页二〇九）这段话谓《总术篇》与《指瑕篇》是综合讨论，固然没错，唯可再细分《指瑕篇》只是综合讨论“字”与“意”之问题，而《总术篇》则综合更大范围，讨论“文笔”总术的所有问题，无妨视作《文心》“文”与“人”的综合讨论。

二、《指瑕篇》易学影响

《指瑕篇》例示文章会有字词用错、文意颠倒之事，要求“字正”与“理正”的写作，这一崇尚“正”之思想，即可视作《周易·杂卦传》“夬，决也，刚决柔也，君子道长，小人道忧也”此种君子正道思想之衍生与引用，将“正道”易理应用在文论，讲究文章字义之正，情理之正，文采之正。《指瑕篇》全篇理论乃是以“正”为根源，化用《周易》易理，简洁明白。例如下引这一节就有易理尚正思想，《指瑕篇》云：

> 若夫立文之道，唯字与义。字以训正，义以理宣。而晋末篇章，依稀其旨，始有“赏际奇至”之言，终有“抚叩酬酢”之语，每单举一字，指以为情。夫赏训锡赉，岂关心解；抚训执握，何预情理？《雅》《颂》未闻，汉魏莫用，悬领似如可辩，课文了不成义，斯实情讹之所变，文浇之致弊。（页一三六）

案：“赏际奇至”与“抚叩酬酢”对语，上下文义不合，用字不当：赏字指赏赐，与“心”无关，抚为执握义，怎么可以用来描写酬酢举酒杯的动作？可知用字不工，意义随之不正，而文章必要讲究情理之正，文采适中，合乎道理，才称得上是好的作品。此与《周易》“尚正”思想互通，即《周易》“贞正”易理之引伸。

次论《指瑕篇》赞曰总结全篇指瑕理论，说到凡人文章不免有瑕，而一旦文章能够写得完美无瑕，到达“善”的境界，刘勰用一句“亦善之亚”表示文章无瑕的完美仅次于“善”，故用“善之亚”之语。亚，次也，谓文章之完美仅次于“善”。详审此“善”字意，知非指文章之善，而是另一种“善”。刘勰此处乃将文章之善与此种善对照。在刘勰心目中，这种善优于文章之善，高居首位，而文章次之，故有“亦善之亚”之词，谓将文章写到完美无瑕之地步，也可次列于此种“善”之后矣！

然则，刘勰所谓的最高地位之“善”所指为何？一言以蔽之，就是子书《中庸》讲的“止于至善”之善，以及《周易·系辞传上》揭明的“一阴一阳之谓道，继之者善也，成之者性也”此句的“继善成性”之善。易言之，刘勰是援引经子古书所讲的“善”，作为文章无瑕病之“善”的指导原则，以及大纲主轴。而此一意义之下的“善”绝非文章之善，乃是“子学”讲述的范畴，而其根源来自经书，正好符合《诸子篇》定义子书是“述道言治，枝条五经”这种说法的子学。从此可知，刘勰完全根据“子学”标准指导文章之“善文”论。《指瑕篇》阐述的文章瑕病理论背后的思想基础，即是《周易》与《中庸》，《文心》各篇的“子学”内涵，在《指瑕篇》明显可见。今观《文心》注解的两家，戚良德《文心雕龙校注通译》云：

> 总而言之：即使后羿也有误射之时，东野稷也有驾车失败之事。纵然有杰出的才华，出了差错仍很惭愧。作品中一旦出现污点，虽千年也难以改变。使文章不留遗憾，离完美也就相去不远。（页四六五）

此译解将“善”字说成“完美”，即代表文章的无瑕病，显然没有注意到《指瑕篇》此赞曰的“善”与子学讲述的“善”有不同内涵。再看陈拱《文心雕龙本义》云：

> 令章靡疚，亦善之亚。令，善也，犹言妥善也。靡，无也。疚，谓惭疚，歉疚之意也。亚者，次心。此言作为文章，令其妥善而无歉疚之处，则亦人生立善（为善）之亚也。（页一〇二五）

此解似已知分辨文章无歉疚（义同无瑕）即可接近人生为善立善之无瑕，此处陈拱已能看出文章之善与人生之善的不同，可惜，未进一步说明这个人生之“善”为何，出自何处，及其代表的子学涵义。

案今将《指瑕篇》此处的“善”与《刘子·慎独章》讲述的善对观，立可知晓其本义。《刘子·慎独章》云：

> 孔徒晨起，为善孳孳，东平居室，以善为乐。故身恒居善，则内无忧虑，外无畏惧。独立不惭于影，独寝不愧于衾，上可以接神明，下可以固人伦。德被幽明，庆祥臻矣。[1]

此节引孔徒仁善与东平王刘苍为善最乐两项典故诠释“善”字，谓即人伦明德之善，非谓文章之善，然则文章之美善固与伦理之德善不同。须知人伦德善盖自《周易》乾道坤德之正善而来，故而《周易·系辞传上》云：“一阴

① 引自《刘子校释》，页一〇六。此句“孔徒晨起，为善孳孳”出处未详。《孟子·尽心篇上》作“鸡鸣而起，孳孳为善者，舜之徒也”，与“孔徒”不同。

一阳之谓道，继之者善也，成之者性也。”此继善成性之善，由阴阳二道而来，亦即乾阳坤阴之易理，谓善性乃本于乾坤天地之善。故而《坤·文言传》云：“积善之家必有余庆，积不善之家必有余殃。”此句判别善与不善，仍本乾坤天地之“正”而言，谓坤顺乾道而正行，所积必善，反之则必不善。凡善之与否，皆自天地之顺、天地之正而衍义。

综上而知，《刘子·慎独章》所言积善，盖本源自易理之德善，此刘勰思想系统之主轴。《指瑕篇》分析文章瑕病，要求“字以训正”，以及“明正事理”，皆转化《周易》正德而善之理，引入文章有瑕必求正之理论，此即刘勰用子学互通文论之一贯思考。由以上疏释，乃信《指瑕篇》赞曰“令章靡疚，亦善之亚”此句之“善”意指德善，而文章圆美无疚之善可堪比拟之，文善与德善并类而言，表明刘勰心存天地善性之子家胸怀，应用之于文章明正事理之善。《指瑕篇》以易理领导文论，于此更加昭然明白。

三、《指瑕篇》子学内涵

《指瑕篇》述凡人文章必有小瑕，而刘勰所谓瑕，专指文章“字句”与“义理”两项。譬如用字遣辞不对，本来是歌颂皇帝之诔文，竟然用“尊灵永蛰”之词，简直视皇帝为“虫物”，可谓毫无尊意，此即字句用词之“瑕”。但是，刘勰更重视文章“义理”之缺失，本篇屡用文章“事理”“义理”二词，究其内容，则又专指人伦道德之义。例如注重文章内含的“孝道”，表扬文章阐述的“兄弟之情”，凡此皆谓人品德性之义如何藉由文章妥善表现。故而《指瑕篇》真正要指正的文章之“瑕”，其实已偏重在“义理”，而不是枝节末尾的字句修辞之小病。故而《指瑕篇》也用“子学”之义理作为文章瑕病的理论指导，兹条例分析如下：

（一）首先，《指瑕篇》引《管子》子书做开端引子，申明文章的固有根本就是内容“情理”是否感人。据此，刘勰提出“文才”一词，谓文士之才当在通晓“义理”之博洽与否。此义理之内涵例如“孝道”“兄弟之义”等，皆子学必涉及之“德行”内涵。另外，刘勰又借佛教圆通概念，描述文才表现义理有难易之分，故引用佛教“圆通”之词谓事事无碍、事理无碍之教义，比拟文章“义理”完美表现之境。《指瑕篇》云：

管仲有言："无翼而飞者声也；无根而固者情也。"然则声不假翼，其飞甚易；情不待根，其固匪难。以之垂文，可不慎欤！古来文才，异世争驱。或逸才以爽迅，或精思以纤密，而虑动难圆，鲜无瑕病。陈思之文，群才之俊也，而《武帝诔》云"尊灵永蛰"，《明帝颂》云"圣体浮轻"，浮轻有似于蝴蝶，永蛰颇疑于昆虫。施之尊极，岂其当乎？左思《七讽》，说孝而不从，反道若斯，余不足观矣。潘岳为才，善于哀文，然悲内兄，则云感口泽，伤弱子，则云心如疑，《礼》文在尊极，而施之下流，辞虽足哀，义斯替矣。（页一三五）

（二）次则正式标出"义理""事理""情理"三词作为文章义理表现主要内容，而此三理莫不须由"子学"内涵始能得解。故而刘勰总括文章义理最后仍归于"心"之领悟关键，提出"心解"此专门用词。《指瑕篇》云：

若夫立文之道，唯字与义。字以训正，义以理宣。而晋末篇章，依稀其旨，始有"赏际奇至"之言，终有"抚叩酬酢"之语，每单举一字，指以为情。夫赏训锡赉，岂关心解；抚训执握，何预情理？《雅》《颂》未闻，汉魏莫用，悬领似如可辩，课文了不成义。斯实情讹之所变，文浇之致弊。而宋来才英，未之或改，旧染成俗，非一朝也。（页一三六）

（三）最后，刘勰再次严正申明要纠正文章之瑕，唯有"钻灼经典"，此即刘勰一贯主张的"熔铸经典，翔集子史"这种博通之学。简言之，文章指瑕，悉由"子学"博通做基础。《指瑕篇》云：

若夫注解为书，所以明正事理；然谬于研求，或率意而断。《西京赋》称"中黄、育、获"之畴，而薛综谬注，谓之"阉尹"，是不闻执雕虎之人也。又《周礼》井赋，旧有"匹马"；而应劭释匹，或量首数蹄，斯岂辨物之要哉？原夫古之正名，车两而马匹，匹两称目，以并耦为用。盖车贰佐乘，马俪骖服，服乘不只，故名号必双，名号一正，则虽单为匹矣。匹夫匹妇，亦配义矣。夫车马小义，而历代莫悟；辞赋近事，而千里致差；况钻灼经典，能不谬哉？（页一三七）①

---

① 此节纪昀评云："此条无与文章，殊为汗漫。"（转引自《文心雕龙汇评》，页一三六）此评语完全否定刘勰文论有"经学"之内涵、奉"宗经"为文论根柢。盖纪昀向来只用"文论"眼光看《文心雕龙》，而忽略文章义理分析，遂有此盲解之语。

四、《指瑕篇》总案

《指瑕篇》专述文章有瑕病之失，至关作家一生文名之高下，用“圆密”一词描述文章完美无瑕之必要，其重视文才之圆美与《程器篇》注重文人之品德无疵瑕互通，都是将“文品”与“人品”并列而观，且皆借用《周易》“方智圆神”之易理，本篇用“圆密”一词概括之，《程器篇》赞曰则有“声昭楚南，采动梁北”之颂语，可见下语极重，关切文人瑕病甚深。

所以，本篇首揭“古来文才”一语，谓文章之才能，包含文才之词，并见逸才、英才、俊才等诸语，而单言“道”，即“左思《七讽》，说孝而不从，反道若斯，余不足观矣”。应用“移花接木”细读之，此句批评左思《七讽》，谓文章主旨明述孝道，却出现“语病”，有“不从”之意，谓不顺从父母之意，如此已违反文章“孝道”主题，犯了用词不当之瑕病。[①] 刘勰用“反道”之道字说明它，即指文道，谓文章义理阐述之孝道。

顺此而推知，《指瑕篇》所要指正的文章缺失，不全是语词使用不当，也有文章内容的失“理”，乃将辞句雕琢与义理事义并重，也有化用知音六观的“置辞”与“事义”两观矣！据此理解，本篇所见诸如情事、理事、事义、事理、情理等等，凡此类用语皆与“文道”内涵有关。此种注重文章之道，着力在文章事理要圆密完美之论，刘勰就用一个“善”字比拟之，在《指瑕篇》赞曰“令章靡疚，亦善之亚”此句进行表述，这个“善”字，是从《系辞传上》所述继善成性之善而来，将文善与道善并述，既是子家胸怀，也是“枝条五经”之证。所以说，《指瑕篇》总括“立文之道”唯“字”与“义”此二大要目，非常明确而可行，且已表明文章指瑕理论必有易学易理与子学之根据。

---

① 左思此文已佚，诸家皆阙引。陈拱引张立斋《文心雕龙注订》云：“《注订》云：‘此语即《论语》“子曰无违”旨。’按此虽是臆测，唯亦可能为彦和所据以讥左氏者。而《校释》谓此为‘立言违理’，乃最为恰当者。”（页一〇一二）此说可助一解，谓违反孝顺的道理。

四十二 《养气篇》细读

一、《养气篇》文论与实际批评

《养气篇》追溯“气论”之源头自王充《养气》之篇，惜其书不传，无法验证刘勰与王充气论内容之异同。[①] 故而本篇讲述如何养气，皆与后世道教内丹外功之修炼无关，而仅具体举例“务在节宣，清和其心，调畅其气”此种养气方法而已，说明了养心与养气同义，注重调节情绪、清静心神的功夫。

然后再用“逍遥”与“谈笑”，作为修炼手段，明白表示这种手段只是帮助修养心神，其与道教练功之一的“胎息”法大为不同。从而可知，本篇《养气篇》其实意在讲述如何修养心神，对于“气”是什么，刘勰并未有深论，更未明确下定义。不过虽然“气”的定义不明，却可自本篇选例之内容，推敲刘勰的意思。这个例子刘勰是说王充写作《论衡》，太过耗神，不足为法，其与曹褒立志著书、胸怀大志，却也同样不知调节心神，导致“用思之困神”一样，都是不懂养气方法。此二例是《养气篇》仅见的两例“选例以定论”，而却用“神思”此一词汇与“养”字联言，足证刘勰所谓的养气与养心神其实是同样的涵义。

再者，此二例既是援引王充、曹褒二人的写作困神伤气，说明文章写作首重“养气”功夫，同时也可视作刘勰应用《神思篇》理论实际批评王充与

---

① 今传王充《论衡》之《自纪篇》云：“作养性之书，凡十六篇。”惜其书未见后世著录，且篇名与刘勰所举《养气篇》亦稍不同。詹锳《文心雕龙义证》释此篇谓其《养性篇》与《文心雕龙·养气篇》两者所论相同（页一五六四），今暂从此说。案：《周易·系辞传上》云：“一阴一阳之谓道，继之者善也，成之者性也。”朱子本义云：“阴阳迭运者，气也。其理则所谓道。”此谓阴阳即气，则成性即成气，古人言性每及“气”之内涵，可助解养性即养气之说。

曹褒两家之为文，只差别在没有直接引作品做分析而已。因为《神思篇》讲述作家的才思，玄妙幽远，其言如“神”，也是用“心神”一词，即与《养气篇》说“用思之困神”谓心神心思之困乏同样，皆言心神，包举“养气”。《神思篇》说明作家培养神思的方法，就直接点明“志气”为关键。《神思篇》云：

> 故思理为妙，神与物游。神居胸臆，而志气统其关键；物沿耳目，而辞令管其枢机。枢机方通，则物无隐貌；关键将塞，则神有遁心。（页九四）

此节分析写作“神思”遁逃的原因，就在于作家“志气”不够充实饱满，因为写作的神思完全来自作家的“心思”功夫之培养，而心思之修炼，首在“志气”之圆满，如此将“神思”与“志气”联系并言，养神即养气，恰恰正与《养气篇》养气即养神的一贯理论相通。由此“旁通互见”细读法，可知刘勰正是应用《神思篇》养神理论实际批评《养气篇》的两个选例，《神思篇》与《养气篇》理论互补即本书叙论说到“旁通互见”细读法之又一例证。

所以说《养气篇》必须贯通《神思篇》，始能明白刘勰所言之“气”究竟是何气。一言以蔽之，气即心神志气。养气即养心，养心即养神，心神俱养，则必志足而气盛，此之谓养气。

按养气即养心之理解，恰恰正与刘勰论文主“心”之说密切吻合。兹对读《神思篇》首段定义何谓神思之语，言神必联系心与志，说法即与《养气篇》定义何为气，亦必涉及心神之论一致，二篇互参互通，犹如通天贯地，虽分在二篇而实为一论。《神思篇》云：

> 故思理为妙，神与物游。神居胸臆，而志气统其关键；物沿耳目，而辞令管其枢机。枢机方通，则物无隐貌；关键将塞，则神有遁心。（页九四）

此节用互换代字之句式，表达文意神思，说它由作家之心神主宰，因为心总要术，而培养神志之气，亦包括在内。心神是言语的枢机，同时也是控制耳目的关键。此节明明是分析“神思”为何，却不得不涉及志、气、心之因素，与《养气篇》述心神志气之内涵，几乎同义。《养气篇》云：

> 夫耳目鼻口，生之役也；心虑言辞，神之用也。率志委和，则理融而情畅；钻砺过分，则神疲而气衰：此性情之数也。（页一三八）

此节分析作家性情，首在神清气满之培养，可以用在“心虑”之功夫，谓思考文章事理，亦即有助于“言辞”之畅达，表现文章融洽之“情理”，这是得力于“神”之功用，而“气衰”则必不能收到此功效。故而此节明示养气功夫，却又突出“心神”之用，凡心、神、志、气等概念都一起在此节中缩合密缝，不能分开而独有，更加确信刘勰所谓养气殆即养神之意。①

《养气篇》述作家写作修养功夫，注重“宝神养气”之修养，养气必养神，合而言之即养神气。然而作品文字之内无由得知神气在哪里，唯在作家性情中可以看到“神气”的表现。从而可知《养气篇》也有偏重“人”的论述。

甚至可以说，本篇几乎不涉及任何“作品”，只是举出很多作家如何养神气的“经验之谈”。其与《指瑕篇》专述作品字句修辞之缺失，偏重“文章”而不及一字谈论“人”的问题，前后对比，一述文，一述人，恰恰构成极为鲜明的“理论焦点不同对比”，乃更可看出《指瑕篇》与《养气篇》前后相次，展现了刘勰刻意经营的《文心》篇目排次结构，此二篇相辅相成，完整地补述了《文心》文术论有关“人”与“文”双领域剩下的“余论”课题。今自《养气篇》的“举例”细细品味，用“暗藏玄机”细读法，即可理解此篇是论人较多而论文较少。

《养气篇》阐述作家务须善养精神志气，无使万象千想，困顿神思，故曰养气。气有志气、神气、精气诸义，但本篇就是没有论及“文气”，且通篇也没有举例任何名篇名作之“气”而加以论述，仅举王充《养气篇》（已佚）一例，亦不及文章，当属子学养气功夫论，非文章之文气说。

盖《文心》述“文气”之各种类别，如刚柔之气、慷慨之气、体气、气势等诸概念，已另在《定势篇》有讨论，彼篇专述文章之“气”、文体之“势”，与此篇《养气篇》内容本质实为不同。故而《养气篇》的实际批评只

---

① 纪昀已注意到《养气篇》与《神思篇》此二篇有关联，纪昀评点此节云：“此非唯养气，实亦涵文机。《神思篇》虚静之说，可以参观。彼疲困躁扰之余，乌有清思逸志哉！”转引自《文心雕龙汇评》，页一三九。案：现代龙学家王梦鸥亦注意此二篇理论有相通之处，王梦鸥《文心雕龙：古典文学的奥秘》甚至主张将此篇置于《神思篇》之后。

述人不述文，此篇宜归类为子家学问，侧重在“人”而非“文”，与《指瑕篇》专门讨论文章瑕疵完全不同，本篇着力阐述作家之“瑕”是因“气不足”之弊，专门列述清神养气之功夫，以救文人作家之困神，教以预防“伤命”之妙方，故曰养气即养精神志气。①

二、《养气篇》易学影响

《养气篇》述作家如何培养精神志气，创作好作品。气谓人之精神，又指涉文章之文气。刘勰所谓养气，即养精神志气，故而神字旁通《神思篇》之神，气字则连贯《风骨篇》《神思篇》《养气篇》此三篇同言之“气”字，都是精神志气之概念，三篇总合而观，始能会通刘勰文论所谓的养气论。

案《神思篇》有云：“神居胸臆，志气统其关键。”此语谓作家精神与作家志气密不可分，说到神思首在精神志气之培养，故而《神思篇》又云：“是以秉心养术，无务若虑，含章思契，不必劳情。”此语谓作家养“心”之道，乃在不须劳苦思虑，而在文章情理辞采之自然配合。《神思篇》此种养心自然，不必用功太苦之说，几乎与《养气篇》“逍遥以针劳，谈笑以药倦，常弄闲于才锋，贾余于文勇”此种逍遥谈笑的养气功夫，方法一致，道理相同，都不主张与作家太过苦心操劳，反对太过勇猛费劲。要把握“弄闲”之法，意思是说带有谈笑游玩的心情写作，当作休闲时间剩下来的“贾余”之应用，比喻作家培养精神志气要遵循“游刃有余”原则不可太超过急躁。②

由以上可知，《神思篇》的养心即《养气篇》的养气，谓调理心神志气。而此一“气”字，也与《风骨篇》所言风情骨气之“气”字同义。《风骨篇》

---

① 从本篇养气即养“神”之解而言，本篇与《神思篇》养神道理互通。纪昀评点《养气篇》已云：“此非唯养气，实亦涵文机。《神思篇》虚静之说，可以参观。彼疲困躁扰之余，乌有清思逸志哉！”转引自《文心雕龙汇评》，页一三九。关于《养气篇》与《神思篇》有密切关联之论，现代学者亦有多位同主此说。兹举王梦鸥《文心雕龙：古典文学的奥秘》为例，王梦鸥云：“《神思篇》有言而未尽之意，可借此而得补充。”（页一四三）又云：“那种显现于文章上的气，他则称之为风势……所以《养气篇》几乎是百分之百地属于‘心’的问题。”（页一四五）案：心的问题，当然是“人”的学问，不是“文”的讨论。

② 《神思篇》与《养气篇》有相通之理，纪昀评点也已看出这一点，纪昀云：“此非唯养气，实亦涵文机。《神思篇》虚静之说，可以参观。彼疲困躁扰之余，乌有清思逸志哉！”（页一三九）此就两篇养文思功夫与养气功夫而言。

云："情之含风，犹形之包气。"此语谓风情形气即据形骸体器必有"形"与"气"之分做比喻，写文章辞采犹如"骨骸"一般，骨骸有形，形之包气，故骨骸亦有其气，谓之骨气，换成文章，就是文气骨气，此《风骨篇》释风情骨气之意。《风骨篇》云："鹰隼乏采，而翰飞戾天，骨劲而气猛。"此言鹰隼有骨气，即比喻文章也要有骨气，又《风骨篇》赞曰："情与气偕，辞共体并。"此语明言文章有风情骨气，必须相互配合，臻于密契。据此可知《风骨篇》亦言"气"，凡志气、神气、骨气、风气、文气、辞气等等名词，皆涵摄于刘勰"气论"之中，故《文心》有《养气篇》以总括气论。今既已知《神思篇》说气神用易理，《风骨篇》谈骨气亦用易学，则《养气篇》总说刘勰"气论"，自亦不出易理易学之范畴，兹摘引分析如下：

> （一）夫耳目鼻口，生之役也；心虑言辞，神之用也。率志委和，则理融而情畅；钻砺过分，则神疲而气衰：此性情之数也。（页一三八）

案：此节略仿《周易》太极两仪思想，先说人之形体有外形与心神之分，有形之体又近似《周易》"形而下者谓之器"此概念，喻耳目鼻口等供作人体生养成长必用之"器"。然而，君子于形体之外另有更重要的"心神志气"为之主导，此犹如《周易》"形而上者谓之道"这种超乎形体而更为加大之动力，把性情当作主体。文章之道比拟此义，遂有文章情理与辞采之别，盖亦《周易》二元思想之衍义。本篇《养气篇》其他援用二元之论述诸如文心、文质、淳言浇辞、气衰志盛、内外、利钝、通塞等也都是二元思考理路。

> （二）且夫思有利钝，时有通塞，沐则心覆，且或反常；神之方昏，再三愈黩。是以吐纳文艺，务在节宣，清和其心，调畅其气，烦而即舍，勿使壅滞……（页一三九）

案：此述作家培养文思之道，务在守"气"，不可太过耗费神志，以致文思散乱；反之，也不可令神志堵塞，使文思不能畅达。要严守分寸，防止过或不及，因此，说文思养气的秘诀在一个"节"字，谓"务在节宣"，乃化用《周易·节》卦思想，将《节》卦六四爻安节、九五爻甘节的易理应用在文论，谓"适中"与"上下配合"方为作家养气清神之妙道。又本节"再三愈渎"一句，直引《蒙》卦卦辞"非我求童蒙，童蒙求我，初筮告，再三渎，渎则不告"，则属本篇明引《周易》易辞易语之例。

三、《养气篇》子学内涵

《文心雕龙·养气篇》刘勰自白此气乃袭自王充《论衡·养气》此篇。[①]但是《文心雕龙·养气篇》主旨在作家如何保养神志、维持中和之气，与王充谓人生禀气受命三品之论明显有异。今推考刘勰用“养气”一词之养字，当源自先秦子家孟子“知言养气”之论，再借参历代以来子学“气论”与道家“一气”之学说，斟酌损益，综贯折中为刘勰自家之文章养气论。由此可知《文心雕龙·养气篇》几乎通篇都是依据子学义理论述，主张作家须备子学养气工夫，始克完成文质兼善之文。今详观《养气篇》所述之气，有气之本源，气与身体之关系、气与文辞之转变、气与神志以及养气方法等诸项内容，兹分述如下：

（一）气内含于人生“性情”一部分质素，可与《刘子·清神章》已揭“形、心、神”并参，化为刘勰子学本体认识论重要组成结构，用“神气”一词之概念，作为身体形心神结构主宰。《养气篇》云：

> 夫耳目鼻口，生之役也；心虑言辞，神之用也。率志委和，则理融而情畅；钻砺过分，则神疲而气衰：此性情之数也。（页一三八）

（二）其次论气之本质，提出“非牵课才外”论点，将“气”与“才性”出于天命本质自然之说并配，由此推知气与才性皆有自然禀受之义，无须凭借“外力”，即使勉强练功钻研，也未必能求得淳和之气。为此，刘勰举三代文质淳和为例，谓彼时“志气”呈现和谐自然，原因就在时代背景有文质之风，孕育天命自然禀气，正式将“气”字解释为“自然禀气”。《养气篇》云：

> 夫三皇辞质，心绝于道华；帝世始文，言贵于敷奏。三代春秋，虽沿世弥缛，并适分胸臆，非牵课才外也。战代技诈，攻奇饰说，汉世迄今，辞务日新，争光鬻采，虑亦竭矣。故淳言以比浇辞，文质悬乎千

① 今考现存各本王充《论衡》，皆只有《气寿》篇名，无有《养气篇》篇名，或刘勰当时所见本如此。又王充此文有“禀气……”之语，主旨谈论人生禀受之气有命运三品分别，与刘勰气论主旨在精气、血气、志气、卫气等涵义又似不同。

载；率志以方竭情，劳逸差于万里。古人所以余裕，后进所以莫遑也。（页一三八）

（三）继前述由“神”以领气之说后，刘勰又开展“志气”之论，即自《神思篇》有云“神居胸臆，志气统其关键”此句之志气论而来；并再由“志气”绾联“精气”之论，而精气即精神之气，与“神气”并置无分。《养气篇》云：

凡童少鉴浅而志盛，长艾识坚而气衰，志盛者思锐以胜劳，气衰者虑密以伤神，斯实中人之常资，岁时之大较也。若夫器分有限，智用无涯；或惭凫企鹤，沥辞镌思。于是精气内销，有似尾闾之波；神志外伤，同乎牛山之木。怛惕之盛疾，亦可推矣。（页一三八）

（四）以上气论可归属气之形上论。而刘勰《养气篇》重点在于文章写作培养神气之工夫论，遂自孟子谓“善养吾浩然之气”转化为文士写作养气工夫论，确立刘勰文论注重“养气”功夫之创解，此与曹丕、刘桢只述文气之类别，不及文气之卫气与养气功夫说法，又迈进一程。《养气篇》云：

夫学业在勤，故有锥股自厉；志于文也，则有申写郁滞。故宜从容率情，优柔适会。若销铄精胆，蹙迫和气，秉牍以驱龄，洒翰以伐性，岂圣贤之素心，会文之直理哉！

（五）最后，刘勰再提出更具体的“卫气”方法：首在讲究“调气”，具体步骤，第一是“逍遥”，指心境之悠游；第二是“谈笑”，指形神之清闲。如此已近“道家”清神之论，可与《刘子·清神章》已述“神恬心清，形无累矣”之说互通并参。刘勰终究没有遵循孟子“以直”养气之论，故而亦没有孟子“配义与道”以及由“义集而取”之养气内涵。因为刘勰气论不能脱离子论“形心神”系统，且必据文心以述气，故而心志合一之气论，与心神合一之气论一贯，取代孟子义气与道气组合说。①《养气篇》云：

① 案《孟子·公孙丑上》云：“其为气也，配义与道，无是馁也。是集义所生者，非义袭而取之也。”此句即有义气与道气之词。又《公孙丑上》亦云“持其志，勿暴其气”，谓志气。但与刘勰以“神”领志气之说有别，细味刘勰“神居胸臆，志气统其关键”此句之神与志气关系，突出神字，与孟子单言志气不同。又今据银雀山出土竹简《孙子兵法》有《延气篇》用“气”论，功夫在“激励将士”，故谓“激气”，此兵法气论，亦不同于刘勰养气功夫。

且夫思有利钝，时有通塞，沐则心覆，且或反常；神之方昏，再三愈黩。是以吐纳文艺，务在节宣，清和其心，调畅其气，烦而即舍，勿使壅滞，意得则舒怀以命笔，理伏则投笔以卷怀，逍遥以针劳，谈笑以药倦，常弄闲于才锋，贾余于文勇，使刃发如新，腠理无滞，虽非胎息之万术，斯亦卫气之一方也。（页一三九）

四、《养气篇》总案

《养气篇》分析作家如何培养心神志气之功夫，提出“逍遥针劳”与“谈笑药倦”此二项具体方法，告诫作家不必为了勉强写作，因困思而伤神，甚至减损寿命。此篇理论在“人学”，不在“文章”，是《文心》此书文与学合论偏重于“学”之理论。

基于此理解，这种养气的人学，本源于像《人物志》这种论人之学问，与“子学”谈论心性血气之修养有关，例如庄子与老子讲述的“虚静”修养，心斋坐忘之功夫，或者如孟子所述“吾善养吾浩然之气”此类的志气之论，要从“配义与道”之途径去做，凡此俱属子家之学，而本篇所述“玄神宜宝，素气资养”此处所谓的素气资养，大抵类似，只是改用“玄气”“玄神”之语，乃更近似道家一派的思想。

因为玄气在人，势气在文，而《文心》此书直接谈论文气之论不在本篇，已另在《定势篇》述之，谓气势、文气。又在《风骨篇》亦兼谈文章骨气、体气、逸气等，均属文章之“气”。然则，刘勰《文心》必设《养气篇》专述人气，益加证明刘勰《文心》非仅限论文而已，且亦兼涉“人学”，《文心》是论文章之心，也有人文之心。

若再从《养气篇》所示“选例”而言，共举王充等四家为例，只述其人及其文思，未举其人之作品，即知本篇之气，乃不在作品之文气，而是作家如何“从容率情”培养悠闲写作之神志。从此角度理解，则本篇需与《神思篇》旁通参看，始知所谓养气即养神，亦即培养心神使之处于“虚静”境界，志气充足饱满，心神不致逃遁，始克完成至精至妙之文章。可以说，《神思篇》是讲作家“才思如神”必有之根本，而《养气篇》提示具体步骤助成作家神思气足之功夫，二篇相辅相成，皆在完成“人学”之理论，较少直接涉论文章之神与文章之气。

于是经由“移花接木”细读法，《养气篇》出现的诸如志气、情理、神气、神志、心神、精神等语词，皆同样出现在《神思篇》，也就是说这两篇都要推源至《周易》之易神与先秦子家所述之神。本篇透过与《神思篇》旁通互见的细读，终可确信《养气篇》必有子学内涵，且经受易学影响。①

① 周兴陆《〈文心雕龙〉精读》云：“刘勰的养气论更接近于道家的养生思想。”（页一二五）且即引《太上三元经》为证，助成此说。案：《养气篇》最末提出“逍遥”与“谈笑”二项方法，与“胎息”之方术不同，但又有点像“卫气”的技术。刘勰重点在培养心神，而不是“胎息”这种道教功夫，因此，道家养生与宗教性质的道教胎气之练功，究竟不一样，须再辨明，也就是说本篇所谈不像道教内丹外丹吸气吐气之功夫。

四十三　《附会篇》细读

一、《附会篇》文论与实际批评

《附会篇》的主旨为何？龙学诸家大抵并无异议，咸谓阐述文章“章法”，简言之，附会即“附辞会义”。[①] 今若另从“旁通互见”角度解读，附会既然是指附辞会意，则与《指瑕篇》所说的“立文之道，唯字与义”亦几乎完全相通。都是讲字词与文义，字义等同辞义。

此说可再自本篇“选例以定论”所举的两例得到证明。所举之例一是张汤拟奏，二是虞松草表，举此二家奏表文章的缺点，就是“事理”不明与“用字”不正，亦可补证《指瑕篇》“唯字与义”的涵义。《附会篇》云：

> 故善附者异旨如肝胆，拙会者同音如胡越。改章难于造篇，易字艰于代句，此已然之验也。昔张汤拟奏而再却，虞松草表而屡谴，并事理之不明，而词旨之失调也。及倪宽更草，钟会易字，而汉武叹奇，晋景称善者，乃理得而事明，心敏而辞当也。以此而观，则知附会巧拙，相去远哉！（页一四一）

此节举证二例，刘勰已先提示云“异旨如肝胆”摘出文章旨意，要配合犹如肝胆要相照一般，与《指瑕篇》所述字与义要重视辞义配合准确意思一样，义谓文章旨意，此就倪宽改订张汤的拟奏此例而言。

---

① 纪昀评点此篇云：“附会者，首尾一贯，使通篇相附而会于一，即后来所谓章法也。”转引自《文心雕龙汇评》，页一四〇。此说一直为后世遵从。例如袁济喜、陈建农编《文心雕龙解读》即谓：“附会之术，是文章布局谋篇的根本策略。”（页三〇一）此句所指的布局谋篇，与“章法”一词无异。

刘勰又启示云“同音如胡越”此音字，即字音，与《指瑕篇》唯字与义的“字”含义一样，包括字音、字形、字义，这些都是文章“练字”问题，此就钟会改动虞松的表文而言。

以上二例，大别分之，一是改文字，另一是改句义，此二项大抵皆与文章的“字”与“义”有关。从而可知，藉由《附会篇》刘勰所举的例证，即可知附会作附词会义解，殆可无疑义。

《附会篇》再有二词仍须精辨细读，即“辞味必乱，义脉不流”此句“辞味”谓文辞表现之情味，专指“辞”（兼包字句）。盖此句用“辞味”与“义脉”对言，故味字谓文辞之味，非谓“义脉”，义脉当指文章义理脉络。

今又见此篇赞曰“道味相附，悬绪自接”此句“道味”，当别有所指，盖道味不等于辞味。

然则何谓道味？当指由文辞与义理配合巧妙所形成的文章，必可表现文章内涵丰富之“道”，故谓之有道味。这两个语词，同有味字，一个是辞味，另一个是道味。前者归之文章“字句”，后者必属文章“义理”。然不论字句语辞，或义理思想，刘勰并用“味”字说之。由此再次辅证《附会篇》作为《文心》此书的文术论总结之一，专门用心于一篇文章之字句词汇，力求做到文辞与一篇文章之义理思想配合精密，始能完成文思构词自然接合之美境，故曰“悬绪自接”。

另外还有《附会篇》用大体、体统诸词，指涉文章之“体”最完美的表现，与最严密的篇章组织结构，刘勰用“身体”比喻“文体”，理清论明。《附会篇》云：

> 夫才量〔童〕学文，宜正体制：必以情志为神明，事义为骨髓，辞采为肌肤，宫商为声气；然后品藻玄黄，摛振金玉，献可替否，以裁厥中：斯缀思之恒数也。（页一四〇）

此节将身体五官比喻做文章情理事辞，提出这个“体”是有“恒数”谓一定的体制，视作一切折中的标准。刘勰这个比喻乃在暗示文章附词会义的结果，就是要完成像身体五官这样自然配合组织的结构。因而，此节用来比喻的“身体”，即指文章“大体”。这个比喻大大有助于《附会篇》阐明附词会义的真正内涵，虽然不讲附词会义，却更重要于它，因为，它是附词会义

“杂而不越”的“不越”之范围标准，[1] 故谓之体统。

需注意《附会篇》与《总术篇》用“身体”比喻文章，描述身体内外一体，表里一致，生理器官与心理神明相辅相成的结构，要加以统合之道理，表明文章字句修辞与义理旨意也要附会配合之文理，二篇比喻有一致之处。《附会篇》云：

> 夫才量［童］学文，宜正体制：必以情志为神明，事义为骨髓，辞采为肌肤，宫商为声气。然后品藻玄黄，摛振金玉，献可替否，以裁厥中：斯缀思之恒数也。（页一四〇）

《总术篇》云：

> 数逢其极，机入其巧，则义味腾跃而生，辞气丛杂而至。视之则锦绘，听之则丝簧，味之则甘腴，佩之则芬芳，断章之功，于斯盛矣。（页一四三）

此两节原文对读，凡情志、骨髓、肌肤、声气等等皆属“人”体生理与心理之词，而视之、听之、味之、佩之均属由人体感官所发出来的动作及其作用。合之而观，《附会篇》与《总术篇》此二节原文并用“身体”之“体”的概念，比喻文章之“体”与文章本源之“大体”，凡文体之“体”字均可与身体并置思考。身体有生理心理之虚实，亦犹如文章也有可见的“字”（句）“辞”（言）之组合，也有存乎“心中”的“意”或“义理”之内在成分，虽看不见而为虚形，确实有其质，须藉由言辞玩绎赏读乃可心领神会，此即《附会篇》讲述的附辞会意。

然而文章的词与意，最终皆要加以统合会一，必须做到“克终底绩”，始能“寄深写远”。如此将文章视为一“体”，正犹如身体也是综合心理与生理完成为一体的结构。无怪乎刘勰同时在《附会篇》与《总术篇》连用身体之比喻，将文章大体的概念自“近取诸身”取象比拟而予人鲜明的形象说明。

---

[1] 此节原文在原刊的书眉有纪昀批语云：“此三行可节。”意指可删去此节原文，若如此，必要忽略《附会篇》除了讲“附词会意”，尚包含“大体”“统纲”的理论，遂导致不明《附会篇》的理论要义，有待质疑。案：此处纪昀批语原刊，据广陵古籍刻印社影刊清道光十三年翰墨园藏板，卷九，页九之八。若参看《文心雕龙汇评》新排印本（页一四〇），系批语处不易看清所指是哪三行。

所以说《附会篇》分析文章字句要与篇章义理相互配合，谓之附词会义，道理至为明显，可惜本篇每生误解，甚至有人任意移动本篇位置。①

其实，附会与总术相次，前者就单篇文章的“字”与“义”要附和相会而论，后者扩大为全部文章，包含“文”与“笔”，故曰总文笔之术。一小一大，一集中一大体，此二篇理论密切绾合，内容承上启示，顺理发展，此二篇必然是一体连贯，理论先后相承，无需改变篇目次序，始得以通晓《附会篇》真正本义。

考《附会篇》易生误解，不承认即作“附词会意”解，最关键因素即因“版本”之证据，说是元至正刊本《文心雕龙》无“会词切理，如引辔以挥鞭”此二句。案此二句已明确说出附会即附词会意，只是改换成“会词切理”而已。附会即会切，但看所会为何、所附为何。说穿了，就是指文章的“字句”与篇章结构的“内容义理”必须密切配合，做到首尾一贯，始终一体这种附合密会的关系，谓之附会，故而此二句必当有。

杨明照《文心雕龙校注拾遗》坚决主张“按此二句不可少”，② 彼时元至正本尚未出土，其后杨明照新刊《文心雕龙校注拾遗补正》因有鉴于元至正本即无此二句之故，乃删此二句并不出校，由此可知杨明照最终仍以为不当有此二句，自此以下，《文心》学者，或谓有或谓无，皆各有说，然皆并未能切中“附会”一词之本义。

今再细读，此二句乃置于“若夫绝笔断章，譬乘舟之振楫”之后，与“会词切理，如引辔以挥鞭”恰恰构成四六四六之骈文句式，即俗称马蹄韵。并分别用二项譬喻助解，乘舟振楫，谓摇动木桨，划船出去，以登彼岸。用划船比喻写文章要完成之动作，故有“绝笔断章”之语。

试想，文章写成了，最后的工作，刘勰指导要将全篇的字句（修辞）与

---

① 《附会篇》主旨易生误解，故而《文心》专家大多喜改变此篇顺序，例如王梦鸥《文心雕龙：古典文学的奥秘》因《序志篇》有云“苞会通”遂据此语改移到《熔裁篇》之后，而《通变篇》又移到在《熔裁篇》之前，将《通变篇》《熔裁篇》《附会篇》三篇排在一起（页一三四）。又陈拱《文心雕龙本义》则移此篇于《养气篇》之后、《物色篇》之前（页一〇四二）。案：此种移动，皆各有其理由，然而忽略了附会即附词会义，近似文章“字（词）”与“义（理）”二者要首尾表里配合这层定义。李曰刚《文心雕龙斠诠》同陈拱之误（页一三一七）。

② 杨明照注这个“二句不可少”之校，李曰刚《文心雕龙斠诠》加以引述，并遵从杨校（页一三五六）；刘永济《文心雕龙校释》则力主当删此二句（页一四六）；詹锳《文心雕龙义证》虽引杨校，但不置可否，不表示意见；戚良德《文心雕龙校注通译》同杨、刘二家删此二句（页四七九），《文心雕龙汇评》则有此二句（页一四一）。

全篇的内容思想（义理）加以贯通统一，故又用引辔挥鞭的比喻，形容这样的“附词会意”技巧。引辔谓控引缰绳，必须技术巧妙。本篇此前有“齐其步骤，总辔而已”此句，也是用控引缰绳做比喻，谓文章句字与义理配合犹如缰绳控引的技术一般，要知道协力平衡，互相配合，始能驾好马车，亦即“挥鞭”一词比喻影射之意，谓挥动马鞭，意指发动马车，象征文章的完成可行。由此可知，此四句连用振楫与挥鞭两项比喻造成彼此关连的文意暗示，四句合看，更有前后文意一贯的意思，乃益加确信必有此二句为是。

尤其必须由此四句，始能得出《附会篇》的定义就是“附词会意”，其与此四句的“会词切理”正可互通并参，代表刘勰本篇真正的理论就是讲究文章字句与内容思想的配合一贯之道，故曰附词（理）会意（词）。

再来看《附会篇》必须与《总术篇》旁通互见，始能真正理解刘勰定义“附词会意”或者“附意会词”之后，又在附会上面说出更高一层的“总纲”，刘勰主张要用这个“总”与“统”作为附会的最高指导原则，提醒文章的完成可以尽情变通创新，即《附会篇》说的“杂而不越”这个“杂”之概念。

但莫忘无论有多杂，务必“杂而不越”谓不能超出最后的底线。历代解《文心》此书，大都忽略《附会篇》这一句的重要暗示，未能深解“不越”的范围底限是什么。

其实，这句“杂而不越”的真正内涵，必须合参《总术篇》有“大体”的概念，意指一切文笔技术最后皆必须回归到“经典文章”的本源，易言之，大体指的是以“宗经”为本体这种文论大纲，亦即刘勰全书树立“宗经”为体的一贯论点。《文心》全书屡屡用“大体”一词，其基本意涵，均与圣贤经典有关。所以，到了全书文术论之末两篇，进行文术的理论收结，又再次申明这个“大体”概念，呼应全书结构有《宗经篇》《征圣篇》自首至尾，始终一贯的体系。故而《附会篇》“凡大体文章，类多枝派”，《总术篇》赞曰“务先大体，鉴必穷源”此二句的“大体”一词，皆可读作宗经大体之意。刘勰暗示一切的文章之术“杂而不越”，一切的文体体貌也是“杂而不越”，都是指不能超出五经的范围。刘勰藉由“大体”一词，分见于两篇，言之谆谆，戒之惶惶，正是用心在“本乎道、师乎圣、宗乎经”这条文论主轴大纲。可惜，近世学者虽然也已注意到《总术篇》大体一词的特殊内涵，例如王运熙《〈文心雕龙·总术〉试解》一文即归纳《文心》全书多次使用“大体”一词，王氏认为意指文章“包括了思想感情和文辞形式两方面的基本要求，以及由这两方面综合而成的风格特征”。[①] 此解“大体”内涵甚是，若再追问“大体”的标准例证为何，说穿了，就是经典。所以，《总术篇》“务先大体，鉴必穷源”的“大体”就是指经典本源，谓一切文章之术的根源所在。

根据如此“大体”之理解，换到《附会篇》又改用另外的词汇，于是又有总统、恒定、纲领、体统、通制、统宗、统关等等语词，取代“大体”，但意思近似，几乎同义。因为，只有经典内涵的义理思想，始堪当“大体”或“纲领”“体统”。

从而推知，《附会篇》全篇论述文章要如何“附词会意”，但也时刻叮咛最终要守住“恒”“定”的体统，不能超越经典大体的范围，此即“杂而不越”此“不越”之要义。

因此，《附会篇》与《总术篇》前后相次，有理论“贯珠”似的结构，也有篇与篇之间互相“旁通”效果，因此，《附会篇》与《总术篇》必须参读，《附会篇》真正而完整的理论经由以上分析，实有一统二要之结构，示图如下：

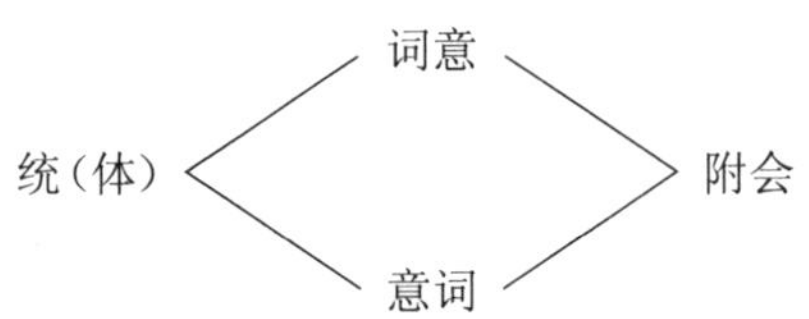

正如此图所示“统”才是《附会篇》要说的主轴，而文章的“词”与“意”之分析则占据《附会篇》大部分内容，遂导致本篇统领“附会”的“统”与“总”之大纲意涵隐没不明。幸好刘勰在本篇之末再次借用《周易·夬》卦臀无肤比喻，说明身体为“总态”，而臀与肤为身体个别组成部分，身体为最大，臀与肤为其中一部分，以此一统二要之结构说明文章，意思是说臀体若没有肤肉，走起路来会极为不顺，与“整体”不合，至此乃更加确信刘勰《附会篇》所述“附辞会意”的本义就是成就体统文章。

---

① 此文收入王运熙：《文心雕龙探索（增补本）》（上海：上海古籍出版社，二〇〇五年四月），页一四四。案：王氏此篇分析《文心》“大体”一词，举例甚多，仍缺《附会篇》“大体文章”此例。

《附会篇》又有一段原文实际批评分析张汤、虞松等两家的作品为例，说此二家在文章“附词会义”技巧方面的得失利弊，提出结论以为凡文章写作之“字词”必须与其内涵之“义理”相互配合，始能做到文章“会词切理”之完美。《附会篇》此段实际批评云：

> 故善附者异旨如肝胆，拙会者同音如胡越。改章难于造篇，易字艰于代句，此已然之验也。昔张汤拟奏而再却，虞松草表而屡谴，并事理之不明，而词旨之失调也。及倪宽更草，钟会易字，而汉武叹奇，晋景称善者，乃理得而事明，心敏而辞当也。以此而观，则知附会巧拙，相去远哉！（页一四一）

此节先述张汤草拟的章奏，汉武帝不满意而退回，后经倪宽改定字句，始令众人心服口服，事载《汉书·倪宽传》。次述虞松草拟的章表，同样令景王司马师不满意，经由钟会改定五个字，始合本意，事载《三国志·魏书·钟会传》。案：《附会篇》经由此二例的改定字句，目的在说明文章“附会”技巧至关重要。今核其要素，重点都在文章字句与文章义理的圆满搭配，注重在“会词切理”的要求，用一“会”字即附会，一“切”字即切合，谓附会切合文章的词句与义理。此处揭出“义”之要项，清楚表明刘勰的文论以“义理”为中心，此与《诸子篇》云“博明万事为理”与“适辨一理曰论”此种子学注重“义理”之说法极为一致，刘勰胸怀“子家”之志，影响评文论理之步骤再次显现于此。

二、《附会篇》易学影响

《附会篇》述文章“附辞会意”之道，欲将文章情理与辞采统合会通。如此视文章为一整体，犹如易之“太极”，皆备“圆通”之易道。完全师仿《系辞传下》云“易之为书也，原始要终，以为质也”“易之为书也，广大悉备”此种圆通周备广大之易理，以描述文章也要求首尾一统，涯际兼包的完美体制，《附会篇》之理论基础悉本于《周易》。

基于文章为“总体”之理念，本篇继《章句篇》《练字篇》之后，再度引述屋宇“宅位”之比喻，极其形象地说明文章附词会意讲究情理与文采之首尾统合，亦犹如“筑室之基构”，谓建筑屋宇，首要之务在打稳地基，定好其他各项配合之布局摆设。此与《章句篇》“宅情曰章，位言曰句”以及《练字篇》“言语之体貌，而文章之宅宇也”此二句定义章句与练字均用宅宇、宅位之比喻，如出一辙。《章句篇》《练字篇》与本篇《附会篇》三篇可互相旁通，基础理论皆本于《周易》。

其他像《周易》阴阳二仪交应变化之“二元”思考，亦遍见于《附会篇》，诸如首尾、枝派、万一、尺寸、诎枉、偏具、约博、多寡、善附与拙会、同异、难易、事理与词旨、心理与事辞、巧拙等等不一而足，皆可视作《周易》两仪思想在文章理论之应用。

其余直接明引《周易》语辞者例如阴阳、玄黄、贞夫一者也、无方等，亦明显可辨。至于化用《周易》句式、挪用易理，通篇屡见。最末结论本篇甚至明引《周易·夬》卦九四爻辞“臀无肤，其行次且”全句为比喻，用完整形象“臀”与“肤”之相配统合比拟文章附辞会意的高妙极至，可以说《附会篇》全文结构乃以“易”起譬喻，且更以“易”辞作结，《附会篇》几乎就是《周易》阐述易理易道之实践，[①] 兹引述本篇各节段有易学影响之句以资证明：

> （一）何谓附会？谓总文理，统首尾，定与夺，合涯际，弥纶一篇，使杂而不越者也。若筑室之须基构，裁衣之待缝缉矣。（页一四〇）

案：本节弥纶、杂而不越二词直引《系辞传上》云“弥纶天地之道”、《系辞传下》云“其称名也，杂而不越，于稽其类，其衰世之意邪”。此二语乃节引《周易》语辞之例。

又用首尾一统，说明文章附辞会意之做法，乃化用《系辞传下》“易之为书也，原始要终以为质也”，视《周易》首尾一统之结构即为文章附会之术的准则。次又将此文章始终之结构，用“筑室”形象比喻之，凡筑室之地

---

① 此句“臀无肤，其行次且”当兼包文章情理与辞采二项，臀为本体，喻情，肤为辞采。故《练字篇》有“瘠字累句”与“肥字积文”之辞，凡言肥瘠皆泛称字句文辞，与“肤”字义合。从而可知，刘勰引“臀无肤”为喻，必通谓文章情理辞采。今见陈拱《文心雕龙本义》注此句云：“彦和此以言文章结尾之不妥也。”（页一〇五七）此说非是，彦和引此句殿全文之末，盖即“敷理以举统”所作之结论，乃统论文章附辞与会意须加以统合，并非只论文章结尾。案：《周易》互见“臀见无肤，其行次且”于《夬》九四爻、《姤》九三爻，孔颖达《正义》云：“居既失安，行亦不进。”（页一〇四）

基与各部位之结构皆须相互配合，始能成就一栋屋宇之美善，则乃化用《周易》“六位时乘”之爻位概念。

（二）夫才量〔童〕学文，宜正体制：必以情志为神明，事义为骨髓，辞采为肌肤，宫商为声气；然后品藻玄黄，摛振金玉，献可替否，以裁厥中：斯缀思之恒数也。（页一四〇）

案：本节“玄黄”一词，借自《周易》天玄地黄之概念，说明文章附辞会意在辞藻文句之功夫，必须讲究像《周易·坤》卦上六爻“龙战于野，其血玄黄”谓文辞要有呼应有变化。

次则总括附会之“术”，说它变化不一，此犹如《周易》数术之妙，故有“缀思之恒数也”一语，谓文章附会之思考，仿佛易经数术之奥妙，然亦自有其一定之理路。

（三）凡大体文章，类多枝派，整派者依源，理枝者循干。是以附辞会义，务总纲领，驱万途于同归，贞百虑于一致，使众理虽繁，而无倒置之乖，群言虽多，而无棼丝之乱。（页一四〇）

案：本节“贞百虑于一致”此句用“贞一”之词，乃节引《系辞传下》“天下之动，贞夫一者也”此句之“贞一”，另一节则引《系辞传下》“天下同归而殊途，一致而百虑”此句之“百虑”一词。至于“万途同归”句，亦同出于此，此明引《周易》语辞之例。

（四）扶阳而出条，顺阴而藏迹，首尾周密，表里一体，此附会之术也。（页一四〇）

案：本节“扶阳顺阴”之说与《周易》“崇阳抑阴”之易理悉同，而“首尾周密”即与《周易》用“原始要终”与“广大悉备”描述易之为书同理。

（五）夫文变无方，意见浮杂，约则义孤，博则辞叛，率故多尤，需为事贼。且才分不同，思绪各异，或制首以通尾，或尺接以寸附。然通制者盖寡，接附者甚众。（页一四一）

案：此节谓文章之术变化无穷，附会之道，顾此失彼，但看作家如何做到“通制”而已，谓能通贯各体文章之术，切忌勉强附会，硬生拉扯，于是乃用“无方”一词形容文章技巧，盖仿《周易》“神无方而易无体”之易理，将文术之变化不可见比拟易神之没有一定方向与可见之形体。

（六）若夫绝笔断章，譬乘舟之振楫；会词切理，如引辔以挥鞭。克终底绩，寄深写远。若首唱荣华，而媵句憔悴，则遗势郁湮，余风不畅。此《周易》所谓“臀无肤，其行次且”也。唯首尾相援，则附会之体，固亦无以加于此矣。（页一四一）

案：本篇最后引《周易·夬》卦九四爻“臀无肤，其行次且”此语总结文章附辞会意之术，即属本篇之“敷理以举统”。谓文章附会犹如“臀”与“肤”之相配，故有“会词切理”之说，要做到首尾一体，内外一致，才能使文章有“余味无穷”之美，不至于憔悴不畅，没有余味之体势。①

三、《附会篇》子学内涵

《文心雕龙·附会篇》专讲文章首尾统一，文章语词与义理互相照应之法，纪昀谓即后人所谓之章法，此自“文论”而解此篇篇旨固然不误。然而推究文章附会说法背后本源，须知附会所要统合之文章内容，悉在“事理”二字，细观《附会篇》全文无不扣紧一“理”字而发论，而此“理”字早已是古代子学必谈之课题。刘勰自经史古籍所见之“理”字义理引伸至文论，而有“文理”之概念，已多见于《文心》此书。又由文理与文章情采合参，知刘勰文论主要体系即是“情理”二字。今由子学理字支派为文理与情理之文论，恰恰正是刘勰借参子学、折中文论，建构他自己的一套“子集”合一文论体系的本源所在。故而《附会篇》揭示的“附词会义”之说讲究文章首尾统贯之术，重心即在文章“义理”与“情采文辞”配合之总术。虽然《附会篇》用“事理”取代个别“理”字与“义理”此词，但皆由“理”字衍生，故而“理”字在子学领域之界定内涵，自始至终都是《附会篇》章法理

① 关于臀无肤句义，孔颖达《周易正义》云：“九四据下三阳，位又不正，下刚而进，必见侵伤，侵伤，则居不得安，若臀无肤矣。次且，行不前进也。臀之无肤，居既失安，行亦不进，故曰臀无肤，其行次且也。”（页一〇四）此解云“居而失安”用一“居”字，可知臀无肤是比喻文章安章完句，与《附会篇》用“筑室”对照，确知“臀无肤”意指文章首尾一体，并非单指文章结尾。

论本源，《附会篇》文论的子学意涵全系于此一“理”字。

考“理”字在先秦经子古籍多作义理、天理、条理之解。《孟子·告子篇上》云：“心之所同然者，何也？理也、义也。圣人先得我心之所同然耳。”孟子用此理字与“义”字互训，故常言有“义理”之词。又《周易·说卦传》：“圣人之作易也，将以顺性命之理。”此从易学而言理，然亦不离义理之旨。可参《庄子·养生主》“官知止而神欲行，依乎天理”此句之天理，同出《周易·系辞传下》“一阴一阳之谓道，继之者善也，成之者性也”此句所示阴阳之天理，凡古书理字大抵不出天道生生之理。及至《小戴礼·乐记》云：“礼也者，理之不可易者也。”此礼理音训之解，遂有“人事”条理法则之意。郑玄注云：“理，犹事也。”谓理在事中，事自有理。“理事”“事理”之词遍见《文心》与《刘子》二书，此必刘勰兼综经子古注经义之后之会心创解，引伸而置论于文章之学，故有文章事理情理之论。其后清儒戴震“理也者，情之不爽失也”此语可合言为“情理”之词，此戴氏所解之理与刘勰“情理”无异。而章学诚更有“古人不著书，古人未尝离事而言理”之语以解古人著作缘由，实亦可助解刘勰在《附会篇》特重文章“情理”讲究首尾照应，要有“原始要终”结构之文论根源所在矣！总之，《附会篇》由子学之“理”字衍义，发展成文论之“事理”，全篇要旨无不要自“子学”思想源流探索始能得解。[①] 例如：

（一）《附会篇》首揭“文理”一词，说明文理首尾一统，使一篇无“杂”之文体，此文理即出自子学“理”字。《附会篇》云：

> 何谓附会？谓总文理，统首尾，定与夺，合涯际，弥纶一篇，使杂而不越者也。若筑室之须基构，裁衣之待缝缉矣。（页一四〇）

（二）继文理之词，《附会篇》又揭“义理”之词，定为文章总纲，建立

---

① 古籍经子解“理”字，莫详于戴震《孟子字义疏证》，而戴氏旨在批判宋儒之理，欲复《大学》《中庸》以及易传原义之理。但是关键在《孟子·告子篇》“理也义也”此句之解，赵岐作“道理”解，程朱作“性即理”“天即理”解，戴氏改谓“理也者，情之不爽失也”，用“情理”解之。及至清儒焦循《孟子正义》释此章，乃全引戴氏之解，而稍加引伸，焦氏在“道理”之解后加入凡事之可通行者为道之“事”字涵义，显然即自戴氏而来。焦氏云：“正义曰：易《说卦传》云：‘和顺于道德而理于义，穷理尽性，以至于命。’孔子言道德性命，指出理字，此孟子所本也。道者，行也。凡路之可通行者为道，则凡事之可通行者为道。得乎道为德，对关道而言也。道有理也，理有义也。理者，分也。义者，宜也。其不可通行者，非道矣。可行矣，乃道之达于四方者，各有分焉，即各有宜焉。”参见焦循：《孟子正义》（北京：中华书局，一九八七年），下册，页七七三。

义理主导之论，而其方法，则在“顺阴扶阳”之理。皆用古代子家理字义，兼参《周易》古经阴阳之易理。《附会篇》云：

> 凡大体文章，类多枝派，整派者依源，理枝者循干。是以附辞会义，务总纲领，驱万途于同归，贞百虑于一致，使众理虽繁，而无倒置之乖，群言虽多，而无棼丝之乱。扶阳而出条，顺阴而藏迹，首尾周密，表里一体，此附会之术也。（页一四〇）

（三）《附会篇》实际分析文章义理之做法，提出文无“定法”之说，谓作家“才分”不同，须适才适分。此文章“适才”文论，互通《刘子·适才章》之人才理论。《附会篇》云：

> 夫文变无方，意见浮杂，约则义孤，博则辞叛，率故多尤，需为事贼。且才分不同，思绪各异，或制首以通尾，或尺接以寸附。然通制者盖寡，接附者甚众。若统绪失宗，辞味必乱；义脉不流，则偏枯文体。（页一四一）

（四）次于文无定法、文章附会必须“适才”之论之后，《附会篇》又提出驭文之法，有“随心”而法之说，此可互通《刘子·随时章》论三皇异世，五代殊时，唯因时而治，适时而行，始能得其功效。此在政事而言即随时统合，在文章而言即随时而会，皆注重文章义理始终与首尾统合之理，文章政事与说法相通，即刘勰子论与文论互参之本色。《附会篇》云：

> 夫能悬识凑理，然后节文自会，如胶之粘木，石之合玉矣。是以驷牡异力，而六辔如琴，驭文之法，有似于此。去留随心，修短在手，齐其步骤，总辔而已。（页一四一）

（五）《附会篇》再细分文章有“巧拙”之别，全系于文章“事理”是否首尾表里彼此附和。《附会篇》云：

> 故善附者异旨如肝胆，拙会者同音如胡越。改章难于造篇，易字艰于代句，此已然之验也。昔张汤拟奏而再却，虞松草表而屡谴，并事理之不明，而词旨之失调也。及倪宽更草，钟会易字，而汉武叹奇，晋景称善者，乃理得而事明，心敏而辞当也。以此而观，则知附会巧拙，相去远哉！（页一四一）

（六）《附会篇》之末总结“切理”之准则，突出“理”字在文章章法关键地步，明示经子古籍已揭之“理”即为文章附辞会义“本源”，[①]《附会篇》取源子学由此终得定论。《附会篇》云：

> 若夫绝笔断章，譬乘舟之振楫；会词切理，如引辔以挥鞭。克终底绩，寄深写远。若首唱荣华，而媵句憔悴，则遗势郁湮，余风不畅。此《周易》所谓“臀无肤，其行次且”也。唯首尾相援，则附会之体，固亦无以加于此矣。（页一四一）

（七）《附会篇》赞曰有“原始要终”之语，取源自《周易》易理，又有“道味相附”之语，点明文章之“道”，与文章“情采”相配合之说，此道字即子家入道见志以及述道言治之道，而由刘勰加以引伸至文论，乃又有“乐心和谐”之语，表明乐心如文心，而皆出于道。然而须考所谓文心，所谓原道，皆刘勰思想之本体，而其涵义悉自子学而来。《附会篇》赞曰：

> 篇统间关，情数稠叠。原始要终，疏条布叶。
> 道味相附，悬绪自接。如乐之和，心声克协。（页一四二）

四、《附会篇》总案

《附会篇》总结文章“大体”之论，用“体”字，即有意用身体比拟文体，但这还不够，主张凡身体、文体必本源自一个更大更广的“根源”之体，此体始真为文章根干与文体本源，可想而知，其必具原始初创义，以及典范之地位。为此，刘勰别出心裁，用“筑室”与“裁衣”比喻之。这样的比喻充分表明刘勰的附会理论要求文章是一个完整统一的结构体，譬如一间华屋与一件彩衣。至于屋子内在方方面面之细物及其设计，皆须彼此附合以配合整栋建筑之完成，始克曰筑室。特别是房子地基础石的安置定位，乃是

---

① 清人叶绍泰增定汉魏六朝别解本《文心雕龙》之《序志篇》末批语云：“人各有能有不能，注经者需理，衡文者需才，彦和不效马、郑者，长于才，短于理也。然则文人止用其所长，立名后世而已，固不能兼擅，又岂可相非乎！”此批语已深深误读，根本之误，在不知刘勰学术乃子集合一之学，刘勰不但知子学之理，更知用此理于文论。故而刘勰之理字乃圆通之理，叶氏强分出文理与子学义理，遂致此曲解。

一栋屋宇坚固持久之根本，此根本比喻作文章，即文章必有“根源”为典范依据。而文章这个根源刘勰用大体、体统、统绪、正体、篇统等诸语词描述，它直接的内涵即谓文章的“词”与“意”之密切配合，不可偏离，故曰附会即“附词会意”，“意”正是指文章的“事义”，必须以“宗经”为正，始有“正体”之说。而“词”则是文章的辞令安排技巧，即指文术论全部应用之协调与合适，刘勰再用“裁衣须缝缉”此语比喻之，衣代表文章，而缝缉喻文章技巧之术，意思是说要将文词与文意弥缝一致。

由以上分析，定知《附会篇》既讲述“文”之技术，也追溯“学”之根源。乃将文与学做一“体统”论述，故而本篇用“人体”比喻“文体”，殆即理解全篇最关键之语句。

今观此段身体比喻，皆统摄身体的“生理”与“心理”组成，例如神明、骨髓、肌肤、声气等诸语，神明即指作家之心神灵明、神思、志气等等，皆是“人学”之内涵。今若追溯之，这种“学”必须上推至刘勰以前诸子百家之说，以及经典之言，乃知《附会篇》非仅述文而已，尚涉及人论之“学”。

纪昀不明此篇“体统”一词之要义，力欲分出“文”与“学”两项，故谓此段身体比喻可删，次误解本篇追溯根源之“学”为文术，混淆本篇“文”与“学”之论，导致只顾“文”，不知“学”。案明人杨慎批语云：“二语虽出《吕氏春秋》，移以论文，殆可以哭鬼舞神矣。”此谓本篇用“阴阳”一词，指明是来自子学《吕氏春秋》此书。如此杨氏已引“子家之学”为证，明其本源，较之纪昀只偏“文”之分析，舍“学”之探考，乃更近于刘勰本意。盖纪昀刻意归类《文心》为“文论”，凡书中“原始表末”涉及经子之学，并据此引伸之衍义，不是忽略之，就是直接予以否定，贻误深远，遂导致当代《文心》学者未能辨正《文心》此书实为子集合一，也是“文”与“学”统论融合之体系，而屡屡曲解此书原义，误解其文论内涵。今藉由《附会篇》关键之“身体比喻”推敲揣摩，细读“根源”与“大体”“体统”诸词本义，终得定解，确立《文心雕龙》是一部“成一家言”之子书。①

最后，再细味本篇“理得而事明，心敏而辞当”一语，将上下两句“移

① 《附会篇》纪昀评点另有误解此篇是章法之说。可引施友忠（英译）《文心雕龙》将此篇译作 organization，即“组织架构”之意驳之，这个翻译与章法含义相通。

花接木”细读，即有“事理”与“心神辞令”等语词，皆包含文章的“词”与“意”之会合，再次补说文章附会理论即“附词会意”之定义最精确。而篇末仍用《周易·夬》卦臀无肤分作臀部与肌肤之易象，比喻文体即身体，强调身体完整结构的美观，亦即文章附会之体的首尾统一，证明《附会篇》深受易理启发，且树立“道味”融合，达到文章“中和”之美，再用易学“保合太和”之易理作为文章附词会意最完美之境界。

四十四 《总术篇》细读

一、《总术篇》文论与实际批评

《总术篇》总文笔之术，故而殿于《文心》“文术论”之末篇，盖深得《文心》此书篇章结构总结之精心安排。

然而，须注意，此篇全文未引述任何一篇作品为例，是《文心》罕见“未举作品”（即阙“选例以定篇”此项）之特例。遂导致对于本篇所述“术”字为何义，竟有诸多不同意见，已经由刘永济《文心雕龙校释》释《总术篇》加以驳正之，颇可参看。① 归结而言之，此篇所谓总术，既先辨“文笔”之说当作“言笔”之论，则术即指《文心》此书文术论各篇所述之内容，今特别于此篇加以总合而述，故曰“总术”。

据此总术定义，则《文心》此书《神思篇》以下至本篇皆属于“术”之内涵。唯若更细分之，则《神思篇》《体性篇》《风骨篇》等皆有“概论总合”之性质，尤其《神思篇》述作家才思，近乎抽象形上之“理论”层次，当然与《章句篇》《丽辞篇》《比兴篇》《夸饰篇》《事类篇》《练字篇》等以上各篇皆涉及文章写作修辞、章法、字句之技巧，又稍不同，可归属于“实际批评”之类别，这一类与“通论”性质的《神思篇》在论述层次上当然有所区别。从而得知，所谓文术之“术”，当有“理论”与“技巧”两类。

可惜，在“技巧”层次之文术，本篇未举作家之作品进行实际分析，印

---

① 参见刘永济《文心雕龙校释》。此书先举黄季刚《文心雕龙札记》之误解，黄氏谓自《神思篇》以下至《附会篇》即总术，刘氏另提出“术”当有二义，一为道理，一指技艺（页一四九）。案：刘氏又有“术”即今言“文学之原理”此说，其与“道理”一义正相符。其实，今言文学原理是指“理论”（theory）层次，据理论而评作品，又有“实际批评”（practical criticism）概念，近似刘氏此处所言“技艺”层次，多见于文章技巧分析，并且必用“理论”所出之术语。

证本篇所述“数逢其极”至为精彩之一段“感官知觉”之品评理论，不免为一失。此段谓文章义味辞气之最高境界，可达至“视、听、味、嗅”之通感而统合于“心”，再次突出《文心》主于“心”之文论系统，将《文心》文体论、文术论、文评论等皆用“心”加以综合贯通，故有“文心”之词，总括《文心》的理论精义。可惜，如此精义，如何在作品中找到、如何进行作品之分析皆不得而知，《总术篇》未见方法示例。

《总术篇》述“文术”固无可议，谓文笔之术，总而言之，乃尽包《文心》所述各体文章之写作方法。若在一篇而言，则又指称完成一篇文章总成之法，可再据《总术篇》述文章有“八者”此一节原文推知之。盖必藉由文章之术，研求善攻，始能总成一篇文章之“完美”，此“八者”即用来描述总成之或否，用八种优劣之对比，暗示“文术”要讲究总成之理。否则，顾此失彼，偏一而不圆备，必有“似是而非”之弊。《总术篇》云：

> 凡精虑造文，各竞新丽，多欲练辞，莫肯研术。落落之玉，或乱乎石；碌碌之石，时似乎玉。精者要约，匮者亦鲜；博者该赡，芜者亦繁；辨者昭晰，浅者亦露；奥者复隐，诡者亦曲。或义华而声悴，或理拙而文泽。知夫调钟未易，张琴实难。（页一四三）

此节归纳文章因“文术”稍有不慎，未能做到“通才”，不能把握“根源”，导致“偏术”不全之弊，这就是本篇所说的四例之弊。反之，若能辨通才，控引情源，完成“总术”之利，则也有四种优点。兹对比如下：

精者要约──→匮者亦鲜　　博者该赡──→芜者亦繁

辨者昭晰──→浅者亦露　　奥者复隐──→诡者亦曲

上列精者等四例有总术之美，即本篇所说“图鉴区域”与“大判条例”二项功夫所得之成果。反之，匮者等四例每一例多少都犯有某弊，有时“义华而声悴”是说文义虽然华实，可是声律干枯没有生气，又有时“理拙而文泽”谓文章义理虽然浅拙，可是文辞却朗润鲜明。此二句，呼应《指瑕篇》“立文之道，唯字与义”之条例，意指文章义理与字句修辞是好文章的两大要素。今又在《总术篇》转化此句，用来说明“文术”如果不能“通晓”，则必犯顾此失彼之病，由此更突出“总合”文术之重要性，暗示《总术篇》要讲的理论，就是综合一篇文章的圆通文术，除此之外，也有综合《文心》文体二十篇之“敷理举统”，与文术论十四篇之鉴识，合在一起始可称之为

“总术”。故《总术篇》提示“圆鉴区域”与“大判条例”此二法，皆用“圆”字“大”字，含有圆通广大之意，均与“总”字互相关联，刘勰立此二法作为整部《文心雕龙》文章理论的收结，即所谓“控引情源”，指《明诗篇》以下至《书记篇》述文体之“原始表末”，以及“制胜文苑”即指《神思篇》以下至《总术篇》所有的“文术”。用这二句，作为《文心》全书理论之总结。《总术篇》几乎可视作《文心》全书文体论与文术论之“结论”，今由本篇“八者”之举例即可助成此说之为确。①

由以上所述可知《总术篇》辨正文章之术，必须全盘通晓，刘勰用“圆鉴区域”一词描述之。圆鉴谓圆满周备之赏鉴，即“具美”之要求，戒勿“偏善”之小技，此乃“圆鉴”之内涵。

然而往往忽略刘勰用“区域”一词，是指“文笔范围”，而“文笔”与“言笔”不同，“文笔”之说乃当时颜延年之误解，刘勰特加以驳论，另提出“言笔”之正解。《总术篇》云：

> 何者?《易》之《文言》，岂非言文?若笔为言文，不得云经典非笔矣。将以立论，未见其论立也。予以为：发口为言，属翰曰笔，常道曰经，述经曰传。经传之体，出言入笔，笔为言使，可强可弱。《六经》以典奥为不刊，非以言笔为优劣也。（页一四二）

此节明显可见刘勰用“言”与“笔”之名称，重新取代“文”与“笔”之称谓，尤其反对用文笔之分解释六经经文与传文的差别，严厉反驳以颜延年为代表的当时之误解，批判经文是文、传文是笔这种错误说法。②

按照刘勰言笔之定义，六经不论是经文或传文都有“文”也有“笔”，例如《周易·文言传》是极美的自然成美之文章，互参《丽辞篇》谓《易》之《文》《系》“虽句字或殊”，但必然是“偶意一也”，即可知《文言传》乃

---

① 按范文澜《文心雕龙注》早已提示这种意见云：“圆鉴区域，谓审定体势，上篇所论是也：大判条例，谓举要治繁，下篇所论是也。”（页三二六）案：范氏谓总术的“总”包括《文心》文体论与文术论，甚是。当然，“总文笔之术”也是这个意思。

② 《总术篇》辨正“文笔说”，反驳颜延年有韵为文无韵为笔之分，另外刘勰提出“言笔说”，取代文笔之别，这是更具宏观之言笔论。盖刘勰一贯主张“发口为言”谓只要说出口的话都是言，言为心声，心生言立，乃自然之道。因此而写下它，即为书，而所据以写下之物即“笔”。故而“言笔”实际只有“言”，《文心》屡用言字，有“群言”之词，可互参之。例如：“夫铨序一文为易，弥纶群言为难。”（《序志篇》）“凡群言发华，而降神务实。”（《祝盟篇》）

自然对偶之文章，音韵亦自然协和。故而“传记则笔而非言”此种说法殊不合《文言传》所见文章之实况，因为《文言传》不仅篇名作“文言”，文章也是“笔之为体，言之文也”的性质，因而颜延年经典是文，传记是笔此种说法完全与事实不符。①

既然否定了颜延年文笔分经传之误，则魏晋当时文论用有韵无韵分出文笔之说，亦一并驳倒。盖颜延年犯三误也，一则误信有韵是文，无韵是笔。二则再误经典皆有韵故曰文，传记无韵乃为笔。三则谓“笔之为体，言之文也”意指笔端加以文饰始可曰“文”，将文之地位置于“笔”之上，暗含文笔有先后高下之分，此则颜延年最错误之点，今经由刘勰反举《文言传》是传记却属“文”之最有力例证，重新解释文笔当改言笔。

故有“发口为言”之论，凡自口出的言皆可谓“言”，将之写下，即成“笔”也，言笔实为一物。所谓六经亦即写下来“言”，故而六经亦可称“笔”，传记也是写下来的“言”，只差别在传记是用来解释经典，故而刘勰有“常道曰经”与“述经曰传”之说。重新定位“经”“传”的关系，是原文与注解的依存，而不是文与笔的区分，更不能用有韵无韵加以分类。盖六经与传记都有文有笔，经典原文与传记文章也都各有押韵与不押韵并存而有之情况，此刘勰辨正文笔论非是，反驳经典传记是文笔之分的本意。

可惜，前贤旧解往往误解此节刘勰本意，甚至有谓刘勰主张“文笔”之分，当属欠缺“细读”之故。

《总术篇》述文章写作成功最基本的两种类型，刘勰特用两项精彩比喻助解其说。其一谓文章如“博塞之文”，所凭据的是“借巧傥来”，其二谓文章如“善弈之文”，依靠的是“术有恒数”。前者可概括为“投机取巧”，凭运气写文章，后者注重掌握技巧有一定的原则原理，按部就班学习，顺着正确方法，必然顺利，刘勰借用《周易》数术学的概念比附这一类型写作，就易学数术而言，亦非专凭机遇，乃须精娴其技，若火珠林、京房八宫之占术，亦皆有方法可循，非漫无主旨。总之，易学数术就算神秘难测，其本身之学，亦自有一定之理，文章写作正有似于此。

① 《总术篇》本意论文章技巧与谋篇之术，何必偏离本题，涉论“文笔”之辨？故而疑本篇自“今之常言……”下至“知言之选难备矣”此段为他篇混入，盖自此节以下忽转而述“精虑造文”“莫肯研术”，与前文语意不相贯。因此本人推测此篇与《隐秀篇》一样，或许仍有阙文，疑属残篇。

盖文章之道，刘勰先分析“才气学习”四大要目，益以神思之悠远，示以定势之体貌，至于声文、情文、形文等亦皆各有说，一部《文心雕龙》之作，恰恰正是“术有恒数”理论之最大凭据。

如此说来，刘勰谈及文术，唯“善弈之文”可归属之。盖棋弈虽小道，然亦自有其理，自有其术，非精熟其技，做到“因时顺机”，且力守“动不失正”，不能奏功。故而善弈与文术虽然表面看皆可互通，二者一致要求必有其“术”，故曰文术，曰棋术。然而这种“术”终究大不同于赌博之巧术，试想一想赌赢或赌输，技术之精劣影响有限，但凭机会与运气，盖输赢并无章法可循，未必即与“术”有关。故而博塞之文，重点只在一个“巧”字，以及“傥来”谓有机会恰巧碰上赌赢，但终究非长久之道，因而并无“恒数”之术可言，简单说，即赌博并没有一定必赢必胜的原理原则可寻。有时候先赢后输，正如《总术篇》云：“前驱有功，后援难继。”赌博绝不能始终皆赢，前后往往不如所期望，前赢很可能后输。文章绝不似此，刘勰树立善弈之文，明确指示“因情立体，即体成势”如此写作恒数，要求作家童少学文，宜正体制。对于实际写作，则“先标三准”。凡所以写好文章之技，尽述于《文心》此书，皆备于“文术论”各篇。如或真有何机巧？刘勰已申明必先“数逢其极”，始能“机入其巧”（谓如果作家精通文章写作技术，达于极致，一旦遇到“兴会感发”之时机，自可妙手成文）。乃知此种善弈之文的“机”，不能与单方面之“巧”分离独立而言，必须将数术之精与机巧之会合并而论，此即《总术篇》云：

> 数逢其极，机入其巧，则义味腾跃而生，辞气丛杂而至。视之则锦绘，听之则丝簧，味之则甘腴，佩之则芬芳，断章之功，于斯盛矣。（页一四三）

此节明白描述经由“数逢其极，机入其巧”之途径，写出来的完美文章，无论是文章内容情味，或者文辞章句之美，皆足以给予读者在视、听、味、嗅诸方面至深的触动，产生文章美感的效用，此节堪称刘勰心目中最美的“文笔总术”之结果。

但是问题在，此节细读之，“数逢其极”当指善弈之文必备的“术有恒数”之数术，可是，“机入其巧”又关联博塞之文“借巧傥来”之巧。同有一“巧”字，是否表示刘勰不反对巧而成文，同意博塞之文也可以成立？

此一质疑，向来解《文心》此篇各家注，罕有置论者。今揣摩“机入其巧”句，作机巧解，谓神妙不可测，因而成文，亦可曰巧。此与博塞之文“借巧傥来”，但言巧遇，不入其机之结果基本不同，故而博塞之文仅可归之“不期而遇”之文，方其已遇，故可曰巧，谓之巧遇，然须警惕不是永远如此。

反之，善弈之文，唯知文章之术，才有短长，随会适分，犹如神妙不可测之巧，故曰机巧。机通几，几者，事之微。神也者，妙万物而为言也。合而言之，谓几神，即神几，此善弈之文必有之“机入其巧”，但是此巧非彼巧。

由以上分析比较，足可确定刘勰文术论主张善弈之文才是正道，反对博塞之取巧，虽然博塞与善弈有时候可以同有或兼备，然而博塞之文必致前后不继，首尾不统一，篇章没有结构，不能像宅宇构位之有序，更别提“篇章户牖，左右相瞰”之完美矣！一言以蔽之，刘勰的文术论，当总结为如“善弈之文”这种类型的文笔之术，绝非“博塞之文”此类投机取巧之文。

盖刘勰力倡作家要“研术”，始克“制胜文苑”。既曰术，自当有恒数可依循。如果“弃术任心”，但凭心神思理，泰半只是空想而已，难以写成美文。故而本篇最后赞曰：

> 文场笔苑，有术有门。务先大体，鉴必穷源。乘一总万，举要治繁。思无定契，理有恒存。（页一四四）

此赞再次申明文术必有“门”可入，得其门而入，即曰识大体。既能知文章文术之大体，则可依理而为文，故曰“思无定契，理有恒存”。此句所言之理，谓文理、文术，乃一定常存之道，非“借巧傥来”之运气。刘勰力主善弈之术以喻文术，至此已表露无遗。

二、《总术篇》易学影响

《总术篇》总结《文心》全书“文术论”，视文章写作必讲明“技巧”（skill）、技术（technique），故谓之文术，而《总术篇》即文章各项技巧之总纲，谓文术变化不一，但看作家如何“按部整武”，“因时顺机”而已。

用此“术”字，即源出《周易》数术，将文章之术比为易之数术，全篇自篇首至末尾均援用《周易》体系与思考方式，与《文心》首篇《原道篇》类似，堪称《文心》五十篇中引述易辞化用易理最多最深刻之一篇。

例如《总术篇》首辨六朝文论“文”与“笔”之分非为实情，于是引出颜延年说“笔之为体，言之文也”这种区分不合事实之说，刘勰于是改据《周易·文言传》作为有力驳正，谓乾坤《文言传》即为“文”，而非笔，借此反驳颜延年“经典则言而非笔，传记则笔而言非”此说实谬。盖《文言传》释乾坤二卦经文之精义，当属传记之体，却仍称“文”。为此，刘勰重新定义文笔当作言笔，谓“发口为言，属翰曰笔”，凡圣贤书辞文章，皆有言有笔，所以有经传之别，其真正定义乃在“常道曰经，述经曰传”，意思是说《周易》卦爻辞乃圣贤之常道，而后世贤者释经之作例如“十翼”，乃释经之作，称作传记之体，但是，不论经文或传文，都含有文与笔，所以文笔不能当作经文与传文之区别。

刘勰如此清晰明辨“文笔”之误，新创“言笔”之说，盖皆自《周易》经传体系之结构所得之启悟也，《总术篇》篇首据《周易》立论，明用《周易》思想至此已甚为显明。

其次《总术篇》化用《周易》数术概念，分出文章技术大别有二类：一曰博塞，二曰善弈。继而肯定“善弈”之文，高出“博塞”之巧，突出文章技巧“数术”学成分价值，即援引《周易》最关键的几个易理，例如时、正、极、机等概念，谓易道变化无方，唯顺时应机，合于中正，乃能达于文章至美，有似太极圆备之道，此即刘勰文术论之本源，文术可通易术，至为显明。兹更具体摘引本篇明引暗用《周易》之辞例及其义理如下：

> （一）《易》之《文言》，岂非言文？若笔为言文，不得云经典非笔矣。将以立论，未见其论立也。予以为：发口为言，属翰曰笔，常道曰经，述经曰传。经传之体，出言入笔，笔为言使，可强可弱。《六经》以典奥为不刊，非以言笔为优劣也。（页一四二）

案：此节据《周易·乾》卦为经而另有《乾·文言传》，以及《坤》卦为经同有《坤文言传》二例，推知“文言”亦出于“传记”，非仅限于“经”之文。由是驳正颜延年经典为文、传记为笔此文笔二分法之说误，刘勰的新见解悉来自《周易》经传结构之启示，重新立说“言笔”之分，取代旧有的“文笔”之别。

（二）昔陆氏《文赋》，号为曲尽，然泛论纤悉，而实体未该。故知九变之贯匪穷，知言之选难备矣。（页一四二）

案：此节“九变之贯匪穷”谓文理文术之变化无穷，然亦必有其一贯通论不定之理在，此即用总术之功夫。而“九变”一词，取义自《周易》阳九必变之易理。案易数至九为极数，谓之老阳，凡占遇之必变，以形容事理极变化之能事，而文章技术亦等如之，这句“九变”之语，乃衍义易理之词例。

（三）若夫善弈之文，则术有恒数，按部整伍，以待情会，因时顺机，动不失正。（页一四三）

案：此节将善弈之文术，比附作《周易》数术之学，指明文理与易理相通。易理之“数”，逆数也，变化无穷。而文术多端，各有门类，其变化之妙亦仿若易数之神，正所谓“神无方而易无体”之存在样态。故而本节将文笔之总术与易学之数术相互阐发，益显“易冒天下之道”之广博，而文术亦属之。①

（四）赞曰：文场笔苑，有术有门。务先大体，鉴必穷源。乘一总万，举要治繁。思无定契，理有恒存。（页一四四）

案：此《总术篇》赞曰再用“无定”与“恒存”二元对比，描述文笔之术即使各有门道，充满变化，然亦非漫无体制，不依准则。盖于变化多术之中，亦自有一定而不变之理，若“圆鉴区域，大判条例”此句言“条例”即为不变而一定之规矩，乃恒存之文术。

三、《总术篇》子学内涵

《文心雕龙·总术篇》总论文笔之术，先界定“文”与“笔”之分别乃在表达之方式不同而已，谓口说为言，用书写为笔。并首先举六经与传记为例，说明经典与传记并没有““文”“笔”差别，只有“口说”与“书写”的

---

① 本节引文“因时顺机，动不失正”此句，用“正”字义理，同出《乾·文言传》云“知进退存亡而不失其正”此句之“正”道易理，刘勰既“直引”易辞，也有化用易理之处。

先后而已，有力地攻驳颜延年的误解，颜氏竟然以为有韵谓之“文”，无韵谓之“笔”，此说乃大谬也。可见刘勰对文笔之术的解释，仍然引用子学“枝条五经”理论作为《总术篇》文论根据，重新给文笔做出定义。

今统观《总术篇》全文，尚有别处引述佛教《法华经》一乘即一切佛法教义，比喻文章总术之完成，要有“乘一总万”方法。“一乘”即引用佛教语义，乘为车乘，比喻佛教之教法，谓渡人于彼岸，入涅槃之境。《法华经·方便品》云：“十方佛土中，唯有一乘法。无二亦无三，除佛方便说。”此即一乘佛法教义，刘勰引此“一乘”佛法转化为“乘一总万”说明文笔总术文论，但是将佛法之法，改由“文理”之理字代替，即有“佛法”与“文理”互参旁通论述特点。《总术篇》赞曰：

> 文场笔苑，有术有门，务先大体，鉴必穷源。
> 乘一总万，举要治繁。思无定契，理有恒存。（页一四四）

此赞曰“乘一总万”即借自佛教《法华经》一乘佛法之说，目的在讲述文章文理有“举要治繁”准则。而刘勰真正的用心不在佛法教义，乃在“文场笔苑”领域，将一乘佛法比拟作文笔之“技术”与“门法”。《华严经·五教章》云：“一乘教义之分齐，开为二门，一别教二同教。”此佛经之“门”法教义，与赞曰“有术有门”意思，即可互通，也是刘勰参取佛教门法概念转义为文章门法与文术技巧之又一显例。《总术篇》篇名有“术”字，已能清楚表明刘勰参用佛教教义门法概念。

另外，佛教由一乘法华之说，衍生出一乘妙典，一乘妙文这种法华圆教经义，认为《法华经》是究竟至极之佛法，故有“圆宗”之称，谓佛法圆满、事理圆通之法尽于此经。故而佛教圆通、圆鉴之说，亦为刘勰借参，用来与子学“博通之才”做比喻，提出剖析文章，通晓文术，要达到“圆鉴通才”境界。《总术篇》云：

> 夫不截盘根，无以验利器；不剖文奥，无以辨通才。才之能通，必资晓术，自非圆鉴区域，大判条例，岂能控引情源，制胜文苑哉！（页一四三）

此节用“通才”之语即子学“博明万事”之才学，可与佛教一乘圆教佛法相提并论，故用“圆鉴”之语比拟之，谓文笔总术之通才即一乘圆教之佛法。刘勰双参双用中土子学与西来佛教，折中贯通，化入自己一家文论，再次表明刘勰文论背后深厚的“子家”学术根基。

《总术篇》的子学内涵也参取了道家《老子》“三十辐共一毂”之说法，用来解释文章文术变化无穷之妙，总不离“精要”与“汇通”之要领。《总术篇》云：

> 况文体多术，共相弥纶，一物携贰，莫不解体。所以列在一篇，备总情变，譬三十之辐，共成一毂，虽未足观，亦鄙夫之见也。（页一四四）

此节引述《老子》“三十辐共一毂，当其无，有车之用”此句有无体用之论，但截取三十辐共一毂之比喻，解释文章文术多门，唯在以精要之“一”统合纷纷之“多”，用老子义理再次比类佛教“一即一切”教义。案佛经《传心法要》云：“一即一切，一切即一。诸佛圆通，更无增减。流入六道，处处皆圆，万类之中，个个是佛。譬如一团水银，分散诸处，颗颗皆圆，若不分时，只是一块。此一即一切，一切即一。”此经文所示之一切法，当然必要指向“圆通”之佛性矣。而文术多门，刘勰括举“共相弥纶”功夫，藉此完成文笔“总术”，谓总合文章之术，与一即一切、一切即圆通，义理殊无二致，只有论述之场域一在文理、一在佛法之差别而已。由以上分析，《总术篇》全篇据子学义理与佛教思想之文论特色，已昭昭然可睹。

四、《总术篇》总案

《总术篇》突出一“总”字，盖谓总文笔之术，也有总括文章是“通才”之术的结论，故谓之总术。为此，全篇再度申明文章作为一个“实体”的概念，即与《附会篇》已揭体统、大体的“体”字呼应，十足表明刘勰文体文论的“总体”是“立意”与“辞令”兼顾，是形文、声文、情文三理的综合，不可偏失一方一隅。

详味本篇所见通才、圆鉴、中和、总体等等诸语词，立可明了刘勰总术文论之要义：注重文章内外、始终、首尾统一融合为整体，始可谓之文章大体。

反观纪昀每每为了经史子集四部之分类，必欲勉强归类《文心》为文论之首，因而只费心于文体之“外”所见体貌，诸如文辞、章句、练字、声律等此类文术之考究，凡遇“立意”为本所涉文章事义、文体根源、以及“熔铸经典，翔集子史”之学，乃悉摒弃而斥言之，谓非文章文理本身。今引纪氏三评《总术篇》批语为证：

1. 此篇文有讹误，语多难解。郭象云：“自不害其宏旨，皆可略之。”（页一四二）

2. 此一段辨明文笔，其言汗漫，未喻其命意之本。（页一四二）

3. 此一段剖析得失，疑是分明。然与前后二段不甚相属，亦未喻其意。（页一四三）

以上三则批语，有一共同之蔽，即只取文章之字辞，而不论文章之义理。盖凡“立意为宗”之子书，与多兵谋之史学，纪氏以为皆非关辞章之论述，遂有“疑是分明”之语，终则自白“未喻其意”。由此可知，纪氏评点《文心》重点在“文”，不在“学”。殊不知《文心》全书据内外合一为“总体”之文论，既要大判条例，尤特别重视“控引情源”，谓掌控文章情理根源，凡形文、声文、情文皆必“探源溯本”于古人之学以及经史之书，始克制胜文苑。而这种“学”之功夫唯有“通才”能知之，故刘勰又有“才之能通，必资晓术”之语，直接用“通才”概念，涵摄“文才”，前者是学，后者是文，《总术篇》恰恰正是要将通才与文才做一实体之总论，故谓之总术，本篇赞曰“乘一总万”此语可谓最佳概括。

四十五　《时序篇》细读

一、《时序篇》文论与实际批评

《时序篇》用“时”字，谓时运、时世之交移更替。本来“时”字多在经子之学论述，诸如《周易》有“时”有“位”之易理，孟子称颂孔子曰“圣之时者也”用“时”字，又说“鸟兽有时而进”，亦注重顺时狩猎、顺时而生之理。总之，“时”字古书屡见，由“时”字衍生之义理与思想，亦遍见于经史子书之典籍。

唯“时”字罕见于文论，《文心雕龙·时序篇》据之引入文章之学，谓文章之文质情理乃随时运交替而衍变，遂有“世风文运”之时序论，此为古今文章理论“时运”论之首唱。①

由此须知，“时”字不只是经子之学，同时也是“集”部文理之一说法，而莫不齐备于《时序篇》此篇。

然而推本溯源，“时”字思想首由《周易》时位时应之易理衍生，诸子之“时”论率皆导源于易理易道，今由刘勰转化之，再度引伸于文论文理系统，建构为文章理论，而有“质文代变”与“古今情理”之说法。

于是，诸子百家论“时”字义理皆本于《周易》，《时序篇》亦属此类，

---

① 今见韦政通早期编写《中国哲学大辞典》未列目“时”字，后来新版《中国思想辞典》亦未补列，殊为可惜。案：时字当列入古代思想义理重要术语，《吕氏春秋·孝行览》已有《首时篇》，谓举事首在遇时待时，《吕氏春秋》最后更以《审时》殿末，收结全书重“时”叙“时”之见解，树立“四时之正”这种正时论，此子家集大成之书，重视“时”字之证。佛教教义亦讲“时”论，然有“真时”与“假时”之分别，又有时分、时衣、时外道、时宗、时缘诸词，可参高凤卢主编：《实用佛学辞典》（台北：正一善书出版社，一九九七年六月），页一一四五。

可视作《周易》应用在文论具体典范例证之一，《时序篇》作为《文心》“批评论”，其背后之理论根据即《周易》时位易理。

《时序篇》重点在对历代“通才”与“文才”的点评，举凡名儒巨子、名家、名作名篇，莫不加以摘选点评，此正如《时序篇》赞曰云：“质文沿时，崇替在选。”文章文质风气，随时代而变，藉由细读品评，进行“摘选”，可从各时代的名篇名作，观察世风文运之转化。

此句话“选”字，特含深意，选即选评，总结《时序篇》用来述“时运”的根据，就是“选评”名篇。因而《时序篇》主要内容在此篇的“实际批评”，即此篇“崇替在选”的例子。今若将《时序篇》点评各家，一一胪列，分类归纳其批评方法及批评术语，则《文心》理论之要义如何应用于作品之分析，莫不尽备于此篇，则此篇对于“实际批评”具有重要价值，绝非只是“敷写成篇”而已。

既然，《时序篇》重要内容是在“实际批评”，则更须探求其批评“方法”为何。正如王梦鸥《文心雕龙：古典文学的奥秘》早已看出此篇，凡是谈到的历代文章代表作，在前面“论文叙笔”的二十篇部分，十之八九都已提到（页二三九）。易言之，《时序篇》举例名家名作，与前面重复。此语近是。既如此，《时序篇》的批评方法与前面的也是一样吗？此又未必尽然。而此一问题，向来学者较少置论。故今即专门分析《时序篇》此类实际批评方法，与其他各篇的“选文以定篇”所作名家名作之点评比较一下，冀能归纳《时序篇》真正的“实际批评”运作。以下先分名篇名作有单论、合谓、附论三类型，进行分析比较。

另外，也有一种“通论”，《时序篇》没有举例个别名家名作，仅就一时代整体文风通达博辨而论，可归之“通论”，合前此单论、合论、附论、统为四类，即代表《时序篇》品评作品实例。

《时序篇》历述“蔚映十代”（虽然实有八代）之文风世运，有“时运交移，质文代变。古今情理，如可言乎”一语，情理一词乃《文心》最重要的术语，与“华实”并列，《文心》全书不外乎谈论十代文章的“华实”与“情理”之升降。从而可知，情理一词必须根据《文心》“理论”术语及概念解读，绝非只是形容词而已。今见诸家解《时序篇》此句，即分作“理论”或“描述语词”两类，而后者皆非《时序篇》刘勰本义。例如王梦鸥《文心雕龙：古典文学的奥秘》云：

> “时运交移，质文代变”八字，是他披览十代文章得到的总印象。他认为原始生活质朴，人们有余力来改善生活而促进文明；到了文明益进，又渐感到力有不足，于是又重新需要提倡质朴；这样文质代变的事实，亦直接反映在抒写生活情状的文章上。时序篇即依据这样的“情理”来叙述自“古”至他那时“今”之文变。（页二二四）

如此解读文论“情理”说至为明显，大抵谓古今十代文变大要，主要看“文质”之升降，以及文章“情理”之转变。再如戚良德《文心雕龙校注通译》云：

> 时代不断地演进，文章或质朴或华丽也随之代变；这种由古及今的演变情形，大概还是能够予以论述的吧？（页五〇九）

此解情理作“演变情形”的道理，乃描述性语词，谓十代文风世运变化情形，必有“理”可寻，故曰情理。如此之解，情非文章之情，理亦不涉文章义理，殊不合刘勰《时序篇》“文变染乎世情，兴废系乎时序”此句已揭示的“文变”谓文章变化之本义。陈拱《文心雕龙本义》云：“古今情、理，可得言乎！情、理，谓文也。文以情、理为本，无情、理，文意无来源，故此即以情、理代之也。”（页一一三九）此说甚是，情理谓文章情意文理，颇可助解情理本义。

考《时序篇》阐述十代（实有八代）“风俗教化”的变动更替，分析文章“情理”配合这种时代风气转变产生的“文运”，尤特别注重“文质”的交替变移。《时序篇》首句精简一语，即已点明全篇要义。《时序篇》云：

> 时运交移，质文代变，古今情理，如可言乎？（页一四四）

此句藉由“移花接木”手法，可以拼贴出如下一组语词概念：时代、文质、情理、变移、文运。细读刘勰所谓的文论“时序”说法，按此节原文加以揣摩，时序即时代变化顺序，其中变化，主要有文质不同，专指时代风俗德教的深浅，受此影响，一时代之文风也必随之而改变，表现在文章的“情理”之不同，谓之文运。从而可下一结论：《时序篇》乃在论述世风与文运相互影响激荡之下，所看到的各时代之文风状貌，乃藉由“世风”探讨文运的奥妙。

如此一解，《时序篇》的理论主旨与大要，清楚明白。可是，此篇最易与《才略篇》产生混淆之解，误读为此篇与《才略篇》都只是在品评作家作品而已。

其实，此二篇共同的内容，只有在两篇举例的各时代作家与作品时，确实多有重复。但须注意此二篇大纲主旨其实判然有别，理论要义也不一样。

须知《时序篇》畅述各个时代之“通才”与“文才”，注重“通论”；而《才略篇》专述文人才士之作，重点在“文章”。简言之，《时序篇》经史子集都有泛论，《才略篇》则集中偏向“九代之文”，分析它的“辞令华采”，品评文士的“才性”异同。二篇各有主旨，不宜等同混一。且必由此二篇合参并读，始知刘勰以“通才圆识”自期，放眼上下千年，纵论九代世风文运升降，熔铸经典，翔集子史。此二篇，十足展现刘勰非区区一介文士，乃子集合一之通儒，而《文心》是一部成一家之言的书。①

今已知《时序篇》综论“蔚映十代，辞采九变”之文章，而文人才士兼论，评“人”与评“文”兼有。若考本篇“实际批评”则亦如之，可类分评文人、评才士、评通人以及评文四项。

今观本篇评人所据理论多本《程器篇》之说，据“华实”为准，而特注意才士于“经世济用”与“述道言治”之得失，正所谓《程器篇》论才士“贵器用”之理论应用。例如《程器篇》先立才士为当代器用之说，要求文采与器用并备，遂有“华实”并美之语云：

> 《周书》论士，方之梓材，盖贵器用而兼文采也。是以朴斫成而丹雘施，垣墉立而雕杇附。而近代词人，务华弃实。（页一六〇）

此节所云“士”即指才士，而不是只指“文人”。然而虽身为才士，资为国家器用，仍不能没有文采，故有“梓材”与“文采”并言之语，要求才士既要有品德才能，也要有美文辞采，始能符合“华实”标准。以上所述《程器

---

① 《才略篇》与《时序篇》的关系，陈拱《文心雕龙本义》云：“时序者，谓文必受时代风气之影响也，故曰：‘歌谣文理与世推移，风动于上而波震于下者。’又曰：‘文变染乎世情，废兴系时序。’皆其义也。以此一义为经，而依历代之变化为纬，敷写成篇，事繁而义孤，殊未免于费也。”（页一一三九）此评谓《时序篇》是敷衍之笔，浪费笔墨。其实这种说法已忽略本篇“实际批评”之价值。王梦鸥《文心雕龙：古典文学的奥秘》云：“换言之，《才略篇》是写来替《时序篇》作见证。”（页二三九）此说没有注意《时序篇》乃“通才”论、而《才略篇》则是“文才论”之区别。陈拱《文心雕龙本义》解《才略篇》云：“是则本篇之要，不外对九代之文之评论耳。”此语较近于实情，但未细读考究《才略篇》精华在“实际批评”。

篇》之理论内容，验证于《时序篇》分析东汉安帝和帝以后之文章世运，正是应用《程器篇》华实兼美、器用文采之说云：

> 然中兴之后，群才稍改前辙，华实所附，斟酌经辞，盖历政讲聚，故渐靡儒风者也。降及灵帝，时好辞制，造皇羲之书，开鸿都之赋，而乐松之徒，招集浅陋，故杨赐号为驩兜，蔡邕比之俳优，其余风遗文，盖蔑如也。（页一四六）

此节实际批评东汉以后文风，即用“华实”一词，说此期文章因为受到经学儒风昌盛的影响，所以流行引述转化五经辞句的风格，华实的“实”较受重视，文采相对忽略了。

及至灵帝开始，又偏好辞赋，讲究文采，乃又稍稍扭转重实轻华的偏失，由质实转趋文饰华采。如此一来经世实学一旦没落，就只剩不学无术之流，像灵帝时侍中祭酒乐松、司空杨赐这一类的才士，只配当小丑角色而已，其华实器用根本不足道矣！

由此段对东汉灵帝文章世运的批评，聚焦在“华实”一词的消长利弊之分析讨论，即可确信是根据《程器篇》理论进行实际批评。唯须知《时序篇》此段乃评“人”，未引作品，故非评“文”。若就“评文”之实际批评则可引下节一例为示范，以概其余。《时序篇》云：

> 逮明帝秉哲，雅好文会，升储御极，孳孳讲艺，练情于诰策，振采于辞赋，庾以笔才愈亲，温以文思益厚，揄扬风流，亦彼时之汉武也。（页一四八）

此节述东晋明帝之世，文章时运兴盛，与西晋文章时势“晋世不文”之衰败、人才未尽之叹息，大为不同。在上有明帝司马绍的提拔奖爱人才，在下则特举庾亮、温峤两家为代表，君臣上下交激，造成文笔风气之盛，刘勰甚至用昔年汉武帝之盛世，有文人才士并茂比拟之，说出“亦彼时之汉武也”，真可谓评价至高。①

然此节所举东晋明帝之世作家只有庾亮、温峤二人，虽作点评，仍属通

---

① 关于刘勰举东晋明帝比拟汉武帝盛世此说法，清人叶绍泰的批语云：“好文，亦逊之。”又云：“自秦火之后，兴起绝学者，汉武是赖，故前列其盛，而此复以明帝比隆，盖重之也，章法又有照应。”这些话即认同刘勰将明帝与武帝比拟并重之见解。叶氏批语转引自《文心雕龙汇评》，页一四八。

论之语，未引作品篇目实际批评。故此节虽曰评“文”，却是包括其人其文之总评。今观刘勰“庾以笔才愈亲，温以文思益厚”二句，知所评者专指两家“文笔”之优，说庾亮有笔才，擅长诏诰策命之文，而温峤亦同具笔才，尤更富于“才思”。此处举温、庾两家皆赞许其有笔才，且富于文思，即应用《神思篇》所云“才思之神皋”之说法。而文笔之分，则根据《总术篇》对文笔的分辨。

合而言之，此节评述东晋明帝的文运，肯定其杰出表现在“笔”的写作，特别引庾亮、温峤两家的诏诰策命写作有“文思”为证，但未具体指出何篇目，因此这个评论仍属评“文”之类，至于评文所根据之理论，即《文心》文术论《总术篇》《神思篇》两篇，以及上述《时序篇》评文之法。

再举《时序篇》评述“西晋”时期之文风世运为例，说到“晋虽不文，人才实盛”此语，将“不文”与“人才”对举，文谓教化贵文之文，涵盖儒道教化之意，而此处所谓“人才”则专指文人作家之才华，①《时序篇》云：

> 逮晋宣始基，景、文克构，并迹沉儒雅，而务深方术。至武帝唯新，承平受命，而胶序篇章，弗简皇虑。降及怀、愍，缀旒而已。然晋虽不文，人才实盛：茂先摇笔而散珠，太冲动墨而横锦，岳、湛曜联璧之华，机、云标二俊之采。应、傅、三张之徒，孙、挚、成公之属，并结藻清英，流韵绮靡。前史以为运涉季世，人未尽才，诚哉斯谈，可为叹息。（页一四七）

此节先将“雅正儒学”与“方术邪说”作一明显区别，谓即西晋景帝与文帝二代之学风，而“迹沉”已内含贬评之意，形容儒学衰落不兴。其次，再用“胶序篇章”一语描述西晋武帝司马炎之世，文集篇章没落，无处可序录，文运胶着无文风，用“胶着”一词，暗示不进而阻之意。

以上西晋文景至武帝之世，凡儒学与文集篇章双方面皆不昌盛，大为迹沉没落。所以刘勰引“前史”的评论，证明西晋儒学与文风不盛之原因，乃在“运涉季世”谓正处于时运衰退之末世，人才无法尽情发挥。此即“晋虽不文”此句“文”字涵意，指涉教化贵文之文，亦即文化，而文人与才士均

① 此节“晋世不文，人才实盛”句各本如此，唯元至正刊本作“文才实盛”。案：今据此节末有句云“前史以为运涉季世，人未尽才”此句“人未尽才”即指人才，知作“人才”为确。

归属于此文化大范畴之下，此“文”不宜只作“文人”解，当是人文教化之意，泛指一切的文武人才，如此始可与节末“人未尽其才”此句“人才”前后呼应。①

所以说“人才实盛”也包含文人之作，则以下泛举张华、左思、潘岳、夏侯湛、陆机、陆云、应贞、傅玄、张载、张协、张亢、孙楚、挚虞、成公绥等十四家，果然皆属“文人”之才，遂一一予以分析批评。

今观十四家所用批评之语，“摇笔而散珠”用形象批评，总述张华文章之体貌，“动墨而横锦”亦属此类，皆化用《知音篇》已述“深识鉴奥，欢然内怿”这种鉴赏式品评方法。再看“联璧之华”与“二俊之采”则用“华采”一词，即《情理篇》所述“华实”的“华”，谓文辞华藻与文采。另外，“结藻清英”同样注重文辞采藻，但增加“清英”一词，则化用《定势篇》“羽仪乎清丽”此句之“清丽”，谓清爽明丽。而“流韵绮靡”分析文章声律，绮靡即《体性篇》八体之一。综合以上而观，本节评西晋作家之“文才”，亦属“赏鉴批评”方法，且又根据《文心》文术《体性篇》《定势篇》与《知音篇》理论综合品评十四家之文章。

二、《时序篇》易学影响

《时序篇》畅述唐尧虞舜以下至于宋代凡十代文章风格之转移变化，故有“蔚映十代，辞采九变”之语。此种文章变通论，基本思想悉源出《周易·系辞传下》“穷则变，变则通，通则久”此种变通易理。

但在变通不定此思想之下，刘勰真正用心之处，乃在为此种变通找出某些不变的原理原则。《时序篇》遂又有“原始以要终，虽百世可知也”此语之助解，谓百世文章代变，全系于一时代之风格习气，始终如一，细心推考必可得一致之结果。此处化用《周易》原始反终、方圆合通之易理，皆暗合易学于文论之例。

---

① “晋世不文”此句，王更生《文心雕龙读本》译作“晋朝虽然不讲求文事”（页二九四），戚良德《文心雕龙校注通译》译作“不过晋代虽然不重视文章”（页五一二）案：作文事、文章解，范围稍小，当作人文、文化解，谓西晋诸帝不重视人文教化，只热心政治权斗，当然“文人”也在其列。

最后，《时序篇》不述当代即齐世之文，纪昀曰："阙当代不言，非唯未经论定，实亦有所避于恩怨之间。"（页一四九）此解甚得微言隐义，然须进一层理解刘勰已暗示深切期待于齐世文运，希冀再造石渠崇文盛况之意。故而《时序篇》云"驭飞龙于天衢，驾骐骥于万里"之语，明用《乾》卦九五爻"飞龙在天，利见大人"之象征，影射"今圣历"英明，① 这个今历绝非皇齐，只能是梁武帝正当登基、有如飞龙翔于天道大运之时，始可呼应本篇主题"时序"之"序"，表明已到"五百年必有王者兴"此盛运之世。从而可知，刘勰"雕龙"一词，非仅援引邹衍邹奭"谈天衍，雕龙奭"此语典而已，实更有深奥寄托之喻意，祈求自己幸逢盛世，期待有"知遇"之征，犹如九五爻所述龙见而大人必出之暗示。乃知《文心雕龙》书名，"文心"一词出《周易》天地之心、三才之心，而"雕龙"乃化用《周易·乾》卦天龙之易象。刘勰志在君子天命逢时，可以施展瑚琏之器用，故《程器篇》云："士之登庸，以成务为用。"此语之"用"，盖即幸逢大人知遇，为世所用，所谓"学而优则仕，仕而优则学"之喻意。

然则，刘勰志在"政事"，宗乎经典，希圣希贤之心，已暗藏玄机于《时序篇》矣！《文心雕龙》书名化用易道易理，《时序篇》"飞龙天衢"一语足可见证。兹再摘述本篇其他涉易节段与语词如下：

> （一）时运交移，质文代变，古今情理，如可言乎？昔在陶唐，德盛化钧，野老吐"何力"之谈，郊童含"不识"之歌。有虞继作，政阜民暇，熏风咏于元后，"烂云"歌于列臣。尽其美者何？乃心乐而声泰也。至大禹敷土，九序咏功，成汤圣敬，"猗欤"作颂。逮姬文之德盛，《周南》勤而不怨；大王之化淳，《邠风》乐而不淫。幽厉昏而《板》《荡》怒，平王微而《黍离》哀。故知歌谣文理，与世推移，风动于上，而波震于下者也。（页一四四）

案：此节首立《时序篇》全篇立论主旨乃述文章与世运交激沾溉之影响，谓文章情理与文质之变化，可自一时代君王之"风"如何"动化"天下而征验之。所谓风即君王之"德风"，此与《周易》屡言"德"字之内涵密

---

① 李曰刚《文心雕龙斠诠》说《时序篇》自"今圣历……"以下十句表面似写齐和帝萧宝融，实质暗示梁武帝（页二一四四），王梦鸥《文心雕龙：古典文学的奥秘》也说这十句话必然是"入梁后写的"，因此"今圣历方兴"应指的是梁武帝天监元年或二年（页二五七）。

不可分。所谓“动”即感动人民教化人民，即《周易》“德施普”“德博而化”，以及“崇德而广业”这些句子所指之教化德业。简言之，《时序篇》谈论文章情理与时世风气的对应关系，阐明文章的功用即在促成圣王明君的盛世，完成德业普施天下人民百姓的功业。《时序篇》不只是叙述历代文运升降，而要更仔细分析升降的背后因素在文质情理与德业教化的相辅相成。凡此广伸“德”字之义理，应用在政事化民之道，莫不源自《周易》“德”字。《周易·系辞传下》述“九卦德”，已兼摄君子之德、先王之德、圣人之德、神明之德、天地之德以及“周王”之盛德。德字已解至最大义理范围，与此节所述唐尧、虞舜之德化同理，而此节述“姬文之德盛”以证德化德教之极至，盖直引《系辞传下》叙述周之盛德。《系辞传下》云：“易之兴也，当殷之末世，周之盛德邪?”（页一五三）此句之盛德与“姬文之盛德”皆谓周文王。至于盛德教化与“文理”上下推移的关系，《周易·系辞传下》第七章述“九卦德”即有此意。朱熹《周易本义》云：“九卦皆反身修德以处忧患之事也，而有序焉。”（页二六一）此谓君子修德与“时序”忧患之对应，而君子亦必有盛德，始能焕乎而有文章，正所谓“有德者必有言”。君子能如此，推而至于君王贤明，当知必修盛德，始能教化天下，强调崇德广业的功效。从而可知，此节释名以章义，凡德盛教化之说，皆衍义自《周易·系辞传下》九卦德之易理。

（二）然杜笃献诔以免刑，班彪参奏以补令，虽非旁求，亦不遐弃。（页一四六）

案：此节“不遐弃”一语即《泰》九二爻曰“不遐遗”，易一字而词意不变，乃转引易辞之例。①

（三）观其时文，雅好慷慨，良由世积乱离，风衰俗怨，并志深而笔长，故梗概而多气也。（页一四七）

案：此节“观时文”用观字，已化入《周易·观》卦“省方观民设教”，意指观察天下民生教化百姓，移“观民”易理转化为“观文”之时变，所观

① 《时序篇》类似“不遐弃”截取《周易》语辞之例，尚有“文帝以贰离含章”，乃结合《离》象曰“明两作离，大人以继，明照于四方”以及《坤》六三爻曰“含章，可贞”此二句而成一词，取截二语凑成一句，与“不遐弃”构句法小异。

之物虽有不同，其观化之心则一致。

三、《时序篇》子学内涵

《时序篇》畅论“蔚映十代，辞采九变”之学术，上自陶唐之世，下迄皇齐与“今圣历”，举凡古今人才，无不加以点评，历世人才英杰，几乎囊括殆尽。刘勰之用意，在精要说明文论有“文变染乎世情，兴废系乎时序”之道理。然须注意者，历代读《文心》此篇，无不知刘勰此篇通论人才之广，品评人才之精，可惜大都不清楚《时序篇》综合通才与文士合并而论，这一点往往未加以深考。例如清儒叶绍泰评点此书云：

> 文人才士之盛，自稷下、兰陵、柏梁、建安而下，至东晋明帝，雅好文会，然未有如萧梁之隆也。自天子诸王太子，皆著书成集，而群下之能文者，蔚然并兴，即彦和职不过通事，自号云门，其才不胜收也。（页一四九）

又清瑾轩刻本《文心雕龙》此篇之批语有云：

> 古今人才，不能出其范围，论世论人而获其隽。（页一四九）

以上两家之批语，均拈出刘勰此篇纵论历代“人才”之盛及其品评之精确。而叶氏又特别点明《时序篇》要突出刘勰所处时代，有梁武帝之好文，以及诸王太子之能著书，君臣上下相互辉映，推波助澜，造成梁世文风特达之盛世。叶氏此解固是通论，颇有画龙点睛之妙。然而，叶氏用“文人才士”一词，实非只谓“文人”而已，尚有“才士”之流，而此才士究为何才？此则叶氏阙语，未加深论，殊为可叹！

今试解之，盖《时序篇》总括九代之文，此文乃“文学”之文，此才乃“通才”之士，皆非仅限于文人之文、文人之才而已。《程器篇》开端界定才士之语有：“周书论士，方之梓材，盖贵器用而兼文采也。”此句之“文才”最足以说明刘勰此篇所谓才士之本义。《程器篇》之才士必须兼文采，意谓“安有丈夫学文，而不达于政事哉”之丈夫兼文才，此类丈夫即子家入道见志与述道言“治”之丈夫，表明文士必通政事之才，非只徒事华采辞章而已。如此之才士，虽然有子家身份，但须讲究“文武”兼摄之才能，故有

“文人才士”之称，而“古今人才”之人才即指此意。今观《时序篇》已总述九代之才士定义，从而可知《时序篇》非专述文论而已，而是一部才士学术史，其中经史子集之才莫不尽包其中而加以备述，凡儒玄文史之学，亦无不兼及论评。《时序篇》彻头彻尾皆当视作“古代学术史”读之，绝非只是历代文学序论而已。清儒黄叔琳看出《时序篇》总萃“文运升降”之精论，指出此篇有助经史之学，可谓眼光卓识，真能体会此篇之要义。黄叔琳云：

> 文运升降，总萃此篇。今学子读毕《五经》《史》《汉》后，以此等文进之，胜于多读八家文也。（页一四四）

黄氏此语谓《时序篇》可补经学与史学不足之处，言下之意，即反映《时序篇》所述内容皆关乎经史学术，正所谓“圣贤文章”之史变，而不只是“文运”之升降而已。黄氏之语如此激烈，甚至说《时序篇》更胜于唐宋八大家古文，表示此篇不能只当作文章读，须自“通才”之学而解之。无奈刘勰此种“通才”博识，历代以来解之者，或曲解误读，使原意湮没不彰，或轻此重彼，略子学而偏文论，导致刘勰以子领文、用通才兼摄文才学术之重要观点不被认识澄清，于是不能通晓《文心》各篇皆有子学内涵之要义。今特重新读解《时序篇》所讲的才士有子家之学如下：

（一）《时序篇》论述自春秋以下各代之才，大抵皆“子”兼“文”之才士，子学与文学兼述，文与武并重，非仅仅单述文章之论，亦非专指文人而已。《时序篇》述战国文人才士，将战国诸子百家与屈原、宋玉并列，突出屈宋“奇意”与“纵横家”诡俗互通之旨，就是包涵子集合流之才士观点。《时序篇》云：

> 春秋以后，角战英雄，六经泥蟠，百家飙骇。方是时也，韩魏力政，燕赵任权；五蠹六虱，严于秦令；唯齐、楚两国，颇有文学。齐开庄衢之第，楚广兰台之宫，孟轲宾馆，荀卿宰邑，故稷下扇其清风，兰陵郁其茂俗，邹子以谈天飞誉，驺奭以雕龙驰响，屈平联藻于日月，宋玉交彩于风云。观其艳说，则笼罩《雅》《颂》，故知炜烨之奇意，出乎纵横之诡俗也。（页一四五）

（二）《时序篇》特举汉高祖“文武”并擅之才云：

> 爰至有汉，运接燔书，高祖尚武，戏儒简学。虽礼律草创，《诗》

《书》未遑，然《大风》《鸿鹄》之歌，亦天纵之英作也。（页一四五）

（三）《时序篇》述西汉文人才士，将“经术”与“辞人”并举，亦属“文人才士”合流的意思。至于文人创作之文体，凡对策、章奏、议对等皆属政治文书，其功用即在落实“述道言治，枝条五经”之子学义理。《时序篇》云：

施及孝惠，迄于文景，经术颇兴，而辞人勿用。贾谊抑而邹、枚沉，亦可知已。逮孝武崇儒，润色鸿业，礼乐争辉，辞藻竞骛：柏梁展朝宴之诗，金堤制恤民之咏，征枚乘以蒲轮，申主父以鼎食，擢公孙之对策，叹倪宽之拟奏，买臣负薪而衣锦，相如涤器而被绣。于是史迁、寿王之徒，严终、枚皋之属，应对固无方，篇章亦不匮，遗风余采，莫与比盛。（页一四五）

（四）及至东汉之世，《时序篇》旁及图书谶纬之学，与“文华”对举而区分出学术类别有儒、文、史之体类，各类人才皆一一表述，反而忽略此时期较弱的“文章”之学，则《时序篇》此节纯属“子学”之说。《时序篇》云：

自哀、平陵替，光武中兴，深怀图谶，颇略文华。然杜笃献诔以免刑，班彪参奏以补令，虽非旁求，亦不遐弃。及明章叠耀，崇爱儒术，肄礼壁堂，讲文虎观，孟坚珥笔于国史，贾逵给札于瑞颂；东平擅其懿文，沛王振其通论；帝则藩仪，辉光相照矣。自和、安以下，迄至顺、桓，则有班、傅、三崔，王、马、张、蔡，磊落鸿儒，才不时乏，而文章之选，存而不论。（页一四六）

（五）自东汉光武中兴以后之才士，《时序篇》专讲此时期是经典华实，所以专述政治儒学等风潮之演变，皆属“子家”述道言治之学术云：

然中兴之后，群才稍改前辙，华实所附，斟酌经辞，盖历政讲聚，故渐靡儒风者也。（页一四六）

（六）而自东汉献帝以下之建安正始文人，皆用“入道见志”之子学观察此时期之文风云：

自献帝播迁，文学蓬转，建安之末，区宇方辑。魏武以相王之尊，雅爱诗章；文帝以副君之重，妙善辞赋；陈思以公子之豪，下笔琳琅：并体貌英逸，故俊才云蒸。仲宣委质于汉南，孔璋归命于河北，伟长从宦于青土，公幹徇质于海隅，德琏综其斐然之思，元瑜展其翩翩之乐。文蔚、休伯之俦，于叔、德祖之侣，傲雅觞豆之前，雍容衽席之上，洒笔以成酣歌，和墨以藉谈笑。观其时文，雅好慷慨，良由世积乱离，风衰俗怨，并志深而笔长，故梗概而多气也。（页一四七）

（七）至若西晋文人才士，亦皆用儒术与文人并举，此即“子集”合流渐趋成熟之时代风潮也。《时序篇》云：

逮晋宣始基，景、文克构，并迹沉儒雅，而务深方术。至武帝唯新，承平受命，而胶序篇章，弗简皇虑。降及怀、愍，缀旒而已。然晋虽不文，人才实盛：茂先摇笔而散珠，太冲动墨而横锦，岳、湛曜联璧之华，机、云标二俊之采。应、傅、三张之徒，孙、挚、成公之属，并结藻清英，流韵绮靡。前史以为运涉季世，人未尽才，诚哉斯谈，可为叹息。（页一四七）

（八）再看《时序篇》所述东晋百年之学，几乎是在写一部东晋学术史。举凡文史并言、玄学清谈兼述，皆包总于“文”而参综合论。例如说到子集并流云：

元皇中兴，披文建学，刘、刁礼吏而宠荣，景纯文敏而优擢。逮明帝秉哲，雅好文会，升储御极，孳孳讲艺，练情于诰策，振采于辞赋，庾以笔才愈亲，温以文思益厚，揄扬风流，亦彼时之汉武也。（页一四八）

又文史玄学并述云：

及成康促龄，穆哀短祚，简文勃兴，渊乎清峻，微言精理，函满玄席，澹思浓采，时洒文囿。至孝武不嗣，安、恭已矣。其文史则有袁、殷之曹，孙、干之辈，虽才或浅深，珪璋足用。（页一四八）

又评述清谈文体云：

自中朝贵玄，江左称盛，因谈余气，流成文体。是以世极迍邅，而辞意夷泰，诗必柱下之旨归，赋乃漆园之义疏。故知文变染乎世情，兴废系乎时序，原始以要终，虽百世可知也。（页一四八）

（九）及至南朝刘宋之世，特标出宋武帝“文武”并重多术之才，以及宋明帝用“政化贵文”之子学。《时序篇》云：

自宋武爱文，文帝彬雅，秉文之德，孝武多才，英采云构。自明帝以下，文理替矣。尔其缙绅之林，霞蔚而飙起。王、袁联宗以龙章，颜、谢重叶以凤采，何、范、张、沈之徒，亦不可胜数也。盖闻之于世，故略举大较。（页一四八）

（十）《时序篇》最后刘勰自述身处之梁代“圣历方兴”，深刻向往“经典礼章”之文，此即“入道见志”之文。尤其寄望再复“唐虞”盛世，全然出自子家政治清明之治道思想，最后期许“来哲”之语，必专谓政事才士哲人，而非文人。《时序篇》最终仍归之“哲人”子学之本体，遂总结《文心雕龙》全书所论古今才士本义，乃不折不扣的子家学识。《时序篇》云：

今圣历方兴，文思光被，海岳降神，才英秀发，驭飞龙于天衢，驾骐骥于万里。经典礼章，跨周轹汉，唐、虞之文，其鼎盛乎！鸿风懿采，短笔敢陈；扬言赞时，请寄明哲！（页一四九）

四、《时序篇》总案

《时序篇》讨论九代“辞采”，辨正九代的“文质”，分析此二项辞采质文在九代变化过程之中，为什么是关键枢纽？有“枢中”一词，谓变化的枢纽，以及环绕这个枢纽周围随之而变的复杂因素，即赞曰“枢中所动，环流无倦”此句本义。

今将以上辞采、文质、中枢三项合观，即代表《时序篇》全篇论述主要内容，而刘勰讨论的方法，乃用交应互感之易理，不偏立孤离之证，将此三项互为因果之影响而产生文风时运之变化现象一一细述，由陶唐盛世直叙到“今圣历方兴”之梁代，但梁代暂阙，故有“短笔敢陈”之语。①

---

① 纪昀谓《时序篇》阙当代不言，为的是“避恩怨”，甚是，此说可参。纪昀云：“阙当代不言，非唯未经论定，实亦有所避于恩怨之间。”（页一四九）所谓盖棺未定论，即此意，后世“选本”，多见此例。

须知刘勰这种方法是内化《周易》“变易”之易理，谓文运发展必然是代代变化。次则思考《周易》简易之道，力图归纳文运代变亦有其不变之理，此即本篇“文变染乎世情，兴废系乎时序”此句之要义，谓九代文运变化之枢纽关键，重点在考察一代有一代的风格教化之情况，此即“时运交移”配合句之本义。

最后，刘勰衍生《周易》不易之易理，解释文运中枢终古不变的内涵是政教文章，而政教文章最完美的表现是情理与辞令的配合达到“乐而不淫”“哀而不怨”，为此，刘勰标举“陶唐”盛世的颂歌有“心乐而声泰”作为典范代表，亦即“中和”思想，此一中和之说贯串《文心》全书，乃为刘勰文论体系的体统、大体。

据以上理解，《时序篇》不能只当作文章评论。它“通才”与“文才”并述，讨论“文”与“学”交互感应影响的变化现象，故有“文变染乎世情”之语，而本篇首句“时运交移，质文代变，古今情理，如可言乎”已道出文章时运、文质与情理为本篇论述主题，属于“通论”性质。

至于说到《文心》此书直接品评文章之专论，当另见于《才略篇》，谓“文才品略”。两篇比较细读，凡《时序篇》所述人才，必定文与学兼述，曰六经曰百家，反观《才略篇》唯用文士、文才、丽文、奇才、绮才、文苑、文意等语词概念，偏属“文”之讨论，可举此二篇分述上古、春秋、战国三个时期，用“旁通互见”细读法，立可知《时序篇》与《才略篇》所述重点不同，《时序篇》述通才与文才之消长变化，即文与学之时运，《才略篇》始专述作家作品之“文评论”，尤用心于“实际批评”之示范。

从而可知，《时序篇》不必移易篇目顺序，反而必定要与《物色篇》相综连属，一述时间，一述空间，二篇实为一体，先后发明。

今由《时序篇》再得确证《文心》全书乃“文”与“学”并述兼摄，正所谓“政事”与“文艺”并备，上下古今，天人之际，通贯百学，而自成刘勰一家之言。并且益信刘勰为子家，而《文心雕龙》为子书。①

细观《时序篇》原文“原始表末”节段，一述上古陶唐之世，文运总评

---

① 纪昀《四库全书总目提要》辨《文心雕龙》与《刘子》不同作者，理由是《文心》非一家之“子书”，而是“文论”首作，顺此以推，否定刘勰是子家，而《刘子》作者当然不会是刘勰，此纪氏盲点所在。

曰“心乐而声泰”，而政事就“德盛化钧”谓圣德教化兴盛平和，人民百姓则有赞颂之歌，君臣事功是“政阜民暇”。观此评述陶唐虞舜之“文运”，既述“政事”，同时亦指明文章“位体”流行“颂赞”之歌，乃“政事”与“文艺”尽美之盛世，不像《才略篇》大抵集中文才的辞令华采之品评。试观《才略篇》包举唐尧虞舜以下三代之“文”云：

> 九代之文，富矣盛矣；其辞令华采，可略而详也。虞、夏文章，则有皋陶六德，夔序八音，益则有赞，五子作歌，辞义温雅，万代之仪表也。商、周之世，则仲虺垂诰，伊尹敷训，吉甫之徒，并述《诗》《颂》，义固为经，文亦足师矣。（页一五二）

此节所述“九代之文”在夏商周三代文章表现的“辞令华采”，评述重点集中于“文章”之变化，分析文章“位体”有赞、歌、训诰三类文体，及至《诗经》三颂，皆论其文章“辞义”有“温雅”之风，不只是把三代圣贤之作评为“经书”地位，而是“义固为经，文亦足师”，加重从“文”之角度品评，说三代经典可为文章师法，不刻意强调唯一“经学”之价值。持此比较《时序篇》必说“政阜民暇”，必赞“德盛化钧”此类专以“政德教化”之评论角度，关注焦点殊为不同，如此已明显区分两篇一在“文章”一在“文与学”之主题差异，因而更加明白《时序篇》不能视作只是“文评论”而已。

《时序篇》是学与文兼述，上至帝王君臣之“文章”，下至文人才士之辞令华彩高下，皆举其要害处而各有点评，[①] 至其评述“学”之方方面面，凡儒学、玄学、礼学、风俗、清谈皆有，甚至有“务深方术”此类数术学等等，如此“百家”飙骇，绝非仅仅文士而已，此《时序篇》特重于“学”之明证。亦知《时序篇》所述古今人才，乃总摄文人与“才士”之盛，而描述通才“学术”代代变化风潮，及其与情理文运兴衰之相互影响，这些合起来看才是《时序篇》全篇真正主题，确知《时序篇》绝非只是“文章之选”

---

① 叶绍泰评点此篇谓一时代文运最盛者在萧梁时代云：“文人才士之盛，自稷下、兰陵、柏梁、建安而下，至东晋明帝，雅好文会，然未有如萧梁之隆也。自天子诸王太子，皆著书成集，而群下之能文者，蔚然并兴，即彦和职不过通事，自号云门，其才不胜收也。”（页一四九）须知以上所评，君臣、文人、才士等兼述之，非只谈“文章”之士而已，且用“文集”一词标识著作型态，正是集中含“子”学之意。

而已。

可再参看《时序篇》赞曰“枢中所动，环流无倦”此句的意思，标出中枢一词，与“环流”相对。如果将环流错解成中枢自己不停旋转周流如环，则环流与中枢同指一物。① 这是误读，因为中枢乃比喻文章时运转动变化之主轴，环流是另一种比喻，谓环绕中枢随之而动之因素，指文章体势之变，文质消长之变，合而言之，即文运变化，必然围绕政治背景、社会风气以及学术好尚之转变而环流不已，从无倦滞。

如此藉由以上中枢与环流两项巧妙“比喻”，更加可以确解《时序篇》不只是论述文章，而是将文章之外的“学”一并思考论述。

① 例如李曰刚《文心雕龙斠诠》解此句谓：“枢廷居中，上动下旋，周流如环，无复滞倦。”（页二一四五）此即视环流一词形容中枢转动。案：中枢谓文章时运之主轴，即君王政治主宰文运，而环流比喻文运环绕此中枢流动。中枢喻政治，戚良德《文心雕龙校注通译》即作此解云：“总而言之：灿烂的文章辉映着每一个时代，每个时代的文章都有不同的辞采，随着时代政治这一中心的转动，文辞也环绕它不停地变化。”（页五一三）又陈拱《文心雕龙本义》于此句阙注，张灯《文心雕龙译注疏辨》解此句与李曰刚略同云：“总之，文学蔚然辉映十代，辞采风气先后九变。中枢轴心运转启动，环流不止，往复回旋。”（页四〇二）然此解仍未明言中枢比喻何物、环流比喻何指。

四十六 《物色篇》细读

一、《物色篇》文论与实际批评

《物色篇》与《时序篇》相次排列，犹如《周易》六十四卦必相综往来之理。一述“天时”变化，代有兴衰，此准《乾》卦“万物资始”以及“乾道变化”之说。二述“地形地貌”必循方位，物有一定之色，此准《坤》卦“万物资生”、以及“品物咸亨”之道。故而《物色篇》所述不出山林、山水、江山、动植之物，凡此皆泛属地形地貌地物之变，故统称之曰“物色”。①

由此可知，《时序篇》与《物色篇》必相次排列，因为乃刘勰暗用《周易》乾坤天地并建之易理转化为文论文理“时”与“物”并配之说。犹如《周易》必辨六爻“时位”往来升降，而文论仿之，亦必探索文章时序之更替，以及物色之变化。《序志篇》“崇替于时序”一语，盖用括举之修辞法，举时而包物，不能只看篇目之名，就误解《时序篇》只是述时，其实这句话的“时序”省略了“物色”的意思。

复次，据《物色篇》重要语词，无不与“地”有关，凡山林、山水、方位、地势、动植之物等等诸语词皆是，明显可证《物色篇》准仿《坤》卦

---

① 《物色篇》改移篇次，自范文澜《文心雕龙注》提出此说，以后辄分两派，一主当改，一主保留。当改也分两说，一主当移于《隐秀篇》之后，范文澜、李曰刚主此说；一主当移于《事类篇》之后。案：凡改移《物色篇》之论者，皆未见有版本上的文献证明，诸家但以“理校”为说。今若从刘勰易理之学是文论本源之角度而切入，《时序篇》暗用《乾》卦“天行健”之理，故时序代变。《物色篇》则化用《坤》卦“地势坤”之象，故《物色篇》述山林、动植、山水，皆泛指地形地貌之物。如此，仿照易学《乾》《坤》并建之理，《时序篇》与《物色篇》必相次排列，正可象征天地《乾》《坤》之思想系统，从而可知刘勰引伸易理建构《文心》文论之用心巧思，因为，文术论至《总术篇》已结束，而文评论《才略篇》还没开始谈，故而在文术与文评之间，做一中介桥梁，用《时序篇》与《物色篇》过渡之，颇合情理。

“地势坤，君子以厚德载物”此句暗示地貌地势地物之意。更且化用《坤》卦地势有“直、方”二字，暗用“方位”概念描述文章物色写作要遵照“莫不因方以借巧，即势以会奇”之方法。此句之方，谓物色之方位，各有不同姿态，文家当把握万物巧妙之姿势，写出其中新奇独特之美，故谓之奇巧物色。此句之“势”字，转化“地势坤”之势，由地势而可见物色之势，物势与“地势”为相生相成之类似理念。

故而就《坤》卦而言，有“直、方”之势，就文章物色而言，《物色篇》提及“模山范水”，言及“风景”“草木”之势，篇末更用“山林皋壤”之势，总结而言“江山之助”之势，用这个势说明屈原善写“物色”，可当作物色笔法的典范。凡此俱可证刘勰化用《乾》《坤》易理，建构《时序篇》《物色篇》互补互成之天地文论，代表《文心》文论有“时间”与“空间”之说，也有“共时性”与“历时性”之概念，二篇必相次，不可分离改易或移置其他篇次，可为定论矣！

若论《物色篇》实际批评实有三类，一类评《诗经》，二类评《离骚》，三类将《诗经》与《离骚》合评。此三类评，分别应用了《声律篇》《情采篇》《定势篇》《体性篇》《通变篇》等各篇理论。第一类评《诗经》云：

> 故“灼灼”状桃花之鲜，“依依”尽杨柳之貌，“杲杲”为出日之容，“瀌瀌”拟雨雪之状，“喈喈”逐黄鸟之声，“喓喓”学草虫之韵。“皎日”“嘒星”，一言穷理；“参差”“沃若”，两字连形：并以少总多，情貌无遗矣。虽复思经千载，将何易夺？（页一五〇）

此节分析《诗经》诗句用词之佳处，分析每一诗句描写物色表现出来的形容、状貌、声律，以及诗句内涵的“情理”等意思，① 其理论就是根据《情采篇》述情文、声文、形文此文章三理之说。而《声律篇》讲究的“标情务远，比音则近”谓声律当与文章情感配合之说法，也包含其中。次论第二类评《离骚》云：

> 及《离骚》代兴，触类而长，物貌难尽，故重沓舒状，于是嵯峨之类聚，葳蕤之群积矣。及长卿之徒，诡势瑰声，模山范水，字必鱼贯，所谓诗人丽则而约言，辞人丽淫而繁句也。（页一五〇）

---

① 此节原文一共举例《诗经》十例，分别是《桃夭》《伯兮》《采薇》《角弓》《葛覃》《草虫》《大车》《小星》《关雎》《氓》等十首诗。

此节分析《离骚》用“类聚相从”写作法，描写自然山高与草木茂盛这种江山自然的形象本色所显现的物貌形势特点，此根据《定势篇》因情立体、即体成势之说而来。及至西汉司马相如的大赋之作，模仿《离骚》的写法，又变本加厉，畅行夸饰笔法，已变成“诡势”描写之繁复矣！遂用“正势”与“诡势”对比，比较《离骚》与汉大赋之高下优劣，再次化用《定势篇》理论。而又特别注意汉大赋滥用“联边字”的写法，批评这是有失精简练字之功夫，则持《练字篇》所述“字以训正”的说法，说明汉大赋没有遵守“省联边”的练字规则。

以上经由《离骚》与汉大赋的练字比较，乃产生不同的两种辞赋“体性”分别，其一是“丽以则”，其二是“丽以淫”，这又是应用《体性篇》八体分类的批评法，丽则即雅丽正则之意，丽淫则与“轻靡”之类近似。最后，刘勰将《离骚》与《诗经》合论云：

> 至如《雅》咏棠华，“或黄或白”；《骚》述秋兰，“绿叶”“紫茎”。凡摛表五色，贵在时见，若青黄屡出，则繁而不珍。且《诗》《骚》所标，并据要害，故后进锐笔，怯于争锋。莫不因方以借巧，即势以会奇，善于适要，则虽旧弥新矣。（页一五一）

此节合评《离骚》与《诗经》，指出此二家作品描写物色皆能共同把握五行“顺色”不逆的道理，用“时见”一词称颂之，谓恰切适合的物色描写。其次提醒后世作家模仿《诗》《骚》的主要原则要能知通变，不可拘泥墨守。所谓“因方借巧”是说专讲奇巧变化，却是没有遵守文章“定势”之理，只知“即势会奇”只求“即体成势”，乃知刘勰此处又化用《定势篇》理论，并且参取《通变篇》阐述“前修不密，后出转精”这种文章变通之说，可视作结合《通变篇》与《定势篇》两篇理论从事的实际批评。

《物色篇》述四时物色之变，谓写作之心与外在物色宛转徘徊，物色与心神互相感召，作家之情必受景物牵动之理。从版本推考，此篇今本与《文心雕龙》元至正刊本皆次于《时序篇》之后，次序一致。可是近代解者自范文澜以下主张要移动《物色篇》到他处，詹锳、王梦鸥、王更生、沈谦等皆从此说，谓当移置别篇之后，不宜次《时序篇》之后，咸谓此二篇前后文理不相连贯。①

---

① 《物色篇》改移他处，自范文澜、郭晋稀倡议之后，诸家多有从之者，其详参见本书页四九二、页四九七、页五〇二、页五〇六脚注。

其实不然，诸家说法或有盲点。今细读《物色篇》有二段原文，已明白申言必先谈文章时序，谓时运世风之变移，后论时序情貌物色交感之变化。因为外在因素必先影响文章内在体貌，《时序篇》分析“时”之影响，《物色篇》论述“物”被影响之结果，二篇上下互为表里，前后一贯，时物二元辨证，两篇理路结构缜密，丝毫不得分离。《物色篇》云：

> 至如《雅》咏棠华，“或黄或白”；《骚》述秋兰，“绿叶”“紫茎”。凡摛表五色，贵在时见，若青黄屡出，则繁而不珍。（页一五一）

此节明白指出四时物色有青赤黄白黑五色之变化，此变化必表现于春夏秋冬四季之不同。所以有“贵在时见”之语，此句“时”字即《时序篇》之时字义。又《物色篇》云：

> 自近代以来，文贵形似，窥情风景之上，钻貌草木之中。吟咏所发，志唯深远，体物为妙，功在密附。故巧言切状，如印之印泥，不加雕削，而曲写毫芥。故能瞻言而见貌，即字而知时也。（页一五一）

此节专在阐述近代文章描写外在物貌情状，表现“体物言志”之特色。而其善用之写作技巧乃在“瞻言见貌”与“即字知时”。仍然用一“时”字，谓作者要善于观察四时物色形貌之转变，将之细密描写，重点乃在审察“时序”之变化，此与《时序篇》之时字悉属同义。

经由以上二段理解《物色篇》用“时”字即《时序篇》之时序义，则知《时序篇》必先置于《物色篇》之前，始能构成前后一贯理路推演之论述结构，益信《物色篇》切不可轻率改移它处，此必刘勰之有意安排，将时序所见之物色联成一体之两面，类似以时序为体，由体见用，以物色为四序纷回所见之物，体用不离，再证刘勰二元思考体系之结果。

《物色篇》分析作家由“感物兴情”之途，掌控“心物合一”之法，描写四时景物之色，做到“情往似赠，兴来如答”这种“情景交融”之境界，谓之物色。全篇用视听之词，有眼、耳、鼻、舌之官，又述及景物之“色”，感物之“心”，如此诸多名词，皆有助于分析“心”与“物”存在之各种现象，而这些词汇即与早期佛教毗昙宗、成实宗、俱舍宗有关五根、六尘、六识之教义极为近似。因而可以理解为刘勰有意借用当时佛教流行的教义说法，采取近似“格义”的作法，用来比附《文心》此书所要阐述的物色理论，就此一层次而言，本篇又极易引生误解，谓《文心》文论与佛教教义有关。

案：《物色篇》就分析作家内在之“情”与外在之“物”交融感应之道而言，即本篇物色“分析论”之原文，确可借助佛教类似教义辅助理解。然因《文心》文论主轴大纲来自易道，非佛教之“佛”道，且《文心》文论宗法六经，亦绝非佛教经典，《文心》文论必征“圣贤”而为文章本源，不可能师法释迦牟尼。故而就文章“大体”而言，《文心》文论不属佛教系统，《文心》文论绝不是佛法。此就文论“内容”与“体统”性质而言。

总之，《物色篇》的心物分析说法，有佛教色彩。但是《物色篇》的理论内涵，必属文章之学，而非佛教教义。试读《物色篇》首节分析“心”与“物”之关系云：

> 春秋代序，阴阳惨舒，物色之动，心亦摇焉。盖阳气萌而玄驹步，阴律凝而丹鸟羞，微虫犹或入感，四时之动物深矣。若夫珪璋挺其惠心，英华秀其清气，物色相召，人谁获安？是以献岁发春，悦豫之情畅；滔滔孟夏，郁陶之心凝。天高气清，阴沉之志远；霰雪无垠，矜肃之虑深。岁有其物，物有其容；情以物迁，辞以情发。一叶且或迎意，虫声有足引心。况清风与明月同夜，白日与春林共朝哉！（页一五〇）

此节分析心物乃处于内与外之位置，近似佛教分析现象界有心与物之说。但是《文心》物色论主“情”主“感发”，而佛教主“心”主“法”，故有心法，而物以色为主，故又有色法。《文心》物色论虽与佛教同主“心”为感物观物之本源，但终究要藉由“心”之感物，表达悦豫之情或郁陶之心，故而《文心》物色论以“心”统志、虑。可与《神思篇》用心统志气之说法互参，见证刘勰论文虽主“心”，与佛教主心似同类，但是佛教讲“心法”之外又有识法，故又别出“心外无法，万法唯识”之说，分析“六识”，谓眼、耳、鼻、舌、身、意等皆各有识，须知此非刘勰物色之心。盖刘勰主心，重在感物之情，心统性情，心亦关志、虑，而不再别生有所谓“六识”之教义。此佛教与《文心》文论最根本不同处。故而《物色篇》必将此心与“情采”联结，而有“心物徘徊”之论，《物色篇》云：

> 是以诗人感物，联类不穷。流连万象之际，沉吟视听之区。写气图貌，既随物以宛转；属采附声，亦与心而徘徊。（页一五〇）

此节分析“心物徘徊”之说，乃因感物吟志而必有，心物徘徊虽与“视听”

之官能，即佛教六根六尘之触物同义，然此视听五官触物之作用在“兴情”，而非“识法”。故而《物色篇》最末“敷理以举统”节段，即明言五官之动，心物交融，必尽情抒写，表现物色之“情味”，这一层次与佛教探索“心物”之参透、圆识无我之教义领悟大大不同。《物色篇》云：

> 是以四序纷回，而入兴贵闲；物色虽繁，而析辞尚简；使味飘飘而轻举，情晔晔而更新。古来辞人，异代接武，莫不参伍以相变，因革以为功，物色尽而情有余者，晓会通也。（页一五一）

此节已清楚明晰说出物色理论最终目的是要描写“情味”飘晔之物色，写出文情并茂、余味无穷之文章。如此之结果，完全不符合佛教藉由心物根尘之分析，达到“法”“识”之圆通，消解现象界“生、住、异、灭”之轮回教义，所以说文心物色理论与佛教六识心法教义绝然不同。

尤其此节段“情味”“情色”二辞，用来阐述文章经由“物色”手法，妥善写作，必可写出情味有余、情色不尽之美，指导作家通晓物色“变通”之理。据此而知，物色的最终目标在情味、情色，不是佛教追求的“缘尽寂灭”与“色空”之世界，二者终极目标迥然有别。

最后，须再归纳《物色篇》以“情”为主这种感通要目，由《物色篇》这个情字，衍义出情理、情色、情味三项术语，分见于《文心》各篇，但此三词同时出现在一篇之中，《物色篇》是唯一一篇。因而本篇主“情”之说，由此可证成。故而《物色篇》赞曰“春日迟迟，秋风飒飒。情往似赠，兴来如答”此句仍然归结“情”字，作为春秋四时景物感发的根本动力，总结文章物色主“情”，表明刘勰文论主轴大纲是“情理”之范畴。①

《物色篇》讲述“情往似赠，兴来如答”这种兴情感通理论，既如上解。自余，若论本篇“选例以定论”部分，有一节原文尚须注意。此乃刘勰在物

① 《物色篇》如果不把握这“情”字感通之理，则很容易将此篇误解为与比兴同义。王梦鸥《文心雕龙：古典文学的奥秘》曾经改移此篇于《事类篇》之后、《指瑕篇》之前，王梦鸥释《物色篇》云：“或因《文心雕龙》下卷，书帙错乱，现行本以之列于《时序篇》后，既有碍其论叙文心的顺序，又不合其《序志篇》的自述。现在把它附述于此，亦足见作者所表示物色与比兴文章之关连。”（页二〇五）此谓物色与比兴关联，谓物色之后，即用比兴技巧。案：物色与时序相次，此二篇论述文章“时间”与“空间”，属于范畴论，而比兴、事类、夸饰可视作单一纯粹之“技巧”。换言之，在时序或物色范畴之内，可以使用比兴技巧，也可用事类技巧，或同时兼用。从“范畴”与“技巧”的分辨，或有助于理解《物色篇》与《比兴篇》性质不同，无需移动篇目。

色感通之后提到“情辞”要互相配合这种写作技巧。《物色篇》云：

> 故“灼灼”状桃花之鲜，“依依”尽杨柳之貌，“杲杲”为出日之容，“瀌瀌”拟雨雪之状，“喈喈”逐黄鸟之声，“喓喓”学草虫之韵。“皎日”“嘒星”，一言穷理；“参差”“沃若”，两字连形：并以少总多，情貌无遗矣。（页一五〇）

此节举《诗经》中《桃夭》《采薇》《伯兮》《角弓》《葛覃》《草虫》《大车》《小星》《关雎》《氓》等十首诗作分析其“修辞”之特点，指出修辞之佳，即在能尽情抒写心物感通之“情貌”，将本来只见表面形状的“物貌”赋予感情，再用美妙修辞刻画物貌与情感，如此美妙的“字辞”兼有“物貌”与“情貌”两种质素，故用“情貌无遗”赞美之。

《物色篇》于文论最具创见处即其情景说，为后世“情景说”之源起。案“情景”二字连言，可参考王夫之《夕堂永日绪论》云：“情景，名为二，而实不可离，神于诗者，妙合无垠。”① 此可谓“情景不二”之说。

然而情景说之关键，当在“情”与“景”如何沟通。明清文论喜言“情景交融”，如方东树《昭昧詹言》，述杜甫《秋兴》八首好论“情景混融”是此诗佳处，又如胡应麟《诗薮》内篇卷四也谈到这点，可是都没有追溯到物色理论。唯王夫之提出以“心”为主，以“心”作为情与景交相往来迎合的媒介，突出情景主心之论，堪称最切合《文心雕龙·物色篇》之理。王夫之云：

> “池塘生春草”，“蝴蝶飞南园”，“明月照积雪”，皆心中目中与相融浃，一出语时，即得珠圆玉润，要亦各视其所怀，来而与景相迎者也。“日暮天无云，春风散微和”，想见陶令当时胸次，岂夹杂铅汞人能作此语？②

此节王夫之摘出三句谢灵运名篇诗句加以诠解，谓此三句有作者“怀来迎景”谓胸怀襟抱往来于眼前之景，即“与景相迎”之意。怀即情怀，近乎《物色篇》之情，“景”即《物色篇》之景物。情景往来迎送，唯经由“心中

---

① 引自王夫之著，戴鸿森笺注：《姜斋诗话笺注》（上海：上海古籍出版社，二〇一二年三月），页七二。案：王夫之情景不离之说，情与景二者的沟通交流即是“心”，与《物色篇》云“一叶且或迎意，虫声有足引心”此句之“心”同义，皆为情景相通之说法。

② 同前注引书，《夕堂永日绪论内篇》，页五〇。

目中”谓即心即目，始能达到“与相融洽”之境，谓之情景相融。如此说法，即与《物色篇》所云殊无二物。《物色篇》云：

岁有其物，物有其容；情以物迁，辞以情发。一叶且或迎意，虫声有足引心。况清风与明月同夜，白日与春林共朝哉！（页一五〇）

此节以“虫叶”为物，以清风明月为景，以白日春林为色，凡山川景物，动植之物，皆须“情以物迁”谓作者感情投入景物之中，然后下笔收到“辞以情发”谓文辞字句表述此种情景。因此，《物色篇》之“引心”“情迁”二语，即为王夫之此节“心中目中”之词吸收转化，并加以联系引伸创为“情景交融”诗文理论。今再细品《物色篇》赞曰“目既往还，心亦吐纳”，以及“情往似赠，兴来如答”之语，几乎就是王夫之此节引文“心中目中”一词之所本，从而可知，《物色篇》最大价值乃在给予明清“情景交融”文论之深刻影响。

二、《物色篇》易学影响

《物色篇》述山林皋壤对文章写作产生之作用，重视江山美景对作家才气的培养、对文章构思的孕育，所谓物色，意指四时所观景物之色，注重作家“仰观俯察”景物之功夫。盖与《周易》谓仰则观象于天、俯则观法于地之思想贴切符合。刘勰所谓的物色尽而情有余，以及“情往似赠，兴来如答”这种情兴往来，大抵皆本于易道易理。

故而本篇首用“阴阳”概念比类四时景物情貌之变迁，次举《诗经》描写景色用黄白，《楚辞》则改标绿紫，一正一奇，是阴阳两仪思想之引伸，但是青与黄是五行相克，化用《周易》术数五行相生相克之概念。最后，面对物色纷繁，情貌瞬变之摹写，作家当如何把握物色要义？刘勰仍然援引《周易·随》卦“随时适用”，以及《节》卦“天地节而四时成”两项易理，作为物色准则。再借参《周易》参伍因革、会通合数之说，提醒作家要掌握“新旧奇巧”这种物色要领。其他《物色篇》全文涉易重要节段如下：

（一）春秋代序，阴阳惨舒，物色之动，心亦摇焉。盖阳气萌而玄驹步，阴律凝而丹鸟羞，微虫犹或入感，四时之动物深矣。（页一五〇）

案：此节概述春秋四时所观景物之色，莫非阴阳二气交应之结果，而人心感之，乃能通达天地之物，盖借自《周易》阴阳两仪气化之体系。尤其是“心亦摇焉”之心，即仿《周易》所云“感通”之道。《系辞传上》云：“易，无思也，无为也，寂然不动，感而遂通天下之故，非天下之至神，其孰能与于此?”此句所言感动，即本于心，这个易之心非寂然死心，乃寂然用心。朱熹《易本义》云：“感通者，寂之用，人心之妙，其动静亦如此。”此解唯心能感通，即此节“物色之动”“心亦摇焉”二句之所本。乃知《物色篇》首端发起感通物色之论，其体系架构悉本于易道。

（二）若夫珪璋挺其惠心，英华秀其清气，物色相召，人谁获安?是以献岁发春，悦豫之情畅；滔滔孟夏，郁陶之心凝。（页一五〇）

案：此节续发物色理论主心之说，谓物色感通本于惠心，可称作心物交感论。惠心一词，明引《益》九五爻“有孚惠心，勿问，有孚惠我德”此句之惠心，谓君子有爱民之心，施诚德于百姓，于是上下皆得信惠，此言政事治民之道须出自仁民之心。刘勰转化为作家所观外在众物，欣赏清心秀气之色，必会有所触发感动，随其往来，必然激起悦乐奋豫之情或忧郁陶然之心。物色与心法相互感召，正犹如《益》九五爻惠心之作用，所以说文论的心物感通与易学的无思感通，二者的心物理论相契合。

（三）是以诗人感物，联类不穷。流连万象之际，沉吟视听之区。写气图貌，既随物以宛转；属采附声，亦与心而徘徊。（页一五〇）

案：此节更细分感物各有其类别，例如视听之域，是说属于视听必归形貌之采，而听觉必闻声气之吟，注重物色因“类”而起之感悟。此“类”字在《周易》早已有论，谓万物各从其类。《同人》象曰：“君子以类族辨物。”又《睽》彖曰：“万物睽而其事类也。”此二句皆言万物分类，各有同异，君子当知慎辨。又如《系辞传下》云：“方以类聚，物以群分，吉凶生矣!”此据事物吉凶有类别而言“类”，亦即《系辞传下》云“辨物正言，断辞则备”这句话讲述的“辨正物类”之义。由此可知，刘勰要辨正物色感通当分视感、听感之类别，然皆统归于物色之“心”，这里的感通类别当与易理感通互参。此节以下又言“触类而长”“情貌无遗”诸说，亦皆与感通类别同义。

（四）至如《雅》咏棠华，“或黄或白”；《骚》述秋兰，“绿叶”“紫

茎”。凡摛表五色，贵在时见，若青黄屡出，则繁而不珍。（页一五一）

案：此节借参五行相生相克之理，评述文章物色技巧优劣，凡物色相生之描写，若风雅之作，必用黄白相生始为顺色之理。至于《离骚》叙述，绿叶与紫茎间色相生，堪称新奇手法。反之，若青黄相克，屡屡杂出，则有纷繁不正之弊。此节衍义《周易》数术学五行相生相克之理，借为描摹景物色彩之道。

（五）古来辞人，异代接武，莫不参伍以相变，因革以为功，物色尽而情有余者，晓会通也。若乃山林皋壤，实文思之奥府，略语则阙，详说则繁。然则屈平所以能洞监《风》《骚》之情者，抑亦江山之助乎？（页一五一）

案：此节概述物色理论要义在掌握“繁”与“简”之分际，提醒作家当知物色“会通”方法。遂又再次援引《周易》参伍因革之词汇以为全篇收结。谓物色之道变化万端，代有因革。正犹如易道广大，参伍以变，不可究诘一般。物色之变与易道言变，其理恰可比附类通。

（六）赞曰：山沓水匝，树杂云合。目既往还，心亦吐纳。春日迟迟，秋风飒飒，情往似赠，兴来如答。（页一五一）

案：赞曰明引《周易》往来之辞，比附为物色与心神送往迎赠之道。《周易》屡言往来，诸如大往小来、往蹇来誉、往蹇来连、日往则月来、寒往则暑来等等，谓往上而来下。刘勰借用之，发为物色与心神之往来，心既往物，因物而起兴之情随之而生，故可比喻为心物之来应，如此心物之往来，恰恰正与《周易》之往来词旨悉合。由此可知，《物色篇》全文用《周易》阴阳二仪之气与寂心感通易理，及至结语，复言心与物往来之迎送，皆同本于易理二元论，以及往上来下这种爻位变化之说。

三、《物色篇》子学内涵

《物色篇》述以心观物、以情感物之理，最能代表刘勰《文心》思想体系之方法论。而刘勰力主“心神”观物，分析“心”与“物”二者之间有互动往还作用，遂有“情往似赠，兴来如答”之语。如此往来赠答之心物关系，即使有心内物外之分，有心为主物为客之别，但心与物二者必然为一“有”之存在，且心所观之物必非“妄相”，必非“虚物”，而为实然已存本有之心物合一论。从而可信《物色篇》用“实有”观物之方法论，而非“妄相”与“空无”之佛教教义。《物色篇》借用佛教心物思辨理论，但不落入心法皆空、色法亦空的佛教空观之说，代表刘勰折中佛教与中土子家义理自成一家之思想体系，刘勰的心物观看方法论仍然归本于一贯“宗经”“征圣”理论体统。

但是《物色篇》的方法论，专明对象在“辞人”之物色，而不是《时序篇》揭示的“质文代变”与“古今情理”之通才。如此《物色篇》专述刘勰建基在“博通之学”涉及物情理论的“情”字之作用，又与《诸子篇》《论说篇》专在情理之“理”的子学义理，当有所区隔。盖刘勰虽然自许为“子家”，且本之以述文论，然而《文心》之作，子学内涵之外，撰述主旨仍在“论文”。而继子之后，首出“骚人”，即所谓屈宋之作品，乃百代辞家之祖的骚人。此类骚人已转化到文辞藻采，渐渐远离“博明万事之子”的身份。既然《时序篇》已谈过子家之人，当然亦必再补“骚人”之情以殿《文心》全书之末。故而次于《时序篇》总论各代时世通才后，即补述骚人自屈宋以后之“情”内容为何。刘勰建立“情理”与“华实”并参之子集合流文论，在《时序篇》之后紧次《物色篇》，可视作结构精整之安排，《文心》体系藉由篇目相缩连且相次之设计，展现体系的明晰，览之历历在目，犹如贯珠，绝不容某些龙学专家不求甚解，力欲调动《时序》与《物色》两篇之篇次，谓二篇不当相连，持此论者实为曲解之甚!① 兹条述此篇参取易学类感说、佛教心物论、圆密论以及阴阳家五性五情说等各派“子学”之内涵义理，说解如下：

(一)《物色篇》继《时序篇》通论时世之才以后，此篇专述“骚人”之才，以及骚人“观物”方法，前者有“春秋代序”之语，沿袭“阴阳”家之

① 《文心雕龙》五十篇篇目次序，今见最早刊本元至正本与各本皆同。又此书今传敦煌写卷虽为残卷，据现存写卷篇目顺序亦无不同于今本者。可知刘勰此书原编如此，盖此必刘勰精思熟虑，精心巧妙之结构。然而近世《文心》学者多见怀疑篇次之论，有谓《物色篇》当移前置于《情采篇》之后，又谓《物色篇》乃刘勰之文术论，非批评论，故当改移于《体性篇》之前。凡此，盖皆病在不能参酌刘勰凭“子家”之身份以论文必然之理，遂致误解《物色篇》本义。

思考。后者旁参佛教心法色法之辨，而有“物色之动”之语。但是刘勰只用佛教语汇，参酌心法之说。最终归本于中土“心学”，而有心、物、色三位一体并建之论。此篇盖刘勰子家本色，折中异端之学又一例。《物色篇》云：

春秋代序，阴阳惨舒，物色之动，心亦摇焉。盖阳气萌而玄驹步，阳律凝而丹鸟羞，微虫犹或入感，四时之动物深矣。若夫珪璋挺其惠心，英华秀其清气，物色相召，人谁获安？（页一五〇）

（二）但是《物色篇》折中之学，又不止于佛教心法色法之取资，更有撷取《周易》“感而遂通天下”之易感论，故有“随物宛转”，以及“与心徘徊”结合“心物”互动感应之论。[①]《物色篇》云：

是以诗人感物，联类不穷。流连万象之际，沉吟视听之区。写气图貌，既随物以宛转；属采附声，亦与心而徘徊。故“灼灼”状桃花之鲜，“依依”尽杨柳之貌，“杲杲”为出日之容，“瀌瀌”拟雨雪之状，“喈喈”逐黄鸟之声，“喓喓”学草虫之韵。（页一五〇）

（三）《物色篇》偶有借参阴阳家五性五情配五色之论，亦属子学义理应用。《物色篇》云：

至如《雅》咏棠华，“或黄或白”；《骚》述秋兰，“绿叶”“紫茎”。凡摛表五色，贵在时见，若青黄屡出，则繁而不珍。（页一五一）

（四）《物色篇》引心法色法这些佛教教义之后，又化用佛教“一即一切”之论，转义之，改为博约与精取之比喻。谓《诗经》比兴重点在“精

---

① 《周易·系辞传下》云：“夫易，无思也，无为也，寂然不动，感而遂通天下之故。”此易感说之本源，刘勰述物色引入易感之“动”论，谈及“静寂”之功夫，可自《养气篇》与《神思篇》两篇之论并参之。但刘勰文论不主静感说，力倡“心徘徊”与“情赠答”之往来互动理论。此刘勰文论与子学类感说稍不同之解。关于类感之解，例如周敦颐《通书·圣人》：“寂然不动者诚也，感而遂通者神也。动而未形，有无之间者几也。诚精故明，神应故妙，几微故幽，诚神几曰圣人。”《程颐语录》：“天地之间只有一个感与应而已，更有甚事？”又：“寂然不动，感而遂通。此已言人分上事。若论道，则万理皆具，更不说感与未感。”朱熹《易寂感说》：“《易》曰‘无思也，无为也，寂然不动，感而遂通天下之故’者，何也？曰：无思无虑也，无作为也。其寂然者，无时而不感，其感通者，无时而不寂也。是乃天命之全体，人心之至正，所谓体用之一源流，行而不息者也。疑若不可以时处分矣，然于其未发也，见其感通之体，于已发也，见其寂然之用，亦各有当，而实未尝分焉。故程子曰：中者，言寂然不动者也，和者，言感而遂通者也。然中和以性情言者也，寂感以心言者也。中和盖所以为寂感也。”案以上诸家说“感通”偏向子学，刘勰引用类感理论，重点改为在作家的“心物”关系加以申论。

约”，而《离骚》比类技巧在“繁博”，由此又再分别“诗人”与“骚人”之分际。《物色篇》云：

> “皎日”“嘒星”，一言穷理；“参差”“沃若”，两字连形：并以少总多，情貌无遗矣。虽复思经千载，将何易夺？及《离骚》代兴，触类而长，物貌难尽，故重沓舒状，于是嵯峨之类聚，葳蕤之群积矣。及长卿之徒，诡势瑰声，模山范水，字必鱼贯，所谓诗人丽则而约言，辞人丽淫而繁句也。（页一五〇）

（五）继一与多、一即一切之后，又旁涉“圆密”“切密”之佛教用语，此刘勰吸收当代佛教思潮具体折中之作法。《物色篇》云：

> 自近代以来，文贵形似，窥情风景之上，钻貌草木之中。吟咏所发，志唯深远，体物为妙，功在密附。故巧言切状，如印之印泥，不加雕削，而曲写毫芥。故能瞻言而见貌，即字而知时也。（页一五一）

（六）然而《物色篇》最终又回归《周易》乾知坤简之易理，崇尚“坤简”之论，借用坤简易理应用在骚人辞赋之物色方法，指导物色虽“繁”，而词汇必须“尚简”之写作论，正所谓“易简功夫终久大”这种文论之中融合子学内涵。《物色篇》云：

> 然物有恒姿，而思无定检，或率尔造极，或精思愈疏。且《诗》《骚》所标，并据要害，故后进锐笔，怯于争锋。莫不因方以借巧，即势以会奇，善于适要，则虽旧弥新矣。是以四序纷回，而入兴贵闲；物色虽繁，而析辞尚简；使味飘飘而轻举，情晔晔而更新。（页一五一）

（七）再增加易理“参伍因革”之论，作为“辞人”变通物色方法准则。《物色篇》云：

> 古来辞人，异代接武，莫不参伍以相变，因革以为功，物色尽而情有余者，晓会通也。若乃山林皋壤，实文思之奥府，略语则阙，详说则繁。然则屈平所以能洞监《风》《骚》之情者，抑亦江山之助乎？（页一五一）

（八）《物色篇》赞曰终究申明刘勰主心、主情之“物色论”。如此心、物、色、三位一体而皆统于“情”之辞赋学，与刘勰文论“情理”并合之说相符合。《物色篇》云：

> 山沓水匝，树杂云合。目既往还，心亦吐纳。
> 春日迟迟，秋风飒飒；情往似赠，兴来如答。（页一五一）

详参上述赞语有“目既往还”之语，即用中土五行配五官之说，谓目、舌、口、鼻、耳与肝、心、鼻、肺、肾之相配，此明证刘勰不用佛教五蕴六识如眼、耳、鼻、舌、身、意，以及色、声、香、味、触、法皆空之论，刘勰宗经征圣旨意甚明。何况于心目往还之后，又附益情往与兴来之互动，心目既可互动而感之物色，其存在必然是实体，当然不会是佛教心法皆“空”之属。刘勰物色方法论归本于中土子家学说，摒弃佛教心法，至此可无再疑。

四、《物色篇》总案

《物色篇》讨论作家“心”与“物”交感，兼述作家之“情”与“辞”关系，涉及写作如何模拟山水自然，作家如何受到外在客观地理环境，即“江山之助”的影响，必先有“物色”之学，而后始有由此学而衍生之物色描写技巧。

明白这点，当知《物色篇》仍属以“通才”学问为主轴，并不特定讨论某家某篇章之作品实例分析。全篇“选例”范围甚广，先是《诗》人物色，其次《骚》人物色，而自“长卿之徒”以后至“近代以来”这一大段则是“辞人物色”，此三大类之物色技巧及其特征，刘勰均用“概括式”做一结论，谓诗人物色结果是“丽以则”，辞人“丽以淫”，而近代以来又专讲“因方以借巧，即势以会奇”，意指《诗》《骚》以下的山水景物之描写，只讲究图写物色奇巧的形势，缺少“情味”的表达，换句话说，近代以来专门追求“奇巧”物色。

为此，《物色篇》得出“物色尽而情有余”这种以“情味”为物色文章要义的结论，导正近代之弊，作为全篇物色结论，即已清楚表明本篇理论重点两项要义：

其一、讲物色因情而有味，则此物此色必非“缘起缘灭”此种佛教教义，也与佛教“化情为识”思想不同，确立《文心》物色理论最终不是佛教之“学”。

其二、物色既然以情为主，则《文心》全书“情理”之说，主张文章有“情”，当即一种文论的“通才”之学，《物色篇》是通论性质，与《时序篇》一致，两篇一论文运“时间”，一述文运地理“空间”，前后相承，时空合论，拟仿乾道坤德、乾变坤静的二元易理思考，颇能显现理论系统一贯、“文”与“学”合一之论，此篇非单纯只是“文术论”而已，殊无必要挪动此篇篇目次序。①

① 王梦鸥《文心雕龙：古典文学的奥秘》即主张《物色篇》须与《事类篇》排在一起，王梦鸥云：“钟嵘《诗品序》云：‘若乃春风春鸟，秋月秋蝉，夏云暑雨，冬月祁寒，斯四候之感诸诗者也。嘉会寄诗，离群托诗以怨。至于楚臣去境，汉妾辞宫；或骨横朔野，魂逐飞蓬；或负戈外戍，杀气雄边，塞客衣单，孀闺泪尽；或士有解佩出朝，一去忘返；女有扬娥入宠，再盼倾国；凡斯种种，感荡心灵，非陈诗何以展其义，非长歌何以骋其情？’这种说明正与刘勰同其见解，不过《诗品序》是把‘事类’‘物色’连累而言：‘四候之感诸诗’以上诸语，是‘物色’篇旨；而楚臣去境、汉妾辞宫以下诸语，是‘事类’篇旨而已。今以《诗品序》叙述的顺序来看，‘事类’与‘物色’亦宜前后相连的。”（页二〇六）细味此处钟嵘《诗品》原义，在区分史事描写与四时景物之感兴两种题材，皆为诗歌写作必要而常见之题材，与《物色篇》分析物色交感之技巧，明显不同，所以说《物色篇》不是单纯的文术论，不宜排在《事类篇》之后。

四十七　《才略篇》细读

一、《才略篇》文论与实际批评

《才略篇》品评战国时代名家名篇，《时序篇》一样也有，但是《时序篇》品评这一时期文运升降，通论文质消长，还有世风习俗，对观比较二篇区别在《才略篇》是“文章才力”之专论，《时序篇》则是“通儒学术”泛论。先看《才略篇》述战代文章云：

> 战代任武，而文士不绝。诸子以道术取资，屈、宋以《楚辞》发采。乐毅报书辨而义，范雎上书密而至，苏秦历说壮而中，李斯自奏丽而动。若在文世，则扬、班俦矣。荀况学宗，而象物名赋，文质相称，固巨儒之情也。（页一五三）

此节首分“文”与“武”大别二类，描述战国时代虽处诸国力征之“时世”，然亦“文士不绝”，故今专述文人文章，即使述及纵横家苏秦、范雎、乐毅之流，亦皆论其纵横家之“文”，而略其“学”，以符本篇述“才文品略”专论之主旨。其余涉论诸子，谈及法家李斯，亦均注重其所作子书文章之特色，而略其子学思想之点评。故有“辨而义”（乐毅）、“密而至”（范雎）、“丽而动”（李斯）等等之语，皆赏鉴文章用词，统括而言之，即辨密、壮丽诸词。与《体性篇》典雅、远奥、精约、显附、繁缛、壮丽、新奇、轻靡等诸词语皆性质相同，可归之体性批评一类。

换言之，《才略篇》主要应用《体性篇》这种体性批评法，实际点评战国时代的“文章”，此与《时序篇》通论战国时代文武升降、文质代变，以及战国学术广度叙述、战国风俗全面描述的篇章主题不同，《才略篇》与

《时序篇》同中见“异”之处即在此。[①] 今观《时序篇》同样分析“春秋以后，角战英雄”这一段战国时运，原文如下：

> 春秋以后，角战英雄，六经泥蟠，百家飙骇。方是时也，韩魏力政，燕赵任权；五蠹六虱，严于秦令；唯齐、楚两国，颇有文学。齐开庄衢之第，楚广兰台之宫，孟轲宾馆，荀卿宰邑，故稷下扇其清风，兰陵郁其茂俗，邹子以谈天飞誉，驺奭以雕龙驰响，屈平联藻于日月，宋玉交彩于风云。观其艳说，则笼罩《雅》《颂》，故知炜烨之奇意，出乎纵横之诡俗也。（页一四五）

此节同样叙述战国时代，然涉及内容之广、品类之多，已超出《才略篇》唯述文才，范围更广更大矣！粗略计之，此节有述经学与诸子学，但略去学说与思想要义，盖《宗经篇》与《诸子篇》已说解详尽，不烦再赘述于此篇。乃转而将叙述重点聚焦于彼时“学术功利”风气，文人学士以“干利禄”“求高誉”为习尚，故谓之时序，意指时流风气之代移。遂举其例证说明方是时也，有互攻征伐、权谋诈术、酷法刑律，暗示此刻乃崇尚法家之时。又有宫第宾馆之设立，暗示求士礼贤之习气，而又以“谈天”与“雕龙”所代表的纵横家说客一派之流，尤其受到重视，特别流行于战国之世。如此将战代何以为“战国”，何以为“百家飙骇”之风，具体而微细加以描述。

最后，再补述此一时期，文士亦不绝，例如屈宋辞赋，以及纵横家“论说体”文章为此刻风行之两大文类。如此凡经学、儒学、百家子学、文章、制度、社会“重利”习尚等等属于一时代全方位之“时运”风貌，莫不备述之，而勾其大体要目于《时序篇》此节“春秋以后”之叙述，立可知此篇纯

---

① 王梦鸥《文心雕龙：古典文学的奥秘》说《才略篇》的内容与《时序篇》多有重复，所以《才略篇》像是《文心》余论中的余论（页二三九）。沈谦《文心雕龙批评论发微》则认为《才略篇》是《文心》的“批评实例”（页一〇三）。案：此批评实例之说，犹如本书“实际批评”之义。詹锳《文心雕龙义证》云：“《才略篇》是专门评论作家的‘才思’的，才略就是才思和识略。”（页一七六四）。案：如此解《才略篇》，则《才略篇》几乎与《文心》其他各篇没有区别，既然如此，此书又何必设此一篇？以上解者之盲点，悉在“实际批评”之概念未明，没有将文学“理论”与“实际批评”做区隔。其实《才略篇》是《文心》的唯一一篇全篇皆实际批评，其他篇偶或在“选文以定篇”之部分涉及，但皆非全篇评文，唯《才略篇》始得称之。故而述作家才思谓才情神思，早见于《体性篇》《神思篇》，谓“文心之思也，其神远矣”、谓“思理为妙，神与物游”等等皆《神思篇》述作家才思理论，至于据此理论以实际考察作家之名篇名作，判其优劣，方得列入《才略篇》论述内容。所以说才略重点在谓文章才力优劣之品第，何须再去分析作家才略和识略？如此将“理论”与“批评”混同一类，遂导致学界对《才略篇》曲解深矣。

为一通论才人文士之篇章，所谓政事与文艺，经子与集部文章，通才与文人，莫不兼述之。其与《才略篇》缩小范围专述“文人才士”之文章，大有区别，清楚可辨，怎么能说此二篇是多余又重复的呢？今特举“战代”一节，两篇之异同比较如上，以见一斑，可据此类推，凡是此二篇分析其他各朝代之文，都可以比照这一段“战国时序”与“战国文才”的区别分析，借此看清楚这二篇的重点确有不同，当无需再有疑议矣！

譬如再举一例比较《才略篇》述汉代文才与《时序篇》通论汉代才士之不同，得知此二篇论述要点，一样分做“文才”与“通才”之区别进行论述。

（一）《才略篇》述汉代文才云：

> 汉室陆贾，首发奇采，赋《孟春》而进《新语》，其辩之富矣。贾谊才颖，陵轶飞兔，议惬而赋清，岂虚至哉！枚乘之《七发》，邹阳之《上书》，膏润于笔，气形于言矣。仲舒专儒，子长纯史，而丽缛成文，亦诗人之告哀焉。相如好书，师范屈、宋，洞入夸艳，致名辞宗。然核取精意，理不胜辞，故扬子以为“文丽用寡者长卿”，诚哉是言也！王褒构采，以密巧为致，附声测貌，泠然可观。子云属意，辞义最深，观其涯度幽远，搜选诡丽，而竭才以钻思，故能理赡而辞坚矣。（页一五三）

（二）《时序篇》述汉代通才云：

> 爰至有汉，运接燔书，高祖尚武，戏儒简学。虽礼律草创，《诗》《书》未遑，然《大风》《鸿鹄》之歌，亦天纵之英作也。施及孝惠，迄于文景，经术颇兴，而辞人勿用，贾谊抑而邹、枚沉，亦可知已。逮孝武崇儒，润色鸿业，礼乐争辉，辞藻竞骛：柏梁展朝宴之诗，金堤制恤民之咏，征枚乘以蒲轮，申主父以鼎食，擢公孙之对策，叹倪宽之拟奏，买臣负薪而衣锦，相如涤器而被绣。于是史迁、寿王之徒，严终、枚皋之属，应对固无方，篇章亦不匮，遗风余采，莫与比盛。越昭及宣，实继武绩，驰骋石渠，暇豫文会，集雕篆之轶材，发绮縠之高喻；于是王褒之伦，底禄待诏。自元暨成，降意图籍，美玉屑之谈，清金马之路。子云锐思于千首，子政雠校于六艺，亦已美矣。爰自汉室，迄至成哀，虽世渐百龄，辞人九变，而大抵所归，祖述《楚辞》，灵均余影，

于是乎在。（页一四五）

今细读上列《时序篇》叙“西汉”时人世风，《才略篇》析“西汉”文才，比较两篇内容要义，其异同之论可归纳如下：

一、定义不同：《时序篇》通论一时代之“时人”与“世代风气”之状貌，聚焦在“文质”“情理”“华实”之讨论。《才略篇》专述“文才”，注意“辞令华采”之优劣异同，即文体、文术之讨论。

二、范畴不同：《时序篇》述西汉之世，乃分作“经术”与“辞人”两大类，叙述从高祖到哀平之世的升降起伏。高祖尚武，所以儒学不兴，但天纵英才之作时有，例如《大风歌》《鸿鹄歌》之作。及至汉武帝则又不同，不但儒学鸿盛，礼乐争辉，而且“辞藻篇章”也一样不匮，简言之，就是经学与文学并流，子家与集部辞人都有的盛世时运，《时序篇》注重“儒”与“文”并茂兴盛，点明此一时期的“时人世序”特有之风貌。大抵质文并有，情理并存，而华藻辞令也是富盛不已。反观《才略篇》乃缩小范围，不提“君王”人主，亦不述儒家专史之学，而集中在“文人才人”名家名篇之品评。即使偶尔讨论“儒者”，也将焦点置于儒者所写的文章著作，而不是儒学“经术”的发明。例如《时序篇》述汉武帝时，用“礼乐争辉”与“辞藻竞骛”描述此期经学与文学并盛之状，却不提董仲舒，因为汉武崇儒，儒学普遍，名儒辈出，乃不专主董江都一家。及至《才略篇》始谈及仲舒，将之与司马迁并比，有“仲舒专儒，子长纯史”之语，谓董仲舒、司马迁皆属经学与史家之“专长”。即使如此，刘勰又别从“文才”角度品评其人其书之“文”，谓二家文章有“丽缛成文”之美，乃援用《体性篇》八体“壮丽”“繁缛”两项术语加以品评分类。盖《才略篇》专述文章特色，而刘勰的文章定义乃“圣贤书辞，总称文章”，凡经史子皆文也。今董仲舒专儒，司马迁专史，儒之传注，史之纪传，同归文章之属。故而《才略篇》述江都之文，品子长之文，遂用“缛丽”之语，皆文术论用词，非儒学史家之评述，此《时序篇》与《才略篇》范畴不同之处。①

---

① 明代李安民评点此节云：“独遗董江都何耶?”转引自《文心雕龙汇评》，页一四五。案：刘勰用“互见法”，别举董仲舒于《才略篇》，品评江都之文，其实没有遗漏董仲舒在汉武之“世”的重要地位。故而李安民于《才略篇》此节评点云：“古人唯专乃精。”（页一五三）此说甚是，谓只有专门之学，始能精于通才，董仲舒必为专儒，故亦能博通于“文章”，李安民批语颇可助解《时序篇》与《才略篇》主题范畴之关联。

以上二项乃自其不同处而言，然而须知《时序篇》与《才略篇》俱属《文心》“文才品略”之批评论，两篇性质与目的亦得有其共通之处，若就其共同所用批评术语而言，两篇皆同有“华采”一词，且两篇谈论文章名篇名作，均不离“辞令华采”此要目，以及古今“情理”此二义。例如《时序篇》赞美汉武帝时代，经术儒学与文学篇章，同时并盛，莫与比伦，则有“遗风余采，莫与比伦”之语，即用“风采”一词。《才略篇》说“王褒构采”用“采”字，与风采之采同义。又《才略篇》评述扬雄尚“意”之文，赞美云：“辞义最深。”又云：“理赡而辞坚。”此二句之“理”字，即情理之理，而“辞坚”即语辞典正，皆注意扬雄文章在“情理”与“辞令华采”两方面之表现。此与《时序篇》称美武帝时期，崇儒与文章共相争辉，品评当时的文章即有“辞藻竞骛”之语，谓在“辞令华藻”这方面有高超成就。另外，赞美武帝之后的昭帝宣帝两代文章之美，说二帝是继承武帝时代积累之鸿业，因此又有“集雕篆之轶材”谓雕刻精画之文术，与“发绮縠之高喻”即用美丽辞采与华藻擅长比喻，仍用“辞令华采”做批评术语，品评昭宣两代文采之美。

由以上分析得知《时序篇》与《才略篇》一旦论及文章之美丑、篇体之优劣，皆共同使用文章“情理”是否富赡，以及篇章“辞令华采”是否美盛，作为文章高下优劣之标准。从此角度而言，《时序篇》与《才略篇》二篇确属文章之批评论，特别是“实际批评”之性质，二篇涉及文章之品评，如出一辙，并无不同。

总之，《才略篇》述九代之文的“辞令华采”，专门分析品评“文章”，即文人才力之文章，才略之“才”谓文才，略谓加以品评分类而略述之，这是《才略篇》与《时序篇》的不同之处。

也就是说《才略篇》与《时序篇》同属《文心》的“批评论”，只在“方法”性质上有不同。即《才略篇》不再畅述“理论”，而是根据《文心》全书的“文术论”，加以实际应用，可称作“实际批评”。这一点，是《才略篇》与《时序篇》共通之处，但《才略篇》专门施于“文才”，即文人文章之品评，而且，更重视对名家名作进行“实际批评”。因而必须通晓《才略篇》结合文术“理论”，根据的是二十篇文术论的哪一篇或哪几篇，而后再化用这些理论，品评哪些作家，用了该理论哪些术语。

简言之，《才略篇》批评九十余作家的“原文”，要分作“理论”“实际批评”“术语”等三项组合，加以分析理解，始能真正明了刘勰此篇的批评方法，如果不这样理解《才略篇》，就必然会有误读，例如以下这段解释《才略篇》，袁济喜、陈建农编《〈文心雕龙〉解读》云：

> 作家的学识方面。如“王逸博识有功”“张衡能赡，蔡邕精雅，文史彬彬，隔世相望”，还有像东汉的潘勖“凭经以聘才，故绝群于锡命”，建安七子的应玚“学优以得文”等。而对前人的继承和对后世的开创亦是作家学识的一个重要方面，如“刘邵《赵都》，能攀于前修；何晏《景福》，克光于后进”，等等。（页三六一）

此节误解刘勰品评王逸、张衡、蔡邕三家文章优劣，谓刘勰是评此三家的“作者学识”。此说乃不明了刘勰其实是结合“理论”与“实际批评”的才略方法，遂致此误。

案“王逸博识有功”一语，谓王逸博学多闻，精于鉴识，故大有助于“注解”文章之写作。就博识而言，刘勰根据《体性篇》谓作家必因“才、气、学、习”四大因素而决定文章优劣，即用“才由天资，学慎始习”之说，解释王逸文章得力于博学有识。因此，“体性”是刘勰根据的“理论”，用此篇理论批评王逸，说他是博识有功，就属于实际批评，即从体性理论加以品评高下。

同此理，“张衡能赡”谓张衡文章“才能”富于多样，赡，富也，指文才多元多样，所以就能写各体类文章。也是引用《体性篇》才、气、学、习做理论根据，将张平子归类为“淹通”之辈：“平子淹通，故虑周而藻密。”此句的“淹通”是“体性”理论的术语，而分析张衡文章的辞藻细密，细密一词则是文术论术语，乃出自“体性”这种理论范畴之概念。

又如“蔡邕精雅”此句也是先有“体性”理论做根据，再个别说他的文章有“精（约）”与“（典）雅”两种特色，乃是应用了“体性”这项理论大范畴之下的两个术语。如此一来，“蔡邕精雅”这一句完全就是一句“实际批评”，而这句批评背后的“理论”则是《体性篇》已揭示的“才、气、学、习”理论系统。

另外，并置张衡、蔡邕两人，一前一后，说他们“文史彬彬，隔世相望”这一句也是“批评”，乃用《时序篇》理论，谓“质文代变，古今情理”，皆各有升降崇替。刘勰举蔡邕、张衡的“博学”共同点，却分别出一个是“富赡”、另一个“精雅”的风格，类似一个讲“文采”，另一个则注重“质实”，代代演变，文运世风，各有不同，这正是不折不扣的“时序”理论，刘勰就用这个理论，应用在这一句批评，此即实际批评。

根据以上的理解，即可以此类推，说潘勖“凭经以骋才，故绝群于锡命”即实际批评潘勖《册魏公九锡文》此篇，指出潘有“经典学习”深厚功夫，这是“体性”理论，所以，足以表现经典文章“典雅”的风格，典雅是文术论术语，只是刘勰顺着前面已说的“精雅”已内含“典雅”之意，故而省略不再重复。

其他说应场，说刘邵，大概也都是用“体性”理论，突出“才学”对这些名家名作产生的作用与影响，都属于实际批评，只是没有明用术语，但背后一定都有《文心》某一篇或某几篇的“理论”做依据，这就是理解《时序篇》与《才略篇》的批评方法，关键就是要分辨“理论”与“实际批评”是不同层次操作。

二、《才略篇》易学影响

《才略篇》品评九代文才，品文而兼及作家体性，文品人品合参，盖用《体性篇》文论。《体性篇》云：“夫情动而言形，理发而文见，盖沿隐以至显，因内而符外者也。”此用情理体貌、情理文言，以及隐显、内外等二元思想谈论文章体性，谓体性之完成，皆源自“摹体以定习，因性以练才”此种文章与才性二元合参之法。今《才略篇》据此文体才性合参之文论，当然其品评基本架构亦源出《周易》太极两仪之说，化用两仪对比、阴阳消长这种易理。

而《才略篇》述“九代之文”，与《时序篇》述“蔚映十代”，一用九数，一用十数，盖仿《周易》十数代表首尾生成之合，与九数象征阳九极尽之变化，可说互为表里，皆化用《周易》术数学，亦同《文心》取大衍之数为篇数之涵义。①

其他直引《周易》刚中一词，衍义《周易》时中、时势易理，最后本篇结语谓文才盛会必待时运，而有“此古人所以贵乎时也”之语，突出“时”字为《才略篇》文论之关键，皆与易学易理密不可分。兹条举本篇重要涉易节段如下：

（一）九代之文，富矣盛矣；其辞令华采，可略而详也。虞、夏文章，则有皋陶六德，夔序八音，益则有赞，五子作歌，辞义温雅，万代之仪表也。商、周之世，则仲虺垂诰，伊尹敷训，吉甫之徒，并述《诗》《颂》，义固为经，文亦足师矣。（页一五二）

案：此节破题说明本篇凡述九代之文，九数暗示各代文才变化无端，故用《周易》阳九必变之意。又六德仿六爻以示一卦之德，八音仿八卦，五子仿易数五为生数之说，夏、商、周三代之文，允为“宗经”之典，则仿天文、地文、人文三才三极之道。及至本节末云：“义固为经，文亦足师矣！”谓经典即文学，乃呼应《情采篇》“圣贤书辞，总称文章，非采而何”此语，将文章定义扩大到涵摄圣贤之文，与后世仅以“辞人”文章为文之说大为不同，表明文章之道，必始圣贤之意，恰恰契合《周易·系辞传下》云：“苟非其人，道不虚传？”然则，文章原道，道必圣人而传，则圣人传道文章，固然为文人所师法。

《才略篇》首节开宗明义，先高举经典，作为九代文才品评最高极致之准则，颇符合《宗经篇》“文能宗经”之大纲。而《周易》为群经之首，自然也是《才略篇》品评文章标准的思想根源。

（二）二班两刘，弈叶继采，旧说以为固文优彪，歆学精向，然《王命》清辩，《新序》该练，璇璧产于昆冈，亦难得而逾本矣。傅毅、崔骃，光采比肩，瑗、寔踵武，能世厥风者矣。杜笃、贾逵，亦有声于文，迹其为才，崔、傅之末流也。（页一五四）

① 《时序篇》十世与《才略篇》九代之词意，纪昀云：“《时序篇》总论其世，《才略篇》各论其人。”（页一五二）此解半是半非。盖两篇同见论其世与论其人，非必严限分明，试看《才略篇》云：“魏文之才，洋洋清绮。旧谈抑之，谓去植千里，然子建思捷而才俊，诗丽而表逸；子桓虑详而力缓，故不竞于先鸣。而乐府清越，《典论》辩要，迭用短长，亦无懵焉。但俗情抑扬，雷同一响，遂令文帝以位尊减才，思王以势窘益价。”（页一五四）此节“俗情抑扬”谓魏代当时世俗之见，抑丕扬植，未为正论，即有“总论其世”之意。案：《时序篇》论一代人才，文武兼述，而《才略篇》专论文才，注重情理华采之品评，此二篇之大较也。

案：此节援引“本末”概念，品评两汉前后文才有本末之分流，谓二班两刘，乃有本之文才。杜笃、贾逵，则已属末流矣。刘勰谓情理辞采合参为本，若徒饰华采，摹拟沿袭前贤之风，则失其本而归之末流矣。此说足证《才略篇》本义确为情理辞采合一，非只偏论华采而已。[①] 案本末一词《周易》屡称述之，其与原始反终、首尾一体每每合言，盖谓有本有末，本末合一之意也。《大过》彖曰：“栋桡，本末弱也。”《系辞传下》曰：“刚柔者，立本者，变通者，趣时者也。”又《系辞传下》云：“其初难如，其上易知，本末也。”以上诸句言本言末，皆本末相对而必合参之意，亦即《才略篇》此节“逾本”与“末流”所谓之本末词意之源头，可视作明引易理易辞之例。

（三）是则竹柏异心而同贞，金玉殊质而皆宝也。刘向之奏议，旨切而调缓；赵壹之辞赋，意繁而体疏；孔融气盛于为笔，祢衡思锐于为文，有偏美焉。（页一五四）

案：此节用“同”“异”之辨，品评四家之文，谓四家皆各具面目，仅属偏美，未臻通才，唯恃知音君子，能辨其文才同异之征，始得以较论优劣。此亦化用《睽》卦君子以辨同异之理，改为文才同异之品评。本篇另一节段亦用同异品评之易理即云：“嵇康师心以遣论，阮籍使气以命诗：殊声而合响，异翮而同飞。”又云：“孙盛、干宝，文胜为史，准的所拟，志乎典训，户牖虽异，而笔彩略同。”以上或言殊合或言同异，其义均同《睽》卦辨同异之易理。

（四）观夫后汉才林，可参西京；晋世文苑，足俪邺都。然而魏时话言，必以元封为称首；宋来美谈，亦以建安为口实。何也？岂非崇文之盛世，招才之嘉会哉？嗟夫！此古人所以贵乎时也。（页一五六）

① 《才略篇》论九代之文，人品文品合参，故凡《情采篇》已标情理、辞采均遍见于此篇。今旁参《时序篇》述“十代”文武之世，同样双用情理、辞采二词要义。故知《时序篇》与《才略篇》品人论文之法等同，只有范围之差，《时序篇》以通才为主，兼含经史子之学。《才略篇》则偏重九代文才。今观钱基博《文心雕龙校读记》云：“《时序篇》总论其世，此篇《才略篇》各论其人。”（页七一）此误同纪昀评点之谬。今幸有刘永济《文心雕龙校释》已力辨其非，改谓本篇论人与论文兼述云：“才略者，才能识略之谓也，属之人。发而为辞令，蔚而成华采，则属之文。”（页一六四）可谓真能解此篇要义。

案：此节归纳《才略篇》述九代之文因革损益之征，唯系乎一个“时”字，谓遭逢文世而有时运际会之贵贱，申言“时运”为影响文才代变之关键因素，恰恰与《时序篇》前后呼应，盖将文才盛衰与品第高下用“文变染乎世情，兴会系乎时序”此句概括之。于是，《才略篇》全篇批评理论乃不得不追溯《周易》“时中”易理之本源。此节“贵乎时”一词直接明引自《周易·蒙》卦、《豫》卦、《随》卦、《艮》卦、《丰》卦等。[①] 又本篇“刚中”一词直引《乾·文言传》，垂诰一词节引《明夷》初九爻曰“明夷于飞垂其翼”此句，皆受易道易学之影响。

三、《才略篇》子学内涵

《才略篇》畅述历代“文才”之大略，专述“文章”主题，与《时序篇》述“九代辞采”之文稍不同。盖《时序篇》合“文人”与“通儒才士”于一篇，非专于文论。而《才略篇》则专论“为文之用心”，故而历代各体文以及各家文无不细细缕述之。刘勰用博通之学遍观历代才士撰成《时序篇》，此乃刘勰“子家”之学。之后，刘勰又据子家之学畅述“文论”，乃又有《才略篇》之作，历述文人才情大略，故曰才略，此篇即刘勰“论为文之用心”也，亦即刘勰之“文论”。《文心》此书有《时序篇》述通才、《才略篇》述文才，见证刘勰一生学术“子集”合一、子学与文学并擅之学术性格。今观《才略篇》开端即曰“九代之文，富矣盛矣”，此句言“文”不言“才”，即可知此篇主旨在九代文章之学。清儒黄叔琳批语云：“上下百家，体大而思精，真文囿之巨观。”此言一语道破《才略篇》等如一部历代文章品评史，黄氏用“文囿”一词说之，再明白不过。

可是，进一步细思黄叔琳之见识，犹有欠周之处，黄氏忘了析论《才略篇》所述文囿内各家文章，刘勰例用“圣贤书辞，总称文章”定义，并非“纯文学”之文章。《才略篇》文章大都兼包“政事文章”，不是“艺文”而

---

① 案《周易》屡言“时”字，例如《丰》彖曰：“天地盈虚，与时消息。”《蒙》彖曰：“蒙亨，以亨行时中也。”《豫》彖：“圣人以顺动，则刑罚清而民服。豫之时义大矣哉！”《随》彖：“随。大亨贞，无咎，而天下随时，随时之义大矣哉！”《艮》彖：“艮，止也。时止则止，时行则行，动静不失其时，其道光明。”以上各卦皆阐述“时”字易理。

已。因此，《才略篇》所述各类文体，诗歌辞赋之余，却更多诏策章奏、令诰书赞之类的政事公文。并且，刘勰诠评各类文体佳作优劣高下时，大都不离“子家”定义，兼用“经学”“史学”合参观点。《才略篇》所指文人之才，几乎不脱“通才”文章之范围界域。可以说《才略篇》评述百代之文章，背后理论多据“子家”博通之学，是一篇子学内涵丰富之文论。兹条举如下：

（一）《才略篇》首立夏商周三代之文的特色在于文章尚“德”教，而以“赞体”为最早。诗歌重“礼乐教化”之功，而主“温雅”风格。凡此皆攸关政事之文，乃从子家思考角度评定文章地位，突出“子学”意涵的文章学。《才略篇》云：

> 九代之文，富矣盛矣；其辞令华采，可略而详也。虞、夏文章，则有皋陶六德，夔序八音，益则有赞，五子作歌，辞义温雅，万代之仪表也。商、周之世，则仲虺垂诰，伊尹敷训，吉甫之徒，并述《诗》《颂》，义固为经，文亦足师矣。（页一五二）

（二）及至春秋之世，注重“礼法”之文章，乃从子家“述道言治”之政治观点立论。《才略篇》云：

> 及乎春秋大夫，则修辞聘会，磊落如琅玕之圃，焜耀似缛锦之肆，薳敖择楚国之令典，随会讲晋国之礼法，赵衰以文胜从飨，国侨以修辞捍郑，子太叔美秀而文，公孙挥善于辞令，皆文名之标者也。（页一五三）

（三）战国时期，乃子家向“辞赋”骚体趋变之转折点。刘勰点明此时期诸子道术与屈宋辞赋并世的特色，暗示子家与集部辞家的混同现象。另外，再突出荀子兼具“儒家”与“咏物赋”的双重身份，也有“子集因革”的才略发展。《才略篇》云：

> 战代任武，而文士不绝。诸子以道术取资，屈、宋以《楚辞》发采。乐毅报书辨而义，范雎上书密而至，苏秦历说壮而中，李斯自奏丽而动。若在文世，则扬、班俦矣。荀况学宗，而象物名赋，文质相称，固巨儒之情也。（页一五三）

（四）又谓陆贾、贾谊等早期汉代赋家本身皆有“子家”身份背景。《才略篇》云：

汉室陆贾，首发奇采，赋《孟春》而进《新语》，其辩之富矣。贾谊才颖，陵轶飞兔，议惬而赋清，岂虚至哉！枚乘之《七发》，邹阳之《上书》，膏润于笔，气形于言矣。（页一五三）

（五）《才略篇》更将儒者之文与史家之作纳入文章之品评，用“用”与“意”说明此类文章之主体，诸如此类即是诸子文章与史传文章特质，亦正是子家博通才学的表现。《才略篇》云：

仲舒专儒，子长纯史，而丽缛成文，亦诗人之告哀焉。相如好书，师范屈、宋，洞入夸艳，致名辞宗。然核取精意，理不胜辞，故扬子以为“文丽用寡者长卿”，诚哉是言也！王褒构采，以密巧为致，附声测貌，泠然可观。子云属意，辞义最深，观其涯度幽远，搜选诡丽，而竭才以钻思，故能理赡而辞坚矣。（页一五三）

（六）述汉代子家之作如《王命论》《新序》等皆归为“文章”之流，指出子家之文注重在“述志”，正是诸子“入道见志”之书的代表。《才略篇》云：

桓谭著论，富号猗顿，宋弘称荐，爰比相如，而《集灵》诸赋，偏浅无才，故知长于讽谕，不及丽文也。敬通雅好辞说，而坎壈盛世，《显志》自序，亦蚌病成珠矣。二班两刘，弈叶继采，旧说以为固文优彪，歆学精向，然《王命》清辩，《新序》该练，璇璧产于昆冈，亦难得而逾本矣。傅毅、崔骃，光采比肩，瑗、寔踵武，能世厥风者矣。（页一五四）

（七）又视汉代经学家马融文章华实相扶，此经学文章也。突出标榜“文史彬彬”之文章，力倡史传之文。凡此皆具子家“熔铸经典，翔集子史”博通之学始能撰作之文，《才略篇》云：

马融鸿儒，思洽识高，吐纳经范，华实相扶。王逸博识有功，而绚采无力。延寿继志，瑰颖独标，其善图物写貌，岂枚乘之遗术欤！张衡通赡，蔡邕精雅，文史彬彬，隔世相望。是则竹柏异心而同贞，金玉殊质而皆宝也。（页一五四）

（八）《才略篇》首分“才学”作为“文才”之根本，而此“才学”即经史之学。《才略篇》云：

> 潘勖凭经以聘才，故绝群于锡命；王朗发愤以托志，亦致美于序铭。然自卿、渊已前，多俊才而不课学；雄、向以后，颇引书以助文；此取与之大际，其分不可乱者也。（页一五四）

（九）刘勰评价曹氏昆仲之文，力反一般俗见重植贬丕之“尚文”论，改用“子论”之优，胜过诗文之才，抬高曹丕之地位。刘勰此评已明显用“子学”才高于“文才”之观点从事文论，刘勰《文心》之作，阳“文”而阴“子”之学术志趣已昭昭然可见。《才略篇》云：

> 魏文之才，洋洋清绮。旧谈抑之，谓去植千里。然子建思捷而才俊，诗丽而表逸；子桓虑详而力缓，故不竞于先鸣。而乐府清越，《典论》辩要，迭用短长，亦无懵焉。但俗情抑扬，雷同一响，遂令文帝以位尊减才，思王以势窘益价，未为笃论也。（页一五四）

（十）及至论述建安之文，全用子家与文人并列之品评标准。《才略篇》云：

> 仲宣溢才，捷而能密，文多兼善，辞少瑕累，摘其诗赋，则七子之冠冕乎！琳、瑀以符檄擅声，徐干以赋论标美；刘桢情高以会采，应玚学优以得文；路粹、杨修，颇怀笔记之工；丁仪、邯郸，亦含论述之美，有足算焉。刘劭《赵都》，能攀于前修；何晏《景福》，克光于后进；休琏风情，则《百壹》标其志；吉甫文理，则《临丹》成其采；嵇康师心以遣论，阮籍使气以命诗：殊声而合响，异翮而同飞。（页一五五）

（十一）特别是，《才略篇》认为潘岳《鹪鹩赋》堪比韩非子书《说难》之作，见证刘勰一贯有赋家通子学之理论。《才略篇》云：

> 张华短章，奕奕清畅，其《鹪鹩》寓意，即韩非之《说难》也。（页一五五）

（十二）再举东晋武将刘琨，文武兼擅，而文才特重“情理”之文云：

> 刘琨雅壮而多风，卢谌情发而理昭，亦遇之于时势也。（页一五六）

（十三）又述晋代其他文人之作，皆包举“文笔”兼述各体政事文章，而诸文体皆主一“理”字，文章主理，正是子家重义理之表现。至于文史并举，也主“理”字。凡刘勰《才略篇》所述东晋文才，率皆主文章之“理”。

《才略篇》云：

> 景纯艳逸，足冠中兴。《郊赋》既穆穆以大观，《仙诗》亦飘飘而凌云矣。庾元规之表奏，靡密以闲畅；温太真之笔记，循理而清通，亦笔端之良工也。孙盛、干宝，文胜为史，准的所拟，志乎典训，户牖虽异，而笔彩略同。袁宏发轸以高骧，故卓出而多偏；孙绰规旋以矩步，故伦序而寡状。殷仲文之孤兴，谢叔源之闲情，并解散辞体，缥渺浮音，虽滔滔风流，而大浇文意。（页一五六）

（十四）《才略篇》最末扣紧文章时运之论，与《时序篇》述文变世情、兴废时序之理论相通。用“崇文”与“招才”二语括举文人才士之意涵，再次印证刘勰博通之人才论，而文才统于博学，正是《才略篇》之篇旨本义。《才略篇》云：

> 宋代逸才，辞翰鳞萃，世近易明，无劳甄序。观夫后汉才林，可参西京；晋世文苑，足俪邺都。然而魏时话言，必以元封为称首；宋来美谈，亦以建安为口实。何也？岂非崇文之盛世，招才之嘉会哉？嗟夫！此古人所以贵乎时也。（页一五六）

（十五）《才略篇》赞曰透露魏晋玄学“才性同异论”，深刻指导刘勰之文才论，表示刘勰文论受玄学影响，此必刘勰深通魏晋子学之后，引伸互通自成一家“子集合流”折中文论。《才略篇》云：

> 才难然乎！性各异禀。一朝综文，千年凝锦。
> 余采徘徊，遗风籍甚。无曰纷杂，皎然可品。（页一五六）

四、《才略篇》总案

《才略篇》专述文才，即使偶涉学者，亦必依据此学者在文章方面有何可述之处而述之，例如西汉董仲舒当然是儒学大师，但因其虽然以儒学为专长却也有“文章”可述，亦得而论之，故本篇有“仲舒专儒，子长纯史，而丽缛成文，亦诗人之告哀焉”此语，举董仲舒、司马迁两家“学者”为例，先不谈其“学”，改为专谈其文，谓有“丽缛成文”之风，用“丽缛”一词，即引用《体性篇》文章八体“繁缛”与“壮丽”二体之各半糅合之，给予两家文章“位体”风格之品评。其次再将之比为《诗经》作品“哀而不怨”之风格，援引《诗经》与两家一史一儒之文，进行比较对观，恰恰正是知音六观之一“通变”的鉴赏方法，而这里实例作品是经书文章与史儒“学者”文章的比较，不是辞赋此家之文与他家之文的品评。从董、司两家学者文章之例，推知《才略篇》之“才”乃专指“文才”，谓文章之才。故而本篇屡屡出现文士、文名、文丽、文章、文才、文采、文苑、文意等等诸语词，皆专指文章之才，而后终于以“才难然乎，性各异禀”此句提炼出一个“才”字，再用“一朝综文，千年凝锦”此句总称一个“文”字，并给予“文章乃不朽之盛事”之定位，用美文千年而久存、文章历久而弥新对文章的价值加以肯定，紧紧呼应刘勰自白“为文之用心”，确证《才略篇》专述文才，与《时序篇》统论一时代全部英才，兼摄文与学两方面之才，二篇有宽狭之别。须知本篇必举董仲舒之“文”，而《时序篇》则只字不提董仲舒学人之才，但用一句通论“孝武崇儒，润色鸿业，礼乐争辉，辞藻竟骛”泛述西汉武帝之世儒学兴盛之“时运”，董仲舒当然不在话下，故不必单独指名，至于学者“文章”表现如何，则暂阙而不议，留待至《才略篇》始专述之。如此两篇描述董仲舒一阙一述而有详略不同之作法，再证刘勰《文心》文与学兼顾，而《时序篇》不是严格的“文评论”，至《才略篇》始专述文章才性，必归属“文评论”之专门范畴，二篇同异，董仲舒“丽缛成文”一句已尽表其旨。

顺此而推考《才略篇》所谓文章，当非只限文士文章，乃兼述经书文章、史书文章、子书文章，盖凡“圣贤书辞，总称文章”，今由本篇引实例作家与作品，皆涵摄经史子集之文可证此说，已见上述“实际批评”此节所论述之内容。兹再括举本篇举例兼具“子集”合一身份之文章如下：

1. 已述桓谭《新论》为子家之书，又别举《集灵赋》为“文章”之作，评曰“长于讽谕”，缺点是“不及丽文”谓文章缺少文采，不够绮丽。总的看，桓谭是偏才，于“子书”为佳，但是文章则是“偏浅无才”。此例品评桓谭既是学者，也是文家。

2. 已述班彪、班固父子，与刘向、刘歆父子同具“文”与“学”之成就，举班彪《王命论》是“论”体文章，又举刘向《新序》则是子书，评价班彪的《王命论》有“清新明辨”优点，刘向子书《新序》有“精该简要”

之美。据此而反驳前人所评班固文章较好、刘歆学问较博之说法，此例也是文章与子书并列而述。

3. 杜笃、贾逵、马融三家皆属学者，但又评价杜、贾的文章也有名声，文才与崔骃、傅毅这些文士相比差不多，用学者之文比较文士文才。

经由以上三则本篇实例作品分析，知《才略篇》确实以“文”为主轴，即便子家学者出身，亦必集中评论其文，此之谓“子集合一”文论，皆见于《才略篇》所见作家作品实际批评。[①]

① 明清评点家评点《才略篇》大多只知此篇评人，但未知细分学人与文人，只知此篇评“文”，但未加辨正此《文》包摄经史子之文，甚至也有知此篇品评上下百家，但亦未指出此家有学家与文家二义。以上此类批语，例如纪昀“才略篇各论其人”，即没有分清楚“人”有学人文人，其他还有黄叔琳、李安民、钟惺等诸家批语皆相似。均参见《文心雕龙汇评》，页一五二、一五三、一五五。

四十八　《知音篇》细读

一、《知音篇》文论与实际批评

《知音篇》确属《文心》"批评论"，但是《文心》此批评论之类型，究为"分析式批评"或者"鉴赏式批评"，或者二者皆有？试细读《知音篇》阐述以"心"为主之鉴识云：

> 夫缀文者情动而辞发，观文者披文以入情，沿波讨源，虽幽必显。世远莫见其面，觇文辄见其心。岂成篇之足深，患识照之自浅耳。（页一五八）

此节先谓作家表现"情采"而成文章，读者亦凭借"情采"以讨究文情，其深浅之见识，唯赖其"心"之可见与否。此之谓"文心"。所谓心领神会，各有浅深，故有"患识照之自浅耳"之警戒。此识照即心照鉴识，固属"赏鉴式"批评。本篇另有"岂不明鉴同时之贱哉""故鉴照洞明，而贵古贱今者""文情难鉴，谁曰易分""夫唯深识鉴奥""书亦国华，玩绎方美"等等诸语句，皆与"赏鉴"同义，皆用"鉴"字，而分别有照鉴、分鉴、识鉴、玩鉴等诸词，从而可证明《文心雕龙·知音篇》当属"赏鉴"批评方法。

唯当须分辨者，《知音篇》又不止赏鉴批评一类，另有"平理"一语，标六观之术。《知音篇》云：

> 无私于轻重，不偏于憎爱，然后能平理若衡，照辞如镜矣。是以将阅文情，先标六观：一观位体，二观置辞，三观通变，四观奇正，五观事义，六观宫商。斯术既行，则优劣见矣。（页一五八）

此即知音六观之批评法，既有明确批评项目，又有平正客观之批评态度，丝毫不受“心”之主观影响，要求摒除个人“憎爱”，不袒护私己之轻重，悉诉诸“如镜”之实况，即如镜面映照之如实客观，如此当可归之“客观批评”。

此外，知音六观又详列六项批评标准曰位体、置辞、通变、奇正、事义、宫商等六项，凡文章“字（词）”与“意（理）”莫不兼包，凡文术声律、修辞、体貌等亦无有不在，所谓文章情采，此六观皆已涵盖之。如此细密精巧之品评，绝非只凭“心”之感悟可奏效。故而又可归之“分析式批评”一类，乃客观批评，非玩鉴式主观批评。

从而可知，《知音篇》当有“赏鉴式”与“分析式”双向并存之批评方法。

再说《知音篇》六观，已近似西方文论“新批评”模式，解者谓有“科学分析”之性质，可比附“客观批评”，知音六观具备“普遍原理原则”，当放诸四海而皆准。

总之，《知音篇》批评，不是只有“赏鉴批评”一类，还包括“分析批评”。但是最佳之称谓宜作“六观批评法”，它既有赏鉴式方法，也有细密分析项目，融合赏鉴分析，又加上“通变”与“奇正”之比较，注重一篇作品在滚滚长流“文学史”代变适会之历程中，作品表现奇创与正体两方面的成绩，这与西方“新批评”视作品为“独立自主”（autonomical）之世界，不必太考虑社会背景或历史文化的关系，只须就作品论作品这种作品中心论的说法，显然又有些不同。

《知音篇》知音六观确实与“新批评”分析细目有精密的相似性，但《知音篇》鉴识玩绎此类方法也带有鉴赏式成分，不完全是新批评分析可以概括比附的，姑暂名之曰“六观批评法”，是《文心雕龙》示范的一种极具古代文化传统特质的批评方法，标志着刘勰文论最有“圆鉴”与“通才”双向完美的批评。

今当再问者，《知音篇》虽立六观批评，却未见“选例以定论”，即只有六观项目，既少说明，又阙作品例证。知音六观如何用来“实际批评”？这恰恰是《知音篇》所余最重要之论证。

其实，除了本书前揭各类文体分析有数篇曾经引用知音六观批评，可藉之印证知音六观为有效而可实践之一法，凡《文心雕龙》文体论各篇或多或少都有应用，特别是论文叙笔的文体论，每遇“选文以定篇”之作品引例，观其评述各家各篇精简核要之语，细加揣摩，莫不是应用六观项目，即可视为知音六观最直接之“实际批评”。

另外，《时序篇》与《才略篇》品评历朝历代文章名篇名作，所下评语，亦无不在知音六观范围之内，有时但用六观之一，有时兼用六观多项，有时合论，又有时转化变创之，其例不一，然而皆可归属知音六观方法。例如《才略篇》批建安七子云：

> 仲宣溢才，捷而能密，文多兼善，辞少瑕累，摘其诗赋，则七子之冠冕乎！琳、瑀以符檄擅声，徐幹以赋论标美；刘桢情高以会采，应玚学优以得文；路粹、杨修，颇怀笔记之工；丁仪、邯郸，亦含论述之美，有足算焉。（页一五五）

此节品评王粲其人及其文，兼用《体性篇》与《定势篇》之理论内涵。例如评王粲其人性情用“捷而能密”之语，谓文才敏捷，思考精密。《体性篇》云：“仲宣躁锐，故颖出而才果。”此语的才果，谓文才果决，与“捷”字同义，皆描述王粲其人之才思性情。

至于评王粲其文，则直接就“置辞”而观，说其文辞顺正清明，绝无瑕累之病。次又指出其文“位体”安排得当，尤擅长诗赋文体写作，盖得“位体”之周美，此则化用《知音篇》六观之位体与置辞二观从事实际批评。

与此类似之品评，又见于陈琳、阮瑀的“符檄”，徐幹的赋与论，路粹、杨修的笔记，以及丁仪、邯郸的论述体文章①等等此七家之文章，皆从“位体”角度说其精美工整，用一“工”字谓精工，用一“美”字谓采美，乃就文章“位体”之佳处而品赏所用之评语，皆可视作《知音篇》六观之一“位体”说法之实际批评。经由以上得知，《知音篇》六观说法，虽然未举例验

---

① 本节引文“有足算焉”句，陈拱《文心雕龙本义》缺解，李曰刚《文心雕龙斟诠》云：“有足称道焉。”（页二一八〇）詹锳《文心雕龙义证》引斯波六郎据《论语·子路篇》云“斗筲之人，何足算也”为此语出典（页一八〇五），然未申论。袁济喜、陈建农编《文心雕龙解读》云：“都是值得一提的。”（页三五四）此作直译之解。案：有足算焉，用一“算”字形容丁仪、邯郸两家所作论体文章，论述有序，讲究方法，比拟下棋的步骤有精密思考，足够胜算把握，而丁、邯二家论说文论述说服力亦相当足够。此用“算”计之概念，即可视作《总术篇》讲述“善弈之文，按部整伍，以待情会，因时顺机，动不失正”这种“弈棋”而算比拟文章作法之说的化用，此即《总术篇》实际批评法。

证之，但在《文心》其他各篇已处处可见化用引用知音六观这种理论的实际批评。

《知音篇》述文章知音六观，凡有五观，具体而确，诸家略无异解，唯“位体”一词则最易生误解。且一旦错解，必与刘勰《文心》理论体系不侔合矣！颇待细读之。①

案：体字，《周易·系辞传上》云：“神无方而易无体。”此方位、本体概念之首唱，宋儒注体字，已分“体”与“用”对言之。虽然佛教教义常言体用，然中土自有体用之学，而其本源须自《周易》易理，始得其解。今刘勰既精通易学，本之为体，树立《文心雕龙》文论系统，故而首篇述“道”而终乎《程器篇》，即援引《周易》形上曰道形下曰器之体用观。若再细读《文心》全书，则“体”字屡屡出现，凡言文章“大体”即指涉文章本源之体，此即《宗经篇》“文能宗经，体有六义”之体，谓经典为文章本源之体，凡《文心》各篇宗经之说，用“体”字表出，此体皆有《周易》为本体之意，可称曰文章本体。《总术篇》云：“凡大体大章，类多枝派。”此大体即本体，意指文章“宗经”之大体。

《文心》体字自“本体”位阶，延伸至“文章”与“人”两块领域，于人而言即《体性篇》所述作家之“性情”，于文而言即文章之文体分类，谓之体类。以及各体类经由“因情立体，即体成势”而显现为文体之样貌，谓之体貌。又凡作家擅长文体之体貌，其必与作家之“性情”同异而各有品第，此即《体性篇》所云之体性，例如典雅、远奥、精约、显附、繁缛、壮丽、新奇、轻靡等八体，即体性之体。

---

① “位体”一词，位作动词，谓安置其位，体谓“体性”即《体性篇》所云性情文体互相配合。袁济喜、陈建农编《文心雕龙解读》云：“观位体。就是看作品的体制安排是否合适。什么是体制?《附会篇》指出：‘夫才童学文，宜正体制，必以情志为神明，事义为骨髓，辞采为肌肤，宫商为声气。’可见，体制是情志、事义、辞采、宫商诸因素的综合表现，而情志则是体制的核心。因此，体制的安排主要体现在情志的表达上。刘勰在很多地方都反复强调过这一点，如‘履端于始，则设情以位体’(《熔裁》)，‘夫情致异区，文变殊术，莫不因情立体’(《定势》)等。”(页三七二)案：用“情性”一词取代“情志”，更近其实。李曰刚《文心雕龙斠诠》云：“位体谓安排情志，亦即建立体干，奠定中心思想。盖衡文者首应着眼于作品之内容，观察其与文章之体裁是否相等称。《熔裁篇》云：‘草创鸿笔，先标三准；履端于始，则设情以位体；举正于中，则酌事以取类；归余于终，则撮辞以举要。’《附会篇》云：‘才童学文，宜正体制，必以情志为神明，事义为骨髓，辞采为肌肤，宫商为声气。’皆以位体为先也。情志表达多方，体制配合不一，或诗赋，或骈散，文式多端，或长篇，或短什，作风殊异。下笔之前，务慎位体。各取所需，各适其宜。”(页二二一一)案：再互参《体性篇》之“体”则义更明。

总上而言，《文心》之体有本体、大体，先立其本；次有体性之体，谓人与文结合之体；再次于“文”而言，又有文体种类之体，有文体成势之体，谓之体势体貌之体。再简言之，则可分本体、体性、体势（貌）、文体四义。

其中体性一词，近似西方文论“风格”之义，唯今世学者，多援“体势”与“体貌”二词比附西论之风格，当属格义误解。盖体势体貌必因文体种类之不同而各有分别，例如《明诗篇》云：“四言正体，雅润为本。”此谓四言诗文体，归本于“雅润”风格。反之，“五言诗”文体，则以“清丽”风格为正体。再看《定势篇》云：“赋颂歌诗，则羽仪乎清丽。”此语以“清丽”为规范，包含有赋、颂、歌、诗四种文体，而“诗”即在其列，谓“清丽”为四言诗已成一定之“体势”，犹言一定“风格”。如此凡《文心》所谓有西方文论“风格”之体，实际均以“体势”与“文体”相互配合所得之总成显现样貌，故而《文心》又有“体貌”一词，与体势同义。①

最后再探《知音篇》待解之疑，即楼护其人及其事，刘勰引此例之用意何在？可分两类说法：

其一、说楼护学不逮人，信伪迷真，犯了知音三弊之一。

其二、说楼护学识不错，堪称“博徒”，谓博学之徒。然而不细考司马迁作《史记》是否请教过东方朔，迷信伪说，妄谈《史记》文章有抄袭之嫌。所以有“学不逮文”之弊，谓即使博学，也未必真懂文章。

以上二疑，关键在《知音篇》“学不逮文”此句，意指博学与文章为两事，博学未必能文，能文或因学浅而有空疏之弊，意谓学问与文章非必正向之因果。今传《文心》版本大率作“学不逮文”，然而范文澜《文心雕龙

① 陈拱《文心雕龙本义》乃当代学者最注意《文心》此书“体”字当作何解者。起始，陈氏决意反对《文心》之体即西论风格说（页六六九），其次，括举“体貌”与“体要”二词，谓即《文心》之“体”字涵义。陈拱《文心雕龙本义》云：“解体者，盖即《序志篇》所谓‘文体解散’之意也。此言为文、构体，必须由诸多之术，共相弥纶，方可克竟全功也。刘氏原书所言，多有其事，兹举数例以明之。比如《明诗篇》欲言‘敷理以举统’时，彦和指出：‘四言正体，以雅润为本。’此言四言诗（诗类中之一小类）之文体应以雅润为本。雅为体要之体，润则体貌之体也。人之作为四言诗也，能构造出‘雅润’之体，则可切合四言诗之要求，使其成为上乘之作。若不能并成，则仅成其‘雅’或‘润’，可谓未离其本，尚不失其正体之义也。不然，若既不能‘雅’，亦不能‘润’，则必成为‘失体’之作也。若真成为‘失体’之作，则必‘解体’无异矣。”（页一一〇四）如此解“体”字，忽略了《文心》宗经本体，以及《体性篇》“贾生俊发，故文洁而体清”这种“性情”与“体貌”配合而有文章性情之“体”，尤其也忽略了《周易》思想作为本体之“体”。

注》、刘永济《文心雕龙校释》、杨明照《文心雕龙校注拾遗补正》等各家均阙校。陈拱《文心雕龙本义》作“学不逮人”，唯亦不出校（页一一七九）。若如此，乃谓楼护其人学问不及通人，乱说太史公作《史记》请教东方朔之事，乃伪说未加细考，宜属“信伪迷真”之流，故谓之学不逮“人”，此又一解，意甚明白，不若“学不逮文”之难索解。

盖刘勰《文心》全书文论体系，可括之曰才、气、学、习四要项，其中博学之必要，刘勰已申言作家必经由“熔铸经典”与“翔集子史”始能成文，然博学不等于能文，故而刘勰有“学慎始习”之语，又有“才由天资”之说，接着畅论“功以学成，才力居中”之理，确可信知刘勰文论当分博学与文才二途。故而《时序篇》分“文学转蓬”与“崇儒礼乐”二类，说明“质文代变”与“时运交移”之变化，而《才略篇》论文才则特别再区分作家有“俊才而不课学”与“引书以助文”此两分际，均可再次辅证刘勰文论有才、气、学、习四项之要目，而博学仅居其一。

根据此解，《知音篇》述楼护当作“学不逮文”为确，意谓楼护虽云博学，精通《史记》《汉书》，尤精于医家数术之学，然文章非其所长。不逮，不及也。谓文章之学，不及其人之博学多闻，故而迷信传说，不能细考文章之事的真伪，作“学不逮文”为确。①

最后，由“楼护”一事，可进一步理解刘勰在《知音篇》所述当指“文章知音”，仍归“文章”本事。虽然，“知音”一途可用于多途，即“博学知音”亦可为一例，然《知音篇》必指文学之事，必侧重文章之音，恰恰符合《文心》“论为文之用心也”之写作主旨。

---

① 即使作“学不逮文”解，各家注也不一样，例如《文心雕龙解读》译述云：“三是‘信伪迷真’。刘勰又以西汉时的楼护为例说道：‘至如君卿唇舌，而谬欲论文，乃称“史迁著书，咨东方朔”，于是桓谭之徒，相顾嗤笑。彼实博徒，轻言负诮，况乎文士，可妄谈哉！’楼护是西汉末年的辨士，虽有口才，但学问浅薄，‘学不逮文’，这是‘信伪迷真’的根本原因，所以刘勰强调‘务先博观’。”（页三七一）案：楼护已算是“博学”，但未必能“博观”，意思是文章之事尚未能细观。詹锳《文心雕龙义证》并未深究“学不逮文”真义，但引李详补注“此事无考”（页一八四三），陈拱《文心雕龙本义》从其说，仍谓“‘谬欲论文’与‘称史迁著书’等均未详所出”（页一一八三）。案：《汉书·楼护传》未载此事，乃唐代司马贞《史记索隐》转述此事，《史记·太史公自序》索隐、《史记·孝武本纪》索隐均载此事，然索隐是说“桓谭”言此事，刘勰《知音篇》引之则作“桓谭笑楼护说此事”，未详何是。故《文心》学者诸家或阙注，或言未详。李曰刚《文心雕龙斠诠》译“学不逮文”句为：“（楼护）或平生学养未与文学，而一味轻信讹传，迷失真相者，楼护其人是也。”（页二二二八）此译最确，堪称定解，今从之。

二、《知音篇》易学影响

《知音篇》述文章知音之难，将“音”比拟文章，知音之难，类似观文章之难。用一“知”字，谓圆通知晓，用一“观”字，谓观赏文章。刘勰这种知音观文论盖本源自《周易》“设卦观象”之观，与“知者观其彖辞”“象事知器”之知。凡《知音篇》定义文章知音，观文章之道有六观等等理论，莫不与《周易》知天地之变、观天文之象此种思考互通，印证知易观象与知音观文有一脉相通之理。①

而尤其显明之例，即《知音篇》篇末结论说鉴识文章必有深奥功夫，书籍经典必须“玩绎”方美，谓品赏文章之美，必须反复玩索精心用思，用一“玩”字，盖仿《周易》玩占玩辞之说。《系辞传上》云：“是故君子居则观其象而玩其辞，动则观其变而玩其占，是以自天佑之，吉无不利。”此句谓君子必知玩辞，必晓玩占，始得天命之佑助，而得诸事之吉。在《周易》而言象谓易象，辞谓卦爻辞。比之于文章，即文学意象与文学修辞。乃以“玩”字概括之，朱熹《易本义》注云：“玩者，观之详。”（页二三六）由此而知玩占玩辞与观文观辞同义，都是有详细观玩赏鉴之意，而“知易”与“知音”方法互通。

《知音篇》虽用“知”字命篇，然而篇末则又以“玩音”结论，合而言之，知音玩音皆本《周易》知易观象之思考，然而《知音篇》不但首尾化用易理，全篇论述层次有序，处处可见引用易道、化用易道之其他节段如下：

> （一）知音其难哉！音实难知，知实难逢，逢其知音，千载其一乎！夫古来知音，多贱同而思古。所谓“日进前而不御，遥闻声而相思”也。（页一五七）

案：本篇首节即引《列子·汤问篇》载伯牙鼓琴钟子期知音之典故，将琴声知音比拟文章知音，初看似与《周易》无涉，其实不然。盖《知音篇》

---

① 《周易》所见“音”字有二处，均作禽鸟鸣叫解。《中孚》上九爻曰：“翰音登于天，贞凶。”朱熹注云：“鸡曰翰音。”（页二二二）《小过》卦辞曰：“飞鸟遗之音。”此谓鸟鸣。刘勰比附文章知音，当非直接取义于此，或自“韶夏之音”而来，将乐音比拟文章，而有文章知音之说。

用伯牙、钟子期典故，乃刘勰《文心》此书文术论之“事类”手法，摘取《列子》此书“知音”词汇作为语典而已。若论及如何知音，则本篇提出观文六道，即仿《周易》六爻之观象，而《知音篇》结尾谓“书亦国华，玩绎方美”，此句之“玩书”，则自《周易》玩占玩辞之理而来。可据《知音篇》实际谈论文章知音之道，均仿《周易》，而无一语再次涉及音乐知音得到旁证。从而可知，刘勰虽用知音一词，但却化用援引与《周易》知易观象全部有关之说法，将易道易理与文章知音方法类比，《知音篇》首节用易，自无可疑。

（二）夫麟凤与麏雉悬绝，珠玉与砾石超殊，白日垂其照，青眸写其形。然鲁臣以麟为麏，楚人以雉为凤，魏民以夜光为怪石，宋客以燕砾为宝珠。形器易征，谬乃若是；文情难鉴，谁曰易分？（页一五八）

案：此节将文章与“形器”对比，谓麟凤珠玉皆为“有形”，容易分辨，而文章情采近乎“形上”，很难鉴识清楚。如此用形之有无，即仿《周易》形上形下之分，谓“形而上者谓之道”，此如文章必有“道沿圣以垂文，圣因文而明道”之文情，谓文道之难明。而麟凤珠玉有形貌可辨，明白易见，不若文章情采之必赖深识鉴奥始能领会。故而本节“形器易征”之语，乃转化易理易学。

（三）夫篇章杂沓，质文交加，知多偏好，人莫圆该。慷慨者逆声而击节，酝藉者见密而高蹈；浮慧者观绮而跃心，爱奇者闻诡而惊听。（页一五八）

案：此节将文章分为四类，凡言“慷慨者……”句法，即与《系辞传下》云“将叛者其辞惭，中心疑者其辞枝，寂人之辞寡，躁人之辞多”此类句法相似，虽非明引《周易》，却可并比而参。

（四）是以将阅文情，先标六观：一观位体，二观置辞，三观通变，四观奇正，五观事义，六观宫商。斯术既行，则优劣见矣。（页一五八）

案：此节具体示例文章知音之法，标识六观，谓文章六项当观之要素，仿同《周易》六爻观象知意之观。而“观”文即观象，均用观字，乃知观易之象与观文之道旁通。《周易》言观字，意指普遍周延，首尾一体之观法，亦几近于《知音篇》文章六观，要求到达“圆该”之境。易学观象之极致与文章知音之完美，如出一辙。兹录《周易》言“观”重要语句如下：《观》彖曰：“中正以观天下。”又曰：“观天之神道。”又象曰：“先王以省方，观民设教。”又《观》卦六三爻曰：“观我生，进退。”又六四爻曰：“观国之光，利用宾于王。”《贲》彖曰：“观乎天文以察时变，观乎人文以化成天下。”《系辞传上》云：“圣人设卦观象，系辞焉而明吉凶，刚柔相推而生变化。”以上各句“观”字如观国、观生、观象、观民、观天、中观等词，词意莫不类通《知音篇》之“观文”概念，《知音篇》观字内涵完全可援易理而得解。

（五）然而俗鉴之迷者，深废浅售，此庄周所以笑《折扬》，宋玉所以伤《白雪》也。昔屈平有言：“文质疏内，众不知余之异采。”见异唯知音耳。扬雄自称：“心好沉博绝丽之文。”其不事浮浅，亦可知矣。

案：此节述文章知音唯在有“见异”之识鉴，能辨浮浅作品之非是，当属全篇知音最重要之文章赏鉴方法，理论内涵可推本自《周易·睽》卦思想。案《睽》象曰：“上火下泽睽，君子以同而异。”此谓《睽》外卦《离》有火象，内卦《兑》有泽象，火泽不同物，故须细辨之。若问当辨何物？王弼注云：“同于通理，异于职事。”（页一一八）此谓辨事理之同与异，文章之道也是如此，首须辨文体同异，次辨文章之事与文章之理。朱熹《易本义》云：“二卦合体而性不同。”（页一五二）此解仍作同异之辨，然又加一“性”字，谓火之性与泽之性同本于自然，但因卦象卦体之位置不同而有不同之卦性。故知《睽》卦申言事物之道理与质性必有“同异”之分，君子立身行世学习这个易理亦当慎辨之。刘勰转化《睽》卦这种同异思想，移到文章知音方法理论，提出知音当辨同异，谓“见异唯知音”之说，此明用《睽》卦易理之例。

若再对照《辨骚篇》辨正屈原作品，刘勰也是广用知音辨同异之法，提出《离骚》之作有四事同于风雅，即辨同。又有四事异乎经典，即辨异。遂结论《离骚》兼具“同异”之功，给予“奇贞”与“华实”之定评，可视作《睽》卦易理又一次应用于文论。

（六）夫唯深识鉴奥，必欢然内怿，譬春台之熙众人，乐饵之止过客，盖闻兰为国香，服媚弥芬；书亦国华，玩绎方美。知音君子，其垂意焉。（页一五九）

案：此段结论文章知音，须藉由“玩赏”之道，且要深识鉴奥，始能达致完美知音，故有“书亦国华，玩绎方美”之句，将玩华、玩书比附并参，盖皆源出《周易》玩占玩辞之易理。乃信《知音篇》结论括举玩书即玩占玩辞，突出“玩鉴”之玩字，暗用《周易》玩易之道。

三、《知音篇》子学内涵

《知音篇》细述“知”与“音”二义，知者有难逢之苦，知音者又有真知伪知之辨，刘勰知音当分此两层次看。然而本篇更重要课题，当问知音欲知何“音”?

须知《知音篇》固然注重文章“见异”功夫，谓见异即知音，但是知音背后尚有更重要之博学基础。试看刘勰具体明示知音之途，向来有三类，一曰贵古贱今，二曰崇己抑人，三曰信伪迷真。今观此三类知音如何防弊？皆非仅仗恃“文人”之才即可解决，而必须深富“博学”之识，始克胜任。换言之，音之难知，须藉由“博学”始能突破难知之困境。明乎此，可知《知音篇》即认为“博学”乃文章品评所需具备之重要能力，但更强调只有博学亦未必真足以成就完美的文章品鉴。因为，刘勰向来有“才情”出自天性自然之论，而才、气、学、习必须四者兼备，始能成功写出美妙之文。《知音篇》有汉儒楼护“学不逮文”之评语，谓楼护固然是一博学多闻之士，根据《汉书》本传，尤其精通术数之学，但是楼护却又因只仗恃自己博学而不能深识文章品味之理，竟然随意说出太史公著书尝请教东方朔之事，而遭来东汉大儒桓谭之笑评，刘勰谓此事即表明博学未必真能做文章知音。[①]《知音篇》云：

> 至如君卿唇舌，而谬欲论文，乃称“史迁著书，咨东方朔”，于是桓谭之徒，相顾嗤笑。彼实博徒，轻言负诮，况乎文士，可妄谈哉！（页一五七）

---

① 案楼护生平见于《汉书》本传，但《文心雕龙》此篇《知音》所载桓谭讥楼护失言此事，本传未见。而《汉书》桓谭本传亦并阙录此事，此必刘勰当时及见他书史料而举例。今人自杨明照校注以下迄现代《文心雕龙》各家注本，皆未见有释此事。

详此节刘勰谓君卿（楼护字）唇舌，乃以“辨士”看待之。刘勰据《汉书》有“楼君卿唇舌”此句而引述之。指明楼护实为一“博徒”，谓博学之徒，非博弈之徒，语意甚明。① 故而刘勰品评楼护用一句“学不逮文”，已清楚表明“博学之徒”与“文章之才”乃互相对比之才情，并非相同概念。当然，学与文按刘勰此篇知音理论必须融和，做到“才与学”兼优之境，始能到达真正的“知音”鉴赏。而楼护恰恰是一项失败的知音之例，只凭学问却未必真懂“文章”，即“不逮”谓讨论文章不及格，刘勰乃归纳此类为“信伪迷真”一类，谓是假知音，非文章真知音。

今自“迷真”与“信伪”二词对举用在楼护“学”与“文”不能相配合之品评，即可引伸而知晓刘勰的知音说是根据“博明万事为子”定义而来，谓子家之学固可济助文论之辨说，例如说诸子之文，皆各自成一家本色，但是“子家”与“文士”终然有趣尚与才情各异之分属，真能允文允武、才学并擅之人，究属难遇。缘乎此故，刘勰乃有知音难逢之叹，以及“音实难知”之憾，并且极力申言文章品鉴犹如“观千剑”“操千曲”之鉴识，必有如此深识鉴奥博览功夫，始能剖情析采，月旦甲乙，完成千古文章“知音”美誉。由以上分析可知《知音篇》深含“子学”理论内涵，以“子”领“文”之精论，代表刘勰“子集合流”之知音理论。今自《知音篇》全篇所述作家作品，有出自“子学”色彩之赋家，有论及纯文士之作，实乃“子集”兼评之知音。又处处突出文章博学，以及知音在知“理”，在知“志”，尤其在知“心”等等议题，皆为子家必涉及述道言治之子学义理，乃信刘勰《知音篇》妙义正是子学精神之开展，子学义理之阐发，以及“博通之才”与“文士专才”并列知音本义。今分述以上所见《知音篇》诸要旨如下：

（一）《知音篇》首见举例，引用一子一文。子家举法家韩非《储说》获知于秦始皇为例，文人改举司马相如《子虚赋》获知于汉武帝。此一子一文，明示刘勰的知音理论结合子家“述道言治”义理，绾连到文人辞赋“劝

---

① 案刘勰喜用“某某之徒”句式造词，如孔氏之徒，圣贤之徒，以及此篇之“彼实博徒”与“乃雅颂之博徒”（《辨骚篇》）等，皆当作“博学之徒”解，盖刘勰《总术篇》“弈术任心，如博塞之文”此句之“博塞”始有赌博之意。同此篇又有云“善弈之文”谓文如下棋，“弈”字代称博弈，即赌博下棋之意，而“博徒”绝不作赌博之徒解，刘勰用“博徒”与“博弈”二词甚清楚明白，切不可混同。

百讽一”之知音。实乃“子集合流”之文章赏鉴，非专限于文人辞情分析而已。《知音篇》云：

昔《储说》始出，《子虚》初成，秦皇汉武，恨不同时；既同时矣，则韩囚而马轻。岂不明鉴同时之贱哉！至于班固、傅毅，文在伯仲，而固嗤毅云“下笔不能自休”。及陈思论才，亦深排孔璋，敬礼请润色，叹以为美谈；季绪好诋诃，方之于田巴，意亦见矣。故魏文称“文人相轻”，非虚谈也。（页一五七）

（二）《知音篇》又举史家班固与文人曹植品评有欠公平之例，说明自古文人向来即有“相轻”之病，也是“才”与“学”并言，亦即史家博通古今与文人“润色”“美谈”之事并举之例。《知音篇》云：

故鉴照洞明，而贵古贱今者，二主是也；才实鸿懿，而崇己抑人者，班、曹是也；学不逮文，而信伪迷真者，楼护是也；酱瓿之议，岂多叹哉！（页一五七）

（三）《知音篇》用圆该、圆鉴、圆览、圆照、圆密诸品评词汇，已掺杂佛教“圆觉”之概念，亦有间接引述《周易·系辞传》“退藏于密”之“密”字义理。《知音篇》云：

夫篇章杂沓，质文交加，知多偏好，人莫圆该。慷慨者逆声而击节，蕴藉者见密而高蹈；浮慧者观绮而跃心，爱奇者闻诡而惊听。会己则嗟讽，异我则沮弃，各执一隅之解，欲拟万端之变，所谓“东向而望，不见西墙”也。（页一五八）

凡操千曲而后晓声，观千剑而后识器。故圆照之象，务先博观。阅乔岳以形培塿，酌沧波以喻畎浍。无私于轻重，不偏于憎爱，然后能平理若衡，照辞如镜矣。（页一五八）

（四）《知音篇》提示评文须以“正理”为准则，此与《刘子·正赏章》同述正理，皆为互通之子学。《知音篇》云：

凡操千曲而后晓声，观千剑而后识器。故圆照之象，务先博观。阅乔岳以形培塿，酌沧波以喻畎浍。无私于轻重，不偏于憎爱，然后能平理若衡，照辞如镜矣。（页一五八）

（五）《知音篇》再分析凡人多有“偏好”之私情，一旦用来私心评文，遂有同异取舍标准不一之弊。这里讲述的偏好之理互通《刘子·殊好章》“若斯人也，皆性有所偏也”之性情偏失论，一指文章偏失之评，一指人物才性偏才之品，对象虽有不同，文章与性情同有一偏之私，道理悉属相通。《知音篇》云：

> 夫篇章杂沓，质文交加，知多偏好，人莫圆该。慷慨者逆声而击节，蕴藉者见密而高蹈；浮慧者观绮而跃心，爱奇者闻诡而惊听。会己则嗟讽，异我则沮弃，各执一隅之解，欲拟万端之变，所谓“东向而望，不见西墙”也。（页一五八）

（六）《知音篇》分出“缀文”与“披文”二类，前者谓著述，后者即品评鉴赏。而刘勰论到具体的鉴赏步骤，首在“推源溯本”之文论，用“本末”一词即子学本末论之应用。次提出文章“幽显”论，即“隐秀论”之旁通，而此隐显之理，又互通《刘子·心隐章》，专讲人心难知之“隐”，都是注重“隐”字，知音即在阐发文章“义隐”，以彰显作者隐微情志。继此而引伸，刘勰又提出“识照”一词、“观”字等，皆参考佛教教义，亦有借自《周易·观》卦易理。《知音篇》云：

> 夫缀文者情动而辞发，观文者披文以入情，沿波讨源，虽幽必显。世远莫见其面，觇文辄见其心。岂成篇之足深，患识照之自浅耳。（页一五八）

（七）但是《知音篇》真正的知音关键乃在主“心”，兼主“理”，此则回归中土子学，自先秦儒家“心性”之学而来，又旁出《周易》乾坤天地之理，表示刘勰知音理论终究以“宗经”为根本，佛教教义只是方法论之借用。益证刘勰用佛教词汇概念，贵在方便论证义理而已，并不表示刘勰皈依宗教信仰，信守佛法教义。刘勰思想体系所牵涉的佛教内涵，泰半皆属方法论证性质。《知音篇》云：

> 夫志在山水，琴表其情，况形之笔端，理将焉匿？故心之照理，譬目之照形，目瞭则形无不分，心敏则理无不达。（页一五九）

（八）刘勰最末提出具体的“见异”知音方法，简核实用，可据以评人论文。此“见异”与《刘子·正赏章》“见奇”观点一致。见奇才与见异音合观，即刘勰全部的知音与知人互通理论精义。刘勰知音理论不止评文，亦兼及品评“子家”性格，此论最是具体明显。《知音篇》云：

然而俗鉴之迷者，深废浅售，此庄周所以笑《折扬》，宋玉所以伤《白雪》也。昔屈平有言：“文质疏内，众不知余之异采。”见异唯知音耳。扬雄自称：“心好沉博绝丽之文。”其不事浮浅，亦可知矣。（页一五九）

（九）《知音篇》最终以“书”为知之对象，此可视作刘勰袭自曹丕《典论·论文》已述文章乃经国大业之定义，刘勰比附著作文集为一国之“国花”（“书亦国华”），即有文章政事双合用意，亦文人才士“论道经邦”之子学义理，凡此皆刘勰引用子家“述道言治”以品评文士文章之依据，乃信《知音篇》最终仍用“子学”作文章鉴识之结论。《知音篇》云：

夫唯深识鉴奥，必欢然内怿，譬春台之熙众人，乐饵之止过客。盖闻兰为国香，服媚弥芬；书亦国华，玩绎方美。知音君子，其垂意焉。（页一五九）

《知音篇》内涵子学义理，已证如上。尤有可再析论之一说，即《知音篇》亦参取佛教“观”字教义助解文章赏鉴，故有“将阅文情，先标六观”之语。此“六观”之词用观字，而连接“知音”之词，合之而有“观音”词意，此观字本源佛教“观察妄惑”之意。案《大观义章》曰：“粗思名觉，细思名观。”此刘勰借引佛典“细思名观”之观字义，用于文章体貌情采之细审与观察，而又类分六观，但刘勰不尽用佛教观字，乃别创“观文”“观情”之法，袭用佛教观心观法之词，变创为“观文”知音。可知刘勰思想虽亦尝参取佛教说法，但大多用于论证与思辨事理文理之助解，偶尔借用佛教语词，亦仅供论述模拟之说解作用，未必即代表刘勰已经皈依佛祖，此盖刘勰用佛而不入佛之“折中”学说辨正法。今由《知音篇》挪用观字却转移另造“观文”与“观情”之词，最后又明确文章知音是“深识鉴奥”功夫，导入文章品评之正理，而不是归结到佛教“观心”“观法”“观音”“观慧”“观照”“观空”以及“观想”等诸种佛教观字教义，即可知刘勰《知音篇》最终仍据中土学术为判准，谨守他一贯的原道宗经文学本源论，而不是追溯佛教三观教义的圆观学。乃信“知”音与“观”音之解，一字之差，皆为判定刘勰思想系统何属之关键。①

四、《知音篇》总案

《知音篇》明用古代伯牙与钟子期相惜相知之典故，转化为文章“知音”，以“乐音”比拟“文章”，不但突出《情采篇》三理说其一“声文”之地位，同时也是刘勰文论的“跨界”思考，将《总术篇》形容文章写作达于机巧至极之地步，即有耳目鼻舌四官产生的“视听味佩（嗅）”感官融合之效果，其中“耳”官作用谓犹如听闻“丝簧”乐器所奏出的美音，模拟品鉴文章也要能知此音之至妙。所以说，文章知音理论，已“暗藏玄机”于《总术篇》之意。如果再参照《附会篇》揭示文章正体之说，必备身体骨髓、肌肤、声气、神明之感应，融合为一体，完成文章正体之体貌，其中“声气”一官又与《总术篇》的“听之则丝簧”此语，意思相通，皆从“声音”的概念转化为“文章”之论，则《附会篇》声气一词也暗藏文章知音理论。由此可知，《知音篇》述文章知音难于逢遇，几乎用“千载一遇”此夸张语描述之，纪昀已特别看出“难”字一篇之骨，甚为得之。

可惜，龙学诸家既已知《知音篇》述文章知音之“难”，却罕闻细读此“音”为何音，究竟比喻文章何物。

这些问题须自《知音篇》揭示三项文章知音“选例”而求解，试看《知音篇》云：

> 故鉴照洞明，而贵古贱今者，二主是也；才实鸿懿，而崇己抑人者，班、曹是也；学不逮文，而信伪迷真者，楼护是也；（页一五七）

此节举例三项不属真知音之人才，分析其中要素是说这三类人都没有做

① 案佛教有三观之说，刘勰六观或许取意自此。佛教此三观谓：“天台所立观心之法规，有三种。一、托事观，又名历事观。事相一一入于心而于实理成观也。二、附法观。佛所说之四谛十二因缘等法门入于心而观实理也。三、约行观，又名从行观、直达观。一念之心，定为所观之境，于其心性观为即空即假即中也。就之而立十乘，是为异于前二而专于观行者，故又名从行或约行。配此三种于三大部，则文句者托事观也，玄义者附法观也，止观者约行观也。止观义例下曰：‘夫三观，义唯三种。一者从行，唯于万境观于一心。万境虽殊，妙观理等，如观阴等即其意也。二约法相，如约四谛五行之文，入一念心，以为圆观。三托事相，如王舍耆阇，名从事立。借事为观，以导执情。’”案：以上三观比较刘勰文论，只有“事理观”之事理，《文心》常常借用。而刘勰罕言“法”字，多谓文理，不言文法。可证刘勰精于佛学，参取教义，但非全然接受佛教，以之为人生信仰。

到“才”与“学”兼济，才谓文才情性，而学谓“博精”之学，二者必须相辅相成，始真为文章知音。因而知音非仅知“文章”，亦须知“学”。否则，即沦落为楼护之流，博于“学”，却不精知于“文”，故有“学不逮文”之语，明示“学”与“文”殆有二途之短长，顾此失彼，皆非文章真知音。

因为“彼实博徒”既然指的是楼护之流，则“博”字当谓博学，刘勰举此例乃刻意突出“博学之徒”有学而未必知文章之事，一旦轻率发论，即“轻言负诮”此语之所指，则必属妄谈。故又有“况乎文士”一语，意在告诫文士如果但凭文才傲气而作文章，没有真才实学，必难为真知音矣！此处可以很清楚地看到刘勰已将“文士”与“博学”对举，文士必要条件是有“学”，但有学之“徒”，则未必真知文章奥妙，此《知音篇》最关键要义，谓知“文”与知“学”兼知，始得为真知音。而刘勰《文心雕龙》既有“文论”，又探源溯本，振叶寻根于“学”，至《知音篇》终得一总结论，《知音篇》所知之“音”亦即在此。①

《知音篇》尚有二项要论，一是“分析批评”与“鉴赏批评”同时并存，已辨析于上。凡本篇用圆该、圆鉴、妙鉴、玩绎、欢怿、深识鉴奥、圆照等等诸语词，皆归“鉴赏批评”。而知音六观，用六项技巧具体批评文章，则必然是“分析批评法”，近似西方文论批评流派讲究精密阅读的分析批评，无庸置疑。②

---

① 读《知音篇》，必知《文心》是“文”与“学”兼述之文论，若只专注于此书之“文”，一律用文人、文才解此书，则必致误解，纪昀可为代表。《文心雕龙汇评》转录清儒叶绍泰批语亦同犯此蔽。叶氏云：“文人相轻，自古而然，魏文帝志之矣。至若知己之难，千载同慨。彦和有如此才，唯沈休文以为奇绝，未闻梁帝宠而异之也。以文臣遇文主，竟等寻常，况不得其主，不际其时者乎！感慨系之。”（页一五九）此专以“文人”“文臣”“文主”论述文章知音，忽略“博学之徒”，同误。即使今人解此篇“彼实博徒”一语，因太过强调文章知音，导致对“学不逮文”此句的“学”未加注意，如戚良德《文心雕龙校注通译》云：“楼护本来就是没有什么地位的人，可还是因为信口乱说而被人耻笑；何况作为文人，怎能妄加评论呢？”（页五五二）张灯《文心雕龙译注疏辨》云：“楼护本就是低微浅薄之辈，轻率而言尚不免遭人讥讽嘲弄，何况已有名声的文人学士，又怎可信口随意地妄发议论呢？”（页四二七）再看张国庆、涂光社《文心雕龙集校集释直译》云：“楼护其实是靠口舌博弈的人，信口雌黄被人讥笑。”（页八九〇）这样解是误读博徒为博弈之徒。今试作正确解释如下：“他（楼护）本是个博通多闻的学者，然因其不真懂文章之事，轻率地说出太史公写文章请教东方朔这种话，遭来别人的耻笑，何况文士？如果学问不够，切勿乱作文章评论。”

② 西人艾布拉姆斯《镜与灯》乃西方文学批评专书，亦尝用“镜子”喻客观批评，“灯”喻主观批评。《文心雕龙·知音篇》：“平理若衡，照辞如镜。”同用“镜子”比喻，但又多一“权衡”比喻，前者谓平正公正，后者谓客观无偏私。参见艾布拉姆斯：《镜与灯》（北京：北京大学出版社，二〇一五年八月）。

最后，仍须勾划《知音篇》呼应《情采篇》已述之文章情理，乃《文心》全书文论之主轴大纲。详味本篇“琴表其情”“理将焉匿”二句即可移花接木为“情理”一词，“心之照理”“心敏则理无不达”“平理若衡”“将阅文情”“披文入情”等等诸语也是，皆有情理、文理、文情之含义，确知《文心雕龙》文论可总归曰“情理”之论。

《知音篇》用音律比喻文术，知音与阅文交叉对比论述，极易导致本篇主题之误读，可藉由四项细读法再度试解如下：

其一由“选例比喻”此法得知，知音要知音律，比喻文情要懂文术。而音律是有一定的原理规则，即“洪钟万钧，夔旷所定”此语的“定”字之意，谓定制定法。则文术的观阅也有一定的标准，即“若衡”谓如横木一般固定。还要“如镜”谓如照镜子一般原样呈现，讲究完全的客观，要求文术评定是“无私轻重”与“不偏憎爱”。由此推考《知音篇》讲述的批评必是“客观批评”方法，知音六观代表这个方法。

若更从“暗藏玄机”方法细读，本篇又有“志在山水”一语，暗示可能也有“志在钟鼎”之异，而刘勰写作《文心雕龙》之心境必然要是后者。以此类推，音律的相知之志，谓知音；而“文章”的相知之心，谓知采。文采与音律互通比喻，均要求不可“失听”，不可流落为“淫人”。

但是，音律要用听，而文采要用观，如果音乐的欣赏是透过主观“鉴赏”途径，则文采的批评也就不能仅靠客观的分析，为此，《知音篇》再用“旁通互见”细读法进行阅读，将本篇阐述的音乐主观鉴赏具有触觉、听觉、与味觉的感官综合，造成内心的愉悦快乐通感论，旁通《总术篇》所述视听味嗅统于“心”之通感论，此二篇互见文章与音乐同属“通感”鉴赏，则知刘勰《文心雕龙》的文章批评法，也有“主观”成分，是客观主观兼顾，批评与鉴赏同有。所以，本篇“文情难鉴，谁曰易分”此语已分“鉴赏”与“分析”二类，而“平理若衡”与“将阅文情”二句可用“移花接木”法再次读出“平阅”与“情理”二词，谓阅读评判。最后本篇赞曰“妙鉴乃订”一语终于确立鉴赏与评订才是“良书盈箧”的真正“知音”不二法门，其思想悉由《周易》阴阳两仪二元易理引伸衍义。

四十九 《程器篇》细读

一、《程器篇》文论与实际批评

《程器篇》理论内容当有四项，即文德（文人品德）、名位抑扬通塞、政事文学并重、待时奉时而用等四类，此四项堪称《文心》全书“文”与“人”双重学问之收结。最后再说一个“时”字，标志刘勰重“时位”义理，突出刘勰一生胸怀襟抱乃以“用”为志向，此即“器用”一词居本篇之要义，以及“形器之用”作为《文心雕龙》理论之核心，隐约呼应今存《论语》所载孔子“士先器识”“君子不器”这种儒家思想“学而优则仕”之人生终境。藉此篇“器用”之说，再度暗寓刘勰一生的理想，此《程器篇》殿全书之末篇所代表的深刻含义。

可惜，《程器篇》历来解者，或说它是多余或重复，或说此篇补述“文德”概念，是唯一一项《文心》未说之内容。凡此诸家说解，皆不足以通晓本篇，此盖不明《文心》当作首尾一体、始终一贯之研究，《文心》理论当有综合之体系，即将“人”与“文”全方位结合，合此二者总体而观才是刘勰真正的文章理论，今比较疏释，重新细读如下：

首先注意《程器篇》“实际批评”专评“人”，而非“文”，堪称《文心》全书唯一一篇评“人”之实际批评，与其他各篇或评“文”，或评“人”与评“文”兼有，大大不同，这一点最为重要，可惜诸家解者例多忽视。①

例如《程器篇》首句“周书论士，方之梓材”举“士”为首，士即士

① 严格来说，《程器篇》述文武双能之辈有庾亮、郤縠、孙武三人，其中只有“孙武兵经，辞如珠玉”此句品评《孙子兵法》为针对作品的实际批评，其批评重点在《孙子兵法》这部书的“置辞”项目。案：《史记正义》引《七录》云：“《孙子兵法》三卷，案十三篇为最上，又有中下二卷。”唯今本皆作十三篇。关于《孙子兵法》最新的考订，可参李零：《〈孙子〉十三篇综合研究》（北京：中华书局，二〇〇六年四月）。

子，即“人”学。此与《文心》首篇《原道篇》首句“文之为德也大矣哉”此句以“文”字为首，构成始“文”终“人”之字句呼应，暗示《文心》乃“论为文之用心”，固属文论之作，但绝非离人而论心，离心而论文，乃合文与人于一，谓之人文，亦唯人文为本之“文”，谓之人文之学，论其最精要之核心即“文心”。

经由以上分析可知《程器篇》论述重心在“人”，今当细读本篇评“人”之法，首在辨正本篇用来评“人”之术语与其他篇评“文”之术语不同，从而得知，《文心》评人与评文之词皆各有分际，此与文体界域之严格做区别，如出一辙，“圆鉴区域”“大判条例”这些话就是针对此而言。

再者，本篇亦须互参《体性篇》评“人”之语，盖《体性篇》专述作家情性，有才、气、学、习四项之分析，同属“人学”之范畴，亦尝用诸多语词品评“人”之情性，即可互参《程器篇》评人之术语与之稍异，藉此理解刘勰《文心》评文之余，尚见评人之术，合评文与评人之学于一帙，乃得以通晓《文心》全书之本貌。兹先录《体性篇》评人之性情云：

> 是以贾生俊发，故文洁而体清；长卿傲诞，故理侈而辞溢；子云沈寂，故志隐而味深；子政简易，故趣昭而事博；孟坚雅懿，故裁密而思靡；平子淹通，故虑周而藻密；仲宣躁锐，故颖出而才果；公幹气褊，故言壮而情骇；嗣宗俶傥，故响逸而调远；叔夜俊侠，故兴高而采烈；安仁轻敏，故锋发而韵流；士衡矜重，故情繁而辞隐。（页九八）

上列十二例评语，乃结合文与人为一之评，今舍“文”而专检评述文人“性情”之用语如下：

1. 贾生俊发	2. 长卿傲诞	3. 子云沈寂	4. 子政简易
5. 孟坚雅懿	6. 平子淹通	7. 仲宣躁锐	8. 公幹气褊
9. 嗣宗俶傥	10. 叔夜俊侠	11. 安仁轻敏	12. 士衡矜重

上列十二例术语，皆为其人“性情”之描述，今当问者，若改为评“文”，则此十二例适宜乎？准当乎？如或不妥，则可见证评人之法，必非可应用于评文。今再对比《程器篇》评人之语如下：

> 略观文士之疵：相如窃妻而受金，扬雄嗜酒而少算，敬通之不修廉隅，杜笃之请求无厌，班固谄窦以作威，马融党梁而黩货，文举傲诞以速诛，正平狂憨以致戮，仲宣轻锐以躁竞，孔璋偬恫以粗疏，丁仪贪婪

> 以乞货，路粹餔啜而无耻，潘岳诡祷于愍怀，陆机倾仄于贾郭，傅玄刚隘而詈台，孙楚狠愎而讼府。诸有此类，并文士之瑕累。文既有之，武亦宜然。（页一六〇）

此节评人十六例，专评其人“品性”之优劣，较少论述其人之“性情”，此与《体性篇》用傲诞、轻敏等诸词殊有不同。盖傲诞作为人之性情，是否必归人品之下流，实难定评。然而若如“作威”之乏爱心，“贪婪”之致灾祸，以及“刚隘”“狠愎”乃不善之人格，人人见之皆知必属“品性”之瑕疵无疑，殆非“性情”之一类用词。据此细读比较，益信《体性篇》之性谓“性情”，而《程器篇》之“人禀五材”谓之材性、禀性则偏向人之“品性”批评，二篇同属“人”学而又稍有区别，不可不更加细辨。

虽然如此，人之品性与性情，毕竟亦有其密合关联之成分，例如就“仲宣轻锐以躁竞”与“孔璋偬恫以粗疏”此二例而言，轻躁之性情，粗疏之个性，皆来自天生本然之性，与“才由天资”之类同属自然材性本质，强评之为劣，有时亦未近其实情。

不过，《程器篇》最终还是将“人”学的“品德”与“性情”区隔清楚。据《程器篇》最后举例六位无瑕疵文人，观其品评用词，乃专在“人”学之“品性”，即可理解，《程器篇》云：

> 若夫屈、贾之忠贞，邹、枚之机觉，黄香之淳孝，徐幹之沉默，岂曰文士，必其玷欤？（页一六一）

以上评述六位文人完美“品性”，堪称《程器篇》品评人品之典范，亦本篇人学理论“实际批评”最佳之示例。今归纳此六例之要义，屈贾之忠贞，用“忠”字，邹枚之“机觉”用“机”字即“知几”之谓，可属“智”，黄香之淳孝，即仁，徐幹之“沉默”即主静、主敬，近乎“礼”。合而言之，凡忠孝仁礼智等，主要德性之列目，已备其三，皆属人文品德修养之至美，不是性情同异之分类，益证刘勰将《程器篇》殿《文心》全书之末，大有“立德”之隐意，藉此而与《文心》全书“立言”并提，人生三不朽唯缺“立功”。故而本篇又有“君子待时而动”与“奉时而骋绩”之志向，影射刘勰“立功”之胸怀至此，《程器篇》明明当有“四义”，隐怀立功、立言、立德三不朽之志，《文心》全书为文之用“心”，其实“雕龙”之心即指功名之志，寄寓大人，乃深期“圣历明君”之象征。《文心》全书深奥旨意以及刘勰其人平生及其思想，几乎暗藏于本篇“微言大义”之中，皆须玩赏细读，深识领会，始能得其真义，岂可轻率忽视本篇必有的价值与地位？①

《程器篇》还有一段原文叙述刘勰心目中“文武”兼备的代表人物是东晋庾亮，印证“政事”与“文章”必须双美才是刘勰的远大理想。《程器篇》云：

> 昔庾元规才华清英，勋庸有声，故文艺不称；若非台岳，则正以文才也。文武之术，左右唯宜。郤縠敦书，故举为元帅，岂以好文而不练武哉？孙武《兵经》，辞如珠玉，岂以习武而不晓文也？（页一六一）

此节举庾亮、郤縠、孙武三家为例，用来说明文武之术合一、政事文章双美的典范，事关刘勰心目中理想文士须具备文武全才之修养，甚为重要。

可惜，历代诸家解此节大多有偏失。其常见之一失即断句有误，此节当自“昔庾元规才华清英……”句为首，另起一段落，与上节“所以终乎下位也”此句为止区分为另一个节段，分属不同论述。盖上节刘勰分析丈夫学文，不达政事，故举“扬马之徒”为例，带有贬低之意。故而另起一节申明理想文士，必左右文武，乃即引东晋庾亮以为典范，评为既有台岳政声，也有文艺之能，堪称文武全才。为此，“昔庾元规……”句为始，以迄“岂以习武而不晓文也”句为新起段落，文意始得清晰，可惜，今见各本《文心》新校注释本，皆混同一段，未加细分。②

一旦此节断句错误，随之而来，于本篇所谓“文武之术，左右为宜”之说，何人为代表，亦必因此而误。案庾元规确为文武合一之士，与此节之后再举郤縠、孙武二家，恰足成三家，刘勰皆称许此三家以为文武合一之典范。可惜，诸家说解大抵皆漏植庾亮，但指郤、孙二家为文武左右之术而

① 王梦鸥《文心雕龙：古典文学的奥秘》此书讲述《程器篇》特重文人要有政事才能之说，乃暗寓刘勰平生“用世”志向，此见解甚奇，向来为诸家忽略，王梦鸥云：“综观以上这些话语，不仅是对‘文士’的要求甚严，实际亦是对‘文士’之评价极高。因为这意见是出自《文心雕龙》作者的笔下，如果不是说着玩的，则不难体会到他于著书同时还带有什么样的抱负了。”（页二四六）案：此说可再参读《杂文篇》“身挫凭乎道胜……”一段，以及《时序篇》“今圣历方兴……”一段，此二段文章同有刘勰自寓之志。

② 《文心雕龙汇评》此节亦不另起新段，参见页一六一。

已，如此粗疏，颇为误解，[①] 今重新细读，《程器篇》所举文武全才范例当作庾亮、郤縠、孙武三人为是。[②]

二、《程器篇》易学影响

《程器篇》用“器”字名篇，与《原道篇》冠“道”字为首，道器首尾遥相呼应，即依《周易》为书有原始要终之易理，有广大悉备之意。刘勰《文心雕龙》全书体大思精，于此二篇之设，最能见证此说。前揭道体，后结器用，道器合一，体用不二，也有《周易》二元两仪之思考模式，也是《周易》体系结构密合圆通之仿作。《文心》此书“全方位”拟仿易学易理，援引化用易道，折中为刘勰一家之文论，由“道”“器”呼应之安排，可推知其“用心”之至也。

而全篇专述“器”之为物，注重器用，将《周易》以器为“象”，以器为制作之易理启示，转化为文章之器，文章资用。故本篇虽明引《周易·系辞传下》“君子藏器于身，待时而动，何不利之有”此句之器用，然已另外衍义新生，转为文人辞章之用，戒文士当自警“摛文必在纬军国，负重必在任栋梁”此种述道言志之用，并不全然只是易理之套用，反而是更多发挥易理在文章文论之助解。于是，刘勰“文武并参”之论，主张“政事文艺”并重此种文论二元思考，亦可藉由《程器篇》结尾“文士梓材”之比喻证成

① 例如李曰刚《文心雕龙斠诠》即谓本篇“其言兼文武者”有郤縠与孙武二人，未指明庾亮（页二二四九），其他同此误者甚夥，今见《文心雕龙解读》解《程器篇》云：“为了改变这种不合理的现象，刘勰强调文人应该从自身做起，在学文的同时还要‘达于政事’。因此，他一方面赞扬身居高位又有才华的作家如晋代的庾亮，‘昔庾元规才华清英，勋庸有声，故文艺不称；若非台岳，则正以文才也’，又以郤縠和孙武为例，希望文人能像他们一样文武兼备；另一方面，他对只从事辞赋创作和钻研学问的司马相如和扬雄则颇有微词，‘彼扬、马之徒，有文无质，所以终乎下位也’。”（页三八四）此解并举庾亮、郤縠、孙武三人皆有文武之才，甚是，当为确解。

② 其实，刘勰举庾亮为文武之才，尚暗含一层深意，寄托刘勰“士为器用”之心，有志当世政事。纪昀评点此篇云：“此种亦纯是客气。观此一篇，彦和亦发愤而著书者。观《时序》篇，此书盖成于齐末，彦和入梁乃仕，故郁郁乃尔耶。”（页一六一）此解刘勰因庾亮而有“发愤著书”之意，窥探“作者之心”甚得一解。王梦鸥《文心雕龙：古典文学的奥秘》更大加发挥此解云：“刘勰说来自勉自喻。”（页二六三）从“多义性”角度而言，确有此意。案：刘勰极看重庾亮其人及其才，《文心》有四篇谈及庾亮，分见于《章表篇》“庾公之让中书”、《时序篇》“庾以笔才逾亲”、《才略篇》“庾元规之表奏”、《程器篇》“庾元规才华清英”等等，以上皆称颂庾亮擅长章表奏启这类文体。

其说。

而尤其重要者，本篇先以文人梓材必资器用为喻，又推演出“时用”“时利”之“时”字要义，要掌握君子“待时而动”之几，发挥事业，才能完成功业伟绩。故而刘勰不仅以文士“器用”为贵，更强调文士“待时”而用，此“时”字，又与《时序篇》畅述文论兴废有时之说完全契合。简言之，《时序篇》论文章之时变，而《程器篇》析文士之时用，合起来看即是文品与人品同重“时”之为用，刘勰衍义《周易》二元思考之体系又得一力证。

今案《程器篇》全篇述文士待时器用之论，实自《周易·解》卦易理而出，其中明引《解》上六爻曰“公用射隼于高墉之上，获之，无不利”此爻所谓“利用”一词乃描写公侯已解除蹇难，获得功绩，比喻公侯得时机之善为世所用，殆即本篇取喻出典。

此爻朱熹《易本义》云：“系辞悉备。”今考《系辞传下》曰：“隼者，禽也，弓矢者，器也。射之者，人也。君子藏器于身，待时而动，何不利之有?”朱注此解上六爻谓“弓”可比君子，故《程器篇》直引子曰之语，又加入“散采以彪外”之文采，遂有文士梓材之喻，而《程器篇》“器用”出典即本于此。

本篇尚有“时位”“贞干”“文德”诸语词概念，皆涉易辞易理，兹节引如下：

> （一）盖人禀五材，修短殊用；自非上哲，难以求备。然将相以位隆特达，文士以职卑多诮；此江河所以腾涌，涓流所以寸折者也。名之抑扬，既其然矣；位之通塞，亦有以焉。（页一六一）

案：此节由文章器用，再细述用之有时，时之有遇合之变，得出“位”字，谓“时位”乃器用之大关键。从而较论文士与将相因位隆位卑有不同导致穷达有时之遭遇。如此“时位”与“名位”之辨正，悉本《周易》六爻时位论之衍义，而源出《解》卦上六爻之易注。另外《乾》卦彖曰：“大明终始，六位时成，时乘六龙以御天，乾道变化，各正性命。”此谓《周易》六爻之位，变化终始，得自天命，凡居其位而得其时应，则谓之“正位”。援此正位之定义，《解》卦上六以阴爻居正位，故为时应而得解，乃能利于有器之用。马振彪《周易学说》引王宗传曰：“震动之极，居一卦之上，于位则正，于势则便，于器则利，于时则宜。”（页三九一）此解器用必有“时位”之应，始得有利，最为得解。据之揣摩《程器篇》此节谓文士位卑即位不正，文士势弱亦时位不应，均与易理相通。故而刘勰于本篇又有“正以文才也”之语，即指有文才者当居文士之位，始能发挥文士才华，仍用一“正”字，盖本易学六爻正位时应之理，用来说明文士器用之文论。

（二）瞻彼前修，有懿文德。声昭楚南，采动梁北。雕而不器，贞干谁则。岂无华身，亦有光国。（页一六二）

案：此赞曰“文德”一词，明引《小畜》象曰：“风行天上小畜，君子以懿文德。”“贞干”一词则节用《周易》经传“贞”字，谓贞正、贞定之义。赞曰之辞再申文士必重品德修行，且必居正位、待时而动之意，化用易理至为显明。①

（三）若夫屈、贾之忠贞，邹、枚之机觉，黄香之淳孝，徐幹之沉默，岂曰文士，必其玷欤？（页一六一）

案：此节举例屈原、贾谊、邹阳、枚乘、黄香、徐幹等六家文士，品德无瑕，善能自处，乃具有“文德”之流。今观此六家文士之美德，刘勰用“忠贞”与“机觉”二词形容屈贾邹枚，即化用《周易》贞正、利贞之易理。《坤》卦辞云：“先迷后得主，利西南得朋，东北丧朋。”此语谓坤德顺柔之性，若志不坚立，极易迷而失主。及其持正道而行，遵行乾道之正，后必可由迷转清而得主，盖乾坤主从，顺承正道而变，暗寓《坤》位有忠贞之志，主于乾天之正，遂不至于迷失。如此易理用来描述屈原、贾谊忠贞之行为，颇为适切。再看邹阳、枚乘二人之行谊，先跟从吴王濞而仕，及至发觉吴王有谋叛之意，虽力谏不止，乃脱身离去，投效梁孝王门下，二人可谓能率先洞察“事物之微”，合乎《周易》“几”字易理。《系辞传下》云：“知几其神乎？君子上交不谄，下交不渎，其知几乎？”此谓上交不谄，当知守时正之道，类如邹、枚二君誓不与吴王濞同流合污也，贵在二君能知“几神”之

① 《周易》贞字，屈万里云：“实皆可以‘守其素常而不变’一义解之。然核之《周易》经传本文，大多作‘正’字解，亦有作贞卜、占卜解，例如《师》卦卦辞曰：‘师贞，丈人吉，无咎。’”此贞字作正解，亦可谓出兵打仗必先卜，且善择主将，始可得吉。关于《周易》贞字，屈万里《说易散稿》一文有详考，收入氏著：《书佣论学集》（台北：台湾开明书店，一九六九年三月），页二九。

妙，故而刘勰用“机觉”说之，谓能自觉奥妙神秘之事理先机。若谓徐幹“沉默”，盖指徐幹其人不仕权贵，无意丹青，乃沉潜寡言，守身自沐。此亦符合《周易·坤》卦“括囊，无咎无誉”之易理。[①] 总上而观，刘勰心目中之理想文士才德，率皆引据《周易》之易理作为品评鉴赏之标准，刘勰奉《周易》之道为《程器篇》文德理论至高至上之本源，甚为明显。

三、《程器篇》子学内涵

《程器篇》内涵子学义理至为鲜明，今观此篇用几组二元对比用词，大抵均不出“子”与“集”结合之本体思想即可得证。例如：

政事—文章　　　文—武

文采—器用　　　名位—通塞

上列四组两两对比概念，皆在说明君子为“世用”之理，恰恰与儒家说君子得志兼善天下，不得志则独善其身的道理完全符合。《程器篇》最末结论则用儒家“立功、立德、立言”此三不朽作为君子进德修业的最高准则。《程器篇》赞曰：

> 瞻彼前修，有懿文德。声昭楚南，采动梁北。
> 雕而不器，贞干谁则。岂无华身，亦有光国。（页一六二）

此赞语括举《程器篇》述君子程材世用的三项之一有“文德”即立德，而“声昭楚南”即指功名，以及“采动梁北”即谓立言有文采之美，合此立功立德立言三者，乃知三不朽具备于此矣！由此可知《程器篇》内涵子学悉自“世用”观点立论，此篇本意非在“文论”而在子学，信有征矣![②]

再者，《程器篇》赞语点明君子平生雕文采且为梓材器用，其目的即在“华身”，亦在“光国”。此二项与《刘子·九流章》最末总结子学以“儒道

---

① 邹阳、枚乘事迹见《汉书》本传。徐幹事迹见《三国志·魏志·王粲传》注引《先贤行状》云：“幹清玄体道，六行修备，聪识、洽闻，操翰成章，轻官忽禄，不耽世荣。”据此知徐幹的立身处世，符合“括囊”形象，即刘勰用“沉默”描述之意。

② 清儒黄叔琳评点此篇云：“此篇于文外补修行立功，制作之体乃更完密。”案此批语说出立功与修德品行，重点仍是子学，不在文论，甚是。转引自《文心雕龙汇评》，页一六二。

二化”为最理想之理论，而有“操业俱遂”与“身名两全”之语也互相呼应，此句“操业”可模拟“华身”，而“身名”可模拟“光国”，《九流章》与《程器篇》分别作为《文心》与《刘子》二书的末篇，所得出之结论竟然不约而同均不出“立功立德立言”三不朽主题，益加证明《程器篇》义理内涵是子学，《文心》全书皆有“子骨集皮”之论述特征，而《程器篇》标出“器用文采”之说，最具有典范意味。兹分述如下：

（一）《程器篇》论“士”，首先定义必须有“器用”与“文采”双修之美，此从子学观点而释“士”之内涵。其次，又用《文心》全书评文章最高准则“华实”二字对应“器用”与“文采”，如此做法即是将子学引入“集部”之范畴，标出“华实”二字作为刘勰《文心雕龙》由子部跨界到集部的双元论述特征，突出刘勰一生学术的总体风格。《程器篇》云：

> 《周书》论士，方之梓材，盖贵器用而兼文采也。是以朴斫成而丹雘施，垣墉立而雕杇附。而近代词人，务华弃实。故魏文以为：“古今文人，类不护细行。”韦诞所评，又历诋群才。后人雷同，混之一贯，吁可悲矣！（页一六〇）

（二）继此子集合一定义而标出“文质并重”以及“文武合一”，表明子学“自成一家”之圆通学术境界。《程器篇》云：

> 鲁之敬姜，妇人之聪明耳。然推其机综，以方治国，安有丈夫学文，而不达于政事哉？彼扬、马之徒，有文无质，所以终乎下位也。昔庾元规才华清英，勋庸有声，故文艺不称；若非台岳，则正以文才也。文武之术，左右唯宜。郤縠敦书，故举为元帅，岂以好文而不练武哉？孙武《兵经》，辞如珠玉，岂以习武而不晓文也？（页一六一）

（三）又申明文士必遵儒家“学而优则仕”之途，表明君子为学乃志在名位通达，求为世用。《程器篇》云：

> 盖人禀五材，修短殊用；自非上哲，难以求备。然将相以位隆特达，文士以职卑多诮；此江河所以腾涌，涓流所以寸折者也。名之抑扬，既其然矣；位之通塞，亦有以焉。盖士之登庸，以成务为用。（页一六一）

（四）最后结论《文心雕龙》立论宗旨，乃在“政事文章”之道。故有

“摛文必在纬军国，负重必在任栋梁”之语，此乃根据儒家“修己治人”的内外之学，完成“述道言治”以及“入道见志”此二项子学精义的“子论”系统，谈到的文章也是属于“政事文章”一类的集部学，遂由“摛文军国”一词涵摄子学主要内涵。《程器篇》云：

> 是以君子藏器，待时而动。发挥事业，固宜蓄素以弸中，散采以彪外，楩柟其质，豫章其干；摛文必在纬军国，负重必在任栋梁；穷则独善以垂文，达则奉时以骋绩。若此文人，应梓材之士矣。（页一六二）

（五）《程器篇》赞曰再次总论君子立功立德立言三不朽之志，即文士一生要追求的理想人生目标。《程器篇》赞曰云：

> 瞻彼前修，有懿文德。声昭楚南，采动梁北。
> 雕而不器，贞干谁则。岂无华身，亦有光国。（页一六二）

四、《程器篇》总案

《程器篇》述文人品德，兼述文武合一，而最终目的，用“暗藏玄机”细读法，探知刘勰平生以“子家”自期立志向，及其以“文章”立名，以“修德”立身，实践人生三不朽之决心，暗示“师圣宗经”最高人生理想。

明白此意，则《程器篇》用一“器”字名篇，乃在呼应《原道篇》之“道”，即仿道体为用，乾道坤德此种易学易理之体系，作为《文心》以“道”为起，以“器”为用之“文章经国”文论大纲。既是《周易》乾坤思想的活用，也是《论语》所载孔门四科以德行为共修之德目，而孔门四教“文、行、忠、信”，亦以文章与德行双修并备，《程器篇》与儒家学说完全符合。全篇内涵“文艺”与“政事”二元辨正，而最终突出“器用”观点，十足表明刘勰志在用世之学，正所谓士君子“学而优则仕”“仕而优则学”这种胸襟抱负之落实，《程器篇》内涵深意，皆须经由“细读”加以揣摩玩索。此篇殿全书第四十九篇，原始要终，正是《文心》的完整结构，绝非“余论”一语可以轻易带过，此篇是刘勰“发愤而著书”，冀求千古大作之最佳心声表述，反而必须重新细读理解。

《程器篇》最后一句“若此文人，应梓材之士矣”仍用“文士”一词，表明刘勰《文心雕龙》全书确属“论文”之作，既然论文，必论及文人，而人不能无学，故又必论及文人之“学”。文人文学兼通，学而优则仕，仕则指军国栋梁、政事台岳之“用”，故而论文必述及“器用”之事。总上而观，《程器篇》不是只谈文武品德，也不是只谈政事文艺文武并重的问题而已。《程器篇》应该还有当作《文心》总结论之价值，是《文心》完善结构的组成，安排在大衍之数其为文用第四十九篇位置，是刘勰刻意设计的篇目。

且此篇讨论到文人名儒“名位”再大，一旦品德差则必孳孳计较，反过来看，武人“名位”高，品德好坏就不太会受到影响。这种看重“名位”之态度，又恰恰与《时序篇》讨论文运时世代代有变，前后呼应，难有定论。一个是说“时”，另一个是说“位”，时位之说即《周易》时位易理，应用在文章之学也有“时位”的思考，最能表明刘勰化用易学到文论的做法。《程器篇》“君子藏器，待时而动”“穷则独善以垂文，达则奉时以骋绩”这二句皆突出“时”字，谓文士要把握穷达时机，选择“文章事业”与“政事功绩”，发挥最佳“文才”。这里的文才，总结《文心》“文艺”与“政事”并重的文章学定义，代表《文心》的理论收结，文才谓文章政事之才，文士谓文学政事之士，至为重要。整部《文心雕龙》应该就是德行、言语（辞令华采）、政事、文学融合为一的实践与论证。

五十　《序志篇》细读

一、《序志篇》文论与实际批评

《序志篇》表述刘勰著述《文心》此书之由，寄寓刘勰平生胸怀志向，暗示刘勰自期子学，欲成就“一家之言”之志，乃藉由《文心》之作，明示人以“论为文之用心”，而暗含“道沿圣以垂文”之本体。始知刘勰《文心》之要义在穷源溯本之“大体”，凡一切文体文论皆必本于大体，自本体出而派生。《序志篇》这样一套《文心》理论系统，现当代《文心》学者竭尽思虑，一直想用新方法解释甚至援引西方文论架构重新解释《序志篇》，将之纳入文原论、文术论、批评论等等结构组合。《序志篇》云：

> 盖《文心》之作也，本乎道，师乎圣，体乎经，酌乎纬，变乎骚：文之枢纽，亦云极矣。若乃论文叙笔，则囿别区分，原始以表末，释名以章义，选文以定篇，敷理以举统：上篇以上，纲领明矣。至于剖情析采，笼圈条贯，摛《神》《性》，图《风》《势》，苞《会》《通》，阅《声》《字》，崇替于《时序》，褒贬于《才略》，怊怅于《知音》，耿介于《程器》，长怀《序志》，以驭群篇：下篇以下，毛目显矣。位理定名，彰乎大衍之数，其为文用，四十九篇而已。（页一六四）

此节明言《文心》五十篇的分类组成结构，用“本”与“变”对比之辞，暗示首五篇作为全书大纲主轴之内在理路。又有“枢纽”之词，明确其居《文心》重要之地位。至于“剖析”“条贯”二语，又似指评文方法，而褒贬一词，则内含作品评价。细读此节，均有结构或系统之指涉，故而范文澜《文心雕龙注》首援西方文论，将五十篇分门别类，各归属之，且据之而倡言

《文心》全书结构细密分明，开启《文心》结构论之争议。随之而起，又衍生《文心》五十篇排列顺序之异论，甚至有人力主当移动今存五十篇目，说今本某些篇目先后排列有错，从而建构另外自家一己之体系，自许这是新说创解，凡此类种种有关《文心》结构之争议，早已成为龙学热门课题。

案《序志篇》真正重点在刘勰用“寄托”手法，假借一个梦见孔子故事，表述“随南行”之志。此志即《序志篇》之志，此志亦即《文心》全书最关键字眼，是刘勰一生学术思想之本源，源流派生，遂导出《文心雕龙》一部大著作，而《文心》此书处处追溯“根”与“源”之志，也在此暗藏玄机。可是刘勰皆不明说之，但以大体或本体、体要之词表述。然而解《文心》者，固执于《文心》乃“文论”之书，离文于人，说文而略人，人与文必欲二分之，故凡此书“体”字，众人必一口咬定就是指文体、体貌而已。殊不知体字最终振叶寻根处，即此“志”，即刘勰平生学问思想系统之“本体”或“大体”。①《序志篇》最深奥之寓意，即序此大志，此处虽未直接用大体一词，然而透过“移花接木”之阅读，即可拼出“本体”这个词汇，进而彻悟刘勰此篇所序之志，盖乃示人以文章本体要追摹圣人，要有宗经典范，呼应《宗经篇》所示“文能宗经，体有六义”此体字，意思就是指文章本体、大体。兹条列《序志篇》言及本体之体字义如下：

（一）唯文章之用，实经典枝条，五礼资之以成，六典因之致用，君臣所以炳焕，军国所以昭明，详其本源，莫非经典。（页一六三）

案：此节明言文章之功在“用”，引“经世致用”说明之，故曰文章为经典枝条，则文章的根干必属“经典”，文章的源头必归经典，今据为“体”而有“用”之思考，所谓“详其本源，莫非经典”此句“本源”即可理解为本体，乃知《序志篇》虽无“本体”之词，而实有其意，本体即本体根源，虽只言本字，而本体之词意已涵摄其中。凡《文心》此书言“本”言“体”，同有此意，但凭上下文句意思自领会之。明白此节本源一词，即本体根源，

① 《文心》“大体”一词，皆指文章体统之“根本”，指涉原始源头与根本体统之意。《通变篇》云：“是以规略文统，宜宏大体。”此谓文论体系之体统，又《附会篇》云：“凡大体文章，略多枝派。”此用大体一词，冠于“枝叶”与“流派”之上，则大体一词必指涉“根干”与“源头”，始得称作大体，故而“大体文章”犹言“文章大体”，此“大体”一词于《文心雕龙》皆作此义解，可惜，诸家或误解，或不甚明了此词居《文心》全书之重要性。

再看“莫非经典”此句，始大悟刘勰所谓文章，真不愧是“圣贤书辞”，乃知刘勰视之为文章本体大体，这项“微言大义”已寄寓《序志篇》，特别暗示于“详其本源，莫非经典”此一句要义之中。

(二) 而去圣久远，文体解散，辞人爱奇，言贵浮诡，饰羽尚画，文绣鞶帨，离本弥甚，将遂讹滥。盖《周书》论辞，贵乎体要，尼父陈训，恶乎异端，辞训之奥，宜体于要。于是搦笔和墨，乃始论文。(页一六三)

案：此节继“经典本源”之说后，再申明经典之“正”为正体，而文体之“奇”则为邪，用奇正对比分出圣贤书辞与“辞人”大异之处。凡圣贤经典为文体之正体，而辞人之文体为奇体，等而下之，又沦落为“邪体”，借用孔子攻乎异端之举，刘勰志在攻驳奇邪不“正”之文体，此亦《序志篇》内含又一志也，而解者罕有深论措意之。故而《文心》全书“体”字皆仅仅囿限于“文体”一词，区区小意谓即文章之体，大大摆落了“本源”之体，以及“离本弥甚”之本体，还有“贵乎体要”之体。此节继“本源”所示“本体”之余，又揭出文体、本体、体要等三项体字词汇，至此凡《文心》所言体字，大抵尽备于此，而《序志篇》志在文章本体大体阐明之“伟志”，则已清晰可见，再无混言之意。若再补上《体性篇》所示才气学习之体，则凡《文心》体字义率不出体性、本体（大体）、文体、体要、体貌等五义。

(三) 又君山、公幹之徒，吉甫、士龙之辈，泛议文意，往往间出，并未能振叶以寻根，观澜而索源。不述先哲之诰，无益后生之虑。(页一六四)

案：此节评判桓谭、刘桢、应贞、陆云等诸家文论之作非善，缺失仍在未能“振叶寻根”与“观澜索源”二弊，易言之，即根源之体不顾，仍用“本体”概念，近似（一）节所述“体”字之本体义。且又明言此本体即“先哲之诰”谓先圣贤哲之诏诰，以“诰”借代经典之书，明言不唯文章有宗经本体，即“文论”亦莫不以“圣贤经典”为宗，继续谈论文论“根源”之本体。

(四) 及其品列成文，有同乎旧谈者，非雷同也，势自不可异也；有异乎前论者，非苟异也，理自不可同也。同之与异，不屑古今，擘肌分理，唯务折衷。按辔文雅之场，环络藻绘之府，亦几乎备矣。(页一六四)

案：此节再揭文论有本体，即以经典“雅正”与“清丽”为本。谓“文雅之场”用雅正，而“藻绘之府”要用清丽之词藻，合而言之，“雅正清丽”即雅丽，与《明诗篇》“四言正体，雅润为本”此句之“雅润”同有雅正之意，又云：“五言流调，清丽居宗。”清丽即清正雅丽，二词互通，又“本”即本体，“宗”即宗正，谓雅丽为文章文论之本宗，文章之正体。从而可知，《序志篇》此节再申明雅正为《文心》全书所宗，而文论亦准此为标，乃用“折中”之法以正之。折中非折于中间调合之意，中，正也。折中谓折节于雅正，凡有异端邪僻之论，皆导之归正，此谓“折中”之真正本义。

《序志篇》叙述刘勰之志，即志在本源，谓志于本体，非志于文体，已阐明如上。今当继之而思索，《序志篇》亦非仅在明“体”，乃在以本体为用之“用”字，将“体用”一词化合于全篇，暗示所谓文章本体在圣贤经典，而本体之用，即用之于《文心》四十九篇之文论，篇篇贯串一体，文理前后如明珠之系联，故有“位理定名，彰乎大衍之数，其为文用，四十九篇而已”之语，此谓经典为本体，用之于《文心》四十九篇文论，而各篇之文论莫不准乎圣贤经典，即以经典文章为模范，此“文用”之又一解，谓本体为用，偏取“体用”之“用”字意。

另有一“用”字意，盖指文章功用，谓“摛文必在纬军国”之用，此乃衍义自曹丕《典论·论文》已揭“文章乃不朽之盛事，经国之大业”这种经世致用之用，谓之文章功用，此又《序志篇》再次申明“用”字第二义。

简言之，《序志篇》主旨在明文章之体用，溯文理之体用，立文论之体用，示文评之体用。《序志篇》堪称《文心》以“体用论”收结全书之殿篇，故曰序志，不可以仅仅把它当作《文心》之“序文”而已，其真正本意则在表述刘勰一生学术思想以希圣希贤为本体，据经典文章为经济治世之用。而《文心》当属“入道见志”之书，乃刘勰自表“述道言治”之策。《文心雕龙》为子书，乃成一家言之作，非文论专书而已。①

---

① 《序志篇》序什么志？学者较少深入探索。古人书有序，序依例置于书后。纪昀评点此篇云：“此全书之总序。”此仅说及《序志篇》之一半意思，其他另一半“表志”则未明。钟惺云：“序志即子长之自序也。”此模拟刘勰自序与《史记·太史公自序》，似较近之。然则《太史公自序》岂仅仅述《史记》而已，序前一大段司马谈论六家要旨，既非序书，其实是在序太史公之“志”并太史公之“学”，堪称《史记》之“本体”或“大体”。由此比较得知，以《序志篇》对照《史记·太史公自序》，较近于真实。

《序志篇》但述刘勰平生宗经尊圣之志，推源文论固本之心。全篇自白心志，附述《文心》结构体系，及取“文心”为书名之理由。以上这些意思都写在此篇“序”，所序内容既然是为“志”，当然就不像《文心》其他各篇谈论文体、文术、批评之做法，也不会看到对作品有什么“实际批评”。

然而本篇有一段历叙“近代之论文者”节段，举列曹丕、曹植、应玚、陆机、挚虞、李充、桓谭、刘桢、应贞、陆云等十家的“文论”之作，予以品评优劣得失。此评“文论”，非评“作品”，乃属于“批评的批评”，与“实际批评”的定义稍不合，然亦可视作针对“文论”此类批评之作二度批评，可暂名之曰“文论”的实际批评。《序志篇》云：

> 详观近代之论文者多矣，至如魏文述典，陈思序书，应玚文论，陆机《文赋》，仲洽《流别》，弘范《翰林》，各照隅隙，鲜观衢路，或臧否当时之才，或铨品前修之文，或泛举雅俗之旨，或撮题篇章之意。魏典密而不周，陈书辩而无当，应论华而疏略，陆赋巧而碎乱，《流别》精而少功，《翰林》浅而寡要。又君山、公幹之徒，吉甫、士龙之辈，泛议文意，往往间出，并未能振叶以寻根，观澜而索源。（页一六四）

此节摘出魏晋各家文论不足之“弊”，全用“圆览”“圆鉴”之标准作为高下之品评。所以“鲜观衢路”之语，谓诸家很少论及文论的根本“大道”，也就是“大体”或“体统”的缺失。此悉化用《通变篇》所云“是以规略文统，宜宏大体。先博览以精阅，总纲纪而摄纪。然后拓衢路，置关键”此句的“衢路”要义，谓文论要建立博通与精密二者结合的理论系统，始堪称大道、大路，始有坚固的“根本”基础。此节这种大体大路与大本诸词的内涵，说穿了，就是宗经尊圣的思想。简言之，刘勰已根据《宗经篇》《通变篇》《征圣篇》之理论进行魏晋各家文论的“实际批评”。所以，凡是“不当”即不贞正，“不周”即不顾大体根本，“疏略”即不精通而粗疏，“巧而碎乱”即不精巧而纷乱，以上诸种弊病，皆用《宗经篇》《征圣篇》《通变篇》之理论而加以折中评述之。

由此得知，即便是文评论的“实际批评”，刘勰《文心雕龙》仍然有论述凭据，有理论根源，而分别引用、化用、应用《文心》全书其他篇相关之说法，进行“文评论”的实际批评。

二、《序志篇》易学影响

《序志篇》乃《文心》全书总序，既知总序，则更须知刘勰到底要序何志，用何方法序之，且其序之背后所据理论为何，一言以蔽之，凡《文心》全书篇目、体例、思考方法、以及入道见志之论，莫不根源于《周易》。今条述如下：

> （一）予生七龄，乃梦彩云若锦，则攀而采之。齿在逾立，则尝夜梦执丹漆之礼器，随仲尼而南行。旦而寤，乃怡然而喜，大哉！圣人之难见哉，乃小子之垂梦欤！自生人以来，未有如夫子者也。（页一六三）

案：此述孔子南行化成之典故，引为刘勰“师乎圣”之见证。而“南行”一词乃象征“向明而治”，即本《离》卦易理。《周易》每称“利西南”，南向为吉。南狩得志，出《明夷》卦九三爻，南征吉，出《升》卦彖曰，均用“南”字代表南向而文明化道。此刘勰表白内心志向，志在“政事教化”之学，即《程器篇》云“安有丈夫学文，而不达于政事哉”此句之涵意，亦即刘勰终生职志。

> （二）盖《文心》之作也，本乎道，师乎圣，体乎经，酌乎纬，变乎骚：文之枢纽，亦云极矣。若乃论文叙笔，则囿别区分，原始以表末，释名以章义，选文以定篇，敷理以举统：上篇以上，纲领明矣。至于剖情析采，笼圈条贯，摛《神》《性》，图《风》《势》，苞《会》《通》，阅《声》《字》，崇替于《时序》，褒贬于《才略》，怊怅于《知音》，耿介于《程器》，长怀《序志》，以驭群篇：下篇以下，毛目显矣。（页一六四）

案：此节统述《文心》全书上下二篇之结构，其体例暗袭《周易》全经分上下经之意。及其细述上篇大要，谓专论文笔各体，以及《宗经》《正纬》《辨骚》作为枢纽理论，但举其大要精义，不言细目。及至下篇，始列举篇目名称，条陈篇目安排之用意，文论精要即内含于此篇目编次顺序，并非乱无章法之安排。故此节凡言摛神性、图风势、苞会通、阅声字等语句，一则示篇名统序，二则明全书“文术论”系统，而真正用意则在下篇之文术系统。由于这一段没有按照《文心》篇目讲述，而是跳着讲，遂导致某些学者质疑《文心》有古本今本之异，甚至侈言今本篇目序次已乱，种种臆测，喋喋不休，未得刘勰如此安排之真意，皆因不明刘勰精通易学之故。案此节原文，章句写法仍仿《周易·杂卦传》体例，在《序卦传》据六十四卦二二相综之排列后，另出别法，再明《周易》神妙不可测之道，改用“错综复杂”之排序，重新组合《周易》六十四卦结构，展现《周易》原始要终、变动不居之本质，所以《序卦传》之后再殿以《杂卦传》。试观《杂卦传》云：

《乾》刚《坤》柔。《比》乐《师》忧。《临》《观》之义，或与或求。《屯》，见而不失其居。《蒙》，杂而著。《震》，起也。《艮》，止也。《损》《益》，盛衰之始也。《大畜》，时也。《无妄》，灾也。《萃》聚，而《升》不来也。《谦》而《豫》怠也。《噬嗑》，食也，《贲》，无色也。《兑》见，而《巽》伏也。《随》，无故也，《蛊》，则饬也。《剥》，烂也。《复》，反也。（页一六五）

此节首《乾》《坤》固《周易》开端二卦，然而以下不次以《屯》《蒙》，盖示《周易》有“旁通”卦相错之例，与二二相综之卦不同。又《杂卦传》云：。

《大过》颠也。《姤》，遇也，柔遇刚也。《渐》，女归待男行也。《颐》，养正也。《既济》，定也。《归妹》，女之终也。《未济》，男之穷也。《夬》，决也，刚决柔也。君子道长，小人道忧也。①

此节排列尤奇，既非相综，亦非相错，这里所述的八卦分列，不取卦象，但取卦意与卦德，重新排列，然皆共同互成“对比”之义，故而此八卦重点不在相综顺序，而在《周易》内在变动不居、周而复始、原始要终、广大悉备等等“易理”之奥妙展现，必欲阐明《周易》内在之理统，而非表面之形式。推广此意，联想《序志篇》此节原文，即在模仿《杂卦传》写法，目的不在详述《文心》篇目多少，而在重点突出《文心》下篇文术论必以《神思篇》与《体性篇》《风骨篇》为本体、总纲。而《练字篇》《声律篇》固为文章技巧之必修，所以，就举二篇做代表，以概其余。至于文评论，

---

① 引自朱熹：《周易本义》（台北：大安出版社，一九九九年），页二七七。

兼有人品评略、才性品第等等诸要素，明白揭示《文心》“知人论世”与“读其书不知其人可乎”之意。而刘勰以子家自居，重视文士器用、政事文艺双备之通才志向，在《序志篇》总结而表述，暗寓《文心》乃“一家之言”之书。此与《杂卦传》结语“君子道长，小人道忧”此语概括《周易》尚阳扶正，贬阴黜小人之全书宗旨，写作方法不谋而合，雅有相通之妙。乃信《序志篇》此节原文暗用《周易·杂卦传》写作法甚深，唯不易明察而已。

（三）位理定名，彰乎大衍之数，其为文用，四十九篇而已。（页一六四）

案：此节刘勰直引易辞易语，但更富含深意。[①] 刘勰仿《周易》大衍之数五十，撰作《文心》，实际论文篇目当有五十，非四十九。盖《序志篇》为全书总序，细述全书文论体系结构，本身即文论之一，非在“不用”之列。刘勰借大衍一词，用意乃在不用之“一”，比喻文章之道犹如易道之神理妙不可测，故用“一”代表之。考《周易》大衍之数，各家说解不一，屈万里《读易三种》释大衍之数引清儒徐灏《通介堂经说》卷八云：“盖四十又九者，卜筮之神数也。”又云：“此自然之妙也。”（页五八五）据此知大衍之数虚一不用，此“一”即象征卜筮自然神数之奥妙，移此意于《文心》，刘勰盖叹文论原道亦蕴藏神理自然之秘，遂有“言不可追，笔固知止”此语，表明刘勰必设《神思篇》畅述文心悠远之妙。[②] 由此可知《序志篇》此节乃谓大衍数为体五十，故《文心》篇目亦五十，然而折中文论，神妙自然之用，犹有未能尽说者，此奥妙正犹如大衍之数其“一”不用之“一”，暗

① 今见陈拱《文心雕龙本义》释“大衍之数”此句云：“而其不用之一，即本篇（《序志篇》）是也。”（页一二二七）案：此说只求表面字义解，未参考《周易》大衍之数本义而致误。其实刘勰此句乃明引易辞做比喻，即化用《周易》述大衍虚一不用，从意义上看，虚一代表太极，用五十根蓍草，先抽一根不用代表太极，只用四十九根。

② 《序志篇》云：“位理定名。”此句谓《文心》五十篇之名称，悉依《周易》六爻之位，变化无方，完成天下事理之意。位当自“爻位”引伸，理即仿照易理。应用于《文心》五十篇，即谓五十篇之位置先后安排，皆按一定的自然文理，非拘泥于排列顺序。如此解最能说明《序志篇》此节原文篇名与今本目次顺序不合之理由。案《系辞传上》云：“天下之理得，而成位乎其中矣！”此句言位言理，合而言之为“位理”一词，即《文心》所本。

示自然神妙不可全部说尽之文章学术。①

三、《序志篇》子学内涵

《序志篇》居全书之末，实为全书之序论，然而又不唯序论而已，实即刘勰一生立志成“家”之宣言。今当推究者，即刘勰自命一家乃“子家”，而非“文人之家”，刘勰之学实为经史子之学，而非自限于文人集部之作。然而历来解《文心》多不明《文心》为子部杂家之书，但凭此书屡有“文章”一词之故，遂径目之为文家，定《文心》为文论。非要如此解的结果是刘勰自命子家之本义不得而明，刘勰用“文章”一词之真实本义每遭曲解，而《文心》子家本貌不能还原其真。凡此，皆病在只粗读《序志篇》表面字句而未深考此篇子学隐义。兹试引此篇子学内涵串讲如下：

（一）《序志篇》揭示“文心”与“雕龙”个别词义，首段皆仅释“语词”出处典故而已，尚未通达精义。须知文心一词须参看《序志篇》赞曰，始悟刘勰用“文心”一词本源自先秦孟荀子学与《周易·系辞传》一脉相传之“心性论”，用子学之心，通乎文心，而非仅止于“心哉美矣”这句表面赞叹而已。至于“雕龙”更有深刻隐喻，谓雕画文章内隐之“龙”，则此“龙”字即有《周易·乾》卦“飞龙在天”之龙字喻意，代表刘勰立志于器用，谓文章有政事之用，重点在君子梓材器用并兼之文，而非“辞人”竞骋

---

① 关于《周易》大衍之数之解，可以用四十九，不用一，焦循《易通释》据秦九韶《蓍卦发微》所述大衍术，从“数学”角度尽释之，颇可参。见陈居渊主编：《雕菰楼易学五种》，页八一六至八三六。案：易学家有另一派主张大衍同天地数，都是五十五，因每卦六爻，即六数已现有，故用时减去六即四十九。此说参见廖名春：《周易经传十五讲》（北京：北京大学出版社，二〇〇八年五月），第三讲《六十四卦的产生》，页五〇。案：大衍之数五十有五，脱“有五”二字，首见于孔颖达《周易正义》引姚信、董遇二家之说，但是孔颖达不如此主张，仍作五十为确。引顾欢之说解谓：“虚其一数，以明不可言之义。”（页二八〇）此解甚是，刘勰用大衍之数，正本此意，故“数”字即“神理之数”（《情采篇》语），《文心》屡言神道、神理，皆仿《周易》大衍之数不用之“一”而引伸至文论。焦循《易通释》据秦九韶《蓍卦发微》大衍术，用一二三四生数与六七八九成数，谓《易》取生生之道，故用生数，必取奇一，故而五十不可用，必用四十九。焦循云：“四十九与五十，为一二三四之所变通，即为一二三四求六七八九之枢纽，是术也，超乎九章之外，非圣人不能作，岂虚中虚一之空言所能解哉！所以化不一者为一，皆自然造于微也。”（页八一七）此说确定大衍之数五十，不脱“有五”二字，可再据刘勰用大衍数作《文心》五十篇为旁证，知刘勰所见《周易》版本仍作五十。

华藻之赋。此即刘勰怀抱“通才”之学，藉由“文章”之用，力思“士之登庸，以成务为用”之理，《序志篇》故有“岂取驺奭之群言雕龙”此语之反诘设问。刘勰之意实在反对辨士之论说，比喻口才之美，能说善道，误用“雕龙”之词。刘勰视“龙”字为特别象征，故不赞同纵横家用雕龙比喻矫辨善论之象。盖刘勰早有立志名山之业，思不朽之盛事，力欲藉文章“制作”显名于世。《序志篇》云：

> 夫“文心”者，言为文之用心也。昔涓子《琴心》，王孙《巧心》，心哉美矣，故用之焉。古来文章，以雕缛成体，岂取驺奭之群言“雕龙”也。夫宇宙绵邈，黎献纷杂，拔萃出类，智术而已。岁月飘忽，性灵不居，腾声飞实，制作而已。（页一六二）

（二）其次刘勰申明《文心》述作之旨意在求君子立言不朽，非只有好辩之雕龙而已，于是转化见龙在“天”之雕龙内涵，寄寓“天龙”之象征，暗藏幽深之隐旨。《序志篇》云：

> 夫人肖貌天地，禀性五才，拟耳目于日月，方声气乎风雷，其超出万物，亦已灵矣。形同草木之脆，名逾金石之坚，是以君子处世，树德建言，岂好辩哉？不得已也！（页一六三）

（三）继雕龙新的比喻之后，刘勰即引述孔子作为古今素王之“龙”，故有征圣、宗经，以及圣贤礼乐教化之追随。此刘勰“述道言治，枝条五经”子家总纲之意，早已揭示于此篇。《序志篇》云：

> 予生七龄，乃梦彩云若锦，则攀而采之。齿在逾立，则尝夜梦执丹漆之礼器，随仲尼而南行。旦而寤，乃怡然而喜，大哉！圣人之难见哉，乃小子之垂梦欤！自生人以来，未有如夫子者也。敷赞圣旨，莫若注经，而马郑诸儒，弘之已精，就有深解，未足立家。（页一六三）

（四）虽宗经尊圣为本，但是圣人述而不“作”究非刘勰之志。故而又谈到经注儒家，致力于自成一家言之子学，作为“文章经国”本源，遂定义文章乃“圣贤书辞，总称文章”之文章，而刘勰由宗经子家跨越情采华实“文章家”乃告成形。须知《序志篇》刘勰用“文章”与“辞人”作为明显对比用词，即已暗示刘勰志在经子，贬抑“辞人”。《序志篇》云：

> 唯文章之用，实经典枝条，五礼资之以成，六典因之致用，君臣所

以炳焕，军国所以昭明，详其本源，莫非经典。而去圣久远，文体解散，辞人爱奇，言贵浮诡，饰羽尚画，文绣鞶帨，离本弥甚，将遂讹滥。盖《周书》论辞，贵乎体要，尼父陈训，恶乎异端，辞训之奥，宜体于要。于是搦笔和墨，乃始论文。（页一六三）

（五）至此刘勰“子家之志”已定型。然《文心》终究旨在“论为文之用心”，故而《序志篇》定下“以子领文”之体系，用子学“本末论”“根源论”“正变论”，以及“原始要终”易理，畅述文论，凡不合以上纲领，刘勰一概评之曰无根源。《序志篇》曰：

详观近代之论文者多矣，至如魏文述典，陈思序书，应玚文论，陆机《文赋》，仲洽《流别》，弘范《翰林》，各照隅隙，鲜观衢路，或臧否当时之才，或铨品前修之文，或泛举雅俗之旨，或撮题篇章之意。魏典密而不周，陈书辩而无当，应论华而疏略，陆赋巧而碎乱，《流别》精而少功，《翰林》浅而寡要。又君山、公幹之徒，吉甫、士龙之辈，泛议文意，往往间出，并未能振叶以寻根，观澜而索源。不述先哲之诰，无益后生之虑。（页一六四）

（六）继批判近代论文之弊在“偏”在“一”，不能做到“通”与“圆”之通才文论，刘勰乃建立以“经子”为纲领，以“政事文章”为器用之新文章体系论，此即子学内涵文论。《序志篇》云：

盖《文心》之作也，本乎道，师乎圣，体乎经，酌乎纬，变乎骚：文之枢纽，亦云极矣。若乃论文叙笔，则囿别区分，原始以表末，释名以章义，选文以定篇，敷理以举统：上篇以上，纲领明矣。至于剖情析采，笼圈条贯，摛《神》《性》，图《风》《势》，苞《会》《通》，阅《声》《字》，崇替于《时序》，褒贬于《才略》，怊怅于《知音》，耿介于《程器》，长怀《序志》，以驭群篇：下篇以下，毛目显矣。位理定名，彰乎大衍之数，其为文用，四十九篇而已。（页一六四）

（七）《序志篇》最终又参取当时最盛行的佛教思潮，引入文论，据本土子学为基调，对治当代佛教为异端，中西兼综并参，夷夏融会贯通，并斟酌古今思潮，成就为刘勰自家所谓的“折中”之学，完成刘勰折中文论体大思精特色。其中参取佛教密教教义如密意、圆密等即是其中一义。《序志篇》云：

> 夫铨序一文为易，弥纶群言为难，虽复轻采毛发，深极骨髓，或有曲意密源，似近而远，辞所不载，亦不可胜数矣。及其品列成文，有同乎旧谈者，非雷同也，势自不可异也；有异乎前论者，非苟异也，理自不可同也。同之与异，不屑古今，擘肌分理，唯务折衷。按辔文雅之场，环络藻绘之府，亦几乎备矣。（页一六四）

（八）《序志篇》赞曰有“心即性”之义理，刘勰宣示自己文论系统终归“尽心知性”此心性合一之理论，呼应《文心》开端建立的原道宗经之说，完成《文心》首尾一贯体系，见证刘勰始终如一“征圣”信仰。此亦刘勰《文心》文论归本于“心性”之儒家，而不是“心法”之佛教之明证。盖佛教早期原始教义以“心物”对观之说，于心主法而有心法，于物有色而曰“色法”。又主心外无法，万法唯识之法相唯识学，此乃佛教最基本观物教义。故而佛教有天台三观之立，谓观事理、观法、观行，有此三观，而刘勰虽亦用观字，有《知音篇》六观之说，但是刘勰六观，可总括曰观文观情，皆不涉佛教三观教义，可见刘勰挪用佛教语词以方便助解知音六观文理而已。

既然佛教三观最终以“圆观”为佛教至境，而刘勰则归本于文心，而不是圆观，实乃根源于《周易》天地之心，故而《序志篇》赞曰有“逐物实难，凭性良易”之语，此“性”字即通“心”字。可引《孟子·尽心篇上》已揭“尽其心则知其性，知其性则知天矣”此句之心性尽通论以助解《文心》，意思是说外在客观知识、事物之理，很难追逐透尽，唯有凭借“心性”为主的认识，更能观晓真正的天地事物之理。然则儒家心性学所讲之心即性，性即心，实乃刘勰文心论根源。而此心涵义，必不能自外于《周易》所示天地之心，谓乾坤二卦之天文地文，而人文参之天地，最为性灵所钟，故而人文之心必然拟之于天心地心，而有文心之立，绝不至于要用佛教三观之观心教义代替文心。况且，佛教向来不言“性”，不言“灵”。观心不能即等于观性观灵。而刘勰却有“凭性”即“凭心”之论，又有“性灵”之说，明显可证刘勰文论最终主于人文之“心”，故又有“心哉美矣”之赞语，而不言观心。若论此心由文之心而生出，通感于作者读者之“余心”，又上达于天地之心，皆必自《周易》乾天坤地二卦易理诠解之，否则不能体悟其真本义。故而赞曰又云“傲岸泉石，咀嚼文义。文果载心，余心有寄”，谓文章义理之至要处，乃本之于文心。① 而文章必有心，乃读者披文入情，悟得心解，始能深识赏鉴文章妙义精旨，融会尽释了然于己心以及文心。明乎以上所分析刘勰文论有“心即性”“性即心”之赞辞涵意，乃知刘勰《序志篇》赞曰犹如刘勰自白儒家宗经思想本体，亦由此可探考刘勰“寄心”与“载心”文论系统，绝非佛教“观心”教义。而刘勰《文心》最终回归到孔孟、《中庸》《易传》以“心性”为道统之文论思想本源，恰恰正是刘勰极其刻意用心捍卫中土儒门学术，抗衡当时佛学漫衍流行之异端，心有大忧，思欲力挽圣门于不坠，作为中流砥柱之哲士，如此朗然磊落“子家”胸怀，诚然可敬可佩。而刘勰以子家自居，肩负“述道言治”之子学思想，完全尽现于《序志篇》此篇赞辞。《文心》文论“以子统文”之思想系统，至此可告确立。

四、《序志篇》总案

《序志篇》述《文心》全书大要，当分“文”与“学”与“人”三角度细读之，始得此篇真义。然因昔贤旧解大多只注意此篇所见“折中”方法，或者分析上下篇篇目次序是否正确，讨论书名“文心”与“雕龙”代表什么意义，文论标榜宗经征圣主张等等，这些固然都是《序志篇》已述重要内容，今皆已分析于上文。大抵观之，这一类研究多半偏向于“文”与“学”之阐述，较少措意于刘勰其人及其志向之分析。盖《序志篇》所见文章与文论、文学、文人之要义曰：

于人，刘勰已暗示“子家”之志。

---

① 刘勰力主文心之说，本源自孟子“尽心”之心，而此尽心之解释，必上达于“天”，可参汉儒赵岐注尽心之语，最得要义。赵岐云：“尽心者，人之有心，为精气主，思虑可否，然后行之，犹人法天。天之执持维纲，以正二十八舍者，北辰也。《论语》曰：‘北辰居其所而众星拱之。’心者，人之北辰也。苟存其心，养其性，所以事天也。故以‘尽心’题篇。”此节谓存心养性之功在“事天”，案此天之可事，必由出乎心，故即天心之意。刘勰深通经史，尤其精熟《周易》天地之心易理，遂有人心文心与天地之心贯通一系文论，乃再自然不过之事也。又案清儒焦循《孟子正义》谓孟子尽心知性此章乃发明易道，此解最是。参焦循：《孟子正义》页八七七至页八七九，新编诸子集成本。

于学，刘勰明言原道征圣宗经之学。

于文，刘勰主张“发口为言，属翰曰笔”亦即“泛文学观”之言笔论。

于文论，力倡“寻根”与“溯源”之体统与文统。

以上几项要义，皆统于一个“志”字。今用“旁通互见”细读法，即与《诸子篇》曰“入道见志”互通诸子书之定义，刘勰即序此志。纪昀视此篇只作“体例”解，谓古书之序皆在后，一笔带过，未解此志深意。钟惺同以“自序”概念说之，但不明此序并不只是“书序”而已，更有“立志”之表白，暗示自成一家学说之志。①

再进一步探索，刘勰何以拳拳服膺子家之志，且立志撰作“子书”？仍用“互见”细读法可推敲之，可参“去圣久远”一词，刘勰借用此句责备“文体解散”，表明他对“去圣久远”的文体极不满意。今看《诸子篇》批判子书，同有“六国以前，去圣未远”一语，可见刘勰肯定的子书皆出六国以前，至于两汉以下，刘勰已坦言“体势浸弱”。《诸子篇》此句表明刘勰不满意两汉子书衰弱之状，自然引生联想其他“文体”也已解散，此刘勰由“子”而及“文”之系统思考。继此而体会之，近代以来的“文论”也都不合其意，更别说“世近易明”所指的南朝刘宋文章了。综而言之，《诸子篇》一句“去圣未远”指六国以前，近代指魏晋，而“世近”即近世则谓南朝刘宋开始，凡此时期之子书子家，皆为刘勰所批判，而此一时期之“文”则别用“辞人”一词表达，藉此与六国以前的“诗人”划开界限，诗人属经书之文，而辞人即两汉辞赋以下，至“世近易明”之文皆可归属于“辞人”这个“文章”系统，其与刘勰期望的“诗人”之辞相差甚远。

简言之，《序志篇》所谓“志”，即志在复兴像六国以前的子学以及那个系统的文章，正与《情采篇》“圣贤书辞，总称文章”之文章学相通，而本

---

① 最近之论述，肯定《文心雕龙》是一部子书，提出“刘勰本人是将《文心》当作子书来写的”此种看法，可举邬国平《〈文心雕龙〉是一部子书》此文为代表见解，此文刊于《上海大学学报》，第三十卷第五期，二〇一三年九月，页六八至七六。至于专书可举周勋初《文心雕龙解析》此书分析《序志篇》说到刘勰撰作《文心》的目的是“他是把写作《文心雕龙》也当作著子书来看待的”（页八〇三），如此定位《文心》性质甚是。案：须再辨明刘勰先用《诸子篇》圣贤并世、经子异流的观点，视经为子家之书，再参酌先秦以后“究天人之际，成一家之言”这种一家子书，最后再结合“家家有制，人人有集”这一类“子集”合流之子，将以上三类“子书”折中，才真正是刘勰所写的子书内涵。所以，才会有“熔铸经典，翔集子史”的说法，不可以采用后世四部分类譬如《四库全书》规范的“子部”去看待《文心雕龙》，因为《文心雕龙》包涵四部之学，例如《宗经篇》《史传篇》《诸子篇》即是。

篇与之呼应，也明确讲定“唯文章之用，实经典枝条”两句话均将圣贤经典与文章绾合相联，而《诸子篇》也有“述道言治，枝条五经”此句表白子家之学，必出圣贤经典，于是可知《序志篇》要说的志，就是把经典、子家、文章三位融合为一体，刘勰一生之志在此，《文心雕龙》全书要义也当在此。①

顺着《序志篇》与《诸子篇》旁通互见刘勰以“子”为志，以“学”为本源，以“文”为用之内涵，尚可再旁通《征圣篇》的三化说之一“政化贵文”意谓政治教化乃文章功用之可贵。简言之，刘勰的文论，不把文章仅作“文艺”小技而已，强烈鄙薄“文体解散”之文，以及“巧构形似”“徒饰华辞”之文，而特别重视文章提供政事之用，因此，在《书记篇》也曾经提出“政事先务”的概念，并不在意书记文章是“艺文末品”的地位。就此角度而言，《序志篇》又可旁通《征圣篇》的政化贵文之说，有效助解刘勰志在用世，实践“学而优则仕”此种君子“志于学”之理想。而刘勰平生以“用”为志，亦即《程器篇》所谓“安有丈夫学文，而不达于政事哉”这种政事文艺并行之文论。因知《文心雕龙·序志篇》暗藏刘勰平生治世之志，须藉由与他篇旁通互见细读法，探索篇与篇之间“暗藏玄机”之理论，始得全篇正解。《序志篇》不能片面解释为只是“全书之总序”而已，《序志篇》真正要义在表白刘勰一生子家之志，以及撰作《文心雕龙》子学之志。②

以上细读《文心雕龙·序志篇》的“志”字深刻内涵，确知刘勰有子家自许之志。若再将《文心》此书首篇《原道篇》用“道”字，与终篇《序志篇》用“志”字，移花接木，即有“道志”一词，此“首道终志”之篇名结构安排正符合《诸子篇》子家之作是“入道见志之书也”之定义，旁证刘勰应用“子学”精心设计《文心》全书的本意，《序志篇》真可谓刘勰其人其志及其书之综述完结篇。

---

① 经查历代古书有序，曰自序曰序曰小序曰自纪曰叙意曰叙传曰序目曰要略曰大略，却从未见有题作《序志》篇名，此刘勰首创，或谓兼自序与“立志”二项，合言序志。谓既是全书总序，同时也是表叙平生已“志”，可作一试解。

② 《序志篇》序《文心》全书，兼叙刘勰平生志向，这一点已经由纪昀评点指出。纪昀摘出《序志篇》一段原文“而去圣久远，文体解散，辞人爱奇，言贵浮诡，饰羽尚画，文绣鞶帨，离本弥甚，将遂讹滥”，谓此节即表示刘勰主张文体首要宗经征圣，作《文心》此书，目的在导正“辞人”浮夸讹滥之恶习，“离本弥甚”此句“本”字即有本源本体之义。刘勰论文尚本，此本必自思想义理之本源而言。

《序志篇》关涉一个重要问题：《文心》到底有没有“理论”与“实际批评”两项前后层次之分？答案是肯定的，只不过刘勰没有直接用“理论”与“实际批评”这些词汇，而采用了与此相近似之概念。例如“论文叙笔”“选文定篇”“敷理举统”“擘肌分理”“详观近代之论文”等等诸句，可简括为文理、文论二词，其意即同今之“理论”。①

再者，“铨品前修之文”“定篇”“铨序一文”“品列成文”“剖情析采”等等诸句，明显将文与铨文分作两物，近似“实际批评”之意，谓根据文理、文论铨序剖析“文章”。为此，可再括举以上诸句为铨品、品文、剖析等语词，即相当于今人所谓实际批评，此乃细读《序志篇》最关键要义。今若不强借西方“理论”与“实际批评”二语，改用“中式”批评词汇，则凡文理、文论即属“理论”层次，而铨品、品文则归“实际批评”做法，特再申明于此。

---

① 清儒叶绍泰释《序志篇》所言的“理”是指“注经者须理”，可暂名之“经理”，不从“文理”去解。叶绍泰云：“人各有能有不能，注经者需理，衡文者需才，彦和不效马、郑者，长于才，短于理也。然则文人止用其所长，立名后世而已，固不能兼擅，又岂可相非乎。”（页一六五）案：经学之理与文章之理固不同，唯《文心》重点在论文，经理视作“根源”，并非不述。叶氏分经理、文理甚是，但谓《文心》“不能兼擅”此说非是，《文心》是“文”与“学”兼述、政事与艺文并重。

主要引述及参考书目

一、《文心雕龙》专著类

周勋初：《文心雕龙解析》，南京：凤凰出版社，二〇一五年。

张国庆、涂光社：《文心雕龙集校集释直译》，北京：中国社会科学出版社，二〇一五年。

周兴陆：《〈文心雕龙〉精读》，北京：北京大学出版社，二〇一五年。

张灯：《文心雕龙译注疏辨》，上海：复旦大学出版社，二〇一五年。

欧阳艳华：《征圣立言：〈文心雕龙〉体道思想研究》，上海：上海古籍出版社，二〇一五年。

〔日〕兴膳宏著，萧燕婉译：《中国文学理论》，台北：联经出版事业公司，二〇一四年。

游志诚：《〈文心雕龙〉与〈刘子〉跨界论述》，台北：华正书局，二〇一三年。

黄维樑：《从〈文心雕龙〉到〈人间词话〉——中国古典文论新探》（第二版），北京：北京大学出版社，二〇一三年。

顾随著，耿文辉笔记，赵林涛、顾之京整理校注：《顾随讲文心雕龙》，石家庄：河北教育出版社，二〇一三年。

胡海、杨青芝：《〈文心雕龙〉与文艺学》，北京：人民出版社，二〇一二年。

刘业超：《文心雕龙通论》，北京：人民出版社，二〇一二年。

王毓红：《言者我也：〈文心雕龙〉批评话语分析》，北京：商务印书馆，二〇一一年。

钱基博：《文心雕龙校读记》，上海：上海古籍出版社，二〇一一年。

游志诚：《〈文心雕龙〉与〈刘子〉系统研究》，台北：文史哲出版社，二〇一〇年。
朱文民：《刘勰志》，济南：山东人民出版社，二〇一〇年。
陈忠源：《韦沃〈文学理论〉与刘勰〈文心雕龙〉之比较》，宜兰：佛光大学文学系博士论文，二〇〇九年。
高大威编注：《王梦鸥先生文心雕龙讲记》，台北：秀威资讯科技股份有限公司，二〇〇九年。
戚良德：《文心雕龙校注通译》，上海：上海古籍出版社，二〇〇八年。
段渝主编：《杨明照论文心雕龙》，上海：上海科学技术文献出版社，二〇〇八年。
童庆炳：《童庆炳谈文心雕龙》，开封：河南大学出版社，二〇〇八年。
袁济喜、陈建农编著：《〈文心雕龙〉解读》，北京：中国人民大学出版社，二〇〇八年。
罗宗强：《读文心雕龙手记》，北京：三联书店，二〇〇七年。
黄承达：《〈文心雕龙〉创作论实际批评》，彰化：彰化师范大学国文学系硕士论文，二〇〇七年。
林家宏：《〈文心雕龙〉文体论实际批评研究》，彰化：彰化师范大学国文学系硕士论文，二〇〇七年。
朱文民：《刘勰传》，西安：三秦出版社，二〇〇六年。
王运熙：《文心雕龙探索》（增补本），上海：上海古籍出版社，二〇〇五年。
戚良德：《文论巨典：〈文心雕龙〉与中国文化》，开封：河南大学出版社，二〇〇五年。
黄霖编：《文心雕龙汇评》，上海：上海古籍出版社，二〇〇五年。
刘庆华：《操斧伐柯论文心》，香港：中华书局有限公司，二〇〇四年。
胡大雷：《文心雕龙的批评学》，桂林：广西师范大学出版社，二〇〇四年。
张少康编：《文心雕龙研究》，武汉：湖北教育出版社，二〇〇二年。
林彬：《文心雕龙批评论新诠》，呼和浩特：内蒙古教育出版社，二〇〇二年。
张少康等：《文心雕龙研究史》，北京：北京大学出版社，二〇〇一年。
杨明照：《文心雕龙校注拾遗补正》，杭州：江苏古籍出版社，二〇〇一年。
涂光社：《因动成势》，南昌：百花洲文艺出版社，二〇〇一年。

陈拱：《文心雕龙本义》，台北：台湾商务印书馆，一九九九年。
吕武志：《魏晋文论与文心雕龙》，台北：乐学书局，一九九八年。
汪荣祖：《史传通说》，台北：联经出版事业公司，一九九七年。
寇效信：《文心雕龙美学范畴研究》，西安：陕西人民出版社，一九九七年。
牟世金：《〈文心雕龙〉研究》，北京：人民文学出版社，一九九五年。
杨明照主编：《文心雕龙学综览》，上海：上海书店出版社，一九九五年。
张灯：《文心雕龙辨疑》，贵阳：贵州人民出版社，一九九五年。
詹锳：《文心雕龙义证》，上海：上海古籍出版社，一九九四年。
牟世金：《雕龙后集》，山东：山东大学出版社，一九九三年。
金民那：《文心雕龙的美学：文学的心灵及其艺术表现》，台北：文史哲出版社，一九九三年。
石家宜：《文心雕龙整体研究》，南京：南京出版社，一九九三年。
王元化：《文心雕龙讲疏》，台北：书林出版公司，一九九三年。
韩湖初：《文心雕龙美学思想体系初探》，广州：暨南大学出版社，一九九三年。
〔日〕户田浩晓著，曹旭译：《文心雕龙研究》，上海：上海古籍出版社，一九九二年。
饶芃子：《文心雕龙研究荟萃》，上海：上海书店，一九九二年。
王更生：《文心雕龙新论》，台北：文史哲出版社，一九九一年。
黄亦真：《文心雕龙比喻技巧研究》，台北：学海出版社，一九九一年。
陆侃如、牟世金：《刘勰和文心雕龙》，台北：万卷楼图书公司，一九九一年。
〔日〕户田浩晓等著，曹顺庆编：《文心同雕集》，四川：成都出版社，一九九〇年。
沈谦：《文心雕龙之文学理论与批评》，台北：华正书局，一九九〇年。
陈耀南：《文心雕龙论集》，香港：现代教育研究社，一九八九年。
王礼卿：《文心雕龙通解》，台北：黎明文化事业公司，一九八六年。
陈兆秀：《文心雕龙术语探析》，台北：文史哲出版社，一九八六年。
牟世金：《台湾文心雕龙研究鸟瞰》，山东：山东大学出版社，一九八五年。
张仁青：《文心雕龙通诠》，台北：明文书局，一九八五年。
张立斋：《文心雕龙注订》，台北：正中书局，一九八五年。

沈谦：《文心雕龙批评论发微》，台北：联经出版事业公司，一九八四年。
〔日〕兴膳宏著，彭恩华编译：《文心雕龙论文集》，济南：齐鲁书社，一九八四年。
李曰刚：《文心雕龙斠诠》，台北：中华丛书编审委员会，一九八二年。
刘永济：《文心雕龙校释》，台北：华正书局，一九八二年。
詹锳：《〈文心雕龙〉的风格学》，北京：人民文学出版社，一九八二年。
张立斋：《文心雕龙考异》，台北：正中书局，一九八二年。
刘若愚著，杜国清译：《中国文学理论》，台北：联经出版社，一九八一年。
王梦鸥：《文心雕龙：古典文学的奥秘》，台北：时报文化出版企业公司，一九八一年。
王利器：《文心雕龙校证》，上海：上海古籍出版社，一九八〇年。
詹锳：《刘勰与〈文心雕龙〉》，北京：中华书局，一九八〇年。
王更生：《重修增订文心雕龙研究》，台北：文史哲出版社，一九七九年。
王叔岷：《文心雕龙缀补》，台北：艺文印书馆，一九七五年。
张严：《文心雕龙文术论诠》，台北：台湾商务印书馆，一九七三年。
黄侃：《文心雕龙札记》，台北：文史哲出版社，一九七三年。
饶宗颐：《文心雕龙研究专号》，台北：明伦出版社，一九七一年。
施友忠英译：《文心雕龙》，台北：中华书局，一九七〇年。
张严：《文心雕龙通识》，台北：台湾商务印书馆，一九六九年。

二、易学类

游志诚：《周易卦爻辞文学主题解秘》，高雄：丽文文化事业有限公司，二〇一六年。
游志诚：《易经原本原解》，高雄：丽文文化事业有限公司，二〇一六年。
陈居渊：《周易今古文考证》，北京：商务印书馆，二〇一六年。
陈少彤：《古易钩沉》，北京：华夏出版社，二〇一六年。
蔡运章等：《易学考古论集》，北京：中华书局，二〇一六年。
黄永武：《黄永武说易经》，台北：新文丰出版公司，二〇一五年。
赵玲玲：《周易与先秦诸子学》，北京：中国大百科全书出版社，二〇一五年。
乔宗方：《江永易学思想阐微》，济南：齐鲁书社，二〇一五年。
洪迪：《周易三读》，上海：东方出版中心，二〇一四年。
程刚：《宋代文人的易学与诗学》，北京：方志出版社，二〇一四年。
李零：《死生有命富贵在天：周易的自然哲学》，北京：三联书店，二〇一三年。
赖贵三：《台湾易学人物志》，台北：里仁书局，二〇一三年。
焦循：《易通释》（雕菰楼易学五种），南京：凤凰出版社，二〇一二年。
高明峰：《北宋经学与文学》，大连：辽宁师范大学出版社，二〇一二年。
王洪绪：《卜筮正宗》，台北：武陵出版有限公司，二〇一二年。
徐芹庭：《魏晋南北朝四十三家易学》，北京：中国书店，二〇一一年。
高亨：《周易九讲》，北京：中华书局，二〇一一年。
丁四新：《楚竹书与汉帛书周易校注》，上海：上海古籍出版社，二〇一一年。
张政烺：《论易丛稿》，北京：中华书局，二〇一〇年。
徐芹庭：《来氏易经象数集注》，北京：中国书店，二〇一〇年。
沈志权：《周易与中国文学的形成》，杭州：浙江大学出版社，二〇〇九年。
朱骏声：《六十四卦经解》，台北：广文书局，二〇〇九年。
李尚信：《卦序与解卦理路》，成都：巴蜀书社，二〇〇八年。
胡煦：《周易函书》，北京：中华书局，二〇〇八年。
陈居渊：《中国古代式占》，北京：九州出版社，二〇〇八年。
马承源主编：《上海博物馆藏战国楚竹书》，上海：上海古籍出版社，二〇〇八年。
黄黎星：《易学与中国传统文艺观》，上海：上海三联书店，二〇〇八年。
廖名春：《帛书周易论集》，上海：上海古籍出版社，二〇〇八年。
牟宗三：《周易哲学演讲录》，上海：华东师范大学出版社，二〇〇七年。
惠栋：《周易述》，台北：广文书局，二〇〇七年。
祈润兴：《周易义理学》，上海：上海古籍出版社，二〇〇七年。
章关键：《想象的智慧：周易想象学发微》，上海：复旦大学出版社，二〇〇七年。
江慎修著，郭彧注引：《河洛精蕴注引》，北京：华夏出版社，二〇〇六年。

张乾元：《象外之意：周易意象学与中国书画美学》，北京：中国书店，二〇〇六年。
张星元：《易林补遗》，北京：中国广播电视出版社，二〇〇六年。
刘大钧：《今帛竹书周易综考》，上海：上海古籍出版社，二〇〇五年。
刘再华：《近代经学与文学》，北京：东方出版社，二〇〇四年。
王夫之：《周易外传》，北京：九州出版社，二〇〇四年。
王夫之：《周易内传》，北京：九州出版社，二〇〇四年。
韩自强：《阜阳汉简周易研究》，上海：上海古籍出版社，二〇〇四年。
马振彪：《周易学说》，广州：花城出版社，二〇〇二年。
野鹤老人：《增删卜易》，台北：武陵出版有限公司，二〇〇一年。
饶宗颐：《经学昌言》（饶宗颐二十世纪学术文集册六），台北：新文丰出版公司，二〇〇一年。
黄沛荣：《易学乾坤》，台北：大安出版社，一九九八年。
蒋凡：《周易演说》，长沙：湖南文艺出版社，一九九八年。
刑文：《帛书周易研究》，北京：人民出版社，一九九八年。
徐芹庭：《易经研究》，台北：五洲出版社，一九九七年。
张善文：《周易与文学》，福州：福建教育出版社，一九九七年。
徐绍锦校辑：《断易天机》，台北：武陵出版有限公司，一九九七年。
陆德明：《经典释文·周易音义》，台北：艺文印书馆，一九九七年。
程元如：《易冒》，台北：武陵出版有限公司，一九九六年。
刘大钧：《纳甲筮法》，济南：齐鲁书社，一九九五年。
黄庆萱：《学林寻幽》（沧海丛刊），台北：东大图书公司，一九九五年。
黄庆萱：《周易纵横谈》，台北：东大图书公司，一九九五年。
傅隶朴：《周易理解》，台北：台湾商务印书馆，一九九四年。
孙星衍：《周易集解》，台南：大孚书局，一九九四年。
徐芹庭：《易学源流》，台北：国立编译馆，一九九四年。
李鼎祚：《周易集解》，台北：广文书局，一九九三年。
李道平：《周易集解纂疏》，台北：广文书局，一九九三年。
徐芹庭：《易图源流》，台北：国立编译馆，一九九三年。
黄庆萱：《周易读本》，台北：三民书局，一九九二年。
孔颖达：《周易正义》，台北：艺文印书馆，一九九二年。

李学勤：《周易经传溯源》，长春：长春出版社，一九九二年。
胡方平：《易学启蒙补释》，台北：广文书局，一九九二年。
杨树达：《周易古义》，上海：上海古籍出版社，一九九一年。
尚秉和：《焦氏易诂》，北京：中华书局，一九九一年。
李镜池：《周易探源》，北京：中华书局，一九九一年。
张立文：《周易帛书今注今译》，台北：台湾学生书局，一九九一年。
金景芳：《周易全解》，长春：吉林大学出版社，一九九一年。
黄寿祺：《周易译注》，上海：上海古籍出版社，一九八九年。
胡自逢：《先秦诸子易说通考》，台北：文史哲出版社，一九八九年。
戴琏璋：《易传之形成及其思想》，台北：文津出版社，一九八九年。
刘大钧：《周易概论》，成都：巴蜀书社，一九八八年。
王圣文编校：《易隐》，台中：瑞成书局，一九八八年。
高亨：《周易大传今注》，台北：华正书局，一九八八年。
李镜池：《周易通义》，北京：中华书局，一九八七年。
麻衣道者：《火珠林》，台中：瑞成书局，一九八七年。
朱熹：《周易本义》，台北：广文书局，一九八七年。
黄宗羲：《易学象数论》，台北：广文书局，一九八七年。
苏轼：《东坡易传》，台北：广文书局，一九八六年。
焦延寿：《易林》（四部备要），台北：台湾中华书局，一九八四年。
黄沛荣：《周易彖象传义理探微》，台北：汉京文化事业公司，一九八四年。
严一萍：《帛书竹简》，台北：艺文印书馆，一九八三年。
屈万里：《读易三种》，台北：联经出版事业公司，一九八三年。
李光地：《周易折中》，台北：广文书局，一九八三年。
高亨：《周易古经今注》，台北：华正书局，一九八二年。
尚秉和：《周易注释》，台北：华正书局，一九八一年。
屈万里：《先秦汉魏易例述评》，台北：学生书局，一九八一年。
闻一多：《周易义证类纂》，台北：骆驼出版社，一九八一年。
杭辛斋：《学易笔谈》，台北：广文书局，一九八〇年。
严灵峰：《马王堆帛书易经初步研究》，台北：成文出版社，一九八〇年。
来知德著，郑灿订正：《易经来注图解》，台北：中国孔学会，一九七八年。
高亨：《周易古经通说》，台北：华正书局，一九七七年。

屈万里：《书佣论学集》，台北：台湾开明书店，一九六九年。
李汉三：《周易卦爻辞释义》，台北：中华丛书编审委员会，一九六九年。

三、子学类

刘桂荣：《论荀辑要》，芜湖：安徽师范大学出版社，二〇一六年。
管宗昌：《〈吕氏春秋〉文学研究》，北京：中国社会科学出版社，二〇一六年。
余英时：《论天人之际》，台北：联经出版事业公司，二〇一四年。
孙德谦：《诸子通考》，上海：华东师范大学出版社，二〇一三年。
蒲创国编：《天人合一说》，北京：国家图书馆出版社，二〇一三年。
钱穆：《庄老通辨》（钱穆先生全集新校本），北京：九州出版社，二〇一一年。
钱穆：《庄子纂笺》，台北：东大图书公司，二〇一一年。
陈柱：《中庸通义》，上海：华东师范大学出版社，二〇一一年。
许富宏：《鬼谷子集校集注》，北京：中华书局，二〇一〇年。
钟肇鹏：《鬻子校理》，北京：中华书局，二〇一〇年。
章太炎：《诸子学略说》，桂林：广西师范大学出版社，二〇一〇年。
陈柱：《诸子概论》，桂林：广西师范大学出版社，二〇一〇年。
熊十力：《体用论》，上海：上海书店，二〇〇九年。
〔美〕罗浩著，严明等译：《原道：〈内业〉与道家神秘主义的基础》，北京：学苑出版社，二〇〇九年。
〔法〕弗朗索瓦·余莲著，卓立译：《势：中国的效力观》，北京：北京大学出版社，二〇〇九年。
陈淳著，熊国祯、高流水校：《北溪字义》，北京：中华书局，二〇〇九年。
罗焌：《诸子学述》，上海：华东师范大学出版社，二〇〇八年。
张群：《诸子时代与诸子文学》，济南：齐鲁书社，二〇〇八年。
陈柱：《子二十六论》，桂林：广西师范大学出版社，二〇〇八年。
傅斯年：《战国子家与〈史记〉讲义》，天津：天津古籍出版社，二〇〇七年。

傅斯年：《性命古训辨证》，桂林：广西师范大学出版社，二〇〇六年。
林尹：《中国学术思想大纲》，台北：台湾商务印书馆，二〇〇六年。
张震泽：《孙膑兵法校理》（新编诸子集成），北京：中华书局，二〇〇四年。
杨丙安校理：《十一家注孙子校理》，北京：中华书局，二〇〇四年。
王应麟辑：《玉海》，扬州：广陵书社，二〇〇三年。
陈奇猷：《吕氏春秋新校释》，上海：上海古籍出版社，二〇〇二年。
郑良树：《诸子著作年代考》，北京：北京图书馆出版社，二〇〇一年。
蔡忠道：《魏晋儒道互补之研究》，台北：文津出版社，二〇〇〇年。
高华平：《魏晋玄学人格美研究》，成都：巴蜀书社，二〇〇〇年。
钱穆：《先秦诸子系年》，台北：东大图书公司，一九九九年。
〔北齐〕刘昼著、傅亚庶校释：《刘子校释》，北京：中华书局，一九九八年。
编辑部：《百子全书》，台北：黎明文化事业公司，一九九六年。
胡适：《先秦名学史》，上海：学林出版社，一九九六年。
胡适：《中国中古思想史长编》，上海：华东师范大学出版社，一九九六年。
鲁迅、容肇祖、汤用彤：《魏晋思想》，台北：里仁书局，一九九五年。
钱穆：《灵魂与心》，台北：联经出版事业公司，一九九四年。
钟肇鹏：《谶纬论略》，台北：洪叶文化事业公司，一九九四年。
安居香山、中村璋八辑：《纬书集成》，石家庄：河北人民出版社，一九九四年。
陈荣捷编著：《中国哲学文献选编》，台北：巨流图书公司，一九九三年。
程荣：《汉魏丛书》，长春：吉林大学出版社，一九九二年。
朱文光：《西方神秘学》，台北：老古文化事业公司，一九九二年。
陈槃：《古谶纬研讨及其书录解题》，台北：国立编译馆，一九九一年。
魏文帝撰，孙冯翼辑：《典论》，台北：广文书局，一九八八年。
仲长统：《昌言》，台北：广文书局，一九八八年。
马总：《意林》（武英殿聚珍本），台北：广文书局，一九八八年。
王蘧常：《诸子学派要诠》（中华文史精刊），北京：中华书局，一九八七年。
归有光：《百家评注南华真经》，台北：广文书局，一九八七年。
陈立：《白虎通疏证》，台北：广文书局，一九八七年。
焦循撰，沈文倬点校：《孟子正义》，北京：中华书局，一九八七年。
杨家骆主编：《晋唐札记六种》，台北：世界书局，一九八四年。

俞樾：《诸子平议补录》（四部刊要本），台北：世界书局，一九八四年。
牟宗三：《才性与玄理》，台北：学生书局，一九八三年。
杨家骆主编：《隋唐子书十种》，台北：世界书局，一九八一年。
刘寅：《司马法直解》（宛委别藏本），台北：台湾商务印书馆，一九八一年。
刘寅：《尉缭子直解》（宛委别藏本），台北：台湾商务印书馆，一九八一年。
刘文典：《庄子补正》，昆明：云南出版社，一九八〇年。
马国翰辑：《玉函山房辑佚书》，京都：中文出版社，一九七九年。
宣颖：《庄子南华经解》，台北：宏业书局，一九七七年。
曾国藩：《经史百家杂钞》，台北：世界书局，一九七六年。
江藩：《汉学师承记》，台北：华正书局，一九七四年。
戴震：《孟子字义疏证》，台北：世界书局，一九七四年。
凌汝亨：《管子辑评》（中华国学丛书），台北：台湾中华书局，一九七〇年。
金巨山：《诸子管见》（杨家骆主编四部刊要），台北：世界书局，一九七〇年。
王梦鸥：《邹衍遗说考》，台北：台湾商务印书馆，一九六六年。
王叔岷：《诸子校证》，台北：世界书局，一九六四年。

四、文论类

〔美〕查尔斯·E·布莱斯勒著，赵勇、李莎、常培杰等译：《文学批评：理论与实践导论》（第五版），北京：中国人民大学出版社，二〇一五年。
赖瑞云：《文本解读与多元有界》，北京：人民出版社，二〇一五年。
孙绍振、孙彦君：《文学文本解读学》，北京：北京大学出版社，二〇一五年。
约翰·佩克、马丁·科伊尔著，李璞良译：《你也是文学批评家：实际批评的技巧与方法》，台北：深思文化出版社，二〇〇七年。
刘师培：《中国中古文学史讲义》，上海：上海古籍出版社，二〇〇六年。
〔美〕约翰·克罗·兰色姆著，王腊、张哲译：《新批评》，南京：江苏教育出版社，二〇〇六年。
詹福瑞：《中古文学理论范畴》，北京：中华书局，二〇〇五年。

张舜徽：《张舜徽集》，武汉：华中师范大学出版社，二〇〇五年。
翁方纲：《翁方纲纂四库提要稿》，澳门：澳门特别行政区文化局，二〇〇五年。
黄维樑：《中国文学纵横论》，台北：东大图书公司，二〇〇五年。
陈鹏翔：《主题学研究论文集》，台北：东大图书公司，二〇〇四年。
陈鹏翔：《主题学理论与实践》，台北：万卷楼图书公司，二〇〇一年。
饶宗颐：《饶宗颐东方学论集》，汕头：汕头大学出版社，一九九九年。
黄维樑：《中国古典文论新探》，北京：北京大学出版社，一九九六年。
胡大雷：《中古文学集团》，桂林：广西师范大学出版社，一九九六年。
王梦鸥：《中国文学理论与实践》，台北：时报文化出版企业公司，一九九五年。
饶宗颐：《文辙》，台北：台湾学生书局，一九九一年。
王梦鸥：《古典文学论探索》，台北：正中书局，一九九一年。
张蓓蓓：《中古学术论衡》，台北：大安出版社，一九九一年。
林文月：《中古文学论丛》，台北：大安出版社，一九八九年。
朱熹：《楚辞集注》，台北：世界书局，一九八九年。
李详著，李稚甫编校：《李审言文集》，南京：江苏古籍出版社，一九八九年。
洪兴祖：《楚辞补注》，台北：世界书局，一九八九年。
杨家骆主编：《楚辞注八种》，台北：世界书局，一九八九年。
严灵峰：《中古文学史论》，台北：长安出版社，一九八六年。
曹道衡：《中古文学史论文集》，北京：中华书局，一九八六年。
刘师培：《汉魏六朝专家文研究》，台北：台湾中华书局，一九八二年。
章学诚：《文史通义新编》，台北：华世出版社，二〇〇一年。

五、西文类

Anderson, R. C. & Pearson, P. D. "A Schema Theoretic View of Basic Processes in Reading Comprehension." In D. Pearson (Eds.), *Handbook of Research on Reading*, New York: Longman, 1984.

Bremond, Claude, *Thematics: New Approaches*, New York: State University of New York Press, 1994.

Bhatt, Raghupati, *The World of John Updike: A Thematic and Cultural Study of John Updike's Fiction*, New York: Raghupati Bhatt Press, 2015.

Dole, J. A., Duffy, G. G., Roehler, L. R. & Pearson, P. D., "Moving from the Old to the New: Research on Reading Comprehension Instruction," In *Review of Educational Research* 61.2(1991):239—264.

Graham, A. C., *Studies in Chinese Philosophy and Philosophical Literature*, Cambridge: the Belknap Press of Harvard University, 1985.

Gyselinck, Valerie & Tardieu, Hubert, "The Role of Illustrations in Text Comprehension: What, When, for Whom, and Why?" In Herre van Oostendrop& Susan R. Goldman (Ed.), *The Construction of Mental Representations during Reading*. Mahwah, NJ: Lawrence Erlbaum Associates, 1999.

Gilman, Sander L., "Themes and the 'Kernel of Truth'", in *The Return of Thematic Criticism*, Ed. Werner Sollors (Cambridge, MA: Harvard UP, 1993): 294—296.

Jost, Francois, "Motifs, Types, Themes," In *Introduction to Comparative Literature*, Indianapolis: Pegasus, 173—224, 1974.

Laura Stookey, Lorena, *Thematic Guides to Literature*, London: Greenwood Press, 2004.

Levin, Harry, "Molif." In *Dictionary of the History of Ideas*. 4 vols, Ed. Philip P. Wiener, et al. New York: Charles Scribner's Sons, 3:234—244, 1973.

Levin, Harry, "Thematics and Criticism," *Grounds for Comparison*, Cambridge, MA: Harvard UP, 91—109, 1972.

Levin, Harry, "Thematics and Criticism," *The Disciplines of Criticism*, Ed. P. Demetz, T. Greene and L. Nelson, 125—45, 1968.

Marcus, Susan, Meltzer, Manilyn, *The Bedford Introduction of College Reading: A Thematic Approach*, New York: Bedford/St. Martin's press, 2016.

Peck, John& Coyle, Martin, *Practical Criticism*: *How to Write a Critical Appreciation*, New York: Palgrave Macmillan Press, 2007.

Sow, Moussa, *The Body in Francophone Literature*: *Historical, Thematic and Aesthetic Perspectives*, Seattle: McFarland press, 2016.

Schwartz, Benjamin, *The World of Thought in Ancient China*, Cambridge: Harvard University press, 1985.

Steven, Lynn, *Texts Contexts*: *Writing about Literature with Critical Theory*, New York: Longman Pub Group, 2016.

Thompson, Cameron, *Philosophy and Literature*, New York: Harcourt, Brace & World, Inc. , 1989.

Ziolkowski, Theodore, *Introduction to Thematics Reconsidered*, Ed. Frank Trommler, Amsterdam: Rodopi, 5—11, 1995.

Zholkovsky, Alexander, *Themes and Texts*: *Toward a Poetics of Expressiveness*, Ed. Kathleen Parthe, Ithaca: Cornell UP, 1984.